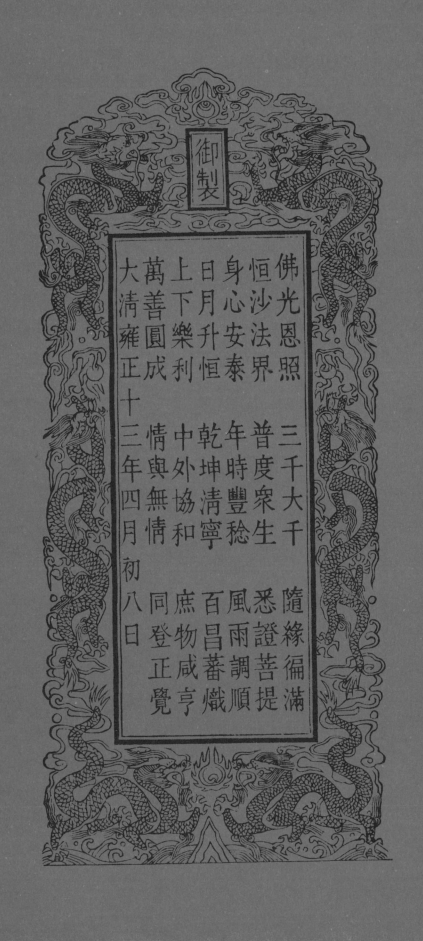

御製

佛光恩照 三千大千 隨緣徧滿
恒沙法界 普度衆生 悉證菩提
身心安泰 年時豐稔 風雨調順
日月升恒 乾坤清寧 百昌蕃熾
上下樂利 中外協和 庶物咸亨
萬善圓成 情與無情 同登正覺
大清雍正十三年四月初八日

第八九册　小乘論（一）

四諦論　四卷　婆藪跋摩造　陳三藏真諦譯……一
辟支佛因緣論　一卷　失譯人名今附秦録……七五
阿毗達磨大毗婆沙論　二〇〇卷（卷一至卷四五）　五百大阿羅漢等造　唐三藏法師玄奘奉詔譯……九七

四諦論

陳三藏眞諦譯

清刻龍藏佛說法變相圖

四諦論卷第一

婆藪跋摩造

陳三藏眞諦譯

思擇品第一

般若徧諸法　大悲攝衆生　無相說正道
頂禮人天尊　大聖旃延論　言略義深廣
大德佛陀密　廣說言及義　有次第莊嚴
廣略義相稱　名理互相攝　我見兩論已
今則捨廣略　故造中量論　利益說受者
令正法久住　若人達四諦　四信處難動
不更視他面　永離四惡道　八等人天識
後必至苦際　故造四諦論　不由求慢等
緣起義多種　句味前後次　他難及救義
總別相應理　證義及譬喻　依此說四諦
願衆生知此　得天道涅槃

聖諦有四此言是經何因何緣佛世尊說如此經云何聖諦有四不增不減云何聖義及與諦義若以聖故名爲諦者前二不應名諦若言聖家諦故名爲諦義則不定復有經說諦唯是一無有第二云何四義而不破壞復有經說一切行法是名爲苦故唯二諦四諦義不成復次增一中說安立諸法從一至二乃至衆多云何諦義獨不增一復次四相既其不同云何一時而得並觀復次四相婆羅門諦及與聖諦有何差別持散偈曰

云何四聖諦　非諦不定境　唯二增並觀
淨聖諦何別

云何諸佛於四諦中同有一意云何唯以四諦爲諸佛上品正說云何同觀四諦爲境智慧平等而果有差別云何阿羅漢於四諦中智圓無餘不同諸佛得一切智若不同者於四諦中應有無明若一切法四諦中攝勝奢波葉譬經應須救解若不救解應有五諦若無五諦餘法非諦若苦等四名聖諦者又說一苦具足聖諦如是等經則不須說若四諦智說名爲苦是義不然若知一諦亦知餘諦者後說三諦則爲無用云何在先說於苦諦若未說因先說果者何得不違十二緣生云何說滅諦後說道諦持散偈曰

一意上果異　一切智葉譬　四違一無用
先苦因緣滅

聖諦有四云何佛世尊說此經答有諸弟子應得聖道先在外道禀受邪法或事常行外道或不住一處道護命道相違道老聲聞道思瞿曇道烏翅衣道事水道辮髮道事火道

裸形道等如是諸道各讚已法唯有我法眞實無餘諦不相違無死爲果他法不爾聞此言已無決定智如是等法何者眞實何者不實是諸弟子於諦非諦起無明惑爲顯實諦是故大仙說如是經譬如有人爲僞瓔珞之所欺張令其得見眞實瓔珞復次有諸別法說如此義若捨俗飾持沙門相住阿蘭若處行頭陀法值遇白法滅捨財物守護慚羞登上戒車控制根馬磨練鬪仗被服定鎧因此等行自謂我等是眞沙門是諸人等起沙門增上慢令其得見眞實沙門故佛世尊說如是經爲顯此義爲通達四諦於聖法中成實沙門不由餘行如沙門經說若有如此具如經說實法門者由四諦觀故得成立不由世間修行究竟共得有流而名沙門如裸形偈說復次已免九難前佛已生其猒離因法以善根香熏習其心已長聖道資種意行俱淨應通達聖諦是勤行心爲令服聖諦智藥故佛世尊而說是經如可治病醫則施藥復次聞惡道苦最極難忍生猒怖心爲如此人顯不墮惡道因緣故說此經何以故入地獄中受生衆生六方火燄之所圍遶舉體洞然如融金色其出一息皆是火燄受燒熱苦復有諸人飢食鐵丸渴飲銅汁或剉或斫或破或抽受種種苦有衆色狗及鐵觜鳥等之所噉食或受餓鬼生飢渴苦恒隨逼身咽如針孔恒欲食飲終無飽足渴行求水宿業所逼若近河邊便見河燥或見膿血屎尿臭穢徧滿值華果樹變成空林如偈說言

月炙如夏日　風觸如火燄　雨滴如洋錫

履地如熱灰

是故餓鬼受苦最劇或生畜生道恒被籠繫斫破鞭打互相吞食更相疑畏心恒不安受如此苦或生脩羅怨結慳悋慢觸犯受是等苦佛諸弟子聞諸惡道有如是苦畏自墮彼欲顯四諦知是見不是墮因緣故說此經如人應墮海底施以船筏令其得濟如經中說若有衆生於如是苦能如實見則得解脫四種惡道及生老病一切諸苦復次爲令衆生遠離五種邪欺誑語一能生衆惡二惡人受行三賢人遠離四能發起煩惱五欺誑爲體爲令他說利益衆生五分正語一自德相應二善人受行三生長善根四令離生死棘刺稠林五令至實樂離五邪言行五正語故說此經譬如令捨僞寶取眞實寶如經中說莫說實邪惡言若僧聚集應行兩事一聖默然二聖正法言復次有諸凡夫各自執著諸別異諦我執是實他執爲非由此執故互相鬬諍如生盲見象欲顯最勝無死鬬諍無更起無顛倒是聖諦智慧故說此經爲現此意執著斷常說我諸人互相鬬諍見四諦人則不如是了達眞空故如估多柯經說復次依正師長住空閑處受頭陀行減損生具守護六根節量飲食初後夜覺樂一心聽如理思量正說及誦端坐寂定數息觀門由此因緣成熟相續心地靜細或聚動弱爲如是人令得通達故說此經如潤滑人施其利藥若眞實義唯以智根名爲通達應知此根緣四聖諦是通達經此中應說復次爲破四惑顯兩方便故說此經如偈所說

生起滅離闇　種種諸邪執　六十二種見
因果中無明　爲破此等惑　欲顯不動理
及繫解脫緣　故佛說此經

復次梵等諸天仙等諸人婆利等脩羅道龍等諸夜叉等神閻摩等護不見四聖諦故不出三界獄如蠶處繭迴轉六道猶如車輪漫走闇中墮深坑嶮受大燒熱若見四聖諦則破無明闇得智光明解脫四惡道則不仰觀諸道由是四聖諦眞實無二無倒無諍能成如來出世勝用欲顯此義故說此經論主欲顯四諦義無與等者故說首盧柯

知外諦不離　律理行勝負　不能度生老
死憂悲大海　則此聖智人　貪瞋引鬬諍
智者求解脫　外諦不應知　若人見聖諦
免惡道勝法　離過無染濁　常行四等心
衆苦所徧滿　解脫三界獄　聰慧求涅槃
應須見聖諦

持散偈曰

弟子及沙門　免難畏惡道　過失與邪執
師尊破顯梵

云何聖諦唯有四種不減不增答此問非問一切處如是無窮故復次身見斷見常見無事見爲對治此四是故聖諦有四復次爲對治四倒故說四諦猶如四念處復次爲離四種邪執事故由一切衆生有四種邪執何者爲四謂果因解脫方便邪執一果邪執者我見念愛業所生陰界入等不淨臭穢猶如死狗三苦火隨燒無常金剛之所破壞我我所者使作者受者使受者之所遠離此中淨樂常我執是果邪執爲離此執故說苦聖諦二

因邪執者謂世主梵王自在人雙時自性定自然非因宿業亡藥曰宿藥地水火風隣虛空等此非因不平等因執爲生因是名因邪執爲離此執故說集諦三解脫邪執者歸五入毗紐體極入空至世俗住無苦上獨存離我德三定果暫捨永捨如是等執解脫者非定非永名解脫執爲破此執故說滅諦四方便邪執者謂遠離五塵飲食衣服卧具住處風水華菓根芽枝葉米麪油滓牛糞以此等物爲飲食故樹皮茅藤板編草青鹿皮用此等物以爲衣服或復捨此地上並杵板刺灰聚卧此等上或首下脚上或隨向日熱炙身恒著濕衣恒住水中大行投巖赴火永没水依時節業盡無因由此等行謂得涅槃是名方便邪執爲離此執故說道諦以事四故故說四諦猶如聖道復次爲分別希有法故聖諦有四何以故取陰是衆生依著處故說苦應知不可依著由貪愛故無有寂靜貪愛滅故則有寂滅苦滅者我慢寂滅心苦對治故四修道故無明寂滅道能對治無明故復次一切求解脫人滅苦得樂是其勝用滅苦云何由集滅故得樂由修道故聖諦有故復次經論師說若人觀見生死過失觀涅槃功德則入正定聚生死過失云何謂受生識起失此識起因即是貪愛涅槃功德云何謂識不起樂此識不起方便即是聖道故說四諦復次分別世出世因果故說四諦復次通達四種故復次依住四種故說四諦復次別相四種故說四諦問聖義及諦義云何答聖義有八一自在若繫屬他則不自在名爲僕隸不

名爲聖諸佛及弟子於心及法二處自在故名爲聖二免貪愛奴如許自在人出家三聖種生故名爲聖人如生婆羅門種四於聖地生地者謂眞實無生譬如生中國地王行離生死如婆羅門六不乘生死車如捨則無著七不更生故猶如陳種八恭敬應往以福德故猶如皇帝持散偈曰

自在離貪奴　聖種聖地生　行離不乘車

不生恭敬往

諦義有七一不倒是諦義譬如火相二實有是諦義如經中說三無變異是諦義四無二行是諦義譬如樹提伽虵耶達多行五不更起是諦義從此智不更起不同火輪智六不相違是諦義譬如業及聖戒七文義相稱是諦義何以故言著苦者必苦爲義由此七義名爲諦

汝問若以聖故名爲諦者前二不應名諦又若言聖家諦故名爲諦者義則不定者答諦是聖因能生聖故譬如梵住故名聖諦如經中說四足爲聖與義相應復次聖人所說故名聖諦如導師路如經中說若諸如來已正當說皆說四諦問若以聖說名聖諦者凡夫亦說應名凡諦答承佛神力說故成立佛正教故非凡諦如舍利弗行因緣復次聖人故先所了故譬如仙藥復次聖人依眞實是故名聖諦譬如世諦問凡人依不實義見應非聖非諦答無清淨眼則不能見譬如生盲擇眞似寶如瞖眼人謬見多月凡夫醉狂不得見此譬如草頭百象復次智習論說以體聖故故說聖諦譬如烏虵赤米復次經中說無

上聖慧所照了故說聖諦汝問復有經說諦唯是一無有第二云何四義而不破壞者答以無倒義故一品類異故四譬如四倒復次由諦義故一譬如聖道事用異故四譬如道分復次法相通故一譬如色相別故四譬如四大復次無我平等故一無我者一切平等譬如同異復次無變異故依心解脫說諦唯一更無第二何以故苦等聖諦皆有變異如經中說一切有爲空虛是破壞法是一眞實無壞心解脫如變異相相應皆實不虛四義亦爾是故聖諦有四汝問復有經說一切行法是名爲苦故唯二諦四義不成者答分別部說意一切有爲法無常故苦不由第一諦義故苦爲離此故於世尊所修清淨梵行是名苦諦復當廣說是故四義不壞復次三苦種說種經一切有爲分分攝有爲苦者說具足分如依苦苦說苦種苦根苦界苦受等依壞行苦說亦如是依一切受說苦若無常是苦故說一切有爲或依行苦說生起是苦有生是苦色生即是苦生或說是苦諦以種種意說苦是故皆不相違復次無變異故依涅槃說一切有爲苦苦由故苦相相應故故依四諦義不失汝問復次增一中說安立諸法從一至二乃至衆多云何諦義獨不增一者答義眞實故無顛倒故佛說一切皆名爲諦雖一二三名爲增一諦無增一爲分別諦觀故說有四爲安立智及相故如四念處如前因緣成立四諦是義應知爲知聖諦故四知苦有因即得見法如經中說若人見十二緣生名爲見法通達出世十六相皆由見諦

故繫屬因縁是無常義譬如鼓聲以難陀經爲證若無常是苦若苦是無我若無我是空若人知此則得見法通達十六相得滅惑離苦以是義故聖諦有四復次最上品故不共智境界故故無增一如問復次四相不同云何一時而得並觀者答由想故經中說修習無常想拔除一切貪愛是想境界即是苦諦一切貪愛即是集諦拔除即是滅諦無常想即是道諦以是義故雖四不同一時得見復次由思擇故如經言因無常等想思擇五陰貪愛未生不得生已生則滅此中五陰即是苦諦貪愛即集諦不生及滅即是滅諦無常等思擇即是道諦以是義故一時得見四諦復次由觀失故如經云觀結處過失貪愛即滅結處即苦諦貪愛即集諦滅即滅諦過失觀即是道諦以是義故一時見諦復次一時見諦譬如火火者是可燒等物一時燒熟熱照觀諦亦爾害生靜出各各自相離滅證修同在一時復次譬如日日者是可乾等物謂水種闇華各各異相乾熟破開同在一時觀諦亦爾復次譬如燈燈者是可燒等物謂炷油闇物各各異相燒乾破照皆是一時觀諦亦爾復次譬如船船者是可到等不同相物謂彼此兩岸物流到離截斷皆在一時觀諦亦爾分別部說若聚苦相觀達生滅心猒有爲修無願解脫門若觀有爲唯有生滅不見餘法修空解脫門若觀寂靜不見有爲及生滅相修無相解脫門此中苦相即是苦諦相生是煩惱業即是集諦相滅即是滅諦是法能令心離相見無相即是道諦若見無爲法

寂離生滅四義一時成異此無爲寂靜是名苦諦由除此故無爲法寂靜是名集諦無爲法即是滅諦能觀此寂靜及見無爲即是道諦以是義故四相雖別得一時觀後更思量故不廣說持散偈曰

相思擇過失　火日燈船譬　苦相脫門故

一時觀四諦

汝問婆羅門諦及聖諦有何差別者答世尊眞聖眞婆羅門此諦故無差別譬如釋與天帝與復次婆羅門諦道諦所攝聖諦者道果對治道境界所攝復次一向善是婆羅門諦善惡無記是聖諦復次唯道是婆羅門諦道果是名聖諦汝問云何諸佛於聖諦中同有一慧者答通達無餘法相平等故譬如淨眼觀色復次證見法故譬如火熱明此事世間一慧所共證故復次熟磨法鏡故諸佛通達法界知此一切三世皆如現在譬如衆多水鏡月面影一持散偈曰

兩人一無異　道善果故異　無餘證見故

法鏡故同慧

汝問云何唯以四諦爲諸佛上品正說者答能拔衆生度生死海譬如出世法復次諦中最勝故譬如諦勝復次能攝一切諸法眞實故猶如勝奢波葉譬復次梵釋等諸天不曾見故樂行健力毗搜紐天等智足未履故智勤遠行諸外仙人所得故復次無分別智境界故若能知此一切功德之所莊嚴如舍利弗等及佛世尊復次義具足故由不共故此說功德最勝是故四諦名上品正說汝問云何同觀四諦爲境故智慧平等而果有差別

著答不由境同故智慧同譬如定及貪欲等復次由智慧差別故果有差別譬由業差別故果有差別復次修道異故故得果不同譬如種子不同果有差別復次觀過失下中上品故故得果不同汝問若阿羅漢於四諦中智同無餘與一切智則應無異若不然者於四諦中應有無明者答阿羅漢不知四諦外諸佛境界非是無明所以者何但有說故若阿羅漢不知四諦外言說非是無明如勝奢波葉譬經說復次佛世尊已決判故於苦等諦不知是名無明不知四諦外四皮陀皮陀分等不名無明復次正對諦智對治煩惱說名無明非是不知一切智者四種別說爲無明何以故自苦一分識相續各各異依約無始生死阿羅漢亦不能見是心如是已生由如此增上緣緣等及思惟等善惡無記等如是因所生緣所攝在如此地跡位時中次復第二心次復中後心如此方法始自刹那羅婆牟休多日夜半月一月時節年數生變及滅自相續中阿羅漢亦不能見何況能見一切一切種自苦若自苦尚其不見何況能見他苦是故阿羅漢不能見一切智境界四諦中總別非是無明復次離四諦無明對治智境界外復有餘法在聲聞境界有阿羅漢亦不能見如舍利弗言我不見有人天能見知我入初定觀及稱量我今我退起唯簡世尊此寂定名乃至目連亦不能解是舍利弗所入所起乃至化度陀難蛇耶婆羅門及其外甥優婆低舍如定智慧辯說修習等他不能及如舍利弗迦葉波亦爾是故離四諦無明

等對治是名非智非是無明汝問若一切法四諦中攝勝奢波葉譬經應須救解若不救解應有五諦若無五諦餘法非諦者答自然滅等不出諦外識境界故非所觀故云何非所觀若知此法不得流盡及苦盡故不離仰視外道面故非諸見不能動如帝釋幢若通達此不得稱爲微細通達如射破髮端不可徧行故是故不須修學復次餘論師說一切法由相故皆入諦攝雖然皮陀及皮陀分宿傳世本量判僧佉瑜伽實廣論欲塵論鞞世師論醫方論相論筭數論時智論獸論鵄域論明論歌舞莊嚴論人舞論天舞論天仙王傳等論外道論常行外道等乃至九十六種復有草藥藤樹等皮根心華果葉等力勢德味等復有世間不可思議希有四大變異業果報等有論能分別此佛依此論說勝奢波葉譬如是等義不爲汝說不生功德故能起諸惑故增長有爲故是故不說譬如毒藥相憎藥反質呪幻化皮多羅論等以損惱他故佛所不說非爲四諦外故所以不說汝問若苦等四名聖諦者又說是苦具足聖諦如是等經則不須說又若汝言於苦諦是名苦者是義不然答是經說智爲苦諦如境無分別故如說四量復次由境界安立故智得成立譬如六識復次由功能故智體唯一約能爲四如四正勤智亦如是復次四聖諦智爲總故於四諦觀說智爲勝由此義故說智如境復次欲顯決定出離是四諦功德故隨說一苦具足聖諦與義相應若了義說者苦等是了義諦何以故佛說苦諦有生等相故安立

四種觀故若不如此唯有一觀名爲修習若取此經分別諸諦唯有一諦所謂道諦說無爲諦故是經非證此義依阿毗達磨及藏論故得成立汝問若知一諦亦知餘諦說後三諦則爲無用者答我不說見苦諦即見餘諦我說一時見四諦一時離一時除一時得一時修故說餘諦非爲無用譬如說苦諦復有爲境界數量故如說道數量復次四中隨知一已即通餘諦如知一粒則通餘粒是故四諦並皆有用復次入觀門故觀取陰即離捨愛念如知怨家取陰者是苦諦愛念即集諦諦離捨即滅諦知是道諦依苦觀門其義如此知貪愛已即捨由此苦不生貪愛即集諦所貪愛即苦諦苦不生即滅諦知即道諦依集諦觀門如此知有爲寂滅已若人證此無明即滅有爲貪渴即寂靜有爲寂滅即是滅諦此所離法即是苦諦無明貪愛即是集諦知即道諦依滅諦觀門如此知助道法即生修習煩惱障與其相違即捨由捨此故有更生助道者是道諦有即苦諦煩惱業即集諦捨此及有不生是即滅諦依道諦觀門如此由諸諦觀門故雖復觀一說於餘諦非爲無用汝問云何在先說苦諦者答爲止息苦修四諦觀及出家住於梵行故先說苦復次生老死等衆苦無邊念念恒逼行人觀此求覓苦因譬如師子復次外緣不能治無始時節是根本病行人觀此求覓病因譬如醫師復次徧滿三界災横疾惱行人觀此求覓其因如毒樹復次麤故失故猒惡依止故驚怖處所故故先說苦汝問若未說因先說果者

何得不違十二緣生者答生次第故十二緣生先因後果思擇次第故於四諦中先果後因是故二說皆不相違復次果中有迷緣因計果如經言若此有彼亦有由此生彼亦生若因中有迷緣果計因如經言老死等有何法令有由此義故各有所破皆不相違逆順說故二說不同逆說緣生是名四諦是故不違十二緣生汝問云何先說滅諦後說道諦者答有二種義一順二逆如經中說戒清淨爲心清淨心清淨者爲慧清淨乃至解脫知見及明解脫是名順說逆說者解脫者以離欲爲緣離欲者猒惡爲緣猒惡者以實見爲緣乃至無憂悔者以戒清淨爲緣

略說品第二

問四諦次第云何答

麤横重結取　依道怖事果　病火怨依債
渴毒逼害境

欲顯麤大境故說苦諦得苦相已此法何因生故說集此法盡何處次說滅此法因何得故次說道復次無始横網是名苦横根名集永離横根是名爲滅能拔除者說名爲道復次極重名苦執重名集捨名滅能滅執名道復次結處名苦是結名集結盡名滅觀過名道復次取亦如是復次依處名苦世間凡夫雖爲取陰所害猶起依著如依怨家謬爲親友依所安愛名集因此安愛住三有獄不求出離譬如狂囚無依愛名滅無方所依止故如瞿提經說能滅依愛名道觀依過故如觀燒屋復次六道名苦以無樂故猶如穢厠業煩惱名集爲道因故離道名滅無假名物故

譬如火滅如鹿頭經說能引出諸道故名爲道如婆羅呵馬王經說復次怖畏名苦我愛名集無畏處名滅上實樂故運至無畏處名道復次作事名苦事因名集拔除事因名滅能拔名道復次似果名苦似種子名集似種子壞名滅似種子壞因名道復次苦如病集如病因滅如無病道如治病藥復次苦如火集如薪滅如火盡道如火盡因復次似怨名苦結恨名集除結恨名滅能除因名道復次似依名苦似塵名集塵淨名滅淨因名道復次苦如債集如貧滅如離貧道如財物復次苦如燒熱集如燒熱因滅如清涼道如涼具復次苦如毒發集諦如毒滅如離毒道如阿伽陀復次苦如逼惱集如能惱滅如離惱道如離惱因復次苦如殺害集如能害者滅如離殺道如離殺因復次苦境應集應除滅應得爲此三事故修聖道次第如此四諦體相云何偈曰

似眞理足品　有爲相影識　虛妄一切三
遍有等十二

有諸法師說眞似二諦生者貪愛果故名爲眞苦道者業果名爲似苦生因貪愛名爲眞集牽六道業名爲似集生因愛盡名爲眞滅六道因盡名爲似滅能滅生因正智名爲眞道戒等方便能離道因說名似道又理足論師說識爲眞苦與此相應色等亦名爲苦自愛名眞集與此相應業等亦名爲集自愛盡爲眞滅由此盡故餘盡亦名爲滅正見名眞道若此不生餘不至滅由此生故餘亦名道又假名部說諦有三種一苦品二品諦三聖

諦苦品者謂五取陰苦品諦者逼惱爲相苦聖諦者是苦一味集品者謂貪愛集品諦者能生爲相集聖諦是集一味滅品者謂沙門果滅品諦者寂靜爲相滅聖諦者一味爲相道品者謂八分聖道道諦者眞離爲相道聖諦者一味爲相又分別部說一切有爲皆苦由無常故非初諦故苦爲離此故於世尊所修淨梵行是苦聖諦一切因皆名集以能生故非第二諦故集爲斷此故於世尊所修淨梵行是集聖諦一切有爲寂離名滅由寂靜故非第三諦故滅爲證此滅於世尊所修淨梵行是滅聖諦一切善法皆是道能出離故非第四諦故道爲習此道於世尊所修淨梵行是名聖諦又說熱相爲煩惱煩惱及煩惱所起業名集若從此有有名集聖諦有生名苦聖諦如此從第二諦生第一諦若心捨離執相違無相界由此因故煩惱煩惱所起業斷由此斷故無復因緣有不更生此不更生名滅聖諦此法能令心捨離執相證無相界是正見等名滅道聖諦如執相餘影似虛妄分別等亦如是又分別論中說世尊不依一切苦假說苦諦若爾何爲爲顯無記果執取陰性體相故假說苦諦假說苦因法爲別離此故於世尊所修淨梵行是眞苦諦不依一切因假說集諦爲顯能生假有因性體相故假說集諦假說集因法爲斷此故於世尊所修淨梵行是眞集諦不依一切滅假說滅諦爲顯輪轉道斷性體相故假說滅諦假說滅因法爲證至故於世尊所修淨梵行是眞滅諦不依一切道假說道諦爲顯能除惑道性

體相故假説道諦因法爲修此故於世尊所修淨梵行是眞道諦又藏論説略明苦有二種一與憎會二與愛離此二二處一身二心因愛三種故則成三苦集諦有三愛見及業愛見二惑名爲後集由此巳有業麤妙集滅諦有三一見一處惑滅二欲一處惑滅三有一處惑滅道諦有三一見道二修道三成守道此三即三根復説苦者逼相集者生相滅者寂靜相道者能出離相復説苦者有相集者能有相滅者離相道者能離相

分別苦諦品第三之一

何者爲苦諦略説如此巳云何廣分別於苦聚中云何説生爲初云何爲生云何生相云何生事云何生緣生云何苦若生是苦三種樂生義則不成生之與起云何爲異阿羅漢五陰未滅云何説生巳盡云何爲老云何老相云何老事云何老緣云何老苦齒落相等不皆徧有苦非不徧云何説老是苦聖諦有爲不住念念滅故云何有老持散偈曰

分別初四生　苦三及差別　盡四老并苦
齒落等念滅

云何爲病云何病相云何病事云何病緣云何病苦若由病故身恒苦者云何不違此偈

無病第一利　知足爲勝財　無疑爲上親
涅槃無比樂

若天道無病一切衆生以病爲法此言應救正道論説病爲業果是業果苦非苦聖諦佛説苦名爲病又偈説飢爲第一病如此二説云何爲異云何爲死云何死相云何死事云何死緣云何死苦放逸死破戒死生緣死此

二何異又有覺無覺死有悔無悔死有放逸無放逸死有著無著死有調伏不調伏死少分調伏死其義云何五陰念念自滅他害等死云何得成云何爲怨憎會云何怨憎會相云何怨憎會事云何怨憎會緣云何怨憎會苦若怨憎類有聚會者永不相離此義應至云何爲親愛離云何親愛離相云何親愛離事云何親愛離緣云何親愛離苦老等聚會即怨憎會少壯等離即親愛離更説怨會愛離云何非重説耶云何所求不得云何求不得相云何求不得事云何求不得緣云何求不得苦欲塵即苦至得亦苦求之不得云何爲苦以何因縁求之不得云何略説五取陰爲苦略義云何諸陰何相陰有何義是色識等同有爲相云何説五陰與取陰云何爲異

云何説取陰爲苦陰不名苦陰者何義隨正見一苦已即通達苦諦何用廣説諸苦相耶經中亦説色樂亦在樂處若取陰是苦經則相違云何此經獨説略言餘經説色苦乃至識苦取陰復何因縁苦總略義云何

汝問何者爲苦諦略説如此已云何廣分別者答有諸弟子樂略正教如舍利弗等開智受化是故略説有諸弟子樂聞廣説如難陀及弗迦婆等廣分別智故爲廣説得次有諸弟子因力最彊如大迦葉已增長善根故爲略説縁力弱者如菸提等未增長善根故爲廣説復次利根如鴦崛摩羅等故爲略説鈍根受化如虵奴等故爲廣説復次多聞弟子如阿難等能持聞藏是故略説少聞弟子如周羅般陀等智慧鈍弱故廣分別説復次當

聖言勝德如離婆多等數習内觀故爲略說未有聖言及勝德如闡那等未習内觀爲廣分别說

汝問於苦聚中云何說生爲初者答曰苦始故老病死等諸苦生爲最初譬如無悔等世出世法以戒爲初如是老病死等生爲足所故說生爲初不相離故復次由生能故若生已有老病死等能害身根心等譬如火若火已成則有燒熟照等非不有火生亦如此是故先說復次不相離故假使衆生得離老病決不離生以行苦故是受果故道所治故故先說生復次平等過失故一切衆生同受生害譬如無常殺鬼復次隨逐一切有分故生者徧無明等十二有分譬如毒乳復次徧三界故生者徧三界如牛同異故先說生復次苦根故生者根苦老病死等爲枝葉苦如經中說一切諸苦以生爲本以生爲因如經廣辨故先說生持散偈曰

苦始能不離　等失隨有分　徧三界苦根
是故先說生

云何爲生者答偈言

生五經等說　得陰初續心　生分與諸伴
胎位及五種

釋曰如經阿毗達磨藏論十二緣生等心思擇論中廣說生應知復次業增長品隨眠爲伴引接生因緣法聚集所得種種衆生處得陰入界等是名爲生復次臨續生時初識受生是名爲生如經說由識入故名色和合若說生次第識初起名生復次餘論師說生分初識與伴俱起是名爲生復次生有多種謂

柯羅等胎位差別乃至出胎如受生經說復次生有五種如偈言

得聖法名生　胎位姓家成　聚同異及有唯有名爲生

釋曰得聖法名生如經中說已免奴位從我口生復次有已生聖法律中如鴦崛摩羅經說復次住胎位名生謂柯羅邏類浮陀伽訶那等譬如種子芽莖枝等復次姓家成名生如金寶等刹利等生復次聚同異類名爲生形相有異謂人象馬等譬如婆羅多羅等樹復次有名爲生謂陰入界等有是名爲生如說有華有子等此論唯說有爲生何以故本故貪愛果故故言唯有名爲生云何爲生相云何爲生事云何爲生緣答有顯是生相種種苦爲事業有爲生緣云何苦者答三苦火所燒故是愛生處非所愛樂非福行果聚同異類苦苦所燒所受生處是所愛樂是福行果聚同異類壞苦所燒所受生處不動行果聚同異類行苦所燒譬如野火燒繞大樹故說生苦復次衆苦所依故若有生者身心衆苦之所依集非不生時譬如鹿苑衆仙所依復次陰入界等有顯名生處處生已斫破刺劈解拆分離墮失等苦平等隨生以無常怨不可遮故如王子境及以坏器故說生苦復次生者是諸苦藏憂悲惱生非苦根本老死因緣諸病發起痛入失類諸惡依止礙壞所踐疲極城門怨具庫府煩惱續流此生是闇非燈可治深坑難出無火大燒是怨難覺是枉不疑是痛無藥是縛非繩棘林無道無有光火嬰兒讃嘆慧人毀呰樂有所愛諸佛

菩薩引大悲因有學所離無學除盡諸佛自覺立名爲苦故說生爲苦復次胎位苦故臨受生時赤白和合有識來託受雜穢苦次柯羅邏頞浮陀伽那畢尸等位受轉熟苦如癰熟苦既堅實已身分生時受迫大苦如大家苦在胎卧時兩藏重逼譬如罪人下蒸上壓受大困苦由毋飲食威儀失度若走若蹲若行泅水伸屈役力被打痛惱服相違食由此威儀飲食故肢節如解受種種苦如犯王法受諸拷楚故生爲苦臨出胎時其身柔軟如芭蕉心產門迮逼如壓油車受壓迮苦又初出胎時身如新瘡手水衣觸如熱灰灌如刀劒解受難忍苦故說生苦若生是苦三種樂生義則不成者答爲分別業報果故爲安三界差別故爲顯有三受故由此應知三安樂生行苦所攝故是苦諦故苦所逼故苦衆多故故生是苦復次有福行果故有三樂生如偈說

福德果報樂　隨意得成就　速得最寂靜
如願般涅槃

無常惡毒所雜故苦如雜毒食雖具百味色香觸好若有食者決得死報一切生死亦如是雜無常毒故說爲苦復次爲生時樂住時樂故說樂生此安樂生壞時苦故聖人猒此壞苦如憎糞穢故說生苦生之與起云何爲異者答化生一名起餘三名生復次入胎名生出胎名起復次有分次第生名生一時具生名起藏論中說生者屬識託胎種子故起者屬業能散置識諸道中故阿羅漢五陰未滅云何說生已盡者答有既滅故說生已盡

復次因緣滅故此生無後生法故說生盡譬如由貪愛滅故說苦諦滅復次爲拔除生根本說已盡譬如有樹已斷根故雖富華葉等亦說已滅生盡亦爾復次當來應盡故說生盡譬如山頂棄擲坏器雖未至地已說其破生盡亦爾故說羅漢生盡云何爲老者答少壯滅失次第度位四大衰損諸行變異身緩節踈色形麤醜諸根羸弱念識智行無所能爲歸向死門是名爲老復次微細過根徧入物中後時方了滅損變異此法名老何以故老若入齒則現落相若入皮中皮則緩皺百種黧黮若入毛髮則現脫白若入四大大則踈弱若入根門則根無力若入身形形體戰動舉止不安若入於心心則掉蕩忘失憶智若入背脊則傴屈若入肢節肢節蹉戾少壯軟滑悉皆失故現故壞相復次老有二種一依滅失二能依滅失一依滅失者諸大血肉膏骨體等稍就滅失由此滅失得相似果謂走跳蹲泅伸屈去來勤力擔負等並皆損失二能依滅失者謂眼耳等根見聞等用皆不分明由不分明得相似果念智意滅心地勤力擔負等並皆損失如經及藏論十二緣生論中廣說是名爲老云何老相云何老事云何老緣者答滅變熟壞故等名爲老相少壯損失軟滑去離憎惡事來名爲老事陰界入生是名老緣此老又爲憂悲等之處云何老苦者答此能生衆生憎惡相已奪可愛色勤力增智引就死王如犯王法禁伺劓刖付殺者處老亦如是故說老苦復次衆生辯言身力根能取持思量棄擲識及智力無間無瞬

老日逼奪如熱時日解脫五翳盛光普照小坑淺水皆悉乾竭老亦如是故說老苦復次老者令色形醜陋能奪愛德除滅少壯及無病樂勤力擔負念智忍門思識悉能損奪諸根羸弱無復勢用如羅剎女吸人精氣趣向死處故說老苦復次少身蓮華親心所愛色形端正悅他心眼爲老霹靂之所變異卷縮破壞自心不悅他人憎惡故說老苦復次能壞身根念智故說老苦由身壞故行住坐卧屈伸轉側等皆不自在由根壞故見聞齅嘗觸等皆不分明又有說言我聞不明還似嬰兒由念壞故更事不憶不了所說曾見不識本故說爲老猶如行相又跋私弗部說有爲諸法實有暫住此住有異是有爲相說名爲老如經中說此身得住百年或說有四識住以是義故說名爲老苦有爲法實念念滅少壯壯不成亦無命根云何爲病者答曰身界不平等生長乖違不平等生長時說名身病若平等時說名無病如佛世尊因耆婆說如來身界今至平等復次自性更互相違不識恩養身界毒虵觸忤名病復次病有二種一身二心身病復有二種一因界相違名緣內起二因他逼觸名緣外起是身病者由名因處有差別故品類多種名差別者謂漏癩癰疽氣嗽腫癖瘧風狂等因差別者謂痰風膽及等分病或單或二或三或四如是痰等有六十二爲病家因處差別者謂頭眼耳喉心腹等是名身病若廣解者有四百四心病者因邪妄起謂憂煩等此病亦有二種一緣內境名內門惑二緣外爲境名外門惑由名因

處有差别故品類多種名差别者謂貪瞋慢癡見疑諂曲欺誑等因差别者謂淨相失相有無等相爲心病因處差别者謂色等六塵如經說色愛乃至法愛此中所明但論身病不說心病云何病相云何病事云何病緣者答病者逼惱身爲相苦憂爲事本界不平等是緣云何病苦者答世間聰明人隨其自能欲有造作由疾病故並不成就違願故苦是故疾病能爲苦因如火爲燒因日爲光因老死等亦爾爲苦因故苦復次能害本故故說病苦譬如蕉竹蘆葦復次生痛受故能害命際令壽終故如火毒伏故說病苦復次苦苦所攝故生及相續中衆生不能忍受譬如象子落野火中是故病苦復次不得自在故若人遭病於四威儀及想皆不自在其身低垂不能伸屈行動等事譬如木人關戾斷絶復次能捨壽命故如人遭病不能忍痛求火毒服自捨壽命譬如陀尼柯羅漢復次一切何方便不可療治來命必終故故說病苦譬如頞底仙人斷痢湯藥復次所憎猒故逼害爲性起長無明故智慧恐種故因苦爲體故不安依處故無學墮忘由智壞故選擇取捨之所遠離不識是事非事猶如愚人以此義故故說老苦如大德佛陀蜜說諸佛世尊無量數劫生長善根具足十力有十自在勝破四魔得四無畏平等能觀一切方便秋時淨空圓月可愛那羅延堅固身節身力形皮膚等相爲老所損故說老苦此義佛在阿羅毗國優陀夷比丘依佛說偈

惡老汝可患　侵汙愛妙色　是心悅衆心

由汝故變異

四諦論卷第一

音釋

翅施智切翼也 辮婢典切交也 鞞頻眉切 鵶幺加切 擘博厄切釮也 泅徐由切浮行水上也 坏鋪枚切未燒陶器也 皺側救切皮散也 劓劓疑器切刑鼻也 刖刖魚厥切斷足也

四諦論卷第二 第三同卷

婆藪跋摩造

陳三藏眞諦譯

分別苦諦品第三之二

齒落相等不皆徧有苦非不徧云何說老是苦聖諦者答徧滿三界諸行變異說名爲老是苦聖諦如壽命滅如經言一切衆生以老爲法復次諸天身形微妙稍損變害前後異故非無有老細故難知猶如其身復次住前後異是有爲相徧滿諸行說名爲老如牛同異有爲不住念念滅故云何有老者答一切有爲法刹那刹那滅實無有住依相續住故說老相如江燈雨是江水流念念不住見相續不斷世人說言此江流急或言江長燈雨亦爾復次生死中間說名爲老何以故初五陰起是名爲生最後陰壞是名爲死是二中間諸陰變異病對治故死生校具故說病爲苦若由病故身恒苦者云何不違此偈無病第一利等答冷熱等病來逼迫故說身恒病免癩漏等重疾病故遊戲威儀讀誦思修有力有能故依此身說於無病爲第一利復次行苦火所然故說身恒病暫離苦故說無病爲第一利復次恒治助故說常病身界暫調故說無病爲第一利若天道無病一切衆生以病爲法此言應救答陰生爲苦徧滿三界是天道病如經中說色生是苦生諸病依處故如色餘陰亦爾又經說比丘若說病者是五陰別名乃至癰刺等又餘師說天將退時身心麤動是名天病正道論說病爲業果是業果苦非苦聖諦者答是業果報不離愛果

是故說業果報即說愛果貪愛不離業故如燈與光業愛我見識果苦爲性故苦諦所攝故不相違佛說苦名爲病又偈說飢爲第一病如此二說云何爲異者答若說病苦重中輕病皆悉被攝飢則不爾故二說有異復次不可治故說飢爲第一病何以故飢若難治治不窮故如間日瘧病若眼病等則不如此復次無止際故是飢病者從生至終永無暫息餘病不爾復次飢病恒須治故如朽弊屋相似無病如怨詐親徧一切處故摶食衆生並患飢苦如地獄品說是故飢病最爲第一

云何爲死者答命根斷絕說名爲死徧一切衆生故由有火大能消飲食身界毒虵相乖違故其性盡滅由此滅故諸根無食隨火而滅心及心法根爲上緣以根滅故心法隨滅煖命及識捨離身根是時名死如偈說

煖命及意識　若捨離於身　眠屍橫在地
如枯木無知

復次同聚所得陰界入等相續斷絕是名爲死死有二種一自性死二橫死自性死者復有二種一由業盡二由命盡橫死亦有二種一者自橫二者他橫復次死有三種一隨剎那死二橫死三因盡死隨剎那死者從託胎已來乃至柯羅邏等十一位無瞬無息剎那謝如偈說

從初夜衆生　愛託住於胎　無礙自然去
一向往不迴

又如經說比丘汝等剎那剎那生老及死是名隨剎那死橫死者毒火刀仗等自作或他作因此命根斷是名橫死因盡死者感長壽

業盡滅無餘是死眞實唯羅漢有猶如燈盡是名因盡死云何死相云何死事云何死緣答命根斷絕是名死相捨離本道是名死事生爲死緣云何死苦者答怖畏苦故是人臨終爲死金剛之所破壞應往他方非所究悉將離親友我之愛熱所護身屋崩破壞時永離所作生重怖畏故說死苦復次火燒熱故若人曾經作惡不樂行善將命終時破戒因故見未來生惡道相現起大憂悔身心焦惱如死法經說故名死苦復次劇胎苦故是人在胎中時恒受重苦或母飲食相違威儀疲極他所逼苦雖受大苦而不失命若死苦來頓奪前苦命根即絕出胎亦爾雖受大苦亦不失命死苦若來奪此生苦命根即滅復次在少壯位受用六塵不知猒足與所愛親共住未久由少壯無病性力自在財物勝故恒起醉慢是時若死其苦無比若人過少壯位財寶巨富穀帛資生皆悉具足或被王重罰或遭困病作是思惟我必應死其心已決眼滿熱淚咽喉噤塞觀愛親屬目不暫瞬死至將去何苦劇此是死至者如大山來行四方便亦不能制如大力怨不可摧伏食噉一切如馬口火燒曝一切如劫末日一切衆生所不能度如海水動不能過岸如金剛霹靂碎五陰山如大猛風拔倒身樹如迦樓羅吞噉陰龍如飲味鬼伺人過失如大怨賊恒奪命寶如重罪人心無安樂如惡國王重罰難謝如春等時必定當有以是義故說死名苦放逸死破戒死生緣死此三何異者答慧命斷故名放逸人死戒清淨命破壞失故名破戒

人死壽命根斷故名生緣死復次退墮正法名放逸死失比丘性名破戒死退聚同分名緣生死又有覺無覺死有悔無悔死有放逸無放逸死有著無著死有調伏不調伏死少分調伏死其相云何答行善凡夫聖及菩薩正起憶念捨壽命根名有覺死異此名無覺死破戒人死名有悔死持戒人死名無悔死由五醉故不恭敬行法律學處名放逸死異此名不放逸死於父母妻子等起愛著心而捨壽命名有著死異此名無著死阿羅漢等在六恒住調伏六根捨壽命根名調伏死行惡凡夫散漫心死名不調伏死有學聖人捨壽命根名少分調伏死五陰念念自滅他害等死云何得成答諸陰實念念滅相續恒流依相續故他害等死得成如約相續故說燈滅復次諸根無事能故譬如破缾復次壽命根壞故有人說言壽命根非剎那剎那滅何以故若念念滅壽命亦無時死非時死他害死等皆不得成三種病亦不得成是故命根非念念滅云何爲怨憎會者答怨憎親愛不定故若塵是所憎怨是其聚會亦是所憎如人於豬食外曰若爾苦諦不成立以不定故答不爲怨親塵不定故怨憎會所生苦不定如境界不定生善則定惡亦如是怨憎會苦亦復如是復次宿世惡業相似果聚集名怨憎會立名爲苦復次怨憎會苦者約苦受及資糧說何以故一切衆生愛樂憎苦故是受會名怨憎會復次惡友共聚多過失故名怨憎會苦如偈所說

與惡友共聚　非聚多過失　是功德最大

離則無憂悔　善友共聚價　我思難判決
分離時是苦　是共聚等價
復次修淨戒人觀細失怖畏犯受惡戒事是
其怨憎生悔熱故惡覺觀起是修行人憎怨
能枯滅善法故煩惱燒然是聖人怨能逆心
靜故此中說惡業法煩惱果相應是名怨憎
會云何怨憎會相云何怨憎會事云何怨憎
會緣者答非所愛聚爲相心憂爲事業煩惱
爲緣云何怨憎會苦者答逼惱爲體故如惡
隣里爲苦因故如獸見狼逼身心故如毒刺
在體瞋恚緣故如見本怨無安因故如無憂
王傳復次與種種重苦品類相應能害自身
故如阿難宿傳非愛相應多生求欲求欲因
緣生種種苦如偈言受苦人求復次由惡友
故生大驚怖如鹿見獵師如人坐卧天衣所
覆寶牀燒赤鐵鍼以刺其身身心戰動生大
困苦是故名爲怨憎會苦若怨憎類有聚會
者永不相離此義應至者答一時境界性用
相續共生當知諸法恒相聚會怨憎聚會異
此義故難不得成復次苦受是名怨憎此受
不離於心如是義者順難答如經中說如攝
有多種會義亦然如持散偈言
一分具分心　道用類相應　勝處及自性
經說名法攝
如攝有多種會亦如是謂一境不相離相對
相著等是故此難違順皆得云何爲親愛離
者答是親愛壍或名衆生或非衆生與其別
離名親愛離復次少壯無病壽命家色形富
貴自在親友相離亦名愛別離復次善業果
報六入觸攝是退失名愛別離如退天道復

次樂受破壞名愛別離何以故此樂受是愛著處由此愛著於色等境亦生愛著是樂受伴謂想行識等亦所愛著若論實義唯樂受壞名愛別離云何親愛離相云何親愛離事云何親愛離緣者答離愛類爲相心憂悲爲事遭敗爲緣云何親愛離苦者答因愛別離是諸衆生憂悲内然猶如空樹野火燒復如經說若天退墮愛別離苦劇於地獄如目連宿傳復次若衆生疑聞見憶念親愛別離憂悲苦生是故名愛別離苦復次父母妻子所愛眷屬別離因故如倂失財懊悔失心如著鬼狂譫語啼哭悶絶顛掉如臨死人如失王位重苦所逼如無識無知癡亂默然如船舶破没憂悲海故名愛別離苦老等聚會即怨憎會少壯等離即親愛離更說怨會愛離云何非重說者答老等聚會少壯等離如此二苦羅漢亦有唯無憎會如偈

若一切永無　怨憎及親愛　無憂無染心
是人得涅槃

以此義故不名重說復次由老病等無分別苦與羅漢共如前偈說惡老汝可患等怨憎會苦及愛別離因分別起皆屬心苦未離欲人則有此苦復由老病等名依内苦怨會愛離名依外苦故非重說何所求不得者答遠離苦與苦不會則得歡樂與不相離求此不得名求不得苦復次與生老病死等諸苦求不相會而不能得是生定法故故名求不得苦復次求與怨憎不會親愛不離既不能得故名求不得苦外四此苦在前二苦已顯現何用重說答非所愛共聚名怨憎會是所愛

分離名愛別離今求怨不會求親不離翻前二種立此爲苦故非重說復次已得未捨與所憎塵共聚名怨憎會已得未捨與所愛塵不得共聚名愛別離未得未捨是所愛塵求不能得名求不得苦由三世安立故非重說云何求不得相云何求不得事云何求不得緣者答求不得者違逆意欲爲相以憂渴爲事現無功用宿不作善爲緣云何求不得苦者猶如如意餅等破故失求王位等願復次苦因緣故是所求欲五塵由不能得欲火所然如述波伽等燒然成灰故名求不得苦復次三時中能生苦故是所求利我應不得今不得已不得由此生憂悲等苦故名求不得苦命塵即苦至得亦苦求之不得云何爲苦者答以不定故得者未必皆苦何以故苦得信根不名爲苦復次是猒憂依止故求不得者能生求者猒惡憂惱心得五塵利則不如是是樂想故復次如少壯身老爲後故說名爲苦如是得五塵利敗爲後說名爲苦如取陰爲苦依止說名爲苦得五塵利說名爲苦義亦如是以何因緣求之不得者答因緣不具故譬如種子若無有緣芽不得生由宿世慳悋嫉妬邪見瞋故壞大家因今求不得如欝多羅比丘等宿傳因惡法故離苦受樂求不能得譬如阿鼻地獄衆生求不得者略說三因一無宿世善二自無功用三他不愛敬云何略說五陰爲苦答爲攝初中後苦故生爲初苦死爲後苦老等憂悲等名爲中苦復次爲攝有間苦故有間苦者如老病死等無間苦者恒隨一切有分復次爲攝各各自相

無邊衆苦故故說五取陰名通相苦何以故諸苦別類無邊故假使如來於無量劫廣說苦相亦不能盡復次生等諸苦如火五取陰如薪如燒然經說復次五取陰爲生等諸苦田地何以故取陰生苦名生取陰變異苦名老取陰逼惱苦名病取陰破壞苦名死取陰非愛聚苦名怨憎會取陰親離散苦名愛別離取陰所須不遂名求不得略義云何答有三種一多二異三一處謂三世分散種類不同攝在一處故名爲略復次略有二種一義略以一義攝多義譬如眞寶二名句偈略能攝略義如眞寶器如是苦有多義多名但以一義一名攝之皆盡說名爲略問諸陰何相陰義云何諸陰同一行相云何不立一陰陰及取陰二種云何答如是等問五陰論思擇品中已廣分別問云何說取陰名苦不直名陰苦答欲分別諦有四相故說取陰爲苦若直說陰是苦則二諦不成何以故明陰戒定等五陰皆成苦諦故問取陰何義答愛欲是取義此陰能生取爲取所生與取相應取所隨逐能有取故故名取陰問隨觀一苦則通達苦諦何用廣分別諸苦相耶答行人須廣觀衆苦生猒離心生猒離心已能觀通苦得入正觀爲此用故應須廣說復次爲分別生老等苦生思擇智得此智已觀苦一義決無分別智因此得生此智以平等爲境不勞功用自然而流無有覺觀名第八智依法境生如寶象譬問如經中說名爲樂是樂依止云何而說取陰爲苦答如偈言

執對治樂故　顛倒欲故樂　經說爲苦故

正見故無樂
此義如五陰論廣說於輕品苦中及苦對治
中起於樂想實唯是苦問此經中云何略說
餘經廣辨色爲苦答爲多聞慧人是故略說
取陰爲苦若無聞慧則爲廣說色取等爲苦
如是爲見光未見光人故廣略說問云何說
取陰爲苦答苦盛逼故如人處七寶樓種種
嚴飾可愛五塵能悅其心生大歡樂小針所
刺即生苦受忘失前樂如鹹酸味復次苦最
多故謂老病死愛別離怨憎會求不得憂悲
苦惱冤守失苦逼害苦等取陰中最多樂少
虛妄如壞井水問略說八苦其義云何答衆
苦依止故生名苦能令變壞故老名苦能逼
困身故病名苦能滅諸根故死名苦非愛共
聚故怨憎會名苦可愛相違故愛別名苦希
望不遂故求不得名苦是衆苦相故取陰名
苦譬如射堋復次有者是眞實苦有即是生
生是何法謂名及色色爲老病死所害名爲
別離怨憎會求不得苦所害取陰爲衆苦所
害復次老病死名爲身苦以無分別故愛別
離等三名爲心苦由分別起故生及取陰是
身心二苦復次由生說行苦由死說壞苦所
餘五句說名苦苦此三苦以取陰爲由復次
取陰有起名生六道出現故身變熟名老以
萎悴故身界不平等及憎長名病令相違故
命終陰壞名死離本道故非愛受因共聚怨
憎會乖意相應故愛受因相遠名愛別離與
愛不共故所欲不遂名求不得如願不成故
爲一切苦種本由故取陰名苦諸苦自生無
功用故婆藪跋摩法師分別苦諦品究竟

思量集諦品第四

說苦諦已云何次第說於集諦集者何義云何自問及答是渴愛何者渴愛何相何事何緣是渴愛是言勝義云何渴愛即集此言自足說渴愛已何用復說能感後有能感後有其義云何能感後有決定喜欲相隨處處愛著云何作多種說喜欲何義隨義云何處處愛著重言云何有諸別惑能作集相云何但說渴愛爲集何因獨說渴愛爲集不說諸業若貪愛等亦是業煩惱集云何但說苦集耶無明緣觸味緣三受緣等愛其異云何已說四大觸名色各爲諸陰因復說渴愛爲因此二說云何不相違渴愛無明我慢業食皆爲苦因此等異相云何喜欲欲等其義云何藤林等是貪別名其義云何

汝問說苦諦已云何次第說集者答已決心信果未識信因令識信因故次說集爲顯苦諦隨屬因緣復次爲受化者迷十二緣生故說苦諦依因緣生復次苦諦猶如機關隨屬因緣故自性羸弱及無我相復次世間貪愛堅鎖之所繫縛不能出離生死牢獄故顯所縛能縛復次有諸衆生作如是計此苦諦者無有始終難可除滅由此執故不修正勤是故佛說苦雖無始由因緣生故可除滅譬如種子故應修正勤汝問集何義者答平等聚生是名爲集離此三義則不成因復次令起有本泉源能成能現遮因緣是名集義汝問云何自問及答者答有諸弟子不懈怖畏定心護此三事故佛自問答者爲破難邪因顯立正因有諸異執謂梵王自在及天人時性

四大空隣虚等以爲正因爲破邪執欲顯正因故佛自問答復次於十二緣生等諸經巳説多種集有諸弟子未知此經定以何法爲苦集故佛自問答爲欲令得決定智力復次爲覆智受化不通達略教中義爲令開覺故佛自答復次爲勝智受化覺觀多故不執持令智堅固故佛自問答復次爲了智受化令得決定智力故佛自問答復次爲分别智弟子令得了别猶如然燈故佛自問答汝問是渴愛何者渴愛何相何事何緣者答是諸衆生恒觀有爲法功德依有用資糧心無猒足故名渴愛如飲醎水如人盛夏晝日光照熱渴所逼周徧覓水來飲醎海醎海有竭此渴無盡如是世間凡夫常爲生死資糧愛欲焦然其心邪妄分别令生熱渴一向專求五欲快樂眼耳身識及心憶持所受用物巳得未得永無猒足故説此法名爲渴愛復次不知猒足名爲渴愛如火草薪華果酥蠟等是所燒然於取類中無有猒足世間凡夫貪愛然心於人天中上妙五塵念念受用不知猒足如頂生王復次渴愛類見性别異故各爲二種類異者於取陰中起我執我愛是名緣内類貪於非取類中起我所執是資糧愛名緣外類貪見異者依因有見願有勝生是名有愛依無有見願樂我斷名無有愛性異者貪愛倒起覆藏爲事猶如雲網故名上心貪愛爲隨眠隨逐爲事猶如鼠毒名離心愛復次渴愛因依緣業别異故各爲三種因異者願樂未曾得塵是愛名求覓苦因於巳得塵心生貪著是愛名守護苦因於巳失塵心生懊

惱此愛名憂悲内熱苦因依異者謂衆生處所受具衆生者樂得未來陰求欲生故名依衆生愛處所者樂三有道常求此處名依處所愛樂好聲觸色味香等塵境界求欲受用名依受具愛緣異者謂貪愛能作煩惱業苦緣及緣此三起業異者謂平等不平等相續渴愛平等愛者依道理求見受用名平等愛翻此名不平等愛相續愛者隨眠貪愛無始相逐名相續愛復次渴愛取道對治資糧別異故各爲四種取異者於欲界中欲喜迷悶渴愛貪著名爲欲取於我言見戒等中渴愛著亦爾道對治異者謂四聖性所對治故資糧異者謂飲食衣服卧具醫藥復次渴愛依三受別異故爲五種於樂受中生二種愛謂聚集愛及不相離愛於苦受中亦生二種謂不聚會愛及相離愛於捨受中起無明愛復次渴愛以事異故離爲五種謂未得求得以願爲事二生願樂已求覓爲事三求覓得已增長爲事四增長已守護爲事五既守護已後時失壞憂悲爲事復次渴愛依五陰故五依六根故六依六根各有三受故成十八復次依結及離結故三十六如是等是貪愛樹隨眠爲根我愛資糧爲身幹三界貪愛爲其高大六愛聚爲枝愛行爲茂葉八百愛爲華生等爲惡果如此渴愛爲苦集因爲苦生因名爲渴愛此中應知渴愛相者心喜爲相事者無猒足等十一種爲事緣者觀有爲功德爲緣汝問是渴愛是言勝義云何渴愛即集此言自足者答渴愛多種若能感後生乃是定集餘則不取若不爾者聞正法等亦應

爲集復次是渴愛能感未來有若不能感則非所取復次是渴愛若與喜欲相隨則名爲集若不爾者則非所取復次爲欲簡除似集諦法故言是渴愛復次是守爲顯證量如現世苦因渴愛生證量所得當知去苦生不離渴愛如郁伽長者經說汝問說渴愛已何用復說能感後有者答渴愛者此言未了故說能感後有顯定渴愛若但說渴愛是集則阿羅漢渴愛水等亦應是集若有渴愛能爲滅渴愛依止亦應成集汝問能感後有其義云何者答能令識等陰著後有故何以故我及我所是所執處如是渴愛能令識等執著此處如塵著濕衣種子著濕田復次能生未來有故如母生子復次能爲未來生食故如識食觸食復次能引能愛故故說能感後有又有往昔耆舊諸師釋佛說渴愛有四因緣能感後有一能使相緣如經言隨眠貪愛未被拔除是苦恒生恒續猶如龍池二能攝諸道故如經言比丘若於色等境界起貪欲愛著是識隨依色住受想行亦如是三能結能續如經言能結能縫不捨境故令未來世三有得生四能令受生如經於此四食處若有愛欲名色即生汝問能感後有決定喜欲相隨處處愛著云何作多種說者答此三句皆是渴愛別名譬如人手名爲頞悉多亦名柯羅亦名波泥復次果伴境界別異是故多說能施未來果故說施未來果故說能感後有喜欲爲伴故說喜欲相隨取種種境故說處處愛著復次有法但感後有不與喜欲相隨如隨眠貪愛有法但與喜欲相隨不能生有如

不隨界貪故應具說多名汝問喜欲何義者答喜者於有資糧中心生安樂說名爲喜樂此中生欲名爲喜欲譬如色欲復次喜種類欲名爲喜欲譬如寶餅復次是樂有染名喜心著名欲合此二種故名喜欲譬如名色復次喜欲更互相生故名喜欲如菴羅子等汝問相隨義云何者答共義名隨此隨眠與上心爲伴能生後有復次外愛共行故說內愛與喜相隨譬如愛取復次隨者得地爲義復次分別部說相隨有四種一境界相隨二相應相隨三間雜相隨四緣起相隨境界相隨者如經說若人起覺觀分別與色相隨相應相隨者如經言此心與慈相隨間雜相隨者如經言是人修習信根與慈相隨復次有經說染著憎恚相隨思惟相隨緣起相隨者如經言修習正見與無放逸相隨此論所明喜欲即是間雜相隨汝問處處愛著重言云何者答於三有中愛著種種諸界於諸界中愛著種種生處於諸生處愛著種種衆生聚於衆生聚中愛著種種諸根於諸根中愛著種種諸塵於諸塵中愛著種種諸業復次心猴行境不定恒樂取塵隨逐渴愛種種諸有及有資糧由隨攝捨處處愛著復次觀著求處行不定故如偷稻牛復次棄取餘塵亦不離欲譬如五囚人毋故說處處愛著汝問有諸別惑能作集相云何但說渴愛爲集者答爲最勝故若渴愛王所至之處一切惑衆皆同聚集復次由渴愛攝故若渴愛不令餘惑敢味餘惑則滅若諸惑不起貪愛亦不起何以故無分別依故復次設無餘惑但有貪愛生

死亦起如手摶濕沙復次難分別故由此渴愛亦入善法但觀口欲如內怨家復次至門不入故如阿那含至涅槃門由貪愛故不能得入成上流人問無明亦勝何故不立答不然無明盲人由渴愛故墮陰坑苦譬如盲象求欲後生故受來報不由無明譬如生盲入諸門以是義故故說渴愛爲集汝問何因獨說渴愛爲集不說諸業者答煩惱勝故何以故貪愛等是實生因業不如此云何知耶業雖具在爲貪愛盡故諸阿羅漢無復後生前來已說有眞似集貪愛等能爲有因故是實集諦業爲引有因故說爲相似集復次貪等由道所滅業則不爾何以故諸佛等究竟修道已猶聞有殘業在復次業不墮界故不名眞集汝問若貪愛等亦是業煩惱集云何說但爲苦集者答有如是義此中爲立四諦故諦爲苦集何以故於聖諦中簡擇眞實因故說渴愛等爲苦諦集復次有及生陰渴愛爲集是渴愛於現世中與生等諸緣共作煩惱業集不如渴愛獨爲苦集故但說渴愛爲苦諦集復次定以隨眠渴愛爲苦諦集爲顯此義佛說偈言

如樹根未拔　雖斷猶更生　隨眠愛未除
苦體恒相續

約緣為渴愛說緣愛起取約緣外渴愛說緣取起求覓業汝問無明緣觀味緣三受緣業愛其異云何者答經說無明爲愛緣此愛爲煩惱緣起緣說觀味見境起常邪等見因此起愛是愛爲業緣起經說由貪愛故得三種受是愛爲受緣起復次一切煩惱無明爲緣

此貪愛緣無明起故説緣無明愛一切諸見爲諸業緣緣此諸見起貪愛此愛名業緣愛一切諸苦三愛爲體緣此起愛名苦緣愛復次不信了爲因名緣無明愛觀有爲法樂常等味邪智爲因名緣觀味愛餘類爲因名緣受愛此愛爲緣起及果有三由境界有六汝問已説四大觸名色各爲諸陰因復説渴愛爲因此二説云何不相違者答爲顯有因故説渴愛有已爲顯等分因故説四大爲顯種種因故説於觸爲觸不一故受有三爲堅信因故説名色如大緣生緣説阿難若識不託母胎是迦羅邏得結實不不得世尊阿難若無迦羅邏是識能託胎不不能世尊由此二法更互相持故得堅住復次無始時因名得愛一期因謂四大刹那因謂觸及名色具二因謂宿世因及現功用因復次五陰宿世因謂渴愛於受生中四大爲初因如迦羅邏爲頞浮陀等因俱起因名觸先時及俱起因名爲色汝問渴愛無明我慢業食皆爲苦因此等異相云何答渴愛爲無別異因業爲別異因食爲引持苦因無明及我慢爲一切因復次渴愛能爲有因業爲道因食爲平等因無明及我慢爲更互因復次渴愛爲苦眞正因是苦根本故所餘因爲資糧集助貪愛故汝問喜欲欲等其義云何答塵已到故心生歡喜由喜生愛故名喜欲求未得塵名欲因此生愛名爲欲欲汝問藤林等是貪別名其義云何答欲塵爲境界能染於心故説欲染貪著四定及果是名色欲貪著三摩跋提及果是名有欲能障涅槃行説名爲刺能燒熱心

說名欲火能垢汙心說名欲塵能令心濁說名欲垢能纏繞心說名欲辮無思計故說名欲縛令癡迷故說名欲悶心沉名欲著隨有行故說名隨流常希望故說名無猒得無飽足故說名爲貪障出離故說名爲蓋能覆藏故說名煩惱令不離有故說爲結不正思惟所觸惱故說名爲錐能縈束刺故說名爲藤向上轉增故說名大欲周普界道叢根塵勝樂等故說名爲徧著種種塵起種種著說名愛著於生死資糧未得及得心生歡喜說名喜欲無猒積聚欲塵利養名爲渴愛如是方便輪迴送引不離生死說名欲將遊煩惱水結愛行繩說名欲網從上下流入生死海說名愛河譬如變異渴病所逼入塵海由此無有飽足故名渴如海吞流如火燒薪等此惑無滿說名無休能結死生前後無間故名爲縫此渴愛在能令生死相續不斷或由自由他能受六道生死故於餘惑中說名爲集具如大有品中廣說此名解貪愛有十一種應知一名二義三體四用五因六對治七淨入不淨九生次第十立難十一救義若行人識此起觀自行教他不迷道理故說此義思量

集諦品究竟

四諦論卷第二

四諦論卷第三

婆藪跋摩造
陳三藏眞諦譯

分別滅諦品第五

經說苦滅云何此言何所因起何法爲滅何相何事何緣滅名何義無餘滅離滅捨斷棄此七義何異云何盡無餘名爲滅諦不說念念滅等若渴愛滅名爲滅諦無餘涅槃則非滅諦渴愛盡者應名集滅云何說苦滅若由渴愛盡故苦滅者無渴愛人即應無苦現見有苦此理云何十結惑中但說渴愛滅爲滅諦安立四果云何得成十二緣生中說滅有十二種云何但說渴愛盡爲滅持散偈曰

何節及前義　七義與念滅　界地滅羅漢

十結十二滅

汝問經說苦滅云何此言何所因起者答由是法生故是法有是法滅故是法無譬如燈復次已說苦諦渴愛爲因今說由渴愛盡故顯苦滅譬如病緣滅故疾病不起復次是渴愛流徧滿三有無始時起欲對治有故故阿羅漢無渴愛滅爲破外道如此邪執故說苦滅云何汝問何法爲滅何相何事何緣者答滅有多種一中間滅二念念滅三相違滅四無生滅等中間滅者如施戒定三摩跋提能滅三有由此施等隨得免離所對治法謂貪瞋等暫時不起名中間滅念念滅者一切有爲隨刹那謝名念念滅相違滅者此有爲法與相違因其性相乖相續滅故名相違滅此三名相似滅無生滅者有因滅盡故五陰應生不復得生此名眞滅又餘師說因及有因

渴愛後有不生名滅復次與渴共除煩惱愛業苦不生名滅復次是眞實用經無所有離有離無是般涅槃名爲滅諦如瞿曇傳說復次滅有二種一非擇滅二擇滅非擇滅者有爲諸法自性破壞名非擇滅如空名墮擇滅者由智火故惑薪燒是名擇滅如因火薪盡復次滅有三種一未有滅二伏離滅三永離滅若惑未生未得緣地名未有滅 若惑已生已得緣地由世出世道現時不起名伏離滅若惑已伏離滅因滅無餘故未來決不生是名永離滅如經言未生欲欲未來永不復生亦知此滅又分別部說滅有三種一念念滅二相違滅三無餘滅譬如燈滅又餘師說滅有四種一自性滅二無生滅三中間滅四永離滅不由因滅名自性滅如偈言

諸行悉無常　生滅是其法　若有生還滅
此寂滅是樂

又經言若法有生是法必滅不由功用如物輕重自然浮沉名自性滅由因無故果不得生名無生滅如經言由無明滅故三行不起如七流中種芽田壞果則不生名無生滅由定力者名中間滅如經言伏離上心惑名有時心解脫九種次第滅如難提柯比丘緣事爲證名中間滅由八聖道滅名永離滅如經言若人修無常想能滅一切結及隨眠惑以明生故無明永滅名永離滅猶如覆器及被然炬此論正辯永離滅何相何事何緣者無所有爲滅相心不燒熱爲事通達實際爲緣大德說寂靜爲相心安止爲事極解脫知見爲緣汝問滅名何義者答此滅名尼盧陀尼

者訓無盧陀訓遮障渴愛等法能障此中永無故名尼盧陀相違法生起故渴愛流永不更生如熟燒坏赤色生故本青色相永不更生汝問無餘滅離滅捨斷棄此七義何異者答此皆是涅槃別名此七名依器故說如涅槃有六十六別名復次止心及隨眠俱盡如樹拔根名無餘滅次第滅盡如斧柯喻故名爲滅昔縛著處由道力故無有縛著如富貴人不著貧賤是名爲離勝異昔退如聖人離惡盡故名爲滅又如前義名尼盧陀是名爲滅若法與惑相離譬如捨物是名爲捨現世是與未來永不相續譬如内根是名爲斷滅不更取如覆水器是名爲棄復次一切渴愛品類淨盡故名無餘漸壞名滅由觀過去不起著心名爲遠離行斷結盡緣起亦無故名

爲滅解脫煩惱是名爲捨緣智初惑永滅是名爲斷先取我執今則置捨故名爲棄汝問云何盡無餘名爲滅諦不說念念滅等者答由無餘滅故未來苦不更生不由念念滅等故說無餘名爲苦滅不說念念滅等若觀無餘滅寂靜等相能滅諸惑念念滅等則不如是復次隨屬道故勝餘法故眞實善故不共得故煩惱不能壞故不違言故安心緣故故說無餘名爲苦滅不說念念滅等汝問若渴愛滅名爲滅諦無餘涅槃則非滅諦者答餘論師說清淨梵行果故故煩惱滅名爲滅諦一切假名滅名無餘涅槃此論所說無餘涅槃界是眞滅諦何以故爲得此滅修淨梵行如富樓那七車譬經中說諸阿羅漢惑盡無餘而老病死寒熱飢渴害縛等苦猶尚未免

是故無餘涅槃界是眞滅諦此眞滅諦由因盡故得故說渴愛滅是眞滅諦優波及多道理足論說能令至無餘涅槃界故故貪愛盡得名滅諦雖然有餘無餘二涅槃界皆名滅諦何以故因滅名爲有餘果滅名爲無餘由因滅故故有因滅如燈盡故光盡是故二滅皆名滅諦汝問渴愛盡者應名集滅云何說苦滅者答苦火以渴愛爲薪若無渴愛苦薪苦火即滅如薪盡火滅復次苦諦以愛食得住由愛食斷故苦諦即盡故說苦滅復次著舊師說不爲離過去及現在苦於世尊所修淨梵行何以故過去自性已滅與現在決應相離未來有苦爲令不生於世尊所修淨梵行是苦不生由渴愛盡故約後際苦盡說愛斷苦滅汝問若由渴愛盡故苦滅者無渴愛人則應無苦現見有苦此理云何者答憂悔熱苦寂靜故如手長者經說復次永離心病故如已拔心刺復次求欲苦斷故如富足六塵由渴愛滅故諸阿羅漢永離心苦故不違理復次非過去未來現在苦名爲苦諦亦非聖道所破何以故過去已盡未來未有與現世決定應相離故但由通達實際故渴愛滅盡由離渴愛故爲後際苦不生修八聖道以是義故說阿羅漢無苦如渴病譬汝問十結惑中但說渴愛滅爲滅諦安立四果云何得成者答貪愛有四種須陀洹果道等所破由此滅故餘結共起一時俱盡說名滅諦是故安立四果於理不失復次同一相一味故若說渴愛盡則說一切結盡如說入聖道即說一切道品以同相故共成一事故復次有諸

餘惑亦能立集諦相而渴愛正能續未來生能令後有以是義故獨說渴愛名爲集諦如是一切惑盡皆入滅諦相但有因滅盡是渴愛滅名爲滅諦汝問十二緣生中說滅有十二種云何但說渴愛盡爲滅者答如前問此難自遣復次如道斷愛盡欲滅涅槃此五名義一但更互相續是故由說渴愛盡故即說十二道斷復次渴愛盡爲道滅十二道等滅名爲別滅問涅槃別名有六十六句其義云何答無爲等一切句相貌讚歎因立對治違反等應廣解釋何因如此是涅槃無生無長無滅非因緣所作違反有爲故說無爲其一高出三界離於偏低無與等者故說無下其二永離諸流諸流不生非流跡處故說無流其三非虛妄非顛倒非相違故說眞諦其四不疑諸界毒蛇怖畏窮三有際捨功用處度生死海故說彼岸其五極智所了故說聽細其六如優曇花世間希遇故說難見其七不老不破故說無壞其八無動本有故說恒在無爭其九對治除法體不虧故說無失其十過眼境界無法與等故說無譬其十一無有貪愛諸見慢執故無戲論其十二惑火滅盡故說寂靜十三過死王界故說甘露十四是極美味寂靜可愛故說極妙十五寂靜無苦故說爲止十六眞實善法故說爲安十七無燒熱渴故說愛盡十八生他歎訝故說希有十九於生死中未至此德說未曾得二十老等諸橫所不能害故說無枉二十一內無所少外無惡障故說無灾二十二無後有生苦究竟安樂故說涅槃二十三異有無相故說難思二十四與離生過失樂相應故說不生二十五四魔不至故

說不生二十六四魔不至故說無跡二十七不由
因成故說非作二十八非悲行處故說無憂二十
九一得不退故說名住三十無法能似故說無
等三十一永離取欲故說無求三十二無前後際
故說無邊三十三難可通達故說微細三十四無
有可逼故說無損三十五無惑染著故說離欲
三十六無諸過失故說名淨三十七結縛皆斷故
說解脫三十八離依止故說非住三十九無有
二法故說非對四十無等等故說爲等四十一
諸入沒處故說無害四十二外人不得故說甚
深四十三離佛正教不可了知故說難解四十四
觀此功德令到彼岸故說能度四十五上法之
定上故說無上四十六攢搜法海所獲眞實上
人所得故說爲勝四十七萬行所得最無上價
故說聖果四十八離恐怖因故說無畏四十九聖

愛堅固故說不捨五十凡聖等有故說徧滿五十
一切德難稱故說無量五十二不屬六道故說
無數五十三體極貞固故說不破五十四諸法無
首故說爲尊五十五最淨可稱故說應讚五十六
衆聖所栖故說爲舍五十七能救衆苦故說歸
依五十八戰鬬寂靜故說無諍五十九本有非作
故說無假六十離欲瞋癡故說無垢六十一除無
明闇故說爲燈六十二諸受寂靜故說爲樂六十
三免色等墜故說無墮六十四四流不沒故說
爲洲六十五散心不證故說不動六十六遣蕩十
相說無所有六十七無所依故說名無著經部
問曰何法名思擇滅答結離名思擇滅問結
離何法答是思擇滅若爾此二互相釋終不
能顯二法體相是故應別方便說其體相聖
人無分別證智所知是其體相如是可說爲

善異於餘物或說名結離或說思擇滅諸經師說一切無爲非是物有何以故不如色受有於別物何者唯以無觸名爲虛空如經言闇中無礙無覆名爲虛空由般若力與現在隨眠惑體性相違餘後不生名思擇滅離此思擇因緣不具餘不得生是名非思擇滅譬如一期中間横死殘果不續異部師說隨眠煩惱後不得生是思擇力故名思擇滅由緣不具後苦不生是中思擇無力故說非思擇滅論曰是義不然若離思擇此滅不成故知屬思擇滅又諸部說若法已生生後自滅自性滅故名非思擇滅若如此執非思擇滅應是無常何以故法未壞時未有滅故難曰若爾思擇滅亦應無常何以故思擇在先後得滅故答此滅不以思擇爲先何以故未生法

不生在思擇後無此義故所以者何未思擇時未生不生法本來已有是法應生思擇正起後不得生由思擇力此惑昔來未有生障今斷其生思擇力外曰若定以不生爲涅槃者云何通釋國譬經經云修數習多行信等五根能滅過去現在未來苦滅者名涅槃不生唯屬未來非現在過去答有如此經義不如文何以故能緣三世苦惑滅故說苦滅如餘經說汝等應捨是色愛欲由愛欲滅汝等色陰則滅離乃至識陰亦爾以此義故滅三世苦其義應爾外曰若說苦滅其義可然又國譬經云修習五根能滅過去現在未來世惑云何不違此經答如前解釋又有別解過去惑者宿世所攝現世惑者今生所攝此二世惑於相續中已成種子能生未來惑芽由

此種子滅故故說三世惑滅如果報盡說業因盡是未來苦及惑由種子無故永不更生是故經中說三世惑滅若不如此過去現在有何所滅何以故於巳滅法及向滅法功用何施外曰上勝經說一切有爲無爲法中是離欲法因是不有云何不有勝餘不有答我不說無爲定是不有如我前說如是故有如世人言聲有先無聲有後無不由此有言使無物成有當知無爲其義亦爾雖同是無而有無可讃勝於餘無如一切灾横畢竟不生此無爲勝最可讃歎爲受化者起願求心故佛讃歎外曰若無爲唯是無法是滅則成聖諦何以故無所有故答若爾諦是何義外曰無顛倒是諦義答是二法聖人觀皆無顛倒苦如相苦相無如無相以是義故何乖聖諦

外曰云何無物爲第二諦答立爲聖諦巳如前說依第二後次說故爲第三外曰若無爲唯是無法智勝虛空及與涅槃則無境界答我不說一切智以有法爲境若緣有爲非去來世則有物爲境若緣餘法則無法爲境外曰若汝許無爲有物何所有答若我許無爲有物何所有外曰若汝許者我義被守答諸天應守若許可守汝許不實何以故是無爲法不如色受其性可證不如眼等其事可見是物是滅云何可別是無爲與有爲事不相關何以故互非因果故但違反渴愛是其道理如說是惑本無名因無爲外曰若立無爲是有由此惑至得斷故可說此滅是此惑滅若說無爲是無法者此無爲何因能決至得經言是比丘巳至得現法涅槃若涅槃是無

何可至得答由對治起得相續與惑後生畢竟相違故說至得現法涅槃又諸阿含說唯以無法是名涅槃經言是苦滅無餘捨窮盡及離欲苦不來續不生是靜是妙何者捨一切取并渴愛盡及般涅槃外曰何故不許於中餘物不生說此不生名爲涅槃答我見此執無有勝能汝謂於中餘物不生者爲是有故餘物不生爲由得故餘物不生若是有故餘物不生涅槃恒有三有應永不生若由得故餘物不生諸阿羅漢得證此時陰即應滅若如汝執有此過失故知但無所有名爲涅槃如偈說譬是正道理偈言譬如燈光滅心解脫亦爾如燈光滅非是有物佛心解脫亦復如是分別滅諦品竟

四諦論卷第三

音釋

瞬 輸閏切目動也 鍼 諸深切與針同 顫掉 顫之膳切四支寒動也掉徒弔切搖也 堋 蒲弘切射埒也

四諦論卷第四

婆藪跋摩造
陳三藏眞諦譯

分別道諦品第六

經說道諦云何此言何所因起若道能滅渴愛則不應說行至苦盡若不爾者是言相違若俱滅集苦云何經中不具足說若道能盡苦修道辦人應無品苦若不爾者則不應言行至苦盡若有爲法於無爲中無有行至云何說言行至苦盡正行義言正行者八聖道是決言何用聖名何義云何但說道名爲聖不說餘助道若道異分應說其相若言道唯是分則具分與分無有差別道名何義云何此經說於具分餘經不具若道是有爲云何佛說本昔已有若是無爲云何說言有爲若道是一一人修時餘人應得譬如衣等若不爾者則不應說由此一道若諸聖人同得一道云何智慧不同若智慧不同云何解脫平等若道非心無情等物亦應有道若心非心法修則不具若是心法諸相違法云何一心並有若道至除惑則相違法一心並有若不至者於他相續云何不除若分俱起則有多作意若次第起則但有一分云何止立八分不增不減云何不取欲等餘法云何一法作三種說中道能滅福惡行至盡苦云何說正見爲初云何說先行正見有何義見者既無執爲能見正見與十善正見兩異云何若由正見一時見諦應有多境若不爾者非念念滅若正見已了諸諦餘分何用正覺何義云何三法成一若依二定證得流盡正覺不具

道分有闕此義應救正言何義若有證言道修無定何以故佛說定以聲爲刺若無不成道分正業何義一切分皆是正業云何說一名爲正業若離名正業離則非作云何成業離撾打業云何不說名爲道分正業正命與十善正業正命兩異云何正命何義正命若身口業攝云何別立何者正精進何相何用何緣何義若但滅惡是善則無二精進若非善者滅諦則非善若一心修正勤即具足者則無四正勤若次第修者則助道修不成何者正念何相何用何緣何義諸有爲法刹那不住云何成念何以故他見他憶無此義故若一切諸法皆是念處念根即是念處則義不相應若念獨自不能守一法者云何經說有念一守云何有時能憶有時不憶何者三摩提何相何用何緣何義正定若是定須陀洹人應無欲瞋若不爾者則違道理

汝問經說道諦云何此言何所因起者答此問不爲開智人說何以故由聞其名已了義故從大悲所起辨涅槃道顯隱覆義欲廣說言證爲分別智弟子故佛自問何以故由先問後解多有利益廣辨緣起已如前說復次受化弟子問諸外道聞種種道未能決了是道邪正爲除疑倒無明等心故佛自問自答何者爲道是八聖道如疑路人導之善道汝問若道能滅渴愛則不應說行至苦盡若不爾者是言相違者答聖人從初發心是修行用欲除滅苦爲此起道故說行至苦盡是苦盡由因滅得成是故除因譬如師子復次諸佛觀一切衆生墮於苦難發心修道爲除他

苦是修行用如國譬經說又餘經說苦盡是出家修梵行用如七車譬經又如來出世爲三事故令他苦盡是最第一故言行至苦盡復次一切有爲無常故苦離有爲法故說苦盡如筏喻經說法尚應捨何況非法復次由八聖道能除取陰是故通說二滅言不相違汝問若俱滅集苦云何經中不具足說者答是渴愛滅由苦盡得顯復次因盡非是正用以苦盡爲正復次聖道能滅有爲及與取陰故說苦盡通渴愛滅汝問若道能盡苦修道辦人應無品苦若不爾者則不應言行至苦盡者答依因緣盡故說苦盡如說火盡名爲炭盡亦如根滅說爲樹滅復次聖道能滅邪分別苦而不除宿業報苦及界地反苦譬如氣嘘旃陀羅及優波斯那等復次聖道於有餘涅槃能滅心苦於無餘涅槃能滅身苦復次聖道能滅後有陰苦但宿行所作隨逐未滅如輪及箭汝問若有爲法於無爲中無有行至云何說言行至苦盡者答涅槃無行道亦無行雖俱不行由歸向涅槃令得涅槃故說行至苦盡譬如國路復次是方便言如說諸流行沒水滴行盡流及水滴於盡中無行而世說有行行至苦盡亦復如是汝問正行何義答由此了知實義故說正行又以進趣爲行如說行一切處道又能住安隱處故說爲正行復次正是不背義行是歸向義由此不背歸向涅槃故名正行汝問正行者是八聖道是決言何用者答爲反餘道爲成立一切處行道爲顯不往餘處復次能窮一切道苦能遮一切煩惱業報燒熱能除自他惡罵

重罰惡道死等怖畏能除積骨如毗富羅山能乾乳血淚以此功用故說決言汝問聖名何義者答由體無流一味解脫衆生依此相續得名聖人譬如善法如經中說是聖正見復次聖人所行故名爲聖譬如王路復次聖人所說故名爲聖譬如師路復次聖衆所事故名爲聖譬如牛路復次令至極聖故名爲聖譬如國路如經說聖正解脫汝問云何但道名爲聖不說餘助道者答同一相故皆名爲聖譬如火性復次同一解脫味故譬如海水同一鹹味復次八道最爲上首能攝餘助道如象跡譬經說汝問若道異分應說其相若言道唯是分則具分與分無有差別者答是具分與分差別之相亦可見可說譬如五分三時亦如五分比丘住五分處道亦如是與分有異是分平等說名爲道何以故是八種分若至平等位能除煩惱若沉若起則不除惑猶如調絃復次是分因滿說名爲道能辦事故譬之如車雖然若眞實義分中說具分譬如五分音樂及五分定道亦如是唯分爲道今論所說唯分是道六義證成一說道經言五根是道行至涅槃此五根即是道分故知唯分爲道二爲經言三身攝道三身唯分三由滅經言正見行於滅離道無滅四由除經言若修習正見能除欲等若離於道則不能除五由出離經言正見等諸分能出離此若非道不能出離六由清淨道經言般若是道爲得清淨般若即正見故知分是道汝問道名何義答道以求覓爲義何以故由此能得眞實義故亦以行爲義故亦以行爲道

義如世間言此道行向舍衛國等道亦如是歸向涅槃復次真實義門方便行生理如此等皆是道義汝問云何此經說於具分餘經不具者答法藏論說假名有二種一自在假名二依他假名說自體諸分名是自在假名如正見等道分依他假者如念等門及餘助道分何以故此道品修非是散修復次爲勝遍故念處等中隨一法勝遍故念處等中隨一法勝餘同一名譬如鹹酸等味有諸餘味隨勝得名又如諸界隨一勝故餘隨得名復次於欲界中說道具分色無色界或五或四爲滅自體四對治故餘或增減隨界地故以此義故有具不具汝問若道是有爲云何佛說是古昔道若是無爲云何復說是有爲法者答由此古言道是有爲何以故有爲之法有新有故譬如穀等若是無爲不應此言譬如虛空及以涅槃如說身是昔業而非無爲如說聖種及法諸師是故由此古言道非無爲今論所辨道是有爲何以知之由廣分別故如諦相應經及答達磨壓那問由有爲相故如經言依正思惟若道未生得生已生得增長有生長故知是有爲由捨除故又如經言法尚應捨何況非法滅是無爲則不可捨緣內起故如經言是道依內起此歸依難得若是無爲不依內起由業名故如經言是道非黑白業能滅諸業若是業者非無爲法由有食故如經言七菩提分以食爲因若無爲者不須食因以此義故道是有爲汝問若道是一一人修時餘人應得譬如衣等若不爾者則不應說由此一道者答多道非一何以

故果不同故由道異故故果有異如路異故行異復次體異故道異謂見道修道等亦如四苦樂遲速復次根異故道異謂九學九無學辟支佛佛由根差别是故有異依種性故說由一道如世說一穀如經言三世諸佛若觀若說是此四諦而苦等三諦體實不常由一道言亦復如是汝問若諸聖人同得一道云何智慧不同若智慧不同云何解脫平等者答觀一切一切種境界得成正覺是故佛道不同二乘如經言若人當知一切一切種境界當知是人名爲世尊通達平等道故唯滅本惑三乘人等如經言解脫五陰與解脫無異如多種火各燒然薪灰盡不異由火不同熱觸光明威德有異如是智慧差别所滅惑除解脫是同故佛定智威德及恩由道差别難可思量如大輪經說汝問若道非心法無情等物亦應有道若心非心法修則不具若是心法諸相違法云何一心並有者答心是生死分是世間法道是出世法兩不相應如法非法故說道非心法依境名心求能名道兩若一體則自性自知爲免此失故說道非心法譬如壽命及無想無心等定雖非心法而譬等中無道亦如是道雖有心非心處位達皆有故無不具修復次修有三種謂守習研故無不具然道亦可說是心法何以故與正思惟同生滅故譬如一心如經言以心作增上故得一心是名心定即是道分同一出離同成一事故共一心而不相違汝問若道至除惑則相違法一心並有若不至者於他相續云何不除者答道不至惑而能除惑

如道不至破戒能除自破戒不除他破戒除惑亦爾於自他相續雖俱不至但除自惑不能除他惑分别部說非至非不至此時除惑以不生爲滅故譬如治病若受已至醫不能治何以故不可轉苦爲樂故苦受未至醫亦不治何以故無所有故若爾爲何所治但作違緣令未生苦永不得起道能除惑亦復如是汝問若分俱起則有多作意若次第起則但有一分者答由成一事故得俱起非緣别境故無多意相雜俱起由功能故差别可見譬如欲等汝問云何止立八分不增不减者答此問不窮是故置答復次對治八邪分故說八分

復次爲攝三身復次爲對治三刺三結三火三毒故說八分復次藏論中說能成八功德心故說八分由得正見故心清淨由得正覺故心鮮潔由得正言故心平坦由得正業故心無悔由得正命故心軟滑由得正精進故心隨教由得正念故心安住由得正定故心不動汝問云何不取欲等餘法者答但取勝法或取强用或取能任重擔或俱攝盡正言正業正命是須陀洹分信爲三攝故須陀洹具四智信欲即是信復次此信亦正見攝須陀洹人得智信故喜猗捨正定所攝是故八分攝諸分盡汝問云何一法作三種說或說中道能滅福惡行至盡苦者答由三勝事故譬如日能破闇名光能分别晝夜名日能分别刹那等故名時本聖道亦爾能離二邊故名中道能除黑白二業名滅福惡拔除身心苦故故說行至苦盡或除三世道故說行至

苦盡汝問云何說正見爲初者答爲上首故譬於王如經言一切有爲法中般若最勝復次能作勝功德故若智慧勝諸德皆勝如舍利弗由正見故不觀他面如首羅長者由正見故其心難動如阿輸柯王由此正見他不能引如質多羅長者能拔除災横本故如經言由明起故無明滅盡是故正見爲初汝問云何說先行者答由得正見餘分得出世得無流得不共或說由正見力餘分得解脱道名如經言比丘是正見人身口意業爲得可愛勝美果故如經廣說故以正見爲先行汝問正見有何義者答謂不倒證照爲見自所依止眞實種類無倒證照復次眞如名正觀名爲見如實觀聖諦故名正見復次正者可讚歎義見者光明義可讚光明故名正見如經言諸光明中此光最勝所謂正見復次勝德境智行是名正見行何以故是正定位說名正見如種子譬經說復次理足論說由境正故智正不由智正故境正有爲有流相相應故一切唯苦決定知此是名正見如佛爲大迦旃延說又藏論說對治無智疑智倒智能度苦等眞實此智名爲正見汝問見者既無孰爲能見者答衆緣聚集共成此見無别一物爲其見者譬如華果又如偈說

有見無能見　何法爲見者　從緣和合生
見色言是虛　是法集時見　合散無能見
但因緣所作　如戾人無著

法從緣生不可說屬一如佛爲破求那說我不說識爲能識何以故此名具分假名所作故汝問正見與十善正見兩異云何者答俗

智在十善眞智在八正能感後生以苦爲果觀業爲境如此正見在十善法能滅三有涅槃爲果緣諦爲境如此正見在八聖道汝問若由正見一時見諦應有多境若不爾者非念念滅者答一時能成四事故說一時不爲境異故理足論說修觀行人以聖智慧通達毛孔能斷諸惑又餘經說若通觀三受諸事已辦無更所作由通相法諦無我相是故一時通觀四諦如次第觀中緣無常苦無我一時通苦諦汝問若正見已了諸諦餘分何用者答一切諸分能滅自對治各各有用如吐下方復次一切諸分於自事中各爲上首共成一事譬如車分及車車分各有自事共成運載道分及道亦復如是汝問正覺何義者答未曾有計今日如生是名正覺復次是平等計由想行緣起故復次體相境界果共相扶合故名正覺復次如見隨擇不捨名爲正覺如牛呞食汝問云何三法成一者答同一相故如餘道分復次善聽計平等故譬如定分復次緣涅槃爲境如無相定故三成一汝問若依二定證得流盡正覺不具道分有闕此義應救者答若依二定修八正道但無初定覺觀分非無道分中覺譬如初定及三摩提無有覺觀復次由事成故說有正覺不由體在故如有覺五根復次能拔除對治故說有正覺譬如正言汝問正言何義者答永受誓不破名爲正言如瞿師羅傳復次是言清淨由除願取垢滅故復次法然所得永善行是名正言正言戒有二種一不令知如經言是人離妄語等二令知如經言是人時語實

語等汝問若有語言道修無定何以故如佛說定以聲爲刺若無不成道分者答道分故非刺譬如正覺喜覺分等復次聲刺不定如見女人經言數見女人爲修梵行刺然非阿羅漢刺已除刺故又經言大象說在定行立等亦靜若觀行人正思說法心則有定不由有言故無定經部師說但離四言即是正言如世間說已離如正作如說此馬快行此人善讀汝問正業何義者答經說離身惡業名爲正業又經說是身業不泝不流不斑自在無取能生寂靜是名正業復次由觀過失遠離殺生不作不行遮止不樂是名正業汝問一切分皆是正業云何說一名爲正業者答若離此名別名不顯如法界法入等非眼識等所緣故不令他知說名正業一切諸業所依止故譬如業基汝問若說離作名爲正業離則非作云何成業者答不作故起惡業作守護善應知是業如經言我說作我說不作復次能除黑白二業故說不作能作對治業故說名作復次正業亦名正業除由此名故作不作義此名得成譬如由眼說見由眼亦說不見若不作云何知有此業答有多因緣此業可知由經言色有三種一有見有礙二無見有礙三無見無礙又說有無流色又說由七福德利故又說由教他亦有十業道又說比丘有法非十一入攝謂無見無礙不說無色復次若無此業八分聖道則不具足何以故正入觀時不行三業故難曰是義不然何以故在方便中已修三業故如經言是人如是見如是知是正見得修圓滿及正覺精

進正念正定先時正言正業正命先已清淨答依世間離欲道戒故說此言復次波羅提木叉戒亦不應有何以故當受時有後在異心不應說名比丘比丘尼又經說此業名爲堤塘能遮破戒故若無不能止惡經部師說此證殊多甚爲希有義不如此何以故汝言由說三色故知有無作者是義不然諸觀行師目連阿尼樓馱等說有定境色由定力得此色非眼根境界故說無見不障處所故名無礙若汝言若爾云何名色者此與無作等故還難汝義汝言由說無流色知有無作者是義不然此色亦是定力生由定無流故色亦無流又諸師解阿羅漢色亦是無流非流依止故難曰此義不然如經言何者有流法謂一切眼一切色等此色非流對治故說有流若爾此色或有流或無流答若爾何有難曰相相雜故答如有流相無流相不如有何相雜復次若色入一向有流云何經中偏簡擇說不通途說經曰有流色者謂有取心堅覆藏所依故名有流色汝言由七福德利故知有無作者此義不然經部師說如汝受用施主施物由受者功德被利益故施主雖在異心由前施作意熏修相續次第轉勝由此勝故能生未來隨多少報依此相續說施主功德生長若汝言由他相續勝負及隨用故若在異心是相續轉勝云何得成者是義不然何以故與無作等故汝執無作由他相續勝負及隨用因他相續云何得成問不增長福德種類中無教云何恒生答由數習緣戒定作意故乃至眠中增長隨逐問若爾郁伽

長者經其義云何經言若比丘持戒行善受用施主衣食等已修無量心定身證此定入林中住由此受用施主福德善樂增流無量應當信知此中有何作意故知相續轉勝是正道理汝言若無作無教如人教他作業業道云何得成者經部師亦作此說由此教故他或離或受殺害等苦故能教者於微細相續善惡增勝由此轉勝能生未來隨多少報若人自作隨事成時相續轉勝名爲業道是義應知果假因名故是身口事果假身口名義亦如是如意身口無教有大德說依衆生取陰由三時作意作意得殺生罪謂當爲我殺正殺殺已此解亦不殺雖有三意業道未必得成何以故未斷毋等命根起三意人無逆罪故若人自害他命由此三意得罪可然

難曰等不可見何故憎嫉誹謗無教而信受相續轉勝答無此憎嫉但由心運身業道事成若謂行者有別法異心我所不喜由心加行是事得成此事成故相續轉勝是義可喜何以故由心相續果得成故汝言法入佛不說無色知有無教者此義巳答如定境界色汝言若無此業八道不成故知有無教者此義應辨朋友汝應爲說入諦觀人正言正業正命云何得有此人在觀爲有言說作業求覓四事故有此三爲當不爾答若不然何者正在觀時得此三種無教由此得故若出觀復不在邪言等中但住正言等是故因中假得果名故說無教名正言等論主答是中何不執如此若正在觀中離於無教得在如是意得如是依由得此故後出觀時不邪言等

中但住正言等是故因中假得果名故說相續轉勝名正言等以此義故道有八分又上座部說但不作惡名爲三分何以故由聖道力法決定不作依止無流道故名無流未必一切處被數法皆眞實有如八出法謂得不得名無名譽毀樂苦是中不得更無別法又餘師說波羅提木叉戒是三道分依先方法作信受意由此作意能防身口遮所作惡說名波羅提木叉戒若汝言人在異心則無守護者是義不然由數習故犯戒緣來作意即至說此作意名爲堤塘何以故由憶先誓善不作惡爲有此用故須受戒復次若如汝立有別無教能遮破戒者則不應有失念犯戒不須廣辨若爾不爾決定應知八正道中戒有三分爲道基故譬之如地以先行故譬如王能度生死棘刺稠林故譬足可愛香故如天檀葉清淨傳傳能到涅槃如七車譬又餘師說引經爲證是道果故恭敬利養因緣故非守護對治故翻令知所得故知有此戒又餘師說云何無教是色而非身受答無教屬身口業爲色所攝身受者與心相應爲名所攝復次無教是身業故屬身受是心法故屬心復次無教亦戒亦色色陰所攝身受心法受陰所攝今論所辨此法心業所作故由身口成就假得其名此法與受何異答受陰所攝此法通諸陰攝何以故依相續故汝問離撾打等云何不說爲道分者答有學聖人未寂靜故譬如制罪以不偏故如非梵行以不定故如布踈陀分爲資糧故譬如施等今論所辨分明八戒此中說名三聖道分汝問正

業正命與十善正業正命有異云何者答可壞除不可壞除從出世正見起無流甘露爲果從世正見起有流取陰爲果能生福德是名業道能離福德名爲道分汝問正命何義者答正命有二種一白衣離五種販賣二出家人出離五種邪命復次依理求覓受用衣食等四緣復次知足無失聖種所攝及守護身口復次先因智慧遠離身心邪見是名正命汝問正命若身口業攝云何別立者答通在二攝由義異故別立可知譬如諸陰通是行攝由義異故別立四陰復次體有二故譬如身觀經言於身觀身住復次正命異前二分譬如惑數汝問何者正爲精進者答行於處處隨地差別爲得種種善法策起身心不捨荷負復次爲滅惡法證於善法常行勇猛是名精進復次修行是處不倒身心勤力是名精進汝問何相何用何緣何義者答策起身心爲相不退墮爲用起精進類爲緣藏論中說精進者勇猛爲相不沉爲用四正勤爲緣勝利行爲義若懈怠人行無勝利行復次難勝力故若人有精進於煩惱戰鬬有難勝力若懶墮人則無此事復次此行能散破除捨是精進義汝問若滅惡是善則無二精進若非害者滅諦則非善答滅惡者唯是無物善則不爾故精進有二復次滅惡名眞實善所餘即三善何以故有四善故離破戒臭名爲滅惡戒香發起名爲生善譬如熱靜異於冷生汝問若一心修正勤即具足者則無四正勤若次第修者則助道修不具答一心得修四正勤譬如一心通觀四諦何以故

由此修故未生諸惡不得生巳生諸惡不得住善法未生得生巳生得堅住是故精進由體故一由用故四又分別部說若持戒觀行人爲除定對治修四正勤巳生之惡能障定由精進故滅未生破戒後不得生未生定得生巳有淨戒得堅固住以是義故精進唯一事用有四復次有說四正勤次第起譬如得定何以故有正勤但能破上心惑有餘正勤能拔隨眠惑又有正勤能生未生根又有正勤能令巳生堅固故道品修非是勤修有正勤故汝問何者正念者答不忘先所知境是名正念猶熟取相如經言心覺心繫等是名爲念汝問何相何用何緣何義者答境界後憶爲相心境不離爲用六念爲緣自憶令憶名爲念義譬如菩提自覺令覺復次藏論說心澄淨爲相不忘失若失還現復次能守境界是智依止故名爲念復次念有四種一隨執名句味二能隨所執義三能隨所思義四能隨通達所思義令論所辨正明第四汝問諸有爲法刹那不住念云何成何以故他見他憶無此義故者答若知者異念則不成如張見王憶若智相續異念亦不成如見牛不憶馬等若智一念亦不成無後智故反此三義則名爲念又釋若不相關則他見他不得憶如此人見彼人不憶若因緣相關則他見他得憶譬如童子少壯老弱智念得隨逐生復次譬如種子不相關故麥種不生穀芽若因果相關而有異者是穀類等種子芽莖枝節葉位得隨逐生若一念亦不成因果不立故如種子恒一芽則不生由相關不異不一

故念得成汝問若一切諸法皆是念處念根即是念處則義不相應答今論所辨念想即四念處但不以境界分別根故譬如智根智量復次念處有三種一自性念處但生憶念譬如王二雜念處若法能助於念亦名爲念如王臣佐亦得王名三境界念處由念緣此起亦得名念如王住處是故念根即是念處義不相違汝問若念獨自不能守一法者云何經說有念一守者答念是守護中第一增上緣故說一守譬如王勝如經言一切諸法念爲增上緣爲守護故復次一念能護一切行故說一守如經言是念行一切處復次一切念能守六根如當門人復次是念能錄一心如人手捻陰陽筒口復次能守一相續故名一守如護一子復次六根被繫於一念柱不散住自境如六衆生同繫一柱是故經言有念一守汝問云何有時能憶有時不憶者答有三因緣故能生念一數習由數習身口意如夢中見二相由順逆相憶似不似境三澄清由心澄清念即得起如淨器水得見面像若反此三則不得憶又臨死及初生重苦所逼忘失本念故不憶宿命復次有六因緣能生於念如偈言

順逆及數習　一處共會聚　定力及因力
此六爲念因

順者如見他似兒便憶自子逆者由觸熱故憶昔時冷數習者如所慣行事自然憶一處會聚者如人見菴羅樹憶其酸味定力者如得三明人憶宿往事因力者猶如聖人及大行善人憶過去生汝問何者三摩提答經說

心定住靜名三摩提又阿毗達磨藏說能攝法不散名三摩提復次是心相續煩惱惡風所不能動如密室燈復次三摩提有二種謂世間出世間世間者能生世間果報與覺分相離能伏上心惑出世間者能令度離世間與覺分相應能拔隨眠惑令論所辨是出世定汝問何相何用何緣何義者答心定住爲相伏對治爲用依心學爲緣復次藏論說一心爲相不散爲用四定爲緣安心令直爲義如箭師調笴世間說爲三摩提箭此言調直箭如是調直心相續名三摩提如偈言

心跳躑散動　難守亦難遮　智人使調直
如箭師調笴

復次能安心平等譬如馭車取平坦路避嶮曲道觀行人亦如是能安置心於平等處門境相行能遮不平等惡故名三摩提復次五蓋病銷如人不病名三摩提汝問正定若是定須陀洹人應無欲瞋若不爾則違道理者答所對治定在由得果故驗其得定譬如五根復次專心向定故譬如蜂雖繫穢處心慕蓮華故知恒在華處聖人亦爾雖處欲塵心樂寂靜故知恒在定復次如須陀洹人無明雖在而明不失復次如佛婆伽婆雖有覺觀不出散心恒在定故須陀洹人定亦爾故不違道理問聖道八分次第云何答由能依理觀聖諦故先立正見於所觀法執視不捨次立正覺從此次立正言正業正命於所觀法爲離爲得次立精進於所離得永不忘失次立正念由念不失於所見境心不散動次立正定復次若八法俱起則無次第而次第說

不無道理若人欲起涅槃應先求正見如人欲行必須有眼如所見理執視簡擇次立正覺如所擇説次立正言何以故若有語言依覺觀故如言而行次立正業此二清淨次立正命是人住戒若起勤策次立精進有精進故則念不失次立正念由有念故心一不散次立正定復次阿毗達磨藏説此行以智慧爲根本何以故四諦境深非智不了故先立正見心觸此境次立正覺由此二分於四諦中對自令知次立正言由前二分如言發行次立正業由前兩分口説身行受用四諦以立正命身心勤策爲進諦理次立精進由此精進於四諦境心用澄淨次立正念由此正念於四諦境心及諸法永不散動次立正定復次由正見故是觀行人不墮增上慢中能如實分別自所得故由正覺發起正言是自所得能傳至他由此正言能立能破能決令他信有智慧由有正業寧捨壽命不犯非法故令他信有聖所愛戒依法如量求用四緣故由正命令他信有聖種知足復次由正見正覺及因正言能師子吼由正業正命能顯所説義由正精進未得令得未滅令滅由有正念沉起平時不忘三相故定無障由有正定滅除定障能引六通諸德故後俱解脱復次阿毗達磨藏説由正見故説信根信力及欲何以故由有智慧信欲成故由精進故能攝正勤及精進根力覺分由正定故攝心如意足及定根定力喜猗捨定覺分等以是義故當知三十七品是八道内攝復次正見及正念是毗婆舍那分由此滅無明故慧解脱

爲果所餘道分屬奢摩他分由此離欲故心解脫爲果是故略說道有二分一毗婆舍那二奢摩他復次藏論說正言業命三爲戒聚由有此戒拔除瞋惡根本正覺精進正定三爲定聚由此拔除貪欲惡根正見正念二爲慧聚由此拔除無明惡根以此義故道有三分復次道有四一方便道者由此無礙道生無礙道前皆名方便二無礙道者正能除障礙對治故惑不礙故名爲無礙三解脫道者解脫無礙道所破之惑初起名爲解脫四勝道者從解脫道後所餘諸道皆名勝道問此四云何名爲道答由此進至涅槃故名爲道若爾解脫及勝云何名道答道種類故轉勝故令前至後故能至無餘涅槃故說名爲道復次道有四種一苦道遲智二苦道速智三樂道遲智四樂道速智樂道者謂依止四定具分故定慧平等故無功用行故以是義故名爲樂道離此皆名苦道謂依止未來定中間定三空定等不具分故定慧不等故有功用行故未來定者有慧少定三空有定少慧中間定者分不具故定慧皆少以是義故名爲苦道此之二道若信根人得名爲遲行若智根人得名爲速行是八分聖道約定約根故有四行復次聖道或說三十七助覺何法爲覺以盡智無生智名之爲覺由三種人成三品覺謂聲聞菩提辟支菩提無上菩提能滅無明令無餘故是自事已作不復更作如實覺故是名爲覺助者三十七法隨從盡智無生智故名爲助由名故說三十七不由於體今論所辨體唯有十謂信精進念定慧喜

輕安捨戒覺阿毗達磨師說體有十一即開戒爲二所謂身口復有阿毗達磨師說體有十三謂足欲及心故經一切所得法皆是助覺但此十既勝故偏舉之言三十七者謂四念處四正勤四如意足五根五力八聖道七覺分問此七科助覺安立何處答凡有四位一初發行位二通達位三見位四修位問次第云何答是觀行人已住於戒已能了別生死過失涅槃功德離四諦觀無別方便能了知此過失功德爲攝多境散心令住一處爲生對治伏四顛倒令心如理入四諦觀是故在先觀四念處由四念觀已別諸法可取可捨爲取善捨惡故次修行正勤因四念觀正勤隨意住故次立四如意足由此定力於不疑爲取善捨惡故次修行正勤因四念觀正勤得成由正勤觀惑障已淨助法已立心隨意位故次立四如意足由此定力於不疑境心有增上由此信故於不懈怠心有增上由此精進所得善心有助無障於不忘境心有增上由此念故攝在一境於無散中心有增上由此定故如實觀境心有增上由當體增上故於不退位心有增上由不退故於通達分心有增上故次立五根是五根增長至最上上品故下惑不能破故餘世間法不能勝故無流心次第緣故不退聖位故以是義故次立五力已見彼此得失已得眞路已得決心已得眼已得足由五力故得出世行故次立八聖道由八聖道破見諦惑已得近盡智無生智故轉此道名七覺分是故次第立三十七四念處觀是初發行位即解脫分四正

勤名忍位四如意足是名位五根名相位五力名第一法位此四通名決了位八聖道名見位七覺分名修位盡智無生智名究竟位是果非因故不立爲道復次此道或說名梵輪梵輪者佛世尊及弟子所轉故此聖道有六種義譬之如輪一速疾行謂或一心或十二心或十五心徧行三界四諦故名速疾二捨此到彼謂捨世間到出世間等三上下行故謂或在法忍或在類忍等四從此至彼謂從師相續解至弟子相續解五轂輻輞相似故戒有三分爲轂正見正覺正精進正念爲輻正定爲輞六如聖王輪未伏能伏已伏能守護由無礙道能伏解脫道能守以是義故名爲梵輪復次此八聖正見有五分戒有六種謂三業教無教精進有九分正念有八分正定亦八分此聖道若廣說則有三十七分若中說則有八分若略說或三分或二分偈言

若人求涅槃　滅止及妙離　應常行精進

聽思修四諦

四諦論卷第四

音釋

撾（陟瓜切擊也）笴（古我切箭幹也）跳躑（跳他弔切跳躍也躑直炙切躑躅也）

辟支佛因緣論

失譯人名今附秦録

清刻龍藏佛說法變相圖

辟支佛因緣論

失譯人名今附秦録

波羅柰國王悟辟支佛緣一
輔相蘇摩悟辟支佛緣二
月愛大臣悟辟支佛緣三
王舍城大長者悟辟支佛緣四
波羅柰國王月出悟辟支佛緣五
拘舍彌國王大帝悟辟支佛緣六
波羅柰國王親軍悟辟支佛緣七
轉輪聖王最小子悟辟支佛緣八

波羅柰國王悟辟支佛緣第一

歸命一切智世尊　了達三世大燈明
歸命無上出要法　并及應真諸勝僧
我聞寂靜辟支佛　悟解因緣之所行
心無瑕穢降煩惱　善護禁戒常清淨

譬如秋天無雲翳　憺怕自守林藪間
我今渴仰彼功德　誠心敬順生信樂
雖於彼所欲懷疑　彼力感我强令信
孰聞快士清眞行　而不生於敬信心
我今將說辟支佛　功德妙行之少分
昔從先師相傳聞　唯述正言無僞說
大象行道象子隨　是故我今開顯示

問曰辟支佛以何因緣默然自守恒入捨心住於山林幽谷河側寂靜之處心行寂故亦無言說譬如犀角獨一之行何故如是又問辟支佛有何功德答曰宿舊諸師咸作是說音佛於三十三天宮殿說法將欲來下還閻浮提爾時帝釋勑毗首羯摩爲佛作三道寶階還閻浮提此三道階下駐僧尸沙國如來爾時從彼天宮乘階而下時釋梵天王與其眷屬雨華供養時蓮華比丘尼見佛來下即便化作轉輪聖王威儀形像七寶導從時衆人等覩其如是咸皆生疑怪未曾有各作是言頗復有能神力超絕踰勝於彼比丘尼不爾時世尊見諸時衆覩三道階深生奇特復見蓮華比丘尼作此神變咸生渴仰爲欲增長彼信心故即告時會有辟支佛神力過於彼比丘尼云何名勝彼快士者佛未出世則於中出爲諸衆生而作利益示其色貌現有飢渴受取衣食爲作福田莊嚴法行清淨寂滅調伏離欲令諸衆生得見之者惡心永息捨離刀仗猶如犀角獨一之行傳從諸師得聞此事聞何事耶我昔曾聞迦葉佛時有人出家於十千歲修行梵行護持正戒修行忍辱經常精勤以修行故衆多比丘皆來親近

時諸比丘咸作是言當教授我以教習故是等比丘心皆甘樂以衆閙故不得見諦臨終之時而作是念我見十力其所説法微妙深遠難可得聞然我得聞以放逸故不獲道果我雖清淨持戒能行忍辱以教化衆人憒閙之故侵毀定心如彼霜雹害於善苗是故令我不獲道果即説偈言

我今溺三有　衆惡煩惱中　猶如老瘦象

没於深淤泥　如彼辟支佛　獨處於林間

譬如犀一角　遠離諸徒衆　如避猛熾火

應當獨修行　遠離於憒閙　願我常遠離

徒黨衆憒閙

發是誓願命終生天天上受樂福盡命終生迦尸國波羅柰城中梵摩達王第一夫人胎中入胎之時夫人身體譬如清池有柔軟華

爾時夫人覺有娠已以偈白王

我覺有娠來　歡悦生恩惠　此必是兒志

宜應赦有罪　時王聞歡喜　尋即赦天下

又復白王言　復應廣布施　王聞益歡喜

尋即開庫藏　賑賜貧窮人　無不充足者

爾時夫人生太子已端正殊特如似滿月年始八歲聰明慈仁其父王崩國人愛樂如盛滿月時有輔相名曰言説言説輔相即立太子以紹王位雖復年稚本誓願力不作衆惡體性賢善於諸衆生有深悲愍雖處王宫志求閑靜雖處華堂猶如塚間雖處憒閙修行禪思猒患生死稱量其過以道修心喜捨王務諸臣諫曰今日大王專行道行不理國事若如是者衆惡必起敗王風化譬如渡海若無船師必爲諸難之所敗壞即説偈言

王承祖先嗣　籍地如法得　唯垂理萬民
顧莫放捨國　若王正法治　諸善無過者
人帝應當知　護國福最勝

爾時其王聞是語已歎息思唯說偈答曰

我若不理國　吾國必當敗　我力能護國
邊惡不敢侵　若我治國者　王務壓我心
若有犯罪者　必須加毀害　當言繫閉彼
當截彼手足　彼應入罪死　彼應挑其眼
如今濁惡世　必當須刑戮　若行刑戮者
即是旃陀羅

時王即告所親愛臣汝今且聽吾所食者不過一味吾所衣者不過一襲所坐卧處不過容身自此而觀何用多求而無猒足王位所以稱尊者以其教令必行無不承肅唯有此事取異衆庶又吉輔相王者所重唯此一事我今付汝汝今應當畏於後世正法治國賦斂依舊莫違常限即說偈言

我雖生王宮　承籍祖先後　而我未習學
刑戮撾罰事　我今怖畏故　不能造此業
汝今莫効我　但當育民庶　世人皆愚癡
各自作愆過　於所犯罪中　復生其恐怖
汝當以正法　撫育施無畏　當依於正法
化導於民庶

時王說偈已即便以國付此大臣而此大臣既得國已於二年中寬縱無度不恤萬民恣心極意作諸非法漸漸經久榮位深重便生憍逸行諸非法如河暴長多所損壞城中富有一切税奪時城內人皆諫之曰莫爲此事聞他忠言倍生瞋恚顰蹙作色而作是言汝等何敢發如是語諸人懼畏不敢應王由是

之故所行無道日日轉盛如火得乾薪其燄轉熾婬荒暴亂所為悖逆王所愛婦亦復妻掠時王夫人見其如是懊惱垂淚而往白王瞋心猛盛脣口瞬動言不解了猶如嬰兒以此情事具向王說王聞是已即召令來而語之言我之妃后汝尚隱忍能行非法況復萬民王即教誡自今已後更莫如是時彼輔相見王嫌已并民猒患即便棄國逃至他土將彼國王及其軍衆還向本國規欲討伐時本國中諸舊輔相將兵逆拒破其軍衆生擒將還舊輔相等復白王言彼人侵毀於王即將彼臣詣于王所王時見其顏色既變有慚懼相王曰怪哉生死即說偈言

愚癡覆蔽心　不覺後大苦　為小樂緣故
令受此慚恥　譬如上饍食　色香皆具足
其中雜毒藥　愚人不觀察　貪味故取食
食消則成害

王告諸輔相彼之愆過雖復尤重然我意者不欲加害復說偈言

一切皆愛壽　宜速赦彼罪　不見害他命
而得安樂者　犯罪深重者　應向生慈心
彼自招罪害　當宜生哀矜　若害於彼命
自毀所愛法

諸舊臣等即白王言我等今者雖違王勑必當加害終不縱捨即於王前拔劍斬之王見殺已即生猒惡見前境界便見過去修忍之心尋時開解悟辟支佛道如優鉢羅華開敷之時踊身虛空一切臣佐合掌仰瞻辟支佛猒生死者證道如是我今所得持戒果報即說偈言

我雖服瓔珞　心修淨梵行　撿身調伏根
憺怕常寂滅　於一切人所　而捨刀兵仗
修於獨一行　如犀牛一角

說是偈已鬚髮自落時淨居天即奉袈裟尋即飛空詣雪山中時彼山中有辟支佛而問之言汝處王位猒惡何事悟斯道跡即說上偈而用答之是故如來爲不能修行忍故故說忍辱因緣以貪親近憒閙故故說不親近因緣欲使解辟支佛功德故故說辟支佛因緣佛爲諸天於善法堂上說辟支佛因緣佛於三十三天使諸天生猒惡故故說斯事婆四吒辟支佛於毗舍離說捨身入涅槃今現有塔名優陀耶

輔相蘇摩悟辟支佛緣第二

堅持禁戒不毀行　諸有智者得解脫
不從他學不惱彼　獨一之行如犀角

曾從諸師聞如是說迦葉佛時有一比丘於十千歲修行梵行坐禪得忍修持禁戒離於憒閙具頭陀行命終生天於天宮中受五欲樂從天壽盡生婆翅多城輔相夫人提婆胎中爾時夫人說偈白夫

我今有娠　心甚愛樂　必有福人　來爲我子
由是之故　乃於一切　常生悲愍

又我今者放逸心息更無欲想譬如海中摩黎大山能截水波我今欲息亦復如是我今畏於妄言常思實語又如功德善人畏於缺失今我慎懼亦復如是我今見酒如覩毒藥畏他財物如畏火聚如是衆惡今悉捨離皆由我胎福德之子婬欲既除用爲快樂爾時輔相即語婦言今恣汝意修行五戒夫人爾時修行衆善

滿十月已而生其子字曰蘇摩漸漸長大一切經論六十四藝無不明達端正殊妙猶如滿月能使父毋情願滿足遂至盛年輔相請王我今年老當爲後世聽我修福時王答言我今不能放汝修福而爲障礙汝子蘇摩使代汝處以供給我任汝修善輔相歡喜王以蘇摩用爲輔相給賜爵賞倍勝於父衆人愛敬同於往古牛王大臣能生一切女人愛敬時王夫人愛著蘇摩語蘇摩言汝今若能稱我願者能使舉國并及於王盡隨從汝又能使汝不得惡名其所施教與王無異爾時蘇摩執志堅固而不怯弱以偈答言

請聽所說　莫見嫌責　我聞此語　如滲入地

譬如羸馬　困乏之時　騎入戰陣　不堪前進

我見他婦　情無染著　心意不開　如夜藕華

凡在所敬　與毋無異　況在夫人　是我所尊

我堅持心　敬事所尊　我爲臣子　不應爲逆

又我情欲　發動之時　見他婦女　自然休息

彼暴水起　多諸波涌　我如秋水　自然潔清

爾時夫人心自念言彼若斷我親昵意者我必於彼而生誹謗即白王言輔相蘇摩舉意無理欲侵辱我

時王意惑疑審爾不爾時蘇摩往至園苑見兩牛耕軛在項上極大疲苦生猒惡心時王奔惑信夫人讒言即便遣使往殺蘇摩爾時蘇摩如馬被射箭徹于骨即自思惟人富貴時所愛之色盡來在前如雜毒食極爲香美食欲消時身則壞敗如人貪五欲其味甚尠譬如金屋爲火所燒人貪其色入中被害命欲盡時心意擾亂即自安慰而自念言我持

淨戒無有毀缺我之持戒如犛牛愛尾我守禁戒猶如貧人得地伏藏勤加守護而說偈言

麤澀嶮惡道　我已得度之　我遭急危事
護戒而不捨　猶如大海潮　不失於期限
今我守持戒　其事亦如是

說是偈已爾時諸天并諸善神見此輔相誓願如是皆生歡喜時諸惡鬼尋著夫人夫人狂發即於王前爲鬼所著而說偈言

我今自壞破　我應身受死　彼是純善人
不應加傷害　我之癡騃愚　口吹須彌山
不能令動搖　彼實無穢行　我妄生是謗

時彼輔相於園苑中思惟猒惡得辟支佛踊昇虛空鬚髮自落時淨居天即奉袈裟爾時諸人勸請之言願莫捨我而上天上時辟支佛說如上偈以答諸人飛至雪山見諸辟支佛亦如上事而具說之

月愛大臣悟辟支佛緣第三

海潮不過限　犛牛守尾死　如月性自冷
不可變令熱　調伏諸根者　守護戒亦爾
是名獨一行　如犀角無二　往昔諸大師
展轉相教授　我從先勝聞　今欲顯說之

過去世時有辟支佛名曰月愛於婆伽婆迦葉佛所種諸善根善修戒行恒以智慧觀於諸陰皆悉無常於彼佛所竟不獲得沙門道果於彼命終即生天上以宿善力受天快樂天壽盡已下還人間生瞻婆國中大長者家初生沖雅恒依戒禁而自修身觀其善行過於宿老亦不輕躁無有瞋嫌所有資財周給貧乏隨家豐約與衆共分以戒瓔珞而自莊

嚴其父命終順法治家彼城人民見其忠謹深生敬信同於師長其年盛壯姿貌端正諸少婦女一切見者無不敬愛諸商估客以其忠實咸來依附于時北方有諸估客多乘好馬至瞻婆國時瞻婆國王盡取其馬王心暴虐不依正法王自思惟我今多取彼馬云何當得不與價直而得其馬即與佞臣集議此事佞臣白王言若酬其價庫藏竭盡王即答言我於今者若不與直我之惡名流布天下一切國民當患於我復當斷絕四方商估佞臣復言爲王計者不須錢財而得其馬復能令王惡名不出國民不患今王國內月愛大臣爲一切人之所體信彼若來索王但當言我遣月愛送金付汝時彼估客有萬匹馬其一一馬各直一萬金錢若王但言月愛大臣與其直者國內人民必生疑惑或疑於王或疑月愛王之惡名不必彰露亦復不爲萬民所患諸商估人來白王言歸我馬價我欲還家王即答言我先不使月愛償爾價耶寧可再過無爾直乎諸估客等即答王言此月愛者從先已來實不與我馬之價直而彼忠信寧捨身命終不妄語言與我價即說偈言

假使月雨火　日雨於冷水　壓沙得膏油
鑽水而得酥　火中生蓮華　欲令彼月愛
作麤獷妄語　終無有是處

諸估客等復白王言人中之天設使月愛審如王勑言與我者我終不恨時王即召月愛而語之言汝先不在我前我與汝金償一估客耶王即動目現作詭相汝不從我我定殺汝時月愛臣知自思惟我於今日爲從實語

爲用王言復自惟忖爲取法身勝耶此身勝耶即自決計我今寧捨此身終不捨於戒法身即說偈言

我今自思惟　於此二身中　爲當捨何身
復諦自觀察　寧損鄙穢形　終不捨戒律
若當捨法身　惡名即流布　若處善衆手
爲彼所携持　若我爲惡者　我自不甘樂
心生悔熱火　捨此穢身已　當趣於地獄
自毀禁戒行　終不得安樂　但爲一形樂
虧損無量身　若當護戒者　無量身安樂
是故我應當　覆護於法身　不令有毀壞
爲利正法故　當斷於妄語

月愛大臣即白王言願王開恩莫忿於我我實不憶見王與彼價時王即大怒扣劒而言云何不見月愛大臣自定其意而作是念

寧爲聖法死　不爲愚癡生　一切諸有生
誰有不死者　我今若受死　爲法故喪身
決定生天上　何足生驚畏

即答王言假使王今切害我身碎如胡麻所受禁戒終不放捨今我住於仙聖道中若以此舌作妄語者非我所宜我今若當爲王故作妄語後墮地獄何所恃怙王時羞愧倍增瞋忿怒眼視之如熾然火月愛爾時心生歡喜今正是我生定意時今正是我秉持法時更於何處欲求聞法今日此即爲我說法令我爲法乃至捨命今王於我眞大親友如是念法即時開悟得辟支佛踊身虛空令破戒者見其如是皆生慚愧爲修善者增長信行爲實語者現實事果於虛空中鬚髮自落時淨居天奉其法服飛往香山與諸辟支佛共

集一處說偈如上

王舍城大長者悟辟支佛緣第四

譬如稠林中　欲挽大樹出　枝柯相妨礙
求出將無由　在家如稠林　衆務如枝柯
雖欲求出家　縛著永無因　靜處於林野
觀境修其心　解脫衆緣務　離諸所親愛
修於一獨行　如犀角無二　先師相傳授
我得聞斯事

昔有辟支佛於過去五佛所恒修諸善爲優婆塞樂著家事雖覩諸佛不求出家然其專心持在家戒無有毀犯善根漸增於迦葉佛所出家學道樂修頭陀六物具足猒惡於欲於彼命終得生天宮從天壽盡生王舍城大長者家此長者家財富無量倉庫盈溢以漸長大遂至盛年父命終後縱意快樂如毗沙門子那羅究伏羅在已家中樂諸緣務生育男女各三十人庫藏僕從其數甚衆男女婚娶其事衆多但營目前忘所修法爲緣務所縛不捨家業於僕從所聞諸親戚多有死喪汝某甲舍旣遭喪禍又失鞍馬廣聞如是喪失之聲愁毒懊惱如似百箭一時入心亦聞美善可愛之語家之估客大獲珍寶安隱還歸其子某甲産生男兒又聞已女生於福子復生歡喜聞向衰利憂喜交集猶如作伎所旋之輪與一親友至園苑中適行遊觀到一林間見有一人斫於大樹枝柯條葉繁美茂盛使多象挽不能令出斫一小樹無諸枝柯一人獨挽都無滯礙即挽出林見斯事已即自思惟而作是言我於今者得見因緣即說偈言

我見伐大樹　枝葉極繁多　稠林相鉤挂
無由可得出　世間亦如是　男女諸眷屬
愛憎繫縛心　於生死稠林　不可得解脫
小樹無枝柯　稠林不能礙　觀彼覺悟我
斷絕於親愛　於生死稠林　自然得解脫

即於彼處得辟支佛道時彼親友即語之言日已向暮可共還家答親友言汝自歸家我向家因今已斷竟親友問言汝云何斷答言我昔由愛故著居家今我已斷如此愛業人所愛者妻子眷屬小子稚孫恩愛憍恣若見父時弄聲不了疾走攀緣戀眷此事故生愛著我於妻子及以眷屬如此之事愛心永息我本在家營理家務或出或入或言與彼或言取此或言應作或言不應作如此之事我今已斷已捨欲樂獲解脫樂伐愛樹根閉諸趣門滅大暗障我於赤子反似怨家等無有異今我如是云何而當復還家耶時其親友即還家中語其男女男女大小聞其不來悉往就看眷屬既至但見其父沙門法服飛昇虛空男女白言今以何事猒惡眷屬處虛空中即說上偈以答男女既說偈已即時飛至雪山之中與諸辟支佛共集會已還來到本得道園中捨身涅槃時其眷屬為造塔廟時人因名為多子塔凡諸智人善根成熟以少因緣便得開悟

波羅柰國王月出悟辟支佛緣第五

妻子親友財　生死中過患　處林寂解脫
猶如犀一角　從善逝所聞　傳至於我師
我復從師聞　今當演說之

昔有辟支佛於迦葉佛所萬二千歲修行梵

行恒修忍辱慈悲衆生乃至微戒不曾毀犯命終生天彼天命終下生人間波羅奈國國王之家月出時生因名月出以漸長大立爲太子其父王崩繼紹王位以宿善力作正法王治國遣輔相子典領小國以女妻之此輔相子勇力絶倫多有眷屬自恃憍豪越逸過度時國王子以輔相子是姊妹夫極成親昵因其私屏開宴之處陰搆讒計語王子言爾之叔父兄弟眷屬其數甚多而世人多用婦語爾之父王一旦傾覆爾之諸母或生讒諂自用其子以此推之汝父王位必不至汝曼王未覺宜早圖之夫王位者天下之尊極樂之處與天無異一切世人無不信伏若爲國主以法治國命終之後必得生天譬如美肉衆皆嗜之王位亦爾無不貪者即說偈言

譬如水未至　宜預造橋梁　瀑流若卒到
不得有所爲　王位亦如是　宜應先圖之
擒獲在汝手　爾乃可自安　兄弟更相嫉
後求甚不易　王子思惟言　如此親友者
將欲陷墜我　如灰覆熾火　現在既無樂
來世獲大苦

爾時王子具以上事往白父王王聞子語顰蹙怒眼目如赤銅王當是時勑語使言曼其未洩急追將來時王子聞輔相子來即便出迎既相見已尋時遇患使還白王言王子病極成委篤王聞是事即自出看既覩其子所患困篤命在危惙四大苦痛見此事已便自思惟此王位者甚爲大惡然彼輔相子陰教我子悖逆反常欲爲不軌而我王位非彼能得我子今者患苦垂命一切世人皆生貪嫉

以此而言當知王位惡鄙弊處何故鄙弊以王位故捨其善行爲王位故害父及祖爲親厚者作大過惡捨於慚愧能使憍逸爲少樂故不畏後世即說偈言

如蛾投熾火　貪國盲亦爾　深著於得失
作以及不作　没國事淤泥　不得寂定處

作是思惟時　身行極清淨　逺得猒惡心
即獲辟支佛

復有師云此王見兒患已即便還宫有一隣國親厚之王爲賊所逼即遣使來求索援助此王聞已尋將兵衆往救彼王既到彼國連兵交刃極相殺害乃至婦人胎中小兒刳而殺之王見斯事深於王位生於猒惡即說偈言

貪國微小樂　没溺欲泥中　欲忿既增長
鬬戰生是非　以貪財利故　互共相殺害
不求勝解脫　盡滅於王位　如大熾火中
飛蛾投而死　恠哉生死中　所作事顛倒
極作劬勞業　反獲其苦殃　如彼高山巖
崖傍有蜜蜂　愚人貪少味　不覺墮墜苦
如是自思惟　即得辟支佛

即告子言汝能不用惡人之言無悖逆意汝若治國必以正法我今以國付囑於汝吾將欲去子及輔相一切眷屬聞王此語悉皆懊惱涕泣流淚合掌白王不審大王欲何處去爾時父王踊身虛空在日出山上說如上偈著沙門服作十八種變國人見者無不歡喜

譬如調馬若見鞭影即便調順智人亦爾見他受苦心即調順

拘舍彌國王大帝悟辟支佛緣第六

父母及妻子　穀帛財寶等　智者深觀察
暫過如客舍　棄捨於愛欲　獨行如犀角
我昔從諸師　傳授聞此事
昔有曾於迦葉佛所作比丘智慧聰敏柔和忍辱於日日中常觀諸法眞實體性所謂觀陰苦空無常無我猶如芭蕉熱時之燄如幻如夢如水泡沫能善觀察自修其心命終生天於天壽盡下生拘舍彌城爲國王子名曰大帝其父王崩承嗣先業紹繼王位如劫初諸王善修戒行正法治國爾時城中有大長者財富無量與大帝王少爲親舊極相厚昵彼大長者身嬰重疾王聞其疾躬自往問見長者病形容萎悴王心不樂低頭愁慘時彼長者以七寶鉢盛滿中金用奉獻王王言長者汝今疾苦極困篤耶長者對曰願王顧視

聽我所說
我家大巨富　猶如毗沙門　愛語及財寶
多集親友衆　妻子與眷屬　僮僕諸走使
我皆恣所欲　待遇極豐厚　今我死時至
無一爲我伴　王即慰勞言　此語極眞實
汝子與諸親　財寶衆庫藏　及我勇健力
象馬車步兵　雖有如是等　無能救拔者
我等諸親友　見汝遇苦患　但有慰喻言
憂愁流涕淚　及汝命將絶　無能救濟者
唯當自恃汝　由來所作善　王諦觀其病
心如得禪者　深悟諸苦患　衆生決定有
一切有生類　必爲病所趣　病常惱患人
無有哀愍者　一切世間人　決定入死道
都不生厭畏　言此我妻子　彼是我親屬
此是我財賄　彼親厚於我　我親友於彼

意爲癡所病　横作如是想　大災患在前
愚盲而不覩　上來諸所親　無能我濟者
於此正思惟　即獲辟支佛

王之所親内外眷屬見王得道絶棄世事爲愛别離火之所燒然生大惱熱時辟支佛身昇虚空作十八種變説如上偈

復有説云此王爲王子時入園苑中見諸盲者更互相捉鬧王子出謂有飲食在於道側不見道路墮大深坑有即死者有頭破者手脚折者身體碎壞爾時王子見是衆苦厭患思惟而作是言此覺悟我如是盲人亦曾富貴由縱逸故今得是苦我於今者覩是事已宜好撿行不應放逸即説偈言

譬火燒金鬘　而用爲首飾　金鬘雖珍妙
熾火終成害　王位亦如是　當愼莫放逸
此盲覺悟我　不宜自寛縱　因此王位故
身起大憍慢　威迫國人民　皆令生苦惱
後自受苦時　苦劇百千倍　因覩他受苦
云何能自安　此即是我師　示我衆苦患
作此思惟時　即獲辟支佛

爾時王子大賜盲者錢財珍寶沙門法服身昇虚空現諸神變語諸親言而我今者不以瞋恚怖畏憂愁故不嫌汝等故我捨親愛國土人民都無怨親財錢寶物如上説偈

戲笑衆樂具　棄捨如涕唾　忍樂於出離
斷滅於諸苦　能盡貪愛癡　其心得解脱
由得解脱故　獨一如犀角　曾從先師所
得聞如是事

昔有辟支佛於過去佛所修諸善根於最後身生拘舍彌國爲拘舍彌王其國土内有大

災變大旱惡風五星倒錯王即召太史占相之徒說偈問言

何緣有是災　大旱不降雨　虛空無雲翳
覩日無威光　食肉諸惡鳥　烏鷲及鵄梟
廻翔虛空中　見者生恐怖　咸言如是災
是誰之所作　能使諸妖異　恠變乃如是

爾時太史即答王言隨我所知今當爲說如我意者一切國民必有逼迫苦惱之事王復問言當以何方禳此災患太史白言王若欲令國安隱者當隨我語即說偈言

王若能退位　脫服與餘人　具足滿六月
微服而行乞　災患自消除　王當如滿月

王隨彼語即捨其位微服行國漸漸經歷行到婆翅多城到彼城已有異國王興軍來伐婆翅多王爲國樂故興兵往拒兩陣交戰二王俱死婆翅多城諸王子等競共爭國復大戰鬬毗羅仙王見是事已唱言怪哉即說偈言

王位雖尊豪　其樂甚輕微　云何爲是故
具受諸苦毒　競心生鬬戰　樂著隨衆惡
如蠅貪食蜜　著蜜無不喪　人亦復如是
爲貪小樂故　鬬戰自傷害　王位可鄙賤
多集諸苦惱　患害欲至滅　如飲雜毒漿
毒消身敗喪　爲一己身故　多有所傷害
愚貪王者樂　樂少苦甚多　我從今永止
更不求此樂　而此國事務　憂怖充其中
榮樂須臾頃　憂患苦延長　譬如妙金屋
火焚燄熾然　智者畏燒害　不應入其中
作是思惟時　即悟辟支佛　以神通力故
鬚髮自然落　即作沙門形　踊身昇虛空

尋於虛空中　即說如上偈

即飛至雪山諸辟支佛所時彼辟支佛問言以何因緣得悟道果具說上偈答之

波羅㮈國王親軍悟辟支佛緣第七

世間戲笑樂　及愛我我所　悉皆放棄捨
心意得解脫　諸根悉寂定　獨行如犀角

我昔從先師　傳聞如此事

過去波羅㮈城王名曰親軍有二夫人心甚愛悅樂著欲事恒爲放逸躭荒如醉亦如香山逸象香流出時入摩黎山自縱欲事時二夫人更相妬嫉各相伺便其一夫人便以毒藥與其親信親信賚藥與彼夫人夫人得藥狂悶而卧甚大苦毒尋便命終第二夫人見其命終詐現懊惱自散其髮椎胷而哭舉宮哀慼王聞其死生大苦懊夫人左右所有直人所著瓔珞嚴身之具悉皆挽絶以上坌身憂毒入心如彼群鵠爲鷹所逐如金翅鳥驚諸龍女宮中采女爲死所驚亦復如是爾時宮中譬如塚間又如黑塵掩蔽光明諸宮人等爲憂所蔽亦復如是王聞宮人如是憂苦心中驚動天冠瓔珞著身服飾皆棄于地入到喪邊見諸婇女哀苦理極王見是已生大愁惱而自思惟即說偈言

譬如盛暑日　能炙好華萎　死日清人形
面色變青黑　脣齒塵垢穢　眼陷鼻角戾
歌舞妙容儀　矗直如木石　先者能令我
愛著極樂處　云何卒今日　能生我怖畏
可惡生死患　不淨極臭穢　如夢虛不實
亦如芭蕉心　無有堅實相　如幻泡燄沫
暫現如水波　智慧所厭患　不知觀察者

横生樂著想　於此不淨中　横生於身想
迷悶而守著　猶如睡眠者

如是思惟未久之間燒夫人屍喪事已竟第二夫人爲藏已過食好飲食詐自懊惱言欲斷食現作哀慘然恐其過彰露發覺心中愁結以愁結故飲食不消即成大病王見病已倍增懊惱即生厭惡如此皆是生死過患即說偈言

如女能生愛　生累極衆多　人中無不爾
因愛生於樂　還復生大惡　愛爲苦根本
見愛合會時　必知是無常　我所愛樂者
端正與盛年　一旦死來集　以是故當知
云何有是樂　誰有智慧人　恩愛合會時
而當生喜樂　畏老病死患　是故我永離
作此思惟時　即得辟支佛

即著王者衣服瓔珞飛昇虚空於虚空中說如上偈變成沙門飛到雪山中諸辟支佛所

轉輪聖王最小子悟辟支佛緣第八

過去無量劫時有一轉輪聖王千子具足其最小子見父乘金輪寶七寶具足四兵翼從鼓蓋容飾悉皆具備其最小子即問母言我當何時得是蓋等種種容飾母即答言汝至骨朽亦不得是兒即問言何以不得汝有九百九十九大兄應得紹位計其次第都不至汝兒即思惟我既不得如是容飾生必有死形骨腐敗以是種種思惟生死過患即時覺悟得辟支佛身昇虚空作十八變母即復請願莫遠去園苑中住受我供養時辟支佛受諸母請即住後園日日供養經歷多時時辟支佛厭是有身即便棄捨而入涅槃諸母戀

念大積香薪以燒其身收其舍利盛著寶缾即於後園爲起大塔時轉輪王遊四域還到後園中見有大塔怪而問之時守園者即白王言是王最小之子得辟支佛於此涅槃諸毋於此爲其起塔時轉輪王即召其毋而問之言我子云何死而起此塔時其毋等具以上事而白於王王責其毋我兒欲得何不語我今雖涅槃以王容飾置於塔上由是因緣無量劫中恒爲轉輪聖王食自然福至今不盡若處生死應二千五百世爲轉輪聖王由成佛故得二千五百寶蓋阿闍世王上佛五百寶蓋毗舍離律車子上佛五百寶蓋海龍王上佛五百寶蓋阿須羅王亦上佛五百寶蓋天帝釋亦上佛五百寶蓋爾時世尊唯不受一蓋何以故爲將來弟子若乏衣食供養以此福力當使人天自然供給以是因緣當知賢聖福田深廣無量

辟支佛因緣論

音釋

憺怕憺徒敢切怕薄陌切憺怕安靜也　賑之刃切賙也　顰蹙顰毗賓切蹙子六切顰蹙愁貌　昵尼質切近也　軛乙革切車軶也　犛莫交切長髦牛也　讒鋤咸切譖也　刳空胡切剖也　挽⿱絕力挽武遠切擭也⿱絕力于悅切斷也　坌蒲悶切塺塕也　矗昌六切

阿毗達磨大毗婆沙論

唐三藏法師玄奘奉詔譯

清刻龍藏佛說法變相圖

阿毗達磨大毗婆沙論卷第一

五百大阿羅漢等造

唐三藏法師玄奘奉　詔譯

問誰造此論答佛世尊所以者何以一切種所知法性甚深微妙非佛世尊一切智者誰能究竟等覺開示若爾此中誰問誰答或有說者尊者舍利子問佛世尊答復有說者五百阿羅漢問佛世尊答有作是說諸天神問佛世尊答有餘師說化苾芻問佛世尊答所以者何諸佛法爾所知法性於諸世間定應開示然無問者爾時世尊化作苾芻形容端正衆所樂見剃除鬚髮服僧伽胝令彼請問佛世尊答猶如徵問義品因緣問若爾此論何故傳言尊者迦多衍尼子造答由彼尊者受持演說廣令流布是故此論名稱歸彼然

是佛說復有說者此論即彼尊者迦多衍尼子造問豈不前言以一切種所知法性甚深微妙非佛世尊一切智者誰能究竟等覺開示云何彼尊者能造此論耶答以彼尊者亦有微妙甚深猛利善巧覺慧善知諸法自相共相通達文義及前後際善解三藏離三界染成就三明具六神通及八解脫得無礙解獲妙願智曾於過去五百佛所積修梵行發弘誓願我於未來釋迦牟尼佛般涅槃後造阿毗達磨故如是說一切如來應正等覺弟子衆中法爾皆有二大論師任持正法若在世時如尊者舍利子若般涅槃後如尊者迦多衍尼子故彼尊者以願智力觀法所益而造此論問若爾佛說阿毗達磨何者是耶答世尊在世於處處方邑爲諸有情以種種論

道分別演說阿毗達磨佛涅槃後或在世時諸聖弟子以妙願智隨順纂集別爲部類是故尊者迦多衍尼子佛去世後亦以妙願智隨順纂集造發智論謂於佛說諸論道中安立章門標舉畧頌造別納息制總蘊名謂集種種異相論道制爲雜蘊集結論道制爲結蘊集智論道制爲智蘊集業論道制爲業蘊集大種論道制爲大種蘊集根論道制爲根蘊集定論道制爲定蘊集見論道制爲見蘊猶如一切鄔陁南頌皆是佛說謂佛世尊於處處方邑爲種種有情隨宜宣說佛去世後大德法救展轉得聞隨順纂集制立品名謂集無常頌立爲無常品乃至集梵志頌立爲梵志品此亦如是阿毗達磨本是佛說亦是尊者隨順纂集又若佛說若弟子說不違法

性世尊皆許苾芻受持故彼尊者展轉得聞或願智力觀察纂集爲令正法久住世故制造此論復次諸佛出世皆說三藏謂素怛纜毗奈耶阿毗達磨如是三藏有何差別或有說者無有差別所以者何一切佛教從一智海之所生故隨一覺海之所出故等力無畏所攝受故同一大悲所等起故復有說者亦有差別且名即差別謂此名素怛纜此名毗奈耶此名阿毗達磨復次依處亦有差別謂若依增上心論道是素怛纜若依增上戒論道是毗奈耶若依增上慧論道是阿毗達磨問於一切中一切可得謂素怛纜中亦有依增上戒增上慧論道毗奈耶中亦有依增上心增上慧論道阿毗達磨中亦有依增上心增上戒論道如是三藏應無差別答依增勝說謂素怛纜中依增上心論道增勝毗奈耶中依增上戒論道增勝阿毗達磨中依增上慧論道增勝有作是說素怛纜中依增上心論道是素怛纜依增上戒論道即毗奈耶依增上慧論道即阿毗達磨毗奈耶中依增上戒論道是毗奈耶依增上心論道即素怛纜依增上慧論道即阿毗達磨阿毗達磨中依增上慧論道是阿毗達磨依增上心論道即素怛纜依增上戒論道即毗奈耶故由依處亦有差別復次所顯亦有差別謂素怛纜次第所顯謂素怛纜中應求次第何故世尊此品無間宣說彼品若毗奈耶緣起所顯謂毗奈耶中應求緣起世尊依何緣起制立彼彼學處阿毗達磨性相所顯謂阿毗達磨中應求諸法眞實性相不應求彼次第緣起或前

或後或無緣起俱無過失復次等流亦有差別謂素怛纜是力等流毗奈耶是大悲等流阿毗達磨是無畏等流復次所説亦有差別謂種種雜説是素怛纜説諸學處是毗奈耶分別諸法自相共相是阿毗達磨復次所爲亦有差別謂未種善根者令種善根故説素怛纜已種善根者令相續成熟故説毗奈耶相續已成熟者令得正解脱故説阿毗達磨復次分位亦有差別謂依始業位説素怛纜依已串習位説毗奈耶依超作意位説阿毗達磨復次進趣亦有差別謂未入正法令入正法故説素怛纜已入正法令受持學處故説毗奈耶已受持學處令通達諸法眞實相故説阿毗達磨是故三藏亦有差別問何故世尊造此論耶答爲饒益他故謂彼尊者作

是思惟云何當令諸有情類於佛聖教無倒受持精進思惟籌量觀察由此無量煩惱惡行不現在前便得悟入甚深法性故造斯論譬如有人爲饒益他故於黑暗處然大明燈令有目者見種種色尊者亦爾爲饒益他於佛滅後制造此論令有智者入深法性又如諸佛爲饒益他開示演説十二分教一契經二應頌三記別四諷頌五自説六緣起七譬喻八本事九本生十方廣十一希法十二論議所以者何諸有情類雖有因力若無緣力而覺發者終不能修勝進之行要遇緣力乃能修行譬如池中雖有種種嗢鉢羅等衆妙蓮華若日月光不照觸者則不開發出種種香要日月光之所照觸乃得隨類開發出香又如暗中有種種物若無燈照終不可見要

假燈照乃得見之有情亦爾雖有因力若無緣力廣說如前如有頌言

譬如暗室中　雖有種種物　無燈暗所隱
有目不能見　如是雖有智　不從他聞法
是人終不能　分別善惡義　譬如有目者
因燈見衆色　有智依多聞　能別善惡義
多聞能知法　多聞離不善　多聞捨無義
多聞得涅槃

又如經說有二因緣能生正見一外聞他法音二內如理作意又契經說有四法人多有所作一親近善友二從他聞法三如理作意四法隨法行復有經言若我弟子一心屬耳聽聞正法能斷五蓋及能修行七覺分滿故如諸佛爲饒益他說十二分教如是彼尊者爲饒益他制造此論復次爲破無明暗故如燈破暗能發光明阿毗達磨亦復如是破無明暗發智慧明故彼尊者制造此論復次爲顯無我像故譬如鏡面極善磨瑩種種色像皆於中現阿毗達磨亦復如是分別諸法自相共相令無我像分明顯現故彼尊者制造此論復次爲度生死河故如牢船筏百千衆生依之無畏從河此岸度至彼岸阿毗達磨亦復如是無數諸佛及諸有情依之無畏從生死此岸至涅槃彼岸故彼尊者制造此論復次爲照契經等故如人執燈入諸暗室於見衆色而無迷亂如是行者以阿毗達磨照契經等義而無迷惑故彼尊者制造此論復次爲觀察善等諸法故如別寶人能善觀察金剛等寶阿毗達磨亦復如是能善分別善等諸法故彼尊者制造此論復次爲顯阿毗

達磨諸大論師不傾動故如妙高山踞金輪上一切猛風搖鼓飄擊不能傾動阿毗達磨諸大論師亦復如是住浮尸羅諸惡見者輕毀邪論不能摧伏故彼尊者制造此論復次尊者以三因緣制造此論一爲增益智故二爲開覺意故三爲遮計我故增益智者謂於內外諸經論中令智增益無有能如阿毗達磨開覺意者謂諸有情無明所昏如睡未覺不能了知何者是遍行何者非遍行何者自界緣何者他界緣何者有漏緣何者無漏緣何者有爲緣何者無爲緣云何爲攝云何相應云何因云何緣誰成就誰不成就何者順前句何者順後句何者四句何者如是句何者不如是句於如是等所知境中令諸有情開發覺意無有能如阿毗達磨遮計我者尊者所造阿毗達磨未曾說有補特伽羅恒顯諸行空無有我以如是等種種因緣故彼尊者制造此論問阿毗達磨自性云何答無漏慧根以爲自性一界一處一蘊所攝一界者謂法界一處者謂法處一蘊者謂行蘊若兼相應及取隨轉三界二處五蘊所攝三界者謂意界法界意識界二處者謂意處法處五蘊者謂色蘊乃至識蘊如契經說此藥叉天於長夜中其心質直無有諂誑諸有所問皆爲了知不爲嬈亂我以甚深阿毗達磨恣彼意問此中何者甚深阿毗達磨謂無漏慧根又契經說此筏蹉氏及善賢外道并梵壽婆羅門皆於長夜其性質直無諂無誑諸有所問皆爲了知不爲嬈亂我以甚深阿毗達磨恣彼意問此中何者甚深阿毗達磨謂無漏

慧根又如佛告西你迦言我有甚深阿毗達磨難見難覺不可尋思非尋思境惟有微妙聰叡智者乃能知之非汝淺智之所能及所以者何汝於長夜異見異忍異欲異樂此中何者甚深阿毗達磨謂空無我及如實覺所以者何以彼外道恒妄計我空無我性非彼所及又如佛告鄔陀夷言汝是愚夫盲無慧目云何乃與上座苾芻共論甚深阿毗達磨此中何者甚深阿毗達磨謂滅定退及如實覺又如佛告阿難陀言我有甚深阿毗達磨謂諸緣起難見難覺不可尋思非尋思境惟有微妙聰叡智者乃能知之此中何者甚深阿毗達磨謂因緣性及如實覺又契經說我有甚深阿毗達磨謂緣性緣起此處甚深難見難覺不可尋思非尋思境惟有微妙聰叡

智者乃能知之復有甚深阿毗達磨謂一切依皆永捨離愛盡離染寂滅涅槃此最甚深難見難覺廣說如前此中何者甚深阿毗達磨謂因緣性及彼寂滅并如實覺又如佛告阿難陀言復有甚深阿毗達磨謂有餘法相似甚深我於其中自覺正說此中何者甚深阿毗達磨謂諸見趣及如實覺又契經說我有甚深阿毗達磨謂一切法甚深故難見難見故甚深此中何者甚深阿毗達磨謂一切法性及如實覺雖此等經中隨別意趣作種種異說然阿毗達磨勝義自性惟無漏慧根即由此故發起世間修所成慧謂煖頂忍世第一法以能別觀四聖諦故亦得名爲阿毗達磨又由此故發起殊勝思所成慧謂不淨觀持息念等以能別總觀諸蘊故亦得名爲

阿毗達磨又由此故發起殊勝聞所成慧分別諸法自相共相建立諸法自相共相害實物愚及所緣愚以於諸法不增減故亦得名爲阿毗達磨又由此故發起殊勝生處得慧以於三藏十二分教能受能持思量觀察不謬轉故亦得名爲阿毗達磨復由如是資糧攝持無漏慧根轉得明盛是故亦名阿毗達磨問若阿毗達磨惟無漏慧根爲自性者何故此論復名阿毗達磨答阿毗達磨具故亦名阿毗達磨如處處經中於彼彼具立彼彼名此亦如是謂如於樂具立以樂名如伽他說

食所乞食樂　衣隨得衣樂　經行山林樂
棲隱巖窟樂

飲食衣等體實非樂勝義樂者謂諸樂受或有說者亦輕安樂然衣食等是樂具故於伽他中亦說爲樂又如於垢具立以垢名如伽他說

女是梵行垢　女損害衆生　苦梵行所淨
非由水能洗

女實非垢勝義垢者謂貪瞋癡然伽他中說女爲垢是垢具故又如於漏具立以漏名如說七漏是損害是燒然是苦惱根等實非漏是漏具故立以漏名勝義漏惟三謂欲漏有漏無明漏又如於隨眠具立隨眠名如契經說苾芻當知色是隨眠隨增隨死若隨增即隨死若隨死即隨取若隨取即隨縛色非隨眠勝義隨眠惟有七種然經說色是隨眠者隨眠具故又如於味具立以味名如契經說苾芻當知眠味妙色色是魔鉤眠實非味勝

義味者謂所生愛然契經說眠味色者是味具故又如於欲具立以欲名如契經說欲者是何謂五味欲又如頌言

如是五妙欲　可愛可欣樂　可意欲所牽
能令心染著

色等非欲勝義欲者謂於彼愛然經頌說彼是欲者是欲具故又如於退具立以退名如契經說有五因緣令時解脫阿羅漢退一營事業二樂戲論三和諍訟四好遠行五遇長病非營事業是能退體勝義退者謂一切不善有覆無記法然契經中說營事等是能退者謂退具故又如於業具立以業名如契經說有三種意故思惡不善業若作增長感非愛異熟謂貪欲瞋恚邪見非貪欲等是實意業勝義意業謂意俱惡思然契經中名意業者謂是不善意業具故又如於異熟因具立異熟因名如彼尊者無滅所說我由一食異熟因故七生天上七生人中於最後身得盡諸漏非即一食是異熟因勝義異熟因者謂諸不善善有漏法然彼尊者即說一食爲異熟因是彼具故如於此等處處經中以彼彼名說彼彼具此論亦爾是阿毗達磨具故亦名阿毗達磨如是勝義阿毗達磨自性惟是無漏慧根一界一處一蘊所攝若兼相應及取隨轉三界二處五蘊所攝餘資糧等皆是世俗阿毗達磨是名阿毗達磨自性如說自性我物自體相分本性應知亦爾已說自性所以今當說以何義故名阿毗達磨阿毗達磨諸論師言於諸法相能善決擇能極決擇故名阿毗達磨復次於諸法性能善覺察能

善通達故名阿毗達磨復次能於諸法現觀作證故名阿毗達磨復次法性甚深能盡原底故名阿毗達磨復次諸聖慧眼由此清淨故名阿毗達磨復次能善顯發幽隱法性故名阿毗達磨所知法性無始幽隱離此無有能顯發故復次所說法性無有乖違故名阿毗達磨若有能於阿毗達磨自相共相極善串習必無有能如法問難令於法性有少違故復次能伏一切外道他論故名阿毗達磨阿毗達磨諸大論師邪徒異學無能敵故尊者世友作如是說常能決擇契經等中諸法性相故名阿毗達磨復次於十二支緣起法性能善覺了故名阿毗達磨復次以能現觀四聖諦法故名阿毗達磨復次善說修習八聖道法故名阿毗達磨復次能證涅槃故名

阿毗達磨復次能於諸法以無量門數數分別故名阿毗達磨大德說曰於雜染清淨繫縛解脫流轉還滅法以名身句身文身次第結集安布分別故名阿毗達磨脇尊者言此是究竟慧此是決斷慧此是勝義慧此是不謬慧故名阿毗達磨尊者妙音作如是說求解脫者修正行時能爲分別所未了義謂此是苦此是苦因此是苦滅此是趣滅道此是加行道此是無間道此是解脫道此是勝進道此是向道此是得果能正分別如是等義故名阿毗達磨法密部說此法增上故名阿毗達磨如有頌言

慧於世間尊　能決擇趣向　以正了知故
老死盡無餘

化地部說慧能照法故名阿毗達磨如契經

說一切照中我說慧照最爲上首譬喻者說於諸法中涅槃最上此法次彼故名阿毗達磨聲論者言阿謂除棄毗謂決擇此法能除棄決擇故名阿毗達磨何所除棄謂結縛隨眠隨煩惱纏何所決擇謂蘊界處緣起諦食及沙門果菩提分等尊者佛護作如是說阿毗者是助言顯現前義此法能引一切善法謂諸覺分皆現在前故名阿毗達磨尊者覺天作如是說阿毗者是助言顯增上義如增上慢者名阿毗慢增上覺者名阿毗覺增上老者名阿毗老此亦如是此法增上故名阿毗達磨尊者左受作如是說阿毗助言顯恭敬義如恭敬稽首者名阿毗稽首恭敬供養者名阿毗供養此亦如是此法尊重可恭敬故名阿毗達磨問何故此論名發智耶答諸勝義智皆從此發此爲初基故名發智復次此論應名智安足處諸勝義智此爲根本依此而立是故名爲智安足處復次諸勇健智此最能發發勇智緣故名發智復次諸智彼岸依此能到故名發智開發諸法自相共相無有能妙此論者故復次世出世智皆依此發智之妙門故名發智問此論勝利其相云何答隨順解脫斷除繫縛順空無我違我我所顯無我理遮數取趣開覺意息昬迷遣愚癡生智慧斷疑網與決定背雜染向清淨訶流轉讃還滅捨生死得涅槃摧破一切外道邪論成立一切佛法正論此論勝利其相如是

阿毗達磨大毗婆沙論卷第一　說一切有部發智

音釋

纂子管切綜集也　素怛纜梵語也此云契經怛當割切纜盧瞰切　串俱患切習也　叡以芮切深明通達也

阿毗達磨大毗婆沙論卷第二

五百大阿羅漢等造

唐三藏法師玄奘奉詔譯

雜蘊第一中世第一法納息第一之一

云何世第一法如是等章及解章義既領會已次應廣釋問何故作此論答爲欲分别契經義故謂契經中佛世尊説若有一類於諸行中不能如理思惟能起世第一法無有是處若不能起世第一法能入正性離生無有是處若不能入正性離生能得預流一來不還阿羅漢果無有是處若有一類於諸行中能如理思惟起世第一法斯有是處乃至廣説契經雖説世第一法名而不廣辯世第一法義契經既是此論依處彼所不顯示者今應廣分别之由是因緣故作斯論問何故作論衣契經耶答彼作論者意欲爾故隨彼意欲而作此論不違法性何煩徵詰復次一切阿毗達磨皆爲解釋契經中義以廣分别諸經義故乃得名爲阿毗達磨故彼尊者於諸經中纂集種種不相似義分别解釋立爲雜蘊乃至纂集種種見趣分别解釋立爲見蘊然於所立八種蘊中皆具分别一切法相問何故尊者論初先説世第一法爲順次第説諸功德爲逆次第説諸功德爲依順決擇分先後次第而説耶設爾何失若順次第説諸功德者應先説不淨觀或持息念等次説念住次説三義觀次説七處善次説煖次説頂次説忍然後應説世第一法若逆次第説諸功德者應先説阿羅漢果次説不還次説一來次説預流次説見道然後應説世第一法

若依順決擇分先後次第而說者應先說煗次頂次忍然後應說世第一法如尊者妙音生智論說云何煗云何頂云何忍云何世第一法若不依此三種次第即所造論有雜亂失如佛在世尊者大迦多衍那成就無邊希有功德於無量法自相共相無障礙智隨欲現前勇猛精進恒無斷絕已能善入阿毗達磨文義大海無邊覺慧不可傾動如妙高山爲大論王能伏他論自所立論無能當者今尊者迦多衍尼子亦復如是何故造論先說世第一法耶答諸師於此種種異說謂或有說今於此中非順次第說諸功德非逆次第說諸功德亦不依彼順決擇分先後次第而說但作論者意欲爾故隨彼意欲而作此論不違法相何煩徵詰有作是說阿毗達磨性相所顯非如契經寧求次第阿毗達磨以廣論道決擇諸法眞實性相此既繁雜不應於中求其次第若求次第文但增繁於義無益復有說者不應詰問作論者意以經先說世第一法廣說如前今此論師依經造論故亦先說世第一法問置作論者何故經中世尊先說世第一法答觀所化者分齊說故謂佛觀所化者已得下中品忍未得上品忍及世第一法欲令得故說如是言若有一類於諸行中不能如理思惟能起世第一法無有是處乃至廣說此中如理思惟顯上品忍世第一法正說自名故佛世尊觀所化者修行分齊作如是說或有說者爲止於此多誹謗故謂他於此世第一法起多誹謗是故先說多誹謗者謂於自性及於名界現前退中皆起

誹謗於自性起誹謗者謂或有說信等五根以爲自性於名起誹謗者謂或有說此名種性地法不應名世第一法於界起誹謗者謂或有說此是欲色界繫或復有說此色無色界繫或復有說此是三界繫或復有說此是三界繫及不繫或復有說此非三界繫亦非不繫於現前起誹謗者謂或有說此法多念相續現前於退起誹謗者謂或有說此法可退爲止如是種種誹謗是故先說世第一法有餘師說諸有漏法皆不牢固如糞掃淤泥誰於此中牢固最勝譬如醍醐謂世第一法是故先說有說此法隨順無我是故先說謂此論中讚歎出離解脫涅槃隨順無我非如外典讚歎受用諸欲樂具隨順我執世第一法有法聲故既順無我與此論同非如煖等無有法聲不同此論隨順無我故此先說世第一法有說此法世法中勝是故先說謂諸論中此論最勝世第一法世法中勝與此論同是故先說有說若有住此法時名佛出世眞實利益彼於爾時得無障礙受用勝義聖法財故謂佛出世衆生入法凡有二種一者世俗二者勝義世俗者謂剃除鬚髮被以法服正信出家勝義者謂世第一法無間引生苦法智忍世俗入法有二種過一者破戒二者歸俗勝義入法無如是過隨其種性自在證得大乘功德無退失故有說若有住此法時無始時來聖道門閉令創能開捨未曾捨諸異生性得未曾得所有聖道是故先說世第一法有說若有住此法時捨異生名得聖者名捨異生數得聖者數捨異生分齊得聖

者分齊捨異生種性得聖者種性是故先説世第一法有説若有住此法時得心不得心因得明不得明因得受不得受因餘心所亦爾是故先説世第一法有説若有住此法時捨曾習緣得未曾習緣捨共得不共捨世間得出世間捨有愛味得無愛味捨耽嗜依得出離依是故先説世第一法有説爲斷疑異生性是故先説世第一法謂或有疑此異生性既無有始應亦無終今顯其有終即世第一法有説若有住此法時異生過患異生變異異生虛誑異生剛強悉不復起煖頂忍位或有起者是故先説世第一法有説異生起此法已要至非異生位方得命終如異生非異生如是未見諦已見諦未得果已得果未入正性離生已入正性離生未起現觀已起現觀住不定聚住正定聚無聖道有聖道無證淨有證淨應知亦爾煖頂忍等即不決定是故先説世第一法有説若有起此善根惟一刹那必無停滯煖等不爾是故先説世第一法有説若有住此法時異生身中念住等行修至究竟煖等不爾是故先説世第一法有説若有住此法時説名最初有漏心斷無漏心續餘位不爾是故先説世第一法有説此法能令異生可傾動身而不傾動是故先説如妙高山踞金輪上四方猛風不能傾動如是異生安住此法四倒惡見不能傾動餘異生位即不如是有説此法猶如明相能表始終是故先説謂如明相表晝分始及夜分終世第一法亦復如是顯聖道始及異生終如表始終如是能表正度已度趣入已出加

行究竟應知亦爾餘位不然有說顯此住同法中能有異相是故先說謂世第一法雖苦諦攝而無間引生初滅苦道雖有世間流轉老死薩迦耶攝而能引生初滅彼道煖等不然有說顯此雖是世間緣而能無間引初出世緣餘位不爾是故先說如世間出世間緣如是有垢無垢有過無過有毒無毒有濁無濁有身見事無身見事有顛倒事無顛倒事有愛事無愛事有隨眠事無隨眠事緣應知亦爾是故先說有說若有住此法時有勢有力能有所作猶如健夫謂於爾時無間引起聖初止觀及起聖見慧首創冠餘覺支鬘餘位不爾是故先說世第一法有說此法其用最勝能捨異生性得聖性捨邪性得正性無間能入正性離生餘法不然是故先說世第一法有說行者住此法時能捨輕動過姤羅綿栁氎絮等諸異生性能於聖教安住不動如天帝幢是故先說世第一法有說行者住此法時捨無始來令心心所成不質直煩惱惡見得未曾得令心心所成質直性無漏聖道有說行者住此法時捨五補特伽羅同分謂五無間者得八補特伽羅同分謂四向四果是故先說世第一法有作是言世第一法由三事故論先說之一順經說二止多謗三此剎那得初聖果順經止謗如前廣說即此剎那得初聖果者謂彼與世第一法爲無間士用果以如是等諸因緣故此論先說世第一法有餘師言尊者於此依逆次第宣說諸法問若爾此論即應先說阿羅漢果次說不還次說一來次說預流次說見道然後應說

世第一法何故先說世第一法耶答此中逆說異生身中淨染諸法非說一切初說云何世第一法廣說乃至云何爲煖此則逆說異生身中清淨品法次作是說此二十句薩迦耶見廣說乃至若無有見此則宣說異生身中雜染品法此二品法誰能了知謂無我智是故第二智納息中作如是說頗有一智知一切法乃至廣說此無我智何由而生謂覺緣起是故第三納息作如是說一補特伽羅此生十二支緣起乃至廣說此緣起覺何由而起謂愛及敬是故第四納息作如是說云何愛云何敬乃至廣說如是愛敬何因而生謂慚及愧是故第五納息作如是說云何慚云何愧乃至廣說如是慚愧何由而有爲解法相是故第六納息作如是說色法生老無常乃至廣說此解法相何由而得謂捨無義修習有義是故第七納息作如是說諸修劣苦行當知無義俱乃至廣說誰捨無義修習有義謂能正思正思惟者是故第八納息作如是說云何思云何思惟乃至廣說雜蘊法覺由何明淨謂由結斷是故次說第二結蘊如是結斷由何而證謂由諸智是故次說第三智蘊誰能生起斷結諸智謂無業障補特伽羅是故次說第四業蘊諸業多分依誰而生謂四大種故次第五說大種蘊大種所造勝者是何謂眼等根是故次說第六根蘊諸根清淨由何勢力謂得諸定是故次說第七定蘊有得定已起邪推求便復引生諸惡見趣爲令識相能速斷除故最後說第八見蘊雖於如是一一蘊中具攝諸法而隨增勝制

立蘊名故作是説由逆次説異生身中淨染諸法非説一切是故先説世第一法云何世第一法答若心心所法爲等無間入正性離生是謂世第一法有作是説若五根爲等無間入正性離生是謂世第一法問誰作此説答是舊阿毗達磨者説問彼何故作此説答爲遮餘部故作是説不必惟説五根爲性謂分別論者執信等五根惟是無漏一切異生悉不成就問彼部何故作此執耶答彼由契經故作此執謂契經説若有五根增上猛利平等圓滿多修習故成阿羅漢諸漏永盡從此減下成不還者次復減下成一來者次復減下成預流者若全無此信等五根我説彼住外異生品由此經故彼執五根惟是無漏爲遮彼意故舊阿毗達磨者説世第一法以五根爲自性世第一法在異生身故知五根亦通有漏異生定不成有爲無漏故問若執五根體惟無漏有何過失答便違契經如契經説我若於此信等五根未如實知是集是没是味是過患是出離未能超此天人世間及魔梵等乃至未能證得無上正等菩提乃至廣説非無漏法可作如是品類觀察分別論者作如是言世尊此中説自相觀謂我於此信等五根未如實知集等自相未能超此天人世間及魔梵等乃至廣説云何觀無漏是集自相耶謂此必因親近善士聽聞正法如理作意法隨法行而集起故云何觀此是没自相謂要未知當知根没已知根起已知根没具知根起故云何觀此是味自相謂此亦是愛所緣故若爾無漏愛所繫耶不爾如

仁許無漏法是煩惱境而非所繫我宗亦然愛緣無漏而不能繫斯有何失云何觀無漏是過患自相謂觀無漏是無常故云何觀無漏是出離自相謂涅槃時必棄捨故如契經說般涅槃時一切有爲皆悉棄捨彼言非理所以者何謂此經說我若於此信等五根未如實知是集沒味過患出離未能證得諸漏永盡無上菩提非自相觀能盡諸漏故彼所說決定非理由此五根非惟無漏又執五根惟無漏者復違經說如契經說惟願世尊演說法要所以者何有諸有情處在世間或生或長有利根者有中根者有輭根者乃至廣說又契經說苾芻當知我昔未轉正法輪時曾以佛眼觀諸有情處在世間或生或長有利中輭諸根差別善容貌善調伏薄塵垢若不聞法退失勝利信等五根若惟無漏應利根者是阿羅漢中根者是不還輭根即是一來預流若爾世尊未轉法輪應已名轉一切聖者於諸世間已充滿故復轉法輪應成無用分別論者作如是言此中根名說所依處不說根體於我何違彼如是言亦不應理違餘經故謂餘經說生聞梵志往世尊所而白佛言喬答摩尊說根有幾佛言我說二十二根所謂眼根乃至廣說彼經豈亦說根所依彼此二經根聲不異一謂根體一謂所依非所極成是自妄執故定應許信等五根亦通有漏問若通有漏彼所引經當云何釋答信等五根實通有漏彼經一向說無漏者所以者何依無漏根建立聖者有差別故有說彼經惟說聖道所以者何聖者差別依聖道說

非世俗故問彼經又說若全無此信等五根我說彼住外異生品復云何通答斷善根者名外異生謂諸異生總有二種一內二外不斷善根說名爲內斷善根者說名爲外彼經意說若全無此信等五根我說名爲斷善根者故所引經於我無失或說此是經部所說謂經部師亦爲遮遣分别論者如前所執故作是言世第一法五根爲性非惟爾所有說此是犢子部宗彼部師執世第一法信等五根以爲自性惟此五根是自性善餘雜此故亦得善名由此五根建立一切賢聖差別不由餘根如契經說若有五根增上猛利平等圓滿多修習故成俱解脫從此減下成慧解脫次復減下成身證次復減下成見至次復減下成信解次復減下成隨法行次復減下成隨信行問令此論宗與犢子部何相關預而叙彼說答爲令疑者得決定故謂彼與此所立義宗雖多分同而有少異謂彼部執世第一法惟以信等五根爲性諸異生性一向染污謂欲界繫見苦所斷十種隨眠爲自性故隨眠體是不相應行涅槃有三種謂學無學非學非無學立阿素洛爲第六趣補特伽羅體是實有彼如是等若六若七與此不同餘多相似勿有疑彼與此皆同故叙彼宗遮顯有異今應問彼若惟五根是自性善所餘善法自性是何若謂彼是不善無記雜五根故亦名善者如是五根與彼相雜何故不名不善無記然信等五與所餘法同一所依同一行相同一所緣一起一住一滅一果同一等流同一異熟而言五根是自在善餘相雜

故假立善名但順妄情不應正理勿有此過故應說言世第一法根非根性尊者法救作如是言諸心心所是思差别故世第一法以思爲自性尊者覺天作如是說諸心心所體即是心故世第一法以心爲自性彼二尊者作如是言信等思心前後各異無一並用信等五根爲等無間入見道者約容有義故作是言信等五根能入見道謂或有用信思信心爲等無間入於見道乃至或用慧思慧心爲等無間入於見道若爾應用不相應法爲等無間入於見道彼作是言許亦何失如他宗說心體前後雖不相應而有所緣能爲無間入於見道我宗亦爾信等思心雖復自體無相應義而有所緣能爲無間入於見道斯有何大有大過失所以者何若信思心爲等無間入見道者既無精進及念定慧應有懈怠忘念散亂惡慧能入見道如是乃至若慧思心爲等無間入見道者既無有信精進念定應有不信懈怠忘念散亂能入見道如是豈不成大過失爲遮如是種種異執故復說言於此義中若心心所法爲等無間入正性離生是謂世第一法於此義中者謂於此不顛倒此宗此論此蘊此納息此品類此順契經我及諸餘同梵行者所許義中如是尊者迦多衍尼子欲顯自宗世第一法以根非根相應俱有心心所法爲其自性問世第一法與苦法智忍爲等無間緣名入見道爲此滅已方名爲入爲此住位即名入耶若此滅已方名入者何故此中不言已入若此住位即名入者異生聖者應成雜亂有作是言滅已

名入問若爾此文應說已入爾時見道名已生故答應言已入而說入者此於究竟說加行聲如今來聲說已來事如世間說大王今者從何處來彼雖已來而說今來此亦如是又如已斷而說今斷如契經說斷樂斷苦乃至廣說離欲染時苦根已斷今離第三靜慮染樂根斷時乃說爲斷豈非已斷而說今斷又如已解脫而說今解脫如契經說心解脫欲漏有漏無明漏離欲染時心於欲漏已得解脫今離非想非非想處染心於有漏無明漏得解脫時乃說爲解脫亦於已解脫而說今解脫又如已受而說今受如契經說受樂受時如實知受樂受乃至廣說彼亦已受而說今受非於受時可了知故此亦如是雖是已入而說今入有餘師說此文應言無間而入正性離生彼言無理等無間入無間而入義有何異如是說者世第一法住時名入問若爾異生應即聖者入聖道故答無如是過世第一法至住位時苦法智忍在正生位未成就故不名聖者苦法智忍雖未已生以在正生名等無間世第一法爾時爲彼等無間緣故名爲入由此故說若心心所法爲等無間入正性離生是謂世第一法問若心心所法已入正性離生或當得入亦是世第一法不答亦是問若爾此中何故不說答若說正入當知則說已入當入若說現在當知則說過去未來其相一故思心差別論者作如是言若信思心爲等無間入見道者惟信思心但爲同類等無間緣如是乃至若慧思心爲等無間入見道者惟慧思心但爲同類等無

間緣相似相續論者作如是言心心所法但爲同類等無間緣謂心與心非心所心所與心所非心諸心所中受與受非餘想等亦爾然諸心所非恒相應遇别緣起謂若欣前境起樂受苦猒前境起苦受若於境中庸起不苦不樂受若欲有所領納生受若欲取像生想若欲有所作生思乃至若欲有所決擇生慧故諸心所非恒相應若爾已起心心所法應不皆作等無間緣彼作是言一切能作等無間緣然非無間如他宗許出無想時雖五百劫無心心所而用入位心心所法爲今出位等無間緣我宗亦爾雖同類法多時間斷而前爲後等無間緣斯有何失彼言無理所以者何有心無心義各别故又相應法有即與果有未與果不應理故未生心等非等無間預作彼緣不應理故又彼違害品類足說如說云何心等無間法謂心無間餘心心所法或已生或正生及無想定滅盡定或已生或正生又若爾者復有别過謂若從有尋有伺地心心所法無間無尋惟伺地或無尋無伺地心心所法現在前前地已起心心所法應非後地等無間緣不相似故乃至若從無尋無伺地心心所法無間無尋惟伺地或有尋有伺地心心所法現在前說亦如是善不善無記等心心所法展轉無間其過亦爾前若非後等無間緣後既無緣應不得起若謂後起由前隔越同類諸法等無間緣此亦不然在有心位隔越爲緣不應理故又初無漏及無始來曾所未起殊勝有漏彼既無有前起同類等無間緣應不得起又彼所言有大

過失謂貪無間應常起貪無時伏貪起不淨觀若瞋無間應常起瞋無時伏瞋起慈悲觀若癡無間應常起癡無時伏癡起因緣觀起我見等如理應知執異類起無近緣故又此勝善曾未起故是則善心無由得起若爾則無得解脫義勿有如是種種過失是故應許前生心聚爲後生聚等無間緣若等不等前於後生開避力同如穀豆聚問世第一法現在前時所修未來心心所法彼法亦是世第一法不有說彼非世第一法所以者何以此中說若心心所法爲等無間入正性離生是謂世第一法彼未來者既不能作等無間緣是故彼非世第一法又彼若是世第一法則世第一法應有多心便違後文世第一法應言一心非衆多心如是說者彼法亦是世第一法若彼法非世第一法便與智蘊所說相違如說若有未曾得道現在前時修餘未來彼種類道若執彼非世第一法云何名爲彼種類道問彼不能作等無間緣如何可名世第一法答彼雖不作等無間緣而能隨順由起得故譬如苾芻與僧欲法謂如僧衆布灑他時有諸苾芻雖不在衆由與欲故得布灑他諸餘僧事亦得成立如是未來所修種類雖不能作等無間緣而起自得顯相隨順設彼不起顯相順得此不能作等無間緣此能爲緣由彼順力彼於聖道起不礙力强故問若彼亦是世第一法此中本論何故不說答應說而不說者當知此義有餘復次若有能作等無間緣此中即說彼不能作等無間緣是故不說復次若行世者此中說之彼不行

世是故不說復次若能取果與果此中說之彼不能取果與果是故不說復次若因長養得而亦在身者此中說之彼雖因長養得而不在身是故不說復次若有勢力能修未來此中即說彼無修力故不說之復次若心彼因彼心此果此中即說彼法不爾故不說之復次若法酬因亦能取果在身緣境此中即說彼法不爾故不說之復次若具二修此中即說彼惟得修無行修義故不說之復次若有作用此中說之彼無作用是故不說問若爾何故此後文說世第一法非多心耶答彼說現世有作用者惟有一心非說一切若說一切實有多心未來世中有多品類種類同故雖非所修尚得名爲世第一法況所修者而非是耶故有問言頗有相應世第一法而不與苦法智忍作等無間緣耶答有謂即未來所修種類問世第一法隨轉色心不相應行爲是世第一法不有作是說彼非世第一法由此中言若心心所法爲等無間入正性離生是謂世第一法彼不能作等無間緣是故不名世第一法如是說者彼法亦是世第一法問彼既不作等無間緣云何得名世第一法答彼雖不作等無間緣而能隨順由彼與此心心所法一起一住一滅一果一等流一異熟極親近故問若爾此中何故不說答應說而不說者當知此義有餘復次若法能作等無間緣此中即說彼法不爾故不說之復次若法因長養得而有所緣此中即說彼法不爾故不說之復次若法相應有所依有行相有所緣有警覺此中說之彼法不爾是

故不説故有問言頗有現在世第一法非苦法智忍等無間縁耶答有謂此墮轉色心不相應行

阿毗達磨大毗婆沙論卷第二 説一切有部發智

阿毗達磨大毗婆沙論卷第三

五百大阿羅漢等造

唐三藏法師玄奘奉詔譯

雜蘊第一中世第一法納息第一之三

問已知世第一法隨轉生住老無常亦是世第一法彼得爲亦是世第一法不設是或非俱有何失若彼得亦是世第一法者得聖果已順決擇分應重現前若彼得非世第一法者何故沙門果得是沙門果而世第一法得非世第一法耶答彼得定非世第一法得聖果已順決擇分不重起故問何故沙門果得是沙門果而世第一法得非世第一法耶答沙門果成就所顯故沙門果得是沙門果世第一法等無間緣所顯彼得既非等無間緣亦不隨順如彼生等故彼得非世第一法煖頂忍得亦非煖等勿得聖已重現前故有作是說彼得亦是世第一法問若爾得聖果已順決擇分應重現前答許彼一分現前亦無有過謂相應者不重現前不相應者有重現前煖頂忍得亦復如是有餘師說彼俱起得亦是世第一法後起者非故無前失煖等亦爾評曰若彼俱起若後起得一切皆非世第一法種類同故煖等亦爾是故初說於理爲善問何故世第一法生住老無常亦是世第一法而得非耶答生等與彼同一果相隨行不相離常和合無前無後相與所相未嘗相離由此亦是世第一法得與彼法不同一果不相隨行性相離不和合或前或後得與所得有時相離譬如樹皮或時離樹是故得非世第一法煖頂忍得亦復如是問世第一法

爲幾念住答現在惟一雜緣法念住未來具四似見道故問世第一法爲幾緣答爲四緣謂因等無間所緣增上緣爲因緣者謂與彼相應俱有同類等法爲因緣爲等無間緣者謂與苦法智忍爲等無間緣爲所緣緣者謂與能緣此心心所法爲所緣緣爲增上緣者謂除自性與餘一切有爲法爲增上緣問世第一法有幾緣答有四緣有因緣者謂此相應俱有同類等法有等無間緣者謂已生增上忍有所緣緣者謂欲界五蘊有增上緣者謂除自性餘一切法問文雖不說義必應有云何出世第一法耶答苦法智忍是謂此能持一切聖道故有餘師說金剛喻定是謂此能得一切結盡遍知果故有作是說初盡智是謂此能持一切無學法故或有說者阿耨多羅三藐三菩提是謂於一切有爲法中此最勝故復有說者涅槃界是謂於一切有爲無爲法中此最勝故有說阿羅漢最後聖道刹那是謂如異生位最後刹那心名世第一法如是阿羅漢最後刹那無漏心名出世第一法有說阿羅漢最後心是謂如異生位最後心是世第一法如是阿羅漢最後心是出世第一法評曰彼不應作是說以阿羅漢最後心非出世法故此諸說中初說爲善由此能任持一切聖道故何故名世第一法乃至廣說問何故作此論答前雖說世第一法自性而未說彼立名因緣今欲說故譬如有人世稱最勝理應說彼立名因緣爲以族姓爲色爲力富貴眷屬名最勝耶此亦如是故作斯論何故名世第一法答如是心心所法於

餘世間法爲最爲勝爲長爲尊爲上爲妙故名世第一法此心心所於餘世法爲都勝故說名第一爲分勝故名第一耶設爾何失若都勝故名第一者此豈能勝現觀邊世俗智然現觀邊所修世俗智是見道眷屬隨屬見道慧力殊勝此法不爾又此豈勝雜修靜慮然彼等至及所感生不共異生此法不爾又此豈勝初盡智時所修善根然修彼時離一切障所依清淨此法不爾又此豈勝空空無願無願無相無相三三摩地然彼尚能猒惡聖道況於有漏此法不爾若分勝故名第一者煖頂忍等應亦名第一各勝彼彼下位善根故有作是說此法都勝故名第一然約能開聖道門說非據一切謂現觀邊世俗智等雖有如前所說勝事然皆無力開聖道門此法獨能是故都勝或有說者此法於餘一切事勝故名第一謂現觀邊世俗智等所有勝事皆由此成所以者何彼諸勝事若無此法開聖道門體尚不修況有勝用要由此法開聖道門方修彼體乃有勝用彼諸勝事既由此成故此於餘一切事勝有餘師說此法分勝故名第一問若爾煖等應亦名第一各勝彼彼下位善根故答彼於二分中俱非最勝故謂世善法總有二分一依異生二依聖者世第一法雖於聖者世俗智等不名最勝而於異生所得靜慮無量解脫勝處遍處乃至所得第一有思及不淨觀持息念諸念住三義觀七處善煖頂忍中皆悉最勝煖等不爾故此獨稱世第一法問此何義故名第一耶答此最勝故能引第一故得第一果故趣第

一性故是第一義有作是說此能摧伏第一有故是第一義有餘師說此是異生最後心故如高幢頂更無有上是第一義問此中所說爲最爲勝爲長爲尊爲上爲妙有何差別或有說者無有差別皆是讚述第一義故復有說者亦有差別且名則差別謂此名最乃至名妙復次對諸善根亦有差別謂此對聞所成名爲最對思所成名爲勝對不淨觀持息念念住等名爲長對煖名爲尊對頂名爲上對忍名爲妙復次約所依地亦有差別謂此依未至定名爲最依初靜慮名爲勝依靜慮中間名爲長依第二靜慮名爲尊依第三靜慮名爲上依第四靜慮名爲妙復次依義不同亦有差別謂此至邊頂故名爲最上品攝故名爲勝作吉祥故名爲長體昇進故名爲尊性堅牢故名爲上滿所願故名爲妙復次體用有異亦有差別謂此能作苦法智忍等無間緣故名爲最超過一切異生善根故名爲勝映奪一切世俗善根故名爲長能建勝德故名爲尊無二分故名爲上似無漏故名爲妙復次相用有異亦有差別謂是異生最後心故猶如樹端名爲最能開聖道門故名爲勝根猛利故名爲長以於一切順決擇分此最上故名爲尊折伏一切煩惱怨故名爲上引愛果故名爲妙有餘師說如是六句以後釋前故有差別謂此最故名第一勝故名最長故名勝尊故名長上故名尊妙故名上由此故名世第一法復次如是心心所法爲等無間捨異生性得聖性捨邪性得正性能入正性離生故名世第一法捨異生性者

謂此心心所法能捨異生性問誰正能捨異生性耶爲世第一法爲苦法智忍設爾何失若世第一法正能捨異生性者云何住彼能捨彼耶若苦法智忍正能捨異生性者此在何位爲生時捨爲滅時捨若生時捨者云何未來能有所作若滅時捨者彼性已捨復何所捨有作是說世第一法正能捨異生性問此既是異生法云何住彼而能捨彼答住彼捨彼亦無有過如調御者乘象調象乘馬調馬乘船御船乘車御車如勝怨士昇怨害怨如伐樹人昇樹伐樹世第一法亦復如是依異生性而能捨之或有說者苦法智忍正能捨異生性謂正生時捨異生性於正滅位能斷欲界見苦所斷十種隨眠如燈生時發明破暗滅時燒炷熱器盡油問云何未來能有所作一法二用理豈應然答於義無違許亦何失謂一切法能於未來有作用者總有三類一者內法如苦法智忍二者外法如日等光明三者內外法如諸生相一燈多用世所共知苦法智忍二用何失有餘師言世第一法苦法智忍更互相資捨異生性謂世第一法與異生性雖恒相違而力劣故不能獨捨由此引生苦法智忍共相助力捨異生性譬如羸人依因健者更相助力能伏怨家由此因緣世第一法如無間道苦法智忍如解脫道捨異生性是故世第一法與異生性成就得俱滅苦法智忍與異生性不成就得俱生得聖性者謂此心心所法能得苦法智忍以能任持一切聖法故且說彼以爲聖性又餘聖道雖亦聖性攝然非此所得故不說之有

說見道皆是聖性有餘師說一切聖道皆是聖性若不爾者修道無學道中應不成就聖性是則不應名爲聖者問世第一法惟能引得苦法智忍於苦法智尚不能得況能得餘云何乃言此得聖性答一切聖道能成聖者皆名聖性種類同故世第一法得彼一分亦名爲得如說燒衣捨邪性者謂此心心所法能捨三種邪性一業邪性二趣邪性三見邪性業邪性者謂五無間業趣邪性者謂三惡趣見邪性者謂五顛倒見問於此位中業趣邪性先不成就道類智時捨見邪性乃得究竟如何可說此位能捨三邪性耶答由三緣故此位名捨一由不作故名捨謂業邪性二由不往故名捨謂趣邪性三由不行故名捨謂見邪性問增上忍時三緣已具何故此位乃說捨耶答今破彼依故說捨彼問何謂彼依答無覆無記異生性是謂諸煩惱依異生性害諸有情令於生死受諸苦故如師子王依止無覆無記窟穴能害種種傍生等類世第一法能捨彼依異生性故說名捨彼有餘師說苦法智忍是彼對治世第一法引之令生故說捨彼問業趣邪性是修所斷苦法智忍如何能治答苦法智忍能爲五種對治謂捨斷持不作不往對治捨對治者謂此能捨異生性故斷對治者謂此能斷欲界見苦所斷十隨眠故持對治者謂此能持一切後位諸聖道故不作對治者謂此能令畢竟不作五無間故不往對治者謂此能令畢竟不往三惡趣故得正性者謂此心心所法能得苦法智忍以能任持一切正法故且說彼以爲

正性又餘聖道雖亦正性攝然非此所得故不說之有說見道皆是正性有餘師說一切聖道皆是正性若不爾者修道無學道中應不成就正性是則不應名爲聖者問世第一法惟能引得苦法智忍於苦法智尚不能得況能得餘云何乃言此得正性答一切聖道離顛倒故皆是正性種類同故世第一法得彼一分亦名爲得如說燒衣能入正性離生者謂此心心所法能入見道問一切聖道皆是正性亦是離生何故此中獨說見道答一切煩惱或諸貪愛令諸善根不得成熟及令諸有潤合起過雖皆名生而見所斷於此所說生義增上見道能爲畢竟對治是故見道獨說離生諸不正見要由見道能畢竟斷故名正性世第一法無間引起故說能入正性離生復次一切煩惱或諸貪愛能令善根不得成熟及令諸有潤合起過皆名爲生見道起已摧彼勢力令不復爲增上生過由此見道獨名離生入正性言義如前說由此義故尊者妙音作如是說諸有情類善根成熟能入見道是故見道名爲離生復次見所斷惑令諸有情墮諸惡趣受諸劇苦譬如生食久在身中能作種種極苦惱事是故此惑說名爲生見道能滅故名離生入正性言亦如前說復次有身見等剛強難伏如獸懭悷故說名生見道能滅故名離生入正性言亦如前說復次此中生名顯異生性能起暴惡諸惑業故見道捨彼故說離生餘如前說復次見修所斷諸煩惱聚展轉相助引無窮生見道起已摧彼勢力令不能招無窮生過是故見

道獨謂離生餘如前說復次異生身中煩惱惡業極不調順故說爲生諸瑜伽師於此論沒見道拔彼置聖位中故名離生餘如前說復次見所斷惑猶如根栽生無窮過見道永拔故名離生餘如前說有餘師說此文應言入正性決定所以者何謂於此時從不定聚出入正定聚故復次行者爾時捨邪定聚所依異生性入正定聚所依見道是故名爲入正性決定復次行者爾時捨五同分入八同分五同分者謂諸異生所有同分依彼能造五無間故八同分者謂諸聖者所有同分依彼能得四向果故彼於爾時捨邪定分入正定分是故名入正性決定復次所入見道非邪定聚故名正性非不定聚故名決定有作是言此聲顯入正性任持以此尼夜摩聲亦顯任持義故如牛馬等所防飲處任持彼類不令放逸諸瑜伽師亦復如是住見道已終不放逸故說世第一法名入正性任持譬喻部師作如是說此聲顯入正性離繫以夜摩聲亦顯繫義尼謂遮止亦顯離義一切聖道永離繫縛名尼夜摩餘如前說聲論者言此聲顯入正性不往以夜摩聲亦顯往義尼謂遮止亦顯不義諸瑜伽師得聖道已畢竟不往不善事趣是故聖道名尼夜摩餘如前說或有說者此文應言入正性如理一切聖道與理相應故名如理餘如前說復有說者此文應言從平等位入於正性平等位即是世第一法時正性言顯示苦法智忍等世第一法能從自位入於見道故名爲入問諸平等者亦正性耶答此應作順後句謂諸正性皆

是平等有是平等而非正性此體即是世第一法問何故世第一法是平等非正性耶答無始時來心心所法由諸煩惱惡行倒見所惱亂故成不正直世第一法伏除彼故令心心所轉成正直故名平等然是有漏有隨眠故不名正性復次佛及獨覺聲聞種性同於此位住上上品故名平等餘如前說復次現行等故說名平等謂諸行者於此位中皆一刹那而現行故復次世第一法處在中位如懸稱繩故名平等如稱稱物繩懸其中若輕重有偏則低昻不等世第一法亦復如是處在聖者異生中間若苦法智忍已生則偏住聖者品若增上忍正滅則偏住異生品是故惟此是平等位問爾時猶是異生位攝何故乃名住平等位答爾時雖在異生位中而背異生趣求聖位故名平等餘則不然復次世第一法與苦法智忍有四事等故名爲平等一者地等謂依此地起苦法智忍即依此地世第一法二者根等謂若苦法智忍與此根相應世第一法相應亦爾三者行相等謂若此行相苦法智忍即此行相世第一法四者所緣等謂若緣此境起苦法智忍亦即緣此境起世第一法尊者世友作如是說有誦名入正性離生謂諸聖道永滅顛倒故名正性離隔生故復名離生謂無始來見修所斷二分煩惱展轉和合作諸惡事性剛强故說名爲生見道起已斷彼一分令彼展轉永乖離故世第一法爲此一分等無間緣故名爲入有誦名入正性決定謂見道位無漏相續必無餘隔故名決定後位不然餘如前說世第

一法當言欲界乃至廣説問何故作此論答雖已説彼立名因緣而未分別在何界繫今欲分別如人言勝已説勝因而未知彼所居國邑此亦如是故作斯論復次爲止他宗差別執故謂大衆部執世第一法通欲色界繫所以者何彼謂若地有現觀邊諸世俗智此地即有世第一法若犢子部執世第一法通色無色界繫所以者何彼謂若地有諸聖道此地即有世第一法若化地部執世第一法通三界繫所以者何彼謂若地有盡智時所修善根此地即有世第一法若法密部執世第一法通三界繫及不繫所以者何彼謂如是世第一法既名世故通三界繫名第一故亦通不繫即彼部中復有別執世第一法非三界繫亦非不繫所以者何彼謂如是世第一法名第一故非三界繫以名世故亦非不繫爲止如是他宗別執顯示已宗故作此論世第一法當言欲界繫色界繫無色界繫耶答應言色界繫此即顯示世第一法惟色界繫雖有此言而更應説其所以何故此法不應言欲界繫耶答非以欲界道能斷蓋制纏令欲界纏不復現起乃以色界道能斷蓋制纏令欲界纏不復現起若以欲界道能斷蓋制纏令欲界纏不復現起如是世第一法應言欲界繫然非以欲界道能斷蓋制纏令欲界纏不復現起乃以色界道能斷蓋制纏令欲界纏不復現起是故世第一法不應言欲界繫此中斷制不復現起言顯示畢竟斷制不起義以欲界道不能畢竟斷蓋制纏令不復起是故無有世第一法色界不然故於彼

有問何故欲界無有畢竟斷制不起道而色界有耶答欲界非定地非修地非離染地是故無有畢竟斷制不現起道色界是定地是修地是離染地故有此道復次欲界不善根強善根弱故無此道色界善根強無不善根故有此道復次欲界不善勝因長養善不爾故色界善法勝因長養無不善故復次欲界不善如主有力善法如客無勢力故色界善法如主有力無不善故復次欲界不善能斷善根善不爾故色界善法斷不善根無不善故復次欲界威儀不相敬難如夫妻故色界威儀共相敬難如母子故復次欲界威儀無所忌憚譬如王子與長者子同囹圄故色界威儀有所忌憚譬如王子與執惡子同囹圄故復次欲界善根與欲界惑必同一縛無力

斷彼如人被縛不能自解況能害他此亦如是色界善根與色界惑有不同縛地有別故尚能斷自界況不能斷下復次欲界善根必爲欲界愛所染著不能永棄如人親友雖劣不捨色界善根有非色界愛所染著地有別故於自界愛尚能永斷況不能斷下地諸愛復次以有漏道斷煩惱時欣修自地猒斷於下欲界無下可猒斷故無有能畢竟斷制不起道色界有下可猒斷故得有能畢竟斷制不起道有餘師說此中斷制不起言顯示暫時斷制不起義以欲界道尚不能暫時斷蓋制纏令不復起況能畢竟是故無有世第一法色界不然故於彼有如暫時斷制不起畢竟斷制不起如是有片無片有影無影有隨縛無隨縛摧枝幹拔根本伏纏垢害隨眠應

知亦爾問欲界可無畢竟斷制不起道豈亦無暫時斷制不起前耶答雖有此道而不可信所以者何以不堅牢不久住不流注非增上不相連續不久隨轉心於所緣速取速捨無勝勢力伏諸煩惱故不能入正性離生如池水上有浮萍等蝦蟇小石投擲其中雖初暫離後即隨合如是欲界雖有暫時斷蓋等道而不可信廣說如前於色界中非惟有彼畢竟斷制不現起道而亦有彼暫時斷制不現起道深可保信所以者何以彼道堅牢久住流注增上相連續久隨轉心於所緣不速取捨有勝勢力伏諸煩惱故能趣入正性離生如池水上有浮萍等龍象大石投入其中經久離散難可還合如是色界亦有暫時斷蓋等道而可保信廣說如前是故應知欲界無有斷蓋等道色界不爾由此應言世第一法惟色界繫非欲界繫問世第一法不能斷結何故乃言若以欲界道能斷蓋制纏令欲界纏不復現起如是世第一法應言欲界繫等答世第一法雖不斷結而此善根勝妙第一在深遠處宜應與彼能斷結道同在一地是故應以此道證之復次世第一法引生見道定與見道同在一地見道既能斷諸煩惱故斷結道可為此證復次世第一法既於欲界極生猒患應與能治欲界惑道同在一地故可引彼證此法有問若爾世第一法惟應在未至地惟未至地能斷欲界諸煩惱故上地應無答對治有二種一斷對治二猒壞對治未至地於欲界具二對治上五地於欲界雖無斷對治而有猒壞對治故彼亦有世第

一法尊者妙音作如是說色界六地於欲界
惑皆得具有二種對治上五地道非不能斷
由未至地先已斷故雖有斷力而無可斷譬
如六人同一怨家而共議言隨於何處獲者
便害於中一人先獲害之其餘五人雖有害
力而無可害又如六人各持一燈相與次第
入一暗室初燈入時諸暗皆破餘雖有力無
暗可除又如日光初中後分無不皆與夜暗
相違日初出時破暗皆盡餘雖有力無暗可
破如是六地於欲界惑雖皆能斷廣說如前
問云何得知色界六地於欲界惑具二對治
彼作是言依上五地入見道者於欲界斷分
別作證別起無漏離繫得故若上五地於欲
界惑無斷對治此事應無評曰不應作如是
說彼於欲界煩惱畢竟無有能斷者故誰言

彼地有無漏得於欲界斷分別作證而復引
彼證此義耶是故前說於理爲善問因論生
論世第一法何故不能斷諸煩惱答世第一
法彼於爾時善根微小法身未長而有威勢
以善根微小法身未長故不能斷惑有威勢
故不爲煩惱故所摧伏如師子子身小未長
而有威勢以身小未長故不能害獸有威勢
故不爲諸獸之所侵害或有說者世第一法
惟一刹那故不能斷問苦法智忍亦一刹那
云何能斷答苦法智忍雖一刹那而有相續
起故能斷惑世第一法無如是事故不能斷
有餘師言世第一法加行道攝故不能斷要
無間道方能斷故於此義中復有分別問何
緣世第一法惟在色界繫耶答以彼色界能
爲三道三地三根等無間緣又能引發初法

智品次類智品餘界不然故世第一法惟是色界繫問世第一法何緣定非欲界繫耶答欲界非定界非修界非離染界要定界修界離染界乃有世第一法故復次欲界是卑賤界是麤重界是下劣界要尊勝界細輕界勝妙界乃有世第一法復次若世第一法是欲界繫者便有能緣自性過故謂彼若是欲界繫者爲緣自性爲不能緣若緣自性有違理失自性不能取自性故若不能緣便違本論如後文說若緣此法起苦法智忍即緣此法起世第一法苦法智忍遍緣欲界五蘊爲境此亦應然是故世第一法決定非欲界繫

阿毗達磨大毗婆沙論卷第三說一切有部發智

音釋

評符兵切品論也　劇奇逆切甚也　儱悷儱力董切悷郎計切儱悷多惡不調也　繩食陵切索也　囹圄囹郎丁切圄魚巨切囹圄獄名也

阿毗達磨大毗婆沙論卷第四

五百大阿羅漢等造

唐三藏法師玄奘奉詔譯

雜藴第一中世第一法納息第一之三

何故此法不應言無色界繫耶答入正性離生先現觀欲界苦爲苦後合現觀色無色界苦爲苦聖道起先辨欲界事後合辨色無色界事若入正性離生先現觀無色界苦爲苦後合現觀欲色界苦爲苦聖道起先辨無色界事後合辨欲色界事如是世第一法應言無色界繫然入正性離生先現觀欲界苦爲苦後合現觀色無色界苦爲苦聖道起先辨欲界事後合辨色無色界事是故世第一法不應言無色界繫此中入正性離生先現觀欲界苦爲苦後合現觀色無色界苦爲苦者謂見道中先别現觀欲界苦諦爲苦行相後合現觀色無色界苦諦爲苦行相問見道位中具觀四諦何故但説觀苦諦耶答見道位中先觀苦諦以相麤顯是故偏説問四種行相皆現觀苦何故但説苦行相耶答理應具説而不説者當知此中是有餘説有説此文但應作如是説先現觀欲界苦後合現觀色無色界苦不應言爲苦而復言爲苦者有何意耶答四行相中苦最居首故且説苦類顯餘三有説以苦行相久遠所傳過去如來應正等覺皆於諦首標苦名故有説以苦行相惟屬苦諦故偏説之非常行相通屬三諦空非我行相屬一切法故有説此苦行相能違諸有能棄生死勝餘行相順猒心故乃至嬰兒雖得種種上妙飲食適欲食時有人語言

此食有苦即便棄捨是故偏說有說以苦行相易可信受謂內外道老少愚智皆信有苦是故偏說有說苦相麤顯易以智知纔說即了是故偏說如智於所知覺於所覺行相於所行根於根義能緣於所緣應知亦爾問何故行者見道位中先現觀欲界苦後合現觀色無色界苦耶答麤細異故謂欲界苦麤易可觀察故先現觀色無色界苦細難可觀察故後現觀如習射人先射麤物後射毛端此亦如是問若爾色界苦麤無色界苦細何故行者俱時現觀答以觀行者於定不定二界差別起現觀故謂欲界苦不定界攝故別現觀色無色界苦俱定界攝故合現觀如定不定界修不修界離染不離染界應知亦爾有說欲界苦於觀行者現爲逼惱猶如重擔故先現觀色無色界苦於觀行者則不如是故後現觀有說欲界苦是觀行者現所執受故先現觀色無色界苦則不如是故後現觀有說欲界苦於觀行者現生痛惱故先現觀色無色界苦不爾故後現觀有說欲界苦行者現見故先現觀色無色界苦不爾故後現觀問若色無色界苦不現見者行者云何於彼現觀答現見有二種一執受現見二雜染現見彼觀行者於欲界苦具二現見於色無色界苦但有雜染現見猶如商人有財兩擔一自擔之二使人擔於自所擔具二現見謂輕重現見及財物現見於他所擔惟有一種財物現見此亦如是有說欲界苦近故先現觀色無色界苦遠故後現觀如近遠與身俱不與身俱在自身在他身亦爾有說欲界苦有

三種謂善不善無記故先現觀色無色界苦但有二種謂善無記故後現觀有說修觀行者將入聖時必成就欲界異生性不成就色無色界異生性現觀法爾於成就者先起於不成就者後起有說見欲界苦時斷二種結謂不善無記故先現觀見色無色界苦時惟斷無記結故後現觀如不善無記有異熟無異熟生二果生一果無慚無愧相應無慚無愧不相應當知亦爾有說如異生位謗苦諦時先謗欲界苦後謗色無色界苦今入聖位信苦諦時亦先信欲界苦後信色無色界苦如謗信迷悟疑決應知亦爾是故於欲界苦先別現觀於色無色界苦後合現觀聖道起先辦欲界事後合辦色無色界事者謂見道中先別辦於欲界所應作事後合辦於色無色界所應作事問現觀辦事有何差別有作是言此無差別現觀即是所辦事故或有說者亦有差別且名即差別謂此名現觀此名辦事復次通達所緣是現觀斷諸煩惱是辦事復次現觀者謂智現觀辦事者謂事現觀復次現觀者謂智遍知辦事者謂斷遍知如智遍知斷遍知智作證明行作證明解脫道道果應知亦爾復次現觀者謂無間道所作辦事者謂解脫道所作如無間道所作解脫道所作斷繫得證離繫得除過失修功德出下賤入勝妙捨無義得有義盡愛膏油受無熱樂應知亦爾復有說者剎那是現觀相續是辦事如剎那相續入數入應知亦爾若入正性離生等者叉舉非理順成是義問如於色界苦非先現觀而世第一法是色界繫如

是於無色界苦雖非先現觀何妨世第一法是無色界繫答以色界中有遍緣智能緣自地及緣上下故於色界苦雖非先現觀而世第一法得是色界繫無色界中無遍緣智雖緣自上而不緣下故世第一法非無色界繫復次入無色定除去色想非除色想能知欲界若緣此法起苦法智忍即緣此法起世第一法問此中復次理不應說應但說言入無色定除去色想乃至廣說所以者何是一門故有餘於此以義正文應作是言何故地法不應言無色界繫答入無色定除去色想乃至廣說所以者何此於所問義是根本答故應作是說而不說者有何意耶答夫設言論法有二種一者方便二者根本先所說者是方便言論今所說者是根本言論根本異方便故復次言方便法在前故應如文說有作是說論道有二一者開縱二者遮奪此中前門是開縱論道後門是遮奪論道由此本文於義無失有餘師說此中前門顯苦法智忍但緣欲界後門顯世第一法與苦法智忍同一所緣故彼定非無色界繫以無色定有除色想必不緣下有漏色故除色想定在四無色及彼上三近分地攝問有多處說除色想言謂此處說入無色定除去色想乃至廣說大種蘊說云何除色想謂有苾芻起如是勝解乃至廣說波羅衍拏亦作是說

諸有除色想　能除一切身　於内外法中
無有不見者

衆義品中亦作是說

於想有想非即離　亦非無想非除想

如是平等除色想　無有染著彼因緣
如是諸說義有何異答此蘊中說不緣下地流轉諸色名除色想大種蘊說遣積集色令不現前名除色想波羅衍拏衆義品說斷色界愛名除色想有說此處除色想者通四念住大種蘊說除色想者惟身念住波羅衍拏衆義品說除色想者惟法念住有說此處除色想者在七地攝謂四無色上三近分大種蘊說除色想者在第四靜慮攝波羅衍拏衆義品說除色想者亦在七地攝謂未至中間四靜慮空無邊處近分有作是言大種蘊說除色想者是不共惟內道有故餘三是共有餘師說此蘊所說除色想者是共內外道俱有故餘二是不共如是名爲諸說異於此義中復有分別問何緣世第一法非無色界繫耶答非田等故謂無色界於世第一法非田非器非地不能生長世第一法故於彼無復次若地有餘順決擇分彼地可有世第一法無色界無餘順決擇分是故無有世第一法復次若定容有遍觀三界四諦善根彼定可有世第一法於無色定無此善根是故無有世第一法復次若定容有緣一切法無我行相彼地可有世第一法無色定中無此行相是故無有世第一法復次若地能修現觀邊世俗智彼地可有世第一法無色地中無如是事故彼無有世第一法復次若地有見道可有世第一法無色界中無有見道是故無有世第一法問因論生論何故無色界無見道耶答如前所說無世第一法因亦爲此證復有別義謂無色界奢摩他增故要毗鉢舍

那增地能有見道有餘於此雙遮二界謂欲界極麤故無色界極細故俱無世第一法復次欲界善根極麤劣故無色界善根極沉昧故俱無世第一法復次欲界極喧動故無色界極寂靜故俱無世第一法復次若地有遍緣智及斷結道彼地容有世第一法欲界雖有遍緣智而無斷結道無色界雖有斷結道而無遍緣智是故俱無世第一法問頗有二聖者同生一處於世第一法一成就一不成就耶答有謂一依初靜慮入正性離生一依第二靜慮入正性離生彼俱命終生第二靜慮依初靜慮者不成就世第一法越地捨故依第二靜慮者猶成就世第一法生自地故問頗有二阿羅漢俱在欲界於世第一法一成就一不成就耶答有謂一依初靜慮入正性離生一依第二靜慮入正性離生彼俱命終生第二靜慮中有未離欲界俱得阿羅漢果依初靜慮者不成就世第一法越地捨故依第二靜慮者成就世第一法生自地故世第一法當言有尋有伺乃至廣說問何故作此論答雖已說彼在色界繫而未分別彼在何地今欲分別如已知人所居國邑而未知彼所居宅等此亦如是故作斯論復次爲令疑者得決定故謂先說言世第一法惟色界繫然色界中有三種地一有尋有伺地二無尋惟伺地三無尋無伺地而未顯示世第一法定在何地有諸善根惟有有尋有伺地如辭無礙解有諸善根惟在無尋無伺地如淨解脱後四勝處前八遍處有諸善根在有尋有伺及無尋無伺地如喜無量有説亦如初

二解脱前四勝處勿有生疑世第一法惟在一地或在二地今成立彼定在三地故作此論世第一法當言有尋有伺無尋惟伺無尋無伺耶答應言或有尋有伺或無尋惟伺或無尋無伺問何故顯示世第一法在三地耶答爲止餘部執此善根惟在一地謂或有執世第一法惟有尋有伺有相有警覺非等引屬異生緣諸行惟有尋有伺者思搆轉故有相者緣名起故有警覺者有功用故非等引者非等引者相續轉故屬異生者異生得故緣諸行者緣有爲故爲止彼執顯此善根通在三地云何有尋有伺答若依有尋有伺三摩地入正性離生彼所得世第一法謂依未至及初靜慮入正性離生者所得世第一法問此中依言欲顯何法有作是説此俱生定

説名爲依謂世第一法相應定以依聲説此俱生依有成文證如智蘊説若依空三摩地入正性離生彼於苦法智忍相應定以依聲説此亦如是有餘師説此等無間緣定説名爲依謂增上忍相應定以依聲説如是説者即彼三地説名爲依後所説依應知亦爾云何無尋惟伺答若依無尋惟伺三摩地入正性離生彼所得世第一法謂依靜慮中間入正性離生者所得世第一法云何無尋無伺答若依無尋無伺三摩地入正性離生彼所得世第一法謂依第二第三第四靜慮入正性離生者所得世第一法若依未至定入正性離生彼修一地見道一地世第一法二地現觀邊世俗智若依初靜慮入正性離生彼修二地見道一地世第一法三地現觀邊世

俗智若依靜慮中間入正性離生彼修三地見道一地世第一法四地現觀邊世俗智若依第二靜慮入正性離生彼修四地見道一地世第一法五地現觀邊世俗智若依第三靜慮入正性離生彼修五地見道一地世第一法六地現觀邊世俗智若依第四靜慮入正性離生彼修六地見道一地世第一法七地現觀邊世俗智有餘師說若依初靜慮入正性離生彼修二地見道二地世第一法三地現觀邊世俗智若依靜慮中間入正性離生彼修三地見道三地世第一法四地現觀邊世俗智所以者何以彼三地皆一地故一隨眠故此中善法互爲因故依餘地如前說評曰彼不應作是說所以者何若作是說則依靜慮中間入正性離生者應得二地世第一法謂有尋有伺及無尋惟伺若爾便違此文所說云何有尋有伺若依有尋有伺三摩地入正性離生彼所得世第一法云何無尋惟伺若依無尋惟伺三摩地入正性離生彼所得世第一法勿有此過是故前說於理爲善問何故見道修自他地世第一法惟修自地耶答見道無漏解脫離繫世第一法不如是故復次見道雖在地而不墮界世第一法在地亦墮界故復次見道由三緣故修一因長養故二同辦事故三同對治故因長養者謂六地見道展轉爲因同辦事者謂上地見道所應作事下地見道亦能辦之同對治者謂上地見道所對治惑下地見道亦能對治修道亦以如上所說三緣故修自地他地因長養者謂九地修道展轉爲因又如法智離

欲界染亦修類智此但由一緣謂因長養故同辦事者謂上地修道所應作事下地修道亦能辦之又如苦智所應作事乃至道智亦皆能辦同對治者謂上地修道所對治惑下地修道亦能對治又如一念此智現前能於未來修無量念世第一法非因長養諸地不能互爲因故亦非同辦事於煩惱斷不能證故亦非同對治以不能永斷諸煩惱故復次世第一法繫屬相續見道不如是故復次世第一法能辦異熟見道不如是故復次世第一法爲愛所繫見道不如是故復次世第一法有垢有過有毒有刺有染有濁見道不如是故復次世第一法依異生身異生身法不修他地見道惟依聖者身聖者身法修自他地故問世第一法與現觀邊諸世俗智同是有漏何故彼智自他地修世第一法惟修自地答現觀邊世俗智是見道眷屬依見道修如見道修自他地彼智亦爾世第一法不如是故復次現觀邊世俗智依聖者身聖者能修自地他地世第一法不如是故復次現觀邊世俗智依隨信隨法行身彼能具修自地他地世第一法不如是故復次現觀邊世俗智有怨敵無勢力有怨敵故自他地修無勢力故依他力修世第一法無怨敵有勢力無怨敵故惟修自地有勢力故依自力修復次現觀邊世俗智不用功得隨見道力自他地修世第一法用功而得是故惟能修於自地問何故六地所起見道上能修下下不修上答上地法勝現在前時則能修下下地法劣現在前時不能修上如劣朝勝非勝朝劣此

亦如是復次下地力劣依上而修如力劣人依附強者上地力勝不依下修如力勝人不依附劣復次下地屬上故上能修下上地不屬下故下不能修上如人屬他受他驅使不屬他者他不能役復次若依上地入正性離生彼於下地已得離染故能修下若依下地入正性離生彼於上地未得離染設已離染不得自在以不依彼入正性離生故由此下地不能修上復次若於上地入正性離生彼於下地已得故能修若依下地入正性離生彼於上地未得故不修設已得者而不自在以不依彼入正性離生故復次下地求上故上修下上地不求下故下不修上復次下地能斷上故上能修下上地不斷下故下不修上復次下能辦上事故上須修下上不能辦下事故下不修上復次猶如六種守護法故謂三十三天懼阿素洛安布六軍而自守護一依海住龍二堅手天三持鬘天四恒憍天五四大王衆天六三十三天若阿素洛從自宮出欲與諸天興戰諍時依海住龍先與戰諍若龍能勝阿素洛者餘五天軍無事而住若不能勝堅手天軍即助其力若二能勝餘四天軍無事而住若不能勝持鬘天軍復助其力若三能勝餘三天軍無事而住若不能勝恒憍天軍復助其力若四能勝餘二天軍無事而住若不能勝四大王軍復助其力若五能勝三十三天無事而住若不能勝三十三天與前五軍相助戰諍令阿素洛退敗馳走如是見道爲欲對治見所斷惑安布六地一未至定乃至第六第四靜慮若依未至定

入正性離生未來惟修一地見道即能永斷見所斷惑其餘五地無事而住若依初静慮入正性離生未來便修二地見道相助永斷見所斷惑其餘四地無事而住若依静慮中間入正性離生未來便修三地見道相助永斷見所斷惑其餘三地無事而住若依第二静慮入正性離生未來便修四地見道相助永斷見所斷惑其餘二地無事而住若依第三静慮入正性離生未來便修五地見道相助永斷見所斷惑第四静慮無事而住若依第四静慮入正性離生未來便修六地見道相助永斷見所斷惑故依上地能修於下依彼下地不能修上復次猶如依山六重池故謂從山頂乃至於下有六泉池連次流注其最上水流遍六池第二遍五第三遍四乃至第六惟遍一池如是六地所起見道上能修下下不修上問頗有世第一法或尋相應非伺或伺相應非尋或尋伺俱相應或尋伺俱不相應耶答有尋相應非伺者謂未至定初静慮伺伺與自性不相應故伺相應非尋者謂尋及静慮中間除伺餘心心所法尋伺俱相應者謂未至定初静慮中除尋伺餘心心所法尋伺俱不相應者謂静慮中間伺及上三静慮心心所法并一切隨心轉色心不相應行問頗有世第一法非有尋有伺非無尋惟伺非無尋無伺耶答有謂未至定初静慮伺彼非有尋有伺所以者何如品類足說云何有尋有伺法答若法尋伺相應彼伺雖尋相應而非伺故亦非無尋惟伺所以者何如品類足說云何無尋惟伺法答若法伺相應

非尋彼伺惟尋相應非伺故亦非無尋無伺所以者何如品類足說云何無尋無伺法答若法尋伺不相應彼伺惟伺不相應非尋故問頗有世第一法尋伺不相應非非伺耶答有謂靜慮中間伺彼雖尋伺不相應而非非伺所以者何伺自性故問頗有世第一法在有尋有伺地與伺相應非尋耶答有謂尋彼惟與伺相應故問頗有世第一法在無尋有伺地是相應法非伺相應耶答有謂靜慮中間伺彼與自性不相應故問頗有世第一法在有尋有伺地而有三種謂有尋有伺無尋惟伺無尋無伺耶答有有尋有伺者謂未至定及初靜慮除尋伺餘心心所法無尋惟伺者謂尋無尋無伺者謂隨心轉色心不相應行問頗有世第一法在無尋惟伺地而有二種謂無尋惟伺無尋無伺耶答有無尋惟伺者謂靜慮中間除伺餘心心所法無尋無伺者謂彼地伺及隨心轉色心不相應行世第一法當言樂根相應乃至廣說問何故作此論答雖已說彼依地差別而未分別與何相應今欲分別如已知人所居宅等而未知彼朋友伴侶此亦如是故作斯論有作是說雖已顯示世第一法通在三地而未說彼通在六地今顯彼與三根相應欲令知彼通在六地分明現見如掌中果由是因緣故作此論世第一法當言樂根相應喜根相應捨根相應耶答應言或樂根相應或喜根相應或捨根相應先已說彼非欲界繫即知不與憂苦相應是故惟依三根作論雖總說彼三根相應而未顯示相應差別故應復說差別之相

云何樂根相應答若依第三靜慮入正性離生彼所得世第一法然第三靜慮世第一法或樂根相應或不相應樂根相應者謂除樂根餘心心所法不相應者謂即樂根及隨心轉色心不相應行今且說餘心心所法故說彼與樂根相應云何喜根相應答若依初二靜慮入正性離生彼所得世第一法然初二靜慮世第一法或喜根相應或不相應喜根相應者謂除喜根餘心心所法不相應者謂即喜根及隨心轉色心不相應行今且說彼餘心心所故說彼與喜根相應云何捨根相應答若依未至第四靜慮入正性離生彼所得世第一法問何故不說靜慮中間答此文應作是說若依未至靜慮中間第四靜慮入正性離生彼所得世第一法而不爾者有何意耶答已說未至應知亦說靜慮中間所以者何以未至聲亦顯彼故俱是未至根本地故如大種蘊說大種依何定滅答依四或未至故然此三地世第一法或捨根相應或不相應捨根相應者謂除捨根餘心心所法不相應者謂即捨根及隨心轉色心不相應行今且說彼餘心心所故說彼與捨根相應問頗有世第一法不與樂根喜根捨根相應耶答有謂彼隨心轉色心不相應行問頗有世第一法是相應法而不與樂喜捨根相應耶答有謂即三根以彼不與自性他性根相應故

阿毗達磨大毗婆沙論卷第四　說一切有部發智

音釋

警　居影切寤也　搆　古候切合也成也

阿毗達磨大毗婆沙論卷第五

五百大阿羅漢等造
唐三藏法師玄奘奉詔譯

雜藴第一中世第一法納息第一之四

世第一法當言一心多心耶乃至廣說問何故作此論答雖已說彼相應差别而未顯示現前多少今欲顯示惟一刹那故作斯論復次爲欲遮遣他宗義故如分别論者執世第一法相續現前彼說相續總有三種一時相續二生相續三相似相續世第一法雖無前二而有後一今欲遮遣彼所執義顯世第一法惟一念現前復次爲令疑者得決定故謂先已說若心心所法爲等無間入正性離生是謂世第一法勿有生疑如心所法既有多種心亦應然爲令彼疑得決定故顯心所法雖有多種而心惟一由此因緣故作斯論世第一法當言一心多心耶答應言一心問如前已說未來修者亦得名爲世第一法是則此法應有多心而言一心斯有何意答此中但說現在前者故言一心問今於此中何故不說未來修者答應說而不說者當知此義有餘此中復有多復次釋前已說故今不說之雖說一心而未釋義何故此法非多心耶非但有言義則可了答從此心心所法無間不起餘世間心惟起出世心世間心者謂有漏墮有心即所遮止第二念等世第一法出世心者謂無漏斷有心即所引起苦法智忍相應之心若當起餘世間心者爲劣爲等爲勝無有是處爲分别故假設斯問劣等勝者對前刹那但有三故若當劣者應不能入正

性離生何以故非以退道能入正性離生故謂非衰退萎悴墜落破壞之道能入正性離生要以勝進增盛勇猛堅固之道能入正性離生故若當等者亦不能入正性離生何以故先以此類道不能入正性離生故謂此初後品類相似如初刹那有障礙有留難無勢力故不能入正性離生後諸刹那亦應如是如初刹那不能無間引起聖道後諸刹那亦應如是品類同故則應究竟不能證入正性離生如是應無解脫出離若當勝者先應非世第一法後方是世第一法以世第一法聲顯最勝等義故問先者既非世第一法爲是何法答是增上忍問何故見道惟勝加行無間引生於修道中引生聖道通劣等勝答以見道是未曾得道要多功用加行作意方能

現前是故惟勝加行引起修道既是未曾得道不多功用加行作意而現在前故劣等勝皆能引起然世第一法與第一法爲因緣增上緣因緣者有三因謂相應因俱有因同類因此是總說若别說者過去與過去爲二因謂相應俱有與未來爲一因謂同類未來與未來爲二因謂相應俱有現在與現在爲二因謂相應俱有與未來爲一因謂同類增上緣者謂不礙生及惟不障世第一法當言退不退耶乃至廣說問何故作此論答雖已說彼一心非多而未分别爲退不退今欲分别故作此論復次爲止他宗顯正義故謂或有執世第一法亦有退者爲止彼意顯示此法決定不退故作斯論世第一法當言退不退耶答應言不退雖有此說應更顯示不退因

緣非但有言義便顯了何故此法定不退耶答世第一法隨順諦趣向諦臨入諦此彼中間無容得起不相似心令不得入聖諦現觀問云何名爲隨順諦趣向諦臨入諦耶有說此中現觀說名爲諦謂世第一法隨順現觀趣向現觀臨入現觀有說此中道諦說名爲諦謂世第一法隨順道諦趣向道諦臨入道諦有說此中見道說名爲諦謂世第一法隨順見道趣向見道臨入見道有說此中苦諦說名爲諦謂世第一法隨順苦諦趣向苦諦臨入苦諦有說此中苦法智忍名諦謂世第一法隨順苦法智忍趣向苦法智忍臨入苦法智忍然於此中隨順有二一趣向隨順二臨入隨順世第一法於苦法智忍具二隨順爲等無間緣引生彼故此彼中間無容得起不相似心者謂此世第一法彼苦法智忍中間無容得起有漏墮有不相似心令不得入聖諦現觀者謂令苦法智忍不得現前問世第一法既是有漏與無漏心可不相似何故乃說有漏墮有心名不相似無漏斷有心名相似耶答世第一法猒惡有漏趣向無漏故說有漏名不相似無漏名相似背此向彼故猶如有人爲自親里之所苦惱依附他人以爲救護於自親里作他人想於他人處作親里想此亦如是復有說者世第一法以與苦法智忍同辦一事謂捨異生性等故說有漏名不相似無漏名相似同辦一事故爲於前義乃至愚夫亦能解了故說現喻譬如壯士度河度谷度山度崖中間無能迴轉彼身還至本處或往餘處先所發起增上身行未至

所趣必不止息世第一法亦復如是隨順諦趣向諦臨入諦此彼中間無容得起不相似心令不得入聖諦現觀此中度河者謂從此岸往趣彼岸度谷者謂從此邊往趣彼邊度山者謂從此峯往趣彼峯度崖者謂從高趣下或如有人從屋脊墮未至地頃便起是心我當騰踴却還本處彼如意不無如是事假使彼人或以神力或以呪術或以藥物還至本處可有是事然從世第一法未至苦法智忍中間能起不相似心令不得入聖諦現觀無有是處爲令此義轉得明了故今復舉第二現喻如贍部洲有五大河一名殑伽二名閻毋那三名薩洛瑜四名阿氏羅筏底五名莫醯如是五河隨順大海趣向大海臨入大海中間無能迴轉彼流還至本處或往餘處彼決定能流入大海世第一法亦復如是隨順諦趣向諦臨入諦彼此中間無容得起不相似心令不得入聖諦現觀問前喻今喻有何差別又前於義有何不盡而更須說第二喻耶有說二喻於義無別欲令前喻所顯義理轉復增明故說今喻有說二喻亦有差別前喻爲遮不如理事後喻爲顯如理事故復次前以內分具足爲喻後以外分具足爲喻復次前喻爲止內分留難後喻爲止外分留難如五大河流入大海無能迴彼還至本處謂令還入無熱惱池無能轉彼往趣餘處謂使傍流或左或右前喻迴轉准此應知彼五大河未入海頃頗有能令不入海不無如是事假使有人或以神力或以呪術或以藥物令至本處可有是事然世第一法未至苦法

智忍中間能起不相似心令不得入聖諦現觀無有是處尊者造此發智論時住在東方故引東方共所現見五河爲喻而實於此贍部洲中有四大河眷屬各四隨其方面流趣大海謂即於此贍部洲中有一大池名無熱惱初但從彼出四大河一名殑伽二名信度三名縛芻四名私多初殑伽河從池東面金象口出右繞池一帀流入東海次信度河從池南面銀牛口出右繞池一帀流入南海次縛芻河從池西面吠瑠璃馬口出右繞池一帀流入西海後私多河從池北面頗胝迦師子口出右繞池一帀流入北海殑伽大河有四眷屬一名閻毋那二名薩洛瑜三名阿氏羅筏底四名莫醯信度大河有四眷屬一名毗簸奢二名蒱羅筏底三名設咀荼盧四名毗咀娑多縛芻大河有四眷屬一名筏剌弩二名吠咀剌尼三名防奢四名屈惷婆私多大河有四眷屬一名薩梨二名避魔三名捺地四名電光如是且說有大名者然四大河一一各有五百眷屬并本合有二千四河隨其方面流趣大海如是所說二千四河未入海頃頗有能令不入海不無如是事假使有人或以神力或以呪術廣說乃至令不得入聖諦現觀無有是處復次世第一法與苦法智忍作等無間緣無有一法速疾迴轉過於心者可於爾時能作障礙令不得入聖諦現觀是故此法決定不退此中復次難釋如前謂此前文但是方便開縱論道今所說者乃是根本遮奪論道故應言復次及如本文說此中意說世第一法與苦法智忍作等無間

緣此正滅位取果與果彼苦法智忍次必現前若法與彼法爲等無間緣正滅位中取果與果若法若有情若呪術若藥物若佛若獨覺若到彼岸諸聲聞等能作障礙使第二念不現前者無有是處此中所言無有一法速疾迴轉過於心者應知即是苦法智忍相應之心此心必定速疾現前無有餘法速疾迴轉過於此故如世尊說苾芻當知我不見一法速疾迴轉猶如心者乃至廣說彼契經文如後定蘊當廣分別以佛說心速疾迴轉過餘法故世第一法無間刹那苦法智忍必現在前是故此法決定不退於此義中復有分別問何緣世第一法定不退耶答加行廣大故安足堅牢故加行廣大者謂彼所習施戒聞思修所成善悉以迴向解脫涅槃心無所著施者即是莊嚴心施戒者即是別解脫戒聞所成者謂於聖教決擇文義思所成者謂不淨觀持息念念住三義觀七處善修所成者謂煖頂下中忍安足堅牢者謂增上忍由世第一法加行廣大安足堅牢故定不退復次以此法後總證三界見所斷斷非於三界見所斷斷有還退者是故不退復次以此法後總證非想非非想地見所斷斷非於非想非非想地見所斷斷有還退者是故不退復次以此法後必起忍智非於忍智有還退者是故不退復次以此法後必起見道以爲重鎭決定無有退見道者是故不退問因論生論何緣見道定不退耶答以彼見道是速疾道無留難道非中起道是故不退復次以彼行者墮在見道大法駛流爲流漂激無容可

退其心慢緩方可退故如人墮在山谷瀑流爲流所漂無得暫住行者亦爾是故不退復次退者多起煩惱現前住見道時無覆無記有漏善心尚不得起何況得起煩惱之心是故不退復次以住見道總證三界見所斷斷非於三界見所斷斷有還退者是故不退復次以住見道總證非想非非想地見所斷斷非於非想非非想地見所斷斷有還退者是故不退復次若從見道有還退者應見諦已還不見諦應得果已還不得果應現觀已還不現觀應入正性離生已還不入正性離生應成聖者已還作異生應住定聚已還住不定聚勿有如是衆多過失是故見道決定不退有作是說以此善根惟一剎那無有能退半剎那者是故不退或有說者以此善根似無間道非住無間道可有退者是故不退復有說者以此善根是順勝分非住順勝分可有退者是故不退然有三種順決擇分一順退分二順住分三順勝分謂順退者名順退分若順住者名順住分順昇進者名順勝分煖具三種頂亦具三有說惟二除順住分以頂位是進退際故忍亦有二除順退分世第一法惟順勝分是故此位定無退理問此中三分一切皆是順決擇分善根所攝與後定蘊所說四分有何差別答所依各異謂此但依隨順見道總立一種順決擇分於中義別復開三種後定蘊中總依有漏修所成善建立四分若順退者名順退分若順住者名順住分若順昇進者名順勝進分若順聖道者名順決擇分是故此彼所依各異問頗有世

第一法緣有所緣法耶緣無所緣法耶緣有所緣法亦緣無所緣法耶非緣有所緣法亦非緣無所緣法耶答有緣有所緣法者謂若世第一法緣心心所法緣無所緣法者謂若世第一法緣色心不相應行緣有所緣法亦緣無所緣法者謂若世第一法緣心心所法及緣色心不相應行非緣有所緣法亦非緣無所緣法者謂隨心轉色及隨心轉心不相應行世第一法問頗有住一刹那頃當得緣有所緣法世第一法耶緣無所緣法世第一法耶緣有所緣法亦緣無所緣法世第一法耶非緣有所緣法亦非緣無所緣法世第一法耶答有謂住增上忍時當得如上所說四句世第一法問頗有住一刹那頃當得世第一法非彼所緣耶當得彼所緣非世第一法耶當得世第一法及彼所緣耶不當得世第一法及彼所緣耶答有住增上忍時應作此四句且依未至定入正性離生者住增上忍時當得世第一法非彼所緣者謂未至定所攝世第一法中除緣當現在前所依世第一法諸緣所餘境世第一法當得彼所緣非世第一法者謂上五地所攝世第一法中緣當現在前所依世第一法當得世第一法及彼所緣者謂未至定所攝世第一法中緣當現在前所依世第一法不當得世第一法及彼所緣者謂上五地所攝世第一法中除緣當現在前所依世第一法諸緣所餘境世第一法如依未至定入正性離生者住增上忍時作此四句依上五地入正性離生者住增上忍時應知亦爾問頗有成就世第一法不成

就彼離繫得耶答應作四句成就世第一法不成就彼離繫得者謂若依此地入正性離生彼未離此地染成就彼離繫得不成就世第一法者謂若依此地入正性離生彼命終生上地成就世第一法亦成就彼離繫得者謂若依此地入正性離生彼已離此地染不命終生上地不成就世第一法亦不成就彼離繫得者謂若未能入正性離生位有餘依彼有漏離繫得作如是言問頗有聖者成就世第一法不成就彼離繫得耶答應作四句成就世第一法不成就彼離繫得者謂若依此地入正性離生彼未離此地染成就彼離繫得不成就世第一法者謂若依此地入正性離生彼命終生次上地成就世第一法亦成就彼離繫得者謂若依此地入正性離生彼已離此地染不命終生上地不成就世第一法亦不成就彼離繫得者謂若依此地入正性離生彼命終超次上地生餘上地有餘依一切世第一法及彼一切離繫得作如是言問頗有成就世第一法不成就彼離繫得耶答應作四句第一句者謂若依未至定或初靜慮靜慮中間入正性離生彼未離初靜慮染第二句者謂若依此地入止性離生彼命終生上地若未得世第一法生欲色界已離初靜慮染及生空無邊處第三句者謂若依此地入正性離生已離初靜慮染不命終生上地第四句者謂除前相尊者此中七門分別世第一法謂初云何世第一法乃至第七世第一法當言退不退耶於中前三門是根本論後四門是因生論世第一法由此七

門分別顯示極爲明了云何頂乃至廣說問先應說煖後方說頂如何於此先說頂耶答如前已說此中逆說異生身中淨染諸法故先說頂後方說煖問若爾此中應先說忍何故於此超說頂耶答先已說忍而不彰顯謂先已說若當勝者先應非世第一法後方是世第一法先者是何謂增上忍既已說忍故今說頂問尊者何故覆相說忍而不彰顯廣說忍耶答亦應彰顯廣說忍相謂云何忍何故名忍忍當言何界繫及因生論皆應廣說而不說者有何意耶答是作論者意欲爾故謂作論者隨自意欲或顯或隱或廣或略而作此論不應徵詰尊者此中彰顯廣說世第一法隱略說忍於頂及煖顯略而說有餘師說若契經中顯了說者尊者於此彰顯而說

忍於經中不顯了說是故於此覆相說之問豈不經中顯了說忍如世尊說若有一類成就六法於現法中必不能得遠塵離垢於諸法中生淨法眼云何六法一不樂聞法二雖聞說法而不屬耳三雖屬耳聽而不安住奉行教心四於未證善法不勤求證五於已證善法不勤守護六不成就順忍應知白品與此相違忍於此經既彰顯說尊者何故覆相說耶彼作是言經中雖說順忍而不說順諦忍故非顯說問順忍順諦忍有何差別義無異故應知前說爲善問因論生論何故此忍獨名順諦非煖頂耶答亦應說順諦煖順諦頂而不說者當知此是有餘之說義皆有故復次言順諦者謂極隨順聖諦現觀忍極隨順聖諦現觀煖頂不爾故偏說忍復次忍隣

近見道煖頂不爾故復次忍與見道相似煖頂不爾故謂見道位惟法念住恒現在前忍位亦爾煖頂不然謂彼初位雖但起法念住而增進位亦得起餘三念住故復次忍位必有不出意樂趣入聖道煖頂不爾故復次修觀行者於忍位中樂别觀諦於頂位中樂别觀寶於煖位中樂别觀蘊故復次煖止緣諦下愚頂止緣諦中愚忍止緣諦上愚故復次煖止緣諦麤愚頂止緣諦中愚忍止緣諦細愚故復次煖起緣諦下明頂起緣諦中明忍起緣諦上明故復次煖起緣諦麤明頂起緣諦中明忍起緣諦細明故復次煖得緣諦下信頂得緣諦中信忍得緣諦上信故復次煖得緣諦麤信頂得緣諦中信忍得緣諦細信故復次以忍位中或時以十六行相觀察聖諦或時以十二行相觀察聖諦或時以八行相觀察聖諦或時以四行相觀察聖諦煖頂位中但以十六行相觀察聖諦故復次以忍位中無雜作意煖頂位中有雜作意故謂煖頂位數數復起欲界善心觀欲界苦爲間雜已復能引此善根現前忍位不爾復次以忍位中惟别作意别觀諸諦煖頂位中不如是故謂煖頂位雖别作意别觀諸諦而於中間修總行相總觀諸諦謂觀一切有漏皆苦觀一切行皆是無常觀一切法皆空無我惟觀涅槃是眞寂靜復次以忍位中有時相續有一剎那觀察聖諦煖頂位中惟有相續觀聖諦故復次以忍位中漸略觀諦極能隨順趣向涅槃如適他方以多貿少煖頂位中不如是故以如是等種種因緣忍名順諦煖頂不

爾問世第一法何故不立順諦名耶答雖復此位一切皆勝而於四諦不遍觀察故不建立順諦之名問忍爲幾念住答現在惟一雜緣法念住未來具四似見道故問忍爲幾緣答爲四緣謂因等無間所緣增上緣爲因緣者謂與彼相應俱有同類等法爲因緣爲等無間緣者謂與世第一法爲等無間緣爲所緣緣緣者謂與能緣此心心所法爲所緣緣爲增上緣者謂除自性與餘一切有爲法爲增上緣問忍有幾緣答有四緣有因緣者謂此相應俱有同類法有等無間緣者謂已生頂有所緣緣者謂四聖諦有增上緣者謂除自性餘一切法問忍當言何界繫答應言惟色界繫問忍當言有尋有伺無尋惟伺無尋無伺耶答應言三種問忍當言樂根相應喜根相應捨根相應耶答應言三根相應問忍當言一心多心耶答應言或多心或一心以增上忍一刹那故問忍當言退不退耶答應言不退如是等義依上所說世第一法如理應知問緣何諦忍後入正性離生耶有作是說緣道諦忍後入正性離生問若爾云何所緣行相不成倒錯若倒錯者云何不與入正性離生而作留難答此於所緣行相雖有倒錯而於入正性離生不作留難所以者何已慣習故謂修行者於此慣習已成徑路自在現前如見道中緣欲界忍智後緣有頂忍智現在前緣有頂忍智後緣欲界忍智現在前緣苦諦行相後緣集諦行相現在前緣集諦行相後緣滅諦行相現在前此等所緣行相雖有倒錯而於現觀不作留難已慣習故此忍

亦爾若作是說緣道諦忍後入正性離生者則有三心同一所緣同一行相謂世第一法苦法智忍苦法智相應二心同一行相不同一所緣謂苦類智忍苦類智相應二心同一所緣不同一行相謂集法智忍集法智相應餘心不同一所緣不同一行相如是說者緣苦諦忍後入正性離生所以者何見道是無漏善根有大勢力雖所緣行相有倒錯而於現觀不作留難忍是有漏善根無大勢力若所緣行相有倒錯者則於入正性離生便作留難故修行者忍位中所緣行相先廣後略由此得入正性離生謂彼先以四行相觀欲界苦次以四行相觀色無色界苦次以四行相觀欲界諸行因次以四行相觀色無色界諸行因次以四行相觀欲界諸行滅次以四行相觀色無色界諸行滅次以四行相觀欲界諸行道後以四行相觀色無色界諸行道齊此名下忍從此以後漸漸略之謂復以四行相先觀欲界苦次觀色無色界苦乃至最後觀欲界諸行道漸次略去色無色界諸行道復以四行相先觀欲界苦次觀色無色界苦乃至最後觀色無色界諸行滅漸次略去一切諸行道復以四行相先觀欲界苦次觀色無色界苦乃至最後觀欲界諸行滅漸次略去色無色界諸行滅復以四行相先觀欲界苦次觀色無色界苦乃至最後觀色無色界諸行因漸次略去一切諸行滅復以四行相先觀欲界苦次觀色無色界苦後觀欲界諸行因漸次略去色無色界諸行因復以四行相先觀欲界苦後觀色無色界苦漸次略

去一切諸行因復以四行相觀欲界苦漸次略去色無色界苦彼於欲界苦以四行相相續觀察復漸略之至一行相二刹那觀察如苦法智忍及苦智齊此名中忍彼復於欲界苦一刹那觀察如苦法智忍此名上忍從此無間復一刹那觀欲界苦名世第一法從此無間生苦法智忍展轉乃至生道類智譬如有人欲從已國適於他國多有財產不能持去遂以易錢猶嫌其多復以易金猶嫌金重復以貿易大價寶珠持此寶珠隨意所往行者亦爾先廣觀察上下諸諦後漸略之乃至惟以一刹那心觀欲界苦次生世第一法次生苦法智忍展轉乃至生道類智若如是說緣苦諦忍後入正性離生則有四心同一所緣同一行相謂增上忍世第一法苦法智忍苦法智相應二心同一行相不同一所緣謂苦類智忍苦類智相應二心同一所緣不同一行相謂集法智忍集法智相應餘心不同一所緣不同一行相問世第一法亦如忍有三品耶答一相續中則無多相續中則有謂佛種性是上品獨覺種性是中品聲聞種性是下品依六種性三根說亦爾

阿毗達磨大毗婆沙論卷第五　說一切有部發智

音釋

萎悴　萎於爲切枯也悴秦醉切憔悴也　脊　資昔切　簸　布火切　惷　丑用切　駛　疎士切疾也

阿毗達磨大毗婆沙論卷第六

五百大阿羅漢等造

唐三藏法師玄奘奉　詔譯

雜蘊第一中世第一法納息第一之五

云何頂答於佛法僧生小量信問何故名頂答如山頂故謂如山頂人不久住若無諸難便過此山更至餘山若有諸難即還退下如是行者至頂位中必不久住若無諸難便進至忍若有諸難還退住煖有說此應名爲下頂以在最下順決擇分煖法上故有說此頂應名爲中以在下煖上忍中故尊者妙音作如是說順決擇分總有二種一欲界繫二色界繫欲界繫中下者名煖上者名頂色界繫中下者名忍上者名世第一法此於欲界順決擇分中勝故名頂彼不應作是說此四皆是定地修地行聖行相色界法故應作是說順決擇分總有二種一可退二不可退可退中下者名煖上者名頂不可退中下者名忍上者名世第一法此於可退順決擇分中勝故名頂問何故此信名小量耶尊者妙音作如是說欲界名小以下劣故此在欲界故名小量有說此信應名異量量謂決定信順印可故名爲量煖是第一頂是第二此異於前故名異量有說此信應名少量以頂位中不久住故如露懸枝不久停住應作是說此頂但應名小量信在可退位樂觀寶故此中於佛僧生小量信者說緣道諦信於法生小量信者說緣滅諦信問此頂善根具以十六行相緣四聖諦何故此中但說緣滅道諦非苦集耶答依勝說故謂四諦中滅道是勝出生

死故復次滅道二諦清淨無垢離過微妙是可信事是生信處是所歸依是故偏說復次滅道二諦非惟可信亦是可求難可證得極可欣故苦集不爾是故不說復次爲受化者生信樂故若佛爲彼說苦集諦便作是念我無始來爲此鄙劣煩惱惡行及所得果擾亂逼迫寧可信樂若說滅道便深信樂不欲捨離故於此中偏說滅道有說於佛僧生小量信者說緣道諦信於法生小量信者說緣三諦信以頂具緣四聖諦故問緣滅道諦可爾是可信事是生信處是所歸依應信樂故緣苦集諦云何可爾煩惱惡行及所得果猶如糞穢深可猒患不應於中生信樂故答信有二種一者信可二者信樂於滅道諦具二種信於苦集諦雖無信樂而有信可故緣苦集亦生於信如人掘地求水寶等具二種信一者信可謂信地中有水寶等故二者信樂謂信水等是可欣樂故脇尊者言爲猒患苦集故稱讚滅道謂此滅道寂靜美妙止息對治下劣鄙穢苦集法故如人風雨所逼惱故稱讚舍宅故於四諦皆可生信然於道諦亦非一切具二種信謂隨信行者於隨法行道具二種信謂信可彼信樂彼故隨法行者於隨信行道惟有一信謂雖信可彼而不信樂彼故信勝解者於見至道具二種信見至者於信勝解道惟有一信時解脫者於不時解脫道具二種信不時解脫者於時解脫道惟有一信佛於佛道具二種信於二乘道惟有一信獨覺於二道具二種信於聲聞道惟有一信聲聞於三道皆具二信此中尊者欲令前

義得成立故復引契經如世尊爲波羅衍拏摩納婆說

若於佛法僧　生起微小信　儒童應知彼名已得頂法

問此頂善根十六行相觀四聖諦何故世尊爲摩納婆說信三寶答彼於三寶愚惑不信然三寶希有難可值遇欲令信解故爲說之有說彼摩納婆爲苦所逼欲求出要來詣佛所說是頌言

爲苦所逼諸衆生　不知出要來詣佛惟願爲說除衆患　如熱所逼入涼池

出苦之要無過三寶故佛爲說於三寶信有說欲令所化於佛法中深生信重故佛爲說於佛法僧生微小信若佛爲說四聖諦者所化有情便作是念我等何用信重如是煩惱惡行顛倒見趣及所得果苦集諦爲若佛爲說佛法僧寶彼便踊躍深生信重有說隨修行者樂別觀故謂修行者於煖位中樂別觀蘊於頂位中樂別觀寶於忍位中樂別觀諦故於頂位說信三寶如世尊告阿難陀言吾今爲汝等說頂及頂墮謂聖弟子於五取蘊起作有爲緣生法中思量觀察此是無常苦空無我彼即於如是思量觀察時有忍有見有欲樂有行解有見審慮忍如是名爲頂問何故世尊爲波羅衍拏說信爲頂爲諸新學苾芻說慧爲頂耶答佛善知法相及善知根器應爲說者即爲說之餘無此能故不應問復次波羅衍拏住初業地未慣習所作未得奢摩他未入聖教未修漸次諸有所作皆藉他緣聞他天神讚佛功德於佛生信來詣佛

所爾時世尊依頂等流說信爲頂新學苾芻與彼相違是故爲說頂之自性復次佛隨所闕而爲說故謂波羅衍拏有慧闕信故爲彼說信爲頂新學苾芻有信闕慧故爲彼說慧爲頂復次爲止諂曲及愚癡故謂波羅衍拏是婆羅門種雖有智慧而闕淨信無信之慧增長諂曲爲止彼諂曲故說信爲頂新學苾芻是釋迦種雖有淨信而闕智慧無慧之信增長愚癡爲止彼愚癡故說慧爲頂復次世尊所化有利根者有鈍根者爲利根者說信爲頂爲鈍根者說慧爲頂如利根鈍根因力緣力內分力外分力內如理作意力外從他聞法力無癡增相續力無貪增相續力應知亦爾云何頂墮乃至廣說問何故此中但說頂墮不說煖耶答應說而不說者當知此義有餘復次說勝有墮已顯劣故謂頂善根是勝尚退況煖善根劣而無退有說不應詰問尊者不說煖退因緣所以者何契經說故謂契經中但說頂墮不說煖墮尊者依經而造此論故不應責有說從頂退時生大憂惱退煖不爾故不說之謂如有人見寶伏藏滿中珍寶見已歡喜作是思惟我今永絕貧窮根本適欲取時忽然還滅彼人爾時生大憂惱如是行者住頂位中自念不久入於忍位永捨惡趣生大歡喜後退此頂還住煖時生大憂惱失勝利故設從煖位進得頂時彼猶未能永捨惡趣故從彼退不大憂惱有說住頂位時多諸留難住煖不爾是故偏說故如是說於三時中諸業煩惱極與行者而作留難一從頂入忍時能感惡趣諸業煩惱極爲留

難義言行者若入忍位定不復受諸惡趣生我於誰身受異熟果二聖者離欲染時能感欲界諸業煩惱極爲留難義言行者若離欲染於欲界生定不復受我於誰身受異熟果三得阿羅漢果時能感後有諸業煩惱極爲留難義言行者若得阿羅漢果定不復受一切生死我於誰身受異熟果有說頂不久住是進退際故煖位不爾故不說煖墮有說住頂位時將獲大利猶如聖者得不墮法得忍異生亦復如是如室路拏二十俱胝九十一劫不墮惡趣從頂退時失此大利故說頂墮退煖不爾故不說之云何頂墮答如有一類親近善士聽聞正法如理作意信佛菩提法是善說增修妙行色無常受想行識無常善施設苦諦善施設集滅道諦彼於異時不親近善士不聽聞正法不如理作意於已得世俗信退沒破壞移轉亡失故名頂墮問何故作此論答前雖說頂自性而未說頂云何得云何捨今欲說之故作此論親近善士者謂親近善友聽聞正法者謂屬耳聽聞如理所引訶毀流轉讃歎還滅順瑜伽法如理作意者謂自內正解信佛菩提法是善說增修妙行者顯信三寶色無常受想行識無常者顯信五蘊善施設苦諦善施設集滅道諦者顯信四諦此中信佛菩提乃至信善施設道諦皆共顯示法隨法行此及前三即是顯示四項流支是名得頂問佛爲何等所化有情於頂位中顯示三寶復爲何等顯示五蘊又爲何等顯示四諦答爲愚寶者顯示三寶爲愚蘊者顯示五蘊爲愚諦者顯示四諦復次爲

初業者顯示三寶爲已慣習者顯示五蘊爲已超作意者顯示四諦復次爲鈍根者顯示三寶爲中根者顯示五蘊爲利根者顯示四諦復次爲疑行者顯示三寶爲我慢行者顯示五蘊爲諸邪見損覺慧者顯示四諦有作是說爲樂廣者顯示三寶爲樂略者顯示四諦爲樂廣略者顯示五蘊是名三種所爲差別已說得頂云何捨頂彼於異時者謂彼散亂時不親近善士者謂親近惡友不聽聞正法者謂作意聽聞非理所引讃歎流轉訶毀還滅違瑜伽法不如理作意者謂自内邪解於已得世俗信退没破壞移轉亡失者謂於已得即頂位中頂等流世俗信退没破壞移轉亡失此中尊者欲令頂墮義得成立故復引契經爲證如佛即爲波羅衍拏摩納婆説

若人於如是　三法而退失　我説彼等類應知名頂墮

問何等名爲頂墮自性答頂墮自性是不成就無覆無記心不相應行蘊所攝有説信時名得頂不信時名頂墮如是則説不信爲頂墮自性有説諸煩惱纏能令頂墮如是則説諸染汙法爲頂墮自性有説若法隨順退彼法名頂墮如是則説一切法爲頂墮自性以退頂時一切法皆是退頂增上縁故譬喻者言此但假説無實自性謂相續中先成就頂今時退失説爲頂墮如何求覓頂墮自性如人有財名爲富者若賊劫去即名貧人他問汝貧以何爲性彼答我昔多有珍財今被劫去惟名貧者當有何性又如有人先著衣服後賊奪去即便露形他問汝今露形以何爲

性彼答我先有衣今賊奪去惟露形住當有何性又如有人衣服破壞他問汝衣破壞以何爲性彼答我衣本完今已破壞惟名衣破當有何性如是行者先成就頂今時退失説名頂墮無别自性評曰初説爲善此即攝在復有所餘如是類法不相應中不相應行有多種故

云何煖乃至廣説問何故名煖答智於境轉故有勝智煖生能燒諸煩惱薪故名爲煖猶如鑽火上下相依有火煖生能燒薪等有説諸有相依故有墮有智煖生能令諸有皆悉痿悴故名爲煖猶如夏時聚華爲積華生煖氣還自痿悴又如夏時積聚糞壤中生煖氣還自腐爛有説諸蘊相依故有墮蘊智煖生能燒蘊林令其永滅故名爲煖如竹葦等相摩煖生能燒彼林令爲灰燼尊者妙音作如是説依求解脱有善根生是聖道日前行前相故名爲煖如日將出明相先現復次依求解脱有善根生是聖道火前行前相故名爲煖如火將然煙爲前相云何煖答若於正法毗奈耶中有少信愛即信名愛故名信愛於正法中有信愛者説緣道諦信於毗奈耶中有信愛者説緣滅諦信問此煖善根具以十六行相緣四聖諦何故此中但説緣滅道諦非苦集耶答依勝説故謂四諦中滅道是勝出生死故餘如頂中廣説有説於正法中有信愛者説緣三諦信於毗奈耶中有信愛者説緣滅諦信以煖具緣四聖諦故問緣滅道諦可爾是可信事是生信處是所歸依應信愛故緣苦集諦云何可爾煩惱惡行及所得

果猶如糞穢深可猒患不應於中生信愛故答信有二種一者信可二者信愛於滅道諦具二種信於苦集諦雖無信愛而有信可故緣苦集亦生於信餘廣說如頂問諸於正法毗奈耶中有少信愛者彼皆得煖耶答不爾所以者何煖是色界定地修地十六行相所攝善根此中說有如是信愛非餘信愛故言不爾此中尊者引經爲證如世尊爲馬師井宿二苾芻說此二愚人離我正法及毗奈耶譬如大地去虚空遠此二愚人於我正法毗奈耶中無少分煖此經文句雖已隱没而作論者以願智力引之爲證問此煖善根殊勝微妙住寂静地世尊何故名少分耶答此於所餘順決擇分最微小故得少分名有說此於正法毗奈耶中觀事不共微小善根後邊生故說名少分問諸有未得煖善根者皆如此二被訶擯耶答不爾所以者何世尊所化總有三種一於佛法有意樂二於佛法息意樂三於佛法無意樂此二苾芻於佛正法全無意樂故佛訶擯諸如是類亦被訶擯非餘未得煖善根者有說此二苾芻捨離親愛歸佛出家然於正法毗奈耶中全無信愛可以攝受故佛訶擯非餘未得煖善根者

即彼經中世尊先告馬師井宿二苾芻言吾當爲汝說四句法汝欲知不當恣汝意二苾芻言我今何用知尊法爲問此中何者是四句法有說四聖諦是所以者何彼不見諦造惡行故有説四念住是所以者何彼由顛倒造惡行故有説四正斷是所以者何彼由懈怠造惡行故有説四神足是所以者何彼闕

勝德造惡行故有說四聖種是所以者何彼貪利養造惡行故有說四沙門果是所以者何彼實未得四沙門果而稱我得造惡行故有說四無量是所以者何彼由貪瞋嫉妬增上造惡行故有說四靜慮是所以者何彼由欲界煩惱增上造惡行故有說四善巧是謂界善巧處善巧緣起善巧處非處善巧所以者何彼愚因果造惡行故有說即四種順決擇分善根是所以者何佛說彼二人無少分煖故有說即增一阿笈摩中四法迹是一無貪法迹二無瞋法迹三正念法迹四正定法迹有說即雜阿笈摩中四句法是如彼頌言

賢聖法中善言最　二常愛言遠不愛
三常實言離虛誑　四常法言遠非法

如是說者四聖諦是彼愚諦理背聖教故問佛深知彼不堪受法如何以法而恣彼耶答佛欲自顯無過失故勿有謂彼無教化者故造惡行而自毀壞是以如來舉手告言諸教化事我皆能作而汝不受自行邪行以自損壞非我過也有說爲止釋種不信心故若不以法而恣彼者無量釋種生不信心云何義成於自親族心懷慳嫉不欲教化將恐彼人與已相似由佛以法而恣彼意是諸釋種不信心息有說爲止外道誹謗業故若不以法而恣彼者無量外道便誹謗言云何名爲得大悲者若諸弟子隨順恭敬便爲說法若諸弟子違逆不敬則不教化由佛以法而恣彼意是諸外道誹謗便息有說令彼證知過在已故佛以輭語而責彼言汝本及今恒造惡行我常教化都不信受今復爲汝欲說法要

汝言何用知尊法爲汝之過失汝自爲證有說令彼後時種善根故佛知彼二今雖不能受我正法而命終已生龍趣中便自憶念昔大悲者恣我正法而我不受今生惡趣受諸苦惱由此便起悔俱善根以此因緣速脫惡趣有說爲護佛法令不壞故佛知彼二從此命終當生龍趣劇苦所逼作是念言我從何没來生於此即自憶念從人中來復自念言昔作何業便自觀見昔曾出家不能正行墮在此處次作是念佛不化我故令我今生此惡處便起瞋恨欲來人中破窣堵波壞僧伽藍殺諸苾芻苾芻尼等令如來法殄滅無餘當於爾時佛神力故有如來像住立其前而告之言馬師井宿吾當爲汝說四句法汝欲知不當恣汝意時二毒龍即便自憶昔佛亦作如是告我我時不受是我自咎非如來過由此因緣瞋纏遂息生大慚愧護持佛法由如是等種種因緣佛以正法而恣彼意問何故二人作如是說我今何用知尊法爲答彼二自知造諸惡行非正法器故說是言彼自思惟於生天論我尚非器況極微細解說論耶有說彼二自知數犯禁戒惡行煩惱損壞相續焦墫甕等可令生芽我等聞法生解說芽無有是處故作是說我今何用知尊法爲有說彼二自知造作增長惡趣定業故作此言有說彼二身中惡相現故謂彼自見於十指端有十道水將欲流出便作是念我等決定當生龍中於如是時何用更知世尊正法故作是說何用知爲有說佛記彼二已種獨覺菩提善根於當來世定成獨覺彼作是念

我等現世終不能入正性離生得果漏盡故作是說我今何用知尊法爲由此世尊復作是說此二愚人離我正法及毗奈耶譬如大地去虛空遠此二愚人於我正法毗奈耶中無少分煖若諸弟子能以財食供給其師而共住者尚不應以麤言拒逆況彼不能以此同住而作如是違戾語耶問有多種毗奈耶謂時毗奈耶方毗奈耶種姓毗奈耶家毗奈耶明毗奈耶罰羅毗奈耶犯毗奈耶聖毗奈耶貪毗奈耶瞋毗奈耶癡毗奈耶此中意說何毗奈耶有作是說此中說罰罪毗奈耶或有說者此中說犯毗奈耶復有說者此中說聖毗奈耶如是說者此中說貪瞋癡毗奈耶問何故尊者七門分別世第一法頂惟二門忍之與煖但說自性答是作論者意欲爾故隨彼意欲而作此論或略或廣不應徵詰復次如以七門分別世第一法亦應以七門分別餘三如西方尊者以十七門總分別四種順決擇分此亦應爾總以七門分別四種而不爾者當知此是有餘之說復次世第一法微細難見難可覺知以不分明不現見故七門分別餘三不爾故略說之復次世第一法多諸誹謗故以七門分別遮止餘三不爾故略分別復次世第一法惟一剎那其相難了須廣分別餘三相續故略說之如是四種順決擇分謂煖頂忍世第一法問如是四種自性云何答皆以五蘊爲其自性尊者妙音作如是說順決擇分有欲界繫有色界繫欲界繫中下者名煖上者名頂此二自性惟有四蘊欲界中無隨轉色故色界繫中下者名忍

上者名爲世第一法此二自性皆具五蘊色界中有隨轉色故如是說者此四善根皆是色界定地修地行聖行法故四自性皆具五蘊問若此四種皆色界繫云何建立四種別耶答此四善根雖同色界而有可動有不可動有有留難有無留難有可斷有不可斷有可慮有不可慮有可退有不可退諸可動有留難可斷可慮可退中下者名煖上者名頂諸不可動無留難無斷無慮不可退中下者名忍上者名爲世第一法故此四種雖同色界繫五蘊爲自性而有差別如說自性我物自體相分本性亦爾已說自性當說所以問此何故名順決擇分答決擇者說聖道如是四種是順彼分順彼分中此四最勝是故名爲順決擇分即此四種亦名行諦亦名修治亦名善根行諦者謂以無常等十六行相遊歷四諦故修治者謂爲求聖道修治身器除去穢惡引起聖道故猶如農夫爲求子實修治田地除去穢草此亦如是善根者謂聖道涅槃是眞實善此四與彼爲初基本爲安足處故名爲根問此四善根爲有幾品答總有三品謂下中上煖是下品頂是中品忍及世第一法是上品有說煖有二品謂下下下中頂有三品謂下上中下中中忍有三品謂中上上下上中世第一法惟一品謂上上若以三品攝之煖惟下品頂下中品忍中上品世第一法惟是上品尊者妙音說曰煖有三品頂有六品忍有八品世第一法惟上上品若以三品攝之煖惟下品頂下中品忍通三品世第一法惟是上品尊者覺天說曰煖有三

品謂下下下中下上頂有三品謂中下中中中上忍有二品謂上下上中世第一法惟一品謂上上若以三品攝之如初說尊者世友說曰煖有三品謂下下下中下上頂有二品謂中下中中忍有三品謂中上上下上中世第一法惟一品謂上上若以三品攝之煖惟下品頂惟中品忍中上品世第一法惟是上品問此四善根有何差別答所說品異即是差別復次名亦差別謂此名煖乃至此名世第一法復次念住爲等無間名煖煖爲等無間名頂頂爲等無間名忍忍爲等無間名世第一法如等無間無間趣入加行亦爾復次樂別觀蘊名煖樂別觀寶名頂樂別觀諦名忍由此發生世第一法復次煖止緣諦下愚頂止緣諦中愚忍止緣諦上愚由此發生世第一法復次煖止緣諦麤愚頂止緣諦中愚忍止緣諦細愚由此發生世第一法復次煖生緣諦下明頂生緣諦中明忍生緣諦上明由此發生世第一法復次煖生緣諦麤明頂生緣諦中明忍生緣諦細明由此發生世第一法如生明生信亦爾是謂差別順決擇分善根中煖亦得亦捨得者由加行故捨者或由退故或由越界地故或由捨衆同分故捨此煖已亦作無間業亦斷善根亦墮惡趣有何勝利能與涅槃作決定因謂得煖者如吞鉤魚已得決定涅槃法故頂亦得亦捨得者由加行故捨者或由退故或由越界地故或由捨衆同分故捨此頂已亦作無間業亦墮惡趣復有何勝利謂能畢竟不斷善根問若爾天授應未得頂彼起邪見斷善根故伽陀

所説當云何通如説「愚夫衆所識　是名爲失利　自法皆滅壞　應知從頂墮」此頌世尊爲天授説是則天授從頂退已而斷善根云何乃言捨此頂已必不斷善答依未得退説頂墮言提婆達多已修得煖不久得頂著名利故還退失煖復斷善根於頂應得而不得故説名頂墮非已得退有作是説世尊如頂於佛作惡而墮惡趣故名頂墮有餘師説佛法如頂彼壞佛法便自退落故名頂墮忍亦得亦捨得者由加行故捨者或由越界地故或由捨衆同分故不由退故復有何勝利謂畢竟不退不作無間業不墮惡趣世第一法亦得亦捨得者由加行故捨者由越界地故不由退故亦不由捨衆同分故復有何勝利能爲等無間入正性離生有餘師説煖亦得亦捨如前説捨此煖已亦作無間業亦墮惡趣有何勝利能與涅槃作決定因及能畢竟不斷善根若爾天授應未得煖彼起邪見斷善根故頂亦得亦捨如前説捨此頂已亦墮惡趣復有何勝利不作無間業忍亦得亦捨如前説復有何勝利畢竟不退不墮惡趣不執著我問若爾鄔波離室利毱多指鬘諦語等應未得忍彼執有我抗拒佛故答彼欲論議假立有我實不執著世第一法得捨等事皆如前説

阿毗達磨大毗婆沙論卷第六 說一切有部發智

阿毗達磨大毗婆沙論卷第七

五百大阿羅漢等造

唐三藏法師玄奘奉　詔譯

雜藴第一中世第一法納息第一之六

西方尊者以十七門分別此四如彼頌言

意趣依因所緣果　等流異熟及勝利
行相二緣慧界定　尋等根心退爲後

問煖有何意趣答先所修集一切善根謂從布施乃至七處善皆以迴向解脫是其意趣問煖依何而起答依自地定問煖以何爲因答前生自地同類善根問煖誰爲所緣答四聖諦問煖以何爲果答以頂爲近士用果問煖誰爲等流答後生自地同類善根問煖誰爲異熟答色界五藴問順決擇分亦能牽引衆同分不有説不能所以者何猒背有故謂此善根猒背諸有於衆同分但能圓滿不能牽引有説亦能謂此善根雖猒背有而能牽引隨順聖道衆同分果謂此所招衆同分果增上熾盛微妙殊勝無有灾横順勝善品問煖有何勝利答能與涅槃作決定因有説得煖定不斷善問煖有幾行相答十六行相問煖爲緣名爲緣義答名義俱緣問煖爲聞所成爲思所成爲修所成答惟修所成問煖爲欲界繫爲色界繫爲無色界繫答惟色界繫問煖爲在定爲不在定答惟在定問煖爲有尋有伺爲無尋惟伺爲無尋無伺答具三種問煖爲樂根相應爲喜根相應爲捨根相應答三根相應問煖爲一心爲多心答多心問煖爲可退爲不可退答可退頂意趣者謂從布施乃至煖果者以忍爲近士用果勝利者

不斷善根有說亦不作無間業餘如煖說忍意趣者謂從布施乃至頂果者以世第一法爲近士用果勝利者不退不作無間業不墮惡趣有說亦不執或餘如頂說世第一法意趣者謂從布施乃至忍所緣者惟苦諦果者以苦法智忍爲近士用果勝利者爲等無間入正性離生行相者苦諦四行相一心多心者當言一心餘如忍說初煖緣三諦法念住現在修未來修四念住一行相現在修未來修四行相俱同類修非不同類緣滅諦法念住現在修未來亦惟修法念住一行相現在修未來修四行相亦同類修非不同類所以者何非初觀蘊滅能修緣蘊道故增長煖緣三諦四念住隨一現在修未來修四念住此同類修亦不同類一行相現在修未來修十六行相緣滅諦法念住現在修未來修四念住一行相現在修未來修十六行相問何故初煖惟同類修非不同類增長煖能修同類不同類耶答初煖未曾得種性初學觀諦故惟修同類增長煖已曾得種性慣習觀諦故同類修亦不同類初頂緣四諦法念住現在修未來修四念住一行相現在修未來修十六行相增長頂緣三諦四念住隨一現在修未來修四念住一行相現在修未來修十六行相緣滅諦法念住現在修未來修四念住一行相現在修未來修十六行相初及增長忍緣四諦法念住現在修未來修四念住一行相現在修未來修十六行相問何故忍初及增長皆惟法念住現在修煖頂不爾答忍近見道與見道相似如見道中惟起法念住

忍亦如是尊者妙音作如是說初忍及增長忍如初煖及增長煖說於色界善根未曾得種性及已曾得種性故彼不應作是說此四善根皆是色界修所成故忍近見道如見道起法念住故問增長忍一切時修十六行相耶答不爾或時十六或時十二或時八或時四所以者何如如漸次略所緣諦如是如是略修行相由此漸能近於見道如見道故世第一法法念住現在修未來修四念住一行相現在修未來修四行相惟同類修非不同類問世第一法已曾得種性慣習觀諦何故但修同類非異類耶答世第一法惟有爾所行相可修無餘行相如人惟有一衣奪已更無可奪此亦如是故不應問復次世第一法隣逼見道似見道故復次世第一法開見道門導生見道如見道故問初煖頂忍於四聖諦爲相續觀爲不相續有說相續如見道中十五心頃於四聖諦相續現觀此亦如是有說不相續謂觀欲界苦聖諦已即便止住次起加行觀色無色界苦聖諦已復便止住餘諦亦爾如是說者此不決定或相續觀或不相續隨彼加行勢力轉故問何等作意無間引起煖耶答色界定修所成行相攝有猒離有渴仰有惡賤有思慕作意無間引起煖煖無間引起頂頂無間引起忍忍無間引起世第一法問已離欲染者可爾未離欲染者云何答欲界亦有似彼作意思所成行相攝有猒離有渴仰有惡賤有思慕未離欲染者此作意無間引起煖餘如前說問修煖滿已將欲起頂遂便命終彼餘生中爲即起頂爲從

本起答若遇明師隨彼應起分齊說者即能起頂若不爾者還從本起然能速起非如初修問若餘生中即起頂者從何作意無間起耶答如起煖時所有作意如說從煖起頂從頂起忍亦爾問若爾何故說煖無間起頂頂無間起忍耶答依一身中相續起者作如是說然非一切問若退煖已還生煖時爲得先時曾得煖不答應言不得隨爾所度退已還生即爾所度新新而得所以者何極難得故未曾習故用功成故如別解脫戒隨爾所度捨已復受即爾所度新新而得此亦如是如說煖頂亦爾依根本靜慮所起煖頂亦必不退以所依定自在堅牢故依未至定靜慮中間所起煖頂則不決定以可退故問煖頂忍位依下生中依中生上中上品後起下中不答決定不起所以者何居勝進位於先所得不欣尚故問起煖以後爲離染不有作是說不樂離染所以者何彼寧起頂不樂發起第一有思況下地定如是說者此則不定若彼行者自知有力能生頂者即便起頂若知無力能生頂者則求離染所以者何若得離染當生勝處離下界故煖頂忍等種類差別有七十三其事云何謂於欲界染具離有十具縛爲一離一品染乃至離九并前爲十於初靜慮染離一乃至離九爲九無別具縛即是欲界第十攝故後位亦爾如是乃至於無所有處染離一乃至離九爲九於此諸位所起煖等有七十三種類差別問隨一所起與餘所起爲一爲異有說是一問若爾何故說七十三種類差別答體雖是一而位有異依位

差別故說爾所有說各異謂具縛者所起異離一品者所起異廣說乃至離無所有處第九染者所起異然具縛者於具縛者所起煖等亦得亦在身亦成就亦現在前於離縛者所起煖等不得不在身不成就不現在前離欲界一品染者於離欲界一品染者所起煖等亦得亦在身亦成就亦現在前於具縛者所起煖等得而不在身成就不現在前於餘所起不得不在身不成就不現在前廣說乃至離無所有處第九品染者於自所起煖等亦得亦在身亦成就亦現在前於餘所起煖等得而不在身成就不現在前依根本靜慮起煖等者現身必入正性離生所以者何彼由聖道引煖等故依未至定靜慮中間起煖等者此則不定所以者何彼由煖等引聖道

故問若依此地起順決擇分即依此地入正性離生耶有作是說若依此地起順決擇分即依此地入正性離生如是說者此則不定或即依此地或復依餘地或即依此地者謂聲聞種性若依未至定起煖即依此地起頂忍世第一法入正性離生乃至若依第四靜慮起煖即依此地起頂忍世第一法入正性離生或復依餘地者謂聲聞種性若依未至定起煖彼依初靜慮起煖頂忍世第一法入正性離生乃至第四靜慮亦爾若依未至定起煖頂彼依初靜慮起頂忍世第一法入正性離生乃至第四靜慮亦爾若依未至定起煖頂忍彼依初靜慮起忍世第一法入正性離生乃至第四靜慮亦爾有說若依未至定起煖彼依初靜慮起頂忍世第一法入正性

離生乃至第四靜慮亦爾若依未至定起煖頂彼依初靜慮起忍世第一法入正性離生乃至第四靜慮亦爾若依未至定起煖頂忍彼依初靜慮起忍世第一法入正性離生乃至第四靜慮亦爾有說若依未至定起煖頂彼依初靜慮起煖頂忍世第一法入正性離生乃至第四靜慮亦爾若依未至定起煖頂彼依初靜慮起煖頂忍世第一法入正性離生乃至第四靜慮亦爾若依未至定起煖頂忍彼依初靜慮起煖頂忍世第一法入正性離生乃至第四靜慮亦爾問順決擇分中上品後不起下中云何爾時作如是說答同地不起異地得起如是等說聲聞種性問菩薩云何有作是說菩薩若依未至定起煖依初靜慮乃至第三靜慮起煖頂忍依第四靜慮起煖頂忍世第一法入正性離生若依未至定起煖頂依初靜慮乃至第三靜慮起煖頂忍世第一法入正性離生若依未至定起煖頂忍依初靜慮乃至第三靜慮亦起煖頂忍依第四靜慮起煖頂忍世第一法入正性離生問順決擇分中上品後不起下中云何爾時作如是說答同地不起異地得起有說聲聞不起菩薩能起有餘爲離如是過失作如是言菩薩若依未至定起煖乃至第四靜慮亦爾若依未至定起頂乃至第四靜慮亦爾若依未至定起忍乃至第四靜慮亦爾即依第四靜慮起忍世第一法入正性離生如是說者菩薩惟依第四靜慮起煖頂忍世第一法入正性離生所以者何菩薩一切殊勝功德惟依第四靜慮引

起謂從不淨觀乃至無生智問獨覺云何答麟角喻獨覺如菩薩說部行獨覺不定如聲聞說問菩薩昔餘生中曾起順決擇分善根不設爾何失若曾起者何故說言菩薩所有殊勝善根謂從不淨觀乃至無生智皆一坐得若不起者菩薩九十一劫不墮惡趣是誰威力耶有作是說菩薩昔餘生中曾起順決擇分由忍力故九十一劫不墮惡趣問若爾何故說言菩薩善根皆一坐得答昔所起者是他種性非自種性一坐得者說自種性故不相違有說不起所以者何菩薩善根不經歷世菩提樹下一坐得故問若爾菩薩九十一劫不墮惡趣是誰力耶答能障惡趣不必要由順決擇分所以者何或施或戒或聞或忍或煖或頂能障惡趣若鈍根者得忍方能然諸菩薩行一施時亦攝戒慧行一戒時亦攝施慧行一慧時亦攝施戒由此能障那庾多惡趣況三惡趣而不能障耶如是說者菩薩所有殊勝善根謂從不淨觀乃至無生智皆此生中依第四靜慮一坐引起尚非此生餘位何況前生麟角喻獨覺亦爾部行獨覺善根不定如聲聞說

煖頂忍世第一法各有六種種性差別謂退法種性思法護法住法堪達不動法種性此中轉退法種性煖起思法種性煖乃至轉堪達種性煖起不動法種性煖轉聲聞種性煖起獨覺或佛種性煖轉獨覺種性煖起佛或聲聞種性煖佛種性煖定不可轉如說煖說頂亦爾轉聲聞種性忍起獨覺種性忍非轉聲聞獨覺種性忍能起佛種性忍所以者何

忍違惡趣菩薩發願生惡趣故亦非轉獨覺種性忍能起聲聞種性忍所以者何忍不退故有說轉聲聞種性煖頂忍能起獨覺種性煖頂忍若起獨覺種性煖頂亦不能起餘乘煖頂所以者何獨覺善根始從不淨觀乃至無生智一坐得故評曰彼不應作是說所以者何麟角喻獨覺種性善根雖一坐得部行獨覺種性不定如聲聞說故世第一法六種種性及三乘種性皆不可轉一刹那故問順決擇分何處起耶答欲界能起非色無色界於欲界中人天能起非三惡趣勝善根故人中三洲能起非北俱盧天中雖能起而後起非初謂先人中起已後退生欲天中由先習力續復能起問何故天中不能初起答彼處無勝猒離等作意故問惡趣中有勝猒離等作意何故不起此善根耶答惡趣中無勝依身故若有勝猒離等作意亦有勝依身者則能初起此類善根欲天中雖有勝依身而無勝猒離等作意惡趣中雖有勝猒離等作意而無勝依身人中具二故能初起問色無色界何故不起此善根耶答若處能入正性離生彼處能起色無色界既不能入正性離生故不能起問因論生論何故色無色界不能入正性離生耶答非田非器乃至廣說復次若處能起忍智彼處能入正性離生色無色界雖能起智而不起忍故不能入正性離生復次若處能起法智類智彼處能入正性離生色無色界雖起類智而不起法智故不能入正性離生復次若處有勝依身及有苦受彼處能入正性離生色無色界雖有勝依身

而無苦受故不能入正性離生問此煖頂忍世第一法依何身起答依男女身問依女身得女身所起煖爲亦得男身所起煖耶答得如得煖得頂忍亦爾問依男身得男身所起煖爲亦得女身所起煖耶答得如得煖得頂忍亦爾女身於女身所起煖亦得亦在身亦成就亦現在前於男身所起煖得而不在身成就不現在前如說煖說頂忍亦爾男身於男身所起煖亦得亦在身亦成就亦現在前於女身所起煖得而不在身成就不現在前如說煖說頂忍亦爾女身所起煖與女身所起煖爲因與男身所起煖亦爲因如說煖說頂忍亦爾男身所起煖與男身所起煖爲因不與女身所起煖爲因所以者何勝非劣因彼是劣故如說煖說頂忍亦爾問依男身起順決擇分善根已更可受女身不答更可受惟前三非世第一法所以者何一剎那故問起順決擇分善根已更可受扇搋半擇迦無形二形身不答更可受惟煖頂非餘所以者何若得忍已便違惡趣彼扇搋等身形鄙陋是人中惡趣若得忍等殊勝善根必更不受彼類身故問得忍異生於命終位既捨衆同分亦捨忍不設爾何失若捨者應墮惡趣何故乃言若得忍者不墮惡趣又若捨者何故異生命終時捨聖者不然若不捨者何故業蘊及大種蘊俱不說耶如說異生住胎藏等但成就身不成就身業答此應言捨有說不捨有說不定或捨不捨此中一一廣釋所以如後業蘊害生納息中說如是說者異生命終定捨於忍善根劣故異生依此地起此類

善根若有命終還生此地捨同分故尚決定捨況此善根是色界法經欲界生而當不捨問修煖加行其相云何答以要言之三慧爲相謂聞所成慧思所成慧修所成慧問云何修習聞所成慧答修觀行者或遇明師爲其略說諸法要者惟有十八界十二處五蘊或自讀誦素怛纜藏毗奈耶藏阿毗達磨藏令善熟已作如是念三藏文義甚爲廣博若恒憶持令心猒倦三藏所說要者惟有十八界十二處五蘊作是念已先觀察十八界彼觀察時立爲三分謂名故自相故共相故名者謂此名眼界乃至此名意識界自相者謂此是眼界自相乃至此是意識界自相共相者謂十六行相所觀十八界十六種共相彼緣此界修智修止於十八界修智止已復生猒倦作如是念此十八界即十二處故應略之入十二處謂十色界即十色處七心界即意處法界即法處彼觀察此十二處時立爲三分謂名故自相故共相故名者謂此名眼處乃至此名法處自相者謂此是眼處自相乃至此是法處自相共相者謂十六行相所觀十二處十六種共相彼緣此處修智修止於十二處修智止已復生猒倦作如是念此十二處除無爲即五蘊故應略之入於五蘊謂十色處及法處所攝色即色蘊意處即識蘊法處中受即受蘊想即想蘊餘心所法不相應行即行蘊彼觀察此五蘊時立爲三分謂名故自相故共相故名者謂此名色蘊乃至此名識蘊自相者謂此是色蘊自相乃至此是識蘊自相共相者謂十二行相所觀五蘊

十二種共相彼縁此蘊修智修止於五蘊修智止已復生猒倦作如是念此五蘊并無爲即四念住故應略之入四念住謂色蘊即身念住受蘊即受念住識蘊即心念住想行蘊并無爲即法念住彼觀察此四念住時立爲三分謂名故自相故共相故名者謂此名身念住乃至此名法念住自相者謂此是身念住自相乃至此是法念住自相共相者謂十六行相所觀四念住十六種共相彼縁此念住修智修止於四念住修智止已復生猒倦作如是念此四念住除虛空非擇滅即四聖諦故應略之入四聖諦謂有漏法果分即苦諦因分即集諦擇滅即滅諦對治即道諦彼觀察此四聖諦時立爲三分謂名故自相故共相故名者謂此名苦諦乃至此名道諦自相者謂此是苦諦自相乃至此是道諦自相共相者謂四行相所觀苦諦四種共相一苦二非常三空四非我四行相所觀集諦四種共相一因二集三生四縁四行相所觀滅諦四種共相一滅二靜三妙四離四行相所觀道諦四種共相一道二如三行四出彼縁此諦修智修止於四聖諦修智止時如見道中漸次觀諦謂先別觀欲界苦後合觀色無色界苦先別觀欲界集後合觀色無色界集先別觀欲界滅後合觀色無色界滅先別觀欲界道後合觀色無色界道如是觀察四聖諦時猶如隔絹觀諸色像齊此修習聞所成慧方得圓滿依此發生思所成慧修圓滿已次復發生修所成慧即名爲煖煖次生頂頂次生忍忍次生於世第一法世第一法次生見

道見道次生修道修道次生無學道如是次第善根滿足善根有三種一順福分二順解脱分三順決擇分順福分善根者謂種生人生天種子生人種子者謂此種子能生人中高族大貴多饒財寶眷屬圓滿顔貌端嚴身體細輭乃至或作轉輪聖王生天種子者謂此種子能生欲色無色天中受勝妙果或作帝釋魔王梵王有大威勢多所統領順解脱分善根者謂種決定解脱種子因此決定得般涅槃順決擇分善根者謂煖頂忍世第一法此中應廣分別順解脱分善根問此善根以何爲自性答以身語意業爲自性然意業增上問此善根爲在意地爲五識身答在意地非五識身問此善根爲加行得爲離染得爲生得耶答惟加行得有説亦是生得評曰

前説者好加行起故問此善根爲聞所成爲思所成爲修所成耶答聞思所成非修所成有説亦是修所成評曰前説者好惟欲界繫故問此善根於何處起答於欲界起非色無色界欲界中人趣起非餘趣人趣中三洲起非北俱盧問此善根於何時種答佛出世時要有佛法方能種故有餘師説雖無佛法若遇獨覺亦能種此善根問此善根依何身起答亦依男身亦依女身問爲因何事種此善根答或因施或因戒或因聞而不決定所以者何意樂異故謂或有人因施一摶食或乃至一淨齒木即能種植解脱種子如戰達羅等彼隨所施皆作是言願我因斯定得解脱或有雖設無遮大會而不能種解脱種子如無暴惡等彼隨所施皆求世間富貴名稱不

求解脱或有受持一晝一夜八分齋戒即能種植解脱種子或有受持盡衆同分别解脱戒而不能種解脱種子或有讀誦四句伽陀即能種植解脱種子或有善通三藏文義而不能種解脱種子問誰決定能種此順解脱分善根答若有增上意樂欣求涅槃猒背生死者隨起少分施戒聞善即能決定種此善根若無增上意樂欣求涅槃猒背生死者雖起多分施戒聞善而亦不能種此善根問若有種植此善根已爲經久如能得解脱答若極速者要經三生謂初生中種此種子第二生中令其成熟第三生中即能解脱餘則不定謂或有人種順解脱分善根已或經一劫或經百劫或經千劫流轉生死而不能起順決擇分或復有人起順決擇分善根已或經一生或經百生或經千生流轉生死而不能入正性離生順解脱分亦有六種謂退法種性乃至不動法種性轉退法種性順解脱分起思法種性順解脱分乃至轉堪達種性順解脱分起不動法種性順解脱分轉聲聞種性順解脱分起獨覺及佛種性順解脱分轉獨覺種性順解脱分起聲聞及佛種性順解脱分若起佛種性順解脱分已則不可轉極猛利故問煖加行中有生滅觀此生滅觀加行云何答諸瑜伽師將觀生滅先取内外與衰相已還所住處調適身心觀一期身前生後滅次觀分位次年次時次月次半月次一晝夜次牟呼栗多次臘縛次怛刹那次復漸減乃至於一切有爲法觀二刹那生二刹那滅齊此名爲加行成滿次復於有爲法觀一

剎那生一剎那滅此則名爲生滅觀成問此生滅觀觀生滅時爲一心觀爲二心觀若一心觀者爲作一解爲作二解若作一解者如觀生爲生亦應觀滅爲生觀生爲生可名正觀觀滅爲生應是邪觀如觀滅爲滅亦應觀生爲滅觀滅爲滅可名正觀觀生爲滅應是邪觀如何一解亦正亦邪若作二解者應有二體一心二體無有是處若二心觀者一心觀生一心觀滅應無生滅觀云何名爲生滅觀耶答二剎那頃一心觀生一心觀滅依相續說名生滅觀不依剎那故無有失有說一心雙觀生滅而無如前所說過失以見生時比知有滅以有生法必有滅故若見滅時比知有生以有滅法必有生故評曰彼說非理云何一心可有二解現比二量體不同故前說爲善問此生滅觀爲勝解作意爲眞實作意有說眞實作意問若爾諸行實無來去見有來去云何眞實答此觀未成見有來去成時但見生滅不見有去來相如舞獨樂緩見來去急則不見旋火輪喻陶家輪喻應知亦爾有說勝解作意問若爾伽他所說當云何通如說

若有知見能盡漏　若無知見云何盡

若能觀蘊生滅者　是則解脫煩惱意

非勝解作意能斷煩惱答依傳因說如子孫法謂勝解作意引生眞實作意由眞實作意斷諸煩惱故不相違

阿毗達磨大毗婆沙論卷第七　說一切有部發智

音釋

扇搋　梵語也此云生謂生來男根不滿也搋丑皆切

阿毗達磨大毗婆沙論卷第八

五百大阿羅漢等造

唐三藏法師玄奘奉詔譯

雜蘊第一中世第一法納息第一之七

此二十句薩迦耶見幾我見幾我所見乃至廣說問何故作此論答爲欲分別契經義故謂諸經中佛說有二十句薩迦耶見尊者舍利子於池喻經中雖略分別此二十句薩迦耶見而皆未說幾是我見幾我所見彼經是此論所依根本彼所未說者今欲說之故作斯論復次爲止他宗顯正義故謂譬喻者作如是說薩迦耶見無實所緣彼作是言薩迦耶見計我我所於勝義中無我我所如人見繩謂是蛇見杌謂是人等此亦如是故無所緣爲止彼執顯示此見實有所緣故作斯論問於勝義中無我我所云何此見實有所緣答薩迦耶見緣五取蘊計我我所如緣繩杌謂是蛇人行相顚倒非無所緣以五取蘊是實有故此二十句薩迦耶見幾我見幾我所見耶答五我見謂等隨觀色是我受想行識是我十五我所見謂等隨觀我有色色是我所我在色中我有受想行識受想行識是我所我在受想行識中問如我見行相緣五取蘊有五我所見行相緣五取蘊亦應有五何故乃說有十五耶答我見行相緣五取蘊無差別故但有五種我所見行相緣五取蘊有差別故有十五種謂我衆具於一一蘊皆有三種差別相故然此薩迦耶見或應說一謂五見中薩迦耶見或應說二謂我我所行相差別說爲我見及我所見或應說三謂欲色

無色三界別故或應說五謂緣五蘊有差別故或應說六謂於三界各有我見我所見故或應說九謂從欲界乃至非想非非想處九地別故或應說十謂緣五蘊各有我見我所見故或應說十二謂緣十二處有差別故或應說十八謂於九地各有我見我所見故又緣十八界有差別故或應說二十謂分別緣蘊我具行相差別不分別所起處如等隨觀色是我我有色色是我所我在色中受想行識亦爾五蘊各四故有二十或應說二十四謂緣十二處各有我見我所見故或應說三十六謂緣十八界各有我見我所見故或應說四十八謂分別緣處我具行相差別不分別所起處如等隨觀眼處是我我有眼處眼處是我所我在眼處中餘十一處亦爾十二處各四故有四十八或應說六十五謂分別緣蘊我具行相差別亦分別所起處如等隨觀色是我受是我瓔珞是我僮僕是我器如受有三想行識亦爾四三十二并觀色是我總有十三如觀色是我有十三受想行識亦爾五種十三爲六十五或應說七十二謂分別緣界我具行相差別不分別所起處如等隨觀眼界是我我有眼界眼界是我所我在眼界中餘十七界亦爾十八界各四故有七十二或應說四百八謂分別緣處我具行相差別亦分別所起處如等隨觀眼處是我色處是我瓔珞是我僮僕是我器如色處有三餘十處亦爾十一種三有三十三并觀眼處是我總有三十四如觀眼處是我有三十四餘十一處亦爾十二種三十四爲四百八或

應說九百三十六謂分別緣界我具行相差別亦分別所起處如等隨觀眼界是我色界是我瓔珞是我僮僕是我器如色界有三餘十六界亦爾十七種三有五十一并觀眼界是我總有五十二十八種五十二爲九百三十六如是緣蘊行相界地分別緣處行相界地分別緣界行相界地分別若以相續若以世若以剎那分別則有無量薩迦耶見此中且說分別緣蘊我具行相差別不分別所起處故但有二十句薩迦耶見問何故此中但依緣蘊說二十句薩迦耶見非界處耶答彼作論者意欲爾故乃至廣說復次亦應依界處說而不說者當知此義有餘復次蘊在初故且依蘊說界處不爾復次此中不應問作論者以作論者依經造論佛於經中但依蘊說薩迦耶見有二十句故作論者依之造論問若爾置作論者應問何故世尊但依蘊說薩迦耶見有二十句非界處耶答觀所化故謂佛觀察所化有情若依蘊說薩迦耶見有二十句便得解了能辦所作非依界處說依界處彼得解了能辦所作佛亦說之但不如是故不爲說復次薩迦耶見多緣蘊非界處故偏說之問何故此中但說薩迦耶見有二十句不說餘見耶答彼作論者意欲爾故乃至廣說復次應知此中是有餘說謂亦應說邊執見有二十邪見有八十見取亦爾戒禁取有四十而不說者當知有餘復次薩迦耶見於五見中最爲上首是以偏說復次薩迦耶見是十種空近所對治所以偏說十種空者謂內空外空內外空有爲空無爲空散壞

空本性空無際空勝義空空空問二十句者句是何義答是自性義謂此見有二十自性問等隨觀色是我受想行識是我者云何等隨觀色是我受想行識是我耶答諸所有色若四大種若四大種所造彼一切等隨觀是我乃至識隨所應當說問薩迦耶見惟有漏緣非無漏自界地緣非他界地自界地中亦非一切一時而緣何故言彼一切等隨觀是我耶答此一切言是少分一切非一切一切故無有失復次此一切言依自所行境界而說是以無過問頗有於一蘊執我我所耶答有謂色蘊行蘊中各有多法執一爲我餘爲我所受想識蘊雖無多類而有種種差別自性是故亦得計一爲我餘爲我所等隨觀我有色乃至廣說者云何等隨觀我有色答於

餘四蘊展轉隨執一是我已然後於色執爲我有如人有財有瓔珞等云何等隨觀色是我所答於餘四蘊展轉隨執一是我已然後於色執爲我所如人有侍有僮僕等云何等隨觀我在色中答於餘四蘊展轉隨執一是我已然後於色執爲我器我處其中如油在麻中膩在摶中蛇在篋中刀在鞘中酥在酪中血在身中等如等隨觀色有此三種乃至等隨觀識應知亦爾問執受等是我在於色中是事可爾以色是麤受等細故執色是我在受等中云何可爾以麤法不應在細中故脇尊者言理不應責無明者愚盲者墮坑有餘師說若執色是我在受等中者彼執色細受等是麤是故尊者世友說曰遍四大種造色身中隨與觸合皆能生受此說何義此說

身中遍能起觸亦遍生受彼作是念從足至頂旣遍有受故知色我在於受中大德說曰一切身分皆能生受彼作是念受遍身有身之一分是我非餘是故受中得容色我如受乃至識亦如是問爲有緣一極微起薩迦耶見不設爾何失若有者此應是正見非薩迦耶見所以者何要眞實行智方見極微故若無者六法論說當云何通如彼論說極微是常各別住故此各別住非無常因是故極微決定常住彼說云何證此見緣極微彼說邊執見緣極微爲境證有身見亦緣極微身邊二見所緣一故答無緣一極微起薩迦耶見問若爾六法論說當云何通答彼論所說不順正理不可引證此緣極微謂彼論中更說多種不順理因不可爲證有餘師說有緣一極微起薩迦耶見問若爾此應是正見非薩迦耶見答此約所緣故說有非約現起故說有評曰彼說非理所以者何如此見能住所緣而不能起是故前說於理爲勝問爲有俱時總緣五蘊執爲我不設爾何失若有者六法論說當云何通如彼論說我體惟一無有五種若有俱時總緣五蘊執爲我者我應有五然蘊自相五種各別彼所執我相無差別以所執我無有細分無差別相常住不變生老病死不能壞故若無者諦語經說當云何通如彼經說諦語外道白佛言喬答摩我說色是我受想行識是我有作是說無有俱時總緣五蘊執爲我者問若爾六法論說便爲善通諦語經說當云何通答彼憍慢故作非理說實無此執復次彼欲試佛故作如是

不順理言謂彼聞佛有勝智見心不定信作是念言我今當試有此事不故作是說復次彼心驚怖故作如是不順理說謂彼先說多種方便來詣佛所欲興論議既見世尊身有殊勝大論師相謂領輪如師子眼睫如牛王其牙纖利具四十齒梵音深妙令人樂聞彼見是已恐墮負處生大怖畏故作是說復次佛威神力映蔽彼心故作如是不順理說謂彼外道爲論議故來詣佛所既見世尊威德熾盛梵釋護世尚不能覩見已驚惶故作是說復次天龍藥叉威神力故令作如是不順理說謂有信佛天龍藥义作如是念此惡外道結構言詞欲惱亂佛當以勢力擾亂其心令違理說速墮負處如鄔波梨欲來罵佛天神威力擾亂其心翻成讚歎此亦如是復有

說者有於一時總緣五蘊而起我執問若爾諦語經說便爲善通六法論說當云何通答彼於五蘊起一合想執爲一我故無有失問若爾彼執何爲我所答若執內蘊爲我彼執外蘊爲我所若執外蘊爲我彼執內蘊爲我所故亦無失問有五蘊外執有我不設爾何失若有者契經所說當云何通如契經說諸有沙門或婆羅門施設有我一切皆緣五聚蘊起若無者云何說有第六我見答無五蘊外執有我者問若爾云何說有第六我見答於思行蘊所起我見於餘行蘊所起我見各別建立故有六種問梵網經說六十二見趣一切皆以有身見爲本師子吼經說諸有沙門或婆羅門多種異見皆依二見謂依有見及無有見此二經說有何差別答依等起故

說諸見趣以有身見爲本依推求故說諸異見依有無有見復次薩迦耶見能引發諸見趣有無有見能守護諸異見是謂二經所說差別若非常常見於五見何見攝何見所斷乃至廣說問何故作此論答此諸見趣於生死中與諸有情作大繫縛作大衰患作大損伏由有此故令諸有情數於欲界色無色界受多苦惱輪轉生死遠離慧明入毋胎藏住在生藏熟藏中間受諸迫迮如重罪人禁在囹圄欲令有情覺知如是見趣過失勤求解脫故作此論猶如世間繫縛衰患損伏之處人若不知不能遠避人若知之即能遠避此亦如是此論雜蘊智蘊見蘊皆以二事尋求見趣一以自性二以對治以自性者謂如是見於五見何見攝以對治者謂如是見何見所斷生智論中亦以此二事尋求見趣如彼論說外道謗佛言沙門喬答摩是大幻者誑惑世間然世尊道已超於幻彼言是幻者是謗道邪見見道所斷謗道邪見者顯彼自性彼謗世尊超幻道故見道所斷者顯彼對治道忍智生永斷彼故又彼論說有作是言世尊何故慳阿羅漢然世尊道已超於慳彼言是慳者是謗道邪見見道所斷此中二事如前應知又於問論梵網經中復以一事尋求見趣謂如是見由何而起如是總說便以三事尋求見趣一以自性二以對治三以等起脇尊者言不應如是尋求見趣如不應責無明者愚盲者墮坑評曰應以三事尋求見趣所以者何若以三事尋求見趣則具縛異生亦畢竟不起如以聖道永斷遍知此中應廣

說實法師因緣謂昔在此迦濕彌羅國中有一阿練若處諸瑜伽師共會一處論説諸見作如是言聖者於此無量過患諸惡見趣永不現行甚爲希有時彼衆内有一法師名達臘婆謂衆人曰聖者於此諸惡見趣已斷遍知永不現前有何希有如我今者具縛異生以此三事尋求見趣設我後際流轉生死如前際來所經劫數於此見趣更不現行乃爲希有爾時衆中有阿羅漢作如是念具縛異生乃能於此賢聖衆中作師子吼甚爲希有吾當後時驗彼所言爲實非實然所積財必歸於盡一切高貴必當墮落一切合會必當别離一切壽命必歸於死此實法師後命終已還生本國婆羅門家彼阿羅漢天眼見之數往其家而問安不如是荏苒至年長大時阿羅漢爲試驗之取彼嚴具而問之言此是誰許彼默不答其母謂曰兒今何故不答師問彼白母言師所問者世間所無當云何答母曰世間無何等物彼言無我所以者何以一切行皆無我無有情無命者無補特伽羅無生者無養育者無作者無受者惟空行聚故不應答時阿羅漢聞已歎言甚爲希有雖經生死而諸見趣猶不現行汝於前世賢聖衆中作師子吼具縛異生若以三事尋求見趣設經多劫亦不現前斯言有實是故應以所説三事尋求見趣有大饒益

若非常常見於五見何見攝何見所斷答邊執見常見攝見苦所斷問何謂非常答諸有爲法問何縁外道計彼爲常答由二縁故一見諸色法相似相續故二見心心所法憶本

事故見諸色法相似相續故者謂彼外道見老時色似小時色見今日色似昨日色便作是念即小時色轉至老時即昨日色轉至今日見心心所法憶本事故者謂彼外道見小時所作所習所受老時能憶見昨日所作所習所受今日能憶便作是念老時心心所法即小時心心所法今日心心所法即昨日心心所法由此二緣故彼外道於五取蘊妄計爲常尊者世友作如是說彼諸外道於五取蘊相似相續覆故不知非常威儀將攝覆故不知是苦薄皮莊飾覆故不知不淨作用我執覆故不知無我由此外道起常等見此中邊執見常見攝者顯彼自性此於常斷二邊執中常邊攝故見苦所斷者顯彼對治見苦諦時永斷彼故謂於苦諦忍智若生如是種類不正尋思不正分別顚倒見不平等取永斷止息如草端露日照則消彼亦如是以迷苦生見苦便斷問善說法者亦說諸法常有實體性相我事何故所見不名爲惡外道亦然獨稱惡見答善說法者雖說諸法有實體等而無作用外道所說兼有作用有說善說法者惟說諸法暫起作用彼說諸法數起作用有說善說法者宣說諸法爲生所生爲老所老爲滅所滅彼說諸法非生所生非老所老非滅所滅有說善說法者宣說諸法流轉三世彼說諸法不經於世有說善說法者宣說諸法依因託緣和合而生彼說諸法非因緣生有說善說法者宣說諸法生滅相應有因有緣有爲相合彼說不爾由如是等種種因緣善說法者所見非惡外道所起獨稱惡

見問若於非常起常見者決定誹謗無常因緣彼見云何不名邪見答無行相轉立邪見名彼見不然故非邪見有說壞實事者立邪見名彼乃增益故非邪見問何故此見名邊執見答執常邊故斷常乖中俱名爲邊執二邊見名邊執見如世尊告迦多衍那若以正智觀世是集言無所有則更不行無所有者即是斷見若以正智觀世是滅言有所有則更不行有所有者即是常見謂觀有情未來蘊起故非是斷現在蘊滅故非是常復次起我見者猶是邊鄙世所訶責況復於我執有斷常此執邊鄙極可訶故名邊執見

若常非常見於五見何見攝何見所斷答邪見攝見滅所斷問何謂爲常答寂滅涅槃問何緣外道計彼非常答外道執有四種解脫一名無身二名無邊意三名淨聚四名世間窣堵波無身者謂空無邊處無邊意者謂識無邊處淨聚者謂無所有處世間窣堵波者謂非想非非想處然四無色雖久還退彼作是念我等解脫既有退墮當知釋種所說涅槃亦有退墮故於涅槃起非常見此中邪見攝者顯彼自性以彼撥無常涅槃故見滅所斷者顯彼對治見滅諦時永斷彼故餘如前說問爲有邪見能於寂滅涅槃起非常行相不設爾何失若有者品類足說當云何通如彼說云何邪見謂謗因謗果謗作用壞實事諸忍樂慧觀見若無者此中所說當云何通如說若常非常見邪見攝見滅所斷答應作是說有此邪見問品類足說當云何通答彼說邪見行相不盡謂有所餘煩惱行相彼不

說故有說攝在彼所說中謂謗因者謗集諦謗果者謗苦諦謗作用者謗道諦壞實事者謗滅諦有說謗因謗果謗作用者各謗三諦壞實事者惟謗滅諦有餘師說無此邪見問此中所說當云何通答涅槃中有常相若謗無涅槃亦謗此常相如指中有四處若撥無指亦撥四處有說義准故作是說謂諸外道惟執有蘊是常住法涅槃非蘊是故義准彼定撥無由此說有常非常見然無邪見能於寂滅涅槃實起無常行相

若苦樂見於五見何見攝何見所斷答取劣法爲勝見取攝見苦所斷問何謂爲苦答諸有漏法問何緣外道計彼爲樂答愚於少時適意事故如疲暫息寒暫得暖熱暫得冷饑暫得食渴暫得飲便作是念我今受樂然諸蘊中有少分樂如量而取亦非顛倒外道於中增益而取同究竟樂故成顛倒此中取劣法爲勝見取攝者顯彼自性取苦苦等爲妙樂故見苦所斷者顯彼對治見苦諦時永斷彼故餘如前說問何故取苦爲樂名爲見取取無常爲常非見取耶答取苦爲樂者一向取劣法爲勝故名見取取無常爲常者非一向取劣法爲勝故非見取以常法中勝不勝法同爲一聚如虛空非擇滅是無記故不名勝法復有說者於諸蘊中有少分樂由觀彼故取苦爲樂名爲見取非諸蘊中有少分常可覩彼故取無常爲常亦名見取所以者何色等五蘊刹那性故體虛幻故暫時住故臨滅壞故如說云何滅時法謂現在法故取無常爲常住者名邊執見不名見取

若樂苦見於五見何見攝何見所斷答邪見攝見滅所斷問何謂爲樂答勝義樂惟涅槃問何緣外道謂涅槃苦答彼作是說一根壞時尚生於苦況涅槃中諸根皆壞是故涅槃必是極苦對彼尊者世友說言根是苦因若一根在猶能生苦況有多根惟涅槃中諸根皆滅無苦因故乃是極樂此中邪見攝者顯彼自性謗涅槃故見滅所斷者顯彼對治見滅諦時永斷彼故餘如前說問道諦亦樂如契經說道依資糧涅槃依道由道樂故得涅槃樂何故惟說見滅所斷答應知此中是有餘說謂應說言若樂苦見是邪見攝此有二種若謂滅爲苦見滅所斷若謂道爲苦見道所斷而不說者有別意趣謂無漏道雖亦是樂而屬二分屬樂分者得涅槃故屬苦分者是無常故如契經說無常故苦復有說者道諦非樂得涅槃故假說爲樂如說由樂至樂涅槃故此惟說見滅所斷問爲有邪見能於涅槃起苦行相不設爾何失此中難通廣如前非常說

若不淨淨見於五見何見攝何見所斷答取劣法爲勝見取攝見苦所斷問何謂不淨答諸有漏法問何緣外道計彼爲淨答愚於少時鮮淨事故如治髮爪口齒皮等令顯形色暫時鮮淨便作是念我身清淨然諸蘊中有少分淨如量而取亦非顛倒外道於中增益而取同究竟淨故成顛倒此中取劣法爲勝見取攝者顯彼自性取糞穢等爲眞淨故見苦所斷者顯彼對治見苦諦時永斷彼故餘如前說問現見九孔不淨常流如何外道執

身是淨答彼作是念已流出者雖是不淨未流出者必應是淨如甄叔迦樹華紅赤似肉野干蹲下望之作如是念我於今者定當食肉須臾彼華有墮地者便走嗅之乃知非肉復作是念已墮地者雖非是肉餘未墮者必應是肉外道亦爾無明所迷故作是執諸有漏法由二義故說名不淨一由煩惱二由境界諸染汙法具由二義不染汙法但由境界問若爾云何有漏善法亦名清淨答少分淨故謂彼雖是有垢有過有毒有漏而違煩惱不雜煩惱壞煩惱故復有說者諸無漏法是勝義淨有漏善法牽引順彼故亦名淨問善說法者於有漏法亦說有淨如三淨業而不名惡何故外道說彼爲淨便名惡見答善說法者惟說妙行爲淨外道總說妙行惡行爲淨復次善說法者惟說善根爲淨外道總說善不善根爲淨復次善說法者惟說對治結縛隨眠隨煩惱纏諸法爲淨外道亦說結等爲淨復次善說法者說有漏法有少分淨外道說彼爲究竟淨是故外道所說是惡善說法者不名惡見

若淨不淨見於五見何見攝何見所斷答邪見攝此有二種若謂滅爲不淨見滅所斷若謂道爲不淨見道所斷問何謂爲淨答滅道二諦問何緣外道計滅道諦爲不淨耶答彼說煩惱是眞不淨聖道斷之便成不淨道所得滅亦成不淨如以刀水割洗穢物便成不淨以此刀水割洗餘物亦成不淨穢道亦然故應不淨此中邪見攝者顯彼自性誹謗滅道是不淨故見滅道所斷者顯彼對治見滅

道時永斷彼故餘如前説問爲有見能於滅道二諦起不淨行相不設爾何失此中難通廣如前説

阿毗達磨大毗婆沙論卷第八說一切有部發智

音釋

鞘仙妙切刀室也　脅虚業切腋下也　睫即涉切目旁毛也　荏苒如荏甚切苒而琰切荏苒侵尋也

阿毗達磨大毗婆沙論卷第九

五百大阿羅漢等造

唐三藏法師玄奘奉　詔譯

雜藴第一中世第一法納息第一之八

若非我我見於五見何見攝何見所斷答有身見攝見苦所斷問何謂非我答一切法問何緣外道於彼計我答愚去來等作用事故彼作是念若無我者誰去誰來誰住誰坐誰屈誰伸誰起誰卧誰見聞嗅甞觸憶識以有我故有此等事故諸外道於彼計我此中有身見攝者顯彼自性於五取藴執有我故見苦所斷者顯彼對治見苦諦時永斷彼故餘如前說問薩迦耶見有二行相謂我行相我所行相即是我見我所見攝何故此中惟說我見非我所見答是作論者意欲爾故乃至廣說有作是說亦應說彼而不說者應知此中是有餘說復有說者此中已說我見故應知亦說我所見所以者何以有我故得有我所以有我見故得有我所見以有已見故得有已所見以有五我見故得有十五我所見以有我愛故得有我所愛以有我愚故得有我所愚有餘師說我見是根本是顛倒性故此中偏說我所見非根本非顛倒性故此中不說問善說法者亦說諸法常有實體性相我事而非惡見何故外道說有實我便是惡見答我有二種一者法我二者補特伽羅我善說法者惟說實有法我有性實有如實見故不名惡見外道亦說實有補特伽羅我補特伽羅非實有性虛妄見故名爲惡見問何故不說我非我見答我實非有若見非我便

爲正見此中惟說諸惡見趣是故不說我非我見

若非因因見於五見何見攝何見所斷答非因謂因戒禁取攝見苦所斷問何謂非因答自在天等不平等因問何緣外道非因謂因答親近惡友聞說自在自性士夫時方空等生諸法故如農夫等秋多收實便作是言私多未度天等所與若生男女復作是言是難陀等天神所與信自在者若生男女便作是言毗瑟笯天矩陛羅等天神所與如是等類非因計因然有情數各別業生非有情數共業所生非自在等邪因所生此中非因謂因戒禁取攝者顯彼自性執非親正因爲親正因故然戒禁取略有二種一非因計因二非道計道此中但說非因計因見苦所斷者顯彼對治見苦諦時永斷彼故餘如前說問何故此見非見集斷答果處轉故問非因謂因者亦謗諸法因何故此見非邪見攝答無行相轉名爲邪見此有行相轉故不名邪見復有說者壞實事轉名爲邪見此乃增益轉故不名邪見尊者世友作如是言若撥無因名爲邪見此非因計因故不名邪見於非正因謂正因故

若因非因見於五見何見攝何見所斷答邪見攝見集所斷問何謂爲因答業煩惱等問何緣外道執內外事無因而生答不了內外緣起法故彼作是念誰掘河海誰積山原誰纖棘刺誰畫禽獸准此一切皆無因生故彼頌言

誰掘河海積山原　誰纖棘刺畫禽獸

世無自在能作者　故知一切皆無因
此中邪見攝者顯彼自性誹謗諸法所從因故見集所斷者顯彼對治見集諦時永斷彼故餘如前說問何故此中謗因邪見見集所斷見蘊中說謗因邪見見集道斷答是作論者意欲爾故乃至廣說復次此非了義說彼是了義說此有餘意趣彼無餘意趣此說有餘緣彼說無餘緣此說依世俗彼說依勝義復次此說少分因彼說一切因此惟說苦因彼說苦及非苦因此惟說顛倒因彼說顛倒及非顛倒因此惟說生果因彼說生果不生果因復次謗集邪見撥無因體亦撥因義謗道邪見惟撥因體不撥因義言涅槃無因是正非邪故此中惟說謗因邪見故見集所斷非見道所斷

若有無見於五見何見攝何見所斷答邪見攝此有四種若謂無苦見苦所斷若謂無集見集所斷若謂無滅見滅所斷若謂無道見道所斷問何謂爲有答四聖諦問何緣外道撥無四諦答彼執有我故便撥無四諦彼作是言色等五蘊是我非苦便撥苦諦我無有因便撥集諦我常不滅便撥滅諦我無對治便撥道諦如善說法者知色等五蘊是苦非我便信苦諦此苦有因便信集諦此苦可滅便信滅諦苦有對治便信道諦此中邪見攝者顯彼自性撥無實有四聖諦故此有四種廣說乃至若謂無道見道所斷者顯彼對治見四諦時永斷彼故餘如前說應知此中謗苦諦者有二種謗一謗物體二謗果義謗集諦者有二種謗一謗物體二謗物義謗滅諦

者惟謗物體不謗果義有作是說亦謗果義謗道諦者惟謗物體不謗因義有作是說亦謗因義有作是說亦謗因果有作是說謗道諦者惟謗作用問何故邪見不緣虛空及非擇滅答若法是蘊是蘊因是蘊滅是蘊對治邪見則緣虛空非擇滅非蘊非蘊因非蘊滅非蘊對治故彼不緣復次若法是苦是苦因是苦滅是苦對治邪見則緣虛空非擇滅非苦非苦因非苦滅非苦對治故彼不緣如苦苦因等應知病癰箭惱重擔及彼因等亦爾復次若法是雜染清淨事邪見則緣虛空非擇滅非雜染清淨事故彼不緣復次若法是無漏正見所緣邪見則緣虛空非擇滅非無漏正見所緣故彼不緣如無漏正見對治邪見應知無漏智明決定信等對非智等亦爾復次若法如此岸彼岸中流船筏邪見則緣虛空非擇滅非如此岸彼岸中流船筏故彼不緣復次若法有因果義邪見則緣虛空非擇滅無因果義故彼不緣復次若法是欣猒事邪見則緣虛空非擇滅非欣猒事故彼不緣復次若法能爲損益邪見則緣虛空非擇滅不能損益故彼不緣問撥無虛空非擇滅者爲緣何法答即緣虛空非擇滅名所以者何撥無彼者無深重心如謗雜染清淨事故問此是何智答此是欲界修所斷中無覆無記邪行相智然諸有者有說二種一實物有謂蘊界等二施設有謂男女等有說三種一相待有謂如是事待此故有待彼故無二和合有謂如是事在此處有在彼處無三時分有謂如是事此時分有彼時分無有說五種

一名有謂龜毛兔角空華鬘等二實有謂一切法各住自性三假有謂瓶衣車乘軍林舍等四和合有謂於諸蘊和合施設補特伽羅五相待有謂此彼岸長短事等

若無有見於五見何見攝何見所斷答此非見是邪智問此若非見云何乃言若無有見有作是說此中應言若無有見於五見何見攝何見所斷答有身見攝見苦所斷復有說者此中應言若無有慧於五見何見攝何見所斷答此非見是邪智或有說者此中應言若無有見此非見五見中不說故如是說者應如文說所以者何爲問答故爲成問答雖無此理而作是說如十門品作是問言三無漏根諸無爲法是幾隨眠之所隨增答言無有隨眠隨增此亦如是問此邪智是何答此是欲界修所斷中無覆無記邪行相智如於杌起人想及於人起杌想於非道起道想於道起非道想如是等有餘師說如是邪智亦有染汙能起慢類梵王住此作如是言我是大梵諸梵中尊我能造化能生世間爲世間父此說非理所以者何見所斷心不能發起身語業故由此前說於理爲善謂是欲界修所斷中無覆無記邪行相智問若爾智蘊所說當云何通如說云何邪智謂染汙慧答邪智有二種一染汙二不染汙染汙者無明相應不染汙者無明不相應如於杌起人想等染汙者聲聞獨覺俱能斷盡亦不現行不染汙者聲聞獨覺雖能斷盡而猶現行惟有如來畢竟不起煩惱習氣俱永斷故由此獨稱正等覺者染汙邪智由勝義故名爲邪智不

染汙者由世俗故得邪智名非由勝義煩惱邪法不相應故後智蘊中所說邪智是勝義者今說世俗故不相違

雜蘊第一中智納息第二之一

頗有一智知一切法耶如是等章及解章義既領會已次應廣釋問何故作此論答爲止他宗顯已義故謂或有執心心所法能了自性如大衆部彼作是說智等能了爲自性故能了自他如燈能照爲自性故能照自他或復有執心心所法能了相應如法密部彼作是說慧等能了相應受等或復有執心心所法能了俱有如化地部彼作是說慧有二種俱時而生一相應二不相應相應慧知不相應者不相應慧知相應者或復有執補特伽羅能了諸法如犢子部彼作是說補特伽羅能知非智爲止如是他宗異執顯自所說諸心心所不了自性相應俱有補特伽羅性不可得故作斯論復次勿爲止他及顯已義然諸法相理應分別饒益有情故造斯論頗有一智知一切法耶答無若此智生一切法非我此智何所不知答不知自性及此相應俱有諸法此中不知自性者即止大衆部執不知相應諸法者即止法密部執不知俱有諸法者即止他地部執言智能知即止犢子部執又於此中有問有答有難有通頗有一智知一切法耶者是問答無者是答若此智生一切法非我此智何所不知者是難答不知自性及此相應俱有諸法者是通問此中誰問誰答誰難誰通答分別論者問應理論者答分別論者難應理論者通有說弟子問師

答弟子難師通有說此中無別現問難者但本論師爲辯法相假設賓主此中一智者謂一刹那智由此不知自性相應俱有諸法若作是問於十智中頗有一智知一切法耶應答言有謂世俗智如是問於九八七六五四三二智中頗有一智知一切法耶答有謂世俗智若即於此世俗智中作如是問頗二刹那頃知一切法耶答有謂此智初刹那頃除其自性相應俱有餘悉能知第二刹那亦知前自性相應俱有法故答言有今此惟問一刹那智故答言無問何緣自性不知自性答勿有因果能作所作能成所成能引所引能生所生能屬所屬能轉所轉能相所相能覺所覺無差別過是故自性不知自性有說自性於自性無益無損無養無害無成無壞無增無減無聚無散無因無等無間無所緣無增上諸法自性不觀自性但於他性能作諸緣是故自性不知自性有說世間現見指端不自觸刀刃不自割瞳子不自見壯士不自負是故自性不知自性尊者世友說曰何故自性不知自性答非境界故復次若自性知自性者世尊不應安立二緣生於六識謂眼及色爲緣生眼識乃至意及法爲緣生意識復次若自性知自性者世尊不應安立三和合觸謂眼及色爲緣生眼識三和合故觸乃至廣說復次若自性知自性者世尊不應安立邪見謂彼邪見若能自知我是邪見便爲正見如說邪見若能自觀是邪見者應名正見非謂邪見復次若自性知自性者不應建立惡心遍體皆是不善以了自體非邪僻故

復次若自性知自性者不應建立能取所取能知所知能覺所覺境有境行相所緣根相義等復次若自性知自性者則四念住應無差別以身念住即法念住乃至心念住即法念住故復次若自性知自性者四聖諦智應無差別以苦智即道智乃至滅智即道智故復次若自性知自性者則宿住隨念智應不說有以彼即知現世事故復次若自性知自性者則他心智應不說有以彼亦知自心所故大德說曰若自性知自性者則應不知他性於自性轉故若自性知他性者則應不知自性於他性轉故若知自性及他性者云何而知如知自性是自性知他性亦爾耶如知他性是他性知自性亦爾耶若如知自性是自性知他性亦爾者則知自性是自性可是正知他性是自性應是邪若如知他性是他性知自性亦爾者則知他性是他性可是正知自性是他性應是邪若爾應無邪正二智體相差別若一時知自性是自性知他性是他性者則應一智有二解用解用別故體亦應別體既各別應非一智一有情身二智並起不應正理勿有此失是故自性不知自性問若爾大衆部所說喻云何通答不必須通彼非素怛纜毗奈耶阿毗達磨攝故又不可以世俗現喻難賢聖法賢聖法異世俗法異故若必須通應說喻過喻既有過所喻不成如燈無根無所緣處非有情數智亦應爾如燈是色極微所成智亦應爾既不如是云何爲喻又彼許燈是照性不若是照性復何須照若非照性體應是暗不應名燈破暗名燈

寧非照性故不應執燈能自照由此所喻亦
不得成問何緣不知相應諸法答同一所緣
俱時轉故謂一有情心心所法於一境界俱
時而轉理無展轉互相緣義譬如多人集在
一處或同觀下或共觀空理必不能互相見
面心心所法亦復如是若智能知相應受者
彼受爲能緣自體不若緣自體則有前說緣
自性過若不能緣則心心所應俱時起不同
所緣勿有此失故不能知相應諸法問何緣
不知俱有諸法答極相近故如籌霑取安繕
那藥置於眼中極相近故眼不能取此亦如
是問何等名爲俱有諸法答此隨轉色及此
隨轉不相應行西方諸師作如是說與慧俱
生諸蘊相續自身攝者是俱有法彼說非理
所以者何若爾眼識應不能取自身諸色餘
識亦爾彼作是說五識能取自身中境意識
不能若爾意識應不能取一切境界便爲非
理復有餘過苦法智忍應不現觀自身俱生
諸蘊相續若爾便爲於自諦境少分現觀彼
作是言苦法智忍於自諦境少分現觀亦無
有失苦法智生盡現觀故如道法智忍於自
諦境雖少分現觀而無有失道法智生盡現
觀故彼言非理所以者何苦道現觀義各異
故謂欲界繫見道所斷一一邪見總謗一切
法智品道道法智忍設惟於一法智品道得
現觀者亦能總斷能謗邪見況除自性相應
俱有餘並現觀薩迦耶見於五取蘊執我我
所或總或別苦法智忍若於自諦不盡現觀
應有別緣薩迦耶見爾時不斷不現觀彼所
執境故薩迦耶見若不斷盡彼爲上首見苦

所斷諸餘煩惱亦應不斷若爾不應名於自諦得眞現觀若於苦諦不得現觀於集滅道亦應不得如是便無究竟解脱勿有此過故不應説苦法智忍不觀自身俱生諸法又若爾者便與本論前説相違如説若緣此法起苦法智忍即緣此法起世第一法世第一法既能總緣欲界五蘊苦法智忍何爲不能是故應知前説爲善問補特伽羅何緣不知答彼如兎角不可得故謂一切法無我有情補特伽羅命者生者能養育者作者受者惟空行聚是故無有補特伽羅能知諸法頗有一識了一切法耶乃至廣説問何故作此論答爲止他宗顯已義故謂或有執識即是智惟長一字所謂毗也爲止彼宗顯識與智其體各别如契經言智相應識或執六識各别所緣如五識身所緣各别如是意識但緣法處爲止彼宗顯示意識緣十二處如契經説一切皆是意識所緣或有執智緣一切法識不能爾爲止彼宗顯識與智俱能總别緣一切法或有執智緣自相共相識惟緣自相爲止彼宗顯智與識俱緣二相或有執智緣同分不同分境識惟緣同分境爲止彼宗顯智與識俱緣二分或有執智緣三世境及非世境識惟緣現在境爲止彼宗顯智與識俱緣三世及非世境或有執智通緣五蘊及非蘊境識惟緣色爲止彼宗顯智與識俱緣五蘊及非蘊境或有執智緣自相續及他相續識惟緣自相續爲止彼宗顯智與識俱緣自他或有執智緣内外處識惟緣外處爲止彼宗顯智與識俱緣内外或有執智緣有漏無漏識

惟緣有漏爲止彼宗顯智與識俱緣二種或有執智緣有爲無爲識惟緣有爲爲止彼宗顯智與識俱緣二種或有執智惟是道支識惟是有支如犢子部以契經說正見是道支行緣識故爲止彼宗顯智與識俱通二支但隨强說或有執智與識不俱如譬喻者爲止彼宗顯智與識有俱時生由此因緣故造斯論問何故此中智後說識答是作論者意欲爾故乃至廣說有說此是經論舊法謂契經說尊者摩訶俱瑟耻羅往詣尊者舍利子所先問智者何故名智後問識者何故名識舍利子言能知故名智能了故名識品類足論先說所知後說所識先說智門後說識門達磨難提亦作是說若於是處有智識轉當知必有勝事成辦故此亦於智後說識有說俱是根本法故謂一切清淨品中智爲根本一切雜染品中識爲根本清淨品勝是故前說有說俱是上首法故如契經說明爲上首無量善法皆得生長識爲上首諸雜染法皆得生長諸善法勝是故前說有說俱是所依趣故如契經說應依趣智不依趣識又說五根各別所行各別境界意根於彼所行境界俱能領受意根皆爲彼所依趣智依趣勝是故前說有說俱是有所緣故十二處中二有所緣謂意處法處此中說智即總顯有所緣法處說識即顯意處法處法多是故前說有說此中說心心所法故謂若說智則總顯諸心所法若說識則顯心心所法多是故前說頗有一識了一切法耶答無若此識生一切法非我此識何所不了答不了自性及此相應

俱有識法此中破執問答難通釋本文等准前應說問此中所說緣一切法非我行相由何契經知有如是緣一切法非我行相耶答如契經說

若時以慧觀　一切法非我　爾時能猒苦　是道得清淨

由此契經知有如是緣一切法非我行相問此經爲說緣一切法非我行相爲說緣苦諦非我行相耶設爾何失若說緣一切法非我行相者云何復言爾時猒苦若說緣苦諦非我行相者云何說觀一切法非我有作是言此經中說緣一切法非我行相問云何復言爾時猒苦答此頌前半說緣一切法非我行相後半說緣苦諦非我行相有說前半說修觀時後半說現觀時有說前半說聞思修所成慧後半惟說修所成慧有說前半說有漏慧後半說無漏慧如有漏無漏世間出世間有味無味躭嗜依出離依墮界不墮界順取非順取應知亦爾有說前半說同相作意後半說別相作意有餘師說此經但說緣苦諦非我行相問云何說觀一切法非我答一切有二種謂一切一切少分一切此中但說少分一切餘處亦說少分一切如世尊說一切熾然非無漏法有熾然義此中亦爾此中雖不說緣一切法非我行相而餘經說如世尊說一切行無常一切法無我涅槃寂靜如說者評曰隨有經證或無經證然決定有緣一切法非我行相謂瑜伽師於修觀地起此行相故此中說問亦有空行相能緣一切法此中何故不說耶答是作論者意欲爾故乃至

廣說有說應說而不說者當知此義有餘有說非我行相其義決定是故偏說謂空行相義不決定以一切法有義故空約他性故有義故不空約自性故非我行相無不決定以約自他俱無我故由此尊者世友說言我不定說諸法皆空定說一切法皆無我問若非我行相與空行相俱能緣一切法者此二行相有何差別答非我行相對治我見空行相對治我所見如對治我見我所見對治已見已所見五我見十五我所見我行相我所行相我執我所執我愛我所愛我愚我所愚應知亦爾有說觀蘊非我是非我行相觀蘊中無我是空行相如觀蘊非我蘊中無我觀界界中觀處處中應知亦爾有說於非有觀非有是非我行相於有觀非有是空行相有說於無觀無是非我行相於有觀無是空行相有說觀自性空是非我行相觀所行空是空行相有說觀體不自在是非我行相觀內無士夫是空行相是謂二種行相差別問何故有漏非我行相緣一切法無漏非我行相惟緣苦諦耶答有漏非我行相非煩惱對治故能緣一切法無漏非我行相是煩惱對治故不緣一切法非一切法順煩惱性故有說有漏非我行相非顛倒對治故能緣一切法無漏非我行相是顛倒對治故不緣一切法非一切法順顛倒性故有說有漏非我行相無分齊緣故能緣一切法無漏非我行相有分齊緣故不緣一切法緣我見境爲非我故有說有漏非我行相修觀時勝故能緣一切法以修觀時觀一切法爲非我故無漏非我行

相現觀時勝故不緣一切法以現觀時但緣苦諦爲非我故現觀位中別觀諦故由此因緣有漏非我行相能緣一切法無漏非我行相但緣苦諦問有漏非我行相亦不能緣一相法以不能緣自性相應俱有法故云何乃言緣一切法荅依多分說故無有過謂所緣者猶如大地四大海水蘇迷盧山太虛空量所不緣者猶如芥子大海一滴妙高一塵虛空蚊處故無有失有說以此有漏非我行相二剎那頃緣一切法故作是說非如無漏非我行相雖多剎那亦不能緣一切法盡有說有漏非我行相一剎那頃亦緣一切所應緣法自性相應俱有諸法非所緣故不應爲責由此因緣如是有漏非我行相雖言一切法皆非我而非顛倒

阿毗達磨大毗婆沙論卷第九 說一切有部發日

音釋

齅 許救切以鼻擥氣也 掘 其月切穿也 補特伽羅 梵語也此云數取趣謂數數往來諸趣也 割 古達切剥也 瞳 徒紅切目瞳子也 互 胡故切交互也

阿毗達磨大毗婆沙論卷第十

五百大阿羅漢等造

唐三藏法師玄奘奉詔譯

雜蘊第一中智納息第二之二

問緣一切法非我行相自體是何答慧爲自體如自體我物相分自性亦爾已說自體所以今當說問何故名爲緣一切法非我行相答此慧行一切法起非我相故名緣一切法非我行相界者此行相惟欲色界無色界中亦有此行相而不能緣一切法後當廣說地者此行相在七地謂欲界未至靜慮中間及根本四靜慮此則總說若別說者聞所成慧惟在五地謂欲界四靜慮思所成慧惟在欲界修所成慧惟在六地謂前說七地中除欲界四無色地亦有此行相而不能緣一切法謂空無邊處非我行相緣四無色彼因彼滅一切類智品道及四無色非擇滅一切類智品道非擇滅并一切虛空無爲或欲令是一物或欲令是多物此行相盡能緣識無邊處非我行相緣上三無色彼因彼滅一切類智品道及上三無色非擇滅一切類智品道非擇滅并一切虛空無爲或欲令是一物或欲令是多物此行相盡能緣無所有處非我行相緣上二無色彼因彼滅一切類智品道及上二無色非擇滅一切類智品道非擇滅及一切虛空無爲或欲令是一物或欲令是多物此行相盡能緣非想非非想處非我行相緣非想非非想處彼因彼滅一切類智品道及非想非非想處非擇滅一切類智品道非擇滅并一切虛空無爲或欲令是一物或欲

令是多物此行相盡能緣有餘師說空無邊處非我行相緣五地非擇滅謂四無色第四靜慮餘如前說乃至非想非非想處非我行相緣二地非擇滅謂彼自地無所有處餘如前說如是說者應知此中前說爲善問何故無色地無緣一切法非我行相耶答若地中有順決擇分及彼加行相似善根彼地可有緣一切法非我行相無色不爾故彼地無有說若地中有行諦善根彼地可有如是行相無色不爾有說若地中有現觀邊世俗智彼地可有如是行相無色不爾有說若地中有見道及見道加行彼地中有如是行相無色不爾有說若地觀勝有此行相無色止勝故彼地無所依者此非我行相依欲色界身初起依欲界身行相者作非我行相所緣者緣一切法念住者是雜緣法念住智者是世俗智三摩地俱者非三摩地俱根相應者三根相應謂樂喜捨問亦有喜憂根能緣一切法何故此行相非彼相應答互相違故謂此觀行相轉彼慼行相轉故不相應世者此行相墮三世緣三世及離世善不善無記者是善緣三種三界繫不繫者欲色界繫緣三界繫及不繫學無學非學非無學者是非學非無學緣三種見所斷修所斷不斷者是修所斷緣三種緣名緣義者名義俱緣緣自相續他相續非相續者三種俱緣聞思修所成者通三種加行得離染得生得者可言通三種此則總說若別說者欲界聞思所成非我行相惟加行得色界聞所成非我行相可言加行得可言生得云何可言加行得謂若此間於

自共相善修習者生彼便得若不爾者生彼不得云何可言生得謂雖此間善修習已若未生彼終不能得生彼方得彼聞所成非我行相必依此間所修加行生彼得故色界修所成非我行相是如行得及離染得亦可言是生得問若欲界没生第二靜慮第二靜慮没生初靜慮彼得初靜慮非我行相不答若先善修習者得不爾者不得乃至生第四靜慮亦爾問若欲界没生無色界無色界没生初靜慮彼得初靜慮非我行相不有說不得以極遠故如是說者若先善修習者得不爾者不得乃至生第四靜慮亦爾問若初靜慮没生第二靜慮第二靜慮没生初靜慮彼得初靜慮非我行相不答若先善修習者得不爾者不得生餘地亦爾問何等補持伽羅得此行相爲但聖者爲通異生有作是說惟聖者得非諸異生如是說者異生亦得問異生有二種謂内法外法何等異生得此行相有作是說内法者得非外法者得著我故不能修習空無我見如是說者外法異生亦得此行相然與内别謂内法者亦加行得亦生得亦得亦在身亦成就亦現在前外法異生惟生得得而不在身成就不現在前以著我故問云何起非我行相耶答若生欲界起欲色界非我行相俱能緣一切法若生初靜慮起初靜慮非我行相不定者亦能緣一切法定者惟緣從初靜慮乃至有頂起上三靜慮非我行相亦惟能緣從初靜慮乃至有頂若生第二靜慮起第二靜慮非我行相不定者能緣一切法定者惟緣從第二靜慮乃至有頂

起第三第四靜慮非我行相亦惟能緣從第二靜慮乃至有頂若生第三第四靜慮如理應說若生欲界色無色界起無色界非我行相緣法分齊如前已說問欲色二界非我行相何者緣法多耶答色界非我行相若不定者所緣法與欲界等若定者則所緣法少於欲界謂不能緣自隨轉色欲界非我行相無隨轉色故能緣一切色故有說言有身念住緣一切色無有受心法念住緣一切受心法問此緣一切法非我行相爲有漏爲無漏耶答是有漏非無漏所以者何有世俗非我行相尚不能緣一切法如順決擇分何況無漏非我行相能緣一切法耶以此行相別諦緣故如諸邪見尚無一時緣二諦者況緣多耶如所對治能對治亦爾問有漏非我行相能斷煩惱不答不能斷問若爾聖者何故起耶答令根轉利入聖道故復次由四緣故聖者起之一爲現法樂住故二爲觀本所作故三爲遊戲功德故四爲受用聖財故問此非我行相爲欣作意俱爲猒作意俱耶設爾何失若欣作意俱者云何緣可猒法若猒作意俱者云何緣可欣法答應作是說欣作意俱問若爾云何緣可猒法答彼瑜伽師於可欣法生欣尚故設於無量可猒聚中有一可欣則生欣樂何況多耶如銅錢聚上置一金錢便於此聚總生欣樂此亦如是故無有失頗有二心展轉相因耶乃至廣說問何故作此論答爲止他宗顯已義故謂或有執因緣無體爲止彼宗欲明因緣實有體性或復有執一補特伽羅有二心俱生如大衆部爲止彼宗

明一補特伽羅無二心俱生或有外道引世現喻執後爲前因彼作是説現見泉涌後逼於前令其涌泒此中後水爲前水因如是諸法行三世時未來世逼令入現在現在世逼令入過去故未來世爲現在因現在復與過去爲因爲止彼宗欲明後法非前法因若是因者便違内外縁起諸法違内法縁起者謂應行縁無明乃至老死縁生父母因子眼色因眼識乃至意法因意識又應羯邏藍因頞部曇乃至壯因於老如是等違外法縁起者謂應種子因芽乃至華因於果如是等復有大過謂應未造業而受果受果已方造業其事云何應先受苦樂異熟後造善惡業先得律儀不律儀果後受律儀不律儀戒先墮地獄後造無間先作輪王後造彼業先得無上正等菩提然後乃修六到彼岸若未作業先受果者應已作業而便失壞是則應無解脱出離是故不可後爲前因由此因縁故作斯論頗有二心展轉相因耶答無所以者何無一補特伽羅非前非後二心俱生又非後心爲前心因此中無者即止撥無因縁實體謂無二心展轉相因然有餘法互爲因義無一補特伽羅等者即止大衆部執一補特伽羅有二心俱生一補特伽羅者遮多補特伽羅非前者遮過去非後者遮未來此則顯示一補特伽羅現在一刹那頃無有二心有別誦言非曾非當非現一補特伽羅二心俱生此則顯示一補特伽羅三世一刹那頃皆無二心又非後心爲前心因者此即止外道執後爲前因顯示後法非前因義此中但依五因

作論故答言無若依六因應答言有以能作因皆遍有故無一補特伽羅等者遮相應俱有因義又非後心爲前心因者遮同類徧行異熟因義皆不遮者謂能作因如說二心無互爲因義如是二受二想二思二觸二作意二勝解二欲二念二定二慧等諸心所法二眼乃至二身等諸色法二命根二衆同分等心不相應行法同類皆無互爲因義頗有二心展轉相緣耶乃至廣說問此中不應先作此論應先作此論何故無一補特伽羅乃至廣說所以者何先說無一補特伽羅非前非後二心俱生雖作是說而未說其因緣故次應說何故無一補特伽羅乃至廣說而不先作是說者有何意耶答是作論者意欲爾故乃至廣說有說阿毗達磨爲顯諸法性相故

說不應求其次第但不違法相若先若後俱不應責有說論有二種一根本論二傍生論此中頗有二心展轉相因根緣等者是根本論何故無一補特伽羅等者是傍生論二根本論理應先說一傍生論理應後說故此先說頗有二心展轉相緣耶乃至廣說問何故作此論答欲令疑者得決定故謂前說無二心展轉相因勿謂亦無二心展轉相緣爲除此疑顯有二心展轉相緣復有說者爲止撥無所緣緣體者意顯所緣緣體性實有故作斯論頗有二心展轉相緣耶答有如有心疑無未來心即思惟此起第二心乃至廣說問此中但應總答言有不應更說如有等言所以者何如說若法與彼法爲所緣此法與彼法有時非所緣耶答無時非所緣故答雖總

言有於義已足而為饒益諸弟子等令得明了故復重說如有等言如有心起無未來心即思惟此起第二心者謂先起一刹那邪見或惟謗未來邪見聚或總謗未來有漏諸蘊復起第二刹那邪見或惟謗過去邪見聚或總謗過去諸蘊彼二邪見相應心展轉相緣如邪見後生邪見於彼謗無如是邪見後生有身見於彼執我我所邊執見計斷常見取執第一戒禁取執能淨疑猶豫貪染恚憎慢自舉無明不了又邪見後或生正見於彼起非常苦空非我因集生緣是有是實是性是分有因有起有處有事行相或生無覆無記心於彼起非如理非不如理行相是名邪見相應心與諸有漏心展轉相緣如邪見心餘染汙心應知亦爾此中但說邪見為門同染汙故如有心起有未來心即思惟此起第二心問何故復作此論答前說邪見心與有漏心展轉相緣今欲說正見心與有漏心展轉相緣故作此論謂先起一刹那正見或惟於未來正見聚或總於未來有漏諸蘊起有行相後起第二刹那正見或惟於過去正見聚或總於過去有漏諸蘊起非常等行相如正見後生正見於彼起非常等行相如是正見後或生邪見於彼謗無有身見執我我所廣說乃至無明不了又正見後或生無覆無記心於彼起非如理非不如理行相是名正見相應心與諸有漏心展轉相緣如正見心無覆無記心應知亦爾同不染故如有心起無未來道心即思惟此起第二心問何故復作此論答前說邪見心與有漏心展轉相緣今

欲說邪見心與無漏心展轉相緣故作此論謂先起一刹那邪見謗未來道後入正性離生起苦忍苦智或集忍集智於彼過去邪見聚起非常苦空非我因集生緣行相如是二心展轉相緣應知此中遮刹那遮流注不遮時分不遮衆同分不遮無始以來遮刹那者謂必無有前刹那起邪見謗聖道第二刹那即能入正性離生故遮流注者謂必無有一流注中先起邪見謗聖道後即能入正性離生不遮時分者謗初日分時起邪見謗聖道中日分時即能入正性離生中日分時起邪見謗聖道後日分時即能入正性離生夜三分亦爾如是晝夜半月月時年諸位皆悉不遮況衆同分無始以來如邪見疑無明應知亦爾同緣道故如有心起有未來道心即思

惟此起第二心問何故復造此論答前說正見心與有漏心展轉相緣今欲說正見心與無漏心展轉相緣故造斯論謂先起一刹那正見或惟於未來無漏心或總於未來無漏諸藴起有行相後起聖道或惟於過去正見聚或總於過去有漏諸藴起非常苦空非我因集生緣行相如是二心展轉相緣應知此中諸有欲令惟共相作意無間起聖道者彼遮刹那不遮流注等遮刹那者此有未來道心行相是自相作意故諸有欲令三種作意無間皆起聖道者彼亦不遮刹那如有二知他心者彼二心展轉相緣問何故復作此論答前說自相續心與自相續心展轉相緣今欲說自相續心與他相續心展轉相緣故作斯論問此中說何等二知他心者彼二心互

相緣耶答此中說根等地等道等二知他心者彼二心展轉相緣根等者謂同利根中根輭根地等者謂同依初靜慮乃至同依第四靜慮道等者謂同有漏同無漏同法智品同類智品同學同無學問彼二心云何相緣答但緣彼心非彼心所緣及能緣行相若緣彼心所緣及能緣行相者則有自緣之過問亦有餘智俱心展轉相緣何故但說他心智俱答是作論者意欲爾故乃至廣說有說應說而不說者當知此義有餘有說此中但說明了不雜易可知者餘智不爾問有多種他心智此中爲說何者答說加行得離染得者問何故不說餘耶答是作論者意欲爾故乃至廣說有說應說而不說者當知此義有餘有說此中但說名義勝者謂加行得離染得者是修所成通慧所攝四支五支勝靜慮果有說此智於境無有謬失餘則不爾是以不說今因此文動爾焰海如說二心展轉相緣應知受等諸心所法相緣亦爾又亦應說部界善等諸心相緣部者謂見苦所斷心與見苦集修所斷心展轉相緣見集所斷心與見苦集修所斷心展轉相緣見滅所斷無漏緣心展轉相緣見道所斷有漏緣心展轉相緣見道所斷無漏緣心與無漏心展轉相緣應知無漏心亦展轉相緣修所斷心展轉相緣修所斷心與無漏心展轉相緣應知修所斷心與見苦集所斷心展轉相緣者謂善無覆無記與無漏心展轉相緣者惟善界者欲界心與欲色界及不繫心展轉相緣色界心與色無色界及不繫心展轉相緣無色界心與無

色界及不繫心展轉相緣應知無色界心與色界心展轉相緣者謂空無邊處近分善等者謂善不善無記心各與三種心展轉相緣惟除不善異熟以彼惟在五識身故餘無覆無記心有展轉相緣義又此中所說邪見謗因謗果者有四句差別謂或依因謗果或依果謗因或不依因謗果或不依果謗因依因謗果者如說妙行惡行無果異熟依果謗因者如說一切士夫補特伽羅所受苦樂無因無緣不依因謗果者如說無有化生有情不依果謗因者如說無有妙行惡行問緣有四種此中何故但說因及所緣非餘二耶答是作論者意欲爾故乃至廣說有說應說而不說者當知此義有餘有說彼二亦在此所說中謂若說因緣應知已說等無間緣如無二心展轉爲因亦無二心展轉爲等無間故若說所緣緣當知已說增上緣如有二心展轉爲所緣亦有二心展轉爲增上故何故無一補特伽羅乃至廣說問何故復作此論答爲止他宗顯已義故謂或有執等無間緣體非實有爲遮彼意欲顯實有等無間緣或有執一補特伽羅二心俱生爲重遮彼顯惟一心有說此文是傍生論前說無一補特伽羅非前非後二心俱生未說所以今欲說之故作斯論何故無一補特伽羅非前非後二心俱生答無第二等無間緣故謂心心所法生必依止等無間緣既無第二等無間緣故必無一補特伽羅非前非後二心俱生此復應問何故無第二等無間緣故復答言有情一一心相續轉故謂有情心法爾一一相續而轉

無二無多此是展轉更相答義有說此文重答前問謂先問言何故無一補特伽羅非前非後二心俱生今重答言有情一一心相續轉謂一一有情由法爾力但有一心相續而轉所以者何未來心聚必由現在和合故生不和合則不生現在但有一和合故今未來心一一而起猶如多人經於狹路一一而過尚無二並何況有多又如牛羊圈門狹小一一而出無二無多如是有情未來心聚依現和合一一而生設現在世有多和合爲開次者則應一時有多心起但無此事故一一生又由和合有先後故假使先有修道和合後見道者則應修道先見道生但無此事故先起見道由此無一補特伽羅非前非後二心俱生於此義中復有分別謂何故無一補特伽羅非前非後二心俱生尊者世友說曰於一剎那身惟有一心依彼轉故無有二復次於一剎那命根惟一心依彼轉故無有二復次於一剎那惟有一類衆同分心依彼轉故無有二大德說曰法生時和合惟一無二不可一和合有二果生故一剎那心惟有一復有說者若有二心俱生則應不可調伏如今一心剛強儱悷猶難調伏況二心耶若心不可調伏則無得解脱義故一相續無二心俱或有說者若一相續二心俱生則有雜染清淨俱時起過謂一心雜染一心清淨如是則無得解脱理又應一時生善惡趣復次若一相續二心俱生何妨有三若有三者應一時受三界異熟是則界壞亦無解脱復次若一相續三心俱生何妨有四若有四者應一時

受四生異熟是則生壞亦無解脫復次若一相續四心俱生何妨有五若有五者應一時受五趣異熟是則趣壞亦無解脫復次若一相續五心俱生何妨有六則應一時六識俱起應一時取一切境界復次若一相續六心俱生何妨有百若有百者何妨有千乃至何妨無數俱起若爾諸法從未來世應一時生於現在世一時而滅是則應無未來現在以觀未來現在故說有過去未來現在無故過去亦無若無三世則無有爲若無有爲則無無爲如是則一切法皆無是爲大過是故無有二心俱生有餘師說若一相續二心俱生則應受等諸心所法亦二俱生則一剎那應有十蘊則有情壞有情壞故所依身壞所依壞故則五部壞五部壞故則對治壞對治壞故則遍知壞遍知壞故沙門果等一切皆壞勿有此過故一相續無二心俱問如一剎那有多心所而無前過心亦應爾尊者世友說曰心所雖多而與心同一等無間緣之所引起如心是一受等亦一故無有過大德說曰心與受等一和合生如心是一受等亦一故無有過復有說者心與受等一作意生如心是一受等亦一雖皆名心所而體類各異故無有失問如前所說等無間緣自體是何答除阿羅漢最後心心所法諸餘過去現在心心所法是謂等無間緣自體問何故阿羅漢最後心心所法非等無間緣耶答彼心心所法若是等無間緣者彼後應有心心所法生若爾便無究竟解脫有餘師說彼亦是等無間緣彼後心心所法不生者有餘緣故非彼

爲礙設當生者亦與作緣猶如意根意界意處彼不應作是說所以者何等無間緣依作用立若法與彼法作等無間緣無法無有情無呪術無藥物等能爲障礙令彼不生意根界處依根相故立雖後識不生而有根等相故得名根等問何故阿羅漢最後心有意根等相而無等無間緣相耶答意根界處不必觀於後法故立觀心所等亦得名故等無間緣觀後法立後不生故不說爲緣復次不生法中有意識相故最後心是意根等不生法中無等無間相以雜亂住故是以最後心等不立等無間緣問等無間緣以何爲相答體即是相相即是體不應離體別求其相尊者世友說曰能開闢義是等無間緣相復次與次第義是等無間緣相復次與作用義是等無間緣相復次能生心義是等無間緣相復次能引發心義是等無間緣相復次能警覺心義是等無間緣相復次能令心相續義是等無間緣相大德說曰能引生無間心義是等無間緣相尊者婆末羅說曰能令未已生心續已生心義是等無間緣相阿毗達磨者說曰能令各別自相法無間生義是等無間緣相各別自相法者謂受想等心所及心自相各別俱時而生無容有二有餘師說令相似法無間生義是等無間緣相已說體相所以今當說問何故名曰等無間緣答此緣能引等無間法是故名曰等無間緣問前後刹那諸心所法或多或少云何名等如欲界心所多非色界色界心所多非無色界善心所多非不善不善心所多非無記有漏心所多

非無漏如何可說此緣能引等無間法耶答依事等說不依數等故無有過若一心中有一想二受等者可不名等以一心中受等心所隨所應生各惟有一是故名等問爲心但與心受等但與受等作等無間緣爲不爾耶相似相續沙門說曰心但與心作等無間緣受等亦爾各與自類作等無間緣彼不應作是說所以者何若必爾者應善心還生善心不善心還生不善心無記心還生無記心貪心還生貪心恚心還生恚心癡心還生癡心如是便無究竟解脫又諸心所或少或多少生多時便應緣闕多生少時便應果減如是則一心聚中有從緣生有不從緣生有作緣者有不作緣者又無漏心聚應無緣而生應作是說心與心亦與受等受與受亦與心等作等無間緣餘心所亦爾問爲心與心作近等無間緣非受等受等與受等作近等無間緣非心等爲不爾耶相似相續沙門說曰心與心作近等無間緣非受等受等與受等作近等無間緣非心等彼不應作是說所以者何前已說能開闢義是等無間緣相開闢義中無遠近故應作是說前生心聚與後生心聚作等無間緣無有差別如豆等聚

阿毗達磨大毗婆沙論卷第十　說一切有部發智

阿毗達磨大毗婆沙論卷第十一

五百大阿羅漢等造

唐三藏法師玄奘奉詔譯

雜蘊第一中智納息第二之三

問未來世中有等無間緣不設爾何失若有者未來諸法應次第住修正加行應成無用所以者何若法在此無間而住彼法從此無間必生修正加行復何所用又應無有伏諸煩惱生對治義如是便無究竟解脫見蘊所說復云何通如說若法與彼法作等無間或時不與彼法作耶答若時此法未至已生若無者何故世第一法無間唯生苦法智忍不生乃至盡無生智八分經說復云何通如說如是補特伽羅作此業已或十三劫或十四劫或乃至二十劫不墮惡趣又云何建立順現法受順次生受順後次受三種業耶答未來無有等無間緣問若爾何故世第一法無間唯生苦法智忍不生乃至盡無生智耶答此名數定非事相定所以者何苦法智忍在六地未知何地者當生三根相應未知何根相應者當生有四行相未知何行相當生無量剎那未知何剎那當生故乃至住增上忍時苦法智忍唯於三事定謂地定根定行相定於二事猶不定謂剎那不定等無間緣不定若住世第一法時於五事皆定復次不必要有等無間緣諸法次第相續而起所以者何若法依屬彼法從彼法後無間得生餘則不爾猶如外物雖無等無間緣而相依屬前後次第生起如種芽莖枝條華果依屬彼者彼無間生餘則不爾如是內法在未來世雖

無等無間緣而依屬彼者彼無間生餘則不爾苦法智忍依屬世第一法苦法智等則不如是故世第一法無間唯生苦法智忍不生乃至盡無生智復次未來法生依現在法若現在法和合彼則得生若不和合彼則不生雖無是處爲分別故假使修道生緣先合亦應先生然無是事惟苦法智忍依世第一法和合而生苦法智等依餘和合是故世第一法無間惟生苦法智忍不生乃至盡無生智問八分經等復云何通有說世尊依過去現在比知未來故作是說謂世尊觀過去現在如是種類補特伽羅造如是業爾所劫中不墮惡趣如是種類補特伽羅造如是業現世受果造如是業次生受果造如是業後次受果由此現見如是種類補特伽羅造如是業比知當來爾所劫中不墮惡趣如是種類補特伽羅造如是業當現受果造如是業當生受果造如是業當後受果有餘師說有情身中有如是相是不相應行蘊所攝世尊觀彼便知如是補特伽羅於未來世爾所劫中不墮惡趣亦知如是補特伽羅所造諸業或當現受或當生受或當後受評曰不應作如是說若作是說便顯世尊於未來事惟有比量智無現量智此不應理應作是說佛知未來是現非比謂佛智見明淨猛利未來諸法雖雜亂住無有次第而能現知如是種類補特伽羅造如是業於未來世爾所劫中不墮惡趣如是種類補特伽羅造如是業或當現受或當生受或當後受明了無謬有餘師說未來亦有等無間緣問若爾未來諸法應次

第住修正加行應成無用又應無有伏諸煩惱生對治義如是便無究竟解脱答未來諸法雖有等無間緣性相定而無前後次第定謂心心所未巳生位有應從彼無間生法而無前後次第行列至巳生位有應從彼無間生法亦有前後次第行列如多沙門若雜亂住雖大小巳定而行列未定若次第住大小亦定行列亦定此亦如是故無有失修正加行非成無用一心無間有二心故謂未來世一心無間有二心住一善二染若現在世修正加行則善心生染心不生若現在世起邪加行則染心生善心不生如一種後二事應生一牙二灰若牙緣和合則牙生灰不生若灰緣和合則灰生牙不生此亦如是由此亦有伏諸煩惱生對治義漸次便證究竟解脱

問見蘊所說復云何通如說若法與彼法作等無間或時不與彼法作耶答若時此法未至巳生答彼依前後次第定說不依爲緣性相定說故不相違評曰應作是說未來無有等無間緣所以者何等無間緣不雜亂住未來世法雜亂住故等無間緣次第而住未來世法無次第故等無間緣依開闢義立未來世法無開闢義故復次若未來有等無間緣則欲修善者應常作善欲作惡者應常作惡然今現見欲修善者後便作惡如天授等欲作惡者後便作善如指鬘等故未來世決定無有等無間緣問何故色法非等無間緣答若法相應有所依有行相有警覺有所緣彼法可立等無間緣色法不爾故非等無間緣有說等無間緣現前無亂色法有亂故非等

無間緣謂一刹那起欲界色及色界色或一刹那起欲界色及不繫色或一刹那起色界色及不繫色尊者世友說曰一異熟色相續未滅有長養色及等流色復相續生多類俱生故非等無間緣大德說曰以諸色法少無間生多多無間生少故非等無間緣少無間生多者如夏雨時少雲無間起無量雲遍覆虛空從小樹子生極高大諾瞿陀樹從小羯剌藍生廣大身色多無間生少者如大草聚燒爲少灰問若爾心所法亦多無間生少少無間生多應不建立等無間緣多無間生少者如從有尋有伺地入無尋無伺地少無間生多者如從無尋無伺地入有尋有伺地答此依同地前後數等說不依異地故無有失有說此依同類前後數等說不依異類故無有失謂一心中若一受等無間二受等生三受等無間一受等生可有此失然無是事故與色別以諸色法同類極微於一聚中衆多俱起故不可立等無間緣心心所法無如是事問何故不相應行非等無間緣答若法相應有所依有行相有警覺有所緣彼法可立等無間緣不相應行不爾故非等無間緣有說等無間緣現前無亂不相應行現前有亂故非等無間緣謂一刹那有起三界及不繫不相應行故餘隨所應如前廣說品類足論有如是言云何心等無間法答若心等無間餘心心所法已生正生及無想定滅盡定已生正生是謂心等無間法問彼何故不說無想異熟耶有說應說而不說者當知此義有餘有說二無心定有加行有功用勤勞而得

故彼說之無想異熟與此相違故彼不說有說二無心定是善故說無想異熟無覆無記故不說之有說若由心力無間引起不雜亂者可名爲心等無間法無想異熟是異熟因力所引起任運而轉非入彼心勢力所引起故不名心等無間法問若爾異熟心心所法亦異熟因力所引起任運而轉應不名心等無間法答自類相引有勝勢力不同彼故俱是相應有所依等說名自類問何故二無心定是心等無間法而非心等無間緣耶答彼由心加行功用勤勞所引得故名心等無間法與心相違遮斷心故非心等無間緣有說彼由心勢力所引起故名心等無間法不相應無所依無行相無警覺無所緣故非心等無間緣有說彼由心勢力得增長有作用故名心等無間法損減心令不起作用故非心等無間緣問何故二無心定前後相似無亂續生而前非後等無間緣答由入定心勢力所引不由前念力所引生故前非後等無間緣問若爾異熟心心所法由異熟因勢力引起任運而轉前應非後等無間緣答心心所法是相應有所依有行相有警覺有所緣故前念於後有勝勢力引發開闢故皆是後等無間緣不相應行與此相違不可爲例問入出無想滅盡定心中間或經半劫一劫云何可說等無間耶答中間無餘心爲隔故謂入出心相去雖遠中間更無餘心所間故後於前名等無間猶如二人共涉遠路一前一後相遠而行有人問言汝有伴不彼答言有次後而來二人中間雖有禽獸無人爲隔故言

次後此亦如是無心爲隔名等無間問若法是心等無間亦是心無間耶答應作四句有法是心等無間非心無間謂除初刹那二無心定及有心位心心所法諸餘相續二無心定及出定心心所法有法是心無間非心等無間謂初刹那二無心定及有心位心心所法生老住無常有法是心等無間亦是心無間謂初刹那二無心定及有心位心心所法有法非心等無間亦非心無間謂除初刹那二無心定及有心位心心所法生老住無常諸餘相續二無心定及出定心心法生老住無常問若法是心等無間亦是無心定無間耶答應作四句有法是心等無間非無心定無間謂初刹那二無心定及有心位心心所法有法是無心定無間非心等無間謂除初刹那二無心定及有心位心心所法生老住無常諸餘相續二無心定及出定心心所法生老住無常有法是心等無間亦是無心定無間謂除初刹那二無心定及有心位心心所法諸餘相續二無心定及出定心心所法有法非心等無間亦非無心定無間謂初刹那二無心定及有心位心心所法生老病無常有三種作意謂自相作意共相作意勝解作意自相作意者思惟色是變礙相受是領納相想是取像相行是造作相識是了別相地是堅相水是濕相火是煖相風是動相如是等共相作意者如十六行相等勝解作意者如不淨觀持息念無量解脫勝處徧處等問此三種作意幾種無間聖道現在前聖道無間幾種現在前耶有說三種無間聖道現

在前聖道無間三種現在前如是善通契經所說不淨觀俱行修念等覺支依止猒依止離依止滅迴向於捨此中俱聲顯無間義有說二種無間聖道現在前除自相作意聖道無間三種現在前有說惟共相作意無間聖道現在前聖道無間三種現在前問契經所說當云何通如說不淨觀俱行修念等覺支答依展轉因故作是說如子孫法傳相生故謂勝解作意引起共相作意共相作意引起聖道有說共相作意無間聖道現在前聖道無間共相作意現在前問若爾依未至定入正性離生者出聖道時可起欲界共相作意若依上地入正性離生者出聖道時彼欲界心既不得起以遠故復未得色界共相作意彼雖已得順決擇分而聖道後不復現前彼以何等共相作意出聖道耶答彼於順決擇分中間已修得如是行相謂一切行非常一切法非我涅槃寂靜等今出聖道起彼作意評曰彼不應作是說如前說者好謂三種無間聖道現在前聖道無間三種現在前復次欲界有三種作意謂聞所成作意思所成作意生得作意色界有三種作意謂聞所成作意修所成作意生得作意無色界有二種作意謂修所成作意生得作意無漏有一種作意謂修所成作意此中欲界惟思所成無間聖道現在前聖道無間三種現在前色界惟修所成無間聖道現在前聖道無間二種現在前除生得無色界惟修所成無間聖道現在前聖道無間亦惟修所成現在前問何故聖道無間欲界生得現在前非色無色界生

得耶答欲界生得猛利色無色界生得不猛利故若依未至定得阿羅漢果彼或以欲界心出聖道或以未至定心出聖道若依無所有處得阿羅漢果彼或以無所有處心出聖道或以非想非非想處心出聖道若依餘地得阿羅漢果彼惟以自地心出聖道復次初靜慮有三種謂味相應淨無漏如是乃至無所有處皆有三種非想非非想處但有二種謂除無漏此中味相應無間二種現在前除無漏靜無間三種現在前無漏無間二種現在前除味相應淨初靜慮復有四種謂順退分順住分順勝進分順決擇分如是乃至無所有處皆有四種非想非非想處惟有三種除順勝進分此中順退分無間二種現在前謂順退分及順住分順住分無間三種現在前謂除順決擇分順勝進分無間三種現在前謂除順退分順決擇分無間二種現在前謂順決擇分及順勝進分問若生第二第三第四靜慮起初靜慮諸識身時幾心無間入幾心出耶答隨所生地若未離染者三種心無間彼諸識身現在前彼諸識身無間三種心現在前謂善染污無覆無記若已離染者二種心無間彼諸識身現在前彼諸識身無間二種心現在前謂除染污有十二心欲界四謂善不善有覆無記無覆無記色無色界各三謂前四中除不善無漏有二謂學無學問此十二心一一無間生幾心復從幾心無間生耶答欲界善心無間生九心謂欲界四色界二善有覆無記無色界一有覆無記及學無學心此心復從八心無間生謂欲界四

色界二善有覆無記及學無學心不善心無間生四心謂欲界四心此心復從十心無間生謂欲界四色無色界各三心如不善心欲界有覆無記心亦爾欲界無覆無記心無間生七心謂欲界四色界二善有覆無記無色界一有覆無記心此心復從五心無間生謂欲界四及色界一善心色界善心無間生十一心謂十二心中除無色界無覆無記心此心復從九心無間生謂色界三欲界二善無覆無記無色界二善有覆無記及學無學心色界有覆無記心無間生六心謂色界三欲界三除無覆無記心此心復從八心無間生謂色無色界各三欲界二善無覆無記心色界無覆無記心無間生六心謂色界三欲界二不善有覆無記無色界一有覆無記心此心復從三心無間生謂色界三心無色界善心無間生九心謂無色界三欲界二不善有覆無記色界二善有覆無記及學無學心此心復從六心無間生謂無色界三色界一善及學無學心無色界有覆無記心無間生七心謂無色界三欲界二不善有覆無記色界二善有覆無記心此心復從七心無間生謂無色界三欲色界各二善無覆無記心無色界無覆無記心無間生六心謂無色界三欲界二不善有覆無記色界一有覆無記心此心復從三心無間生謂無色界三心學心無間生五心謂三界善及學無學心此心復從四心無間生謂三界善及學心無學心無間生四心謂三界善及無學心此心復從五心無間生謂三界善及學無學心有二十心欲

界八謂加行善生得善不善有覆無記威儀路工巧處異熟生通果心色界六謂前八心中除不善及工巧處無色界四謂加行善生得善有覆無記異熟生心無漏二謂學無學心問此二十心一一無間生幾心復從幾心無間生耶答欲界加行善心無間生十心謂欲界七除通果心色界一加行善及學無學心此心復從八心無間生謂欲界四除無覆無記四色界二加行善有覆無記及學無學心有餘師說此心復從十一心無間生謂前八及欲界威儀路工巧處異熟生心所以者何以熟修習加行善心者從自界威儀路工巧處異熟生心無間亦現在前欲界生得善心無間生九心謂欲界七除通果心色無色界各一有覆無記心此心復從十一心無間生謂欲界七除通果心色界二加行善有覆無記及學無學心不善心無間生七心謂欲界七除通果心此心復從十四心無間生欲界七除通果心色界四除加行善及通果心無色界三除加行善心如不善心欲界有覆無記心亦爾欲界威儀路心無間生八心謂欲界六除加行善及通果心色無色界各一有覆無記心有餘師說此心無間生九心謂前八及欲界加行善心熟修習者能現前故此心復從七心無間生謂欲界七除通果心如欲界威儀路心欲界異熟生心亦爾工巧處心無間生六心謂欲界六除加行善及通果心有餘師說此心無間生七心謂前六及欲界加行善心熟修習者能現前故此心復從七心無間生謂欲界七除通果心欲界通

果心無間生二心謂欲界通果及色界加行善心此心復從二心無間生謂欲界通果及色界加行善心色界加行善心無間生十二心謂色界六欲界三加行善生得善通果無色界一加行善及學無學心此心復從十心無間生謂色界四除威儀路異熟生心欲界二加行善通果心無色界二加行善有覆無記及學無學心色界生得善心無間生八心謂色界五除通果欲界二不善有覆無記無色界一有覆無記心此心復從五心無間生謂色界五除通果心色界有覆無記心無間生九心謂色界五除通果欲界四加行善生得善不善有覆無記心此心復從十一心無間生謂色界五除通果欲界三生得善威儀路異熟生無色界三除加行善心色界威儀路心無間生七心謂色界四除加行善通果心欲界二不善有覆無記無色界一有覆無記心此心復從五心無間生謂色界五除通果心如色界威儀路心色界異熟生心亦爾色界通果心無間生一心謂色界加行善及通果心此心復從二心無間生謂色界加行善及通果心無色界加行善心無間生七心謂無色界四色界一加行善及學無學心此心復從六心無間生謂無色界三除異熟生色界一加行善及學無學心無色界生得善心無間生七心謂無色界四欲界二不善有覆無記色界一有覆無記心此心復從四心無間生謂無色界四心無色界有覆無記心無間生八心謂無色界四欲界二不善有覆無記色界二加行善有覆無記心此心復從

十心無間生謂無色界四欲色界各三生得善威儀路異熟生心無色界異熟生心無間生六心謂無色界三除加行善心欲界二不善有覆無記色界一有覆無記心此心復從四心無間生謂無色界四心學心無間生六心謂欲界二加行善生得善色無色界各一加行善及學無學心此心復從四心無間生謂三界各一加行善及學心無學心無間生五心謂欲界二加行善生得善色無色界各一加行善及無學心此心復從五心無間生謂三界各一加行善及學無學心補特伽羅既不可得又無前心往後心理何緣能憶本所作事乃至廣說問何故作此論答爲止他宗顯已義故謂或有執補特伽羅自體實有如犢子部彼作是說我計有我可能憶念本所作事先自領納今自憶故若無我者何緣能憶本所作事或復有執物性相隱如說諸法相隱外道彼作是說諸有爲法有晝夜分互相藏隱夜時晝入夜中晝性雖在而不顯現晝時夜入晝中夜性雖在而不顯現如是可能憶本所作晝夜分中有夜晝故夜晝時所作晝夜時能憶若不爾者何緣能憶本所作事或復有執物性相變如說諸法相變外道彼作是說即羯刺藍位變作頞部曇位乃至即堅固位變作衰老位如即青葉變作黄葉如是可能憶本所作以前後位體無異故前位所作後位能憶若不爾者何緣能憶本所作事或復有執物性相往如說諸法相往外道彼作是說羯刺藍往入頞部曇位中乃至堅固往入衰老位中如是可能憶本所作

以後位中有前法故前位所作後位能憶若不爾者何緣能憶本所作事問物性相變相往外道二執何別答相變外道執即前位變作後位後位中無前位相往外道執前位往後位既至後位其相不壞即與後位俱時增長有作是說相變外道執後與前不一不異相往外道執後與前亦一亦異或復有執覺性是一如說前後一覺論者彼作是說前作事覺後憶念覺相用雖異其性是一如是可能憶本所作以前後位覺體一故前位所作後位能憶若不爾者何緣能憶本所作事或復有執意界是常如執意界是常論者彼作是說六識雖生滅而意界是常如是可能憶本所作六識所作事意界能憶故若不爾者何緣能憶本所作事或復有執蘊有二種一根本蘊二作用蘊前蘊是常後蘊非常彼作是說根本作用二蘊雖別而共和合成一有情如是可能憶本所作以作用蘊所作事根本蘊能憶故若不爾者何緣能憶本所作事或復有執前心往告後心我作是事汝可憶持彼作是說心細冥通前有所作必告後知如是可能憶本所作若不爾者何緣能憶本所作事然過殑伽沙數諸佛及佛弟子雖不說有補特伽羅亦不說有物性相隱相變相往一覺性意界常根本蘊異作用蘊異前心往告後心而說有能憶本所作此義決定微細甚深難可覺了爲欲顯示如是決定微細甚深難可覺了諸法性相及止他宗不如理說故作斯論問此中應具說補特伽羅既不可得亦無物性相隱相變相往一覺性意界

常根本蘊異作用蘊異前心往告後心理何緣能憶本所作事何故但說補特伽羅既不可得又無前心往後心理答此中說補特伽羅不可得者別遮初一補特伽羅論又無前心往後心理者總遮後七論有說此中說補特伽羅既不可得者遮第一補特伽羅論又無前心往後心理者遮第八前心往告後心論既遮初後應知已遮中間六論謂本論師畧舉初後令諸弟子易受持故

阿毘達磨大毘婆沙論卷第十一 說一切有部發智

音釋

補特伽羅 梵語也此云數取趣謂數數往來諸趣也伽求加切 羯剌藍 梵語也此云凝滑羯居謁切剌盧達切 頞部曇 梵語也亦云安浮陀此云疱頞阿葛切 殑伽 梵語也此云天堂來河名也謂從高處來故殑其陵其拯二切

阿毗達磨大毗婆沙論卷第十二

五百大阿羅漢等造

唐三藏法師玄奘奉　詔譯

雜蘊第一中智納息第二之四

補特伽羅既不可得又無前心往後心理何緣能憶本所作事答有情於法由慣習力得如是同分智隨所更事能如是知問前說無有補特伽羅今何復言有情於法答前依聖想名示現今依世想名示現前依聖言說示現今依世言說示現前依勝義今依世俗有說爲順文故若說法於法於義雖順於文不順若說有情於法文義俱順依世俗理有有情故有說爲生解故若說法於法弟子不了情故有說爲生解故若說法於法弟子不了謂能憶誰若說有情於法弟子便了有情憶法有情於法由慣習力得如是同分智者謂有情智於所知法決定慣習隨欲自在前後相似故名同分隨所更事能如是知者謂隨本所見隨本所受能如是憶有說此文應作是說隨所有事能如是知謂隨本所有體所有相所有我所有物所有性所有分能如是憶有說此文應作是說隨所住事能如是知謂隨本所住顯色隨本所住形色等能如是憶爲令此義得分明故引世現喻謂如有二造印者能了自他所造印字雖彼二人不往相問汝云何造此字亦不相答我如是造此字而彼二人由慣習力得如是同分智能了自他所造印字有情亦爾由慣習力乃至廣說此中能書者皆名造印者如彼二人雖不相問亦不相答而由慣習力得如是同分智能了自他所造印字乃至海外書來亦能讀

知有情亦爾雖無眞實補特伽羅亦無前心往後心理而由慣習力得如是同分智隨所更事能如是知復令此義重分明故引第二喻又如有二知他心者互相知心雖彼二人不往相問汝云何知我心亦不相答我如是知汝心而彼二人由慣習力得如是同分智互相知心有情亦爾由慣習力乃至廣說此中知他心者謂得他心通者如彼二人雖不相問亦不相答而由慣習力得如是同分智互相知心乃至百踰繕那外亦相知心有情亦爾雖無眞實補特伽羅乃至廣說問若異心所更異心能憶者云何不天授所更祠授能憶祠授所更天授能憶耶答彼相續異故前心後心相續無異不應爲難有說彼心相望無因義故前心能與後心爲因不應爲難

有說彼二身心不相屬故前後身心旣相繼屬故先所更後能記憶問若心相屬即能憶者何不見異牛而憶是前牛答若於曾受今見相似則能記憶若雖曾受今見不相似便不能憶日初分所更日後分能憶日後分所更日初分能憶前後所見身相似故復次一切心心所法於所緣定安住所緣此於所問是勝義根本答所以者何如見蘊說若法與彼法作所緣或時不與彼法作耶答無時非所緣以心心所於所緣定安住所緣不可移轉是故能憶本所作事謂於一所緣有無量心心所聚轉此一所緣如以此理趣以此性類以此法式與一心心所聚作所緣事與餘無量心心所聚作所緣事亦爾如一心心所聚以此理趣以此性類以此法式領受此所

緣餘無量心心所聚領受此所緣亦爾譬如一人而有百子此一人如於一子作父事於餘子亦爾如一子於父作子事餘子於父亦爾此中眼識及相應法於色所緣定乃至意識及相應法於一切法所緣定此色與眼識及相應法爲所緣者無時非所緣乃至此法與意識及相應法爲所緣者無時非所緣以一切心心所法各能領受自所緣故由此無有餘心聚所更餘心聚能憶問云何心心所法於所緣定爲於處定爲於青等定爲於剎那定耶此中有說惟於處定所以者何勿有無量心心所法住不生法中故問云何於處定答眼識及相應法於色處定乃至身識及相應法於觸處定意識及相應法於法處等定如一眼識若遇青色和合現前則緣青起若遇黄等和合現前則緣黄等起如是餘識於自所緣亦惟處定彼不應作是說所以者何若爾者應一覺有多了性一法多體不應道理識身論說復云何通如說過去眼識惟緣過去色非未來現在有餘欲避如是過失說心心所法於所緣處定亦於青等定非於剎那定所以者何勿有無量心心所法住不生法中故問云何亦於青等定耶答緣青等心心所其體各異若遇青色和合現前則生緣青心心所法若遇黄等和合現前則生緣黄等心心所法彼亦不應作如是說所以者何青有多種謂青根青莖青枝青葉青華青果黄等亦爾應緣根等覺即是緣莖等覺若爾一覺有多了性一法多體不應道理亦與識身論所說相違如前說如是說者心心所

法於三事定問若爾則應無量心心所法住不生法中答斯有何過未來世寬無容處耶然彼本來已有住處故不應難問心心所法如於所緣定於所依亦定不設爾何失若於所依亦定者何故此中但說於所緣定不說於所依定耶品類足說復云何通如說云何有俱有法答一切有漏法及有漏法俱生無漏法若於所依不定者何故於所緣定於所依不定耶答於所依亦定然心心所法在未來世與所依遠現在則俱過去復遠有說在未來世與所依遠現在過去與所依俱有說三世皆與所依俱問若爾何故此中不說答此中但欲說憶本所作所憶者是所緣非所依故問品類足說復云何通答彼文應作是說云何有俱有法答一切有爲法而不作是說者彼文顯示有用聖道不說無用故不相違有說彼文顯示聖道依他力得依他力起故但說與有漏法俱生者問若心心所法於所緣定於所依亦定者彼於何位取所緣耶乃爲於生時爲於滅時設爾何失若生時者生時在未來云何未來法能有所作若滅時者即乃滅時諸法衰退散壞云何此位能取所緣答應言滅時問云何衰退散壞之法能取所緣答諸有爲法性羸劣故不自依故依他轉故無作用故不自在故隨於何位若遇所依所緣和合即於彼位能取所緣惟於滅時有此和合有說生時是未來世未來諸法無作用故不能取所緣滅時是現在世現在諸法有作用故能取所緣若滅時不取所緣者則心心所法畢竟不能取於所緣勿有斯

過故於滅時能取所緣又以受意為因力強念便不忘應知此中前生心聚以意聲說後生心聚以念聲說然受意有二種一受行相意二受所緣意且如於增上忍有二心受彼行相不受彼所緣謂苦類智忍苦類智相應有二心受彼所緣不受彼行相謂集法智忍集法智相應有三心受彼行相亦受彼所緣謂世第一法苦法智忍苦法智相應餘心不受彼行相亦不受彼所緣謂餘忍智相應如於增上忍於餘心隨應廣說亦爾受行相所更受所緣能憶受所緣所更受行相能憶復有二種意一染污二不染污一一所更二種能憶復有三種意謂善不善無記一一所更三種能憶復有四種意謂善不善有覆無記無覆無記一一所更四種能憶復有四種意謂彼因彼等無間彼所緣彼增上一一所更四種能憶復有五種意謂見苦所斷乃至修所斷此中見苦所斷所更五種能憶見集修所斷所更亦爾見滅所斷所更四種能憶除見道所斷見道所斷所更四種能憶除見滅所斷復有五種意謂善不善有覆無記如理所引無覆無記不如理所引無覆無記此中有說善所更二種能憶謂善如理所引無覆無記如理所引無覆無記所更亦爾不善所更三種能憶謂不善有覆無記不如理所引無覆無記有覆無記不如理所引無覆無記所更亦爾如是說者一一所更五種能憶復有六種意謂眼識乃至意識五識所更意識能憶意識所更六識能憶復有十二種意欲界有四謂善不善有覆無記無覆無記色界

有三謂前四除不善無色界亦爾無漏有二謂學無學欲界善所更十二種能憶不善色界善所更亦爾欲界有覆無記所更八種能憶謂除色界有覆無記無色界三欲界無覆無記所更亦爾色界有覆無記所更十種能憶除欲界二無記無色界善所更亦爾色界無覆無記所更十種能憶除無色界二無記無色界有覆無記所更九種能憶除欲界二無記及色界無覆無記無色界無覆無記所更亦爾學所更十一種能憶除欲界有覆無記無學所更若退法者如學說若不退法者七種能憶除學及四染汚由前受意爲因力强於彼所緣引生後念不忘者謂心不狂亂非苦所逼尊者世友說曰由三因緣憶本所作一善取前相故二同分相續現行故三不失念故由此雖無補特伽羅亦無前心往後心理而能憶念本所作事何緣有情忘而復憶答有情同分相續轉時於法能起相屬智見此中忘者是失念義非不念義所以者何無有少法名不念故同分有三種謂加行同分所緣同分隨順同分加行同分者如有先誦素怛纜藏中間忘失後因如前所作加行還得記憶先誦毗柰耶阿毗達磨藏亦爾如是先起不淨觀中間忘失後因如前所作加行還得記憶先起持息念界方便亦爾曾聞有婆羅門子先誦得四吠陀書中間忘失復溫誦之盡斯方便不能通利便往師所具述因緣師即問言汝先誦時以何加行答言本時手繩口誦師言汝當如本加行彼隨師教一切皆憶所緣同分者如有先見如是園林

泉池山谷經行處等中間忘失後見相似園林等時一切皆憶隨順同分者如得隨順飲食衣服卧具房舍説法人等則能憶念先所更事曾聞有一苾芻先誦得四阿笈摩中間忘失復温誦之盡其方便不能通利便往尊者阿難陀所問其因緣尊者答言汝今可往以油塗身温室洗浴求諸隨順衣服飲食卧具房舍説法人等苾芻依教悉還通利如是同分相續轉時於法能起相屬智見問起誰相屬答三種同分有異誦言於法能起連續智見即是起長時流注相續知見義復有誦云於法能起次第智見即是起彼彼周徧行列智見義復有誦言於法能起無礙智見即是起無滯無著無斷智見義復有誦言於法能起無障智見即是起離障伏所治勝怨敵智見義又以受意爲因力強念便不忘應知此中前生心聚以意聲説後生心聚以念聲説受意言如前釋由前受意爲因力強於彼所緣引生後念中間雖忘而後復憶不忘言如前釋何緣有情憶而復忘答有情異分相續轉時於法不起相屬智見此中忘者是失念義廣説如前異分有三種謂加行異分所緣異分隨順異分加行異分者如有先誦素怛纜藏中間忘失捨之復誦毗奈耶或阿毗達磨藏後皆不憶先誦毗奈耶阿毗達磨藏亦爾如是先起不淨觀中間忘失捨之復起持息念或界方便後皆不憶先起持息念界方便亦爾所緣異分者如有先見如是園林泉池山谷經行處等中間忘失後更不見彼相似相於前所更不復能憶隨順異分者如

有不得隨順飲食衣服等事於前所更不能復憶如是異分相續轉時於法不起相屬智見聞不起誰相屬答三種同分此中亦有四種異誦與前相違應廣說又以受意爲因力劣念便忘失應知此中前生心聚以意聲說後生心聚以念聲說受意言如前釋由前受意爲因力劣於彼所緣不生後念中間雖憶而後復忘忘者謂心狂亂苦受所逼尊者世友說曰由三因緣念便忘失一不善取前相故二異分相續現行故三失念故復作是說由八因緣念便忘失一者生時生苦所逼故念便忘失二者死時死苦所逼故三者餘語多現行故四者根鈍依餘智故五者生非愛趣苦受所逼故六者五根於境馳散不息多放逸故七者重煩惱障數現行故八者不數修定心散亂故念便忘失問何等智所更念有忘失聞所成耶思所成耶修所成耶生得等耶有說聞思所成及生得等所更念有忘失非修所成定力所持無忘失故有說修所成所更亦有忘失身羸弱故謂有得定身羸弱者心亦羸弱故彼所更亦有忘失問何處有忘念耶答在欲界非色無色界於五趣中皆有忘念有說地獄無有忘念以恒忘故問何等補特伽羅有忘念耶答異生聖者皆有忘念聖者中預流一來不還阿羅漢獨覺皆有忘念惟除世尊以佛成就無忘失法故云何知然答經爲量故如說舍利子假使諸苾芻衆以牀座輿我行經百年欲令如來無上慧辯有少退失無有是處故知佛具無忘失法

如象跡喻契經中説舍利子言若内意處不壞外法處現前及能生作意正起爾時意識生問意云何壞答有三種壞一暫時壞二盡衆同分壞三究竟壞暫時壞者謂善心無間不善無記心現前爾時名爲善心暫壞乃至無記心無間善不善心現前爾時名爲無記心暫壞如是欲界心無間色界不繫心現前爾時名爲欲界心暫壞乃至不繫心無間三界心現前爾時名爲不繫心暫壞若入無想滅盡等至爾時名爲一切心暫壞盡衆同分壞者謂斷善根者善心有盡衆同分壞離欲染異生不善心有盡衆同分壞如是等究竟壞者謂苦智已生集智未生三界見苦所斷心究竟壞乃至滅智已生道智未生三界見苦集滅所斷心究竟壞預流者三界見所斷心究竟壞不退法一來者三界見所斷及欲界修所斷六品心究竟壞不退法不還者三界見所斷及欲界修所斷染污心究竟壞不退法阿羅漢三界見修所斷染污心究竟壞不退法異生離欲染者欲界染污心究竟壞乃至離無所有處染者八地染污心究竟壞尊者世友説曰意若遇和合緣不名爲壞若不遇和合緣則名爲壞復作是説意若不爲相違因所障不名爲壞若爲相違因所障則名爲壞

何緣祭祀餓鬼則到非餘趣耶乃至廣説問何故作此論答爲釋經故如契經説生聞婆羅門來詣佛所白佛言喬答摩我有親里命過欲施其食彼爲得我食不世尊告言此事不定所以者何諸有情類有五趣別若汝親

里生地獄中食地獄食以自存活彼不能受汝食生傍生趣天趣人趣亦復如是若汝親里生鬼趣中則能受汝所施飲食婆羅門言若我親里不生鬼趣所施飲食誰當受之佛語彼言餓鬼趣中無汝親里無有是處乃至廣說彼經雖作是說而不說何緣祭祀餓鬼則到非餘彼經是此論所依根本彼所不說者今應說之故作斯論問彼婆羅門何故不問佛何緣祭祀餓鬼則到非餘答有二緣故謂彼或是利根或是鈍根若是利根自能解了不須問佛若是鈍根不能生疑故不問佛問何故世尊不爲彼說惟施餓鬼則到因緣答亦二緣故謂彼或是利根或是鈍根若是利根自能解了不須佛說若是鈍根非法器故佛不爲說何緣祭祀餓鬼則到非餘趣耶

答彼趣法爾得如是處事生我分是故祭祀則到非餘此中問意此趣爲以下賤故到爲以高貴故到設爾何失若以下賤故到者則祭祀地獄傍生彼亦應到若以高貴故到者則祭祀人天亦應到此中答意不以下賤故到亦不以高貴故到然由二緣一由彼趣法爾故二由業異熟故於中先顯示彼趣法爾謂彼鬼趣法爾得如是處事生我分是故祭祀則到非餘欲令此義得分明故引世現喻如鵝鴈孔雀鸚鵡舍利命命鳥等雖如意自在飛翔虛空而神力威德不大於人然彼趣法爾得如是處事生我分能飛翔虛空鬼趣亦爾由法爾力祭祀則到餘趣不爾謂如傍生趣中鵝鴈孔雀等由趣法爾力能飛翔虛空久住遊戲人離神足呪術藥草欲住虛空

去地四指經須臾頃猶無能者然彼神力威德不勝於人餓鬼亦爾由趣法爾力祭祀則到非餘欲令前義重分明故引第二喻又如一類那落迦能憶宿住亦知他心一類傍生一類餓鬼能憶宿住亦知他心及起煙焰興雲致雨作寒熱等雖能作是事而神力威德不大於人然彼趣法爾得如是處事生我分能作是事鬼趣亦爾由法爾力祭祀則到餘趣不爾此中一類那落迦能憶宿住者如契經說地獄衆生作如是念大德沙門婆羅門等觀欲將來能作過患是大怖畏恒爲我等說斷欲法我等雖聞而不能斷今因欲故受大苦惱又作是念我等昔於淨行沙門婆羅門等作邪惡行由彼爲因今受此苦問彼於何時能作是念答於初生時非中後時所以者何彼初生時未受苦痛能作是念若受苦痛今生所受尚不能憶況先所受問彼住何心能作是念善耶染汚耶無覆無記耶答三種皆能問何無覆無記答威儀路非工巧處彼無工巧事故非異熟生彼異熟心是五識故問彼如是念爲在意地爲五識身答在意地非五識身五識中無此分別故問彼如是念爲憶幾生答彼惟憶一生謂所從歿來生此者有說能憶多生乃至五百亦知他心者謂地獄中有生處得智能知他心然無事可顯問彼於何時能知他心答惟初生時所以者何若受苦痛心便悶亂故問彼住何心知他心耶答住三性心皆能知問何無覆無記答威儀路非工巧處異熟生如前說問爲在意地爲五識身答在意地非五識身以五識

身縁色法故一類傍生能憶宿住者如契經說婆羅門告餉佉狗言若是我父刀提耶者可昇此座彼便昇之復語之言若是我父刀提耶者可食此飯彼便食之又復告言若是我父刀提耶者汝命終時所藏財寶今可示我彼便示之問何時能憶宿住事耶答初中後時並皆能憶問住何心憶答住三性心問何無覆無記答威儀路工巧處異熟生皆能憶問此在何識答在意地非五識身問能憶幾生有說惟能憶一生謂所從殁來生此者有說能憶多生乃至五百云何知然傳說有一女人置兒一處有縁他行須臾有狼負其兒去衆人捕逐而語之言汝今何縁負他兒去狼言此女五百生來常殺我子我亦於其五百生中常殺其子若彼能捨舊怨嫌心我亦捨之女言已捨狼觀此女口雖言捨而心不捨即便斷其子命而去亦知他心者謂傍生趣亦知他心即如彼狼知女心事問何時能知答三時皆知問住何心知答住三性心問何無覆無記答威儀路工巧處異熟生皆能知問此在何識答在意地非五識一類餓鬼能憶宿住者如伽陀說

我昔集珍財　以法或非法　他今受富樂　我獨受貧苦

問何時能憶答三時皆能問住何心憶答住三性心問何無覆無記答三種如前說問此在何識答在意地非五識身問能憶幾生答乃至五百云何知然傳聞有一女人爲鬼所執羸困欲死呪師語言汝今何故惱他女人鬼言此女五百生來常害我命我亦於其五

百生中常害彼命彼若能捨舊怨嫌心我亦捨之女言已捨鬼觀此女口雖言捨而心不捨便害而去亦知他心者即如彼鬼知女心事問何時能知答三時皆能問住何心知答住三性心問何無覆無記答三種如前說問此在何識答在意地非五識及起煙焰興雲致雨作寒熱等者此惟傍生趣能非餘趣傍生趣中惟龍能非餘類問若爾經說當云何通如說有天能興雲有天能降雨有天作寒熱有天起風雷答應知彼經說龍爲天如餘經說佛告阿難汝看天雨爲不雨耶彼亦於龍以天聲說問起煙焰等爲多龍作爲一龍耶答一龍亦能問若爾何故經作是說有天能興雲有天能致雨乃至廣說答隨别所樂故作是說謂或有龍惟樂興雲或復有龍惟樂致雨餘亦如是此中煙焰雲雨等事是龍加行所引發故惟是彼龍近士用果若從龍宫所流出水非彼加行所引發故是一切有情共增上果如地獄等由趣法爾力雖有如上所說事而神力威德不大於人鬼趣亦爾由趣法爾力祭祀則到非餘復有說者五趣皆有法爾勝事謂地獄趣異熟色等斷已還續餘趣不爾傍生趣中有能飛空興雲雨等餓鬼趣中祭祀則到人趣能受善戒惡戒修勝品善勇猛強記智力深遠天趣中欲天隨其所須應念則至色無色天有勝生勝定復有說者諸方亦有法爾勝事謂至那國雖奴僕等皆衣繒絹餘方貴勝所不能得印度等國乃至貧賤皆衣氎衣餘方貴人亦不能得迦濕彌羅國中秋時牛頸繫鬱金華鬘餘方

勝人所不能得北方貧人飲蒲萄酒餘方富者亦不能得如諸方有法爾勝事餓鬼亦爾祭祀則到有說諸趣法爾有異謂四趣中一一皆有生處得智惟人趣無三惡趣有如前廣說天趣有能憶宿住者如伽陀說

我施誓多林　棠大法王住　賢聖僧受用故我心歡喜

彼亦知他心而無現事可説何時憶知等如傍生鬼隨應廣說問此生處得智爲憶知幾趣有說各惟自憶知有說地獄惟憶知地獄傍生憶知二趣餓鬼憶知三趣天憶知五趣問若傍生不知天者施設論說當云何通如說善住龍王等知帝釋心念乃至廣說答此是比知非現知故無相違過如是說者此事不定如狼及鬼憶知人故問何故人趣無此智耶答非田非器乃至廣說復次人趣有占相智觀言相智本性念生智妙願智等覆蔽彼故如生處得智餘趣皆有惟人趣無如是祭祀惟鬼趣到餘趣不爾如是已顯示由趣法爾力祭祀餓鬼則到非餘今當顯示由業異熟復次有人長夜起如是欲如是愛樂我當娶婦爲兒娶婦爲孫娶婦令生子孫紹繼不絕我命終已若生鬼趣彼念我故當祭祀我由彼長夜有此欲樂是故祭祀則到非餘謂彼由起如是欲樂引發諸業生鬼趣中是故祭祀則到非餘如諸聚落城邑中人或爲子孫不斷絕故或爲財産轉增盛故或爲富名久流傳故以法非法集諸財寶牛羊等物於已親屬尚不欲與況施他人彼由慳貪纏縛心故捨人同分生鬼趣中於自舍宅水竇

厠溷不淨處住彼有親屬追戀生苦作是念言彼集財産自不受用亦不施人今生何所遂集親里請諸沙門婆羅門等設大施會願此貧彼捨苦受樂爾時餓鬼於自住處見如是事於自親里生眷屬想於其財物生巳有想即時歡喜於福田所生信敬心於其所作起隨喜心便離重苦由此因緣祭祀則到問若爾何故不名他作業他受果耶答不爾彼於爾時由生敬信隨喜心故見施功德慳貪過失由此增長捨相應思成順現受業得現法果故尊者世友說曰今所受果是先業所引先業有障以今業除之故無他作業他受果失謂彼餓鬼先世巳造感飲食業但由慳貪障蔽心故於所飲食起倒想見不得受用然彼餓鬼有二種一樂淨二樂不淨彼樂淨者以慳貪故河見非河水見爲血所有飲食見爲不淨樂不淨者河見乾枯水見無水滿飲食器悉見爲空若彼親里爲設施會彼便信敬起隨喜心見施功德慳貪過失捨相應思得增長故除想見倒彼樂淨者見河是河見水澄清於諸飲食皆見淨妙樂不淨者見河盈溢見水是水見飲食器悉皆盈滿故彼親里祭祀則到有作是說彼先世亦有感飲食業但由慳貪所覆蔽故今時感得怯劣身心諸飲食處必有大力鬼神守護彼怯劣故不能得往設復得往亦不敢食若彼親里爲設施會廣說乃至捨相應思得增長故令彼身心轉得強勝由此能至有飲食處食其飲食由此因緣祭祀則到是故無有他作業他受果失大德說曰彼先雖造感飲食業以微

劣故未能與果若彼親里爲設施會廣說乃至捨相應思得增長故先所作業便能與果故彼親里祭祀則到由此無有他作業他受果失問捨相應思得增長已爲但感資具爲亦感得勝身心耶答二種俱得勝身心者捨劣色香味觸得勝色香味觸捨無威德得有威德感資具者謂得飲食衣服園林宅舍等事問若生餘趣親里爲其修福業者彼亦得不答若彼亦能生於信敬隨喜之心令捨俱思得增長者亦得其福問若爾此中何故不說答應說而不說者當知此義有餘有說此中從多分說謂餓鬼中多有是事餘趣不爾故有說鬼趣多有如是業故謂造此業者多生鬼趣故有說鬼趣於人常希求故有說鬼趣飢渴所逼於一切處常有希望是故偏說

此中應辯五趣義如定蘊當廣分別

阿毗達磨大毗婆沙論卷第十二　說一切有部發智

音釋

踰繕那　梵語也亦云由旬此云限量如此方一驛地繕時戰切　素怛纜　梵語也亦云修多羅此云契經怛當割切纜盧瞰切　吠陀　梵語也亦云韋陀此云智論吠旁廢切　阿笈摩　梵語也亦云阿達婆西域外道書名四韋陀典之一也笈極曄切　鸚鵡　鸚烏莖切鵡文甫切鸚鵡能言鳥也　鴝佉　梵語狗名也鴝式亮切佉丘迦切　氎　徒協切細毛布也　廁溷　廁初吏切溷胡困切廁溷圊也

阿毗達磨大毗婆沙論卷第十三

五百大阿羅漢等造

唐三藏法師玄奘奉詔譯

雜蘊第一中智納息第二之五

當言一眼見色二眼見色耶乃至廣説問何故作此論答爲止他宗顯已義故謂或有執眼識見色如尊者法救或復有執眼識相應慧見色如尊者妙音或復有執和合見色如譬喻者或復有執一眼見色如犢子部爲止如是他宗異執顯示已宗二眼見色故作斯論所以者何若眼識見色者識應有見相然識無見相故不應理若眼識相應慧見色者耳識相應慧亦應聞聲然慧無聞相故不應理若和合見色者應一切時見色以無時不和合故亦不應理若一眼見色非二眼者身諸分亦應不俱時覺觸如身根兩臂相去雖遠而得俱時覺觸生一身識兩眼亦爾相去雖遠何妨俱時見色生一眼識問若眼見色者餘識俱時何故不見又無識時亦應見色答眼有二種一者識合二者識空識合者能見識空者不能見故無有失復次所以作此論者欲令疑者得決定故謂諸有情兩眼相去或半麻一麻半麥一麥半指一指半搩手一搩手半弓一弓半俱盧舍一俱盧舍半踰繕那一踰繕那或復乃至百踰繕那如大海中有大身衆生或長百踰繕那乃至或長二千一百踰繕那如曷邏呼阿素洛王身量極大又如天趣色究竟身一萬六千踰繕那量此等二眼相去甚遠或有生疑云何眼識依之而轉爲二眼識俱時各依一眼生耶爲一

眼識依一眼生已復依第二眼轉耶爲一眼識分爲二分於二眼處各半生耶爲一眼識如横一物通二眼耶若二眼識俱時各依一眼生者應一有情二心俱轉此不應理若一眼識依一眼生已復依第二眼轉者則應一法二刹那住然無是事若一眼識分爲二分於二眼處各半生者則應一法體有二分然一切法體無細分若一眼識如横一物通二眼者則應一識亦是眼識亦是身識二眼中間依身根故然五識身所依各異所緣各異不應一識二依二緣欲令此疑得決定故顯雖無有二眼識俱乃至無一識横通二眼然其非不依於二眼一眼識生二眼雖隔百踰繕那亦無有過如是理趣微細甚深難可覺了今欲顯斯甚深理趣故作斯論當言一眼見色二眼見色耶答應言二眼見色問云何二眼相去甚遠一識依之令俱見色答俱是眼識所依根故設有百眼一一相去百踰繕那亦可依之生於一識令俱時見如迦遮器有百小輪一面對之百面像現如是一識依多眼生令俱時見其義亦爾應知此中眼見色者遮法救等三種異執二眼見者遮犢子部一眼見色所以者何若合一眼起不淨識開二眼時起淨識故設合一眼起如是識開二眼時亦起此識則不應言二眼見色然合一眼起不淨識開二眼時便起淨識是故應言二眼見色非但立宗義即成立故復問答顯示此因起淨識者謂於多境明白顯了與此相違名不淨識如合覆損破壞亦爾覆謂以手以衣以葉以餘物覆損謂垢煙塵等所

損破謂諸膜諸翳所破壞謂枯爛挑出自脫蟲食等壞覆等如合起不淨識與此相違便起淨識此隨所依說淨不淨依世俗理若依勝義善識名淨染名不淨由此對眼應作四句有眼淨識不淨謂依具眼起染眼識有識淨眼不淨謂依不具眼起善眼識有眼識俱淨謂依具眼起善眼識有眼識俱不淨謂依不具眼起染眼識如眼見色耳聞聲鼻嗅香亦爾俱有二處與眼同故問何故眼耳鼻各有二處而舌身惟有一耶答諸色根處爲莊嚴身若有二舌是鄙陋事世便嗤笑云何此人而有二舌如似毒蛇若有二身亦是鄙陋世所嗤笑云何一人而有二身如兩指並問眼耳鼻處何故惟二不增不減脅尊者言一切生疑故不應責謂若增減亦復生疑云何此三各惟爾所然各二處不違法性有說根處爲莊嚴身若減若增身便醜陋有說色根爲生淨識若當三識依二處生則明不亂增便識亂減則不明有說色根爲取自境各惟有二取境事足減則不明增便無用問何故二眼二耳二鼻合立一界一處一根答作用一故謂雖有二處而共發一識共取一境如身眾分處所雖多作用同故但立一界一處一根此亦如是眼有二種謂長養異熟生無別等流不可得故問頗惟有長養眼無異熟生或惟有異熟生眼無長養耶答無異熟生眼離長養眼如人重人如墻重墻長養防護異熟亦爾然有長養眼離異熟生眼如從無眼得天眼者問爲長養眼見色多爲異熟生耶答長養眼見色多非異熟生以天眼根是

長養故然約時分二眼勝劣應作四句有長養眼勝非異熟生如幼年時爾時異熟相續小故有異熟生眼勝非長養眼如老病時爾時長養相續小故有二眼俱勝如盛年時有二眼俱不勝謂除前位約有情相續二眼勝劣亦應作四句有長養眼勝非異熟生如有富貴者異熟生眼劣資縁多故長養眼勝有異熟生眼勝非長養眼如有貧賤者異熟生眼勝乏資縁故長養眼劣有二眼俱勝如有富貴者異熟生眼勝資縁多故長養亦勝有二眼俱不勝如有貧賤者異熟生眼劣乏資縁故長養亦劣又長養眼有二種謂善法所長養不善法所長養問爲善法所長養眼見色勝爲不善法所長養眼勝耶答善法所長養眼見色勝如修得天眼是善法所長養故異熟生眼亦有二種謂善業異熟不善業異熟問爲善業異熟眼見色勝爲不善業異熟眼見色勝耶答善業異熟眼見色勝如菩薩轉輪王等眼是善業異熟故若約相續或有不善業異熟眼見色勝非善業異熟眼如龍王等眼見色勝人如眼耳鼻舌身亦爾意有三種謂異熟生等流剎那剎那者謂苦法智忍相應色有三種謂異熟生長養等流如色香味觸亦爾聲有二種謂長養等流無異熟生有間斷故法有四種謂異熟生等流剎那及實事實事者謂諸無爲問眼根極微云何而住爲傍布住爲前後住耶設爾何失若傍布住者云何風吹不散若前後住者云何前不障後耶有作是說黒瞳子上傍布而住對外色境如胡荽華或如滿器水上散麨問若

爾何緣風吹不散答淨色覆持故吹不散有餘師說黑瞳子中前後而住問若爾何故前不障後答體清淨故不相障礙謂如是類所造淨色雖多積集而不相障如秋池水以澄淨故細針墮中而亦可見耳根極微住耳孔中鼻根極微住鼻孔中如是三根繞頭而住如冠華鬘舌根極微住在舌上猶如半月然於其中如毛端量無有舌根身根極微隨身內外次第而住復有餘師以喻顯示諸根極微次第住相眼根極微黑瞳子上如藥杵頭耳根極微住耳孔中猶如燈器鼻根極微住鼻孔中猶如人爪舌根極微住在舌上猶如剃刀身根極微隨身而住猶如戟矟女根極微住女形中猶如鼓顙男根極微住男形上猶如指環佛於經中亦以此喻說諸根相眼根極微有時一切是同分有時一切是彼同分有時一分是同分一分是彼同分如眼根極微耳鼻舌根極微亦爾身根極微有時一切是彼同分有時一分是同分一分是彼同分必無一切是同分時問若舉身入冷水池中或鑊湯中若在地獄山所磑磨身如爛葉或十三種猛焰纏身爾時豈非一切同分答爾時亦有彼同分者假使一切身根極微皆生身識身便散壞以五識身皆依積聚緣積聚故問眼等六根幾能取至境幾能取不至境耶答至有二種一爲境至二無間至若依爲境至說則六根皆取至境若依無間至說則三取至境謂鼻舌身三取不至境謂眼耳意問若爾何故耳聞近聲如耳門邊聲而眼不見近色如藥杵頭色耶尊者世友說曰雖

俱取不至境而根法爾有能取近境有不能取近境故不應難有說若聲逼近耳根如藥杵頭近眼根者亦不能聞耳門邊聲去耳尚遠故得聞之以耳根極微在耳孔中故大德說曰眼因明故能見色色若逼近則礙於明故不能見耳因空故能聞聲聲雖逼近而不礙空故能聞之由此而說眼因明增故見色耳因空增故聞聲鼻因風增故嗅香舌因水增故甞味身因地增故覺觸意因作意增故能了法問何故三根能取至境三根不能取至境耶答以眼識依自界緣自界他界耳識亦爾意識依自界他界緣自界他界餘三識依自界緣自界故復次眼識依同分緣同分彼同分耳識亦爾餘四識依同分緣同分此依現在識說復次眼識依自地他地緣自地他地耳身意識亦爾餘二識依自地緣自地復次眼識依無記緣三種耳識亦爾意識依三種緣三種餘三識依無記緣無記復次眼識依近緣近遠耳識亦爾意識依近遠緣近遠餘三識依近緣近所以者何乃至三根未與境無間而住三識必不得生故復次眼識或依小而緣大如見大山或依大而緣小如見毛端或依緣等如見蒲萄果耳識亦爾意識所依雖不可施設大小而所緣或小或大餘三識所依緣等隨依爾所鼻舌身極微即緣爾所香味觸極微故復次眼耳意三識依非業緣業非業餘三識依非業緣非業復次眼耳意三識依非妙行惡行緣妙行惡行及俱非餘三識依非妙行惡行緣非妙行惡行如妙行惡行善戒惡戒律儀不律儀表非表

亦爾問頗有一極微爲所依一極微爲所緣生眼等五識不答無所以者何眼等五識依積聚緣積聚依有對緣有對依和合緣和合故問若合爾所法俱生即爾所法俱滅剎那後必不住如何可言鼻嗅香舌嘗味身覺觸耶答若緣彼法鼻舌身識生即說彼法是鼻舌身識所了別即說名爲鼻舌身根所嗅嘗覺故無有失問眼等五根處有筋骨血肉耶答無以諸色根是清淨大種所造故而經說色根處有筋骨血肉者是根中間色香味觸近根處故說名爲有而實根處無筋骨等色處有二十種謂青黃赤白長短方圓高下正不正雲煙塵霧影光明闇有說色處有二十一謂前二十及空一顯色如是諸色或有顯故可知非形故謂青黃赤白影光明闇及空

一顯色或有形故可知非顯故謂身表業或有顯形故可知謂餘十二種色若非顯形故可知者無也問爲緣一色生於眼識爲緣多色生眼識耶若緣一色生眼識者此云何通如說眼識緣五色縷若緣多色生眼識者則一眼識有多了性了性多故應有多體一法多體與理相違有說但緣一色生於眼識問此云何通如說眼識緣五色縷答多色和合共生一色見一色時言見多色尊者世友說曰非一眼識頓取多色生速疾故非俱謂俱是增上慢如旋火輪非輪謂輪是增上慢有說亦緣多色生一眼識問應一眼識有多了性乃至廣說答若別分別則緣一色生一眼識若不別分別則緣多色生一眼識大德說曰若不明了取色差別則緣多色亦生一識

如觀樹林總取葉等問爲有一青極微不答有但非眼識所取若一極微非青者衆微聚集亦應非青黄等亦爾問爲有長等形極微不答有但非眼識所取若一極微非長等形者衆微聚集亦應非長等形復次有色極細故不見非非境故如滅七微色處有色非境故不見非極細故如除色處餘積集色有色極細故不見亦非境故如除色處餘極微色有色非極細故不見亦非非境故如藥杵頭逼眼瞳子復次有色極遠故不見非非境故如四天王衆天等住自宫時彼雖是人眼境而遠故不見有色非境故不見非極遠故如梵衆天等來至人間雖近不見有色極遠故不見亦非境故如梵衆天等住自宫時人眼不見有色非極遠故不見亦非非境故如藥

杵頭逼眼瞳子尊者世友説曰由四緣故雖有色而不見一極近故如逼瞳子藥杵頭色二極遠故如住此間波吒梨色三極細故如減七微色四有障故如壁外等色數論者説由八緣故雖有色而不見謂極遠故極近故根壞故意亂故極細故有障故被勝映奪故相似所亂故聲處有八種謂執受大種因聲非執受大種因聲此各有二謂有情名聲非有情名聲此復各有可意不可意别故成八種有作是説執受大種因聲非執受大種因聲各有可意不可意别有情數大種因聲非有情數大種因聲亦各有可意不可意别故成八種問爲緣一聲生於耳識爲緣多聲生耳識耶若緣一聲生耳識者云何一時聞五樂聲及一時聞多人誦聲若聞多聲生耳識

者則一耳識有多了性乃至廣說有說但緣一聲生於耳識問云何一時聞於五樂及多人誦聲答多聲和合共生一聲聞一聲時言聞多聲尊者世友說曰非一耳識頓取多聲生速疾故非俱謂俱乃至廣說有說亦緣多聲生一耳識聞應一耳識有多了性乃至廣說答若別分別則緣一聲生一耳識若不別分別則緣多聲生一耳識大德說曰若不明了取聲差別則緣多聲亦生一識如聞軍衆喧雜之聲香處有四種謂好香惡香平等香不平等香問爲緣一香生於鼻識爲緣多香生鼻識耶若緣一香生鼻識者云何一時嗅百和香若緣多香生鼻識者則一鼻識有多了性乃至廣說有說但緣一香生於鼻識問云何一時嗅百和香答多香和合共生一香嗅一香時言嗅多香尊者世友所說如前有說亦緣多香生一鼻識問應一鼻識有多了性乃至廣說答若別分別則緣一香生一鼻識若不別分別則緣多香生一鼻識大德所說如前應知味處有六種謂甘醋鹹辛苦淡問爲緣一味生於舌識爲緣多味生舌識耶若緣一味生舌識者云何一時甞百味丸若緣多味生舌識者則一舌識有多了性乃至廣說有說但緣一味生於舌識問云何一時甞百味丸答多味和合共生一味甞一味時言甞多味尊者世友所說如前有說亦緣多味生一舌識問應一舌識有多了性乃至廣說答若別分別則緣一味生一舌識若不別分別則緣多味生一舌識大德所說如前應知問若甞味時爲舌識先起爲身識耶答隨

彼境增彼識先起若二境等舌識先生以諸有情貪味增故觸處有十一種謂四大種滑性澀性輕性重性冷性飢性渴性問爲緣一觸生於身識爲緣多觸生身識耶有說但緣一觸生於身識謂或緣堅性乃至或緣渴性有說乃至有緣五觸生一身識謂滑性及四大種乃至渴性及四大種有說乃至有緣十一種觸生一身識如乃至有緣二十種色生一眼識問云何身識緣共相境以五識身緣自相故答自相有二種一事自相二處自相若依事自相說者五識身亦緣共相若依處自相說則五識唯緣自相故不相違問於嗅甞覺香味觸時爲嗅甞覺執受香等爲嗅甞覺非執受香等耶若嗅甞覺執受香等者云何名受用施主所施又應一切時有嗅甞覺若嗅甞覺非執受香等者外香味觸於內香味觸都無有因云何受用有說嗅甞覺執受香味觸問云何名受用施主所施又應一切時有嗅甞覺答外香味觸於內香味觸是覺發因故無有失有說嗅甞覺非執受香味觸問外香味觸於內香味觸都無有因云何受用答如聲故無失有說於執受非執受香味觸俱嗅甞覺然不一時問內香味觸既無增減云何嗅甞覺耶答由外緣故亦有增減法處有七種謂前四蘊及三無爲於色蘊中取無表色三無爲者謂虛空擇滅非擇滅問爲緣一法生意識爲緣多法生意識耶答緣一緣多俱生意識又所緣法非惟七種即前七種及諸餘法皆能頓緣惟除自性相應俱有問曾聞菩薩六根猛利云何於境知猛利耶

答菩薩宮邊有無滅舍彼於舍內然五百燈菩薩爾時住自宮內不見燈焰但見其光即知彼燈數有五百於中若有一燈涅槃即記之言一燈已滅是名菩薩眼根猛利無滅舍中有五百妓一時奏樂菩薩爾時不見彼妓但聞樂聲即知其中作五百樂若一絃斷或一睡眠即記之言今滅爾所是名菩薩耳根猛利菩薩宮內燒百和香菩薩嗅之知有百種彼合香者欲試菩薩於百種中或增或減菩薩嗅已即記之言此於先香增減爾所是名菩薩鼻根猛利菩薩食時侍者常以百味丸進菩薩嘗之即知其中百味具足時造食者欲試菩薩於百味中或增或減菩薩嘗已即知其中增減爾所是名菩薩舌根猛利菩薩浴時侍者即以洗浴衣進菩薩觸之即知

織者或進衣者有如是病是名菩薩身根猛利菩薩善知諸法自相及與共相而無罣礙是名菩薩意根猛利諸過去彼一切不現耶乃至廣說問何故作此論答爲止他宗顯已義故謂或有說過去未來無實體性現在雖有而是無爲欲止彼意顯去來有現是有爲故作斯論諸過去彼一切不現耶答應作四句過去有二種一世過去二瑜伽過去不現亦有二種一世不現二覆障不現此中俱依二種作論過去不現互有廣狹故作四句有過去非不現謂如具壽鄔陀夷言

一切結過去　　從林離林來　　樂出離諸欲

如金出山頂

鄔陀夷經是此根本如說世尊住室羅筏鹿母堂中於日後分從靜定出將鄔陀夷往東

池所著衣入池洗浴時彼尊者爲佛揩身然鄔陀夷於佛昔日爲菩薩時常隨供侍今見佛身光明赫奕勝菩薩時歡喜敬愛合掌白佛我今欲以龍喻之頌讃歎世尊惟願聽許佛言欲說隨意說之時鄔陀夷便說此頌一切結過去者謂佛解脫一切煩惱從林離林來者林謂居家世尊從家捨於家法趣非家來樂出離諸欲者欲有二種一煩惱欲二衆具欲佛於此二身心不染故名出離樂謂於中愛樂而住如金出山頂者日名爲金山頂即是日所出處如日初出山頂之時光明徧照佛從煩惱隨煩惱出亦復如是有說山頂者是山頂雲如日從雲出時光明徧照佛亦如是有說山頂者是山頂黒砂金謂金砂猶如金砂從黒砂出光明照耀佛亦如是

從煩惱出力無畏等光明照耀是謂過去非不現過去者是第二過去非不現者非二種不現佛身現在而顯現故有不現非過去謂如有一或以神通或以呪術或以藥物或以如是生處得智有所隱没令不顯現或以神通者謂神通力令不顯現如契經說梵王白佛我欲隱身佛言可爾時彼大梵隱入地中佛便指之彼豈非汝梵王念言此由近故即渡大海入妙高山腹中而住世尊復指汝住此耶梵又念言此由麤故即便化作極微細身入佛白毫宛轉中住佛旣知已舒毫現之時大梵王極懷愧恥佛便告曰吾當隱身盡汝所能試知吾不梵王敬諾時佛即入如是等持放大光明徧梵宫處亦令梵世聞大音聲諸梵梵王莫知佛處問佛住何處令彼不

知有說梵王髻中而住有說化作極微妙身有說化身令不顯現有說化作障色障之有說靜慮靜慮境界佛佛境界皆不思議故不可知佛身所在又如尊者大目揵連入如是等持即於坐所而自隱蔽令提婆達多對目不見如是等類或以呪術者謂呪術力令不顯現如諸仙人所結呪術有受持者隨所隱沒能令不現或以藥物者謂藥物力令不顯現如有藥物具大神用若有執持隨所隱沒亦令不現如畢舍遮宮畔荼等或以如是生處得智者謂彼智力令所隱沒不復顯現此中有說地獄雖有生處得智而不能令身不顯現彼若能者終不須臾住彼受苦有作是說彼雖不能於獄卒邊令身不現而能於餘令身不現傍生餓鬼天亦有此生處得智令

身不現惟人趣無問此神通等四種力中誰能於誰令不顯現答神通能於一切不現以最勝故問誰神通於誰能令不現答佛於一切能令不現獨覺除佛於餘一切能令不現舍利子除佛獨覺於餘不現目揵連除佛獨覺及舍利子於餘不現乃至鈍根者除利根者於餘不現呪術除神通於餘能不現問何呪術於何能令不現答有圓滿呪術有不圓滿呪術有殊勝呪術有不殊勝呪術圓滿殊勝者於一切皆能不現不圓滿不殊勝者除圓滿殊勝於餘不現藥物除神通呪術於餘能不現所以者何由呪術力能致藥物非藥物力能致呪術故問何藥於何能令不現答勝藥於劣能令不現生處得智除前三種於餘不現以最劣故問此誰於誰能令不現有

說地獄惟於地獄能令不現乃至天惟於天能令不現有說地獄惟於地獄能令不現傍生於二餘鬼於三天於五趣能令不現如是說者地獄能於五趣不現乃至天亦能於五趣不現是謂不現非過去不現者是第二不現非過去者非二種過去以所隱没住現在故有過去亦不現謂所有行已起等起已生等生已轉現轉已集已現已過去已盡滅已離變是過去過去分過去世攝如是諸句皆共顯示過去諸行過去者是世過去不現者是世不現有非過去亦非不現謂除前相此中相聲於所名轉謂若法是前三句名所顯者皆悉除之餘未顯者作第四句此復云何謂除一切過去世法現在佛身及所隱没取餘現在一切未來及無為法問如後盡滅亦約結斷而作四句何故此中不約結斷作四句耶答有處說結斷名盡名滅無處說結斷名不現故

阿毗達磨大毗婆沙論卷第十三 說一切有部發智

音釋

搩（正作磔陟格切張開曰磔）曷邏呼（梵語也邏朗可切）膜（末各切肢膜也）嗤（充之切笑也）胡荽（荽宣佳切胡荽香菜也）麨（齒沼切乾糧也）戟稍（戟訖逆切戈戟也雙枝為戟單枝為戈稍色角切矛屬長丈八者謂之稍）顙（寫曩切鼓顙也）磑（五對切磨也）澀（色入切不滑也）儭（正作襯初覲切近身衣也）

阿毗達磨大毗婆沙論卷第十四

五百大阿羅漢等造

唐三藏法師玄奘奉　詔譯

雜蘊第一中智納息第二之六

諸過去彼一切盡耶答應作四句過去有二種如前說盡亦有二種如過去說此中俱依二種作論過去與盡互有廣狹故作四句有過去非盡謂如具壽鄔陀夷言一切結過去乃至廣說過去者是第二過去非盡者非初盡佛身現在已斷盡故有盡非過去謂如佛言此聖弟子已盡地獄已盡傍生已盡餓鬼已盡所有嶮惡趣坑問此中已盡地獄者顯聖弟子已盡地獄已盡傍生者顯此已盡傍生已盡餓鬼者顯此已盡餓鬼已盡所有嶮惡趣坑者顯此更何所盡耶答即顯上三然前廣後畧前别後總前漸後頓前分別後不分別有說已盡地獄傍生餓鬼者顯此已盡三惡趣自性已盡所有嶮惡趣坑者顯此已盡彼中有有說已盡地獄等者顯已盡地獄等已盡所有嶮惡趣坑者顯已盡人中扇搋半擇迦無形二形彼是人中嶮惡趣坑故有說前顯已盡地獄傍生餓鬼後顯已盡住不律儀彼當墮嶮惡趣坑故有說前顯已盡地獄傍生餓鬼後顯已盡造五無間業彼無間生墮地獄故有說前顯已盡地獄傍生餓鬼後顯已盡斷善根者以斷善者如嶮惡趣坑故若不續善根死必墮地獄故有說前顯已盡地獄等果後顯已盡地獄等因如契經說汝等苾芻若見行身語意惡行者應知已見地獄或餘惡趣有說前顯已盡地獄傍生餓

鬼後復言已盡所有嶮者重顯已盡地獄以地獄中無善果故惡趣者重顯已盡餓鬼彼常貧窮乏資緣故坑者重顯已盡傍生身心墮彼難可出故有成劫時生彼壞劫時方命終故有說前顯已盡地獄傍生餓鬼後復言已盡所有嶮惡趣坑者皆重顯已盡三惡趣果謂三惡趣皆是極嶮衆惡所趣所墮坑故問今地獄中猶有種種鑊湯爐炭及獄卒等無量苦具如何言盡耶答不往不生故說為盡謂聖弟子不復往彼處不復生彼蘊界處故此已得彼非擇滅故問亦有異生得地獄等非擇滅者何故但說聖弟子耶答諸聖弟子皆已盡故異生品中有未盡者是故不說問諸聖弟子亦盡人天何故但言盡地獄等答此中但說一切盡者諸聖弟子於人天趣

有未盡者故不說之是謂盡非過去盡者是第二盡非過去者非初過去有過去亦盡謂所有行已起等起乃至廣說此皆顯示過去諸行過去者是世過去盡亦爾有非過去亦非盡謂除前相此中相聲義如前釋廣說乃至此復云何謂除一切過去世法現在佛身未來聖弟子地獄等蘊界處取餘現在一切未來及無為法作第四句復次若依結斷說者此中依言顯所憑義前四句中依世盡及不生盡說盡言今四句中依斷煩惱得擇滅盡建立盡名有結過去非盡謂結過去未斷未偏知未滅未變吐未斷者未立斷偏知未偏知者未立智偏知未滅者未得擇滅未變吐者未棄彼得有說未斷者未以無間道斷未偏知者未以解脫道偏知未滅者未證彼

離繫得未變吐者未捨彼繫得有說此四句皆顯未棄捨義此復云何謂諸異生若具縛者過去三界見修所斷結已離欲染未離初靜慮染者過去入地見修所斷結乃至已離無所有處染者過去一地見修所斷結若聖者具縛入正性離生位苦法智忍時過去三界見修所斷結苦法智已生苦類智未生過去色無色界見苦所斷及三界見集滅道修所斷結乃至道法智已生道類智未生過去色無色界見道所斷及色界修所斷結預流者過去三界修所斷結一來者過去欲界修所斷三品及色無色界修所斷結不還者若未離初靜慮染過去八地修所斷結乃至若已離無所有處染過去一地修所斷結是謂結過去非盡有結盡非過去謂結未來已斷已遍知已滅已變吐已斷者已立斷遍知已遍知者已立智遍知已滅者已得擇滅已變吐者已棄彼得有說已斷者已以無間道斷已遍知者已以解脫道遍知已滅者已證彼離繫得已變吐者已捨彼繫得有說此四句皆顯已棄捨義此復云何謂阿羅漢未來三界見修所斷結若不還者已離無所有處染未來三界見所斷及八地修所斷結乃至未離初靜慮染者未來三界見所斷及一地修所斷結若一來者未來三界見所斷及欲界六品修所斷結若預流者未來三界見所斷結若隨信隨法行道法智已生道類智未生未來三界見苦集滅所斷及欲界見道所斷結乃至苦法智已生苦類智未生未來欲界見苦所斷結若諸異生已離無所有處染未

來入地見修所斷結乃至已離欲染未離初靜慮染未來一地見修所斷結是謂結盡非過去有結過去亦盡謂結過去已斷已遍知已滅已變吐已斷等言如前廣説此復云何謂阿羅漢過去三界見修所斷結廣説乃至若異生已離欲染未離初靜慮染過去一地見修所斷結是謂結過去亦盡有結非過去亦非盡謂結未來未斷未遍知未滅未變吐及結現在未斷等言如前廣説此復云何謂諸異生若具縛者未來三界見修所斷結廣説乃至若不還者已離無所有處染未來一地修所斷結及一切現在結是謂結非過去亦非盡諸過去彼一切滅耶答應作四句過去有二種如前説滅亦有二種一世滅二隱没滅此中俱依二種作論過去與滅互有廣狹故作四句有過去非滅謂如具壽鄔陀夷言一切結過去乃至廣説過去者是第二過去非滅者非二種滅佛身現在非隱没故有滅非過去謂依世俗小街小舍小器小眼言是滅街乃至滅眼謂東方人見小街等説言此滅即依此義可作是言頗有眼滅能見色耶答有謂現在世同分小眼是謂滅非過去滅者是第二滅非過去者非初過去有過去亦滅謂所有行已起等起乃至廣説此皆顯示過去諸行過去者是世過去滅亦爾有非過去亦非滅謂除前相此中相聲亦如前説廣説乃至此復云何謂除一切過去世法現在佛身及小街等取餘現在一切未來及無爲法作第四句復次若依結斷説者此中依言義如前説前四句中依世滅及隱没滅説

滅言今四句中依斷煩惱得擇滅滅建立滅名有結過去非滅謂結過去未斷未徧知未滅未變吐廣說乃至有結非過去亦非滅謂結未來未斷未徧知未滅未變吐及結現在此中一切義如前說如是所說五四句中前三四句依世施設及聖施設說作世語言及聖語言說依世俗及勝義說依契經及現見說後二四句惟依聖施設聖語言勝義契經說問後二四句中何故但說結不說結法耶答彼作論者意欲爾故乃至廣說有說應說而不說者當知此義有餘有說已說結當知亦已說結法所以者何依結立結法故又同一對治故有說諸結自性斷斷已不成就是故說之結法不定是故不說有說諸結多諸過失堅牢難斷難破難越是故說之結法不爾是故不說有說諸結與聖道相違結法不爾以善有漏能與聖道相入出故無覆無記能與聖道爲依止故然與結相離故亦是聖道所斷如燈破闇時亦損炷等王破他軍時亦損自衆有說諸結是結亦是結法是故說之結法非結是故不說如結結法縛縛法隨眠隨眠法隨煩惱隨煩惱法纏纏法垢垢法應知亦爾若於苦生疑此是苦耶此非苦耶乃至廣說問何故作此論答爲欲分別契經義故如契經說有因論婆羅門來詣佛所作如是問沙門喬答摩疑甚爲希有難度非易度世尊告言如是如是婆羅門疑甚爲希有難度非易度所以者何有古昔婆羅門造明論者造呪術者上首有十一頻瑟拏迦二婆莫迦三婆莫提婆四毗濕縛蜜多羅五闍莫

鐸耆尼六鴦耆羅七跋羅墮闍八婆死瑟搋九迦葉波十勃栗瞿如是等諸婆羅門世雖尊敬皆不度疑而命終是故知疑甚爲難度契經雖作是說而不廣分別彼經是此論所依根本彼所不說者今應說之故作斯論若於苦生疑此是苦耶此非苦耶當言一心多心耶答應言多心謂此是苦耶是一心此非苦耶是第二心於集滅道生疑亦爾此中邪聲顯成疑義若但說此是苦便成正見此非苦便成邪見乃至於道亦爾由說邪聲故成疑義如是於苦乃至於道各有二心總成八心此說極速於四聖諦次第疑者有此八心如現觀時從苦法智忍乃至道類智十六刹那有說此八非八刹那以一一心生滅速疾若作是念此是苦耶中間已經百千生滅餘心亦爾但本論師欲令弟子易解了故說多刹那以爲一心行相等故頗有一心有疑無疑耶乃至廣說問何故作此論答爲令疑者得決定故謂阿毗達磨者說一心聚有多法俱生於中有是猶豫謂疑有是決定謂慧有非猶豫非決定謂餘心所勿有生疑即有疑心是無疑心即無疑心是有疑心爲令此疑得決定故顯有疑心異無疑心異故作斯論頗有一心有疑無疑耶答無問此言爲約心聚爲約所緣說耶若約心聚說者則一心聚中有是疑有非疑如前已說何故言無若約所緣說者則於一佛心有有疑謂異生有無疑謂聖者亦不應言無何故答言無也答此約心聚故答言無謂諸心聚若有疑者名有疑心若無疑者名無疑心是故有疑心異無

疑心異然此中說無疑心者於四聖諦或了是有或撥爲無非但與疑不相應起所以者何謂於苦諦若言此是苦耶此心有疑若言此是苦此心無疑若言此非苦耶此心有疑若言此非苦此心無疑於集滅道應知亦爾應知此中有十六心於四聖諦各有四故謂八是疑四是正見四是邪見前四種疑引四正見後四種疑引四邪見謂此是苦等是正見此非苦等是邪見故問何等補特伽羅疑能引生正見何等補特伽羅疑能引生邪見答若好與此法共住者彼疑引生正見若好與外道共住者彼疑引生邪見復次若樂習內論者彼疑引生正見若樂習外論者彼疑引生邪見復次若愛親近善士聽聞正法者彼疑引生正見若愛親近不善士聽聞不正法者彼疑引生邪見復次若因力加行力不放逸力增上者彼疑引生正見若因力加行力不放逸力非增上者彼疑引生邪見如契經說有三種冥身謂於三世疑惑猶豫問冥身自性應是無明何故說疑答彼相似故謂諸煩惱中無有不了行相與無明相似猶如疑者是故說疑有說冥身自性實是無明疑是無明依處舍宅是故說疑如施設論說疑是無知依處舍宅故有說疑與無明親近住故謂若有疑處必有無明如世於親說彼是我是故說疑有說疑與無明相類同故謂彼於境俱不決定二分而轉是故說疑有說彼經爲成不成法故謂無明爲冥身自性不說自成而疑亦有冥身之義然不顯了是故偏說問世尊何故但說緣世疑爲冥身不說緣

無爲疑耶答應說而不說者當知此義有餘有說彼經依多分說謂多緣世起此冥身少緣無爲是以不說有說有爲麤顯於中生疑聖所訶責說爲冥者無爲微細難可覺了於中生疑聖不訶責是以不說如晝蹎蹶爲世所訶說爲盲者夜分蹎蹶世則不訶彼亦如是有說外道於世起增上愚疑惑猶豫是故偏說如契經言我於過去爲曾有爲非曾有何所曾有云何曾有我於未來爲當有爲非當有何所當有云何當有於內猶豫此物是何此物云何當何所有如是有情生從何來没往何所外道於世數起如是增上猶豫是故偏說有說若愚若智內道外道世間論者乃至童豎皆知有世謂彼皆了有去來今而於中疑甚爲盲冥故說冥身涅槃離相極難覺了雖猛利智猶不能窮故於彼疑此中不說有說佛觀未來有諸弟子撥無過未故說於世起疑惑者名爲冥身如契經說有五種心栽一者疑佛二者疑法三者疑戒四者疑教五者瞋僧如彼經說有五心栽云何爲五謂於大師及法戒教疑惑猶豫不悟入不信解不害心栽於佛所讚歎有智同梵行者瞋恚毀罵凌辱觸惱不害心栽問此五心栽以何爲體答疑瞋爲體前四是疑第五是瞋問瞋可爾疑云何如契經說栽有三種謂貪瞋癡品類足論亦作是說瞋云何謂於有情作損害作栽蘖無處說疑爲栽自性此中何以說耶答彼相似故謂諸煩惱中無有非栽自性而作栽事猶如疑者如施設論說疑覆蔽心令心剛强作栽蘖事尚不令心得邪決定

況正決定譬如良田若不耕墾即便堅鞕多諸株杌穢草不植何況嘉苗有說疑與瞋恚行相所對俱相似故說爲心栽行相相似者俱慼行相轉故所對相似者俱對歡行相故問何故疑佛說爲心栽非疑僧耶答不應生處而妄生者說名心栽佛無一切惡行過失而生猜疑是名非處於法戒教應知亦爾僧有少分惡行過失而猜疑者是應處起不名心栽問何故瞋僧說名心栽非瞋佛耶答僧有少分惡行過失緣之生瞋性必尤重故名心栽佛無一切惡行過失生瞋則輕是故不說於法戒教應知亦爾有餘師說於非重過施設心栽於僧生疑其過則重以應處起難可斷故不名心栽佛無諸過而能緣之生瞋性必尤重難斷亦非心栽於法戒教亦復如是云何多名身乃至廣說問何故作此論答是作論者意欲爾故乃至廣說有說爲欲分別契經義故如契經說苾芻當知如來出世便有名身句身文身出現世間雖作是說而不分別云何名身句身文身今欲分別故作斯論有說爲令疑者得決定故謂此論中分別種種甚深妙義或有生疑論者於義雖得善巧而於其文或不善巧爲令此疑得決定故顯於文義俱得善巧故作斯論有說爲止他宗顯已義故謂或有執名句文身非實有法如譬喻者或復有執名句文身聲爲自性如聲論者爲止彼執顯名身等是實有法是不相應行蘊所攝故作斯論有說欲顯世尊三無數劫所設劬勞有大果故謂佛過去無量劫前應得滅度所以經於三無數劫修習

百千難行苦行但爲利他夫利他者必於名身句身文身皆得善巧以善巧故能爲他説蘊界處等令得涅槃究竟饒益是名大果有説爲欲建立三種菩提增上緣故謂若以上品覺慧覺名句文身名佛菩提若以中品覺慧覺名句文身名獨覺菩提若以下品覺慧覺名句文身名聲聞菩提有説欲顯佛是無量無邊説法者故謂佛善達名句文身能爲衆生説法無盡有説欲顯世尊異獨覺故謂佛獨覺皆不由師自能覺悟而於名等惟佛善知獨覺不爾有説爲欲照了雜染清淨二法性相令他知故謂名身等是能照了染淨根本若無名等雜染清淨不可顯示有説欲顯於名身等觀察不觀察者引大義利大衰損故謂修行者若能觀察名句文身則能制伏猶如積山煩惱惡行雖遭罵辱能堪忍故若不觀察名句文身則煩惱惡行如河流不絶如罵太子毗盧釋迦言婢子何以昇我釋種堂彼以不能觀察如是四五字故牽引無量百千衆生墮大地獄問彼修行者得他罵時云何觀察令瞋不起答所言阿俱盧舍縵者是爲罵我若除阿字但是喚我若除縵字直是罵聲若二字俱除直名爲喚彼修行者得他罵時便審觀察此諸字中若無阿者便是喚我何爲生瞋若無縵者但有罵聲不關於我何由得瞋若二字俱無直名爲喚於我何苦而得生瞋復次行者得他罵時便審觀察如是諸字此方是罵他方是讚我若於此生瞋生憂若於他方生貪生喜則常憂常喜常瞋常貪誰有疲苦與我比者由此觀察便

不生瞋復次行者得他罵時便審觀察有讃我者更無別字但於罵我諸字之中顛倒次比此讃與罵既不決定不應於中生憂生喜由此於罵不生瞋心復次行者得他罵時應審觀察如是語業誰所成就爲是罵者爲是我身即知此是罵者成就便作是念彼爲自罵何關於我故不生瞋復次行者得他罵時便觀罵者身中諸法罵我法多不罵法多即知罵法惟攝一界一處一蘊少分不罵法攝十七界一界少分十一處一處少分四蘊一蘊少分作如是念彼罵我者罵我法少不罵法多何爲忘多於少生恚復次行者得他罵時應觀一字一刹那頃必不成罵無有多字多念俱生前字生時後字未起後字若生前字已滅都無罵理但妄分別謂之爲罵故不應瞋復次行者得他罵時應觀我身及能罵者皆念念滅適欲分別罵者及我皆已滅無誰復於誰應生瞋恨由此觀察故不生瞋復次行者得他罵時應觀諸行離我我所作者受者皆不可得惟空行聚何爲生瞋有說所以作此論者爲顯此論文義具故謂此論中分別諸法自相共相名爲義具此中分別名句文身名爲文具有說爲顯名句文身有大用故謂由名等顯示分別蘊界處等無量義門及能讃述佛法僧寶無邊功德由如是等種種因緣故作斯論云何多名身答謂名名號異語增語想等想假施設是謂多名身此中論者於文善巧以多文句共顯一名皆是名之差別名故問此中何故問多名身而不問名及名身耶答是作論者意欲爾故乃至

廣說有說應問而不問者當知此義有餘有說名與名身二俱攝在多名身中問多名身則爲都問有說此是契經所說不應問作論者契經但問多名身故論者於中不能增減問若爾何故問多名身而答以名答名是根本名滿名身名身復滿多名身故有說依展轉因故作是說如子孫法謂依名有名身依名身有多名身故問名體是何答是不相應行蘊所攝句文亦爾問何故名名答名者名爲隨名爲召名爲合隨者如其所作即往相應召者爲此義立如求便應合者隨造頌轉令與義會此中名具三義故名爲名心心所法有隨有召而無合義故不名名餘不相應色無爲法有隨有合而無召義故亦非名問名身者是何義答是二名聚集義是故一名不名名身問多名身是何義是多名聚集義如一象二象不名多象身要衆多象名多象身馬等亦爾句身多句身文身多文身亦復如是此中有名有名身有多名身有一字所起名有二字所起名有多字所起名一字所起名中於一字但有名於二字有名身多名身者有欲令依三字有欲令依四字二字所起名中於二字但有名於四字有名身多名身者有欲令依六字有欲令依八字三字所起名中於三字但有名於六字有名身多名身者有欲令依九字有欲令依十二字四字所起名中於四字但有名於八字有名身多名身者有欲令依十二字有欲令依十六字以此爲門餘多字名應知亦爾有餘師說一字所起名中於一字一呼但有名即於此字

再呼有名身即於此字或三呼或四呼有多名身於二字所起名等應知亦爾云何多句身答諸句能滿未滿足義於中連合是謂多句身爲成此義引經爲證如世尊説諸惡莫作諸善奉行自淨其心是諸佛教如是四句各能滿足未滿足義於中連合是謂多句身如是四句一一能滿各自句中未滿足義於中連合者於四句中一一各別連合諸字顯未滿義或復連合諸句顯成頌義爲多句身一一句中有標有釋謂諸惡者是標莫作者是釋乃至是諸佛者是標教者是釋故此頌中有四事滿一標二釋三句四頌若説諸惡於標名滿於釋於句於頌未滿復説莫作於標釋句三種名滿於頌未滿復説諸善若於總頌標釋句滿若於別句標滿非餘乃至復説是諸佛者若於總頌標釋句滿若於別句標滿非餘復説教者一切皆滿此頌處中不長不短八字爲句三十二字爲頌諸經論頌多依此法計書寫數亦依此法又從六字乃至二十六字皆得爲句然六字者名爲初句二十六字者名爲後句減六字者名短句過二十六字者名長句云何多文身答諸字衆是謂多文身爲成此義引經爲證如世尊説

欲爲頌本　文即是字　頌依於名　及造頌者

此中欲者是欲造頌欣喜愛樂爲頌本者此欲是頌因集生縁文即是字者巧便顯了故名爲文此即是字無轉盡故此即顯示能顯頌文以字爲體頌依於名者頌是假有依名而立亦依文句且説依名此中依言如林依樹及造頌者思惟觀察作諸伽陀名造頌者

頌依造者如蛇依穴水依於泉乳依乳房與依名異應知此中有名有名身有多名身有句有句身有多句身有文有文身有多文身於一字有名無名身無多名身無句無句身無多句身有文無文身無多文身於二字有名有名身無多名身無句無句身無多句身有文有文身無多文身於四字有名有名身有多名身無句無句身無多句身有文有文身有多文身於八字有名有名身有多名身有句無句身無多句身有文有文身有多文身於十六字有名有名身有多名身有句有句身無多句身有文有文身有多文身於三十二字有名有名身有多名身有句有句身有多句身有文有文身有多文身由此爲門於諸字衆所説多少如理應知

阿毗達磨大毗婆沙論卷第十四　説一切有部發智

音釋

扇搋梵語也此云生謂男根不滿是天然生者搋勑皆切　半擇迦梵語也此云變謂令生變作也　鐸達各切　蹎蹶蹎多年切躓也蹶居月切僵也　蘖魚列切斫木餘也謂斫而復生也　墾口很切耕田用力反土也　鞕魚孟切堅牢也　株杌株鍾輸切木根也杌五忽切木無枝也　縵莫半切

阿毗達磨大毗婆沙論卷第十五

五百大阿羅漢等造

唐三藏法師玄奘奉詔譯

雜蘊第一中智納息第二之七

問名爲隨語地繫爲隨補特伽羅地繫耶有説名隨語地繫彼作是説生欲界者若作欲界語彼欲界身欲界語欲界名所説義或三界繫或不繫若作初靜慮語彼欲界身初靜慮語初靜慮名所説義如前説生初靜慮者若作初靜慮語彼初靜慮身初靜慮語初靜慮名所説義如前説若作欲界語彼初靜慮身欲界語欲界名所説義如前説生第二第三第四靜慮者若作欲界語彼第二第三第四靜慮身欲界語欲界名所説義如前説若作初靜慮語彼第二第三第四靜慮身初靜慮語初靜慮名所説義如前説問若爾者上三靜慮爲有名不有説無有説有而不可説評曰彼不應作是説寧説無不應説有而不可説以無用故有説名隨補特伽羅地繫彼作是説生欲界者若作欲界語彼欲界身欲界語欲界名所説義如前説若作初靜慮語彼欲界身初靜慮語欲界名所説義如前説生初靜慮者若作初靜慮語彼初靜慮身初靜慮語初靜慮名所説義如前説若作欲界語彼初靜慮身欲界語初靜慮名所説義如前説生第二第三第四靜慮者若作欲界語彼第二第三第四靜慮身欲界語第二第三第四靜慮名所説義如前説若作初靜慮語彼第二第三第四靜慮身初靜慮語第二第三第四靜慮名所説義如前説問若爾者無

色界爲有名不有說無有說有而不可說評曰彼不應作是說寧說無不應說有而不可說以無用故如說名文句亦爾問名等爲是有情數爲非有情數耶答是有情數問名等爲有執受爲無執受耶答無執受問名等爲是長養爲是等流爲是異熟生耶答是等流非長養非異熟生問若名等非異熟生契經云何通如說佛告阿難我亦說名從業生是業果答名亦是業增上果故作如是說謂作好業亦得好名然非異熟問名等爲善爲不善爲無記耶答無記非造業者故思起故如四大種問誰成就名等爲能說者爲所說耶設爾何失若能說者則阿羅漢應成就染污法離欲染者應成就不善法異生應成就聖法斷善根者應成就善法以阿羅漢等亦說染污等法故若所說者則外事及無爲亦應成就名等以彼亦是所說法故答惟能說者成就名等問若爾後難善通前難云何通答阿羅漢等雖成就染污等名而不成就染污等法以染污等名皆是無覆無記法故問一刹那心能起一語一刹那語能說一字耶答佛一刹那心能起一語一刹那語能說一字聲聞獨覺一刹那心能起一語一刹那語不能說一字彼說衰時必經多刹那故由此惟佛其言捷利聲韻無過詞辯第一問三世諸法一一各有三世名耶答有過去諸法有過去名者如過去佛以如是名說過去法過去諸法有未來名者如未來佛以如是名說過去法過去諸法有現在名者如現在佛以如是名說過去法未來現在法廣說亦爾問一

切名皆能顯義耶答一切名皆能顯義問若以此名顯斷常第二頭第三手第六蘊第十三處第十九界等此名何所顯耶答此名即顯斷常等想問若以此名顯諸法無我此名何所不顯耶答有説除其自性及俱有法餘悉能顯有説惟除自性餘悉能顯有説惟除四字餘悉能顯有説一切悉顯謂於此中薩能顯婆婆能顯薩達能顯磨磨能顯達是故此中雖顯一切而無自性顯自性失問名之與義何者多耶答義多名少所以者何義攝十七界一界少分十一處一處少分四蘊一蘊少分名攝一界一處一蘊少分有説名多義少所以者何以一一義有多名故如古所制尼揵荼書一一義有千名次後畧之於一一義惟留百名今一一義惟留十名又説法者以無量名説一義故如是説者義多名少所以者何名亦義故設名非義義猶爲多以攝十七界一界少分乃至廣説况名亦是義是餘名所顯故是則義攝十八界十二處五蘊名但攝一界一處一蘊少分問若名亦是義者名義有何差別答能顯是名所顯是義復次名是非色義通色非色名惟無見義通有見無見名惟無對義通有對無對名惟有漏義通有漏無漏名惟有爲義通有爲無爲復次名惟無記義通善不善無記名惟墮三世義通墮三世及離世名惟欲色界繫義通三界繫及不繫名惟非學非無學義通學無學非學非無學名惟修所斷義通見修所斷及不斷復次名惟不染汚義通染汚不染汚如染汚不染汚有罪無罪有覆無覆是退非

退黑法白法亦爾復次名無異熟義通有異熟無異熟名非異熟義通異熟非異熟名不相應義通相應不相應如相應不相應有所依無所依有所緣無所緣有行相無行相有警覺無警覺亦爾復次名惟苦集諦攝義通四諦及非諦攝由如是等名義差別問義爲可說爲不可說耶設爾何失若可說者說火應燒舌說刀應割舌說不淨應汚舌說飲應除渴說食應除飢如是等若不可說者云何所索不顛倒耶如索象應得馬索馬應得象如是等契經所說復云何通如說我所說法初中後善文義巧妙答義不可說問若爾前難善通云何所索不顛倒耶答劫初時人共於象等假立名想展轉傳來故令所索而不顛倒有說語能起名名能顯義語雖不能親說得義而依展轉如子孫法故於象等所索無倒問契經所說復云何通如說我於說法初中後善文義巧妙尊者世友作是釋言語能起文文能顯義故作是說復作是言爲異外道故作是說謂諸外道所說法或少義或無義世尊所說有義多義是故說言我所說法文義巧妙復作是說外道所說文義相違世尊所說文義相順欲顯異彼故作是說問名句文身是不相應行蘊所攝何故佛說四蘊名名答佛於有爲總立二分謂色非色色是色蘊非色即是受等四蘊非色聚中有能顯了一切法名故非色聚總說爲名有說色法麤顯即說爲色非色微隱由名顯故說之爲名然實名等惟不相應行蘊所攝名有六種一功德名二生類名三時分名四隨欲名

五業生名六標相名功德名者謂依功德立名如解或誦素怛纜者名爲經師若解或誦毗奈耶者名爲律師若解或誦阿毗達磨者名爲論師得預流果名爲預流乃至得阿羅漢果名阿羅漢如是等生類名者謂依生類立名如城市生者名城市人村野生者名村野人剎帝利種中生者名剎帝利乃至戍達羅種中生者名戍達羅如是等時分名者謂依時分立名如童稚時名爲童子乃至衰老時名爲老人如是等隨欲名者謂隨樂欲立名如初生時或父母等或沙門等爲其立名如是等業生名者謂依作業立名如善畫者名爲畫師鍛金鐵者名金鐵師如是等標相名者謂依標相立名如執杖者名執杖人執蓋者名執蓋人如是等復次名有四種一假想名二隨用名三彼益名四從畧名假想名者如貧賤者名爲富貴如是等隨用名者如腹行者名腹行蟲如是等彼益名者如天神邊求得者名爲天授因祠祀而得者名爲祠授如是等從畧名者如具五功德者名爲五德繫屬王者名曰王人如是等復次名有二種一生名二作名生名者如剎帝利婆羅門等作名者如父母等所爲立名有說生名者謂初生時父母等所立名作名者謂於後時親友知識所爲立名復次名有二種一有相名二無相名有相名者如無常苦空無我等無相名者如我人有情意生等若佛出世則有相名多無相名少若不出世則無相名多有相名少問火名爲是有相爲是無相答若云尸棄是有相名云阿耆尼是無相名復次

名有二種一共名二不共名不共名者如佛法僧蘊界處等共名者謂餘世間共所立名有餘師說無不共名以一法可立一切名一切法可立一名故名皆是共如共不共名曾未曾名亦爾復次名有二種一定名二不定名定名者如蘇迷盧大海洲渚等不定名者謂餘世間隨共立名有餘師說無決定名所以者何蘇迷盧等邊方亦爲作種種名此方文頌亦作餘名如是說者蘇迷盧等有決定名劫初成時蘇迷盧等名已定故問前劫壞時一時失壞今劫成已誰傳彼名答有諸仙人得宿住智憶前劫事復傳彼名或劫初人由法爾力心想欻有彼名現前問諸所有名爲皆先有展轉傳說爲新立耶答蘇迷盧等諸名先有餘名不定或有新立復次名有二種一者詮體二者詮用詮體名者如盆中果舍中人等詮用名者如刈者誦者等有說詮體名者如堅濕煖動等詮用名者如持攝熟長等有說詮體名者謂諸惡等詮用名者謂莫作等問名爲有邊際不有作是說名無邊際法無邊故於一一法有多名故復有說者名有邊際惟佛能知餘無知者以佛能知名邊際故名一切智有說佛及獨覺知名邊際餘不能知有說佛及獨覺到彼岸聲聞知名邊際餘不能知評曰初說爲善惟佛能知名之邊際餘皆無有一切智故問有佛無佛世間恒有名句文身何故經言如來出世便有種種多名身等出現世間答依不共名故作是說如佛法僧蘊界處等惟佛出世方有此名有作是說惟佛出世有順解脫順空無我

違生死苦違我我所斷諸見生覺意背煩惱向出要止愚癡生智慧斷猶豫生決定猒生死樂涅槃毀外道讚正法諸如是等名句文身出現於世餘時不爾故作是說如契經說有三種言依無第四第五云何爲三謂依過去說曾諸法依未來說當諸法依現在說今諸法問言依以何爲自性答品類足說言依十八界十二處五蘊所攝問言即是語彼依是名但應一界一處一蘊所攝何故言十八界十二處五蘊所攝耶答彼論應說言依一界一處一蘊所攝而言十八界十二處五蘊所攝者依展轉因故作是說謂語依名轉名依義轉義是言展轉依義中具有十八界十二處五蘊故說者聽者皆爲於義是故彼論依展轉因說言依自性有說言依是名及所說義是故具有十八界等以言依名及義轉故問何故但依三世法說三言依不依無爲法說言依耶答亦應說無爲法是言依而不說者當知此義有餘有說無爲攝在現在品中以現在法得無爲故有說言多分依有爲法轉故無爲法不說言依有說爲止有情增上愚故說三言依於有爲法所起無明多增上故有說有情多於三世猶豫故佛爲說三種言依有說爲止外道執有我故說三言依謂外道言若無我者我言何依故佛爲說三種言依我言但依三世起故有說爲止撥無去來二世并止現在是無爲執說三言依依是有體有用法故無必無體無爲無用故非言依有說有爲法麤多信是有易起言說故立言依無爲法細少信是有難起言說故非

言依尊者世友作如是說有爲無爲分爲二聚若彼聚中三事可得謂語名義立爲言依無爲聚中雖得有義而無餘二故非言依大德說曰若法有用取果與果可立言依無爲無用是故不說脇尊者言有爲諸法與言可有俱時轉義故立言依無爲不然是故不說問若依過去說未來現在法依未來說過去現在法依現在說過去未來法彼是何等言依攝耶有作是說彼不攝在三言依中復有說者若依過去說未來現在即攝在過去中乃至若依現在說過去未來即攝在現在中有餘師說若依過去說未來現在未來者攝在未來現在者攝在現在乃至若依現在說過去未來過去者攝在過去未來者攝在未來前言說依義爲體故問若於一時頓說二

世或復三世何言依攝有作是說彼不攝在三言依中復有說者隨能顯名在何世攝即說攝在彼世言依有餘師說隨所顯義在何世攝即說攝在彼世言依前說言依義爲體故問契經但說有三種言依於義已足何故復說無第四第五答無第四者遮第四世恐有執有第四世故無第五者遮無爲法恐執無爲是言依故有說二言鄭重遮止欲令所說義決定故契經依世建立言依故說有三無四無五若依如理作意建立言依應說有一無第二第三無第二者遮有第二如理作意無第三者遮如理作意所不攝法若依止觀建立言依應說有二無第三第四義如前說若依三解脫門建立言依應言有三無第四第五義如前說若依四聖諦建立言依應

説有四無第五第六義如前説若依五蘊建立言依應説有五無第六第七義如前説若依六隨念建立言依應説有六無第七第八義如前説若依七等覺支建立言依應説有七無第八第九義如前説若依八聖道支建立言依應説有八無第九第十義如前説若依九次第定建立言依應説有九無第十第十一義如前説若依如來十力建立言依應説有十無第十一第十二義如前説如是若依餘法建立言依應如理説此經依世建立言依故但説三無四無五即此經中作如是説應以四事觀察補特伽羅知彼具壽爲可與語爲不可與語云何爲四一者處非處二者智論三者分別四者道跡若於此四善安住者彼可與語與此相違不可與語問如是

四事有何差别答不善安住處非處者謂不如實知是處非處不善安住智論者謂不如實知智及爾焰不善安住分别者謂不如實知世俗勝義不善安住道跡者謂不如實知趣苦集行及趣苦滅行有説不善安住處非處者謂不如實知眼色爲緣生眼識乃至意法爲緣生意識是處耳等爲緣生眼識乃至眼等爲緣生意識非處不善安住智論者謂不如實知十智差别不善安住分别者謂不如實知了義經及不了義經不善安住道跡者謂不如實知四種行跡有説不善安住處非處者謂不如實知有理無理不善安住智論者謂不如實知聖者正論不善安住分别者謂不如實知假設言論不善安住道跡者謂不如實知他言句義前中後别而輙酬對

有說不善安住處非處者謂不能如實立所立宗不善安住智論者謂不能堪受他所問難不善安住分別者謂不善了知詭誑眞實不善安住道跡者謂不能成辦增上覺慧有說不善安住處非處者謂於自宗他宗不善安住而有所說不善安住智論者謂不了知他以量爲先有所結難不善安住分別者謂不了知他前後次第相應言論不善安住道跡者謂不能滿足所求勝事有說不善安住處非處者謂不善了知現非現量不善安住智論者謂於先所聞堅執不捨不欲觀察前後得失不善安住分別者謂於他正說心懷猶豫如不能決是餅是酥不善安住道跡者謂不了知現比至教爲先問難脇尊者言不善安住處非處者謂於所知境不善了知不善安住智論者謂於能知智不善了知不善安住分別者謂於邪正教不善了知不善安住道跡者謂於邪正行不善了知尊者僧伽筏蘇說曰不善安住處非處者謂於多界經中所說處非處義不善了知不善安住智論者謂於四十四智七十七智事不善了知不善安住分別者謂於雜染清淨不善了知不善安住道跡者謂於趣色滅行乃至趣識滅行不善了知與上相違名善安住即此經中復作是說應以四事觀察補特伽羅知彼其壽爲可與語爲不可與語云何爲四一者應一向記問二者應分別記問三者應反詰記問四者應捨置記問若於此四如應記者彼可與語與此相違不可與語云何名應一向記問此問應以一向記故謂有門言如來應

正等覺耶法善說耶僧妙行耶一切行無常耶一切法無我耶涅槃寂靜耶應一向記此皆如是問何故此問應一向記答此問能引義利能引善法隨順梵行能發覺慧能得涅槃是故此問應一向記云何名應分別記問此問應以分別記故謂有請言爲我說法應告彼言法有多種有過去有未來有現在有善有不善有無記有欲界繫有色界繫有無色界繫有學有無學有非學非無學有見所斷有修所斷有不斷欲說何者云何名應反詰記問此問應以反詰記故謂有問言爲我說法應反詰言法有衆多汝問何者衆多法者謂過去等如前廣說問應分別記論應反詰記論有何差別答答意雖無差別而問意有異謂彼問者有爲知解故問有爲觸惱故問若爲知解故問應告彼言法有多種有過去有未來有現在廣說乃至有見所斷有修所斷有不斷欲說何者若言爲我說過去法應告彼言過去法亦有多種有善有不善有無記欲說何者若言爲我說善法應告彼言善法亦有多種有色有受想行識欲說何者若言爲我說色法應告彼言色法亦有多種有離殺生乃至有離雜穢語欲說何者若言爲我說離殺生應告彼言離殺生有三種謂從無貪生從無瞋生從無癡生欲說何者若言爲我說從無貪生應告彼言無貪生者復有二種謂表無表欲說何者若爲知解故發問者則應如是分別而答若爲觸惱故問應反詰言法有衆多汝問何者不應爲說有過去乃至有不斷若言爲我說過去法應反詰

言過去法多汝問何者不應爲說善不善無記若言爲我說善法應反詰言善法亦多汝問何者不應爲說色乃至識若言爲我說色法應反詰言色法亦多汝問何者不應爲說離殺生乃至離雜穢語若言爲我說離殺生應反詰言離殺生亦多汝問何者不應爲說從無貪生乃至從無癡生若言爲我說從無貪生應反詰言從無貪生亦有衆多汝問何者不應爲說表及無表若爲觸惱故發問者則應如是總相反詰令彼問盡或令自答如有爲知解故問有爲觸惱故問如是有爲求善故問有爲試他覺慧淺深故問有爲求義故問有爲摧他故問有質直故問有諂曲故問有柔和故問有憍傲故問應知亦爾如是名爲分別反詰二論差別云何名應捨置記

問此問應以捨置記故謂有外道來詣佛所白佛言喬答摩世間常耶乃至廣說四句世間有邊耶乃至廣說四句世尊告曰皆不應記問何故世尊不答此問答彼諸外道執有實我名爲世間來詣佛所作如是問佛作是念實我定無若答言無彼當作是言我不問有無若答言常或無常等便不應理實我本無如何可說常無常等如有問他此石女兒恭敬孝順及愛語不彼作是念石女無兒若答言無彼當作是言我不問有無若我答言恭敬孝順及愛語者便不應理石女無兒如何可說有恭敬等此亦如是所問非有非眞非實不應道理故佛不答復有外道來詣佛所白佛言喬答摩命者即身爲異身耶世尊告曰俱不應記問何故世尊不答此問答彼

諸外道執有實我名爲命者來詣佛所作如是問佛作是念實我定無若答言無彼當作是言我不問有無若我答言即身或異便不應理實我本無如何可說與身一異如有問他兔角牛角爲相似不彼作是念兔角本無若答言無彼當作是言我不問有無若我答言相似或不相似便不應理兔角本無如何可說與牛角相似不相似耶此亦如是所問非有非眞非實不應道理故佛不答復有外道來詣佛所白佛言喬答摩如來死後爲有爲無乃至四句世尊告曰皆不應記問何故世尊不答此問答彼諸外道執有實我名爲如來彼執此我本無而有問佛死後爲有爲無乃至廣說佛作是念如是本無今有實我畢竟無體若答此我今尚是無彼當作是言我不問今有無若我答言死後有等便不應理如是實我今尚是無如何可說死後有等所問非有非眞非實不應道理故佛不答復有外道來詣佛所白佛言喬答摩自作自受耶世尊告曰此不應記問何故世尊不答此問答彼諸外道執有實我自作自受佛說無我故不應答義如前說彼復問言他作他受耶世尊告曰此不應記問何故世尊不答此問答彼諸外道執有實我名自在天等彼能作我受果佛說無我故不應答義如前說彼復問言自他作自受耶世尊告曰此不應記問何故世尊不答此問答彼諸外道執有實我名爲自他佛說無我故不應答義如前說彼復問言非自他作無因而生無作無受耶世尊告曰此不應記問何故世尊不答此問

答世尊常說果從因生自作自受故不應答問何故於彼外道諸問應捨置耶答彼問不引義利不引善法不順梵行不發覺慧不得涅槃是故彼問皆應捨置問前三有答可名爲記第四無答云何名記答佛雖告言此不應記而實已與答理相應是根本答故亦名記令彼問者得正解故或有默然於理得勝況酬彼問而非記耶昔有外道名扇帙畧聰明廣學是大論師爲論議故來入迦濕彌羅國爾時此國有阿羅漢名筏素羅三明六通具八解脱學窮内外恒住波利質呾羅林中時扇帙畧爲捔論故來詣其所共相問訊種種慰勞在一面坐白言苾芻欲相捔論尊者與我誰先立宗筏素羅言我是舊住應先立宗但汝遠來稍當疲倦隨意先立時扇帙畧便立宗言一切立論皆有報答覺慧若盡其論乃窮時筏素羅默然而住彼扇帙畧與諸弟子歡喜而起唱如是言今此苾芻已墮負處時筏素羅告彼弟子汝師若是扇帙畧者不久當悟誰墮負處彼諸弟子聞之嗤笑隨逐其師從林而出時扇帙畧尋即思惟何故沙門作如是說乃便自悟我立論言一切立論皆有報答苾芻默然是我墮負深生慙赧告弟子言吾所立論今已墮負可與汝等馳還懺謝弟子白言何名墮負時扇帙畧具爲述之弟子報言已對大衆得勝而來何須復往懺謝取辱其師報言我寧於智者邊受劣不能於愚者邊取勝即與弟子還入林中到尊者所頂禮雙足作如是言尊者得勝我已墮負尊者是師我是弟子從今以後請常教

誨如是黙然於理得勝況酬彼問而不名答

是故四種皆名爲記

阿毗達磨大毗婆沙論卷第十五 說一切有部發智

音釋

衰一可切此是四十二字母中字也 鍛都玩切冶金曰鍛 欻許勿切猶忽也 刈倪祭切割也 詭古委切詐也 誑古況切欺也 捔訖嶽切校也競也 赧乃版切心愧而面赤曰赧

阿毗達磨大毗婆沙論卷第十六

五百大阿羅漢等造
唐三藏法師玄奘奉詔譯

雜蘊第一中智納息第二之八

如佛世尊訶諸弟子稱言癡人乃至廣說問何故作此論答欲令疑者得決定故謂佛世尊愛恚永斷違順平等拔諍論根滅憍慢本視諸珍寶猶如瓦礫於一切法覺照無遺無相似愛及恚慢等諸煩惱習已永斷故非如獨覺及諸聲聞雖斷煩惱而有餘習貪愛習者如尊者阿難憐諸釋種瞋恚習者如尊者畢陵伽筏蹉語殑伽神言小婢止流吾今欲渡憍慢習者如尊者舍利子棄擲醫藥愚癡習者如尊者笈房鉢底食前咳氣知食未銷不知後苦而復更食如是等事其類甚多世尊雖無煩惱餘習而或時有似愛等言似愛言者如世尊說善來苾芻能善出家猶具禁戒似恚言者如世尊說汝是釋種婢子釋種是汝大家似慢言者如世尊說我是如來應正等覺成就十力得四無畏似癡言者如世尊說大王今者從何處來告阿難言看天雨不園中何故高聲大聲或有生疑世尊已斷諸煩惱習云何復有如是等類似煩惱言欲令彼疑得決定解故作斯論釋其因緣如此癡言彼亦爾故問何故佛說似愛等言答護所化田饒益彼故謂世尊說似愛言者欲令天授所破苾芻身心安隱及除疑故謂提婆達多貪名利故破壞僧已尊者舍利子及大目揵連化使還來彼諸苾芻深生羞恥身心顫掉復生疑惑我隨天授不失戒耶聞世尊

說善來苾芻能善出家猶具禁戒顗掉疑惑二事皆除若佛爾時不作此語彼懷愧惱吐血命終又世尊說似恚言者摧彼梵志憍慢幢故謂彼梵志菴婆瑟吒不量毋卑而懷憍傲障他出家當墮惡趣由佛訶彼傲佷心摧次第二身得生天上見四聖諦又訶彼補色羯羅婆利梵志得入佛法逮殊勝果又世尊說似慢言者為令不知佛功德者知已歸依修勝行故又世尊說似癡言者為開彼王談論道故為解阿難睡悶心故又欲生彼樂靜心故佛說此等似煩惱言皆為有情獲利樂故今訶弟子稱言癡人亦為利生如後當說問何緣獨覺及諸聲聞雖斷煩惱而有餘習佛不爾耶答聲聞獨覺慧不猛利雖斷煩惱而有餘習如世常火雖有所燒而餘灰燼佛慧猛利斷諸煩惱令無餘習如劫盡火隨所燒物無餘灰燼由前所說種種因緣故作斯論如佛世尊訶諸弟子稱言癡人此有何義答是訶責語謂佛世尊訶責弟子稱言癡人如今親教及軌範師若有近住依止弟子起諸過失便訶責言汝為愚癡不明不善世尊亦爾訶諸弟子稱言癡人此中論文總有二分一者釋佛訶弟子義二者釋佛訶彼因緣前所舉文即是初分如今親教及軌範師為遮弟子所起過失或如父母遮防子過有所訶責皆為饒益無有惡心佛亦如是謂佛所化略有四種一宜讚歎二宜訶責三宜捨置四宜因他宜讚歎者如佛讚歎俱胝耳等宜訶責者如佛訶責鄔陀夷等宜捨置者如置無衣迦葉波等如佛告彼婆羅門言今非其

時未可答汝宜因他者如佛爲五苾芻轉正法輪爾時八萬諸天皆得聖道佛爲頻毗娑羅王說法爾時亦有八萬諸天及摩揭陀九萬二千人皆得聖道佛爲帝釋說法爾時亦有八萬諸天得入聖道佛爲羅怙羅說法爾時亦有六萬諸天一時得道諸如是等其類甚多是故世尊應以訶責而入道者必訶責之有說世尊大悲所逼故常求覓利他方便若不訶罵提婆達多汝是愚癡食涕唾者則引無量愚癡衆生作諸惡事又復數數觸惱世尊若不毀呰無比女人汝身穢惡不淨充滿即彼欲心無由止息故訶弟子稱言癡人有說世尊所以訶責諸弟子者欲使未種善根者能種善根已種善根未成熟者速能成熟若已成就未解脫者速得解脫若不訶責失此善利故佛爲此稱言癡人問言癡人者是何義耶爲從癡生故說爲癡人爲現行癡故說爲癡人設爾何失若從癡生故名癡人者亦從貪恚慢見等生世尊何故惟言癡人若現行癡故名爲癡人契經不應說阿羅漢亦名癡人如契經說遠去癡人勿我前住又世尊責鄔陀夷言癡人無眼云何乃與上座苾芻競甚深義又餘煩惱亦有現行何故惟說癡人非餘有作是說從癡生故名爲癡人問若爾亦從貪恚慢見等生世尊何故惟言癡人答癡徧行故若佛知訶阿羅漢等以爲癡人於物有益即亦訶彼阿羅漢身亦癡生故如契經說無明所覆愛結所繫愚夫感得有識之身智者亦爾阿羅漢等說爲智者有餘師說現行癡故名爲癡人問若爾契經不

應說阿羅漢亦名癡人答且契經說遠去癡人勿我前住者是誦者謬誦應如是說遠去苾芻勿我前住世尊臨欲般涅槃時尊者白淨在佛前住以扇扇佛時有無量長壽諸天來詣佛所嫌彼尊者當佛前住遮蔽我等不見世尊而使我等失最後利佛知彼意便作是言遠去苾芻勿我前住又世尊責鄔陀夷言癡人無眼云何乃與上座苾芻競甚深義者亦不相違以鄔陀夷爾時未得阿羅漢果或言異生或言有學有餘師說阿羅漢等亦現行癡不染無知猶未斷故問諸餘煩惱亦有現行何故惟說癡人非餘答前已說言癡徧行故隨起何地無明現前則癡人名依彼而立由此義故佛訶弟子稱言癡人何故世尊訶諸弟子稱言癡人答彼於世尊教誡教授不隨義行不隨順不相續此下論文即第二分釋佛訶彼癡人因緣教誡教授總顯佛語能正行者名隨義行彼諸弟子不能正行故名不隨義行有說如應行者名隨義行彼諸弟子不如應行故名不隨義行不隨順者於佛聖教不能隨順修功德故不相續者不能長時流注相續修功德故問教誡教授有何差別答遮無利益故名教誡與有利益故名教授復次教住正念故名教誡教住正知故名教授復次令修有表故名教誡令修無表故名教授復次令修奢摩他故名教誡令修毗鉢舍那故名教授復次令修聖道故名教誡令得聖果故名教授復次令修世間善法故名教誡令修出世善法故名教授是謂教誡教授差別復次彼於聖教作愚癡事空

無有果無出無味無有勝利違越佛教於諸學處不能受學故佛訶彼稱言癡人此中聖教意顯聖道問彼云何於聖道作愚癡事耶答彼不能令聖道成愚癡事但彼相續增長愚癡障礙聖道有說亦令聖道成愚癡事謂令成遠不得自在不現行故有說爲斷愚癡佛說聖教彼聞聖教不斷愚癡轉更增長是故說彼於佛聖教作愚癡事空者顯彼無聖道胎如女身中不任懷孕空無子故說名石女彼亦如是雖聞佛教不能攝受聖道胎故佛於彼身無士用果虛棄功用故名爲空無有果者無有等流及解脫果無出者無士用果復次出者謂得彼於佛法無所得故說名無出無味者彼於佛法無出家味無寂靜味無聖道味無寂滅味故名無味無勝利者果名勝利彼不得果故無勝利復次有二失故名無勝利譬如良醫愍諸有疾四方求藥得已與之病者輕賤投之糞壤彼有二失一者自病不得除愈二者良醫功爲虛棄世尊亦爾三無數劫修習百千難行苦行爲諸有情求聖法藥得已爲說彼聞輕賤不自服行用求名利彼有二失一者不除自煩惱病二者令佛唐捐其功違越佛教者違越世尊聖教理趣於諸學處不能受學者不能修行法隨法行復次彼於聖教作愚癡事者彼斷聖教不令相續故謂佛爲彼說無上法若聞正行轉爲他說他復正行更爲餘說如是展轉饒益無窮乃名如來聖教不絶彼聞聖教不能正行亦復不能轉爲他說自既無益復不利他名斷聖教不令相續由此說名作愚癡事

空者自身非法器故無有果者令佛期心無有果故謂佛欲令衆生聞法脫生死苦彼聞法已不能修行離苦方便是故令佛期心無果無出者彼不能得本出家時所求勝事謂淨持戒無味者無靜慮味無勝利者無無倒慧違越佛教者謂不得涅槃佛爲衆生得涅槃樂說正法教彼不能證故名違越於諸學處不能受學者佛所施設種種學處不能受學有雖受學不能恒修如婆柁黎過雨四月方能受學一坐食法有雖恒修而不圓滿俱名不能受學學處由此因緣佛訶弟子稱言癡人有六因謂相應因乃至能作因問何故作此論答爲止無因惡因論故謂諸外道或執諸法無因而生或復執有不平等因爲止彼意顯諸法生決定有因非不平等有作是說有執因緣非實有物如譬喻者爲止彼意顯示因緣若性若相皆是實有復有說者欲以六因顯示四果令其明了如觀掌內阿摩洛迦謂以相應俱有二因顯士用果以同類徧行二因顯等流果以異熟因顯異熟果以能作因顯增上果由此因緣故作斯論然此六因非契經說契經但說有四緣性謂因緣性廣說乃至增上緣性今欲以因分別緣故說此六因問爲因攝緣緣攝因耶答互相攝隨其事謂前五因是因緣能作因是餘三緣有作是說緣攝因非因攝緣謂前五因是因緣能作因是增上緣等無間緣及所緣緣非因所攝復有說者六因亦是契經所說謂增一阿笈摩增六中說時經久遠其文隱沒尊者迦多衍尼子等以願智力觀契經中說六

因緣撰集製造阿毗達磨是故於此分別六因曾聞增一阿笈摩經從一法增乃至百法今惟有一乃至十在餘皆隱沒又於增一乃至十中亦多隱沒在者極少曾聞尊者商諾迦衣大阿羅漢是尊者阿難陀同住弟子是大德時縛迦親教授師彼阿羅漢般涅槃時即於是日有七萬七千本生經一萬阿毗達磨論隱沒不現一論師滅尚有爾所經論隱沒況從彼後迄至于今若百若千諸論師滅經論隨沒數豈可知故此六因是契經說有餘師說如是六因雖無一經次第具說然於諸經處處散說謂契經說是名見爲根信證智相應如是等經說相應因又契經說眼及色爲緣生眼識三和合故觸俱起受想思如是等經說俱有因又契經說如是補特伽羅成就善法及不善法善法隱沒惡法出現有隨俱行善根未斷以未斷故從此善根猶有可起餘善根義彼於當來有清淨法如是等經說同類因又契經說諸邪見者所有身業語業意業諸有願求皆如所見所有諸行皆是彼類如是諸法皆悉能招非欣愛樂不可意果如是等經說徧行因又契經說無處無容身語意惡行受可愛異熟有處有容彼受不可愛異熟如是等經說異熟因又契經說二因二緣能生正見謂他音聲及內如理作意如是等經說能作因故此六因是佛所說是故尊者依經作論云何相應因乃至廣說

問何故作此論答爲止他宗顯正理故謂或有執心心所法前後而生非一時起如譬喻者彼作是說心心所法依諸因緣前後而生

譬如商侶涉嶮隘路一一而度無二並行心心所法亦復如是衆緣和合一一而生所待衆緣名有異故阿毗達磨諸論師言心心所法有別因故可說衆緣和合有異有別因故可說衆緣和合無異謂心心所各各別有生住異滅和合而生是故可說和合有異同依一根同緣一境而得生故可說一切和合無異是故一切心心所法隨其所應俱時而起或復有執諸法各與自性相應非與他性彼作是說相喜樂義是相應義無法與法共相喜樂猶如自性與自性者阿毗達磨諸論師言二事和合可說相應非於一物有相應義亦無自體喜樂自體能緣所緣有差別故或復有執自性於自性非相應非不相應彼作是說要與他合方名相應自於自性無他義故不名相應互相喜樂是相應義自於自性深喜樂故非不相應阿毗達磨諸論師言無有自性喜樂自性義如前說或復有執力任持義是相應義彼作是說若法由彼法力任持生此法與彼法相應是故心與心相應心力持心令得生故心所法與心相應心力持彼令得生故心不與心所法相應非彼力持而得生故心所法不與心所法相應非互相持而得生故阿毗達磨諸論師言心與心所心所與心心所皆展轉力持而得生故更互相應一身二心不並起故無相應義爲遮此等種種異執顯示正理故作斯論云何相應因答受與受相應法爲相應因受相應法與受爲相應因想思觸作意欲勝解念三摩地慧與慧相應法爲相應因慧相應法與慧爲

相應因是謂相應因問此中何故不說心耶答是作論者意欲爾故乃至廣說或有說者亦應說心而不說者應知此中是有餘說說六因義皆不盡故若作盡理無餘說者應作是說云何相應因謂一切心心所法云何俱有因謂一切有爲法云何同類因謂一切過去現在法云何徧行因謂一切過去現在徧行隨眠及彼相應俱有法云何異熟因謂一切不善及善有漏法云何能作因謂一切法有作是說設作是說亦不盡理不知何位誰與誰爲因故若說此中是有餘說於理爲勝諸作論者畧標少法爲根本故有餘師說心已說在此所說中謂受相應慧相應法亦攝心故問何故不說心之自相答平等相似是相應義心勝如王是故不說如伽陀言

第六增上王　染時染自取　不染而有染　染者謂愚夫

復有說者以三摩地有說即心說三摩地即已說心故不別說問何故但說十大地法爲相應因非餘法耶答是作論者意欲爾故乃至廣說有說應說而不說者當知此義有餘有說若法一切界一切地一切趣一切生一切種一切心可得者此中說之餘法不爾故此不說問大地法是何義答大者謂心如是十法是心起處大之地故名爲大地大地即法名大地法有說心名爲大體用勝故即大是地故名大地是諸心所所依處故受等十法於諸大地偏可得故名大地法有說受等十法徧諸心品故名爲大心是彼地故名大地受等即是大地所有名大地法問何故名

心所答是心所有故問何故心心所法展轉為相應因答展轉為因故展轉力生故展轉相引故展轉相養故展轉相增故展轉相依故如二蘆束相依而住多繩相合能牽大木多人連手能渡大河有為諸法性羸劣故展轉相依方辦事業義問受言汝若離想能納境耶答言不能餘心心所為問亦爾問相應因以何為自性答一切心心所法即攝三蘊一蘊少分一處一處少分七界一界少分已說自性所以今當說問相應是何義答等義是相應義問諸心所法或多或少謂善心多不善心少不善心多有覆無記心少有覆無記心多無覆無記心少欲界心多色界心少色界心多無色界心少有漏心多無漏心少云何等義是相應義答依體等義說名為等若一心中二受一想可不名等然一心中一受一想餘亦如是故說等義是相應義復次等不相離是相應義復次等不別異是相應義復次等運轉義是相應義如車轉時衆分皆轉共辦一事如是心車於境轉時心所亦轉共成一事故名相應復次等所作義是相應義如秋鴿等一時詣場一時食一時起非前非後心心所法亦復如是一時趣境一時受境一時捨境故名相應復次等相順義是相應義如人相順即名相應心心所法相順亦爾復次等和合義是相應義如水乳合說名相應心心所法和合亦爾霧尊者曰四事等故說名相應一時分等謂心心所同一剎那而現行故二所依等謂心心所同依一根而現行故三所緣等謂心心所同緣一境而

現行故四行相等謂心心所同一行相而現行故復次五事等故說名相應即前四事及物體等謂心心所各惟一物和合而起故名相應復次如束蘆義是相應義如一一蘆不能獨立要多共束方能得住心心所法亦復如是要多相依方能行世取果與果及取所緣復次如合索義是相應義如一一縷不能牽材多縷相合乃有牽用心心所法亦復如是廣如前說復次如連手義是相應義如河漂急獨不能渡多人連手乃能渡之心心所法亦復如是廣如前說復次如商侶義是相應義如多商人共爲伴侶能過險路心心所法亦復如是廣說如前尊者世友作如是說相引生義是相應義問若爾眼識意識亦互相引彼相應耶答彼所依異若同所依互相引者乃是相應復次不相離義是相應義問若爾四大種亦不相離彼相應耶答彼無所依若有所依亦不相離乃是相應復次有所緣義是相應義問若爾六識皆有所緣彼相應耶答彼所依異若同所依有所緣者乃是相應復次同所緣義是相應義問若爾五識各與意識同一所緣應說相應又多眼識應說相應如多有情共觀初月等答彼所依異若同所依同所緣者乃是相應復次常和合義是相應義問若爾壽煖識三亦常和合彼相應耶答不爾壽煖二法無所依故若有所依亦常和合乃是相應復次恒俱生義是相應義問若爾四大種恒俱生彼相應耶答彼無所依若有所依恒俱生者乃是相應復次俱生住滅是相應義問若爾隨心轉色隨心

轉心不相應行亦俱生住滅彼相應耶答彼無所依若有所依俱生住滅乃是相應復次同一所依同一所緣同一行相轉義是相應義問云何知然答寧知不然復次同作一事義是相應義問若爾諸忍與智同作一事彼相應耶答彼不俱生若俱時生同作一事乃是相應大德說曰同伴侶義是相應義謂與心所互相容受俱時而生同取一境乃是相應尊者妙音作如是說所依所緣行相所作一切同義是相應義所以者何諸有爲法性羸劣故展轉力持方能起作曾不見有一大地法獨起作故此相應因定通三世有士用果云何俱有因乃至廣說問相應俱有二因何異有說無異一刹那受與想等法無二因故是故於此應作是說若相應因即俱有因有俱有因非相應因謂不相應俱有因是如是說者二因有異雖依一法而義別故問若爾二因有何差別答名即差別謂名相應因名俱有因復次爲伴侶義是相應因同一果義是俱有因復次同一所依一行相一所緣義是相應因同一生一老一住一滅一果一等流一異熟義是俱有因復次如執杖義是相應因如執杖已有所作義是俱有因復次如連手義是相應因如連手已渡暴河義是俱有因復次相隨順義是相應因不相離義是俱有因云何俱有因答心與心所法爲俱有因心所法與心爲俱有因問何故前相應因中不說心今俱有因中即說心耶答平等義是相應因義心王是勝與心所法等義不顯故不說心辦一事義是俱有因義心心所

法辦事義同故今說心此中心者即一切心心所法者亦一切心所法如其所應展轉爲俱有因心與隨心轉身業語業爲俱有因隨心轉身業語業者謂靜慮律儀無漏律儀問何故此中不說隨心轉身業語業與心爲俱有因耶答是作論者意欲爾故乃至廣說有說應說而不說者當知此義有餘師說此中所說因義皆不盡故有說此中初後廣說中間畧說義准可知是故不說有餘師說心於隨心轉身語業能爲因不隨其事轉以是勝故隨心轉身語業於心隨其事轉不能爲因以是劣故如王於臣能與爵祿不隨其事轉臣於王隨其事轉不能與爵祿此亦如是評曰心與隨心轉身語業展轉爲俱有因所以者何同一果故辦一事故問若爾此中何故不說答由前說三因故心與隨心轉不相應行爲俱有因隨心轉不相應行與心爲俱有因問何等隨心轉不相應行與心展轉爲因耶答心心所法及隨心轉身語業生老住無常與心展轉爲因此中有說心與自生老住無常爲俱有因惟自生住與心爲俱有因非老無常以能增益說名爲因老與無常衰滅法故不名爲因有說心與自生老住無常爲俱有因自生老住無常與心爲俱有因皆互相助辦一事故有說心與心心所法及隨心轉身語業生老住無常爲俱有因惟心生老住無常與心爲俱有因非餘生等評曰應作是說心與心心所法及隨心轉身語業生老住無常展轉爲俱有因云何知然品類足說云何心俱有因法謂一切心所法道俱有戒

定俱有戒及心彼諸法生老住無常問若爾品類足說復云何通如說或有苦諦以有身見爲因非與有身見爲因謂除過去現在見苦所斷隨眠及彼相應苦諦除過去現在見集所斷偏行隨眠及彼相應苦諦除未來有身見相應苦諦除未來有身見生老住無常諸餘染污苦諦答品類足論應作是說除過去現在見苦所斷隨眠及彼相應俱有等苦諦除過去現在見集所斷偏行隨眠及彼相應俱有苦諦除未來有身見相應苦諦除未來有身見及彼相應法生老住無常諸餘染污苦諦應作是說而不說者當知彼是有餘之說復次俱生四大種展轉爲俱有因是謂俱有因此中有欲令四大種體無偏增者彼作是說地大種與三大種爲俱有因三大種與地大種爲俱有因乃至風大種亦爾有欲令四大種體有偏增者彼作是說地大種與四大種爲俱有因四大種與地大種爲俱有因所以者何地大種有多體於中一與多爲俱有因多與一爲俱有因故乃至風大種亦爾評曰應作是說四大種體若有偏增若無偏增地爲三俱有因三爲地俱有因所以者何地不觀地生所造色以一切法不觀自性及同類體爲他因故乃至風大種亦爾問未生四大種亦是俱有因不答亦是俱有因墮因義故有因相故有說彼非俱有因此中但說俱生四大種展轉爲俱有因故評曰應作是說生未生四大種皆展轉爲俱有因此中生言說可生義或生相合如品類足說云何因所生法謂一切有爲法如彼生言說生未

生此亦如是問所造色爲有俱有因不答有一切有爲法皆有生等相爲俱有因故問所造色與所造色爲俱有因不答有爲俱有因如隨心轉所造色問有對造色與有對造色爲俱有因不答無有說亦有如眼根等有多極微俱生展轉爲俱有因評曰彼不應作是說如前說者好所以者何同一果義是俱有因義彼非同一果故然一切心皆有隨轉諸心所法及生等相非一切心皆有隨轉身語業色隨心轉義總有十種謂一起一住一滅一果一等流一異熟善則善不善則不善無記則無記墮一世中一果者謂離繫果一等流者謂等流果一異熟者謂異熟果隨法別說此十多少根蘊當說問隨轉自性是何答四蘊五蘊欲界無色界四蘊無隨轉色故色界五蘊有隨轉色故已說自性所以今當說問何故名隨轉答相隨順義是隨轉義相攝益義是隨轉義辦一事義是隨轉義隨心轉法義語心言汝所作事我亦作之心心所法展轉相望由五事故說名隨轉謂所依故所緣故行相故果故異熟故心與隨心轉色心不相應行展轉相望由二事故說名隨轉謂果故異熟故

阿毗達磨大毗婆沙論卷第十六 說一切有部發智

音釋

礫 郎狄切小石也 畢陵伽筏蹉 梵語也亦云畢陵伽婆蹉此云餘習 筏 房越切 蹉 七何切 茇房鉢底 梵語也亦云憍梵鉢提此云牛呞茇極瞱切 咳 口漑切逆氣也 顫掉 顫之膳切掉徒弔切顫掉謂四支寒動也 傲 疑到切倨也 佷 下懇切很戾也 燼 徐刃切火餘也 婆梗棃 梵語也梗待可切 迄 許訖切至也

阿毗達磨大毗婆沙論卷第十七

五百大阿羅漢等造

唐三藏法師玄奘奉詔譯

雜蘊第一中智納息第二之九

問身語業何等隨心轉何等不隨心轉耶答色界戒及無漏戒隨心轉欲界戒及餘身語業不隨心轉問何故欲界戒不隨心轉耶答欲界於彼隨心轉戒非田非器乃至廣說復次欲界非定界非修地非離染地故無如是道戒可隨轉色界是定界是修地是離染地故有如是道戒可隨轉復次欲界戒義問欲界心言汝能為我斷破戒及起破戒煩惱不若能者我隨汝轉欲界心義答欲界戒言我不能戒義言若不能我何為隨汝轉如人怖怨問他人曰汝能為我作救護不若能者常依止汝隨汝而轉他答不能彼便語言汝若不能我何為依止汝隨汝轉此亦如是問色界善心一切皆有隨轉戒不答非一切有謂初靜慮有六善心無隨轉戒一善眼識二善耳識三善身識四死時善心五起表善心六聞所成慧相應善心第二第三第四靜慮有二善心無隨轉戒謂死時善心及聞所成心問何故無色界無隨轉戒耶答彼界於戒非田非器乃至廣說復次戒是色一分攝彼界無色故亦無戒復次戒是大種所造彼無大種故亦無戒問如雖無無漏大種而有無漏戒如是彼界雖無大種何妨有戒耶答無漏戒非大種力故成無漏但由心力隨無漏心所等起故有漏戒由大種力繫屬界地故不相似復次戒者對治破戒及起破戒煩惱無

色界道不能對治破戒及起破戒煩惱故彼無戒問因論生論何故無色界道不能對治破戒及起破戒煩惱耶答彼惟欲界無色於欲有四事遠故無對治四事遠者一界地遠二所依遠三所緣遠四對治遠問若爾第二第三第四靜慮亦無破戒及起破戒煩惱對治彼應無戒答對治有二種一斷對治二猒壞對治上三靜慮於破戒及起破戒煩惱雖無斷對治而有猒壞對治如世尊說聖弟子入不動心解脫能斷不善修習善法非彼身中猶有不善可斷然依過患對治故作是說無色界於破戒及起破戒煩惱無斷對治亦無猒壞對治是故無戒隨心轉戒總有二種一道俱有戒二定俱有戒道俱有戒者謂無漏戒定俱有戒者謂色界戒若是道俱有戒彼非定俱有戒若是定俱有戒彼非道俱有戒有作是說道俱有戒謂無漏戒定俱有戒謂一切有漏無漏隨心轉戒彼作是說一切道俱有戒皆是定俱有戒或是定俱有戒而非道俱有戒謂有漏隨心轉戒有餘師說道俱有戒謂無漏戒定俱有戒謂根本靜慮有漏無漏戒依如是說應作四句有是道俱有戒非定俱有戒謂近分地諸無漏戒有是定俱有戒非道俱有戒謂根本地諸有漏戒有是道俱有戒亦是定俱有戒謂根本地諸無漏戒有非道俱有戒亦非定俱有戒謂近分地諸有漏戒彼師依得復作四句有得道俱有戒非定俱有戒謂未離欲染入正性離生十六心頃若已離欲染依未至定入正性離生見道十五心頃若諸聖者爲離欲染起加

行道九無間道八解脱道若未離欲染信勝解練根作見至所有加行無間解脱道若諸聖者未離欲染依未至定起無量不淨觀持息念及念住等如是等時得道俱有戒非定俱有戒有得定俱有戒非道俱有戒謂諸異生離欲染一切最後解脱道即彼爲離初靜慮染依初靜慮起加行道及一切最後解脱道即彼爲離第二靜慮染依第二靜慮起加行道及一切最後解脱道即彼爲離第三靜慮染依第三靜慮起加行道及最後解脱道即彼爲離第四靜慮染依第四靜慮起加行道若諸異生依根本靜慮引發諸通起加行道五無間道三解脱道若起無量不淨觀念住煖頂忍世第一法初三解脱八勝處前八徧處及無色界没生色界時色界上地没生下地時如是等時得定俱有戒非道俱有戒有得道俱有戒亦得定俱有戒謂已離欲染依未至定入正性離生道類智時若依上地入正性離生十六心頃若諸聖者離欲染最後解脱道即彼爲離初靜慮乃至非想非非想處染諸加行道九無間道九解脱道已離欲染信勝解練根作見至所有加行無間解脱道時解脱阿羅漢練根作不動諸加行道九無間道九解脱道若雜修初靜慮乃至第四靜慮時若諸聖者引發諸通起加行道五無間道三解脱道若諸聖者已離欲染依未至定等起無量解脱勝處徧處不淨觀持息念及諸念住若起無礙解邊際定無諍願智空空無願無願無相無相想微細心如是等時得道俱有戒亦得定俱有戒有不得道俱

有戒亦不得定俱有戒謂諸異生爲離欲染起加行道九無間道八解脱道依未至定靜慮中間起煖頂忍世第一法若諸異生依第二第三第四靜慮近分爲離初第二第三靜慮染起加行道九無間道八解脱道若諸異生依空無邊處乃至非想非非想處近分爲離第四靜慮乃至無所有處染起加行道九無間道九解脱道若諸異生未離欲染或已離欲染依未至等諸近分定或無色定起無量解脱勝處徧處及不淨觀持息念并念住等諸功德時若諸聖者依未至等諸有色定起有漏無漏成就諸功德時依無色定起有漏無漏成就諸功德時一切不定及無心位如是等時不得道俱有戒亦不得定俱有戒彼師依捨復作四句有捨道俱有戒非定俱有戒謂得預流果或一來果或漸次者得不還果未離欲染信勝解練根得見至從一來果一來勝果道及預流果預流勝果道退時從預流果退時者謂從練根所得果退如是等時捨道俱有戒非定俱有戒有捨定俱有戒非道俱有戒謂諸異生從離欲染乃至從離第三靜慮染退若諸異生及諸聖者欲色界没生無色界若色界没生欲界若諸異生從根本地勝功德退如是等時捨定俱有戒非道俱有戒有捨道俱有戒亦捨定俱有戒謂諸聖者從離欲染乃至從離非想非非想處染退若依四靜慮及靜慮中間得不還果若得阿羅漢果已離欲染信勝解練根得見至時解脱阿羅漢練根得不動從不還果不還勝果道及阿羅漢果阿羅漢勝果道退時

如是等時捨道俱有戒亦捨定俱有戒有不捨道俱有戒亦不捨定俱有戒謂除前相諸餘位彼依成就復作四句有成就道俱有戒非定俱有戒謂未離欲染聖者有成就定俱有戒非道俱有戒謂諸異生生欲界已離欲染若諸異生生色界有俱成就謂諸聖者生欲界已離欲染若諸聖者生色無色界有俱不成就謂諸異生未離欲染若諸異生生無色界依不成就亦作四句謂次前第二句爲今第一句次前第一句爲今第二句次前第四句爲今第三句次前第三句爲今第四句一切律儀總有四種一别解脱律儀二靜慮律儀三無漏律儀四斷律儀别解脱律儀者謂欲界戒靜慮律儀者謂色界戒無漏律儀者謂無漏戒斷律儀者謂離欲界染九無間道中所有靜慮無漏戒廣說此四律儀如業蘊害生納息煖隨轉戒於破戒爲捨對治持對治遠分對治頂忍世第一法見道修道中道類智隨轉戒於破戒但爲持對治遠分對治離欲界染加行道隨轉戒於破戒爲捨對治持對治遠分對治初無間道隨轉戒於破戒但爲持對治遠分對治於起破戒煩惱但爲斷對治捨對治七無間道隨轉戒於破戒但爲持對治遠分對治於起破戒煩惱爲斷對治捨對治持對治遠分對治第九無間道隨轉戒於破戒爲斷對治持對治遠分對治於起破戒煩惱爲斷對治捨對治持對治遠分對治九解脱道隨轉戒及餘後時乃至盡智無生智無學正見隨轉戒於破戒及起破戒煩惱但爲持對治遠分對治問法智品道

能斷破戒及起破戒煩惱可有隨轉戒類智品道無此功能云何亦有隨轉戒耶尊者世友說曰類智品道於彼雖無斷對治捨對治而有持對治遠分對治故復次法智品道與類智品道展轉爲因展轉相續展轉相屬展轉相生故有餘師說類智品道亦能斷破戒及起破戒煩惱然法智品道先斷彼故令無所斷故亦有隨轉戒譬如多人共一怨家一人已害餘無所害非無害能此亦如是大德說曰若法智品道有隨轉戒類智品道無隨轉戒者則應律儀惟於能處轉不於不能處轉然諸律儀通於能處不能處轉是故法智類智品道俱得有隨轉戒問欲界色界何者戒多有作是說欲界戒多所以者何欲界戒於根本業道及加行後起處得色界戒惟於根本業道處得欲界戒離性罪及離遮罪故得色界戒惟離性罪故得如是說者色界戒多所以者何且未至定所攝戒尚多欲界有無量功德對治彼故況復更有上地餘戒問有漏無漏何者戒多有作是說有漏戒多所以者何有漏戒攝二律儀一律儀少分無漏戒攝一律儀一律儀少分復次有漏戒攝二界一界少分二處一處少分無漏戒但攝一界一處少分如是說者無漏戒多所以者何且苦法智忍隨轉戒尚多有漏有無量功德對治彼故況復更有上位餘戒問苦法智忍與苦法智乃至盡智無生智無學正見諸隨轉戒何者爲多有作是說苦法智隨轉戒於苦法智忍隨轉戒一倍爲多如是展轉乃至無學正見隨轉戒於無生智隨轉戒一倍爲

多復有說者如苦法智忍隨轉戒如是苦法智隨轉戒乃至道類智隨轉戒亦爾離欲界染諸加行道九無間道九解脱道諸隨轉戒後後轉多所以者何如如漸漸破戒及起破戒煩惱如是如是戒漸增多上諸位戒前後相似如是說者苦法智忍隨轉戒與苦法智乃至無學正見隨轉戒等無有異所以者何同於身語七支轉故問若爾施設論說當云何通如說苦法智於苦法智忍爲勝乃至盡智於金剛喻定爲勝答依因長養故作是說謂苦法智忍惟一刹那因所長養苦法智二刹那因之所長養乃至盡智無量刹那因所長養彼說品勝不說戒多問聲聞與佛何者戒多有作是說聲聞戒多所以者何聲聞戒依二界身佛戒但依欲界身復次聲聞戒依二趣身佛戒但依人趣身如是說者佛戒多所以者何且力無畏隨轉戒尚多一切聲聞獨覺況復更有無量無邊殊勝功德諸隨轉戒問諸佛世尊有百年位證得無上正等菩提有乃至於八萬歲位若百年位得菩提者亦得八萬身中戒不設爾何失若得者云何此身得異身戒若不得者施設論說當云何通如說一切如來應正等覺皆悉平等答應言亦得問若爾云何此身得異身戒答若依此身得異身戒亦無有失相續一故然百年位得菩提者於百年位隨心轉戒亦得亦在身亦成就亦現在前於八萬歲位隨心轉戒得而不在身成就不現在前八萬歲位得菩提者於八萬歲位隨心轉戒亦得亦在身亦成就亦現在前於百年位隨心轉戒得而不

在身成就不現在前有說不得問若爾施設論說當云何通答由三事等故名平等一修行等謂如一佛於三無數劫修六波羅蜜多得圓滿故證得無上正等菩提餘佛亦爾故名平等二利益等謂如一佛出現於世度無量百千那庾多衆生令般涅槃餘佛亦爾故名平等三法身等謂如一佛成就十力四無所畏大悲三念住十八不共法等無邊功德餘佛亦爾故名平等復次根等故名平等諸佛皆住上品根故復次戒等故名平等諸佛皆得上品戒故復次地等故名平等謂如一佛依第四靜慮證得無上正等菩提餘佛亦爾故名平等問得阿羅漢果時得幾地身隨心轉戒西方諸師作如是說得二十六處身隨心轉戒謂欲界九色界十七迦濕彌羅國

諸論師言得二十五處身隨心轉戒以大梵天無別處故是未來修非皆現起謂欲色界隨何地身得無學果即彼地身隨心轉戒亦未來修亦得現起所餘地身隨心轉戒雖未來修而不現起無彼異熟所依身故生無色界得無學果雖得彼戒而不現起生上不起下地定故問依自地身能起自地一切戒不答不能盡起所以者何惡法尚無能盡起者況諸功德加行生故問何故聖者生無色界成就道俱有戒非定俱有戒耶答有漏法繫屬界地非上界者生上便失無漏不爾復次有漏法勝劣隨地生上猒下無所用者必不成就無漏不爾是故聖者生無色界惟得成就道俱有戒傍論已了應復正論問俱有因以何爲自性答一切有爲法已說自性所以

今當說問何故名俱有因俱有是何義答不相離義是俱有義同一果義是俱有義相隨順義是俱有義此俱有因定通三世有士用果云何同類因乃至廣說問何故作此論答爲止他宗顯正理故謂或有執過去未來非實有體或執現在是無爲法或執自類爲同類因謂心惟與心受惟與受餘法亦爾爲止如是種種異執顯示實有過去未來及現在世是有爲法并自他類爲同類因故作此論云何同類因答前生善根與後生自界善根及相應法爲同類因過去善根與未來現在自界善根及相應法爲同類因現在善根與未來自界善根及相應法爲同類因問此中何故不說過去與過去爲同類因耶答前生與後生言已說彼故問何緣不說過去自名答欲顯後法非前因故若說過去與過去爲同類因或有生疑過去後法亦爲前法因若說前生與後生爲同類因此疑便息有說此文欲顯過去有前後義若說過去與過去爲同類因或有生疑過去諸法同時展轉爲同類因若說前生與後生爲同類因此疑便息問何故前生等惟說善根後生等兼說相應法耶答是作論者意欲爾故乃至廣說有說前生等亦應說相應法而不說者當知此是有餘之說有說此文爲遮相似相續沙門意故彼作是說善根惟與善根爲因善根相應法惟與善根相應法爲因爲遮彼意顯示善根與善根爲因亦與相應法爲因善根相應法與善根相應法爲因亦與善根爲因故作是說問此中何故惟說善根及相應法非餘

法耶答就勝說故謂善法中善根最勝彼相應法極相隣近故偏說之不善無記應知亦爾自界者謂欲界惟與欲界爲同類因色無色界應知亦爾如說自界自地亦爾繫縛別故謂初靜慮惟與初靜慮爲同類因乃至非想非非想處應知亦爾有餘師說如說自界自地自處亦爾謂那落迦惟與那落迦爲同類因乃至色究竟天應知亦爾評曰彼不應作是說若作是說則五淨居處初刹那起應無同類因無始時來未生彼故應作是說同地異處所起煩惱展轉相縛隨類展轉爲同類因然除異部五部隨眠繫縛分劑有差別故復說過去等者欲顯過去未來體是實有現在是有爲故如善根不善無記根亦爾差別者不善中除自界是謂同類因問何故不善除自界耶答以不善根無異界故若說自界無所簡別有說不善中亦應說自界以自界聲亦說自部謂見苦所斷惟與見苦所斷爲同類因乃至修所斷應知亦爾問若爾此中但應說如善根不善無記根亦爾不應復說差別等言答若但作如是說或有生疑如無記根通三界不善根亦爾故復須說差別等言問此中何故不說前生等不善根與後生等無記根及相應法爲同類因前生等無記根與後生等不善根及相應法爲同類因耶答是作論者意欲爾故乃至廣說有說應說而不說者當知此義有餘有說若作是說或有生疑不善根亦通三界或無記根惟在欲界或復生疑因少果多或因多果少是故不說文雖不說而義實有自部互爲同類因

故問未來世中有同類因不設爾何失若有者此中何故不說謂此中但說前生與後生爲同類因過去與未來現在爲同類因現在與未來爲同類因而不說未來與未來爲同類因又若有者應有二心展轉爲因便違前說若無者此論見蘊當云何通如說若法與彼法爲因或時此法與彼非因耶答無時非因若法已生是同類因若未已生非同類因是則若法與彼法爲因或時此法與彼非因云何答言無時非因又若無者品類足論復云何通如說云何非心爲因法答已入正性離生補特伽羅初無漏心及餘異生定當入正性離生者初無漏心然彼異生未來所有無漏心皆非心爲因何故但說彼初無漏心耶又若無者品類足論復云何通如說或有苦諦以有身見爲因非與有身見爲因除未來有身見及彼相應苦諦諸餘染污苦諦或有苦諦以有身見爲因亦與有身見爲因即所除法若未來有身見不與未來有身見爲因何故言除未來有身見及彼相應苦諦耶又若無者識身足論復云何通如說於過去染污眼識所有隨眠彼於此心或能爲因非所隨增或所隨增不能爲因或能爲因亦所隨增或不能爲因亦非所隨增且能爲因非所隨增者謂諸隨眠在此心前同類徧行即彼隨眠若不緣此設緣已斷及此相應隨眠已斷爲所隨增不能爲因者謂諸隨眠在此心後同類徧行即彼隨眠緣此未斷能爲其因亦所隨增者謂諸隨眠在此心前同類徧行即彼隨眠緣此未斷及此相應隨眠未斷

不能爲因亦非所隨增者謂諸隨眠在此心後同類徧行即彼隨眠若不縁此設縁已斷若所餘縁若他隨眠若不同界徧行隨眠如彼過去染污眼識未來染污眼識亦爾過去四句其理可然未來如何可作四句若有前後如何無因又若無者施設足論復云何通如說諸法四事決定所謂因果所依所縁若未來世非同類因生已乃是云何決定又若無者則應無因而有因亦應無果而有果便壞所宗答應作是說未來世中無同類因以彼無故此中不說亦無二心互爲因過問此論見蘊當云何通如說若法與彼法爲因乃至廣說有說彼依俱有因作論以俱有因徧有爲法親能辦果通三世故有說彼依相應俱有二因作論以此二因俱徧三性親能辦

果通三世故有說彼依相應俱有異熟三因作論以此三因親能辦果通三世故有說彼依相應俱有異熟能作四因作論以此四因通三世故有說彼依五因作論除能作因徧一切法皆不遮故此中有說除徧行因體用狹故應說彼依六因作論因名所表通六因故問若法已生是同類因或徧行因若未已生非同類因非徧行因是則若法與彼法爲因或時此法與彼非因云何答言無時非因答依最後位容作是答謂若法於此位定能作同類因或徧行因從是以後無時非因故作是說問若爾見蘊復云何通如說若法與彼法爲等無間或時此法與彼非等無間耶答若時此法未至已生此中亦應依最後位容作是答無時非等無間謂若法於此位定

能作等無間從是以後無時非等無間何故不作如是說耶答亦應作如是說而不說者有別意趣爲現異相異文說故若以異相異文而說義則易解復次爲現二門二畧二燈二明二炬二光二曜二影文故如同類因依最後位容作是說無時非因等無間緣亦應依此位容作是說無時非等無間如等無間緣依一切位說若時此法未至已生同類因亦應依一切位作如是說二文相影俱通二義問品類足論復云何通如說云何非心爲因法乃至廣說答彼惟說畢竟非心爲因法雖彼未入正性離生者諸無漏心皆非心爲因然彼若入正性離生惟有初無漏心是非心爲因法餘心無不以心爲因有餘師說彼文不辯同類因義何者惟辯二種異生謂有般涅槃法及無般涅槃法文雖不舉無涅槃法義准理門顯示知有謂彼旣說有餘異生決定當入正性離生由此義准亦有異生決定不入正性離生此則名爲無涅槃法即無涅槃法名非心爲因問品類足論復云何通如說或有苦諦以有身見爲因乃至廣說答彼論但說除未來有身見相應苦諦無及彼言設作是說是誦者謬問識身足論復云何通如說於過去染汚眼識所有隨眠乃至廣說答彼於未來應作三句除所隨增不能爲因彼無後故然說未來如過去者有別意趣謂正生時必入現在定爲同類或徧行因望餘未起可說爲前對此可說餘名後故有餘師說彼說未來亦有四句不說未來有心前後同於過去且能爲因非所隨增者謂此相

應隨眠已斷爲所隨增不能爲因者謂有同類徧行隨眠在未來世於未來世染污眼識緣而未斷能爲其因亦所隨增者謂此相應隨眠未斷不能爲因亦非所隨增者謂有同類徧行隨眠在未來世若不緣此設緣已斷若所餘緣若他隨眠若不同界徧行隨眠問施設足論復云何通如說諸法四事決定乃至廣說答因者四因謂相應俱有異熟能作因果者三果謂士用異熟增上果所依者六種所依謂眼耳鼻舌身意所緣者六種所緣謂色聲香味觸法如是四事三世決定故不相違問若未來世無同類因及徧行因過現乃有則應無因而有因亦應無果而有果如是便壞三世有宗答許亦無失約位非體以和合作用位果非體果然位與體非即非離體雖恒有而位非恒故同類因及徧行因本無今有亦無有失有餘師說未來世中有同類因問若爾後說六難善通此中論文何故不說答應說而不說者當知此義有餘所說六因皆有餘故復次若同類因有力能取果與果者此中說之未來同類因無力不能取果與果是故不說復次若同類因已現在已和合已有作用荷負擔者此中說之未來同類因無如是事是故不說復次若同類因已行世相顯了者此中說之未來同類因未行世相不顯了是故不說問若未來世有同類因應有二心互爲因過答如四行相各有繫屬餘法亦然故無斯過謂未來世無常行相有四行相應無間生彼是所修繫屬於此無常行相與彼爲因彼非此因繫屬此故無常

行相起必居前苦空無我行相亦爾餘有爲法類此應知故無二心互爲因過若作是說有依第四靜慮得阿羅漢果能修未來九地無漏所修無漏皆繫屬此後起餘地聖道現前更不能修未來無漏無餘聖道繫屬此故應在過現非同類因是則違害此中所說前生善根與後生者爲同類因乃至廣說勿有此失故未來世無同類因於理爲善問色法爲有同類因不外國諸師有作是說一切色法無同類因但藉餘緣和合力起現見鑿地深踰百肘從彼出泥日曝風吹後逢天雨即便生草又復現見屋脊山峯先無種子亦生草樹故知色法無同類因問若爾此論大種蘊說當云何通如說過去大種造色與未來等大種造色爲因增上答我於他論何事須通若必須通應作是說增上緣力有近有遠有在此身有在餘身若近在此身者說名爲因若遠在餘身者說名增上迦濕彌羅國諸論師言色法亦有同類因惟除初無漏色問若爾雖通大種蘊說彼所引事當云何通答所出泥中先有種子餘緣闕故草未得生後遇衆緣即便生草又彼泥聚屋脊山峯草樹生者風吹鳥銜種子來至故得如是

阿毗達磨大毗婆沙論卷第十七　說一切有部發智

音釋

分劑（分扶問切劑才詣切分劑限量也）　鑿（在各切芳也）　肘（陟柳切數也一尺八寸爲一肘）　曝（步木切日乾也）

阿毗達磨大毗婆沙論卷第十八

五百大阿羅漢等造

唐三藏法師玄奘奉　詔譯

雜蘊第一中智納息第二之十

有餘師説色法雖有同類因而在此身非餘身相似爲因非不相似如此身羯刺藍位與此身羯刺藍位爲同類因與同位作緣非因乃至此身老位與此身老位爲同類因與餘位作緣非因若作是説於位位中初色無因後色無果有作是説色法雖有同類因而在此身非餘身相似爲因亦不相似如此身羯刺藍位與此身羯刺藍位乃至老位爲同類因此身頞部曇位與此身頞部曇位乃至老位爲同類因與羯刺藍位作緣非因乃至此身老位與此身老位爲同類因與前諸位作緣非因若作是説羯刺藍位初色無因老位後色無果或有説者色法雖有同類因在此身亦在餘身而相似爲因非不相似如此身羯刺藍位與此身及餘身羯刺藍位爲同類因與餘位作緣非因乃至此身老位與此身及餘身老位爲同類因與餘位作緣非因復有説者色法雖有同類因在此身亦在餘身相似爲因亦不相似而與前位非同類因如此身羯刺藍位與此身羯刺藍位乃至老位爲同類因亦與餘身羯刺藍位乃至老位爲同類因此身頞部曇位與此身頞部曇位乃至老位爲同類因亦與餘身頞部曇位乃至老位爲同類因與羯刺藍位作緣非因乃至此身老位與此身老位爲同類因亦與餘身老位爲同類因與前諸位作緣非因或復有

說色法雖有同類因在此身亦在餘身相似爲因亦不相似而與此身前位非因如此身羯刺藍位與此身羯刺藍位乃至老位爲同類因亦與餘身羯刺藍位乃至老位爲同類因此身頞部曇位與此身頞部曇位乃至老位爲同類因亦與餘身羯刺藍位乃至老位爲同類因與此身羯刺藍位作緣非因乃至此身老位與此身老位爲同類因亦與餘身羯刺藍位乃至老位爲同類因與此身前諸位作緣非因評曰應作是說餘身十位一一皆與餘身十位及此身十位爲同類因此身十位一一皆與此身十位及餘身十位爲同類因後位已生法與前位不生法亦爲同類因故如是外分諸色相望爲同類因如理應說復次善五蘊展轉爲同類因染污五蘊展轉爲同類因無覆無記五蘊亦展轉爲同類因性類等故有說無覆無記四蘊與無覆無記色蘊爲同類因無覆無記色蘊不能與無覆無記四蘊爲同類因勢力劣故有說無覆無記色蘊與無覆無記四蘊爲同類因無覆無記四蘊不與無覆無記色蘊爲同類因勝法不爲劣法因故有說無覆無記四蘊不與無覆無記色蘊爲同類因無覆無記色蘊亦不與無覆無記四蘊爲同類因勢用羸劣類各別故無覆無記四蘊展轉爲同類因無覆無記復有四種一異熟生二威儀路三工巧處四通果品如次能與四三二一爲同類因有餘師說此四展轉爲同類因同一繫縛同一性故評曰彼不應作是說勿加行善互爲因故前說爲善染污法有九品謂下下下中

下上中下中中中上上下上中上上九品展轉爲同類因問若爾云何有九品答由對治有九品故染污法亦有九品謂修下下道對治上上煩惱乃至修上上道對治下下煩惱復次以現行故亦有九品謂諸煩惱現在前時或是下下品乃至或是上上品諸不善者亦由異熟有九品故建立九品善法有二種一生得善二加行善生得善與生得善爲同類因亦與加行善爲同類因加行善與加行善爲同類因非生得善以彼劣故有說此二善法展轉爲同類因同一繫縛同一性故評曰彼不應作是說勿修加行退趣劣法是故前說於理爲善有說善法有三種一加行善二離染善三生得善此中生得與三種爲同類因離染善與二種爲同類因非生得彼劣故加行善與加行善爲同類因非餘二俱劣故生得善法復有九品謂下下乃至上上九品展轉爲同類因問若爾云何有九品答由現行有九品故復次由異熟有九品故離染善及加行善亦俱有九品謂下下乃至上上此中下下與九品爲同類因下中與八品爲同類因乃至上上惟與上上爲同類因此二惟與等勝爲因非劣法故加行善法復有三種一聞所成二思所成三修所成聞所成善與三種爲同類因思所成善惟與思所成善爲同類因非聞所成彼劣故非修所成異界故修所成善惟與修所成善爲同類因非聞所成彼劣故非思所成彼亦劣故及異界故修所成善復有四種謂煖頂忍世第一法如次能與四三二一爲同類因義如前說欲界

通果心有四種謂初靜慮果乃至第四靜慮果如是四種如次能與四三二一爲同類因有説此四非互爲因如靜慮故有説此四展轉爲因同一繫縛同一性故評曰初説爲善同一地故加行生故初靜慮等諸通果心應知亦爾問初靜慮有諸識身有變化心互爲因不答諸識身與變化心爲同類因變化心不與識身爲同類因以彼劣故依前諸義應作問答頗有前生法非後生法同類因不答有謂不同界頗有同界前生法非後生法同類因不答有謂不同地頗有同地前生法非後生法同類因不答有謂有漏於無漏無漏於有漏頗有有漏前生法非有漏後生法同類因不答有謂不同部或不同性或勝於劣前生無漏於後生無漏非同類因者謂勝於劣問諸同類因若與果者亦取果耶答若與果者定亦取果若不取果云何與果或有取果而不與果謂阿羅漢最後諸蘊此則總説若別説者依善不善有覆無記無覆無記有多四句問善同類因若時取果亦與果耶答應作四句有時取果非與果謂斷善根時最後所捨得有時與果非取果謂續善根時即住過去所捨善得有時取果亦與果謂不斷善根於所餘位有時不取果亦不與果謂除前相問不善同類因若時取果亦與果耶答應作四句有時取果非與果謂離欲染時最後所捨得有時與果非取果謂退離欲染時即住過去所捨不善得有時取果亦與果謂未離欲染於所餘位有時不取果亦不與果謂除前相問有覆無記同類因若時取果亦

與果耶答應作四句有時取果非與果謂離非想非非想處染時最後所捨得有時與果非取果謂退離非想非非想處染時即住過去所捨有覆無記得有時取果亦與果謂未離非想非非想處染於所餘位有時不取果亦不與果謂除前相間無覆無記同類因若時取果亦與果耶答若時與果必亦取果有時取果非與果謂阿羅漢最後諸蘊已依成就分別取果與果差別今依現行分別取果與果差別復次已依不相應法分別取果與果差別今依相應法分別取果與果差別問善同類因若時取果亦與果耶答應作四句有時取果非與果謂善心無間不善無記心現在前有時與果非取果謂不善無記心無間善心現在前即住過去所間善心有時取果亦與果謂善心相續無間斷位有時不取果亦不與果謂除前相間不善同類因若時取果亦與果耶答應作四句有時取果非與果謂不善心無間善無記心現在前有時與果非取果謂善無記心無間不善心現在前即住過去所間不善心有時取果亦與果謂不善心相續無間斷位有時不取果亦不與果謂除前相間有覆無記同類因若時取果亦與果耶答應作四句有時取果非與果謂有覆無記心無間善不善無覆無記心現在前有時與果非取果謂善不善無覆無記心無間有覆無記心現在前即住過去所間有覆無記心有時取果亦與果謂有覆無記心相續無間斷位有時不取果亦不與果謂除前相間無覆無記同類因若時取果亦與果

耶答應作四句有時取果非與果謂無覆無記心無間善染污心現在前有時與果非取果謂善染污心無間無覆無記心現在前即住過去無間無覆無記心有時取果亦與果謂無覆無記心相續無間斷位有時不取果亦不與果謂除前相已依相續分別取果與果差別今依刹那分別取果與果差別謂一刹那心後有二十刹那心無間而起於中得作四句且善同類因第一句者謂上首刹那善心現在前時除初刹那善心望後十九刹那善心第二句者謂後十九刹那善心現在前時即住過去上首善心第三句者即上首善心現在前時望初刹那善心第四句者謂除前相如善同類因四句不善有覆無記無覆無記同類因隨其所應四句亦爾頗有一刹那頃或得同類因不得彼因或得彼因不得同類因或得同類因亦得彼因或不得同類因亦不得彼因耶答有謂從上沙門果退住預流果時有此四句得同類因不得彼因者謂爾時得過去初刹那道類智而不得彼因以不得見道故得彼因不得同類因者謂爾時得過去預流果而不得過去預流勝果道以預流勝果道用預流果爲因與上沙門果作同類因故得同類因亦得彼因者謂爾時得過去除初刹那諸餘刹那相續預流果不得同類因亦不得彼因者謂除前相頗有一刹那頃或知同類因不知彼所緣或知彼所緣不知同類因或知同類因亦知彼所緣或不知同類因亦不知彼所緣耶答有謂住見道道法智時有此四句知同類因不知彼

所緣者謂爾時知過去緣苦集滅三法智品知彼所緣不知同類因者謂知未來四法智品知同類因亦知彼所緣者謂知過去道法忍品不知同類因亦不知彼所緣者謂除前相問同類因力有增減不答有謂若久習因力便增若不久習或遭損害因力便減且不善中因力增者如具壽迷祇迦曾一林中修習靜慮坐一樹下欲尋現起心生猒離便捨此處坐餘樹下恚尋復起心生猒離復捨此處坐餘樹下害尋復起由彼具壽曾於此地作大國王若於是處五樂自娛受諸欲樂今坐其處便起欲尋若於是處斬截衆生頭耳手足今至其處便起恚尋若於是處役使衆生作諸事業繫縛鞭打今至其處便起害尋尊者阿難入城乞食摩登伽女見已生貪隨逐瞻覩不能捨離此女過去五百生中作阿難婦故今暫見便起欲尋隨逐不捨諸如是等皆由過去因力增上或有現在習諸煩惱因力增上同類異類展轉相生如不善法善無記法應知亦爾如尸拔羅久習施故纔生便告父母等言今此家中有何財寶我欲持施一切貧窮諸如是等廣如經說問同類因以何爲自性答過去現在一切有爲法已說自性所以今當說問何故名同類因同類是何義答種類等義是同類義界地等義是同類義部類等義是同類義此同類因惟通過去現在二世有等流果云何徧行因乃至廣說問何故作此論答爲止他宗顯正理故謂或有執一切煩惱皆是徧行爲止彼執顯諸煩惱有是徧行有非徧行或復有執五部煩

惱皆有是徧行有非徧行爲止彼執顯惟見苦集所斷煩惱有是徧行有非徧行或復有執見苦集所斷一切煩惱皆是徧行見滅道所斷一切煩惱皆無漏緣爲止彼執顯見苦集所斷煩惱有是徧行有非徧行見滅道所斷煩惱有有漏緣有無漏緣或復有執若諸煩惱通三界者皆是徧行爲止彼執顯諸煩惱通三界者有是徧行有非徧行或復有執徧行有二一者無明二者有愛如譬喻者彼作是說緣起根本名爲徧行無明是前際緣起根本有愛是後際緣起根本故是徧行爲止彼執顯無明有是徧行有非徧行有愛一向非徧行或復有執若諸煩惱通五部者名爲徧行即是無明及貪瞋慢爲止彼執顯無明有是徧行有非徧行貪瞋慢一向非徧行或復有執五法是徧行謂無明愛見慢及心如分別論者故彼頌言

有五徧行法　能廣生衆苦　謂無明愛見
慢心是爲五

爲止彼執顯無明見有是徧行有非徧行餘三一向非徧行爲止此等種種異執顯示正理故作斯論云何徧行因答前生見苦所斷徧行隨眠與後生自界見集滅道修所斷隨眠及相應法爲徧行因過去見苦所斷徧行隨眠與未來現在自界見集滅道修所斷隨眠及相應法爲徧行因現在見苦所斷徧行隨眠與未來自界見集滅道修所斷隨眠及相應法爲徧行因如見苦所斷見集所斷亦爾是謂徧行因問此中何故不說過去與過去爲徧行因耶答前生與後生言巳說彼故

問何緣不說過去自名答欲顯後法非前因故若說過去與過去爲徧行因或有生疑過去後法亦爲前法因若說前生與後生爲徧行因此疑便息有說此文欲顯過去有前後義若說過去與過去爲徧行因或有生疑過去諸法同時展轉爲徧行因若說前生與後生爲徧行因此疑便息問自部於自部有徧行因不設爾何失若有者此中何故不說若無者何故於他部有自部無耶答應說亦有問若爾此中何故不說答亦應說而不說者有別意趣爲欲成立不成義故謂於自部有徧行因不說自成故不須說若於他部有徧行因其義不成是故須說有說爲顯無雜徧行因故謂於自部有二種因謂徧行因及同類因其義雜亂是故不說若於他部惟有一因謂徧行因義無雜亂是故徧說復次爲顯無雜增長門故謂於自部二門增長謂同類因門及徧行因門其義雜亂是故不說若於他部惟一門增長謂徧行因門義無雜亂是故徧說問何故前生等惟說隨眠後生等兼說相應法耶答前生等亦應說相應法而不說者當知此是有餘之說復次爲遮相似相續沙門意故彼作是說徧行隨眠惟與隨眠爲徧行因彼相應法惟與隨眠相應法爲徧行因爲遮彼意顯徧行隨眠與隨眠及相應法爲徧行因彼相應法與隨眠相應法及隨眠爲徧行因故作是說問徧行隨眠於諸隨眠俱有法等亦是徧行因不設爾何失若亦是者此中何故不說若非者何故於相應法是而於俱有法等非耶答應說亦是以與一

切染污法皆爲徧行因故問若爾此中何故不說答彼相應法與彼隨眠同一所緣同一行相極相隣近是故說之生等不爾是故不說自界者謂欲界惟與欲界爲徧行因色無色界應知亦爾如說自界自地亦爾繫縛別故謂初靜慮惟與初靜慮爲徧行因乃至非想非非想處應知亦爾於自地中處別部別亦得展轉爲徧行因繫縛同故復說過去等欲顯過去未來體是實有現在是有爲故如說見苦所斷見集所斷亦爾體類同故問徧行隨眠以何爲自性答欲界有十一謂見苦所斷五見疑無明見集所斷邪見見取疑無明色無色界各有十一應知亦爾此中無明者謂五見疑相應及不共無明品類足說九十八隨眠中三十三是徧行六十五非徧行問見苦集所斷無明有是徧行有非徧行何故彼說三十三是徧行六十五非徧行耶答西方尊者所誦本言九十八隨眠中二十七是徧行六十五非徧行六應分別謂見苦集所斷無明有是徧行有非徧行云何是徧行謂見苦集所斷非徧行隨眠不相應無明云何非徧行謂見苦集所斷非徧行隨眠相應無明如是所說於義爲善若作是說云何是徧行謂見苦集所斷徧行隨眠相應無明則便不攝不共無明是故彼說於義爲善問若爾何故迦濕彌羅國諸師不作此誦答亦應作此誦而不爾者有別意趣以彼多分是徧行故謂見苦所斷有十無明七是徧行即五見疑相應及不共無明三非徧行即貪瞋慢相應無明見集所斷有七無明四是徧行即

二見疑相應及不共無明三非徧行即貪瞋慢相應無明又此國誦三十三是徧行六十五非徧行者無明皆說不共無明惟徧非徧自力起故相應無明有八十三謂二十七徧行及五十六非徧行隨眠相應彼隨他力現在前故說所相應即亦說彼性不定故不別說之已說自性所以今當說問何故名徧行隨眠徧行是何義答一切緣義是徧行義緣力持義是徧行義緣力持者能廣緣故復次本來一切一切一切起故名為徧行初一切者謂無始來具起九品中一切者謂無始來一切有情無不皆起後一切者謂無始來普緣一切有漏事起故施設論作如是說無有異生從長世來於有漏法不執為我或執我所或執斷常或撥為無或執為淨解脫出離或執為尊最勝第一或起疑惑猶豫或起愚闇無知是故本來一切一切一切起故名為徧行復次若法一剎那頃現在前時能緣五部為五部因令五部法於所緣愚名為徧行問徧行隨眠云何令彼無漏緣法於所緣愚答若執我等法爾便謗我滅對治先於中愚然後於彼撥為無故復次若法一剎那頃現在前時能緣五部為五部因於五部法皆悉隨增名為徧行問徧行隨眠相應俱有法亦是徧行因不設爾何失若亦是者何故但說三十三是徧行若非者何故相應俱有法有是徧行因有非徧行因耶有作是說彼非徧行因問若爾何故相應俱有法有是徧行因有非徧行因答如相應俱有法有是隨眠有非隨眠如是相應俱有法有是徧行因有非

徧行因復有何過評曰應作是說彼亦是徧行因因義通故相應俱有同一果故問若爾何故但說三十三是徧行耶答彼論但欲分別九十八隨眠中幾是徧行幾非徧行不爲總說徧行因義故不相違復次徧行隨眠具三事故名爲徧行一於五部法徧隨增故二於五部法徧能緣故三於五部法徧爲因故是以徧說彼相應法但有二事除徧隨增彼俱有法但有一事謂徧爲因故彼不說問徧行隨眠等得亦是徧行因不尊者僧伽筏蘇說曰若徧行得非徧行者非徧行得應是徧行故徧行得亦是徧行因彼難非理如色得旣非色非色得豈是色故徧行得非徧行因於理爲善問何故徧行生等諸相是徧行因彼得非耶答生等諸相與徧行法同一果常相隨不相離無前後極親近故亦是徧行因得與徧行不同一果不常相隨非不相離或前或後非極親近如皮於樹是故彼得非徧行因問何故惟於見苦集所斷法立有徧行隨眠非於見滅道所斷法耶舊阿毗達磨師說曰此是彼族類故謂見苦集所斷諸法是徧行隨眠族姓根本生地舍宅非見滅道所斷諸法有說此中隨眠極堅牢故謂見苦集所斷隨眠皆同一意同一所作故極堅牢以堅牢故於中可立徧行隨眠見滅道所斷法不同一意事業各異故極羸劣極羸劣故於中不立徧行隨眠如城邑人若同一意同一事業則城邑主及餘怨敵不能降伏若彼諸人不同一意事業各異則被降伏此亦如是有說此中我見所住持故謂於是處若有我

見則有漏法相續熾盛可立徧行見集所斷雖無我見而有長養我見諸法非見滅道所斷法中有如是事有說徧緣有漏因果事故謂見苦集所斷隨眠俱能徧緣有漏因果故立徧行餘則不爾有說此於所緣定增長故謂見苦集所斷隨眠皆緣有漏隨緣有漏隨漸增長如人觀月增益眼根若見滅道所斷隨眠或緣有漏或緣無漏緣無漏者隨有所緣隨漸損減如人觀日損減眼根以不定故於此不立徧行隨眠有說此有二種隨眠事故謂見苦集所斷隨眠俱由二門作隨眠事一由所緣二由相應見滅見道所斷隨眠或由二門作隨眠事或惟相應不決定故不可建立徧行隨眠有說此中決定安足故義如前說有說四部皆有二種道故謂見苦集所斷部中有是徧行有非徧行於見滅道所斷部中有有漏緣有無漏緣故不應責有說一切隨眠墮此二故謂諸隨眠一切皆墮苦集諦攝故惟此有徧行隨眠有說若見苦集有漏果因則見滅道所斷諸法根本羸劣故彼不立徧行隨眠有說不應責故謂徧行隨眠者定能徧緣非見滅道所斷法中有徧緣者問何故見苦集所斷貪瞋慢非徧行耶答以彼皆無徧行相故謂徧行者能緣一切彼三不爾有說此三自相煩惱攝故謂要共相煩惱攝者可立徧行云何此三皆是自相煩惱所攝謂起貪者或於彼身不於此身或於此身不於彼身於諸身分亦各別起瞋慢亦爾故是自相有身見等一剎那中總於一界一趣生等或執為我或執我所或復乃至愚

闇無知故是共相有說難熾盛故謂貪瞋慢難可熾盛要依妻財怨讎甲敵方熾盛故徧行隨眠易可熾盛任運相續如河流故有說見疑無明能緣四諦於中可立徧行隨眠貪瞋慢三無如是事是故不立徧行隨眠問何故見滅道所斷貪瞋慢見取戒禁取非無漏緣耶答不應訶責故無怨害相故性柔和故最勝故清淨故是以貪等非無漏緣欲界有十一徧行隨眠九通他界緣二惟自界緣謂有身見及邊執見問何故此二見不緣他界耶答惟有爾所緣境力故復次此二見惟於麤法轉故謂此二見惟於麤顯現見諸蘊執我我所及計斷常若生欲界於色無色界微細諸蘊不能現見故不執爲我我所等問若爾生色界者現見欲界麤顯諸蘊何不執爲我我所等答已離染故謂生色界者於欲界蘊已得離染故雖現見而不執爲我我所等復次上地煩惱不緣下故問因論生論何故上地煩惱不緣下耶答已離彼染故謂要已離下地染者方起上地煩惱現前於下地法既已離染上地煩惱寧復緣彼問如何得知要離下染上地煩惱方得現前答如施設論說有六種非律儀謂三界繫各有二種一相應二不相應欲界相應非律儀現在前時六非律儀成就四非律儀亦現在前謂欲界二色無色界各不相應色界相應非律儀現在前時四非律儀成就三非律儀亦現在前謂色界二無色界不相應無色界相應非律儀現在前時二非律儀成就亦現在前謂無色界二此中染法名非律儀由此故知要離下

染上地煩惱方現在前問何故欲界煩惱能緣色無色界彼二界煩惱不能緣欲界耶答欲界是不定界非修地非離染地不能攝伏自界隨眠故得越緣色無色界色無色界是定界是修地是離染地能善攝伏自界隨眠故彼不能越緣下地如人不能攝伏妻妾便得與他作非法事若善攝伏乃至不能以眼顧眄況爲非法此亦如是復次生欲界者於上二界諸蘊猶豫爲是苦耶爲非苦耶爲是集耶爲非集耶是第一耶非第一耶是清淨耶非清淨耶由不了故欲界煩惱得緣上界若生上地於下諸蘊巳現見故無有猶豫故上煩惱不緣下地復次若色無色界煩惱緣欲界者則應隨增若隨增者界應雜亂故彼煩惱不緣欲界問如欲界煩惱雖緣上界而不隨增上界煩惱何故不爾答上界蘊勝欲界煩惱雖緣彼起而不隨增欲界蘊劣上界煩惱若緣此起即便隨增如下劣人於尊勝者雖能現見而不能損若尊勝者見下劣人便能損害此亦如是色界亦有十一徧行隨眠九通他界緣二惟自界緣無色界亦有十一徧行隨眠皆是自界緣無他界緣者無上界故不緣下故有說亦有他界緣者伏能緣定非現起定評曰彼不應作是說既無上界可緣如何有能緣定是故說無於理爲善初靜慮乃至無所有處皆有十一徧行隨眠九通他地緣二惟自地緣非想非非想處亦有十一徧行隨眠皆惟自地緣無上地故不緣下故有說亦有他地緣者然能緣定非現起定評曰彼不應作是說既無上地可緣如何

有能緣定是故說無於理爲善

阿毗達磨大毗婆沙論卷第十八 說一切有部發智

音釋

羸倫爲切尪羸也　怨讎怨於袁切怨對也讎是周切仇讎也　顧眄古顧慕切回首也眄彌殄切視也

阿毗達磨大毗婆沙論卷第十九

五百大阿羅漢等造

唐三藏法師玄奘奉詔譯

雜蘊第一中智納息第二之十一

欲界見苦集所斷邪見能緣三界苦集而非一時謂異刹那緣欲界異刹那緣色無色界

問何故不一刹那頃頓緣三界若苦若集耶答彼緣欲界亦隨增緣色無色界不隨增故問彼何故緣欲界亦隨增緣色無色界不隨增耶答欲界是彼隨增處色無色界非彼隨增處故復次欲界是彼居宅色無色界非彼居宅故復次欲界有彼等流異熟果色無色界無彼等流異熟果故復次欲界有彼五部徧行果色無色界無彼五部徧行果故復次欲界無彼畢竟對治色無色界有彼畢竟對治故復次若彼一刹那頃頓緣三界若苦若集者云何而緣爲如緣欲界即隨增緣色無色界亦爾耶爲如緣色無色界不隨增緣欲界亦爾耶設爾何失若如緣欲界則隨增緣色無色界亦爾者界應雜亂若如緣色無色界不隨增緣欲界亦爾者則不應理以無煩惱緣自界法而有不具所緣相應二隨增者緣自地法必具所緣相應緣故若一刹那頓緣三界若苦若集於所緣境有隨增有不隨增者亦應於相應法有隨增有不隨增是則違此因理亦壞相應法勿有此失故別時緣自界他界理善成立如是初靜慮見苦集所斷邪見能緣八地苦集而非一時謂異刹那緣初靜慮異刹那緣上七地如是乃至無所有處見苦集所斷邪見能緣二地苦集而非

一時謂異剎那緣自地異剎那緣上地非想非非想處見苦集所斷邪見惟緣自地苦集欲界見滅所斷邪見惟緣欲界諸行滅問何故欲界見苦集所斷邪見能緣三界苦集欲界見滅所斷邪見惟能緣欲界諸行滅耶脇尊者曰若法欲界愛所躭着身見執爲我我所者此諸法滅應爲欲界見滅所斷邪見所緣非彼煩惱能緣他界此亦如是有說苦集是有爲法自地他地展轉相引故彼邪見能緣他地滅諦無爲自地他地無相引義故彼邪見不緣他地如是初靜慮見滅所斷邪見惟緣初靜慮諸行滅乃至非想非非想處見滅所斷邪見惟緣非想非非想處諸行滅欲界見道所斷邪見惟緣欲界諸行對治問何故欲界見苦集所斷邪見能緣三界苦集欲界見道所斷邪見惟能緣欲界諸行對治耶脇尊者曰若法欲界愛所躭著身見執爲我我所者此法對治應爲欲界見道所斷邪見所緣非彼煩惱能緣他界此亦如是有說欲界見苦集所斷邪見所緣非對治故能緣他地欲界見道所斷邪見所緣即對治故不能緣他地對治此中有說欲界見道所斷邪見惟緣未至定法智品道惟彼是此斷對治故評曰應作是說能緣六地法智品道種類同故俱是欲界壞對治故如是初靜慮見道所斷邪見能緣九地類智品道乃至非想非非想處見道所斷邪見能緣九地類智品道問何故見滅所斷邪見惟能緣自地諸行滅見道所斷邪見能緣六地法智品道或緣九地類智品道耶答自他地滅非展轉因多地聖

道互爲因故問若爾法類品道亦互爲因何故見道所斷邪見不總緣耶有說見道所斷邪見亦能總緣法類品道互爲因故法智品道亦能對治上二界故評曰彼不應作是說類智品道於欲界法非對治故法智品道於上二界雖爲對治而非初非今故又法類品種類品別故有說九地類智品道是上八地斷對治者即爲彼地見道所斷邪見所緣非餘地道評曰彼不應作是說以能對治有多種故又類智品展轉爲因種類同故問一剎那隨眠不能徧緣一切亦無徧隨增理何故名徧行耶答依彼種類相續而說故無有過然徧行隨眠對徧行因應作四句有徧行隨眠非徧行因謂未來徧行隨眠有徧行因非徧行隨眠謂過去現在徧行隨眠相應俱有法有徧行隨眠亦徧行因謂過去現在徧行隨眠有非徧行隨眠亦非徧行因若不依彼種類說者應作是說謂除前相若即依彼種類說者應言未來徧行隨眠相應俱有法問一切染汚法皆以見所斷法爲因不設爾何失若一切染汚法皆以見所斷法爲因者未斷亦作因已斷亦作因未斷已斷有何差別又若爾者何故聖者修所斷染汚法有起有不起耶不起者謂無有愛諸慢類極瞋纏起者謂餘貪瞋慢無明又若爾者識身論說當云何通如說頗有不善法惟以不善爲因耶答有謂聖者退離欲染時初染汚思現在前若一切染汚法不皆以見所斷法爲因者品類足論當云何通如說云何見所斷爲因法謂一切染汚法及見所斷法異熟又若爾者

復違彼說云何無記爲因法謂無記有爲法及一切不善法又若爾者復違彼說或有苦諦以有身見爲因非與有身見爲因謂除過去現在見苦所斷廣說乃至除未來有身見及彼相應法生老住無常諸餘染污苦諦等又若爾者識身論說當云何通如說不善眼識乃至不善意識皆以不善無記爲因答應作是說一切染污法皆以見所斷法爲因問若爾未斷已斷俱能爲因有何差別答名即差別謂前未斷位名未斷因後已斷位名已斷因復次前位未爲對治所壞後位雖亦爲因而已爲對治所壞復次前位於自身中能障聖道後位雖亦爲因而於自身中不障聖道復次前位於自身中能起如煙焰得後位雖亦爲因而於自身中不復能起如煙焰得復次前位於自身中作可訶厭事及垢穢事後位雖亦爲因而於自身中不復能作可訶厭事及垢穢事復次前位於自身中能辦所應作事後位雖亦爲因而於自身中不復能辦所應作事復次前位於自身中能辦同類因徧行因事後位雖亦爲因而於自身中不復能辦同類因徧行因事復次前位於自身中能辦等流果異熟果後位雖亦爲因而於自身中不復能辦等流果異熟果復次前位於自身中能取果與果後位雖亦爲因而於自身中不復能取果與果是名未斷已斷差別問若爾何故聖者修所斷染污法有起有不起耶答見所斷法與彼或爲相續近因或爲不相續遠因若與彼爲相續近因者聖者不起若與彼爲不相續遠因者聖者猶起復

次若已得彼非擇滅者聖者不起若未得彼非擇滅者聖者猶起復次彼起定依異生性者聖者不起若不定者聖者猶起復次彼起定能障聖性者聖者不起若不爾者聖者猶起問何故聖者不起無有愛耶答彼是斷見所長養故次斷見後現在前故一切聖者斷見已斷故彼不起問何故聖者不起諸慢類耶答彼是身見所長養故次身見後現在前故一切聖者身見已斷故彼不起問何故聖者不起極瞋纏耶答彼是邪見所長養故次邪見後現在前故一切聖者邪見已斷故彼不起問若爾識身論說當云何通如說頗有不善法惟以不善爲因耶答有乃至廣說答彼依未斷因說故不相違謂彼初起不善思有二種因一已斷二未斷彼論但依未斷因說復次彼依不善因說故不相違謂彼初起不善思有二種因一不善二無記彼論但依不善因說復次彼依自部因說故不相違謂彼初起不善思有二種因一自部二他部彼論但依自部因說復次彼依非徧行因說故不相違謂彼初起不善思有二種因一徧行二非徧行彼論但依非徧行因說復次彼依不共因說故不相違謂彼初起不善思有二種因一共二不共彼論但依不共因說問聖者先未離欲染時彼染污思亦以不善爲因何故彼論說後退時答爾時彼思先不成就今得成就先無縛今有縛先死今生是故偏說問後起染污思亦以不善爲因何故彼論但論初起答爾時彼得先斷今續先無用今有用先死今生是故偏說有作是說一切染

污法亦皆以見所斷法爲因問若爾品類足論謂身論說當云何通答彼總相說若別說者應作是言有染污色以見所斷法爲因非一切染污色乃至有染污識以見所斷法爲因非一切染污識評曰彼不應作是說以彼論說一切染污法皆以見所斷法爲因故一切不善法皆以無記爲因故諸餘染污苦諦等皆以有身見爲因故不善六識皆以不善無記爲因故前說爲善尊者設摩達多分別染法有異彼作是說有見苦所斷法惟以見苦所斷爲因有見苦所斷法惟以見集所斷爲因無二爲因見集所斷法亦爾實無是處分別故說假使聖者現觀苦已未現觀集從聖道起見集所斷法惟以見集所斷爲因者得起現前見集所斷法以見苦所斷爲因者不起現前因已斷故有見滅所斷法惟以見苦所斷爲因有見滅所斷法惟以見集所斷爲因無三爲因見道所斷修所斷染污法亦爾實無是處分別故說假使聖者現觀滅已未現觀道從聖道起見道所斷法惟以見道所斷爲因者得起現前見道所斷法惟以見苦集所斷爲因者不起現前因已斷故如是聖者於修道中修所斷染污法惟以修所斷爲因者得起現前修所斷染污法惟以見苦集所斷爲因者不起現前因已斷故然諸聖者離欲染時欲界修所斷染污法若惟以修所斷爲因若惟以見苦集所斷爲因合爲一聚九品漸斷彼後退時欲界修所斷染污法惟以修所斷

爲因者還成就惟以見所斷爲因者不成就因已斷故又於爾時惟以修所斷爲因修所斷染汚法中未來者還成就過去者不成就彼後無容起現前故評曰彼不應作是説云何同一對治所斷煩惱彼後退時有還成就有不成就又不能通品類足論識身論説是故如前所説爲善問愛於諸界諸地諸部皆等隔絶何故偏行隨眠能於他部隨增非他界地答徧行隨眠於他部法有等流果或異熟果故能隨增於他界地無等流果及異熟果故不隨增復次自地他部麤細相似故能隨增上地細故不能隨增問徧行異熟與不徧行異熟展轉爲因不有作是説徧行異熟與不徧行異熟爲因不徧行異熟不皆與徧行異熟爲因如徧行隨眠與不徧行隨眠爲因他部不徧行隨眠不能與徧行隨眠爲因異熟亦爾評曰彼不應作是説隨眠法異異熟法異隨眠有五部異熟惟修所斷故應作是説徧行異熟與徧行異熟爲因亦與不徧行異熟爲因不徧行異熟與不徧行異熟爲因亦與徧行異熟爲因同地同部性類等故問徧行因以何爲自性答一切過去現在徧行隨眠及彼相應俱有諸法已説自性所以今當説問何故名徧行因徧行是何義答徧爲因義是徧行義復次能徧緣義是徧行義復次徧隨增義是徧行義此徧行因惟通過去現在二世有等流果

云何異熟因乃至廣説問何故作此論答爲止他宗顯正理故謂或有執離思無異熟因離受無異熟果如譬喻者爲止彼執顯異熟

因及異熟果俱通五蘊或復有執惟心心所有異熟因及異熟果如大衆部爲止彼執顯此因果亦通諸色不相應行或復有執惟心心所及諸色法有異熟因及異熟果爲止彼執顯此亦通不相應行或復有執諸異熟因要捨自體其果方熟彼作是說諸異熟因要入過去方與其果過去已滅故無自體爲止彼執顯異熟因至異熟位猶有實體或復有執諸異熟因果若未熟其體恒有彼果熟已其體便壞如飲光部彼作是說猶如種子牙若未生其體恒有牙生便壞諸異熟因亦復如是爲止彼執顯異熟因果雖已熟其體猶有或復有執所造善惡無苦樂果如諸外道爲止彼執顯善惡業有苦樂果故作斯論云何異熟因答諸心心所法受異熟色心心所法心不相應行此心心所法與彼異熟爲異熟因此中諸心心所法者謂一切不善善有漏心心所法此言亦攝彼隨轉色不相應行與心心所同一果故異熟色者謂色蘊即眼等五根色香味觸心者謂識蘊即眼等六識心所法者謂三蘊即受想思等心不相應行者謂行蘊即命根衆同分等此顯異熟因及異熟果俱通五蘊復次諸身語業受異熟色心心所法心不相應行此身語業與彼異熟爲異熟因問隨心轉身語業心一果故如前已說此中復言身語業者說何法耶答善不善表及依表業所生無表不隨心轉身語二業此定能招異熟果故有說此中說身語表及此剎那所生無表同一果故彼說非理身語表業與彼俱生身語無表非同一果彼不

互爲俱有因故有說表業與依表生身語無表雖非一果而定俱時受異熟果一心起故彼說非理展轉相望非俱有因如何定說同一剎那受異熟果然表無表展轉不爲俱有因故異熟果別於表業中七支等異一一各別招異熟果一一支等有多極微一一極微有三世別於一一世有多剎那一一剎那異熟果別非俱有因故無表業亦爾前隨心轉七支無表能展轉爲俱有因故同異熟果此中所說表無表業則亦攝彼隨轉生等同一果故所受異熟如前應知復次諸心不相應行受異熟色心心所法心不相應行此心不相應行與彼異熟爲異熟因是謂異熟因問諸心心所表無表業隨轉生等如前已說同一果故今復說何不相應行答今說無想定滅盡定一切不善善有漏得及彼隨轉生等諸相前未說故問無想定受何異熟果耶有說無想定受無想及色異熟果彼命根衆同分異熟是第四靜慮有心業果彼餘蘊異熟是共果有說無想定受無想及色異熟果彼命根異熟是第四靜慮有心業果彼餘蘊異熟是共果有說無想定受無想及色異熟果彼餘蘊異熟是共果有說無想定惟受無想異熟果彼餘蘊異熟是共果問若命根亦是非業異熟果者品類足論當云何通如說一法是業異熟而非業謂命根答一切命根惟是異熟一切異熟由業故顯依此密意故作是言而實命根亦非業感復次彼論依世俗說不依勝義謂諸世間見短壽者即言是人作短壽業見長壽者即言是人作長壽業有

說無想天處無心時亦受第四靜慮有心業果有心時亦受無想定果問若無心時亦受有心果有心時亦受無心果者云何因果不顛倒耶答如有色業亦受無色果無色業亦受有色果而無因果顛倒過失此亦如是尊者設摩達多說曰無想定受無想及衆同分異熟果彼命根及色異熟是第四靜慮有心業果彼心心所及餘心不相應行皆非異熟評曰彼不應作是說異熟衆同分是業果故彼心心所及餘心不相應行亦有是異熟者故尊者佛陀提婆說曰無想定受無想異熟果彼命根衆同分是第四靜慮有心業果彼餘蘊異熟是共果評曰彼不應作是說眼等五根是業果故應作是說無想異熟惟是無想定果彼命根衆同分及五色根異熟惟是第四靜慮有心業果彼餘蘊異熟是共果問滅盡定受何異熟果耶答受非想非非想處四蘊異熟果除命根衆同分彼惟是業果故問諸得受何異熟果耶答諸得受色心心所法心不相應行異熟果色者謂色香味觸非五色根彼業果故心心所法者謂苦受樂受不苦不樂受及彼相應法心不相應行者謂諸得生老住無常尊者僧伽筏蘇說曰得亦能受眼等五根及命根衆同分異熟果彼作是說雖一一得無力能引衆同分等衆得聚集則能引彼然彼惟感愚鈍之身如蚯蚓等得所感色九處除聲心心所法通三受聚不相應行謂衆同分命根諸得生住異滅評曰彼不應作是說諸得相望非俱有因設集俱胝復何所益非一果故不能共引衆同分等

尊者妙音作如是說得不能引衆同分等諸業引得衆同分等時於眼等根處但能感得色香味觸評曰彼不應作是說勿無色界得無異熟果故是以應知初說爲善問品類足說云何異熟因謂一切不善善有漏法與此論所說異熟因有何差別答此不了義彼是了義此有餘意彼無餘意此有餘因彼無餘因此依世俗彼依勝義此有影顯彼無影顯復次此說已生異熟因彼說已生未生異熟因此說與果異熟因彼說與果未與果異熟因復次此說新業果彼說新舊業果復次此說過去異熟因彼說三世異熟因復次此說正與果異熟因彼說已正當與果異熟因是謂此說彼說差別問何故此中但說正與果異熟因耶答正與果者其相顯故復次彼果現前施設五趣諸有情故復次爾時此因用究竟故以正與果顯示當與已與果因於義便故此中但說正與果因復次欲界中有四蘊異熟因得一果謂善不善心心所法及彼生等有二蘊異熟因得一果謂善不善身業語業及彼生等有一蘊異熟因得一果謂得及彼生等色界中有五蘊異熟因得一果謂有隨轉色心心所法及彼生等有四蘊異熟因得一果謂無隨轉色善心心所法及彼生等有二蘊異熟因得一果謂善身語表及彼生等有一蘊異熟因得一果謂得無想定及彼生等無色界中有四蘊異熟因得一果謂善心心所法及彼生等有一蘊異熟因得一果謂得滅盡定及彼生等復次有業惟受一處異熟謂得命根衆同分業彼業惟受法處

異熟有業惟受二處異熟謂得意處業彼業惟受意處法處異熟得觸處業亦受二處異熟謂觸處法處得身處業受三處異熟謂身處觸處法處得色香味處業亦爾各受自處觸處法處異熟得眼處業受四處異熟謂眼處身處觸處法處得耳鼻舌處業亦爾謂各受自處身處觸處法處異熟有餘師說一切大種皆生色聲欲界諸色不離香味彼作是說得眼處業受七處異熟謂眼處身處及色香味觸法處異熟得耳鼻舌處業亦爾謂各受自處身處及色香味觸法處異熟得身處業受六處異熟謂身處及色香味觸法處異熟得色處業受五處異熟謂色香味觸法處異熟得香味觸處業亦爾謂各受色香味觸法處異熟如是所說是定得者不定得者其數不定然有業能受八處異熟有業能受九處異熟有業能受十處異熟有業能受十一處異熟皆除聲處問何故有業能受多處異熟有業能受少處異熟耶答若業有種種功能得種種果者受多處異熟若業無種種功能不得種種果者受少處異熟如外種子有種種功能得種種果者如稻甘蔗蒲萄藕等無種種功能不得種種果者如素酌迦多羅子等謂澤中有草名素酌迦一種一莖而高數尺上有少葉其形如蓋有多羅樹高逾百肘上亦少葉其形如蓋質榦雖長果實甚少業亦如是然一世業得三世果無三世業得一世果一剎那業得多剎那果無多剎那業得一剎那果業善不善果無記故如所生果不滅因故問諸造業者爲先造引衆同分業

爲先造滿衆同分業耶有作是說先造引業後造滿業若先不引後無所滿猶如畫師先作模位後塡衆彩此亦如是有餘師說先造滿業後造引業如菩薩先於三無數劫造滿業已後於百大劫中方造引業如是說者此則不定或有先造引業後造滿業或有先造滿業後造引業隨造業者意樂起故復次有三種受異熟業一順現法受業二順次生受業三順後次受業順現法受業者若業此生造作增長即於此生受異熟果非於餘生順次生受業者若業此生造作增長於次後生受異熟果非於餘生順後次受業者若業此生造作增長於第三生或第四生以後如次受異熟果然異熟聲說多種義有處等流說名異熟如說受是受支異熟有處長養說名異熟如說飲食及諸醫藥得樂異熟有處夢事說名異熟如說夢見如是如是種類異熟有處豐儉說名異熟如說星宿在此路行當有如是豐儉異熟有處梵王說名異熟如說大仙我且未去觀此光明有何異熟有處異熟說名異熟如此中說色等異熟果名爲異熟熟有二種一者同類二者異類同類熟者即等流果謂善生善不善生不善無記生無記異類熟者即異熟果謂善不善生無記果此無記果從善不善異類因生故名異熟問若異類而說名異熟果者何故惡趣名非熟耶答彼亦異熟然下賤故說名非熟如有下賤村城等物名非村等復次過熟故名非熟如拙陶師燒諸瓦器多費薪草器皆焦融不任貿用亦名非熟惡趣亦爾苦果太過故名

非熟復次於彼無善異熟故名非熟問傍生鬼趣亦受善果如何惡趣皆名非熟答彼善果少故亦名無如少水河亦名無水復次彼趣雖有善果而不能修餘勝善法故名非熟譬如農夫收穫尠少亦名非熟而實惡趣有異熟果問何故不善善有漏法有異熟果無記無漏法無異熟果耶答自性衆緣有具有闕三種不同如外種故如堅實種置良田中以水漑灌覆之糞壤因緣力具即便生牙如是不善善有漏法自性堅實置有田中漑之愛水覆以餘結因緣力具便生有牙如堅實種置於倉中水糞緣闕不能生牙如是無漏善有爲法體雖堅實而闕愛水餘結潤覆有牙不生如朽敗種雖置良田以水漑灌覆之糞壤而因力闕不能生牙如是無記諸有爲法雖以愛水餘結潤覆而體羸劣有牙不生問復何緣故諸無漏法無異熟果答非田非器乃至廣說復次若法能令諸有諸趣生老病死恒相續者有異熟果無漏能令諸有諸趣生老病死究竟斷故無異熟果復次若法能令諸有諸趣漸增長者有異熟果無漏能令諸有諸趣漸損減故無異熟果復次若法是苦諸有世間生老病死趣集行者有異熟果無漏是苦諸有世間生老病死趣滅行故無異熟果復次若法是身見事是顛倒事是貪愛事是隨眠事有垢有毒有穢有濁墮苦集諦墮三有者有異熟果諸無漏法不同彼故無異熟果復次若無漏法有異熟者則爲勝因得下劣果因是無漏善有爲法果是有漏無記法故復次若無漏法有異熟者則爲

聖道令有相續聖道續有與理相違復次若無漏法有異熟者何處當受若在欲界則不應理無漏法非欲界繫故如色無色界業若在色界亦不應理無漏法非色界繫故如欲無色界業若在無色界亦不應理無漏法非無色界繫故如欲色界業若在三界外亦不應理以三界外無別處故復次無漏聖道對治異熟及異熟因若復能感異熟果者復須對治對治此者是無漏故復感異熟爲對治彼復修聖道即彼聖道復感異熟如是展轉便爲無窮是則應無解脫出離勿有此過故無漏法無異熟果復次若無漏法感異熟者則應畢竟不得涅槃聖者不應精勤修習是招生死輪轉法故由此無漏無異熟果問復何緣故諸無記法無異熟果答非田非器乃至廣說復次若無記法有異熟果此異熟果爲是無記爲善不善若是無記何故名異熟非異類熟故若善不善亦非異熟以異熟果是無記故復次若無記法有異熟者此異熟果是無記故應有異熟即彼異熟復應能感餘異熟果如是展轉便爲無窮是則應無解脫出離勿有此過故無記法無異熟果由如是等種種因緣惟諸不善善有漏法是異熟因

阿毗達磨大毗婆沙論卷第十九 說一切有部發智

音釋

蚯蚓 蚯音丘蚓以忍切蚯蚓曲蟺也 榦 居按切木旁生者爲枝正出者爲榦 貿 莫候切交易也 穫 黃郭切收稻曰穫 尠 息淺切少也 溉灌 溉居代切灌古玩切溉灌澆也漬也 壤 汝兩切柔土無塊曰壤

阿毗達磨大毗婆沙論卷第二十

五百大阿羅漢等造

唐三藏法師玄奘奉 詔譯

雜藴第一中智納息第二之十二

問一刹那業爲但能引一衆同分爲亦能引多衆同分耶設爾何失若一刹那業但能引一衆同分者施設論說當云何通如說有諸衆生曾在人中或作國王或作大臣具大勢力非理損害無量衆生稅奪資財供給自身及諸眷屬由是惡業死墮地獄經無量時受大苦惱從彼捨命復由殘業生大海中受惡獸身其形長大噉食無量水陸衆生亦爲無量衆生唼食徧著其體如拘執毛既受苦痛不能堪忍以身揩突頗胝迦山在彼身蟲俱被殘害遂令海水縱廣百千踰繕那量皆變成血又若爾者尊者無滅所說本事復云何通如說具壽我以一食施福田故七生天上作大天王七生人中爲大國主又若爾者大迦葉波所說本事復云何通如說具壽我以一器稗子米飯施福田故千返生彼北俱盧洲自然衣食千返生彼三十三天受大快樂又若爾者鹽喻經說復云何通如說一類補特伽羅造作增長爾許惡業有應地獄受者成現法受有應現法受者往地獄受若一刹那業亦能引多衆同分者施設論說當云何通如說由業種種差別勢力施設諸趣種種差別由趣種種差別勢力施設諸生種種差別由生種種差別勢力施設異熟種種差別由異熟種種差別勢力施設諸根種種差別由根種種差別勢力施設補特伽羅種種差

別又若爾者通達經說復云何通如說云何應知諸業差別謂別業生地獄別業生傍生別業生餓鬼別業生天上別業生人中又若爾者云何建立順現法受等三業差別又若爾者施設論說復云何通如說造作增長上殺生業身壞命終墮無間獄中生餘處下復生餘乃至廣說答應作是說一刹那業惟能引一衆同分問若爾施設論說當云何通如說有諸衆生曾在人中乃至廣說答由殘業者由別趣業謂彼人中造作增長地獄傍生二惡趣業地獄中受地獄業已殘傍生業生大海中故此殘業非望一業問尊者無滅所說本事復云何通如說具壽我以一食施福田故乃至廣說答彼顯初因故作是說謂彼先以一食施故生富貴家多饒財寶由宿生念或本願力復以百千財食布施如是展轉經於多生常好布施受大富樂彼依初因故作是說譬如農夫以少種子多年種植展轉增長至百千斛唱如是言我植少種今獲百千又如賈客以一金錢多時貿易至於十萬唱如是言我用一錢經求滋息今至千萬此等皆依最初因故作如是說尊者亦爾復次或彼尊者於一生中先施一食後復數施由此引發多人天因彼依最初故作是說復次或彼尊者施一食時起多思願由此引得天上人中多異熟果復次或彼尊者因施一食起下中上三品善業由下業故生在人中得爲人主由中業故生於天上復作天王由上業故於最後身生釋氏家多饒財寶出家修道成阿羅漢由此理趣則已釋通大迦葉波

所說本事聞鹽喻經說復云何通如說一類補特伽羅乃至廣說有作是說彼說二人造二種業感二異熟謂有二人俱害生命一不勤修身戒心慧彼多福故往地獄中受此業異熟果一能勤修身戒心慧彼多福故即於人中受此業異熟果問經言爾許說何義耶答若少若等若相似故說名爾許有餘師說彼說一人造二種業感二異熟謂有一人害二生命一業能引地獄異熟一業能引人中異熟彼若不修身戒心慧便往地獄受別業異熟果若能勤修身戒心慧即於人中受別業異熟果復有說者彼說一人造一種業感二異熟謂有一人害一生命此業能引地獄異熟兼復能引人中異熟彼若不修身戒心慧便往地獄受異熟果人中異熟果住不生法中若能勤修身戒心慧即於人中受異熟果地獄異熟果住不生法中評曰彼不應作是說勿有業壞趣壞過故業壞者謂一業亦是地獄業亦是人業趣壞者應一異熟亦是地獄趣亦是人趣果似因故應作是說彼說一人造一種業感一異熟謂有一人害一生命此業能引地獄異熟彼若不能精勤修道成阿羅漢便往地獄受此業果彼人若能精勤修道成阿羅漢便能引取地獄苦事人身中受此業不能引衆同分引衆同分業不可寄受故由此尊者世友說言頗有能引地獄苦事人中受不答曰有能謂若證得阿羅漢果殊勝定慧熏修身故能爲此事非諸有學及諸異生能爲此事譬如廚人以水漬手雖探熱飯而不被燒若不漬手即便被燒此亦

如是故惟無學能爲此事有餘師說一剎那業亦能引多衆同分問若爾前難善及後難云何通耶答有情造業品類不定有所造業雜亂可轉有所造業不雜亂不可轉若雜亂可轉者如前所引若不雜亂不可轉者如後所引如是前後二難俱通評曰彼不應作是說多有業壞趣壞過故應作是說一剎那業惟能引一衆同分復次但由不善引衆同分業生地獄中既生彼已惟受不善法異熟色心心所法不相應行色者九處除聲心心所法者苦受及相應法不相應行者命根衆同分得生老住無常但由不善引衆同分業生傍生鬼趣中既生彼已受善不善法異熟色心心所法不相應行不善法異熟色者九處除聲心心所法者苦受及相應法不相應行者命根衆同分得生住老無常善法異熟色者四處謂色香味觸心心所法者樂喜捨受及相應法不相應行者得生老住無常有餘師說善法於傍生鬼趣無異熟色惟有異熟心心所法不相應行問若爾何故現見傍生鬼趣中有形色妙好或醜陋耶答彼不善業或有以善業爲眷屬或有以不善業爲眷屬若以善業爲眷屬者形色妙好善伏不善弊惡力故若以不善業爲眷屬者形色醜陋不善增彼弊惡力故評曰善業於彼傍生鬼趣亦能感異熟色於理無違是故應知初說爲善但由善引衆同分業生欲界人天中既生彼已受善不善法異熟色心心所法不相應行善法異熟色者九處除聲心心所法者樂喜捨受及相應法不相應行者命根衆同分

得生老住無常不善法異熟色者四處謂色香味觸心心所法者苦受及相應法不相應行者得生老住無常有餘師說不善法於人天趣無異熟色惟有異熟心心所法不相應行問若爾何故現見人天趣中有形色醜陋或妙好耶答彼善業或以不善業爲眷屬或以善業爲眷屬若以不善業爲眷屬者形色醜陋不善伏善美麗力故若以善業爲眷屬者形色妙好善業增彼美麗力故評曰應知此中初說爲善不違理故問現見人中有二形者彼爲是善業異熟爲是不善業異熟耶有作是說彼是不善業異熟有餘師說如處如時一形生者是善業異熟非處非時第二形生者是不善業異熟評曰應作是說彼二形者男女根體是善業異熟於彼處所色香

味觸是不善業異熟但由善引衆同分業生色界中既生彼已惟受善法異熟色心心所法不相應行色者七處除聲香味心心所法者樂喜捨受及相應法不相應行者命根衆同分無想事得生老住無常但由善引衆同分業生無色界既生彼已惟受善法異熟心心所法不相應行心心所法者捨受及相應法不相應行者命根衆同分得生老住無常復次有作是說但由上品不善引衆同分業生地獄中既生彼已惟受彼上品不善法異熟果但由中品不善引衆同分業生傍生趣既生彼已惟受彼中品法異熟果但由下品不善引衆同分業生鬼趣中既生彼已惟受彼下品法異熟果有餘師說但由上品不善引衆同分業生地獄中既生彼已受彼上中

二品不善法異熟果傍生鬼趣如前說或復有說但由上品不善引衆同分業生地獄中既生彼已受彼三品不善法異熟果但由中品不善引衆同分業生傍生趣既生彼已受彼中下二品法異熟果鬼趣如前說或有說者但由上品不善引衆同分業生地獄中既生彼已受彼三品不善法異熟果但由中品不善引衆同分業生傍生趣既生彼已受彼三品法異熟果但由下品不善引衆同分業生鬼趣中既生彼已受彼下中二品法異熟果復有說者但由上品不善引衆同分業生地獄中既生彼已受彼三品不善法異熟果但由中品不善引衆同分業生傍生趣既生彼已受彼三品法異熟果但由下品不善引衆同分業生鬼趣中既生彼已受彼三品法異熟果評曰應作是說有三品不善引地獄趣衆同分業隨由一種生地獄中既生彼已隨其所應受彼三品不善法異熟果有三品不善引傍生趣衆同分業隨由一種生傍生趣既生彼已隨其所應受彼三品法異熟果有三品不善引鬼趣衆同分業隨由一種生鬼趣中既生彼已隨其所應受彼三品法異熟果復次有作是說但由欲界上品善引衆同分業生他化自在天既生彼已惟受彼上品法異熟果但由欲界中品善引衆同分業生下五天既生彼已惟受彼中品法異熟果但由欲界下品善引衆同分業生人趣中既生彼已惟受彼下品法異熟果問若由下品善業生人趣中受下品法異熟果者菩薩善業亦人中受云何上品又菩薩善業與他化

自在天善業有何差別答所說欲界下品善業人中受者除菩薩業故作是說非說一切有餘緣故菩薩業勝以菩薩身是力無畏等無邊功德所依止故他化自在天身無如是事有餘緣故他化自在天業勝以彼天身清淨微妙如燈焰故菩薩生身猶有種種便利不淨有餘師說但由欲界上品善引衆同分業生他化自在天既生彼已受彼上中二品法異熟果下五天人趣如前說或復有說但由欲界上品善引衆同分業生他化自在天既生彼已受彼三品法異熟果但由欲界中品善引衆同分業生下五天受彼下中二品法異熟果人趣如前說或有說者但由欲界上品善引衆同分業生他化自在天既生彼已受彼三品法異熟果但由欲界中品善引衆同分業生下五天既生彼已受彼三品法異熟果但由欲界下品善引衆同分業生人趣中既生彼已受彼下中二品法異熟果復有說者但由欲界上品善引衆同分業生他化自在天既生彼已受彼三品法異熟果但由欲界中品善引衆同分業生下五天既生彼已受彼三品法異熟果但由欲界下品善引衆同分業生人趣中既生彼已受彼三品法異熟果評曰應作是說有三品善引他化自在天衆同分業隨由一品生他化自在天既生彼已隨其所應受彼三品法異熟果有三品善引下五天衆同分業隨由一品生下五天既生彼已隨其所應受彼三品法異熟果有三品善引人趣衆同分業隨由一品生人趣中既生彼已隨其所應受彼三品法

異熟果復次有三品善引初靜慮無別異衆同分業隨由一品生初靜慮既生彼已隨其所應受彼三品無別異善法異熟果但由下品善引第二靜慮衆同分業生少光天既生彼已惟受彼下品善法異熟果但由中品善引第二靜慮衆同分業生無量光天既生彼已惟受彼中品善法異熟果但由上品善引第二靜慮衆同分業生極光淨天既生彼已惟受彼上品善法異熟果但由下品善引第三靜慮衆同分業生少淨天既生彼已惟受彼下品善法異熟果但由中品善引第三靜慮衆同分業生無量淨天既生彼已惟受彼中品善法異熟果但由上品善引第三靜慮衆同分業生徧淨天既生彼已惟受彼上品善法異熟果但由下品善引第四靜慮衆同分業生無雲天既生彼已惟受彼下品善法異熟果但由中品善引第四靜慮衆同分業生福生天既生彼已惟受彼中品善法異熟果但由上品善引第四靜慮衆同分業生廣果天既生彼已惟受彼上品善法異熟果但由下品雜修靜慮引第四靜慮衆同分業生無煩天既生彼已惟受彼下品雜修靜慮法異熟果但由中品雜修靜慮引第四靜慮衆同分業生無熱天既生彼已惟受彼中品雜修靜慮法異熟果但由上品雜修靜慮引第四靜慮衆同分業生善現天既生彼已惟受彼上品雜修靜慮法異熟果但由上上品雜修靜慮引第四靜慮衆同分業生善見天既生彼已惟受彼上上品雜修靜慮法異熟果但由上極品雜修靜慮引第四靜慮衆同分

業生色究竟天既生彼已惟受彼上極品雜修靜慮法異熟果有三品善引空無邊處無別異衆同分業隨由一品生空無邊處既生彼已隨其所應受彼三品善法異熟果有三品善引識無邊處無別異衆同分業隨由一品生識無邊處既生彼已隨其所應受彼三品善法異熟果有三品善引無所有處無別異衆同分業隨由一品生無所有處既生彼已隨其所應受彼三品善法異熟果有三品善引非想非非想處無別異衆同分業隨由一品生非想非非想處既生彼已隨其所應受彼三品善法異熟果問何故初靜慮三品善業受無別異異熟果上三靜慮三品善業受有別異異熟果耶答初靜慮中有衆有主雜亂而住上三靜慮無此事故有餘師說初靜慮中有尋有伺有諸識身及起自地身語表業上三靜慮無此事故復次欲界中不善業有一劫異熟果善業不爾問何故欲界中不善業有一劫異熟果善業不爾耶答欲界是有五趣異熟果善業不爾問何故欲界中不善業有一劫異熟果善業不爾耶答欲界是不定界非修地非離染地不善業勝善業劣故復次欲界中不善法難斷難破難可越度善不爾故復次欲界中不善根强善根弱故復次欲界中不善如主善如客故復次欲界中不善法因常增長善因不爾故復次欲界中不善根能斷善根善根不能斷不善根故復次欲界中威儀雜亂猶如夫妻不善法增善法減故復次欲界中威儀無雜如旃荼羅子與賊子同因不善法增善法減故復次欲界中無器可受善業一劫異熟故問豈無洲

渚妙高山王七金山等一劫器耶答彼是增上果非異熟果今依異熟果故作是說復次欲界善業極增上者亦有能感一劫異熟如是善業要離非想非非想處第九品得已離染業定不能引衆同分果是故欲界無善能受一劫異熟復次諸善法中最上品者謂無漏善彼無異熟有漏善中最上品者謂有頂善彼非欲界是故欲界善業無有一劫異熟不善業中最上品者謂引無間衆同分業是故彼有一劫異熟問何故善業極增上者能感有頂八萬大劫不善惟感一中劫耶答善業多界多地修習諸不善業不如是故問何故欲界中不善業有五趣異熟果善業不爾耶答前來所說皆是此因謂欲界中不善業勝此中復有一不共因謂欲界是不善因故

如有惡田嘉苗難植穢草易生欲界亦爾善業難茂不善易生故不善業於一趣全四趣少分受異熟果善業惟於四趣少分受異熟果有餘師說善與不善互有勝事故不應責謂不善業五趣受果不徧三界善業徧於三界受果不徧五趣俱勝事者謂善惡業俱徧四生受異熟果又俱能受五蘊異熟如契經說業是眼因阿毗達磨說大種是眼因即彼復說眼是眼因問如是三說豈不相違答無相違失謂依異熟因故契經中說業是眼因依生因依因住因持因養因故阿毗達磨說大種是眼因依同類因故即彼復說眼是眼因問若大種及眼亦是眼因何故契經惟說業是眼因答業是本故如說由業種種差別勢力施設諸趣種種差別乃至由根種種差

別勢力施設補特伽羅種種差別復次業是有情差別因故謂由業故有情好醜貴賤差別復次業是七衆差別因故謂由業故有苾芻等軌範差別復次業能分別愛非愛果有差別故復次業是愚智能表相故復次業印衆生令差別故復次諸根差別由業別故如牙差別由種別故復次諸有情類壽量增減進退興衰皆由業故復次諸界諸趣諸生差別皆由業故由如是等種種因緣契經但說業是眼因如契經說於殺生罪數習廣布當墮地獄傍生鬼趣後生人中壽量短促問爲由此業墮諸惡趣即由此業壽短促耶有作是說由此惡業墮諸惡趣即由此業還來人中壽量短促彼經不說有別因故復有說者由殺生加行墮諸惡趣由殺生根本後生人中壽量短促復有說者墮諸惡趣是殺生異熟果後生人中壽量短促是殺生等流果復有說者由害生命墮諸惡趣由食彼肉後生人中壽量短促復有說者害生命者有二過失一者生彼非愛苦受二者斷彼所愛壽量由生彼非愛苦受故墮諸惡趣由斷彼所愛壽量故後生人中壽量短促尊者世友說曰人中壽量短者非殺業異熟果以人天趣命等八根是異熟者惟是善業異熟果故然造業者昔在人中先造能引人壽量業次後復造害生命業此業與前作損害事前業應受二十年壽由後損害但受十年故人壽短促非彼異熟果如契經說十歲時人由能受行善業道故所生男女壽二十歲問無他造業他受果理何故十歲父母修善令所生子壽

二十歲尊者世友作如是言即十歲人共修善故命終轉作二十歲子故無他作他受過失大德說曰業異熟果各别決定謂二十歲業感二十歲果乃至八萬歲業感八萬歲果然由父母修善業故令子所造業能與果雖無他作業他受果理而有互為緣業與果義問十歲時人不殺生等成業道不有作是說彼非業道但共立制不害生等無增上心決意受持不殺等故有餘師說亦有業道彼亦專心展轉相對受遠離故復次施設論說有四種死一壽盡故死非財盡故如有一類有短壽業及多財業彼於後時壽盡故死非財盡故二財盡故死非壽盡故如有一類有少財業及長壽業彼於後時財盡故死非壽盡故三壽盡故死及財盡故如有一類有短壽業及少財業彼於後時壽盡故死及財盡故四非壽盡故死亦非財盡故如有一類有長壽業及多財業彼於後時雖財與壽二俱未盡而遇惡緣非時而死作彼論者顯有橫死故作是說佛雖財壽俱未盡故而般涅槃然非橫死邊際定力所成辦故功德威勢未窮盡故諸餘有情於命終位威勢窮盡佛不如是復次施設論說頗有不受順現法受業異熟而受順次生受業及順後次受業異熟耶答有謂順現法受業異熟不現在前順次生受業及順後次受業異熟現前頗有不受順次生受業異熟而受順現法受業及順後次受業異熟耶答有謂順次生受業異熟不現在前順現法受業及順後次受業異熟現前頗有不受順後次受業異熟而受順現法受

業及順次生受業異熟耶答有謂順後次受業異熟不現在前順現法受業及順次生受業異熟現前此要證得阿羅漢果方有是事非不得者問有學異生亦應有如是事何故彼論但說阿羅漢耶答惟阿羅漢有勝定慧熏修身故有如是能有學異生無如是事復次惟阿羅漢能善知自業有近有遠有可轉有不可轉諸可轉者以修力轉之若不可轉者引現前受無後有故譬如有人欲適他國所有債主悉來現前彼人即便迴轉酬償此說滿業可有是事衆同分業不並受故又一相續無斷續故有餘師說有業前生雖受異熟而有餘殘今時證得阿羅漢果以勝修力及決擇力引現前受惟阿羅漢有如是能故彼偏說問異熟因以何爲自性答一切不善善有漏法已說自性所以今當說問何故名異熟因異熟是何義答異類而熟是異熟義謂善不善因以無記爲果果是熟義如前已說此異熟因定通三世有異熟果云何能作因乃至廣說問何故作此論答爲止他宗顯正理故謂或有執諸法生時無因而生如諸外道爲止彼執顯諸法生決定有因或復有執諸法生時雖由因生而諸法滅時不由因滅如譬喻者爲止彼執顯諸法生滅無不由因或復有執惟有爲法是能作因非無爲法爲止彼執顯無爲法亦能作因或復有執諸能作因皆有作用取果與果爲止彼執顯能作因亦有不能取果與果但不爲障亦立爲因或復有執自性於自性亦是能作因爲止彼執顯自性於自性非能作因或復有執諸

無爲法亦有能作因爲止彼執顯有爲法有能作因非無爲法或復有執後法於前非能作因爲止彼執顯能作因於前於後及俱諸法皆能爲因爲止此等種種異執顯示正因故作斯論云何能作因答眼及色爲緣生眼識此眼識以彼眼色彼相應法彼俱有法及耳聲耳識鼻香鼻識舌味舌識身觸身識意法意識有色無色有見無見有對無對有漏無漏有爲無爲等一切法爲能作因除其自性如眼識耳鼻舌身意識亦爾是謂能作因此中彼相應法彼俱有法者謂眼識相應俱有諸法問前眼色等六二門法或六三門法善標善釋施設顯示一切法體爲能作因其義已足何故復說有色無色等五二法耶答前是廣說後是畧說前是別說後是總說前是分別說後是不分別說前是漸說後是頓說如是顯示其義明了問此中何故不但說言云何能作因答一切法答若作是說應自性與自性作能作因問若爾何故不作是說云何能作因答一切法除其自性答若作是說應無爲亦有能作因無簡別故問若爾何故不作是說云何能作因答一切有爲法除其自性答若作是說應無爲法非能作因問何故此中但說六識以所餘法爲能作因非餘有爲法耶答識於諸法最爲勝故此中六因皆就勝說並不盡理問若爾眼識除其自性餘一切法是能作因何故此中先說眼色次說彼相應俱有法後說耳等一切法耶答眼色與眼識作所依所緣能作因義勢用强故相應俱有法與眼識作能作因勢用親故

耳等不爾是故後說問何故自性於自性非能作因耶答若自性於自性爲能作因者則應因果能作所作能生所生能引所引能相所相能轉所轉能續所續皆無差別因果等二旣有差別故於自性非能作因復次自性於自性無益無損無增無減無成無壞無進無退故非能作因復次自性於自性非因非等無間非所緣非增上故非能作因復次若自性於自性爲能作因便違世間諸現見事謂指端不自觸眼不自見刀不自割諸有力人不能自負如是一切復次自性於自性無有自在無觀待故非能作因復次自性不依自性故非能作因如人依杖得起去杖便倒自性於自性無如是義復次無障礙分是能作因諸法自性障礙自性故非能作因障礙有二種一者世俗如人在牀障礙餘者二者勝義如自性障礙自性令不自在復次若自性於自性爲能作因應說無明緣無明等非無明緣行等應說眼識爲緣生眼識等非眼色爲緣生眼識等是故自性於自性非能作因其義決定

阿毗達磨大毗婆沙論卷第二十 說一切有部發智

音釋

唼子答切衆口聚食也 揩突揩丘皆切摩也突陀骨切觸也 稗旁卦切稊稗也 斛胡谷切五斗曰斛 賨尸羊切與商同通財鬻貨曰賨 漬疾智切浸也 伺相吏切察也

阿毗達磨大毗婆沙論卷第二十一

五百大阿羅漢等造

唐三藏法師玄奘奉詔譯

雜藴第一中智納息第二之十三

能作因體即增上緣俱一切法爲自性故然義有異謂多勝義是增上緣義不障礙義是能作因義問若多勝義是增上緣義則所緣緣亦應名增上彼體亦攝一切法故如品類足論辯此二緣俱以一切法爲自性故答若依相續則此二緣寬狹相似若依刹那則增上緣體義多勝謂緣一切法非我行相現在前時一切法中非所緣者謂此自性相應俱有非增上者唯此自性由此相應俱有諸法是此增上非所緣故問若不障礙義是能作因義者則能作因體應不攝一切法謂一有情若有一趣藴界處起即此有情更無第二藴界處生若依一眼一眼識生於中更無第二識起如於一處若有一樹無第二樹若有一舍無第二舍如是諸法互相障礙云何此因攝一切法答雖有此事而理無違謂一有情若有一趣藴界處起義語諸餘藴界處曰我於汝等不爲障礙隨汝等生設我與汝爲障礙者汝等於彼則不得生若依一眼眼識現前此識義語餘眼識言我於汝等不爲障礙隨汝等生設我與汝爲障礙者汝等於彼不得現前樹及舍喻准此應説又即於彼爲障礙者彼若生時亦不爲礙是故一法將欲生時餘一切法皆不爲礙設有一法障礙彼者彼法爾時應不得起故不障礙義是能作因義而能作因攝一切法

問因緣和合故諸法生因緣和合故諸法滅因緣無有不和合時諸法云何不恒生滅尊者世友作如是言一生和合故諸法生一滅和合故諸法滅生滅和合無二無多諸法云何恒生恒滅復作是言因緣和合諸法生已次後相續無量刹那連注覆壓不能復起如人墮崖復爲上土續續覆壓彼人爾時尚不能動況得起耶大德說曰和合因緣旣唯暫有云何諸法恒生滅耶尊者覺天作如是說諸法生滅各唯一時應有作用生已復生滅已復滅便爲無用是故諸法生滅非恒問因緣和合生諸法時因緣功能爲多爲一若言唯一云何依多若言有多云何和合答可說爲一可說爲多辦一事故依多體故復次因緣功能相隨順故可說爲一生多法故可說爲多復次因緣功能同令諸法起作用故可說爲一起色受等作用別故可說爲多若彼功能無多種者所起作用色非色等應無差別是故諸法因緣功能不可定言是多是一問如是因緣故諸法生亦有因緣故諸法滅耶譬喻尊者作如是說生待因緣滅則不爾如人射時發箭須力墮則不然如陶家輪轉時須力止則不爾阿毗達磨諸論師言諸法生滅俱待因緣以滅與生皆是用故問前所說喻當云何通答不必須通非三藏故然凡聖法異不可例同又箭與輪亦由因墮止箭墮因者謂棑楯的等設無餘因則彎弓等亦是其因若不先射令何由墮輪止因者謂手杖等設無餘因則能轉者亦是其因若先不轉令何由止問若棑手等障礙箭輪令其

墮止如何與彼爲能作因答棑手等物障彼行轉非礙墮止爲能作因於理何失問若法生滅俱待因緣生滅因緣一切時有何不生時亦滅滅時亦生耶尊者世友作如是說生滅兩時和合各異是故生時無滅滅時無生不可一因有二果故復作是說生時因緣隨順彼法滅時因緣違害彼法雖彼因緣前後體一而損益用時分不同猶如苾芻解安居巳携持衣鉢遊歷諸寺有賊見之先申禮敬恭順隨逐後至曠野奪其衣鉢凌辱而去生滅因緣亦復如是大德說曰生滅兩事既互相違如何俱有尊者妙音作如是說諸法生時未有作用當何所滅諸法滅時巳有作用復何所生問一法既與多法爲能作因多法亦與一法爲能作因一法與多法爲能作因

時爲如一法與多法爲因爲如多法與多法爲因耶多法與一法爲能作因時爲如多法與一法爲因爲如一法與一法爲因耶設爾何失此一法與多法爲能作因時若如一法與多法爲因者云何不因一故果亦成一若如多法與多法爲因者云何不果多故因亦成多此多法與一法爲能作因時若如多法與一法爲因者云何不因多故果亦成多若如一法與一法爲因者云何不果一故因亦成一答應作是說一法與多法爲能作因時亦如多法與一法爲因多法與一法爲能作因時亦如一法與多法爲因問若爾一應成多多應成一答我說一亦成多多亦成一此依作用不依實體我說諸因以作用爲果非以實體爲果又說諸果以作用爲因非以實

體爲因諸法實體恒無轉變非因果故然無爲法名能作因但不爲障非能辦果復次有爲法與有爲法爲能作因亦以彼爲增上果有爲法不與無爲法爲能作因亦不以彼爲增上果無爲法不與無爲法爲能作因亦不以彼爲增上果無爲法與有爲法雖爲能作因而不以彼爲增上果以無取果與果用故問何故有爲法有因有果無爲法無因無果耶答有爲法流轉世故有因有果無爲不爾故無因果如遠行者須具資糧能有所至非不行者復次有爲法有作用故有因有果無爲不爾故無因果如營務者須備作具能有所成非不營者復次有爲法有生滅故有因有果無爲不爾故無因果復次有爲法有和合故有因有果無爲不爾故無因果復次有爲法有三相故有因有果無爲不爾故無因果復次有爲法性羸劣故有因有作用故有果如羸劣者依他而住非勇健者無爲不爾故無因果復次有爲法如王如王眷屬如富貴者如富貴者眷屬如因陀羅如因陀羅眷屬故有因有果無爲不爾故無因果問有爲法不生者爲有爲法爲留難故令彼不起爲無爲法爲留難故彼不生耶答以有爲法爲留難故令彼不起非無爲法無爲與彼爲能作因於一切時不障礙故如注水瀆水若不流自爲餘因非瀆爲障問無爲法與有爲法爲能作因及增上緣時何者爲勝爲緣彼者爲餘法耶答等無差別如兩豆聚若無爲法與有爲法爲所緣緣有是有非復次過去法與過去法爲能作因亦以彼爲增上果過去

法與未來現在法爲能作因亦以彼爲增上果義言我若不與汝爲近能作因者汝則無因然有爲法無無因者未來法與未來法爲能作因亦以彼爲增上果未來法與過去現在法爲能作因然不以彼爲增上果所以者何果與因俱或在後故義言我若不與汝爲近能作因者汝則無果然有爲法無無果者現在法與現在法爲能作因亦以彼爲增上果現在法與未來法爲能作因亦以彼爲增上果義言我若不與汝爲近能作因者汝則無因然有爲法無無因者現在法與過去法爲能作因然不以彼爲增上果果與因俱或在後故義言我若不與汝爲近能作因者汝則無果然有爲法無無果者問何故後法與前法爲能作因而前法非後法增上果耶答不障礙義是能作因義後法於前法不障礙故得爲能作因果必是因力所取與後法於前無取與力故前法非後果如有爲法以無爲法爲能作因而非彼果彼無取果與果力故復次善法與善法爲能作因亦以彼爲增上果善法與不善無記法爲能作因亦以彼爲增上果不善法與不善法爲能作因亦以彼爲增上果不善法與善無記法爲能作因亦以彼爲增上果無記法與無記法爲能作因亦以彼爲增上果無記法與善不善法爲能作因亦以彼爲增上果如善不善無記法展轉爲能作因及增上果如是三界繫不繫法學無學非學非無學法見所斷修所斷不斷法有色無色法有見無見法有對無對法有漏無漏法相應不相應法等應知亦爾復

次有善法與善法爲近能作因如由善業生樂善家生已復能多修妙行有善法與不善法爲近能作因如由善業生富貴家生已放逸多造惡行有不善法與不善法爲近能作因如由不善業生不律儀家生已復造衆多惡行有不善法與善法爲近能作因如田不善業身遭病惱或失財位心生猒悔修諸妙行有內法與內法爲近能作因如一有情供多人衆有內法與外法爲近能作因如諸農夫種植稼穡有外法與外法爲近能作因如水糞等生長苗稼有外法與內法爲近能作因如飲食等長養有情有一趣法與五趣法爲近能作因如有多人食一羊肉身强盛已有作善業有作惡業作善業者得生人天作惡業者隨三惡趣

問若一有情害生命時一切有情不障礙彼無不與彼爲能作因何不一切俱得殺罪答彼能殺者起殺加行亦令果滿故得殺罪餘不爾故不得殺罪復次彼起惡心亦斷他命故得殺罪餘不爾故不得殺罪餘業道等准此應知問諸外財物一切有情共業所起何故盜者唯於財主得罪非餘答財主於財攝受守護餘則不爾是故盜者唯於財主得罪非餘復次財主於財作已有想盜者於彼作財主想故唯於彼得罪非餘復次若財物於彼是士用果及增上果者於彼得罪財物於餘一切有情是增上果非士用果是故於彼不得盜罪問士用果與增上果有何差別答作功力得者是士用果不障礙得者是增上果復次財物於作者是士用果於用者是增

上果如諸果實於種植者是士用果亦增上果於食用者唯增上果如諸財物於營求者是士用果亦增上果於受用者唯增上果問此器世界蘇迷盧山洲渚等物一切有情共業所起於中若有般涅槃者何故此物不減少耶尊者世友作如是說若物是彼士用果及近增上果者亦有減少蘇迷盧等但是彼遠增上果故無減少復作是說蘇迷盧等一切有情共業所起假使此中一有情在由彼業力所任持故亦不減少況有無量無邊有情未得滅度如富貴者雖已命終而彼宮殿園林象馬不隨隱沒是餘有情業力持故此亦如是復作是說此中雖有無量有情得般涅槃及生他處復有無量無邊有情來生此界由彼業力故不減少尊者覺天作如是說此是過去業力所持故無減少問如轉輪王於四洲渚皆得自在是何果耶答自身威勢是異熟果所統領物是增上果彼於過去修習增上自身衆具諸善業故今得如是二殊勝果復次有三種增上一自增上二世增上三法增上自增上者如有一類煩惱未斷惡境現前而爲自護不起惡業勿我由斯墮諸惡趣世增上者如有一類煩惱未斷惡境現前護世間故不起惡業勿我由斯爲世譏毀有作是說勿由我故世間有情造諸惡業法增上者如有一類煩惱未斷惡境現前爲護法故不起惡業勿由我故令諸世間輕毀正法此三即是近能作因問何故此三說名增上答以於善法不障礙故是善親近增上緣故問能作因力有增減不答有如多人衆

挽大木時中有盡力不盡力者其盡力者能作因增不盡力者能作因減如後挽木竪剎牽船轉石等時應知亦爾如內於外若外於內外內自望亦復如是問能作因與增上果何者爲多答能作因多增上果少以能作因攝一切有爲無爲法增上果唯攝有爲法故由此故說頗有法於法非能作因耶答有謂自性於自性頗有法於他性非能作因耶答有謂有爲於無爲及無爲於無爲問能作因以何爲自性答一切法已說自性所以今當說問何故名能作因能作是何義答不障礙義是能作義有所辦義是能作義此能作因定通三世及離世法有增上果如是已顯六因自性今當復顯六因相雜不相雜義問若法是相應因彼亦是俱有因耶答若法是相應因彼亦是俱有因有法是俱有因彼非相應因謂有爲不相應法問若法是相應因彼亦是同類因耶答應作四句有法是相應因非同類因謂未來相應法有法是同類因非相應因謂過去現在不相應法有法是相應因亦同類因謂過去現在相應法有法非相應因非同類因謂未來不相應法及無爲法問若法是相應因彼亦是徧行因耶答應作四句有法是相應因非徧行因謂除過去現在徧行隨眠及彼相應法諸餘相應法有法是徧行因非相應因謂過去現在徧行隨眠及彼相應法生住老無常有法是相應因亦徧行因謂過去現在徧行隨眠及彼相應法有法非相應因非徧行因謂除過去現在徧行隨眠及彼相應法生老住無常諸餘不相

應法問若法是相應因彼亦是異熟因耶答應作四句有法是相應因非異熟因謂無記無漏相應法有法是異熟因非相應因謂不善善有漏不相應法有法是相應因亦異熟因謂不善善有漏相應法有法非相應因非異熟因謂無記無漏不相應法問若法是相應因彼亦是能作因耶答若法是相應因彼亦是能作因有法是能作因彼非相應因謂不相應法問若法是俱有因彼亦是同類因耶答若法是同類因彼亦是俱有因有法是俱有因彼非同類因謂未來法問若法是俱有因彼亦是徧行因耶答若法是徧行因彼亦是俱有因有法是俱有因彼非徧行因謂除過去現在徧行隨眠及彼相應俱有法諸餘有爲法問若法是俱有因彼亦是異熟因耶答若法是異熟因彼亦是俱有因有法是俱有因彼非異熟因謂無記無漏有爲法問若法是俱有因彼亦是能作因耶答若法是俱有因彼亦是能作因有法是能作因彼非俱有因謂無爲法問若法是同類因彼亦是徧行因耶答若法是徧行因彼亦是同類因有法是同類因彼非徧行因謂除過去現在徧行隨眠及彼相應俱有法諸餘過去現在法問若法是同類因彼亦是異熟因耶答應作四句有法是同類因非異熟因謂過去現在無記無漏法有法是異熟因非同類因謂未來不善善有漏法有法是同類因亦異熟因謂過去現在不善善有漏法有法非同類因非異熟因謂未來無記無漏法及無爲法問若法是同類因彼亦是能作因耶答若法

是同類因彼亦是能作因有法是能作因彼非同類因謂未來法及無爲法問若法是徧行因彼亦是異熟因耶答應作四句有法是徧行因非異熟因謂過去現在無記徧行隨眠及彼相應俱有法有法是異熟因非徧行因謂除過去現在不善徧行隨眠及彼相應俱有法諸餘不善善有漏法有法是徧行因亦異熟因謂過去現在不善徧行隨眠及彼相應俱有法有法非徧行因非異熟因謂除過去現在無記徧行隨眠及彼相應俱有法諸餘無記及無漏法問若法是徧行因彼亦是能作因耶答若法是徧行因彼亦是能作因有法是能作因彼非徧行因謂除過去現在徧行隨眠及彼相應俱有法諸餘一切法問若法是異熟因彼亦是能作因耶答若法是異熟因彼亦是能作因有法是能作因彼非異熟因謂無記及無漏法

問此六因幾是色幾非色答二唯非色謂相應徧行因餘通色非色如色非色有見無見有對無對有執受無執受是長養非長養是大種非大種是造色非造色亦爾問此六因幾有漏幾無漏答二唯有漏謂徧行異熟因餘通有漏無漏問此六因幾有爲幾無爲答五唯有爲一通有爲無爲謂能作因問此六因幾過去幾未來幾現在答三通三世謂相應俱有異熟因二唯過去現在謂同類徧行因一通三世亦離世謂能作因問此六因幾善幾不善幾無記答一唯不善無記謂徧行因一唯善不善謂異熟因餘通三種問此六因幾欲界繫幾色界繫幾無色界繫答二唯

三界繫謂徧行異熟因餘通三界繫及不繫問此六因幾學幾無學幾非學非無學答二唯非學非無學謂徧行異熟因餘通三種問此六因幾見所斷幾修所斷幾不斷答一唯見所斷謂徧行因一唯見所斷修所斷謂異熟因餘通三種問此六因幾染汙幾不染汙答一唯染汙謂徧行因餘通二種如染汙不染汙有罪無罪黑白有覆無覆退非退亦爾問此六因幾有異熟幾無異熟答一有異熟謂異熟因餘通二種問此六因幾是異熟幾非異熟答二非異熟謂徧行異熟因餘通二種問此六因幾相應幾不相應答一唯相應謂相應因餘通二種如相應不相應有所依無所依有所緣無所緣有行相無行相有警覺無警覺有等無間無等無間亦爾問此六因幾是四諦攝幾非四諦攝答二唯苦集諦攝謂徧行異熟因三唯苦集道諦攝謂相應俱有同類因一通四諦及非諦攝謂能作因問此六因幾是五蘊攝幾非五蘊攝答二唯四蘊攝除色蘊謂相應徧行因三通五蘊攝謂俱有同類異熟因一通五蘊及非蘊攝謂能作因問此六因幾何處攝答二唯意法處攝謂相應徧行因一唯色聲意法處攝謂異熟因三通十二處攝謂俱有同類能作因問此六因幾何界攝答一唯意法意識界攝謂徧行因一唯七心法界攝謂相應因一唯色聲七心法界攝謂異熟因三通十八界攝謂俱有同類能作因問如是六因誰有何果答相應俱有因有士用果同類徧行因有等流果異熟因有異熟果能作因有增上果其解

脱果是道所證非因所得問如是六因何時取果何時與果答相應俱有因現在取果現在與果一刹那取果一刹那與果取一刹那果與一刹那果同類徧行因現在取果過去現在與果一刹那取果多刹那與果取多刹那果與多刹那果異熟因現在取果過去與果一刹那取果多刹那與果取多刹那果與多刹那果能作因有作是説現在取果過去現在與果一刹那取果多刹那與果取多刹那果與多刹那果有餘師説此能作因過去現在取果過去現在與果多刹那取果多刹那與果若取果時即能與果餘如前説若能覺了如是六因即於四果分明照察如觀掌中餘甘子等

復次諸法作用必假因縁因已廣辯次應説縁縁有四種如施設論及見藴辯然施設論作如是説有法是因縁彼亦是等無間縁亦是所縁縁亦是增上縁乃至有法是增上縁彼亦是因縁亦是等無間縁亦是所縁縁問一切法中有能作四縁者如心心所法有能作三縁者如色心不相應行有能作二縁者如無爲法何故彼説有法是因縁彼亦是等無間縁乃至廣説耶答彼依容有故作是説謂諸法中有心心所具四縁性不説一切皆作四縁若盡理者應作是説問若法是因縁彼亦是等無間縁耶答若法是等無間縁彼亦是因縁有法是因縁彼非等無間縁謂除過去現在非最後心心所法餘一切有爲法問若法是因縁彼亦是所縁縁耶答若法是因縁彼亦是所縁縁有法是所縁縁彼非因

縁謂無爲法問若法是因縁彼亦是增上縁耶答若法是因縁彼亦是增上縁有法是增上縁彼非因縁謂無爲法問若法是等無間縁彼亦是所縁縁耶答若法是等無間縁彼亦是所縁縁有法是所縁縁彼非等無間縁謂除過去現在非最後心心所法餘一切法問若法是等無間縁彼亦是增上縁耶答若法是等無間縁彼亦是增上縁有法是增上縁彼非等無間縁謂除過去現在非最後心心所法餘一切法問若法是所縁縁彼亦是增上縁耶答如是問若於一法具四縁者應但一縁云何立四答依作用立不依物體一物體中有四用故謂一刹那心心所法引起次後刹那同類心心所故立爲因縁即此開避次後刹那心心所法令得生故立爲等無間縁即此能爲次後刹那心心所法所取境故立爲所縁縁即此不障礙次後刹那心心所法令得生故立爲增上縁此中因縁如種子法等無間縁如開導法所縁縁如任杖法增上縁如不障法如是等過去現在非最後心心所法具四縁性餘有爲法有三縁性三無爲法有二縁性皆依義說不依物體一物體中有多義故如諸法中有能作六因者謂過去現在不善徧行隨眠及彼相應法有能作五因者謂過去現在無記徧行隨眠及彼相應法或過去現在不善徧行隨眠及彼相應法生老住無常或過去現在非徧行不善善有漏心心所法有能作四因者謂過去現在無記徧行隨眠及彼相應法生老住無常或過去現在非徧行不善善有漏色心不相

應行或過去現在無漏心心所法或過去現在非偏行無記心心所法或未來不善善有漏心心所法有能作三因者謂過去現在非偏行無記色心不相應行或過去現在無漏色心不相應行或未來不善善有漏色心不相應行或未來無記無漏心心所法有能作二因者謂未來無記無漏色心不相應行有能作一因者謂無爲法如一有爲有多因義互不相違緣亦應爾問若爾因緣有何差別尊者世友作如是言無有差別因即是緣緣即是因如契經說二因二緣能生正見謂他言音及內如理作意又如大因緣經說佛告阿難老死支有如是由有如是因有如是集有如是生有如是緣謂生支是也故知因緣無有差別復作是說若有此則有彼此是彼因亦是彼緣問由有瓶故得有瓶覺豈此瓶覺離瓶爲因答非但有瓶則有瓶覺以無瓶時亦有瓶覺雖有瓶時無瓶覺故然有和合故得有瓶覺是故和合是瓶覺因緣有作是說和合是因此和合因說名爲緣問若一一別不名爲因衆事和合亦應非因答如一一別不名和合衆事聚集即名和合故一一別不名爲因衆事和合得名爲因復有說者同類是因異類是緣如火於火麥於麥芽說名同類問麥於麥芽有何同類若同稱麥名同類者應田水等大種同故亦名同類則田水等應是麥因復有說者近者是因遠者是緣問若爾因與等無間緣應無差別又善心無間起不善或無記心應是因非緣復有說者不共是因共者是緣問若爾眼於眼識應是

因非緣以不共故又麥於芽灰應是緣非因以是共故復有說者能生者是因隨能生者是緣問若爾生支於老死應非緣隨順生支有等於老死應非因復有說者能長養自相續者是因能長養他相續者是緣問若爾緣自相續所起善心惟長養自相續應是因非緣大德說曰轉是因隨轉是緣近是因遠是緣如近遠在此在彼和合不和合在此身在餘身應知亦爾問若爾同類隨轉應是緣非因無明緣行等應是因非緣故因緣體雖無差別而義有異謂因義親緣義是踈爲表此義說因有六說緣有四若不爾者名數應同

阿毗達磨大毗婆沙論卷第二十一說一切有部發智

音釋

覆壓　覆敷救切蓋也壓乙甲切鎮也　排楯　排步皆切楯食尹切與盾同排楯兵器也　彎　烏關切持弓也　羸劣　羸力追切瘦也劣力輟切弱也　挽　無遠切引也　竪　臣庚切立也

阿毗達磨大毗婆沙論卷第二十二

五百大阿羅漢等造

唐三藏法師玄奘奉　詔譯

雜藴第一中智納息第二之十四

諸心由隨眠故名有隨眠心彼隨眠於此心隨增耶乃至廣説問何故作此論答爲止他宗顯正理故謂或有執但有一心如説一心相續論者彼作是説有隨眠心無隨眠心其性不異聖道現前與煩惱相違不違心性爲對治煩惱非對治心如浣衣磨鏡錬金等物與垢等相違不違衣等聖道亦爾又此身中若聖道未現在前煩惱未斷故心有隨眠聖道現前煩惱斷故心無隨眠此心雖有隨眠無隨眠時異而性是一如衣鏡金等未浣磨練等時名有垢衣等若浣磨練等已名無垢衣等有無垢等時雖有異而性無別心亦如是爲止彼執顯有隨眠心與無隨眠心其性各異或復有執隨眠不於所縁隨增亦不於相應法有隨增義如譬喻者彼作是説若隨眠於所縁隨增者於他界地及無漏法亦應隨增是所縁故如自界地若於相應法有隨增義者則應未斷已斷一切時隨增相應畢竟不相離故猶如自性爲止彼執顯諸隨眠於所縁相應俱有隨增義謂於自界地有漏法及相應法乃至未斷恒隨增故或復有執隨眠唯於補特伽羅有隨增義如犢子部彼作是説補特伽羅名有隨眠及無隨眠非心等法補特伽羅有縛解故爲止彼執顯唯心等有縛有解名有隨眠及無隨眠非數取趣畢竟無故爲止此等他宗及顯無顛倒理故

作斯論諸心由隨眠故名有隨眠心彼隨眠於此心隨增耶答或隨增或不隨增云何隨增謂彼隨眠與此心相應未斷及緣此心云何不隨增謂彼隨眠與此心相應已斷此中諸心者有五部心謂見苦所斷心乃至修所斷心隨眠者有五部隨眠謂見苦所斷隨眠乃至修所斷隨眠由二事故名有隨眠心一由隨眠於此心有隨增性二由隨眠於此心有同伴性謂見苦所斷心於見苦所斷隨眠由二事故名有隨眠心於見集所斷隨眠由一事故名有隨眠心謂隨增性於餘隨眠無二事故非有隨眠心見集所斷心於見集所斷隨眠由二事故名有隨眠心於見苦所斷隨眠由一事故名有隨眠心謂隨增性於餘隨眠無二事故非有隨眠心見滅所斷心於見滅所斷隨眠由二事故名有隨眠心於見苦集所斷隨眠由一事故名有隨眠心謂隨增性於餘隨眠無二事故非有隨眠心見道所斷心於見道所斷隨眠由二事故名有隨眠心於見苦集所斷隨眠由一事故名有隨眠心謂隨增性於餘隨眠無二事故非有隨眠心修所斷心於修所斷隨眠由二事故名有隨眠心於見苦集所斷隨眠由一事故名有隨眠心謂隨增性於餘隨眠無二事故非有隨眠心復次見苦所斷心有二種一徧行隨眠相應心二非徧行隨眠相應心見集所斷心亦爾見滅所斷心有二種一有漏緣隨眠相應心二無漏緣隨眠相應心見道所斷心亦爾修所斷心有二種一染汙心二不染汙心見苦所斷徧行隨眠相應心於見苦所

斷徧行隨眠由二事故名有隨眠心於見苦所斷非徧行隨眠及見集所斷徧行隨眠由一事故名有隨眠心謂隨增性於餘隨眠無二事故非有隨眠心見苦所斷非徧行隨眠相應心於見苦所斷非徧行隨眠由二事故名有隨眠心於見苦集所斷徧行隨眠由一事故名有隨眠心謂隨增性於餘隨眠無二事故非有隨眠心見集所斷徧行隨眠相應心於見集所斷徧行隨眠由二事故名有隨眠心於見集所斷非徧行隨眠及見苦所斷徧行隨眠由一事故名有隨眠心謂隨增性於餘隨眠無二事故非有隨眠心見集所斷非徧行隨眠相應心於見集所斷非徧行隨眠由二事故名有隨眠心於見苦集所斷徧行隨眠由一事故名有隨眠心謂隨增性於餘隨眠無二事故非有隨眠心見滅所斷有漏緣隨眠相應心於見滅所斷有漏緣隨眠由二事故名有隨眠心於見苦集所斷徧行隨眠由一事故名有隨眠心謂隨增性於餘隨眠無二事故非有隨眠心見滅所斷無漏緣隨眠相應心於見滅所斷無漏緣隨眠由二事故名有隨眠心於見滅所斷有漏緣隨眠及見苦集所斷徧行隨眠由一事故名有隨眠心謂隨增性於餘隨眠無二事故非有隨眠心見道所斷有漏緣隨眠相應心於見道所斷有漏緣隨眠由二事故名有隨眠心於見苦集所斷徧行隨眠由一事故名有隨眠心謂隨增性於餘隨眠無二事故非有隨眠心見道所斷無漏緣隨眠相應心於見道所斷無漏緣隨眠由二事故名有隨眠心於

見道所斷有漏緣隨眠及見苦集所斷徧行隨眠由一事故名有隨眠心謂隨增性於餘隨眠無二事故非有隨眠心修所斷染汙心於修所斷隨眠由二事故名有隨眠心於見苦集所斷徧行隨眠由一事故名有隨眠心謂隨增性於餘隨眠無二事故非有隨眠心修所斷不染汙心於修所斷隨眠及見苦集所斷徧行隨眠由一事故名有隨眠心謂隨增性於餘隨眠無二事故非有隨眠心復次欲界見苦所斷心有十種謂五見疑愛恚慢不共無明相應心見集所斷心有七種謂二見疑愛恚慢不共無明相應心見滅所斷心亦爾見道所斷心有八種謂三見疑愛恚慢不共無明相應心修所斷心有五種謂愛恚慢不共無明相應心及不染汙心謂善有漏無覆無記有身見相應心於有身見及彼相應無明由二事故名有隨眠心於餘見苦所斷隨眠及見集所斷徧行隨眠由一事故名有隨眠心謂隨增性於餘隨眠無二事故非有隨眠心如是乃至見苦所斷慢相應心應知亦爾見苦所斷不共無明相應心於見苦所斷不共無明由二事故名有隨眠心於餘見苦所斷隨眠及見集所斷徧行隨眠由一事故名有隨眠心謂隨增性於餘隨眠無二事故非有隨眠心見集所斷心應知亦爾見滅所斷邪見相應心於見滅所斷邪見及彼相應無明由二事故名有隨眠心於見滅所斷有漏緣隨眠及見苦集所斷徧行隨眠由一事故名有隨眠心謂隨增性於餘隨眠無二事故非有隨眠心見滅所斷疑相應心應

知亦爾見滅所斷見取相應心於見滅所斷見取及彼相應無明由二事故名有隨眠心於餘見滅所斷有漏縁隨眠及見苦集所斷徧行隨眠由一事故名有隨眠心謂隨增性於餘隨眠無二事故非有隨眠心見滅所斷愛恚慢相應心應知亦爾見滅所斷不共無明相應心於見滅所斷不共無明由二事故名有隨眠心於見滅所斷有漏縁隨眠及見苦集所斷徧行隨眠由一事故名有隨眠心謂隨增性於餘隨眠無二事故非有隨眠心見道所斷心應知亦爾修所斷愛相應心於修所斷愛及彼相應無明由二事故名有隨眠心於餘修所斷隨眠及見苦集所斷徧行隨眠由一事故名有隨眠心謂隨增性於餘隨眠無二事故非有隨眠心修所斷恚慢相應心應知亦爾修所斷不共無明相應心於修所斷不共無明由二事故名有隨眠心於餘修所斷隨眠及見苦集所斷徧行隨眠由一事故名有隨眠心謂隨增性於餘隨眠無二事故非有隨眠心修所斷不染汚心於修所斷隨眠及見苦集所斷徧行隨眠由一事故名有隨眠心謂隨增性於餘隨眠無二事故非有隨眠心如說欲界色無色界應知亦爾是謂此處略毗婆沙如是所說三界五部隨眠於此三界五部有隨眠心若未斷則隨增互相隨順而增長故隨眠於心增縛事故若已斷則不隨增不相隨順非增長故隨眠於心無縛事故然未斷位心於相應所縁隨眠俱得建立有隨眠名以相應者具二事故縁縛心者但隨增故若已斷位此心唯於相

應隨眠可得建立有隨眠名非彼先來緣縛心者無隨增故相應隨眠於心猶有同伴性故問何故心於相應隨眠已斷未斷俱得建立有隨眠名於所緣隨眠唯未斷位可得建立有隨眠名非已斷位耶答前來已說心於隨眠由二事故名有隨眠一隨增性二同伴性相應隨眠若未斷位由二事故心於彼立有隨眠名若已斷位彼於此心雖無隨增性而有同伴性故猶可立有隨眠名所緣隨眠若未斷位於心唯有隨增性故心於彼立有隨眠名若已斷位二事俱無故心於彼不復可立有隨眠名問若相應隨眠於相應心若未斷位有隨增性及同伴性若已斷位雖無隨增性而有同伴性心恒於彼名有隨眠者行所緣隨眠於所緣心若未斷位有隨增性及所緣性若已斷位雖無隨增性而有所緣性何故心於彼不恒建立有隨眠名答相應隨眠於相應心極相親近衆事皆等不可相離如羊與皮故斷未斷恒名相有所緣隨眠與所緣心非極親近衆事不等未嘗和合若未斷時由隨增性可說相有若已斷位極踈遠故不說相有此中有名依親强立非如立有所緣等名尊者世友作如是說相應隨眠染汙心故所緣隨眠不如是故復次相應隨眠不離心故所緣隨眠不如是故復次相應隨眠覆蔽心故所緣隨眠不如是故復次相應隨眠隨心轉故所緣隨眠不如是故復次相應隨眠擾亂心故所緣隨眠不如是故復次相應隨眠與相應心同一所依同一所緣同一行相同一果同一等流同一異熟俱生

俱住俱異俱滅極親近故所緣隨眠不如是故大德説曰相應隨眠令相應心剛强㦬悷智者訶猒難可出離所緣隨眠於所緣心無此事故尊者妙音作如是説相應隨眠令相應心發起染汙如烟燄得障礙聖果所緣隨眠於所緣心無此事故尊者覺天作如是説相應隨眠令相應心於所緣境迷謬不了所緣隨眠於所緣心無此事故由如是等種種因緣相應隨眠斷未斷位恒令心得有隨眠名所緣隨眠唯未斷位可令心得有隨眠名若已斷位則不名有設隨眠於心隨增此心但由彼隨眠故名有隨眠心耶答或由彼非餘或由彼及餘云何由彼非餘謂此心未斷云何由彼及餘謂苦智已生集智未生若心見苦所斷見集所斷隨眠所緣此中由彼非餘者謂有隨眠心但由彼於心隨增隨眠故名有隨眠心非由餘於心不隨增隨眠故名有隨眠心謂此心未斷者若心未斷必但由彼於心隨增隨眠故名有隨眠心非由餘於心不隨增隨眠故名有隨眠心有説此文應作是説謂具縛者諸染汙心彼不應作是説以具縛者不具縛者有染汙心無染汙心皆可爾故但應作是説謂此心未斷諸未斷心名有隨眠但由於心隨增隨眠非由餘故由彼及餘者謂有隨眠心由彼於心隨增隨眠故名有隨眠心及由餘於心不隨增隨眠故名有隨眠心謂苦智已生乃至廣説者見苦所斷有隨眠心爾時由彼見集所斷於心隨增徧行隨眠故名有隨眠心及由餘見苦所斷於心不隨增相應隨眠故名有隨眠心如

是即說見苦所斷心於此位中由彼他部於心隨增隨眠故及由餘自部於心不隨增隨眠故名有隨眠心問何故此中他部隨眠名彼自部隨眠名餘答以先問言設隨眠於心隨增此心但由彼隨眠故名有隨眠心耶故今答言見苦所斷心於此位中非但由彼見集所斷於此心隨增徧行隨眠故名有隨眠心亦由餘見苦所斷於此心不隨增相應隨眠故名有隨眠心如是即說正所問者名彼非正所問者名餘他部隨眠爾時未斷猶隨增故是正所問自部隨眠爾時已斷不隨增故非正所問有說自部隨眠爾時轉至異前位故說之爲餘謂前未斷今已斷故有說自部隨眠先得自在隨欲所作今已斷故不得自在無所能作故說爲餘有說自部隨眠本來成就今不成就故說爲餘有說自部隨眠今爲聖道究竟斷滅異昔來故說之爲餘有說自部隨眠已爲聖道箇別頓斷不同昔來與餘四部同時漸斷故說爲餘問修所斷心亦有此義謂斷一品乃至八品已斷染心由彼未斷及餘已斷名有隨眠何故不說答是作論者意欲爾故乃至廣說復次應說而不說者當知此義有餘復次若異部爲彼異部爲餘者此中說之修所斷心雖有此義而自部爲彼自部爲餘故此不說復次此中但說斷已畢竟不復退者修所斷心雖有此義而彼斷已或有復退故不說之

問諸隨眠云何於所緣隨增云何於相應隨增耶西方諸師作如是說爲繫縛性故於所緣隨增爲同伴性故於相應隨增迦濕彌羅

國諸論師言於所緣境各別行相隨報增益故名於所緣隨增於相應法令同自過隨順增益故名於相應隨增有餘師說諸隨眠於所緣隨增如於相應於相應隨增如於所緣問若爾品類足論當云何通如說云何欲貪隨眠隨增謂可愛可樂可喜可意彼於相應無能緣義云何亦說有可愛等答彼顯貪相謂欲貪隨眠有可愛等相故作是說不顯所緣相應異相尊者世友作如是說由四事故說諸隨眠有隨增義一墮惡意故如大衆中一人造惡令彼多人皆墮惡意如是於一相應品中起一隨眠即令此品心心所法皆墮惡意二如火熱故如置熱鐵小水器中其器及水無不皆熱如是於一心品法中起一煩惱即令一切心心所法皆成熱惱三如烟等故如烟塵垢所著衣服皆成穢惡如是心品有一隨眠皆成染汙四可毀猒故如僧衆中有一犯罪衆皆受責如是心品有一隨眠皆可毀猒如於相應有此四事說名隨增於所緣境亦增此四故名隨增謂若所緣增長此四即說煩惱於彼隨增問過去未來隨眠亦隨增不答彼亦隨增若彼隨眠不隨增者不染汙心現在前位應無隨眠便違經說如說佛告結鬘母言嬰孩小兒仰腹而卧尚不能了欲境勝劣況復能起欲貪纏心然被欲貪隨眠繫縛問過去未來既無作用云何可說隨眠隨增答彼能起得現在前故如火不現而能起烟尊者妙音作如是說彼雖無有取境作用而於所緣及相應法有如現在繫縛功能故彼隨眠有隨增義尊者設摩達多說

曰由五事故可說過去未來隨眠有隨增義一者彼因未盡故二者彼得未斷故三者未轉彼所依故四者未了彼所緣故五者未得彼對治故諸心由隨眠故名有隨眠心彼隨眠於此心當斷耶答或當斷或不當斷云何當斷謂彼隨眠緣此心云何不當斷謂彼隨眠與此心相應此中顯示隨眠於所緣境可說當斷非於相應謂於所緣可制煩惱令不現起造諸過失非於相應可制煩惱令不復與心等相應故於所緣可說當斷非於相應有說此文應作是說云何當斷謂彼隨眠緣此心未斷云何不當斷謂彼隨眠緣此心已斷及與此心相應彼說非理所以者何前問諸心由隨眠故名有隨眠心彼隨眠於此心當斷不今但應說云何當斷謂彼隨眠緣此心於義已足何須更說未斷若彼已斷心不由彼名有隨眠便非所問是故不須更說未斷又緣此心已斷及言理不應說緣心隨眠若已斷者便非所問故但應說云何不當斷謂彼隨眠與此心相應其義已足然此中說諸隨眠於所緣可斷非於相應者依心名有隨眠義說不依隨增義說以隨增義俱可斷故諸隨眠因何當斷答因所緣前所顯義令現其文謂諸隨眠由對治力令彼於境不復起過可說當斷如人制子不令復入酒舍婬舍博戲舍等若令隨眠離相應法無有是處是故說彼於相應法無有斷義汝說隨眠因所緣當斷耶答如是若爾諸隨眠見滅道所斷有漏緣彼隨眠因何當斷若言此斷彼斷俱不應理答見滅道所斷無漏緣隨眠因所

緣故斷由此斷故彼亦斷此中意說要因慧見煩惱所緣隨眠方斷爲成此理問答難通汝說隨眠因所緣當斷耶者是問前雖略說而未審定若不審定他宗所許說他過失無有是處答如是者是答要因慧見煩惱所緣隨眠方斷其理決定更無異趣故言如是若爾諸隨眠見滅道所斷有漏緣彼隨眠因何當斷若言此斷彼斷俱不應理者是難彼難意言見滅道所斷有漏緣隨眠因何當斷若言因慧見此苦集故得斷者其理不然見苦集時此未斷故若言因慧見彼滅道故得斷者理亦不然滅道非此所緣境故答見滅道所斷無漏緣隨眠因所緣故斷由此斷故彼亦斷者是通此通意言見滅道所斷有漏緣隨眠依止無漏緣隨眠故而得生長見滅道時此無漏緣隨眠斷故彼見滅道所斷有漏緣隨眠亦隨斷如羸病人依杖而立去杖便倒此亦如是問前定宗言要因慧見煩惱所緣隨眠方斷今乃通言所緣斷故能緣隨斷豈不相違答無相違失慧見所緣隨眠尚斷況所緣斷而不斷耶如果依樹動樹尚墮況樹傾倒而果不落此亦如是又前所說要因慧見煩惱所緣隨眠方斷者不說要因慧見所斷煩惱所緣隨眠方斷但說要因慧見所有煩惱所緣隨眠方斷故不相違謂因慧見無漏緣煩惱所緣滅道故見滅道所斷有漏緣隨眠亦斷由此理趣苦集法忍能斷緣上徧行隨眠修道位中滅道二智能斷九地修所斷惑有餘師說因所緣故隨眠斷者意顯煩惱所緣斷故隨眠方斷爲成此理問答難

通汝說隨眠因所緣當斷耶答如是若爾諸隨眠見滅道所斷無漏緣彼隨眠因何當斷若言此相應斷故斷者其理不然前說隨眠非於相應可說斷故若言彼所緣斷故斷者理亦不然所緣滅道無諸過失不可斷故答見滅道所斷有漏緣隨眠斷故此亦隨斷問前定宗言所緣斷故隨眠方斷今說能緣煩惱斷故隨眠方斷豈不相違答無相違失謂無漏緣隨眠依有漏緣隨眠而得生長由彼任持此得相續故彼斷時此亦隨斷如樹莖等依根而住若斷其根莖等隨倒此亦如是彼說非理違前宗故此本論文難通異故有所緣斷時能緣未斷故有能緣斷時所緣未斷故或復有說因所緣故隨眠斷者意說要因有所緣道隨眠方斷彼說非理以世尊說如是八支聖道能斷過去未來現在衆苦棄捨變吐盡離染滅寂靜涅槃是故應說有所緣道無所緣道俱能斷惑又於後說若難若通俱不相應故彼非理尊者設摩達多說曰由四事故諸隨眠斷一由所緣斷故如見滅道所斷有漏緣隨眠二由能緣斷故如他界緣隨眠三由俱緣斷故如見苦集所斷非徧行隨眠四隨得對治故如餘隨眠隨得對治彼則隨斷尊者世友作如是說由五事故諸隨眠斷一見所緣故斷如無漏緣隨眠及緣自界徧行隨眠二所緣斷故斷如見滅道所斷有漏緣隨眠三能緣斷故斷如緣他界徧行隨眠四俱緣斷故斷如見苦集所斷不徧行隨眠五得對治故斷如修所斷隨眠設隨眠於心當斷此心但由彼隨眠故名有隨眠

心耶答或由彼非餘或由彼及餘云何由彼非餘謂心不染汙修所斷云何由彼及餘謂心染汙此中不染汙者簡異染汙修所斷者簡異無漏謂有漏善心及無覆無記心此心由彼者由緣此心隨增隨眠故名有隨眠心非餘者非由相應隨眠故名有隨眠心此心相應無隨眠故染汙心由彼者由緣此心隨增隨眠故名有隨眠心及餘者及由餘相應隨眠故名有隨眠心問何故此中所緣隨眠說彼相應隨眠說餘答以先問言設隨眠於心當斷此心但由彼隨眠故名有隨眠心耶前說隨眠唯於所緣有當斷義非於相應是故彼言唯說當斷所緣隨眠即此隨眠是正所問故說爲彼相應隨眠非正所問故說爲餘問何故復作如是問答答爲令疑者得決定故謂或有疑惟當斷者心由彼故名有隨眠相應隨眠不當斷故心不由彼名有隨眠欲令此疑得決定故顯染汙心亦由彼故名有隨眠或復有疑相應隨眠亦當可斷故今復顯相應隨眠無當斷義或復有疑心於隨眠名爲有者但依隨增性故今復顯示依同伴性謂無染汙心但依隨增性名有隨眠若染汙心俱依二性頗有隨眠斷而慧不見彼所緣耶答應作四句有隨眠斷而慧不見彼所緣謂諸異生離欲界乃至無所有處染時斷上地緣及無漏緣隨眠若諸聖者現觀欲界苦集諦時斷他界緣隨眠現觀滅道諦時斷見滅道所斷有漏緣隨眠以滅道智離修所斷一切隨眠有慧見彼所緣而隨眠不斷謂諸異生離欲界乃至無所有處染時前後

諸品所斷隨眠離初靜慮乃至無所有處染時欲界乃至識無邊處所有他地緣隨眠若諸聖者現觀色無色界苦集諦時欲界所有他界緣隨眠現觀苦諦時見集所斷自界緣隨眠見滅道所斷有漏緣隨眠及修所斷一切隨眠現觀集諦時見苦所斷自界緣隨眠見滅道所斷有漏緣隨眠及修所斷一切隨眠以苦集智及世俗智離修所斷染時見所斷有漏緣隨眠及前後品修所斷隨眠以滅道智離修所斷染時無漏緣隨眠及餘一切異生聖者不斷煩惱而見煩惱所緣境時一切隨眠有隨眠斷慧亦見彼所緣謂諸異生離欲界乃至無所有處染時所有自地緣自品隨眠若諸聖者現觀苦集諦時見苦集所斷自界緣隨眠現觀滅道諦時見滅道所斷無漏緣隨眠以苦集智及世俗智離修所斷染時自地自品修所斷隨眠有隨眠不斷慧亦不見彼所緣謂除前相頗有一刹那頃隨眠斷而慧不見彼所緣耶答應作四句然有多位謂苦集法智忍及滅道法類智忍位皆有四句苦法智忍位四句者第一句謂欲界見苦所斷他界緣隨眠第二句謂欲界見集所斷自界緣隨眠見滅道所斷有漏緣隨眠及修所斷隨眠第三句謂欲界見苦所斷自界緣隨眠第四句謂除前相集法智忍位隨其所應四句亦爾滅道法類智忍位若先異生位中分離欲界染及於上七地或分或全離者得作四句且滅法智忍位四句者第一句謂欲界見滅所斷先所未離有漏緣隨眠第二句謂欲界見滅所斷先所已離無漏緣

隨眠第三句謂欲界見滅所斷先所未離無漏緣隨眠第四句謂欲界見滅所斷先所巳離有漏緣隨眠或除前相滅類智忍及道法類智忍位隨其所應四句亦爾若諸異生離欲界乃至無所有處染時一一無間道中皆得作四句第一句謂自品他地緣隨眠第二句謂前後品自地緣隨眠第三句謂自品自地緣隨眠第四句謂前後品他地緣隨眠或除前相頗有於煩惱斷得而不捨捨而不得亦得亦捨不得不捨耶答有得而不捨者謂諸異生離欲界乃至無所有處染時若諸聖者斷煩惱時除得果位捨而不得者謂諸異生從離染退下地没生二定以上上二界没生欲界時若諸聖者向中退斷亦得亦捨者謂諸異生上地没生初定以上若諸聖者練根得果及退果時不得不捨者謂除前相

阿毗達磨大毗婆沙論卷第二十二 說一切有部發智

音釋

浣 胡管切濯也　補特伽羅 梵語也此云數取趣謂數數往來諸趣也

儱倲 儱力董切倲郎計切儱倲多惡不調也　鬘 莫班切　嬰孩 嬰於盈切孩户來切嬰孩小兒也

阿毗達磨大毗婆沙論卷第二十三

五百大阿羅漢等造

唐三藏法師玄奘奉　詔譯

雜蘊第一中智納息第二之十五

頗有於隨眠滅身作證而慧不見彼滅耶答應作四句有於隨眠滅身作證而慧不見彼滅謂諸異生離欲界乃至無所有處染時所有自地自品諸隨眠滅若諸聖者苦現觀時見苦所斷諸隨眠滅集現觀時見集所斷諸隨眠滅道現觀時見道所斷諸隨眠滅修道位中以苦集道及世俗智隨其所應離欲界乃至非想非非想處染時所有自地自品修所斷諸隨眠滅若以苦集道及世俗智隨其所應得果及練根成時所證已斷諸隨眠滅有慧見彼滅而身不作證謂滅現觀時見苦集道及修所斷諸隨眠滅修道位中若以滅智離欲界乃至非想非非想處染時除得果位隨現所觀已斷未斷諸隨眠滅及餘一切異生聖者不證擇滅而見滅時即彼所見諸隨眠滅有於隨眠滅身作證慧亦見彼滅謂滅現觀時見滅所斷諸隨眠滅修道位中若以滅智離欲界乃至非想非非想處染時所證所觀諸隨眠滅若以滅智練根成時所證所觀諸隨眠滅有於隨眠滅身不作證慧亦不見彼滅謂除前相頗有一剎那頃於隨眠滅身作證而慧不見彼滅耶答應作四句謂以滅法智得一來果時有於隨眠滅身作證而慧不見彼滅謂爾時色無色界見所斷諸隨眠滅有慧見彼滅而身不作證謂欲界修所斷後三品諸隨眠滅有於隨眠滅身作證

慧亦見彼滅謂欲界一切見所斷及修所斷前六品諸隨眠滅有於隨眠滅身不作證慧亦不見彼滅謂色無色界修所斷諸隨眠滅如以滅法智得一來果時一剎那頃有四句如是以滅智預流一來或不還者轉根時一剎那頃皆得作四句云何因境斷識答苦智已生集智未生若心見集所斷見苦所斷緣是謂因境斷識此中若識因斷境斷自體未斷名因境斷識諸有欲令徧行隨眠及彼相應俱有諸法於自部非徧行因者彼作是說苦智已生集智未生若心見集所斷見苦所斷緣此心因全斷境全斷自體未斷故名因境斷識爾時若心見集所斷見集滅道修所斷緣此心因雖全斷而境未斷故非因境斷識爾時若心見集所斷見苦集滅道修所斷緣此心因雖全斷而境有斷有未斷故非因境斷識諸有欲令徧行隨眠及彼相應俱有諸法亦作自部徧行因者彼作是說苦智已生集智未生若心見集所斷見苦所斷緣此心自部因雖未斷而他部因全斷境全斷自體未斷故名因境斷識爾時若心見集所斷見集滅道修所斷緣此心因有斷有未斷境未斷故非因境斷識爾時若心見集所斷見苦集滅道修所斷緣此心因境俱有斷有未斷故非因境斷識已顯因境斷識自性次應顯彼隨眠隨增問於此識有幾隨眠隨增耶答十九問一心耶答不爾其事云何謂未離欲染苦法智已生集法智未生若心欲界見集所斷見苦所斷緣此因境斷識欲界見集所斷七隨眠隨增四於此識相應所緣隨眠

隨增謂邪見見取疑無明三於此識唯有所斷隨眠隨增謂愛恚慢已離欲染未離色染苦類智已生集類智未生若心色界見集所斷見苦所斷緣此因境斷識色界見集所斷六隨眠隨增四於此識相應所緣隨眠隨增如欲界說二於此識唯有所緣隨眠隨增謂愛慢問未離欲染者亦可爾何故說已離欲染耶答此中說容現行者要離下地染上地煩惱方得現行故作是說已離色染苦類智已生集類智未生若心無色界見集所斷見苦所斷緣此因境斷識無色界見集所斷六隨眠隨增四於此識相應所緣隨眠隨增二於此識唯有所緣隨眠隨增如色界說此中有誦已離色染未離無色染彼不應誦說集類智未生已顯未離無色染故問修所斷中

亦可建立因境斷識謂已斷上上品乃至下中品者所未斷八品乃至一品心此心緣前已斷一品乃至八品前一品乃至八品因已斷故亦應名爲因境斷識何故不說答亦應說而不說者當知此義有餘復次若異部識異部爲因異部爲境而因境斷體未斷者此中說之修所斷心自部爲因自部爲境雖因境斷而不說爲因境斷識復次此中因者說徧行因唯染汙故餘因不定此中識者唯說隨眠相應諸心唯染汙故由此所說因境斷識唯在三界見集所斷問何故因後說隨眠耶答以阿毗達磨藏義應以十四事覺知謂六因四緣攝相應成就不成就若以如是十四事覺知阿毗達磨無錯謬者名阿毗達磨師非但誦持文者有餘師說應以七事覺知

阿毗達磨藏義謂因善巧緣善巧自相善巧共相善巧攝不攝善巧相應不相應善巧成就不成就善巧若以如是七事覺知阿毗達磨無錯謬者名阿毗達磨師非但誦持文者是故因後說諸隨眠於義無失

雜蘊第一中補特伽羅納息第三之一

一補特伽羅於此生十二支緣起幾過去幾未來幾現在如是等章及解章義既領會已次應廣釋問何故作此論答爲止他宗顯正義故謂或有執過去未來體非實有現在雖有而是無爲爲止彼宗顯過去未來體是實有現在是有爲世所攝故或復有執緣起是無爲如分別論者問彼因何故作如是執答彼因經故謂契經說如來出世若不出世法住法性佛自等覺爲他開示乃至廣說故知緣起是無爲法爲止彼宗顯示緣起是有爲法墮三世故無無爲法墮在三世問若緣起法非無爲者如何會釋彼所引經答經說因果決定義故謂佛出世若不出世無明決定是諸行因諸行決定是無明果如是乃至生決定是老死因老死決定是生果法住法性是決定義非無爲義經意如是若不爾者契經亦說如來出世若不出世法住法性色常色相乃至識常識相地常堅相乃至風常動相喝梨德鷄常是苦味羯竹迦盧呬尼常是辛味豈五蘊等亦是無爲彼既有爲緣起亦爾謂五蘊等自相決定說如是言緣起亦依因果決定作如是說爲止如是他宗異執顯示正理故作斯論此中論者所發論端應辯五事一者何故唯說一補特伽羅二者說何

等一補特伽羅三者何故唯說此生四者說何等此生五者說何等現在何故唯說一補特伽羅者謂避論文煩廣失故若說一切補特伽羅論文煩廣亦爲無用說一則知餘亦爾故說何等一補特伽羅者若有徧歷此十二支如陟梯隥是此所說謂若過去起無明行引得現在識名色六處觸受復於現在起愛取有引得未來生老死者是此所說一補特伽羅若有過去起無明行引得現在識乃至受現在不復起愛取有引得未來生老死者非此所說如智蘊說成就八支名學行者何等學者是彼所說若有徧歷三摩鉢底如陟梯隥是彼所說謂若先入有尋有伺定次入無尋無伺定次入無色定次入滅盡定出滅盡定起有漏心現在前者彼中說之若有先入有尋有伺定次入無尋無伺定次入無色定次入滅盡定出滅盡定起無漏心現在前者非彼所說又如經說先見女人形容端正少壯充悅次復見彼衰老羸瘦次復見彼重病困苦次復見彼死經一日乃至七日次復見彼膖脹膿爛次復見彼骨節分離無血肉等復見彼骸骨腐爛如鳩鴿色若有女人徧經如上所說諸位是彼經說若不爾者非彼所說此中亦爾但說徧歷十二支者不說其餘何故唯說此生者說現在生則知過去未來亦爾故不說餘說何等此生者一衆同分說爲此生說何等現在者說衆同分現在不說刹那現在及分位現在一補特伽羅於此生十二支緣起幾過去幾未來幾現在耶答二過去謂無明行二未來謂生老死八現

在謂識名色六處觸受愛取有問此十二支過去未來現在皆具何故但說過去未來各有二支現在有八答無慧眼者以現在因推未來果以現在果推過去因可知亦有故作是說以現在因者謂愛取有推未來果者謂生老死以現在果者謂識名色六處觸受推過去因者謂無明行世尊欲令無慧眼者以現因果推有去來由此即能辦所作事過去世果未來世因由此爲門亦可知有故此論者但作是說復次說有過去二支即遮生死本無今有執說有未來二支即遮生死有已還無執說有現在八支成立生死因果相續如是如來化事已滿故作是說復次說有過去二支即遮常見說有未來二支即遮斷見說有現在八支即顯中道如是如來化事已滿故作是說復次說有過去二支即顯生死有因說有未來二支即顯生死有果說有現在八支即顯因果相續由此有情能辦所作故作是說復次說有過去二支除前際愚說有未來二支除後際愚說有現在八支除中際愚由此有情能辦所作故作是說復次此中但說一生因果餘生因果義准可知故作是說品類足論作如是言云何緣起法謂一切有爲法問此與彼論所說何異答此說不了義彼說是了義此是有餘說彼是無餘說此說有密意彼說無密意此說有別因彼說無別因此說是世俗彼說是勝義此唯說有情數緣起法彼通說有情數非有情數緣起法此唯說有根緣起法彼通說有根無根緣起法此唯說有心緣起法彼通說有心無心

緣起法此唯說執受緣起法彼通說執受非執受緣起法復次緣起有四種一刹那二連縛三分位四遠續此說分位遠續彼說刹那連縛問何故此論唯說有情數緣起法耶答是作論者意欲爾故乃至廣說復次不應責此作論者意以作論者依經作論契經唯說有情數緣起法故此亦爾問因論生論何故世尊唯說有情數緣起法耶答觀所化故謂佛觀彼所化有情宜聞唯說有情數緣起法則能解了辦所作事故作是說復次順有支故謂有情數隨順有支其義最勝有情數法從無始來輪轉三有相續不絕有義最勝說名爲有有情數法隨順此有故名有支是故世尊唯說有情數緣起法此論依彼亦唯說有情數緣起法復次諸有情類從無始來輪轉生死受大苦惱皆由迷執有情數法是故世尊但爲開示有情數緣起法此論依彼故作是說問如是緣起自性是何答五蘊四蘊是此所說緣起自性謂欲色界五蘊爲自性若無色界四蘊爲自性如說自性我物相分本性亦爾已說自性所以今當說問何故名緣起緣起是何義答待緣而起故名緣起待何等緣謂因緣等或有說者有緣可起故名緣起謂有性相可從緣起非無性相非不可起復有說者從有緣起故名緣起謂必有緣此方得起有作是說別別緣起故名緣起謂別別物從別別緣和合而起或復有說等從緣起故名緣起問有法從四緣生謂心心所有法從三緣生謂滅盡無想定有法從二緣生謂一切色及餘不相應行云何等從緣起

故名緣起耶答即以此事故名爲等謂應從四緣生者皆四緣生非三非二應從三緣生者皆三緣生非四非二應從二緣生者皆二緣生非三非四是故名等復次依增上緣故說爲等謂一一法於正起時各除自性餘一切法皆與彼爲增上緣故復次皆同時生故說爲等如說一切有情心等生等住等滅復次皆一刹那故說爲等復次一切皆有此十二支從無始來乃至證得無學果位故說爲等問諸有情類或有前般涅槃者或有後般涅槃者如何可說緣起法等答皆具十二故說爲等復次皆得涅槃方捨緣起故說爲等復次緣起總相無始無終一切有情同有此法故說爲等復次前般涅槃者於緣起法前少後多後般涅槃者於緣起法前多後少故說爲等謂諸有情皆有無量過去未來諸緣起法雖行世者有少有多而其體數一切皆等如契經說佛告苾芻吾當爲汝說緣起法及緣已生法問緣起法與緣已生法差別云何有作是言無有差別所以者何品類足論作如是言云何緣起法謂一切有爲法云何緣已生法謂一切有爲法故知此二無有差別有餘師說亦有差別謂名即差別此名緣起法彼名緣已生法故復次因名緣起法果名緣已生法如因果如是能作所作能成所成能生所生能轉所轉能起所起能引所引能續所續能相所相能取所取應知亦爾復次前生者名緣起法後生者名緣已生法復次過去者名緣起法未來現在者名緣已生法復次過去現在者名緣起法未來者名緣

已生法復次無明名緣起法行名緣已生法乃至生名緣起法老死名緣已生法脇尊者言無明唯名緣起法老死唯名緣已生法中間十支亦名緣起法亦名緣已生法尊者妙音作如是說過去二支唯名緣起法未來二支唯名緣已生法現在八支亦名緣起法亦名緣已生法尊者望滿說有四句有緣起法非緣已生法謂未來法有緣已生法非緣起法謂過去現在阿羅漢最後五蘊有緣起法亦緣已生法謂除過去現在阿羅漢最後五蘊諸餘過去現在法有非緣起法亦非緣已生法謂無爲法集異門論及法蘊論俱作是說若無明生行決定安住不雜亂者名緣起法亦名緣已生法若無明生行不決定不安住而雜亂者名緣已生法非緣起法乃至生生老死應知亦爾尊者世友作如是說若法是因名緣起法若法有因名緣已生法復次若法是和合名緣起法若法有和合名緣已生法復次若法是生名緣起法若法有生名緣已生法復次若法是起名緣起法若法有起名緣已生法復次若法是能作名緣起法若法有能作名緣已生法大德說曰轉名緣起法隨轉名緣已生法尊者覺天作如是說諸法生時名緣起法諸法生已名緣已生法契經所說緣起法緣已生法如是差别此中但說時分緣起謂十二位立十二支一一支中各具五蘊尊者設摩達多說曰一刹那頃有十二支如起貪心害衆生命此相應癡是無明此相應思是行此相應心是識起有表業必有俱時名色諸根共相伴助即是名色

及與六處此相應觸是觸此相應受是受貪即是愛即此相應諸纏是取所起身語二業是有如是諸法起即是生熟變是老滅壞是死瞋癡心殺有十一支無愛支故雖有此理而此中說時分緣起依十二位立十二支一一支中各具五蘊非刹那頃有十二支然識身論復作是說於可愛境由無知故起貪著時此中無知是無明有貪著者是行了別境者是識識俱諸蘊是名色名色所依諸根是六處六處和合是觸能領觸者是受欣所受者是愛愛增廣是取引後有業是有諸蘊起是生諸蘊熟變是老諸蘊滅壞是死內熱是愁哀泣是悲五識相應不平等受是苦意識相應不平等受是憂心燋是惱乃至廣說問前說彼說有何差別答前說是一心彼說是多心前說是刹那彼說是相續是謂差別彼論雖說多心相續十二有支而不同此以彼所說十二有支多是別法或同時起此論所說十二有支皆具五蘊時分各異

施設論說云何無明謂過去一切煩惱彼不應作是說若作是說則捨自相應作是說云何無明謂過去煩惱位云何行謂過去業位云何識謂續生心及彼助伴云何名色謂結生已未起眼等四種色根六處未滿中間五位謂羯剌藍頞部曇閉尸鍵南鉢羅奢佉是名色位云何六處謂已起四色根六處已滿即鉢羅奢佉位眼等諸根未能與觸作所依止是六處位云何觸謂眼等根雖能與觸作所依止而未了知苦樂差別亦未能避諸損害緣觸火觸刀食毒食糞食婬具愛猶未現

行是觸位云何受謂能别苦樂亦能避損害緣不觸火觸刀不食毒食糞雖已起食愛而未起婬及具愛是受位云何愛謂雖已起食愛婬愛及資具愛而未爲此四方追求不辭勞倦是愛位云何取謂由三愛四方追求雖涉多危嶮而不辭勞倦然未爲後有起善惡業是取位云何有謂追求時亦爲後有起善惡業是有位云何生謂即現在識位在未來時名生位云何老死謂即現在名色六處觸受位在未來時名老死位復次有説無明有二種一雜事二不雜事復有二種一顯事二不顯事無明緣行亦有二種一思業二思已業行緣識亦有二種一與悔俱二不與悔俱識緣名色亦有二種一可愛趣攝二不愛趣攝名色緣六處亦有二種一長養二異熟六處緣觸亦有二種一有對觸二增語觸觸緣受亦有二種一身受二心受受緣愛亦有二種一婬欲愛二資具愛愛緣取亦有二種一見門轉二愛門轉取緣有亦有二種一内門轉二外門轉有緣生亦有二種一刹那生二衆同分生生緣老死老有二種一根所見老二慧所見老死有二種一刹那死二衆同分死如契經説佛告苾芻我昔持草詣菩提樹到已敷設結跏趺坐順逆觀察十二緣起依此有彼有此生故彼生謂無明緣行乃至生緣老死老死緣愁悲苦憂惱問云何菩薩順逆觀察十二緣起耶答若以因推果名順觀察若以果推因名逆觀察復次若從細入麤名順觀察若從麤入細名逆觀察如麤細如是可見不可見現見非現見顯了非顯了應

知亦爾復次若因近觀遠名順觀察若因遠觀近名逆觀察如近遠如是在此在彼現前不現前此衆同分彼衆同分應知亦爾問此經中說無明緣行何故不說無明因行耶答餘經亦說無明因行如大因緣法門經說佛告阿難老死有如是因有如是緣有如是說謂生如說生爲老死因乃至說無明爲行因問一經雖說無明因行而多經說無明緣行有何意耶答若說無明因行則但說染汙行若說無明緣行則通說染汙不染汙行復次若說無明因行則但說罪行若說無明緣行則通說罪福不動行復次若說無明因行則但說因緣若說無明緣行則通說四緣故多經說無明緣行問何故但說無明緣行而不說行緣無明答亦應說行緣無明而不說者當知是有餘說復次無明緣行勢力隨順親近強勝行緣無明則不如是復次無明緣行其義決定行緣無明則不如是以阿羅漢有漏業不生無明故復次行緣無明由無明力如契經說非理作意由癡生故能引無明是故但說無明緣行復次行於無明但有緣義無明於行有因有緣是故但說無明緣行復次此經中說時分緣起前位諸蘊說名無明後位諸蘊說名爲行前因後果展轉相引是故不說行緣無明問無明爲緣通生十二何故但說無明緣行答亦應說餘而不說者當知此是有餘之說復次無明緣行勢用隨順餘則不爾復次無明緣行勢用強勝餘則不爾復次無明於行能作近緣是故偏說於識等十但作遠緣是故不說如近遠在此在彼

現前不現前此衆同分餘衆同分亦爾復次無明與行作不共縁是故偏説與識等十但作共縁是故不説復次此經中説時分縁起前後次第展轉相生若説無明縁無明便無前後若説無明縁識等便非次第是故但説無明縁行問此經中説行縁識有餘處説名色縁識餘處復説二縁生識如是二種有何差别答行縁識説業差别名色縁識説識住差别二縁生識説所依所縁差别復次行縁識説初引時名色縁識説引已守護時二縁生識説守護已增長時復次行縁識説續生時名色縁識説續生已安住時二縁生識説安住已領納境時復次行縁識説業名色名色縁識説異熟名色二縁生識説所依所縁名色復次行縁識説惡趣識名色縁識説欲界人天識二縁生識説色無色界識勝尊者言行縁識説中有識名色縁識説生有識二縁生識説本有識有餘師説行縁識説染汙識名色縁識及二縁生識説染汙不染汙識如染汙不染汙有覆無覆有罪無罪退不退應知亦爾復有説者行縁識説識支位識名色縁識説名色支位識二縁生識説六處支及後位識問此經中説識縁名色餘處復説名色縁識此二種何差别答識縁名色顯識作用名色縁識顯名色作用復次識與名色更互爲縁如二蘆束相依而住如象馬船與乘御者展轉相依得有所至識與名色亦復如是識爲縁故名色續生名色爲縁識得安住故説此二更互爲縁復次識縁名色説初續生時名色縁識説續生後位復次識縁名

色說續生時識能生名色名色緣識說續生後識依名色住復次識緣名色說所生名色名色緣識說能生名色復次識緣名色依前後說名色緣識依同時說問此經中說名色緣六處應不偏說四生有情謂胎卵濕生諸根漸起可說名色緣六處化生有情諸根頓起云何可說名色緣六處但應說識緣生六處有作是說此經但說欲界三生不說上界化生亦無有失應作是說此經通說三界四生謂化生者初受生時雖具諸根而未猛利後漸增長方得猛利未猛利時初剎那頃名識支第二剎那以後名名色支至猛利位名六處支是故此經無不偏失問六處即在名色中攝何故說名色緣六處耶答此前已說未起眼等四色根時名名色位四根起已具六處故名六處位化生雖復六根頓起而未猛利名名色位猛利以後名六處位故無有失問此經中說六處緣觸有餘處說名色緣觸餘處復說二緣生觸如是三種有何差別名六處緣觸顯觸所依謂顯一切外物和合必因於內內法勝故但說所依故此經說六處緣觸名色緣觸顯觸自性二緣生觸顯觸所依及所緣別復次六處緣觸說惡趣觸名色緣觸說欲界人天觸二緣生觸說色無色界觸復次六處緣觸說分位觸名色緣觸說現在觸二緣生觸說三和觸復次六處緣觸說觸位觸名色緣觸說前位觸二緣生觸說後位觸問觸受俱起何故此經但說觸緣受不說受緣觸耶答二雖俱起而觸緣受非受緣觸隨順勝故謂觸於受隨順力勝非受於

觸如燈與明雖復俱起而明因燈非燈因明此亦如是復次此經中說分位緣起前位名觸後位名受故不應責問何故前位諸蘊名觸後位諸蘊名受耶答前位未能分別苦樂境界差別但樂觸對種種境界故說爲觸後位能了苦樂境界避危就安故說爲受復次前說觸受雖復俱起而觸於受隨順力勝故觸爲受因非受爲觸因因前果後其理必然不應爲責問何故觸順受勝非受順觸勝耶答要因觸境方受違順非受違順方乃觸境故觸於受隨順爲勝非受於觸隨順爲勝此依緣起理趣而說不依相應俱有因說

阿毗達磨大毗婆沙論卷第二十三 說一切有部發智

音釋

陟 竹力切登也 梯隥 梯土雞切木階也隥都鄧切登陟之道也 膖脹 膖匹江切脹知亮切膖脹臭滿也 鳩鴿 鳩居求切鴿古沓切並鳥名 鍵 音件 嶮 虛儉切阻難也 脅 虛業切胠下也

阿毗達磨大毗婆沙論卷第二十四

五百大阿羅漢等造

唐三藏法師玄奘奉詔譯

雜蘊第一中補特伽羅納息第三之二

問樂受及不苦不樂受與愛爲緣是事可爾愛著此受四方追求可意事故如何苦受亦與愛爲緣而此經總說受緣愛耶尊者世友作如是說苦作愛緣勝餘二受故世尊說苦受所逼便愛樂具愛樂具故便於樂受起貪隨眠相續增長有餘師說三受與愛皆作勝緣樂受義言我能起愛令有相續勝餘二受謂有情類貪著我故四方追求造善惡行由此諸有相續無窮苦受義言我能起愛令有相續勝餘二受謂諸有情爲我所逼貪愛樂受四方追求造善惡行由此諸有相續不絕不苦不樂受義言我能起愛令有相續勝餘二受謂於欲界下三靜慮我尚起愛造善惡行令有相續況於上地無苦樂處而不能耶脇尊者言三受皆能爲緣起愛識身論說若有三受未斷未知能起諸愛引衆苦果故知三受皆是愛緣問云何三受皆能起愛答愛有五種一和合愛二不和合愛三別離愛四不別離愛五愚愛樂受未生起和合愛樂受已生起不別離愛苦受未生起不和合愛苦受已生起別離愛不苦不樂受未生起和合愛不苦不樂受已生起不別離愛於中多分生長愚愛問愛即取攝何故此經說愛緣取答初生愛位以愛聲說增廣愛位以取聲說復次下品名愛上品名取故無有失問受緣愛愛緣取此二種何差別答若愛以受爲因

名受緣愛若愛以愛爲因名愛緣取復次若愛是受果名受緣愛若愛是愛果名愛緣取如因果生所生養所養增所增引所引轉隨轉應知亦爾復次若愛爲愛因名受緣愛若愛爲業因名愛緣取復次若愛以愛爲果名受緣愛若愛以業爲果名愛緣取如因果生所生養所養增所增引所引轉隨轉應知亦爾問何故前際緣起無明爲初後際緣起愛爲初耶答此二煩惱俱是本故謂無明是前際本有愛是後際本復次前際煩惱位已滅壞故難可了知故說無明後際煩惱位正現在前求當有故說名爲愛復次無明有七事故說在前際緣起之初一該五部二徧六識三通三界四是隨眠性五能起重身語業六與斷善根作勝加行七是徧行性愛唯有六事故說在後際緣起之初謂前七事中除徧行性復次無明有三事故說在前際緣起之初一常爲元首二與一切煩惱相應三是徧行性愛於後有能引勝故說在後際緣起之初復次無明有四事故說在前際緣起之初一有漏無漏緣二有爲無爲緣三是徧行非徧行四自界他界緣愛唯有漏緣有爲緣非徧行自界緣故說在後際緣起之初更有餘義後當廣說取緣有者若有煩惱復能發業牽後有果非無煩惱有緣生者若有能引後有諸業後有當生非無引業生緣老死者謂若有生便有老死問何故三有爲相中生獨立一支老死共立一支耶脇尊者曰世尊於法功能差別能善了知餘無此能故於此事不須徵詰復有說者諸法生時生有作用故

獨立支諸法滅時老死無常俱有作用故合立支有餘師說生令諸法相續增長故獨立支老死令諸法不相續不增長故合立支或復有說生令諸法和合作用故獨立支老死令諸法離散無用故合立支尊者世友作如是說生令諸法從未來入現在故獨立支老死令諸法從現在入過去故合立支尊者妙音作如是說生作用勝獨辦一事故獨立支老死作用劣共辦一事故合立支如强力人獨辦一事劣則不爾問病何故不立有支答無有支相故復次若法一切時一切處一切有者立有支病非一切時非一切處非一切有故不立有支如尊者薄矩羅說我於佛法出家年過八十尚不憶有少頭痛況餘身病彼在欲界贍部洲生尚無少病況餘界餘處病不徧故不立有支問此契經說老死緣愁悲苦憂惱何故愁等不立有支答無支相故謂愁等五散壞有支如霜雹等害諸苗稼復次愁等非一切時非一切處非一切有猶如疾病是故愁等不立有支問此愁等五不應但說老死爲緣以無明等十二有支爲緣生故答此經應說無明緣行及愁等五乃至生緣老死及愁等五而不說者是有餘說復次應知此經以終顯始老死爲緣旣生愁等應知乃至無明亦爾復次老死位中多起愁等是故偏說復次老死位中所起愁等多是上品是故偏說復次造惡業者毀淨戒者於此位中多生愁等是故偏說如契經說若男若女造身語意三種惡行或破尸羅臨命終時惡趣相現如日欲暮大山峯影來覆其身當

於爾時身心驚怖生大苦惱乃至廣說是故但說老死爲緣問無明爲有因不老死爲有果不設爾何失若有者緣起支應有十三或十四若無者無明無因老死無果應是無爲答應作是說無明老死雖有因果而非有支故無十三十四支失無明因者謂不如理作意老死果者謂愁悲苦憂惱復有說者無明有因謂前無明老死有果謂後老死過去未來無明老死有多剎那故無十三十四支失有餘師說無明有因謂前老死老死有果謂後無明以現在愛取即過去無明現在名色六處觸受即未來老死若說受緣愛即說老死緣無明猶如車輪上下迴轉終而復始如是有支無始相續雖有因果而無十三十四支失復次世尊爲受化者施設緣起少多不定謂或有處說一緣起謂一切有爲法總名緣起如說云何緣起謂一切有爲法或復有處說二緣起謂因與果或復有處說三緣起謂三世別或煩惱業及事爲三無明愛取說名煩惱行有是業餘支是事或復有處說四緣起謂無明行及生老死現在八支攝入四種謂愛取入無明有入行識入生名色六處觸受入老死或復有處說五緣起謂愛取有及生老死前際七支攝入此五謂無明入愛取行入有識入生名色六處觸受入老死或復有處說六緣起謂三世中各有因果或復有處說七緣起謂無明行識名色六處觸受後際五支攝入此七謂愛取入無明有入行生入識老死入名色六處觸受或復有處說八緣起謂現在八支過去未來四支攝入此

八謂無明入愛取行入有生入識老死入名色六處觸受或復有處說九緣起如大因緣法門經說或復有處說十緣起如城喻經說或復有處說十一緣起如智事中說或復有處說十二緣起如餘無量契經中說復次此十二支緣起法即煩惱業苦展轉爲緣謂煩惱生業業生苦苦生苦苦生煩惱煩惱生煩惱煩惱生業業生苦苦生苦煩惱生業者謂無明緣行業生苦者謂行緣識苦生苦者謂識緣名色乃至觸緣受苦生煩惱者謂受緣愛煩惱生煩惱者謂愛緣取煩惱生業者謂取緣有業生苦者謂有緣生苦生苦者謂生緣老死復次此十二支緣起法有二續三分二續者謂識與生能續生故三分者謂煩惱業事無明愛取是煩惱行有是業餘支是事有餘師說二續者謂行有續後有故三分者謂三世又十二支攝爲三聚謂煩惱業苦如名三聚亦名三集三有三道隨相應知復次此十二支緣起法有根有莖有枝有葉有華有果猶如大樹此中根者謂無明行莖者謂識名色枝者謂六處葉者謂觸受華者謂愛取有果者謂生老死此十二支緣起法樹或有華有果或無華無果有華有果者謂異生及學無華無果者謂阿羅漢問此十二支緣起法幾刹那幾相續答二刹那謂識與生餘皆相續問此十二支緣起法幾染汙幾不染汙有作是說五染汙謂無明識愛取及生餘通染汙不染汙評曰彼不應作是說此中說分位緣起故應作是說一切皆通染汙不染汙前所說五支中心心所法唯是染汙餘通

染汙及不染汙有作是說識生三支心心所法定是染汙餘皆不定問此十二支緣起法幾是異熟幾非異熟有作是說五非異熟七是異熟評曰彼不應作是說此中說分位緣起故應作是說一切皆通異熟非異熟然無明識愛取生時心心所法定非異熟餘通二種有作是說識生二支心心所法定非異熟餘皆不定問此十二支緣起法幾有異熟幾無異熟有作是說行有二支定有異熟餘通二種評曰彼不應作是說此中說分位緣起故應作是說一切皆通二種問此十二支緣起法幾欲界幾色界幾無色界有作是說欲界具十二支色界有十一支除名色無色界有十支除名色六處色界應作是說識緣六處彼無未起四根時故無色界應言識緣觸彼無有色及五根故評曰應作是說三界皆具十二有支問色界生時諸根頓起云何有名色位無色界無色無五根云何有名色六處位耶答色界五根雖定頓起而生未久根不猛利爾時但是名色支攝無色界雖無色及五根而有名及意根彼應作是說識緣名名緣意處意處緣觸是故三界皆具十二復次相似有支還令相似有支相續謂欲界有支還令欲界有支相續色無色界有支亦爾唯除受位此位或能令不相似有支相續謂生欲界若未離欲染起欲界愛取有現在前引未來生老死彼有現在一愛一取一有未來一生一老死若已離欲染未離初靜慮染處初靜慮愛取有現在前引未來生老死彼有現在二愛二取二有未來二生二老死如

是乃至已離無所有處染未離非想非非想處染起非想非非想處愛取有現在前引未來生老死彼有現在九愛九取九有未來九生九老死彼欲界沒生非想非非想處昔時非想非非想處現在愛取今爲過去無明現在有今爲過去行未來生今爲現在識未來老死今爲現在名意觸受昔時餘地若現在若未來諸支今非過去非未來非現在所以者何因果展轉相比說有彼地因果俱不成就故非過去未來現在彼非想非非想處沒生無所有處昔時無所有處現在愛取今爲過去無明現在有今爲過去行未來生今爲現在識未來老死今爲現在名意觸受昔時餘地若現在若未來諸支今非過去非未來非現在所以者何因果展轉相比說有彼地因果俱不成就故非過去未來現在彼無所有處沒展轉乃至還生欲界昔時欲界現在愛取今爲過去無明現在有今爲過去行未來生今爲現在識未來老死今爲現在名色六處觸受昔時餘地若現在若未來諸支今非過去非未來非現在所以者何因果展轉相比說有彼地因果俱不成就故非過去未來現在復次若生欲界諸根成就能造能引後有業者彼無明位現在前時一支現在謂無明餘支未來從無明位至行位時二支現在謂無明行餘支未來從行位至識位時二支過去謂無明行一支現在謂識餘支未來從識位至名色位時二支過去謂無明行二支現在謂識名色餘支未來如是乃至從取位至有位時二支過去謂無明行八支現在

謂識乃至有二支未來謂生老死從有位至生位時十支過去謂無明乃至有一支現在謂生一支未來謂老死從生位至老死位時十支過去謂無明乃至有二支現在謂生老死尊者望滿作如是言無明行位現在前時二支現在謂無明行十支未來八在次後生謂識乃至有二在第三生謂生老死生老死位現在前時二支現在謂生老死十支過去八在次前生謂識乃至有二在第三生謂無明行識等八位現在前時八支現在謂識乃至有二支過去謂無明行二支未來謂生老死如說生欲界說生色無色界應知亦爾復次諸契經中佛爲所化說緣起法或因爲門或果爲門或俱爲門問爲何所化以因爲門說緣起法乃至爲何所化以俱爲門說緣起法答爲愚因者以因爲門說緣起法爲愚果者以果爲門說緣起法爲愚因果者以俱爲門說緣起法復次爲初修業者以果爲門說緣起法爲超作意者以因爲門說緣起法爲已慣習者以俱爲門說緣起法復次爲樂略者以因爲門說緣起法爲樂廣者以果爲門說緣起法爲樂廣略者以俱爲門說緣起法復次爲利根者以因爲門說緣起法爲鈍根者以果爲門說緣起法爲中根者以俱爲門說緣起法問若爲鈍根者以果爲門說緣起法彼便得解者後身菩薩於諸有情根最爲勝何因緣故以果爲門觀緣起法答過去菩薩過殑伽沙數皆以果爲門觀緣起法未來亦爾故今菩薩住最後身亦作是觀復次菩薩亦觀無明緣行展轉乃至生緣老死如是

順觀多於二乘或復有時修習逆觀故不可說唯果爲門復次菩薩現見老病死苦作是思惟此老病死何緣而有知由生有復思惟生何緣而有知由有有乃至廣說由先見果故作是觀復次有淨居天爲發菩薩猒有心故現老病死菩薩見已猒有出家旣出家已隨先所見以果爲門觀緣起法復次順現觀故謂菩薩後諦現觀時先觀苦諦今學現觀故先觀果復次先作是說爲初修業者以果爲門說緣起法菩薩亦爾初修業者故果爲門觀緣起法菩薩雖復無量劫來修緣起觀而最後身創起此故名初修業復次菩薩往劫初修業時以果爲門觀緣起法今雖慣習如本修時以果爲門觀緣起法如人於樹雖數上之後若上時還從根上復次欲現焚燒生死樹故如人燒樹先焚枝葉後及其根菩薩亦爾以果爲門觀緣起法隨所觀處令永不生脇尊者言不以菩薩以果爲門觀緣起故便名鈍根然觀行者總有二種一隨愛行二隨見行隨愛行者以果爲門觀緣起法依無願三摩地入正性離生隨見行者以因爲門觀緣起法依空三摩地入正性離生唯除菩薩菩薩雖是隨愛行者以果爲門觀緣起法而能依空三摩地入正性離生故有問言頗有隨愛行者以果爲門觀緣起法而依空三摩地入正性離生耶答有如諸菩薩如契經說佛告苾芻我未證得三菩提時獨居靜處作是思惟世間衆生雖恒爲生老死苦之所逼害而不能如實了知出離彼法復作是念誰有故老死有此老死誰爲緣作是念已

便起現觀生有故老死有此老死生爲緣復作是念誰有故生有此生誰爲緣作是念已便起現觀有有故生有此生有爲緣如是乃至復作是念誰有故名色有此名色誰爲緣作是念已便起現觀識有故名色有此名色識爲緣復作是念誰有故識有此識誰爲緣作是念已便起現觀名色有故識有此識名色爲緣便作是念我齊此識心應轉還所以者何名色緣識識緣名色名色緣六處乃至廣說問菩薩觀此緣起法時未得見道直無漏慧云何得說起現觀耶答爾時未得眞實現觀由世俗智現見緣起似現觀故立現觀名問菩薩何故逆觀緣起唯至於識心便轉還爲智力窮爲爾燄盡設爾何失若智力窮不應正理菩薩智見無邊際故若爾燄盡理亦不然行與無明猶未觀故答應作是說非智力窮非爾燄盡但由菩薩於行無明先已觀故謂先觀有即已觀行先觀愛取已觀無明問先觀老死已觀名色六處觸受先觀生已觀識於名色等應不重觀答先略後廣先總後別無重觀失問若爾生識無廣略異何爲重觀答猒畏生故再觀無失謂我世尊先菩薩位猒老病死逾城出家作是思惟此老死苦由誰而有即便現見由續生心復思此心由誰而起即知由業復思此業從何而生知從煩惱復思煩惱依誰而生即知依事復思此事由誰而轉即知此轉由結生心菩薩爾時便作是念一切過患皆由此心故於此心深生猒畏雖無廣略而更重觀齊識轉還義屬於此問無明旣略何爲不觀答隔行支

故謂觀緣起必依次第不可越行而觀無明有作是說先觀有緣生時已觀業名色後觀名色緣識時即觀異熟名色若復觀行緣識亦觀業名色與前不異故不重觀有餘師說先觀有緣生時已觀遠緣後觀名色緣識時即觀近緣若復觀行緣識亦觀遠緣與前不異故不重觀如近遠在此在彼現前不現前此衆同分餘衆同分應知亦爾或有說者先觀有緣生時已觀前生緣後觀名色緣識時即觀俱生緣若復觀行緣識亦觀前生緣與前不異故不重觀復有說者先觀有緣生時已觀轉緣後觀名色緣識時即觀隨轉緣若復觀行緣識亦觀轉緣與前不異故不重觀或復有說避無窮過故不重觀謂先觀老死即觀此生名色六處觸受先觀生即觀此生識後觀名色六處觸受即觀前第二生老死後觀識即觀前第二生生若復觀無明行應觀前第三生若爾亦應觀第四生如是展轉便爲無窮故不重觀無明及行尊者世友作如是說何故齊識心便轉還以識樂住識住中故謂識不欲捨於識住識住者即名色故觀識已還觀名色復作是說識與名色互爲緣故復作是說此二展轉爲因果故大德說曰何故齊識心便轉還以度識支無所緣故猶如尺蠖行至草端上無所緣即便退下觀心亦爾唯應至識餘非其境故便退還脇尊者言何故齊識心便轉還緣轉還故謂前已說識緣名色今復更說名色緣識前爲因者今轉爲果境轉還故心亦轉還尊者妙音作如是說何故齊識心便轉還識是生死衆苦

本故謂我菩薩猒生死苦逾城出家推尋世間老病死苦誰爲根本謂結生心復推此心由誰而引謂業復推此業由誰而發謂煩惱復推煩惱依誰而起謂事復推此事誰爲根本謂結生心便作是念此結生心恒爲生死衆苦根本深可猒患齊此應還修眞對治尊者設摩達多說曰何故齊識心便轉還以未來生可比知故謂先觀見有緣生時知現在生是衆苦本後復觀見名色緣識知過去生是衆苦本便作是念現在過去生死衆苦既生爲本未來亦然故不復須更觀餘境是故齊識心便轉還由諸有支皆有三世尊者望滿所說義成如說無明行位現在前時二支現在乃至廣說如契經說佛告苾芻我於爾時作如是念誰不有故老死不有誰滅故老死滅作是念已便起現觀生不有故老死不有生滅故老死滅如是乃至復作是念誰不有故行不有誰滅故行滅作是念已便起現觀無明不有故行不有無明滅故行滅行滅故識滅乃至廣說問何緣菩薩流轉分中但觀十支還滅分中具觀十二支耶答菩薩憎惡流轉故但觀十支愛樂還滅故具觀十二支復次流轉分中多諸過患牽心劣故但觀十支還滅分中多諸功德牽心勝故具觀十二支諸契經中或說緣起如燈或說緣起如火聚或說緣起如城問世尊何故說緣起法如燈如火聚如城耶答隨所現見即以爲喻謂所化生現見燈者即以燈喻顯緣起法若所化生現見火聚即以火聚顯緣起法若所化生現見城者即以城喻顯緣起法復次若

所化生聞說燈喻解緣起者佛說如燈若所化生聞說火聚解緣起者說如火聚若所化生聞說如城解緣起者佛說如城復次若所化生有下品愛取者佛則爲說緣起如燈若所化生有中品愛取者佛則爲說緣起如火聚若所化生有上品愛取者佛則爲說緣起如城如三品愛取三根三樂應知亦爾如世尊說無明緣行取緣有乃至廣說問何故作此論答爲欲分別契經義故謂契經說無明緣行取緣有雖作是說而不廣辯經是此論所依根本彼未辯者本應分別復次爲令疑者得決定故謂行與有體俱是業或有生疑其體無別爲顯差別故作斯論云何無明緣行云何取緣有答無明緣行者此顯示業先餘生中造作增長得今有異熟及已受異熟

取緣有者此顯示業現在生中造作增長得當有異熟此顯示業者此佛世尊顯了開示已造今造一切不善善有漏業先餘生中者顯示此業在先世餘衆同分中已盡已滅已離已變造作增長者顯示此業發起圓滿從煩惱生能得果故得今有異熟者顯示此業感得此生諸果異熟及已受異熟者顯示此業已受前生諸異熟果所有前生造作增長善不善業彼異熟果若今熟若已熟者當知皆在行支分中現在生中者顯示此業唯在此生衆同分中造作增長非餘生中得當有異熟者顯示此業得未來生諸果異熟所有今生造作增長善不善業彼異熟果於此生中未熟者當知皆在有支分中問何故過去生所造業果已熟者名行現在生所造業於

此生中果未熟者名有耶答過去生所造業果已熟者已衰朽已受用已與果已辦事無勢力不能更引後有異熟然已造作已遷變故說名爲行現在生所造業於此生中果未熟者與彼相違說名爲有有作是說過去生所造業果已熟者是故業故說名爲行現在生所造業於此生中果未熟者是新業故說名爲有有餘師說過去生所造業果已熟者已與果故說名爲行現在生所造業於此生中果未熟者未與果故說名爲有問造作增長有何差別有說此二無有差別所顯業體無差別故有說此二亦有差別謂名則差別名造作名增長故復次義亦有差別謂有由一善惡行生善惡趣有由三善惡行生善惡趣由一者加行時唯造作成滿時具二種由三者作一二唯造作若作三具二種復次有由一無間業墮地獄有由五無間業墮地獄由一者加行時唯造作成滿時具二種由五者作四來唯造作若作五具二種十善不善業道亦爾復次有由多業感一生果如諸菩薩由三十二百福業故感最後身造三十一百福業來唯造作造三十二百福業滿具二種復次故思造業具二種非故思者唯造作復次先思造業具二種率爾造者唯造作復次有加行業具二種無加行者唯造作復次三時定業具二種時不定者唯造作復次處定受業具二種處不定者唯造作復次定受果業具二種不定受者唯造作復次不善業惡趣受者具二種人天受者唯造作善業人天受者具二種惡趣受者唯造作復次不善

業以不善業爲眷屬者具二種以善業爲眷屬者唯造作善業以善業爲眷屬者具二種以不善業爲眷屬者惟造作復次不善業在邪見愚因果身中者具二種在正見不愚因果身中者唯造作善業與上相違復次不善業在破戒破見身中者具二種在破戒不破見身中者唯造作善業在具戒具見身中者具二種在不具戒具見身中者唯造作復次不善業在壞加行壞意樂身中者具二種在壞加行不壞意樂身中者唯造作善業在具加行具意樂身中者具二種在具意樂不具加行身中者唯造作復次若業作已不捨不吐不依對治者具二種若業作已能捨能吐依對治者唯造作復次若業三時恒與悔者具二種若不爾者唯造作復次若業作已無變悔者具二種若業作已有變悔者唯造作復次若業作已恒憶念者具二種若業作已不恒憶念唯造作復次若業作事究竟具二種若不究竟唯造作復次若業數作具二種若不數作唯造作復次若業作已歡喜讚歎迴向果者具二種若不爾者唯造作復次明了心作具二種不明了者唯造作諸如是等是謂差別

阿毗達磨大毗婆沙論卷第二十四　說一切有部發智

音釋

雹 蒲角切雨水也　評 苻兵切品論也　慣 古患切習也　殑伽 梵語此云天堂來河名　殑 其陵切　蠖 烏郭切尺蠖蟲名

阿毗達磨大毗婆沙論卷第二十五

五百大阿羅漢等造

唐三藏法師玄奘奉　詔譯

雜蘊第一中補特伽羅納息第三之三

無明緣行取緣有有何差別答無明緣行者廣說如前此業緣世尊說一煩惱謂無明取緣有者廣說如前此業緣世尊說一切煩惱謂諸取是謂差別問何故復作此論答前雖說所發業自性差別謂前業在過去生後業在現在生前業已與果後業未與果前業是故後業是新而未說能發緣自性差別今欲說之故作此論問何故過去業緣但說無明現在業緣說一切煩惱耶答造過去業時於多種事不現見故不可知故但說無明爲緣謂於界趣生洲分位依處加行等起相續所緣皆不可知界者三界不知過去於何界造此業趣者五趣不知過去於何趣造此業生者四生不知過去於何生造此業洲者四洲不知過去於何洲造此業分位者羯剌藍等十種分位不知過去於何分位造此業依處者十善不善業道依處不知過去於何依處造此業加行者有情數非有情數所起加行不知過去由何加行造此業等起者貪瞋癡等不知過去由何等起造此業相續者男女等不知過去依何相續造此業所緣者過去未來現在或色聲香味觸法不知過去心緣何等造此業雖不現見亦不可知而發業位皆有無明故總說彼無明爲緣造現在業時於多種事皆現見故皆可知故具說一切煩惱爲緣復次過去業已衰朽已受用已與果

是故業無勢用不明了故但說無明爲緣現在業未衰朽未受用未與果是新業有勢用極明了故說一切煩惱爲緣復次過去業微細難覺若自若他俱不現見不知何等煩惱所發然煩惱起必有無明是故但說無明爲緣現在業麤顯易覺若自若他俱能現見知是彼彼煩惱所發故說一切煩惱爲緣復次過去業性不猛利其相暗昧順無明故但說無明爲緣現在業性猛利其相明顯順諸取故具說一切煩惱爲緣問阿羅漢所造業爲名無明緣行爲名取緣有耶答不名無明緣行亦不名取緣有彼無無明亦無取故然彼業已與果者當知攝在行支分中未與果者當知攝在有支分中是彼類故然非十二有支所攝頗有行緣無明不緣明耶乃至廣說

問何故此中因明無明而作論耶答是作論者意欲爾故乃至廣說復次此二俱是根本法故謂雜染品法無明爲根本清淨品法明爲根本復次此二俱是上首法故如說無明爲上首無明爲前相生無量種惡不善法及起此類無慚無愧明爲上首明爲前相生無量種清淨善法及起此類增上慚愧復次明與無明近相治故謂無明是明近對治明是無明近對治復次明與無明互相違故謂無明違明明違無明復次明與無明互不相攝而所緣境互相攝故謂俱緣四聖諦俱緣有漏無漏俱緣有爲無爲故然諸行名義有寬狹如說無明緣行阿毗達磨諸論師言此中意說分位緣起故此行聲說五取蘊尊者妙音說此行聲唯說諸業如說造作有損害行

彼行聲說不善業如說造作無損害行彼行聲說善業如說造作諸有爲行彼行聲唯說思如說色心心所法心不相應行無爲彼行聲說不相應行蘊如說色受想行識蘊彼行聲總說相應不相應行蘊如說色受想行識取蘊彼行聲唯說有漏相應不相應行蘊如說身語意行彼身行聲說入出息語行聲說尋伺意行聲說想思故彼行聲說一蘊全二蘊少分如說有罪福不動行彼行聲說有漏善不善業如說於諸行中有五過患有怖有畏有苦觸無我我所諸有智者不見此行能離諸行有說彼行聲說不善法以說彼行有怖有畏有苦觸故有說彼行聲說五取蘊以說彼行無我我所諸有智者不見此行能離諸行故如說諸行無常有生滅法有說彼行聲說一切有爲法第三句說由生滅故有說彼行聲但說五取蘊第四句說彼寂爲樂以寂樂名唯顯擇滅非無漏法有擇滅故如說有罪行無罪行彼行聲說善不善業如說三妙行三惡行彼行聲說善不善業及貪瞋邪見無貪無瞋正見如說一切行無常一切法無我涅槃寂靜彼行聲說一切有爲法此中行聲亦說一切有爲法以明無明俱爲緣故頗有行緣無明不緣明耶答無何以故無如是行唯以無明爲緣非明故頗有行緣明不緣無明耶答無何以故無如是行唯以明爲緣非無明故頗有行緣無明亦緣明耶答有何以故諸行種類有十一種欲界有四謂善不善有覆無記無覆無記色界有三謂善有覆無記無覆無記無色界有三如色界說及

無漏行爲十一種此中欲界善行明與無明俱非其因但作三縁謂等無間所縁增上不善行以無明爲四因謂相應俱有同類徧行亦作四縁明非其因但作二縁謂所縁增上欲界有覆無記行以無明爲四因如前說亦作四縁明非其因但作一縁謂增上欲界無覆無記行除無明異熟無明非其因但作三縁謂除因縁明非其因但作一縁謂增上縁無明異熟以無明爲一因謂異熟因但作三縁謂除所縁無明異熟非意地故明非其因但作一縁謂增上縁色界善行明與無明俱非其因但作三縁謂除因縁色界有覆無記行以無明爲四因謂相應俱有同類徧行亦作四縁明非其因但作二縁謂所縁增上色界無覆無記行無明非其因但作三縁謂除

因縁明非其因但作一縁謂增上縁如說色界三行無色界三行說亦爾無漏行除初明及彼俱得無明非其因但作二縁謂所縁增上以明爲三因謂相應俱有同類亦作四縁初明無明非其因但作二縁謂所縁增上明亦非其因但作一縁謂增上縁初明俱得明與無明俱非其因但作一縁謂增上縁是謂此處略毗婆沙故一切行皆得以明無明爲縁理善成立以增上縁無不徧故頗有行不縁無明亦不縁明耶答無所以者何無一有情從久遠來不於聖道謗言非道先謗道已彼於後時造作增長感大地業或於後時造作增長感小王業或於後時造作增長感大王業或於後時造作增長轉輪王業由此因由此縁由彼聖道展轉感得大地所有城邑

聚落人非人畜穀稼藥草樹木叢林增長滋茂如是前心四緣於後心但爲一增上緣此中正說無漏聖道謗道邪見於諸有漏善業及果皆能作緣顯一切行無有不緣明無明者以增上緣展轉相望無不有故感大地業者謂能感得大地山林河海園苑藥草等物於彼自在統領受用感小王業者謂能感據堡塢王位感大王業者謂能感據川原王位轉輪王業者謂能感據一主地等力輪等位如屈厦拏没魯奈至那天子等復次感小王業者謂能感據川原王位感大王業者謂能感據一主地位如屈厦拏没魯荼等轉輪王業者謂能感據一洲等位復次感小王業者謂能感據一主地位感大王業者謂能感據一洲王位轉輪王業者謂能感據二洲等位

復次感小王業者謂能感據一洲王位感大王業者謂能感據二三洲位轉輪王業者謂能感據四洲王位有作是說感小王業者謂能感據轉輪聖王所使王位感大王業者謂能感得轉輪王太子位轉輪王業者謂能感得轉輪王位有餘師說感小王業者謂能感得輪王太子未灌頂位感大王業者謂能感得輪王太子已灌頂位轉輪王業者謂能感得轉輪王位由此因者謂由此所造善業由此緣者謂由此謗道邪見由彼聖道者謂由彼所謗聖道由此因緣及彼聖道展轉感得大地所有有情無情內外異熟及增上果其事云何如諸外道猒世增減復猒世間怨憎會苦愛別離苦在家迫迮猶如牢獄而便出家既出家已爲解脫故受持種種非理苦行

執爲清淨能證解脫如如依止苦行邪道如是如是聖道轉遠遠聖道故不證解脫便作是念雖有解脫而無聖道若當有者我何不得我修如是難行苦行經久不得故知無道既謗道已捨所受持作是思惟修福業者尚於生死不得如意自在快樂況不修福既思惟已種種方便求諸財寶設大施會因發願言願我此福能感大地內外物等得作小王或作大王或作輪王統攝自在隨其所願皆得果遂又如內道猒患世間壽命財位或增或減又猒世間怨憎會苦愛別離苦在家迫迮猶如牢獄流轉生死受諸劇苦爲解脫故而便出家既出家已少欲喜足精勤苦行初夜後夜曾不睡眠依止山巖受小大七結加趺坐端身靜慮始從日沒至日出時專注思惟所受定相熾然精進經歷多時由二因緣不得聖道一善根未熟二起邪加行善根未熟者謂依佛法極速三生方得解脫第一生中種解脫分第二生中修令成熟第三生中既成熟已引起聖道能證解脫彼先未種解脫分善故此生中善根未熟起邪加行者謂彼受持顛倒對治以是事故不得聖道便作是念雖有解脫而無聖道若當有者我何不得我修如是精進苦行經久不得故知無道既謗道已捨所受持作是思惟修福業者尚於生死不得如意自在快樂況不修福既思惟已種種方便求諸財寶設大施會供侍病者敬養有德自作教他見作隨喜修諸福業熾然無倦因斯發願願我此福能感大地內外物等得作小王或作大王或作輪王統攝

自在隨其所願皆得果遂旣居王位以法治國令內外物皆悉滋茂若無聖道謗道邪見無由得生故彼聖道爲此邪見近增上緣若無邪見施俱善心無由得起故染汙法爲不染汙近增上緣若無施福不得王位若無王位諸內外物無由滋長故有情數爲諸外物近增上緣如是前心四緣者謂邪見俱心具有四緣彼相應俱有法等是彼因緣疑等是彼等無間緣聖道是彼所緣緣除彼自體餘一切法皆是彼增上緣於後心但爲一增上緣者謂前心四緣與後施俱心但爲一增上緣問後施俱心亦有四緣因緣者謂彼相應俱有法等等無間緣者謂次彼前心心所法所緣緣者謂所捨物及受施者增上緣者謂除彼自體餘一切法如是後心四緣於前心亦爲一增上緣此中何故不說答亦應說而不說者應知此是有餘說有作是說以前類後其義可知故不復說有餘師說前心於後爲緣義順非後於前是故不說問後心四緣皆入前心四緣中攝彼增上緣除自攝餘一切法故何緣乃說前心四緣與後心作一增上緣答此中應說前心四緣亦與後心具作四緣而但說作一增上者應知此說近增上緣謂前邪見近增上緣不入後心前三緣攝後心所有近增上緣不入前心前三緣攝如餘處說眼識四緣謂彼相應俱有諸法是彼因緣次彼前滅心心所法是彼等無間緣色是彼所緣緣眼是彼增上緣如彼唯說近增上緣此亦應爾故無有失有作是說前邪見心增上緣內理實具有後心四緣然增上緣

其義寛徧一切處有是故偏說問若爾後心亦是前心增上緣攝旣說前心四緣於後爲增上緣是則自體應與自體爲增上緣便違宗義答此中應說前心四緣於後但作一增上緣除其自性而不說者先已說故謂前品中已說諸識除其自性餘一切法爲能作因故不復說若於餘論餘蘊餘日所說語言尚可爲證況於此論此蘊此日次前品說而不爲證有說此中說近增上故無有失復次若依因緣說者此中依言顯所約義謂約因緣而作論者得有三句前約四緣而作論故但有俱句頗有行緣無明不緣明耶答有謂無明異熟及染汙行此中無明異熟以無明爲一因謂異熟因明非其因染汙行以無明爲四因謂相應俱有同類徧行明非其因頗有行緣明不緣無明耶答有謂除初明諸餘無漏行謂餘無漏行以明爲三因謂相應俱有同類因無明非其因頗有行緣無明亦緣明耶答無何以故明與無明相去遠故必無一行以二爲因如有頌言

虛空大地相去遠　海彼此岸亦復遠
日出沒處斯亦遠　正法邪法遠中遠

頗有行不緣無明亦不緣明耶答有謂除無明異熟諸餘無覆無記行及初明善有漏行問此中所除無明異熟何者是耶答謂欲界三十四隨眠及彼相應俱有生等所感異熟如是名爲無明異熟有作是說欲界三十四不善隨眠得所感異熟亦名無明異熟得與所得同一果故有餘師說不善身語業所感異熟亦名無明異熟能起所起同一果故評

曰二俱非理能得所得能起所起展轉相望非俱有因故不同一果故隨眠得及身語業所感異熟非無明異熟是故初說於理爲善諸餘無覆無記行者謂一切善法異熟一切不善身語業及彼生等異熟一切不善得及彼生等異熟一切長養色及彼諸得生等一切等流法及彼諸得生等一切威儀路工巧處通果心相應俱有法及所起身語業諸得生等如是諸行明與無明俱非其因然非無因謂或有四因或有三因或有二因如理應說初明者謂現行苦法智忍無明非其因無漏性故明亦非其因若俱若前俱無明故然非無因彼有相應俱有因故問初明俱得亦明無明俱非其因然非無因彼俱生等能與彼爲俱有因故此第四句何故不說前第二

句何故不除答此亦應說前亦應除而不爾者是有餘說有作是說此已攝在第二句中是苦法忍俱有法故彼不應作是說得與所得非俱有因前已說故前說爲善依如是義有問答言頗有一刹那頃有二十四得與苦法智忍俱生是苦法智忍種類而與苦法智忍互無因義耶答有謂依第四靜慮入正性離生者苦法智忍現在前時有六地各四行相苦法智忍得俱時現前彼與苦法智忍互無因義善有漏行者謂一切善有漏五蘊明與無明俱非其因然非無因謂或有三因或有二因如理應說由此故說若依因緣因明無明行有三句問何故名無明無明是何義答不達不解不了是無明義問若爾除無明諸餘法亦不達不解不了何故不名無明答

若不達不解不了以愚癡爲自相者是無明餘法不爾故非無明問何故名明明是何義答能達能解能了是明義問若爾有漏慧亦能達能解能了何故不名明答若達解了能於四諦眞實通達說名爲明諸有漏慧雖達解了而於四諦不能眞實通達故不名明如煖等四順決擇分雖能猛利推求四諦而未眞實通達四諦不名爲明復次若達解了能於四諦究竟通達說名爲明諸有漏慧雖達解了而於四諦不能究竟通達故不名明復次若達解了能於四諦決定通達說名爲明諸有漏慧雖達解了而於四諦不能決定通達故不名明復次若達解了能於四諦見已非復不見知已非復不知現觀已非復爲無知猶豫邪智所伏說名爲明諸有漏慧雖達解了而於四諦不能如是故不名明復次若達解了斷所斷法令其究竟無力增長說名爲明諸有漏慧雖達解了而無此力故不名明復次若達解了破壞諸有說名爲明諸有漏慧雖達解了而增長有故不名明復次若達解了能斷續有續老死法能令生死究竟斷滅說名爲明諸有漏慧雖達解了無如是力故不名明復次若達解了趣苦滅行及趣諸有世間生死老死滅行說名爲明諸有漏慧雖達解了而趣苦集行及趣諸有世間生死老死集行故不名明復次若達解了非身見事非隨眠事非顛倒事非貪瞋癡慢安足處無垢穢濁不墮諸有苦集諦攝說名爲明諸有漏慧雖達解了與上相違故不名明復次若達解了無無明者說名爲明諸有漏慧

雖達解了有無明故不名爲明復次能療病呪說名爲明謂世間人鬼魅所著明呪能療如是聖道能療衆生諸煩惱病故說爲明諸有漏慧不能究竟療煩惱病故不名明復次諸有漏慧隨順二品以於二品俱作三緣故不名明亦非無明如人於他怨家親友俱隨順者彼人於他非親非怨此亦如是復次有漏慧品能謗明故不名爲明有漏善慧雖順於明而能引生謗道邪見如叛臣故不名爲明復次諸無漏慧於四聖諦照了明淨如晝分眼見諸色像故說爲明諸有漏慧於四聖諦見不明淨如夜分眼見諸色像故不名明問除明爲因法及非明法餘法幾界幾處幾蘊攝答一界一處一蘊攝此中除明爲因法者謂除初明諸餘無漏慧及非明法者謂一

切有漏法及除無漏慧諸餘無漏法餘法者謂初明彼一界一處一蘊攝者謂法界法處行蘊攝問除心爲因法及非心法餘法幾界幾處幾蘊攝答二界一處一蘊攝此中除心爲因法者謂除現行苦法智忍相應心諸餘無漏心及非心法者謂十一處餘法者謂現行苦法智忍相應心彼二界一處一蘊攝者謂意界意識界意處識蘊攝問若法是明彼法是明因耶答應作四句有法是明非明因謂未來明有法是明因非明謂過去現在除無漏慧諸餘無漏行及未來明相應俱有法有法是明亦明因謂過去現在諸無漏慧有法非明非明因若說彼類謂未來無漏得及彼生等若不說彼類謂除前相問若法是明彼法明爲因耶答應作四句有法是明非明

爲因謂初明有法明爲因非明謂明相應俱有法及除初無漏得并彼生等諸餘無漏得并彼生等有法是明亦明爲因謂除初明諸餘無漏慧有法非明非明爲因若說彼類謂初無漏得及彼生等若不說彼類謂除前相復次有隨信行道及隨法行道此中隨信行道與隨信行道爲因亦與隨法行道爲因隨法行道唯與隨法行道爲因非隨信行道以彼劣故有作是說隨信行道亦唯與隨信行道爲因非隨法行道以見道中隨信行者必不轉爲隨法行故評曰彼不應作是說同一相續有可得義復是勝道如何非因是故前說於理爲善復次有信解道及見至道此中信解道與信解道爲因亦與見至道爲因見至道唯與見至道爲因非信解道以彼劣故

復次有時解脫道及不時解脫道此中時解脫道與時解脫道爲因亦與不時解脫道爲因不時解脫道唯與不時解脫道爲因非時解脫道以彼劣故復次有見道修道無學道此中見道與見道爲因亦與修道無學道爲因修道與修道爲因亦與無學道爲因非見道以彼劣故無學道唯與無學道爲因非見修道以彼劣故復次有聲聞道獨覺道佛道此中聲聞道唯與聲聞道爲因非餘二道以極遠故獨覺道唯與獨覺道爲因非聲聞道以彼劣故及極遠故亦非佛道以極遠故佛道唯與佛道爲因非餘二道以彼劣故及極遠故復次聖道亦依男身亦依女身此中依女身聖道與依女身聖道爲因亦與依男身聖道爲因依男身聖道唯與依男身聖道爲

因非依女身聖道以彼劣故有作是說彼二聖道展轉爲因隨其利鈍彼說非理男女二身勝劣定故依彼聖道勝劣亦定有餘師說彼二聖道展轉非因依類別故彼說非理先於女身入聖道已後轉爲男所起聖道應無因故由是此中前說爲善復次有說一道有說多道說一道者不言見道即是修道及無學道見修無學三道異故但說聖道依男女身此二身中聖道是一說多道者言二身中聖道各別依類別故說多道者復有二種一作是說依女身聖道於女身中亦得亦在身亦成就亦現在前依男身聖道於女身中得而不在身成就不現在前依男身聖道於男身中亦得亦在身亦成就亦現在前依女身聖道於男身中不得不在身不成就不現在前以依男身得聖道後必無更受女身義故又彼所依定鄙劣故二作是說依女身聖道於女身中亦得亦在身亦成就亦現在前依男身聖道於女身中不得不在身不成就不現在前依類別故於男身中說二聖道應知亦爾彼說非理先依女身得聖道已後轉爲男應更得道是故次前所說爲善如是見道依九處身謂人三洲除北俱盧及六欲天此九皆能入見道故說一道者言九依身見道是一依類同故謂彼所依男女同類說多道者言九依身見道各別依處異故說多道者後有二種一作是說依贍部洲身見道於贍部洲身中亦得亦在身亦成就亦現在前依餘八處身見道於贍部洲身中得而不在身成就不現在前二作是說依贍部洲身見道

於贍部洲身中亦得亦在身亦成就亦現在前依餘八處身見道於贍部洲身中不得不在身不成就不現在前彼說非理依贍部洲身得預流果巳後生餘處應更得果然無此義是故次前所說爲善於餘八身說二見道應知亦爾如是修道依三界身說一道者言三界身修道是一說多道者言三界身修道各別說多道者復有二種一作是說依欲界身修道於欲界身中亦得亦在身亦成就亦現在前依上二界身修道於欲界身中得而不在身成就不現在前二作是說依欲界身修道於欲界身中亦得亦在身亦成就亦現在前依色無色界身修道於欲界身中不得不在身不成就不現在前彼說非理依欲界身得不還果後生上界應更得果然無此義是故次前所說爲善於上界身說二修道應知亦爾二乘無學道亦准此應知如是無上正等菩提依贍部洲百年位身乃至依此八萬歲身說一道者言依百年位身無上菩提即是乃至依八萬歲身無上菩提說多道者言依百年位身無上菩提乃至依八萬歲身無上菩提其體各别說多道者復有二種一作是說依百年位身無上菩提於百年位身中亦得亦在身亦成就亦現在前依餘位身無上菩提於百年位身中得而不在身成就不現在前二作是說依百年位身無上菩提於百年位身中亦得亦在身亦成就亦現在前依餘位身無上菩提於百年位身中不得不在身不成就不現在前問若爾何故施設論說諸佛功德一切平等答由三事故一修

行等謂一切佛皆三大劫阿僧企耶修四波羅蜜多圓滿得無上菩提故二法身等謂一切佛皆成十力四無畏等無量無邊勝功德故三利益等謂一一佛皆度無量無邊有情令解脫故復次根等謂一切佛皆住上上根故復次戒等謂一切佛皆得上上戒故復次道等謂一切佛皆成上上道故評曰此中次前所說為善依同類故

阿毗達磨大毗婆沙論卷第二十五 說一切有部發智

音釋

堡塢 堡博抱切障也塢安古切壘壁也 廈孥 廈亥雅切孥女加切 迫迮 迫博陌切窘也迮側革切逼也 劇 奇逆切甚也 療 力嶠切治疾也 叛 蒲半切背也

阿毗達磨大毗婆沙論卷第二十六

五百大阿羅漢等造

唐三藏法師玄奘奉　詔譯

雜蘊第一中補特伽羅納息第三之四

入息出息當言依身轉耶依心轉耶乃至廣說問何故作此論答爲令疑者得決定故謂契經說佛告長者此入出息是身法身爲本繫屬身依身而轉施設論說何緣死者入出息不轉耶謂入出息由心力轉死者無心但有身故此入出息一說依身一說依心或有生疑如是二說俱不了義或俱了義欲顯此二眞實義趣故作斯論入息出息當言依身轉耶依心轉耶答應言亦依身轉亦依心轉如其所應云何名爲如其所應有作是說於下中上如其所應謂入出息小時下品壯時中品老時上品如是說者由四事故名如所應謂入出息由四事轉一有息所依身二風道通三毛孔開四入出息地麤心現前必具此四入出息轉由此故說如所應言爲顯此義復作是說若入出息但依身轉不依心轉則在無想定滅盡定位入出息亦應轉彼有入出息所依身風道亦通毛孔亦開唯無入出息地麤心現前以無心故雖有三事而闕一事故息不轉若入出息但依心轉不依身轉則無色界有情入出息亦應轉彼界四事一切皆無故息不轉若入出息但依身心轉不如所應則在卵㲉及母胎中羯剌藍頞部曇閉尸鍵南諸根未滿未熟并在第四靜慮入出息亦應轉問何故羯剌藍位息不轉耶答彼稀薄故若息轉者彼應流動問何故頞

部曇閉尸鍵南諸根未滿未熟位息不轉耶答彼身爾時風道未通毛孔未開若息轉者身應散壞然在卵㲉及毋胎中從羯剌藍乃至諸根未滿未熟爾時未有息所依身風道未通毛孔未開惟有息地麤心現前雖有一事而闕三事故息不轉問何故在第四靜慮息不轉耶答彼心細故謂入出息依麤心轉第四靜慮以上諸地心極微細故息不轉復次内門轉故謂息必依外門心轉第四靜慮以上諸地心内門轉故息不轉復次内事轉故謂息必依外事心轉第四靜慮以上諸地心内事轉故息不轉復次極寂靜故謂息必依躁動心轉如人涉路躁則動麤心若躁動起入出息第四靜慮以上諸地心極寂靜故息不轉尊者世友作如是説入第四靜慮便得轉依謂所依身有第四靜慮微妙大種令諸毛孔一切密合無竅隙故非息所依由此爾時息不復轉大德説曰入第四靜慮心便不動心不動故身亦不動身不動故息不復轉入彼定時一切動法皆息滅故尊者妙音作如是説入第四靜慮一切麤重皆息滅故息不復轉謂欲界中有麤欲貪初靜慮地有尋有伺第二靜慮有喜第三靜慮有樂由此發生身心麤重由麤重故入出息轉第四靜慮一切皆無故息不轉如是若在下地入第四靜慮唯有息所依身及風道通然毛孔不開亦無息地麤心現前雖有二事而闕二事故息不轉問何故但説在第四靜慮息不復轉不説生第四靜慮耶答是作論者意欲爾故乃至廣説復次亦應説生第四靜慮息不

復轉而不說者應知此是有餘之說復次已說入彼定當知亦說生彼如契經說先在此間入彼靜慮後方生彼問第四靜慮亦有風界以四大種不相離故何緣生彼無息轉耶答第四靜慮雖有風界而不名爲入息出息以於彼身不入出故有說生彼雖有風界而無前說四種事故不名爲息以入出息亦依身轉亦依心轉及如所應是故下從無間地獄上至徧淨其中有情諸根滿熟入息出息依身心轉此中諸根滿熟言顯前四事具足不說眼等根滿熟義謂前四事能發息故說之爲根具故名滿熟謂作用即前四事具足有用是故說爲諸根滿熟有說諸根滿熟言者簡處胎卵根未滿熟顯風道通毛孔開義身心二事次後自說應知此中有入息有出息有入出息地無入出息地入息者謂息風入身出息者謂息風出身有入出息地者謂欲界及下三靜慮無入出息地者謂第四靜慮及四無色生有入出息地無入出息地心現在前息便不轉生無入出息地有入出息地心現在前息亦不轉生有入出息地及有入出息心現在前若不如所應息亦不轉要出有入出息地及有入出息地心現在前如其所應息方得轉問入出息何地繫隨身繫耶隨心繫耶有作是說隨身地繫諸有欲令入出息隨身地繫者彼說生欲界者若欲界心現在前彼欲界身欲界入出息隨欲界心轉即此心所觀即彼若初靜慮心現在前彼欲界身欲界入出息隨初靜慮心轉即此心所觀問若爾施設論說當云何通如說欲界

入出息離欲界染時最後無間道滅答欲界入出息有隨欲界心轉有隨初靜慮心轉隨欲界心轉者爾時滅隨初靜慮心轉者爾時現在前復次彼依擇滅說故無相違失即彼若第二第三靜慮心現在前彼欲界身欲界入出息隨第二第三靜慮心轉即此心所觀生初靜慮者若初靜慮心現在前彼初靜慮身初靜慮入出息隨初靜慮心轉即此心所觀即彼若欲界心現在前彼初靜慮身初靜慮入出息隨欲界心轉非此心所觀即彼若第二第三靜慮心現在前彼初靜慮身初靜慮入出息隨第二第三靜慮心轉即此心所觀生第二靜慮者若第二靜慮心現在前彼第二靜慮身第二靜慮入出息隨第二靜慮心轉即此心所觀即彼若欲界初靜慮心現在前彼第二靜慮身第二靜慮入出息隨欲界初靜慮心轉非此心所觀即彼若第三靜慮心現在前彼第二靜慮身第二靜慮入出息隨第三靜慮心轉即此心所觀生第三靜慮者若第三靜慮心現在前彼第三靜慮身第三靜慮入出息隨第三靜慮心轉即此心所觀即彼若欲界初二靜慮心現在前彼第三靜慮身第三靜慮入出息隨欲界初二靜慮心轉非此心所觀諸有欲令入出息隨身地繫者彼說欲界入出息四地心所觀初靜慮入出息三地心所觀第二靜慮入出息二地心所觀第三靜慮入出息唯第三靜慮心所觀問若入出息隨身地繫施設論說當云何通如說何緣死者入出息不轉耶謂入出息由心力轉死者無心但有身故答顯入出

息隨心而轉必不離心故作是説不言此息隨心地繫有餘師説隨心地繫諸有欲令入出息隨心地繫者彼説生欲界者若欲界心現在前彼欲界身欲界入出息隨欲界心轉即此心所觀即彼若初第二第三靜慮心現在前彼欲界身初第二第三靜慮入出息隨初第二第三靜慮心轉即此心所觀生初靜慮者若初靜慮心現在前彼初靜慮身初靜慮入出息隨初靜慮心轉即此心所觀若欲界心現在前彼初靜慮身欲界入出息隨欲界心轉即此心所觀若第二第三靜慮心現在前彼初靜慮身第二第三靜慮入出息隨第二第三靜慮心轉即此心所觀生第二靜慮者若第二靜慮心現在前彼第二靜慮身第二靜慮入出息隨第二靜慮心轉即此心所觀即彼若欲界初靜慮心現在前彼第二靜慮身欲界初靜慮入出息隨欲界初靜慮心轉即此心所觀即彼若第三靜慮心現在前彼第二靜慮身第三靜慮入出息隨第三靜慮心轉即此心所觀生第三靜慮者若第三靜慮心現在前彼第三靜慮身第三靜慮入出息隨第三靜慮心轉即此心所觀即彼若欲界初二靜慮心現在前彼第三靜慮身欲界初二靜慮入出息隨欲界初二靜慮心轉即此心所觀諸有欲令入出息隨心地繫者彼説欲界入出息唯欲界心所觀乃至第三靜慮入出息唯第三靜慮心所觀問若入出息隨心地繫契經所説當云何通如説佛告長者此入出息是身法身爲本繫屬身依身而轉答顯入出息由身力轉必不離身故

作是說不言此息隨身地繫評曰此入出息隨身地繫是身分故前說爲善問入出息風爲先入耶爲先出耶答應說先入謂此息風先入口鼻流至咽喉復從咽喉流至心胷復從心胷流至臍輪復從臍輪漸漸流散徧諸肢節有說先出謂臍輪中有息風起流散上下開諸毛孔方出至外評曰彼不應作是說息風不能開毛孔故應作是說有業生風開諸毛孔毛孔開已乃有息風於中入出問於胎卵中至何分位入出息轉答至具色根六處滿位息風方轉謂將生時息風先入息風入已名爲已生將欲死時息風後出不復更入名爲已死由此可觀生死分齊有餘師說臨欲生時息風先出息風出已名爲已生將欲死時息風後入不復更出名爲已死如說云何使我常活令我入息恒得出耶諸有欲入第四靜慮息風後出不復更入名已入定將出定時息風先入息風入已名已出定有餘師說諸有欲入第四靜慮息風後入不復更出名已入定將出定時息風先出息風出已名已出定評曰此中前說爲善問此入出息爲是有情數爲非有情數耶答是有情數問此入出息爲有執受爲無執受耶答是無執受身中雖有有執受風而入出息是無執受問此入出息爲是長養爲是異熟爲是等流答唯是等流身中雖有異熟生風及長養風然入出息唯是等流如契經說佛告阿難若如射箭梠梠相續調入出息令不亂者應知彼名殊勝飲食問何故世尊說入出息名飲食耶答能損益故謂無上妙飲食益身如

有方便調入出息亦無麤惡飲食損身如無方便調入出息是故世尊說爲飲食問如射箭栝栝相續者是何義耶答如以後箭射於前箭後鏑前栝是此中義有說此中但顯前後無間斷義不說後箭鏑前箭義又不定說如以後箭射前箭義如契經說有持來有持去有持來持去念有修持來持去念此中持來者謂入息持去者謂出息如施設論說吸風入內名持來引風出外名持去如鍛金師橐囊開合風隨入出此亦如是有作是說出息名持來入息名持去有餘師說煖息名持來冷息名持去復有說者上息名持來下息名持去評曰此中初說爲善能緣彼念名持來持去念即於此念及此相應俱有諸法若修若習若多所作名修持來持去念問此持息念自性是何答慧爲自性然此聚中念力增故說名爲念如四念住及宿住念本性生念慧爲自性然彼聚中念力增故說名爲念如除色想慧爲自性然彼聚中想力增故說名爲想此亦如是若幷眷屬四蘊五蘊爲其自性此持息念界者謂欲色界非無色界地者五地謂欲界靜慮中間及下三靜慮近分諸有欲令下三根本靜慮地亦有捨根者彼說此念通八地謂前五及下三靜慮所依者唯依欲界非色無色界有餘師說依欲色界非無色界然初起時必依欲界行相者非聖行相所緣者緣息風念住者是身念住加行非根本念住若依汎爾四念住說是身念住緣色法故問何故契經說持息念通四念住答此能引起四念住故作如是說問不淨觀

亦能引起四念住何故不説四念住耶答亦有經説此不淨觀通四念住如説若觀青瘀膿爛蟲食等事名身念住又説若觀此中有受能引淨貪亦令止息名受念住又説若觀無損害意憐愍一切徧諸方域名心念住又説若觀貪瞋癡斷離染起明得衆苦盡名法念住問雖此一經説不淨觀通四念住而無量經説持息念通四念住非不淨觀有何意耶答以持息念依處慣習牢固可恃假使失念煩惱現行速可依之伏諸煩惱引四念住如人怖賊速走歸城處謂大種相決定故若不淨觀非處慣習性不牢固或時失念煩惱現行不能依之速伏煩惱引四念住言非處者謂諸造色相不定故由此多經説持息念通四念住非不淨觀復次以持息念增益法想是空觀本由此速能引四念住是故偏説若不淨觀增有情想如説此骨爲女爲男障礙空觀不能速疾引四念住是故不説復次以持息念所緣鄰近無種種相無定次第不依有情任運而轉由此速能引四念住是故偏説若不淨觀與此相違是故不説復次以持息念唯内道起不共外道由此速能引四念住是故偏説若不淨觀外道亦起不能速疾引四念住是故不説此持息念智者一世俗智三摩地者非三摩地俱根者一捨根相應世者通三世緣世者過去緣過去現在緣現在未來若生法緣未來若不生法緣三世善不善無記者唯善緣善不善無記者唯緣無記繫不繫者欲色界繫緣繫不繫者緣欲色界繫學無學非學非無學者唯非學非無

學緣學無學非學非無學者唯緣非學非無學見所斷修所斷不斷者唯修所斷緣見所斷修所斷不斷者唯緣修所斷緣名緣義者唯緣義緣自相續他相續非相續者唯緣自相續復次此持息念由六因故應知其相一數二隨三止四觀五轉六淨數有五種一滿數二減數三增數四亂數五淨數滿數者謂從一數至十減數者謂於二等數爲一等增數者謂於一等數爲二等亂數者謂數過十有餘師說於入謂出於出謂入名爲亂數復有說者數無次第故名亂數淨數者於五入息數爲五入於五出息數爲五出問爲先數入息爲先數出息耶答先數入息後數出息以生時息入死時息出故又如是觀身心安隱非顛倒故又如是觀顯於生死先入後出非顛倒故隨者繫心隨息從外入內謂從口鼻流至咽喉復從咽喉流至心胷復從心胷流至臍輪如是展轉乃至足指心皆隨逐心復隨息從內出外半麻一麻半麥一麥半指節一指節半指一指半搩手一搩手半肘一肘半尋一尋乃至廣說隨根勢力息去近遠心皆隨逐止者謂觀息風初住口鼻次住咽喉次住心胷次住臍輪展轉乃至後住足指隨息所止心住觀之有說止者住心觀息徧住身中如珠中縷觀者謂此息風若至口鼻能審觀察若至咽喉亦審觀察如是展轉乃至足指亦審觀察觀息風已復作是念此風聚中有四大種此四大種生諸造色此所造色是心心所所依止處如是行者觀息爲先展轉徧能觀五取蘊轉者轉此入出息觀起

身念住展轉乃至起法念住淨者從煖乃至無學有說四種順決擇分亦是轉攝淨謂始從苦法智忍乃至無學有說從四念住位乃至金剛喻定皆是轉攝有煩惱故未名爲淨盡智起後方名爲淨復次此中數作二事一能數入出息二能捨躭嗜依尋隨作二事一能隨入出息二能捨出離依尋止作二事一能止住息二能住等持觀作二事一能觀入出息二能取心心所法相無所遺漏轉作二事一能轉息觀二能入諦觀有說轉作二事一能捨異生性二能得聖性有說轉作二事一能捨煩惱二能淨智見淨作二事一能觀聖諦二能入聖道有說淨作二事一能捨煩惱二能淨智見有說淨作二事一能證有餘依涅槃界二能證無餘依涅槃界有餘師說淨作二事一能證現法樂住二能證二涅槃界問此六息念幾是奢摩他品幾是毗鉢舍那品耶有作是說前三是奢摩他品後三是毗鉢舍那品復有說者前三是毗鉢舍那品後三是奢摩他品如是說者此不決定或有一切皆是奢摩他品或有一切皆是毗鉢舍那品如薄伽梵於契經中爲所化生說伽他曰

善修息念滿　漸習隨佛教　彼能明照世
如月出重雲

問此頌中說息念滿者誰名爲滿誰不滿耶有作是說佛名爲滿獨覺聲聞俱名不滿有餘師說佛及獨覺俱名爲滿聲聞不滿或有說者聲聞乘中到彼岸者亦名爲滿諸餘聲聞名爲不滿復有說者三乘無學皆名爲滿

學名不滿或復有說聖者名滿異生不滿如是說者諸有具上所說六因說名爲滿若不具者名爲不滿如契經說佛告苾芻吾欲兩月宴坐汝等不須來問唯除送食布灑他時於是世尊入室宴坐問世尊何故久宴坐耶答去來諸佛過殑伽沙法爾皆應如是宴坐尊者世友作如是言欲爲諸天說寂法故有說爲斷慢緩苾芻放逸心故有說爲觀病苾芻故有說欲爲他界有情說妙法故有說爲策退杜多行諸苾芻故有說哀愍未來所化諸有情故謂未來世所化有情聞是事已作如是念如來猶故多時宴坐我輩寧得不宴坐耶有說爲遮外道謗故謂諸外道毀謗佛言此喬答摩好處憒閙愛多言論捨離閑居寂靜之樂爲止此等種種謗故多時宴坐有說任持菩提分法功德樹故如種樹已須更修治菩提分樹亦復如是雖已圓滿仍須經久宴坐任持有說爲受妙法樂故有說爲觀所證微妙諸佛法故有說任持難行苦行所勞身故有說欲現雖久證得無上菩提而深敬重猶如今時初證得故大德說曰由二因緣如來經於兩月宴坐一者自受大法樂故二者哀愍諸有情故脇尊者言爲他於法生渴仰故如彼經說過二月已爾時世尊從宴坐起出到迥處敷座而坐現如是相令諸苾芻來詣佛所問世尊爾時現何等相有作是說令地微動有餘師說放勝光明或有說者出梵音聲復有說者化作苾芻前後圍繞問訊恭侍時諸苾芻見已知佛從宴坐起深心慙愧我等何爲不早詣佛便相告命共往佛

所到已頂禮世尊雙足問訊起居退坐一面世尊告曰若有外道來問汝言汝等大師二月宴坐入何等定應答彼言入持息念問諸外道輩向不知有持息念名況知自性世尊何故作是說耶答爲欲引攝諸外道等所化有情入佛法故謂有外道及信彼法所化有情聞佛世尊二月宴坐入持息念生希有心來詣佛所佛爲說法彼信奉行復次爲欲守護新學苾芻令於佛法不背捨故謂有苾芻初入佛法學持息念心不敬重欲歸外道更求異法因佛此言諸外道輩來詣佛所恭敬受法是諸苾芻心便不退問佛宴坐時徧入一切靜慮解脫等持等至何故但說入持息念答雖入一切靜慮解脫等持等至而持息念是彼上首是故偏說復次靜慮解脫等持等至皆是息念前後眷屬是故世尊說持息念如契經說佛告苾芻我已念入出息了知我已念入出息我已念短入出息了知我已念短入出息我已念長入出息了知我已念長入出息我已覺徧身入出息了知我已覺徧身入出息我已止身行入出息了知我已止身行入出息問入出息爲先短後長爲先長後短耶答先短後長云何知然如施設論說菩薩初入定時其息速疾久入定已息便安住如人擔重經險難處其息速疾後至平道息便安住故入出息先短後長問此觀息風從鼻而入還從鼻出何故乃說我覺徧身入出息耶答息念未成觀入出息從鼻入出息念成已觀身毛孔猶如藕根息風周徧於中入出問若爾何故非出定耶答意樂加行

俱未息故如菩薩時雖作此觀而不出定亦以意樂加行未息故無有過尊者世友作如是說如觀一切大種造色所合成身皆是無常苦空無我如病如癰如箭不淨以不捨離緣息風覺不名出定此亦應爾止身行者謂令息風漸漸微細乃至不生應知此中念入出息者是總念短入出息等是別復次念入出息者是欲界持息念念短息者是初靜慮念長息者是第二靜慮覺徧身者是第三靜慮止身行者是第四靜慮又彼經說我已覺喜入出息了知我已覺喜入出息我已覺樂入出息了知我已覺樂入出息我已覺心行入出息了知我已覺心行入出息我已止心行入出息了知我已止心行入出息應知此中覺喜者觀初二靜慮地喜覺樂者觀第三靜慮地樂覺心行者觀想及思止心行者謂令心行漸漸微細乃至不生又彼經說我已覺心入出息了知我已覺心入出息我已令心歡喜入出息了知我已令心歡喜入出息我已令心攝持入出息了知我已令心攝持入出息我已令心解脱入出息了知我已令心解脱入出息應知此中覺心者謂觀識體令心歡喜等者佛雖不復令心觀喜攝持解脱然菩薩時有如是事故復重觀又彼經說我已隨觀無常斷離滅入出息了知我已隨觀無常斷離滅入出息尊者世友作如是說隨觀無常者謂觀息風無常隨觀斷者觀入結斷隨觀離者觀愛結斷隨觀滅者觀結法斷有說隨觀無常者觀四大種無常隨觀斷者觀無明結斷隨觀離者觀愛結斷隨觀滅

者觀餘結斷有說隨觀無常者觀色身無常隨觀斷者觀過去結斷隨觀離者觀現在結斷隨觀滅者觀未來結斷有說隨觀無常者觀大種造色等皆是無常隨觀斷者觀苦受斷隨觀離者觀樂受斷隨觀滅者觀不苦不樂受斷大德說曰隨觀無常者觀五取蘊無常隨觀斷者觀五取蘊空無我隨觀離者觀五取蘊苦隨觀滅者觀五取蘊不轉寂滅又彼經說今我此定猶爲麤淺我應更入餘深細定問此中何者是深細定有說第四靜慮有說無色有說滅定又彼經說時有三天端嚴殊妙過於夜分來至我所第一天言此已命過第二天言此當命過第三天言此非已死亦非當死然住勝定寂靜如是問彼是何天寧作異說答是欲界天根品異故謂鈍根者作如是念此大沙門無入出息身不動搖無思作業必已命過若中根者作如是念此大沙門猶有煖氣身不爛壞雖非已死而當命過若利根者曾見諸佛及聖弟子入如是定身心不動後時還出故作是言此非已死乃至廣說又彼經說佛告苾芻若有問言云何聖住云何天住云何梵住云何佛住云何學住云何無學住應正答言謂持息念所以者何此持息念能令學者證所未證能令無學者得現法樂住此持息念不雜煩惱故名聖住自性光淨故名天住自性寂靜故名梵住諸佛多住故名佛住學所得故名爲學住無學得故名無學住學者由此得勝現觀斷餘煩惱故名證所未證無學者由此得不動心解脫故名得現法樂住有說此持息念是

聖所有能引聖性故名聖住廣說乃至是無學所有能引無學性故名無學住學者由此能證阿羅漢果故名證所未證無學者由此住四種樂故名得現法樂住四種樂者一出家樂二遠離樂三寂靜樂四三菩提樂問此持息念是非學非無學何故名爲學無學住答學無學者身中有故

阿毗達磨大毗婆沙論卷第二十六 說一切有部發智

音釋

㲉苦角切 竅隙 竅苦弔切孔也隙綺戟切罅也 栝古活切箭受弦處

鍛丁貫切冶金也 橐囊 橐蒲拜切吹火器也 捺陟格切張申曰捺 肘陟柳切二尺曰肘

憒閙 憒古對切心亂也閙奴教切不安靜也 癰於容切癤也

阿毗達磨大毗婆沙論卷第二十七

五百大阿羅漢等造

唐三藏法師玄奘奉詔譯

雜蘊第一中補特伽羅納息第三之五

如有色有情心相續依身轉乃至廣說問何故作此論答爲令疑者得決定故謂或有疑欲色界有色故心相續依色轉無色界既無有色心相續應無依轉欲令此疑得決定故顯無色界心等相續亦有依轉故作斯論如有色有情心相續依身轉無色有情心相續依何轉耶答依命根衆同分及餘如是類心不相應行何者是餘不相應行謂得生老住無常等問欲色二界心相續轉亦依命根衆同分等此中何故但說依身答亦應說依彼轉而不說者是有餘說有作是說依義多故謂欲色界心相續轉依身義多非命根等爲依義多謂眼根等無量色法與眼識等爲所依故有餘師說以身麤故但說依身命根等細難示現故若生欲界眼識現在前此識以眼及無間滅意爲依及所依以眼根所依大種身根及身根所依大種命根衆同分得生老住無常等爲依非所依如眼識耳鼻舌識應知亦爾若身識現在前此識以身及無間滅意爲依及所依以身根所依大種命根衆同分得生老住無常等爲依非所依若意識現在前此識以無間滅意爲依及所依以身根及身根所依大種命根衆同分得生老住無常等爲依非所依如生欲界生色界亦爾差別者彼無鼻舌識若生無色界意識現在前此識以無間滅意爲依及所依以命根衆

同分得生老住無常等爲依非所依有作是說若生欲界眼識現在前此識以眼及無間滅意爲依及所依以身根及色香味觸命根衆同分得生老住無常等爲依非所依如眼識耳鼻舌識應知亦爾若身識現在前此識以身及無間滅意爲依及所依以色香味觸命根衆同分得生老住無常等爲依非所依若意識現在前此識以無間滅意爲依及所依以身根及色香味觸命根衆同分得生老住無常等爲依非所依如生欲界生色界亦爾差別者彼無鼻舌識及香味生無色界如前說有餘師說若生欲界眼識現在前此識以眼及無間滅意爲依及所依以俱生四蘊爲依非所依如眼識耳鼻舌身識應知亦爾若意識現在前此識以無間滅意爲依及所依以俱生四蘊爲依非所依如生欲界生色界應知亦爾差別者彼無鼻舌識生無色界意識現在前此識以無間滅意爲依及所依以俱生三蘊爲依非所依問命根體爲是一物爲多物耶設爾何失若一物者何故斷手等而不死斷頭腰便死耶若多物者何故手等被斷離身而無有命答應說命根體是一物問若爾何故斷手足等而不死耶答命根有二種一依具足身二依不具足身斷手足等令離身時依具足身命根滅依不具足身命根起命所依身亦有二種未斷手等名具足身斷手等時名不具足斷手等已具足者滅不具足者生故命與身相依而轉問何故斷頭及腰便死斷手足等而不死耶答頭腰二處是大死節故斷便死手等不然復次欲

界有情依段食住喉通段食腹爲食依故斷二處命根便斷復次頭是眼等多根依處斷之便壞眼等諸根腹是息風所依止處斷腰腹壞息無所依故斷二處命根便斷手等不爾不可爲難有說命根體是多物手足等中命根各別所依能依數量等故問若爾何故斷手足等令離身時而無有命答以手足等繫屬身故彼若離身命便不起如手足等未離身時是身根依名有情數離身不爾命根亦然故彼離身命便不起評曰應說命根體是一物有一命故名有命者如有一心名有心者有一心滅名無心者一受一想一思亦然如是有情有一命故名有命者而此命根唯是異熟不相應行如心受等一有情身一刹那頃有一無二云何衆同分謂有情同分猶如命根體是一物徧與一切身分爲依是不相應行蘊所攝惟無覆無記性惟有漏通三界問此衆同分爲長養爲等流爲異熟答是異熟及等流作長養非色法故異熟者謂趣同分等如地獄趣有情展轉相似乃至天趣等有情亦然等流者謂界同分等如欲界有情展轉相似乃至無色界等有情亦然有說異熟者謂初生時得如與父母等展轉相似等流者謂後時方得如與沙門婆羅門等展轉相似洲渚方土及族類等有情同分如理應知有餘師說有情同分通善不善無記性攝謂四向四果有情同分是善性攝造五無間業有情同分不善性攝諸餘同分無記性攝評曰彼不應作是說法雖有三種而有情同分唯無記攝由此應知前說爲善問若

得衆同分彼捨衆同分耶答應作順前句謂若得衆同分彼定捨衆同分有捨衆同分而不得衆同分謂阿羅漢般涅槃時問若死此生彼時定捨衆同分得衆同分耶答應作四句有死此生彼而不捨衆同分不得衆同分如地獄死還生地獄乃至天死還生天等有捨衆同分得衆同分而非死此生彼謂入正性離生等位有死此生彼亦捨衆同分亦得衆同分謂地獄等死生異趣等有不死此生彼亦不捨衆同分不得衆同分謂除前相

無有愛當言見所斷修所斷耶乃至廣說問何故作此論答爲欲分別契經義故謂契經說愛有三種一欲愛二有愛三無有愛契經雖作是說而不廣分別亦不說無有愛是見所斷是修所斷契經是此論根本彼所不說者今應說之復次爲止異執顯經義故謂或有說契經所言無有愛者通見修所斷如分別論者爲止彼執顯經所說無有愛者唯修所斷故作斯論無有愛當言見所斷修所斷耶答應言修所斷無有者衆同分無常緣此愛說名無有愛是故此愛唯修所斷以衆同分修所斷故有作是說無有愛或見所斷或修所斷云何見所斷謂於見所斷法無有而貪云何修所斷謂於修所斷法無有而貪問誰作此說答分別論者彼說意言三界無常說名無有能緣彼貪名無有愛無常旣通見修所斷能緣彼愛亦通二種於此義中無有愛但應言修所斷謂於此論隨順契經無倒義中無有愛但應言修所斷此中有說若隨經義說無有愛唯修所斷若隨實義說無有

愛通二所斷所以者何謂契經說如有一類恐怖苦受所逼切故作如是念若我死後斷壞無有豈不樂哉此經中說彼衆同分後時無常名爲無有如是無有唯修所斷故無有愛非見所斷此中論主說隨經義與分別論者競釋經義故說無有愛唯修所斷若隨實義如後當說三界無常說名無有三界無常通二所斷故無有愛亦通二種有作是說此無有愛若隨實義若隨經義俱應說言唯修所斷三界無常雖通二種而起愛者唯修所斷以無有愛依猒苦生但愛當來苦器無有唯修所斷是衆苦器故無有愛唯修所斷斷見雖緣五部無有而無有愛不能通緣但緣當來衆同分斷是故尊者妙音說曰起無有愛補特伽羅唯緣執受蘊界處起爲彼逼切

緣彼當來斷壞起愛無見所斷逼切有情令愛彼斷故無有愛唯修所斷前來略說無有愛唯修所斷此後應理論者與分別論者相對問答難通廣顯無有愛唯修所斷汝說無有愛唯修所斷諸預流者未斷此愛耶者是分別論者問重定前宗若不定他宗說他過失則不應理答如是者是應理論者答謂順契經無顛倒義所立決定故言如是汝何所欲諸預流者爲起如是心若我死後斷壞無有豈不安樂耶者是分別論者將欲設難反定所宗顯違正義答不爾者是應理論者遮彼所問顯義無違問何故預流者不起此愛耶答見法性故謂預流者見諸法性因果相續故不愛斷復次信業果故謂預流者深信業果前後相續故不愛斷復次了達空故謂

預流者得空解脫門知無我我所今有後斷故不起愛貪後斷滅復次此無有愛斷見所長養要斷見後方現在前諸預流者已斷斷見故不起此愛復次諸預流者得無有愛非擇滅故必不復起聽我所說若無有愛唯修所斷諸預流者未斷此愛則應說預流者起如是心若我死後斷壞無有豈不安樂若預流者不起如是心若我死後斷壞無有豈不安樂則不應說無有愛唯修所斷諸預流者未斷此愛作如是說俱不應理者是分別論者前後兩關翻覆設難前關顯順宗違義後關顯順義違宗二俱不可故總結言作如是說俱不應理應理論者後通意言我宗不說諸未斷者皆必現前或有未斷而不現前或有已斷可現前故若未斷者皆必現前是則應無解脫出離以未斷法無邊際故設起何時起之可盡此後反破分別論者以通前難因明論中說破他義有三種路一猶豫破二說過破三除遣破佛契經中明破他說亦有三路一勝彼破二等彼破三違宗破勝彼破者如長爪梵志白佛言我一切不忍佛告彼曰汝亦不忍此自見耶彼便自伏等彼破者如波吒梨外道白佛言喬答摩知幻不若不知者非一切智若知者應是幻惑佛告彼言俱荼邑有惡人名藍婆鑄荼破戒行惡汝知之不彼言我知佛告彼曰汝亦應是破戒惡人彼便自伏違宗破者如鴟波離長者白佛言身業罪大非意業佛告彼曰彈宅迦林羯凌伽林等誰之所作豈非仙人惡意所作彼答言爾佛言身業能作此耶彼言不能佛告

彼曰汝今豈不違前所言彼便自伏於此三中應理論者依等彼破以通前難此有三種如後廣說汝等亦説地獄傍生鬼異熟愛唯修所斷諸預流者未斷此愛耶者是應理論者問審定他宗若不定他宗說他過失則不應理答如是者是分别論者答所問理定故言如是汝何所欲諸預流者爲起如是心我當作哀羅筏拏龍王善住龍王琰魔鬼王統攝鬼界諸有情耶者是應理論者將欲設難反定所宗顯違正義答不爾者是分别論者遮彼所問顯義無違問何故預流者不起此愛耶答彼趣是愚聖有智故彼趣是異生聖非異生故彼趣惡意樂聖意樂善故彼趣多有破戒惡業聖者成就清淨戒故復次一切聖者得諸趣非擇滅故不愛生彼問聖者於惡趣皆不起愛耶答雖無生彼愛而有資具愛如天帝釋亦愛設支青衣藥叉哀羅筏拏善住龍等諸預流等聞父毋等墮惡趣中亦生愛念今遮生愛故答不爾聽我所說若地獄傍生鬼異熟愛唯修所斷諸預流者未斷此愛則應說預流者起如是心我當作哀羅筏拏龍王乃至廣說若預流者不起如是心我當作哀羅筏拏龍王乃至廣說則不應說地獄傍生鬼異熟愛唯修所斷諸預流者未斷此愛作如是說俱不應理者是應理論者前後兩關翻覆設難前關顯順宗違義後關顯順義違宗二俱不可故總結言作如是說俱不應理應理論者此初意言如惡趣愛聖者未斷而不現前無有愛亦應爾故彼所難不順正理汝等亦說諸纏所纏故害父毋命

此纏唯修所斷諸預流者未斷此纏耶者是應理論者問餘如前說答如是者是分別論者答餘如前說汝何所欲諸預流者為起如是纏故害父母命耶者是應理論者將欲設難反定所宗顯違正義答不爾者是分別論者遮彼所問顯義無違問何故預流者不起此纏耶答若有上品惡意樂者能起此纏諸預流者意樂善故復次若有上品無慚無愧能起此纏諸預流者有慚愧故復次此纏邪見之所長養邪見後起諸預流者邪見斷故不起此纏復次諸預流者已得此纏非擇滅故及得此業不作戒故畢竟不起聽我所說若纏所纏故害父母命此纏唯修所斷諸預流者未斷此纏則應說預流者起如是纏故害父母命若預流者不起如是纏故害父母命則不應說諸纏所纏故害父母命此纏唯修所斷諸預流者未斷此纏作如是說俱不應理者是應理論者前後兩關翻覆設難餘如前說應理論者此中意言如此殺纏聖者未斷而不現前無有愛亦應爾故彼所難不應正理汝等亦說於修所斷斷法無有而貪此貪唯修所斷諸預流者未斷此貪耶者是應理論者問餘如前說答如是者是分別論者答餘如前說此中修所斷法者謂有漏善法無有者謂彼善根斷若於此起貪名無有貪此善根斷修所斷故緣此起貪亦修所斷汝何所欲諸預流者為緣此起愛耶者是應理論者將欲設難反定所宗顯違正義答不爾者是分別論者遮彼所問顯義無違問何故預流者不起此愛耶答聖於善法恒樂成

就不欲遠離此善根斷不成善法令遠離善是故聖者不緣起愛復次聖於善法恒樂增進此善根斷能令善法損減衰退是故聖者不緣起愛復次此善法無有愛是邪見所長養邪見後起諸預流者已斷邪見故無此愛復次聖者於此得非擇滅故必不起聽我所說若於修所斷法無有而貪此貪唯修所斷諸預流者未斷此貪則應說預流者緣此起愛若預流者不緣此起愛則不應說於修所斷法無有而貪此貪唯修所斷諸預流者未斷此貪作如是說俱不應理者是應理論者前後兩關翻覆設難餘如前說應理論者此後意言如善法無有愛聖雖未斷而不現前無有愛亦應爾故彼所難不應正理彼既應理此亦應然者是應理論者總舉彼三結成已義謂彼所說初中後三既應正理我前所說理亦應然不可為難無有名何法答三界無常問何故復作此論答為令疑者得決定故謂或有疑造此論者唯解隨經義不解隨實義欲令此疑得決定故顯此論者前來成立隨契經義說無有愛唯修所斷今隨實義顯無有愛通二所斷三界無常通二斷故復次分別論者問應理論者言汝從前來雖以言辯伏我而於實理猶未審定今應定說無有是何而言此愛唯修所斷應理論者答分別論者言我從前來雖以言辯伏汝成隨經義今隨實義此無有愛通三所斷以三界無常通二所斷故有作是說前來說愛今說無有欲顯此二俱修所斷此中所說三界無常但說三界衆同分滅不說一切評曰如前所

說爲善三界無常言無簡故緣善法斷尚有起愛緣見所斷諸法無常寧不起愛以斷見者總計五部爲我我所當來斷滅後隨起愛雖不總緣而緣一一別別起愛於理何咎問諸無漏法亦有無常何故此中唯說三界答若無常相是愛所緣此中說之無漏無常非愛所緣故此不說復次若無常相愛所隨增此中說之無漏無常非愛隨增是故不說

如世尊說心解脫貪瞋癡乃至廣說問何故作此論答爲欲分別契經義故謂契經說心解脫貪瞋癡契經雖作是說而不廣分別何等心解脫爲有貪瞋癡心解脫爲離貪瞋癡心解脫契經是此論根本彼所不分別者今應說之復次爲止他宗顯正義故謂或有執心性本淨如分別論者彼說心本性清淨客塵煩惱所染污故相不清淨爲止彼執顯示心性非本清淨客塵煩惱所染污故相不清淨若心本性清淨客塵煩惱所染污故相不清淨者何不客塵煩惱本性染污與本性清淨心相應故其相清淨若客塵煩惱本性染污雖與本性清淨心相應而相不清淨亦應心本性清淨不由客塵煩惱相不清淨義相似故又此本性淨心爲在客塵煩惱先生爲俱時生若在先生應心生已住待煩惱若爾應經二剎那住有違宗失若俱時生云何可說心性本淨汝宗不說有未來心可言本淨爲止如是他宗異執及顯自宗無顛倒理故作斯論如世尊說心解脫貪瞋癡何等心得解脫有貪瞋癡心耶離貪瞋癡心耶答離貪瞋癡心得解脫問離貪瞋癡心本來解脫何

故復說得解脫耶答雖約煩惱本來解脫而依行世及在相續令得解脫謂若身中煩惱未斷心未行世不在相續以心不能自在行世在相續故不名解脫若自身中諸煩惱斷爾時此心自在行世在相續故名得解脫有作是說貪瞋癡相應心得解脫問誰作是說答分別論者彼說染汙不染汙心其體無異謂若相應煩惱未斷名染汙心若時相應煩惱已斷名不染心如銅器等未除垢時名有垢器等若除垢已名無垢器等心亦如是彼不應作是說若作是說理應違拒所以者何非此心與貪瞋癡相合相應相離而貪瞋癡未斷心不解脫貪瞋癡斷心便解脫此中意說心與煩惱若相應者無解脫義同對治故若未斷時以未斷故不名解脫若彼斷已俱不成就不名解脫相應諸法一不可令其遠離伴性尚不名斷況名解脫故解脫心必無煩惱本相應義爲證此義復引契經世尊亦說苾芻當知此日月輪五翳所翳不明不照不廣不淨何等爲五一雲二烟三塵四霧五曷邏呼阿素洛手此中雲者如盛夏時有少雲起須臾增長徧覆虛空障日月輪俱令不現烟者如林野中焚燒草木卒爾烟起徧覆虛空障日月輪俱令不現塵者如亢旱時大風旋擊𮗜塵卒起徧覆虛空障日月輪俱令不現霧者如秋冬時山河霧起又聞外國雨初晴時日照川原地氣騰湧雰霏布散徧覆虛空障日月輪俱令不現曷邏呼阿素洛手者謂阿素洛與天鬬時天用日月以爲旗幟由日月威天常勝彼時曷邏呼阿素洛常心忿

日月欲摧滅之由諸有情業增上力盡其智術不能摧壞遂以手障令暫隱没如契經說苾芻當知無大身形端嚴殊妙如曷邏呼阿素洛者此說變化非謂實身如日月輪非與五翳相合相應相雜彼翳未離此日月輪不明不照不廣不淨彼翳若離此日月輪明照廣淨如是非此心與貪瞋癡相合相應相雜而貪瞋癡未斷心不解脫貪瞋癡斷心便解脫此中意說如日月輪非與五翳從本已來相應相雜後時離彼明照廣淨心亦如是非從無始與貪瞋癡相應相雜後時離彼名得解脫是故要離貪瞋癡心後彼斷時名得解脫其理決定何等心解脫過去耶未來耶現在耶乃至廣說問何故作此論答爲止他宗顯正義故謂於三世不了别者撥無過去未來諸法爲遮彼執欲顯實有過去未來或復有執無正生時及正滅時如譬喻者彼說時分但有二種一者已生二者未生復有二種一者已滅二者未滅除此更無正生正滅爲遮彼執欲顯實有正生滅位復次前說離貪瞋癡心得解脫未說何心爲在何世於何解脫令欲說之故作此論何等心解脫過去耶未來耶現在耶答未來無學心生時解脫一切障言未來者即遮撥無過去未來實有法執無學心者顯無學心名得解脫生時者顯有正生正滅時遮譬喻者執解脫一切障者顯於一切障皆得解脫謂離非想非非想處修所斷下下品煩惱時於三界五部障皆得解脫集徧知故爾時總得諸無爲故問爾時未來心一切得解脫何故但說未來生時答

且舉未來生時爲門類顯一切皆得解脱爾時皆於在身行世得自在故復次以生時心是解脱道此爲上首離一切障由此未來皆得解脱故偏說之復次解脱有二種一行世解脱二相續解脱正生時心具二解脱故偏說之餘未來心雖有相續解脱而無行世解脱故不說之問爾時五蘊皆得解脱何故但說心解脱耶答舉心爲門類顯一切未來五蘊皆得解脱復次就勝說故謂五蘊中心最爲勝說心解脱即說一切如說王來即說臣妾復次爾時雖有心所法等皆依心故但說其心以心大故心所名爲大地所有由心所故起隨轉色不相應行依心等生故偏說心不說餘蘊復次心是王故若心清淨餘蘊亦然是故偏說復次修他心通無間道時但緣心故此中偏說此如初品已廣說之問學及非學非無學心亦得解脱何故但說無學心耶答就勝說故謂若說勝法無學法勝非學法等若說勝有情無學有情勝非學有情等是故此中但說無學復次以無學心解脱多故有勝德故無諸過故此中說之餘心不爾是故尊者妙音說曰多故勝故無諸過故唯無學心說名解脱復次以無學心具二解脱謂自性解脱及相續解脱故偏說之餘心不爾是故此中應作四句有心自性解脱非相續解脱謂學無漏心有心相續解脱非自性解脱謂無學有漏心有心自性解脱亦相續解脱謂無學無漏心有心非自性解脱亦非相續解脱謂學有漏心及異生心復次若心全分解脱此中說之學心唯有一分解脱非

學非無學心或全分不解脱或一分不解脱故不說之復次若心唯解脱唯無縛唯有智無無智此中說之餘心不爾是故不說復次若心解脱五部煩惱及五部法此中說之餘心不爾是故不說復次若心解脱五部障礙及五部所緣此中說之餘心不爾是故不說復次若心有正解脱無邪解脱有正智無邪智無怨敵者此中說之餘心不爾復次若心不爲八邪所伏此中說之餘心不爾學心雖復遠離八邪而猶被障故亦名伏復次若心畢竟能斷後有得一切有非擇滅者此中說之餘心不爾復次若心解脱究竟圓滿此中說之餘心不爾復次若心已得解脱王位以解脱絹而繫頂者此中說之餘心不爾復次若心唯在解脱猶如摩魯多愛相續中者此中說之餘心不爾復次若心究竟剪拔三界猶如鬚髮諸煩惱者此中說之復次若心已斷依第一有煩惱頂者此中說之復次若心相應有輕安樂廣大微妙此中說之學心雖復有輕安樂而彼猶有煩惱怨敵未永盡故不得名爲廣大微妙譬如國王怨敵未盡或雖已盡而諸邊國未來朝貢爾時未爲受大快樂學心猶未盡煩惱故三界善根未總修故彼輕安樂不得名爲廣大微妙復次若心相應有輕安樂已捨重擔不爲煩惱意言所伏名牟尼者此中說之復次若心捨熱惱處得清涼處捨煩惱依得善根依捨雜染蘊得清淨蘊捨染有情聚得淨有情聚永寂意言牟尼圓滿此中說之復次若入勝義福田數者此中說之學有煩惱未入勝義福田數中

如伽他說

貪欲壞衆生　如田有穢草　施無貪欲者

獲勝果無疑

復次若害彼命得無間罪此中說之復次若功德過失不相雜行者此中說之復次若斷諸著破諸垷塘除諸障者此中說之復次若斷四食破四魔怨離四識住究竟超度九有情居絶諸生路盡界趣生老病死者此中說之復次此中不應責造論者以造論者依經作論經說無學心得解脫非有學等故偏說之問盡智時修三界善根亦解脫不答亦得解脫永離障故問阿羅漢果退已還得爾時何心名得解脫爲過去者未來者耶答唯未來者名得解脫非過去者更不在身及行世故已解脫故今雖重得不名解脫

阿毗達磨大毗婆沙論卷第二十七　說一切有部發智

音釋

鑄荼　鑄朱戍切荼除加切　拒　其呂切捍格也　邏　郎可切　亢　苦浪切極也　囂　許驕切塵也　幟　職吏切旗也　羂　古泫切

阿毗達磨大毗婆沙論卷第二十八

五百大阿羅漢等造

唐三藏法師玄奘奉詔譯

雜蘊第一中補特伽羅納息第三之六

其事如何答如無間道金剛喻定將滅解脫道盡智將生若無間道金剛喻定正滅解脫道盡智正生爾時名未來無學心生時解脫一切障此中金剛喻定將滅者謂生相用時盡智將生者謂臨至生相爾時猶名未得解脫未定行世在相續故金剛喻定正滅者謂滅相用時盡智正生者謂生相正用爾時乃名今得解脫定能行世在相續故若金剛喻定已滅盡智已生爾時名爲已得解脫此中且舉將解脫位顯正解脫問何故名爲金剛喻定答無有煩惱不斷不破不穿不碎譬如金剛無有若鐵若牙若貝若珠石等不斷不破不穿不碎是故此定名金剛喻假使具縛有情身中能起此定爾時即能頓斷三界一切煩惱云何知然金剛喻定現在前時頓證三界見修所斷煩惱斷故問此無間道四蘊五蘊爲自性何故但說定耶答定偏增故如見道五蘊爲自性見偏增故但名見道如現觀邊世俗智四蘊五蘊爲自性智偏增故但說名智如四通行四蘊五蘊爲自性通慧偏增故但名通行如是此道雖四蘊五蘊爲自性而定偏增是故但名金剛喻定問何故此道定偏增耶答非想非非想處下下煩惱難斷難破極難越度須堅固定爲所依止發大精進乃能除遣譬如有人欲殺香象先安其足後發武勇方成其殺是故此道定用偏增

復次非想非非想處下下煩惱最極微細不明不顯難可覺知須依勝定令心澄細方能除斷如善射者欲射毛端依巧便法令心澄細發箭方中是故此道定用徧增問此金剛喻定有幾智耶答有六智謂四類智及滅道法智此中或有以苦類智思惟非想非非想處諸行作非常苦空非我行相得阿羅漢果或有以集類智思惟非想非非想處諸行因作因集生緣行相得阿羅漢果或有以滅法智思惟欲界諸行滅作滅靜妙離行相得阿羅漢果或有以道法智思惟欲界諸行道作道如行出行相得阿羅漢果或有以滅類智或思惟初靜慮諸行滅乃至或思惟非想非非想處諸行滅作滅靜妙離行相得阿羅漢果或有以道類智思惟九地類智品道作道

如行出行相得阿羅漢果如是皆名金剛喻定是謂此處略毗婆沙問此金剛喻定依何地有幾耶有作是說依未至定有五十二謂依未至定或有以苦類智思惟非想非非想處諸行作四行相中隨一行相得阿羅漢果或有以集類智思惟非想非非想處諸行因作四行相中隨一行相得阿羅漢果或有以滅法智思惟欲界諸行滅作四行相中隨一行相得阿羅漢果或有以道法智思惟欲界諸行道作四行相中隨一行相得阿羅漢果如是四智有十六行相或有以滅類智或思惟初靜慮諸行滅作四行相中隨一行相得阿羅漢果乃至或思惟非想非非想處諸行滅作四行相中隨一行相得阿羅漢果如是八智有三十二行相足前十六成四十八或

有以道類智思惟九地類智品道作四行相中隨一行相得阿羅漢果如是一智有四行相足前四十八成五十二金剛喻定如依未至定乃至依第四靜慮亦爾依空無邊處有二十八謂依空無邊處或有以苦類智思惟非想非非想處諸行作四行相中隨一行相得阿羅漢果或有以集類智思惟非想非非想處諸行因作四行相中隨一行相得阿羅漢果如是二智有八行相或有以滅類智或思惟空無邊處諸行滅作四行相中隨一行相得阿羅漢果乃至或思惟非想非非想處諸行滅作四行相中隨一行相得阿羅漢果如是四智有十六行相足前八成二十四或有以道類智思惟九地類智品道作四行相中隨一行相得阿羅漢果如是一智有四行相足前二十四成二十八金剛喻定依識無邊處有二十四金剛喻定謂除思惟空無邊處諸行滅四行相餘如依空無邊處說依無所有處有二十金剛喻定謂除思惟識無邊處諸行滅四行相餘如依識無邊處說有餘師說依未至定有八十金剛喻定謂依未至定或有以苦類智思惟非想非非想處諸行作四行相中隨一行相得阿羅漢果或有以集類智思惟非想非非想處諸行因作四行相中隨一行相得阿羅漢果或有以滅法智思惟欲界諸行滅作四行相中隨一行相得阿羅漢果或有以道法智思惟欲界諸行道作四行相中隨一行相得阿羅漢果如是四智有十六行相或有以滅類智或思惟初靜慮諸行滅作四行相中隨一行相得阿羅漢

果乃至或思惟非想非非想處諸行滅作四行相中隨一行相得阿羅漢果如是八智有三十二行相足前十六成四十八或有以道類智或思惟初靜慮諸行道作四行相中隨一行相得阿羅漢果乃至或思惟非想非非想處諸行道作四行相中隨一行相得阿羅漢果如是八智有三十二行相足前四十八成八十金剛喻定如依未至定乃至依第四靜慮亦爾依空無邊處有四十金剛喻定謂依空無邊處或有以苦類智思惟非想非非想處諸行作四行相中隨一行相得阿羅漢果或有以集類智思惟非想非非想處諸行因作四行相中隨一行相得阿羅漢果如是二智有八行相或有以滅類智或思惟空無邊處諸行滅作四行相中隨一行相得阿羅

漢果乃至或思惟非想非非想處諸行滅作四行相中隨一行相得阿羅漢果如是四智有十六行相足前八成二十四或有以道類智或思惟空無邊處諸行道作四行相中隨一行相得阿羅漢果乃至或思惟非想非非想處諸行道作四行相中隨一行相得阿羅漢果如是四智有十六行相足二十四成四十金剛喻定依識無邊處有三十二金剛喻定謂除思惟空無邊處諸行滅道八行相餘如依空無邊處說依無所有處有二十四金剛喻定謂除思惟識無邊處諸行滅道八行相餘如依識無邊處說尊者妙音作如是說依未至定有十三金剛喻定謂見道中有四類智忍修道中離非想非非想處修所斷染有九無間道是謂十三金剛喻定如依未至

定乃至依第四靜慮亦爾依空無邊處乃至無所有處皆但有九金剛喻定謂除四類智忍餘如依未至定説如是説者依未至定有百六十四金剛喻定謂依未至定或有以苦類智思惟非想非非想處諸行作四行相中隨一行相得阿羅漢果或有以集類智思惟非想非非想處諸行因作四行相中隨一行相得阿羅漢果或有以滅法智思惟欲界諸行滅作四行相中隨一行相得阿羅漢果或有以道法智思惟欲界諸行道作四行相中隨一行相得阿羅漢果如是四智有十六行相或有以滅類智或思惟初靜慮諸行滅作四行相中隨一行相得阿羅漢果乃至或思惟非想非非想處諸行滅作四行相中隨一行相得阿羅漢果如是四八成三十二足前十六成四十八如是或思惟初二靜慮諸行滅或思惟第二第三靜慮諸行滅或思惟第三第四靜慮諸行滅或思惟第四靜慮空無邊處諸行滅或思惟空識無邊處諸行滅或思惟識無邊處無所有處諸行滅或思惟無所有處非想非非想處諸行滅各作四行相中隨一行相得阿羅漢果如是四七成二十八足前四十八成七十六如是或思惟初三靜慮諸行滅或思惟第二第三第四靜慮諸行滅或思惟第三第四靜慮空無邊處諸行滅或思惟第四靜慮空識無邊處諸行滅或思惟空識無邊處無所有處諸行滅或思惟識無邊處無所有處非想非非想處諸行滅各作四行相中隨一行相得阿羅漢果如是四六成二十四足前七十六成百如是或思

惟四靜慮諸行滅或思惟第二靜慮乃至空無邊處諸行滅或思惟第三靜慮乃至識無邊處諸行滅或思惟第四靜慮乃至無所有處諸行滅或思惟空無邊處乃至非想非非想處諸行滅各作四行相中隨一行相得阿羅漢果如是四五成二十足前百成百二十如是或思惟四靜慮空無邊處諸行滅或思惟第二靜慮乃至識無邊處諸行滅或思惟第三靜慮乃至無所有處諸行滅或思惟第四靜慮乃至非想非非想處諸行滅各作四行中隨一行相得阿羅漢果如是四四成十六足前百二十成百三十六如是或思惟初靜慮乃至識無邊處諸行滅或思惟第二靜慮乃至無所有處諸行滅或思惟第三靜慮乃至非想非非想處諸行滅各作四行相中隨一行相得阿羅漢果如是三四成十二足前百三十六成百四十八如是或思惟初靜慮乃至無所有處諸行滅或思惟第二靜慮乃至非想非非想處諸行滅各作四行相中隨一行相得阿羅漢果如是二四成八足前百四十八成百五十六如是或思惟初靜慮乃至非想非非想處諸行滅作四行相中隨一行相得阿羅漢果此四足前百五十六成百六十或有以道類智思惟九地類智品道作四行相中隨一行相得阿羅漢果此四足前百六十成百六十四金剛喻定如依未至定乃至依第四靜慮亦爾依空無邊處有五十二金剛喻定謂依空無邊處或有以苦類智思惟非想非非想處諸行作四行相中隨一行相得阿羅漢果或有以集類智思惟非

想非非想處諸行因作四行相中隨一行相得阿羅漢果如是二智有八行相或有以滅類智或思惟空無邊處諸行滅作四行相中隨一行相得阿羅漢果乃至或思惟非想非非想處諸行滅作四行相中隨一行相得阿羅漢果如是四四成十六足前八成二十四如是或思惟空識無邊處諸行滅或思惟識無邊處無所有處諸行滅或思惟無所有處非想非非想處諸行滅各作四行相中隨一行相得阿羅漢果如是三四成十二足前二十四成三十六如是或思惟空識無邊處無所有處諸行滅或思惟識無邊處無所有處非想非非想處諸行滅各作四行相中隨一行相得阿羅漢果如是二四成八足前三十六成四十四如是或思惟空無邊處乃至非想非非想處諸行滅作四行相中隨一行相得阿羅漢果此四足前四十四成四十八或有以道類智思惟九地類智品道作四行相中隨一行相得阿羅漢果此四足前四十八成五十二金剛喻定衣識無邊處有三十六金剛喻定謂依識無邊處或有以苦類智思惟非想非非想處諸行作四行相中隨一行相得阿羅漢果或有以集類智思惟非想非非想處諸行因作四行相中隨一行相得阿羅漢果如是二智有八行相或有以滅類智或思惟識無邊處諸行滅作四行相中隨一行相得阿羅漢果乃至或思惟非想非非想處諸行滅作四行相中隨一行相得阿羅漢果如是三四成十二足前八成二十如是或思惟識無邊處無所有處諸行滅或思惟無

所有處非想非非想處諸行滅各作四行相中隨一行相得阿羅漢果如是二四成八足前二十成二十八如是或思惟識無邊處乃至非想非非想處諸行滅作四行相中隨一行相得阿羅漢果此四足前二十八成三十二或有以道類智思惟九地類智品道作四行相中隨一行相得阿羅漢果此四足前三十二成三十六金剛喻定依無所有處有二十四金剛喻定謂依無所有處或有以苦類智思惟非想非非想處諸行作四行相中隨一行相得阿羅漢果或有以集類智思惟非想非非想處諸行因作四行相中隨一行相得阿羅漢果如是二智有八行相或有以滅類智或思惟無所有處諸行滅作四行相中隨一行相得阿羅漢果或思惟非想非非想處諸行滅作四行相中隨一行相得阿羅漢果或思惟無所有處非想非非想處諸行滅作四行相中隨一行相得阿羅漢果如是三四成十二足前八成二十或有以道類智思惟九地類智品道作四行相中隨一行相得阿羅漢果此四足前二十成二十四金剛喻定此中依無色定不起法智亦不緣下地苦集及滅以無色定唯緣自地及上地故前來所說生欲界者金剛喻定生上二界如應當知所起多少謂生上二界必不起法智以彼猒下苦集諦故不欲重觀既不觀下苦集亦不觀下滅道以滅道智用苦集智爲上首故若生上地不依下地離餘煩惱上地自有勝下定故除生非想非非想處彼無自地無漏定故必須依下無所有處起無漏定離餘煩

惱若生上靜慮地必不緣下靜慮地若集及滅以猒彼苦集故如法智説未解脱心當言解脱已解脱心當言解脱耶答已解脱心當言解脱問何故作此論答前雖説心解脱貪瞋癡又説未來無學心生時解脱一切障而未説未解脱心當言解脱已解脱心當言解脱今欲説之故作此論問云何此心名已解脱答本性解脱貪瞋癡故問若已解脱貪瞋癡者何故復言今得解脱答依煩惱故名已解脱若依行世在相續故名今解脱今此位中始能行世在相續故於如是義未通達者作是難言若已解脱不應言解脱若解脱不應言已解脱已解脱心而言解脱不應正理雖依前義此難已遣而今更引餘事釋之如契經説大王今者從何所來彼雖已來而説今來此亦應爾不應爲難此中論主爲顯此義復引餘經反詰難者令應問彼如世尊説

若斷愛無餘　如蓮華處水　苾芻捨此彼
如蛇脱故皮

汝許此説是善説耶彼答如是汝何所欲爲已捨言捨未捨言捨耶彼答已捨言捨聽我所説若已捨不應言捨若捨不應言已捨已捨而言捨不應正理此中論主反詰難者令彼自解是等彼釋如彼所解而釋通故然此頌中前二句顯已捨義已斷煩惱處在世間心無所著如蓮華故後二句顯今捨義不住此彼六根六塵如蛇脱皮無顧戀故彼於昔事而説今聲然無有失此亦應爾雖已解脱言今解脱而無有過爲證此義復引餘經反詰難者又世尊説

斷慢自善定　善心一切脫　一靜居不逸
越死到彼岸
汝許此說是善說耶彼答如是汝何所欲爲已到言到未到言到耶彼答已到言到聽我所說若已到不應言到若到不應言已到已到而言到不應正理此釋難意如前應知謂此頌中前二句顯已到義後二句顯今到義彼於昔事而說今聲然無有失此亦應爾故總結言彼既應理此亦應然即顯此中是等彼釋觀彼難者於諸契經應善分別了不了義復作是言故於契經應分別義如世尊說獸歸林藪鳥歸虛空聖歸涅槃法歸分別如是四種至所歸處方得安樂是故智者應於契經善分別義不應如說而便作解若如說而解者則令聖教前後相違亦令自心起顛倒執如世尊說苾芻當知依猒離染依離染解脫依解脫涅槃乃至廣說問何故作此論答爲廣分別契經義故謂契經說依猒離染乃至廣說雖作是說而不廣辯云何依猒離染乃至云何依解脫涅槃契經是此論所依根本彼所不說者今應分別故作斯論如世尊說苾芻當知依猒離染依離染解脫依解脫涅槃問一心聚中即具有猒離染解脫何故但說依猒離染依離染解脫不說依解脫離染依離染猒耶答生隨順勝故謂此三法雖復俱生而猒於離染生隨順勝離染於猒生隨順劣離染於解脫生隨順勝解脫於離染生隨順劣如觸與受雖復俱生而說觸緣受不說受緣觸此亦如是此中依有二種一能生二能得能生者謂依猒離染依離染解

脱能得者謂依解脱涅槃故於此中作順後句問若是依者亦是縁耶答若是縁者彼亦是依或有是依而非是縁謂依解脱而得涅槃復次依有二種一者相順二者相似相順者謂依猒離染依離染解脱相似者謂依解脱涅槃云何猒答若於諸行無學猒惡違逆是謂猒問猒亦通學及非學非無學此中何故唯說無學耶答亦應說學及非學非無學而不說者當知此義有餘復次此中就勝說故謂若說勝法則無學法勝若說勝有情則無學有情勝故說無學復次若說究竟應知亦說初中故不說一復次無學法是諸善根本是故偏說謂諸善法皆依無學得生長故復次若有猒無欣有離染無染着有解脱無繫縛有智慧無無知者此中說之復次若有猒不復猒有離染不復離染有解脱不復解脱者此中說之復次若於猒等修圓滿者此中說之尊者妙音作如是說以無學法多勝無過是故偏說大德說曰若界趣生及老病死一切盡者此中說之學等不爾是故不說問猒以何爲自性爲是慧爲是無貪耶設爾何失若是慧者次後所說當云何通如說云何依猒離染答若猒相應無貪無等貪無瞋無等瞋無癡無等癡善根是謂依猒離染此中無貪無瞋可爾無癡云何無癡即慧豈慧與慧有相應義而說猒相應無癡善根耶若是無貪次後所說當云何通如說云何依猒離染答若猒相應無貪無等貪乃至廣說此中無瞋無癡可爾無貪云何若猒是無貪云何說無貪與猒相應自性與自性無相應義

故見蘊所說復云何通如說有事能猒非能離謂苦集忍智不斷諸煩惱有事能猒亦能離謂苦集忍智斷諸煩惱忍智是慧非無貪性云何說猒無貪爲體有作是說猒以慧爲自性問若爾次後所說當云何通如說云何依猒離染答若猒相應無貪無等貪乃至廣說答此文但應說無貪無瞋不應說無癡誦者言便秉作此說有餘師說猒以無貪爲自性問若爾次後所說當云何通如說云何依猒離染乃至廣說答此文但應說無瞋無癡不應說無貪而說無貪者顯示依處謂或有依無貪故心解脫貪或有依無瞋故心解脫瞋或有依無癡故心解脫癡或有依無貪故心解脫二乃至或有依無癡故心解脫二或有依無貪故心解脫三乃至或有依無癡故心解脫三此中顯示依無貪故心解脫三故說若猒相應無貪無等貪乃至廣說非謂別有無貪善根與猒相應問見蘊所說復云何通答猒非忍智與忍智相應故立忍智名彼依相雜說能猒性評曰有別法名猒非慧非無貪是心所法與心相應此說在復有所餘如是類諸心所法與心相應然見蘊說苦集忍智名能猒者由彼忍智與猒相應說名能猒非猒自性此中所說是無漏猒有漏猒者謂不淨觀持息念念住三義觀七處善煖頂忍世第一法相應隨其所應及現觀邊世俗智相應隨其所應并餘有漏靜慮無色無量解脫勝處徧處如病如癰如箭等隨其所應無量行相相應此中隨麤顯示少分若廣顯示過四大海問若事能猒彼事所猒耶答應

作四句有事能猒非所猒謂無漏猒有事所猒非能猒謂除有漏猒諸餘有漏法有事能猒亦所猒謂有漏猒有事非能猒亦非所猒謂除無漏猒諸餘無漏法緣一切法非我行相雖亦緣所猒事而是欣行相不與猒相應如前已說云何依猒離染答若猒相應無貪無等貪無瞋無等瞋無癡無等癡善根是謂依猒離染此中等言顯示上品勢力周徧故說爲等復次若隨所應緣境徧者說名爲等復次貪瞋癡者緣有情數等貪等者緣非有情數是共法故說名爲等有作是說此中但應說無貪善根以此善根近治貪染故名離染無瞋無癡是能誦者乘便而誦有餘師說無瞋無癡雖非正離染而是助離染故亦說之或有說者染言通說一切煩惱故離染言通攝一切有爲善法今隨強故但說無貪無等貪等云何依離染解脫答若離染相應心已勝解今勝解當勝解是謂依離染解脫此中解脫是大地所有心所法中勝解爲自性然一切法中有二解脫一者無爲謂擇滅二者有爲謂勝解此復二種一者染汙謂邪勝解二者不染汙謂正勝解此復二種一者有漏謂不淨觀持息念等相應二者無漏謂苦法智忍等相應此復二種一者有學謂四向三果七補特伽羅相續中起二者無學謂阿羅漢果相續中起此復二種一者時心解脫謂前五種性相續中起二者不時心解脫謂不動種性相續中起無學解脫復有二種一者心解脫謂離貪故二者慧解脫謂離無明故問若此解脫勝解爲體施設論說當云何

通如說云何離貪故心解脫謂無貪善根對治貪欲云何離無明故慧解脫謂無癡善根對治愚癡勝解非三善根所攝云何可說心慧解脫是二善根答彼文應說云何離貪故心解脫謂無貪善根相應解脫云何離無明故慧解脫謂無癡善根相應解脫而不說者應知彼文是有餘說復次心慧解脫實非善根而善根相應故以善根名說復次此中顯示解脫依處謂心解脫依無貪善根而得生長以無貪善根對治貪欲心解脫故慧解脫依無癡善根而得生長以無癡善根對治愚癡慧解脫故此於所依說能依體故不相違

云何依解脫涅槃答若貪求斷瞋求斷癡求斷一切煩惱求斷是謂依解脫涅槃問有身見等隨一法斷皆是涅槃此中何故說貪求斷乃至一切煩惱求斷答雖一一法斷皆是涅槃而此中但說圓滿涅槃故不應責復次涅槃之名唯在無學學位未滿不名涅槃故作是說問以何義故名曰涅槃答煩惱滅故名爲涅槃復次三火息故名爲涅槃復次三相寂故名爲涅槃復次離臭穢故名爲涅槃復次離諸趣故名爲涅槃復次槃名稠林涅名爲出出蘊稠林故名涅槃復次槃名爲織涅名爲不以不織故名爲涅槃如有縷者便有所織無則不然如是若有業煩惱者便織生死無學無有業煩惱故不織生死故名涅槃復次槃名後有涅名爲無無後有故名爲涅槃復次槃名繫縛涅名爲離離繫縛故名爲涅槃復次槃名一切生死苦難涅名超度超度一切生死苦難故名涅槃問猒與離染

解脫涅槃有何差別答猒惡違逆名猒無所希求名離染心無垢穢名解脫永捨重擔名涅槃復次毀呰煩惱名猒毀呰惡行名離染於緣離繫名解脫諸蘊永寂名涅槃復次訶毀欲界名猒離色界名離染脫無色界名解脫證永寂靜名涅槃復次猒見所斷名猒離修所斷名離染至無學果名解脫證永寂滅名涅槃尊者妙音作如是說猒謂薄地離染謂離欲地解脫謂無學地涅槃謂諸地果尊者迦多衍尼子隨順經義作是言根律儀戒律儀無悔歡喜安樂等持是修行地如實智見是見地猒是薄地離染是離欲地解脫是無學地涅槃是諸地果是猒離染解脫涅槃四種差別

阿毗達磨大毗婆沙論卷第二十八 說一切有部發智

音釋

詰 苦吉切問也 煗 乃管切溫也 稠林 稠直由切密也眾也 毀呰 毀虎委切謗也呰將几切譏也

阿毗達磨大毗婆沙論卷第二十九

五百大阿羅漢等造

唐三藏法師玄奘奉　詔譯

雜蘊第一中補特伽羅納息第三之七

如世尊說有三界謂斷界離界滅界乃至廣說問何故作此論答爲廣分別契經義故謂契經說具壽阿難往詣尊者名上座所問何故阿難往詣彼所答尊者阿難是樂法者是正法將攝受聖教御聖教船恒巡四衆教授敎誡數數觀察諸苾芻等勿有懈怠躭著戲論或於境界顛倒思惟令彼一生空過顛墜故往彼所復次阿難作如是念彼名上座恒樂寂靜居阿練若勇猛精勤證何妙德我應往問若能爲我說所證德我當合掌隨喜讚歎若不爾者方便殷勤示其加行令速證得勿彼多時居阿練若空無所獲故往彼所如彼經說具壽阿難到已施設同分言論非不同分問何等名爲同分言論答若居阿練若者問以阿練若法若持毗柰耶者問毗柰耶若誦素怛纜者問素怛纜若學阿毗達磨者問阿毗達磨是名同分言論與此相違名不同分言論謂居阿練若者問以三藏持毗柰耶者問阿練若及餘二藏誦素怛纜者問阿練若及餘二藏學阿毗達磨者問阿練若及餘二藏或更問餘事皆名不同分言論尊者阿難所以唯作同分言論若作不同分言論者彼不解故便不能答既不能答心便羞恥以羞恥故鬪諍違拒不欲令彼起如是過是故唯作同分言論謂但問彼阿練若法如彼經說爾時阿難問名上座若有苾芻居阿練

若或居樹下或居靜室或在塚間應數思惟何等行法時名上座白阿難言若有苾芻居阿練若或居樹下或居靜室或在塚間應數思惟二種行法謂奢摩他毗鉢舍那所以者何若奢摩他熏修心者依毗鉢舍那而得解脱若毗鉢舍那熏修心者依奢摩他而得解脱若奢摩他毗鉢舍那熏修心者依三種界而得解脱云何三界所謂斷界離界滅界問依對法義於一心中有奢摩他毗鉢舍那云何建立如是二種行者差别答由加行故二種差别謂加行時或多修習奢摩他資粮或多修習毗鉢舍那資粮多修習奢摩他資粮者謂加行時恒樂獨處閑居寂靜怖畏憒閙見諠雜過恒居靜室入聖道時名奢摩他行者多修習毗鉢舍那資粮者謂加行時恒樂讀誦思惟三藏於一切法自相共相數數觀察入聖道時名毗鉢舍那行者復次或有繫心一緣不分别法相或有分别法相不繫心一緣若繫心一緣不分别法相者入聖道時名奢摩他行者若分别法相不繫心一緣者入聖道時名毗鉢舍那行者復次若利根者名毗鉢舍那行者若鈍根者名奢摩他行者如利根鈍根如是因力緣力内分力外分力内正思惟力外聞他音力應知亦爾問斷離滅界體是無爲無因無果云何乃說若奢摩他毗鉢舍那熏修心者依三種界而得解脱答彼契經於緣涅槃勝解以界聲說謂修行者雖加行時精進勇猛修習止觀二種資粮若於涅槃不起勝解決定趣證畢竟不能斷諸煩惱心得解脱故緣涅槃勝解名界依此

界故心得解脱如彼經説爾時阿難問名上座何等斷故名爲斷界何等離故名爲離界何等滅故名爲滅界名上座言一切行斷故名斷界一切行離故名離界一切行滅故名滅界尊者阿難聞已合掌隨喜讚歎辭退復詣竹林道場以此事問五百苾芻彼復皆如名上座答問彼諸苾芻云何而答有作是説從少至老次第而答如法集時少者先問有餘師説從老至少次第而答如行施物自老至少復有説者一苾芻答餘皆隨喜脇尊者言先作白已後次行籌受籌名答如彼經説爾時阿難聞已合掌隨喜讚歎辭詣佛所到已頂禮世尊雙足却住一面以此句義問佛世尊佛還如彼上座等答問尊者阿難忍可上座五百苾芻所説義不設爾何失若忍可者何故復以問佛世尊若不忍可何故合掌隨喜讚歎答阿難忍可彼所説義問何故復以問佛世尊答如佛世尊知而故問尊者阿難亦復如是所以者何阿難欲顯善説法中同見同欲文義決定如大師説徒衆亦然如親教説弟子亦然如軌範説受學亦然如是文義微妙決定依之修學乃至能證阿羅漢果非如外道所説文義師徒衆等展轉相違依之修學空無所證復次阿難欲以佛妙言印印所説義故重問佛若不以佛妙言印之則所説義猶可傾動當來四衆不敬信故如世文符若無王印則所行處人不敬受此亦如是故重問佛如彼經説佛問阿難汝知上座五百苾芻有何功德阿難白佛彼名上座五百苾芻皆阿羅漢諸漏已盡已捨重擔盡

諸有結逮得已利善辨聖旨心善解脫佛告阿難如汝所說問何故世尊問彼功德答爲欲開發少欲喜足所覆眞實功德寶藏令諸世開知已敬養得勝果故如世伏藏雖多珍寶沙土覆之不得顯現若有開發令無量人採取受用得世富樂此亦如是故佛問之復次開覺施主勝思願故謂有施主恒以衣服等四種供具施彼上座及五百苾芻而不知彼有勝功德欲令知已歡喜踊躍起勝思願我等得遇如是福田已種善種定於來世受大快樂是故世尊問彼功德復次爲止世間誹謗事故謂彼上座在毋胎中經六十年既出胎已形容衰老無有威德故初生已立上座名後雖出家而被嗤笑少年強盛晝夜精勤尚難得果況此衰老氣力羸劣能得果耶又彼上座所度五百新學苾芻先隨天授衆人毀曰如是老叟貪著名利度五百人爲充自身驅役供侍不能教誡令從邪法五百苾芻先受邪化後雖歸正得無學果而有謗言此愚人輩先貪利養捨佛從邪雖後還來而無所得爲止如是諸誹謗故問彼功德令世共知捨誹謗罪勤修敬養於當來世生天解脫彼經雖說斷等三界而不廣辨三界差別彼是此論所依根本彼不說者今欲說之故作斯論云何斷界答除愛結餘結斷名斷界云何離界答愛結斷名離界云何滅界答諸餘順結法斷名滅界此中先約阿毗達磨依世俗理說三界別近對治道有差別故餘結斷者餘八結斷順結法者謂除九結餘有漏法是名一種三界差別復有說者若八結及

此相應并生等斷名斷界若愛結及此相應并生等斷名離界若諸餘順結法及此相應并生等斷名滅界即有漏善及諸有爲無覆無記名順結法復有說者若無明結斷名斷界若愛結斷名離界若諸餘結斷名滅界復有說者或有諸法能縛非能染彼斷名斷界或有諸法能縛亦能染彼斷名離界或有諸法非能縛非能染而是所縛是所染彼斷名滅界復有說者或有諸法是能繫非能染彼斷名斷界或有諸法是能繫是能染彼斷名離界或有諸法非能繫非能染而是所繫所染彼斷名滅界有餘師說唯諸隨眠有自性斷問契經所說當云何通如說一切行斷故名斷界一切行離故名離界一切行滅故名滅界品類足說復云何通如說云何所斷法答一切有漏法云何徧知法答一切有漏法彼作是答若諸隨眠緣八結起彼斷名斷界若諸隨眠緣愛結起彼斷名離界若諸隨眠緣餘法起彼斷名滅界評曰彼不應作是說諸有漏法先被繫縛離繫縛時皆得斷故有作是說唯愛隨眠有自性斷問若爾前說契經及論當云何通彼作是答若愛隨眠緣八結起彼斷名斷界若愛隨眠緣愛結起彼斷名離界若愛隨眠緣餘法起彼斷名滅界評曰彼不應作是說諸有漏法先被繫縛離繫縛時皆得斷故尊者妙音作如是說煩惱體斷名斷界於境離繫名離界棄諸重擔名滅界脇尊者言無繫縛繫縛息名斷界無染汙染汙息名離界無彼果彼果息名滅界尊者設摩達多說曰諸煩惱斷名斷界無貪治貪

名離界果相續滅名滅界尊者左取作是說言相續斷故名斷界於緣離繫名離界離執受故名滅界復有說者過去煩惱斷故名斷界現在煩惱斷故名離界未來煩惱斷故名滅界如煩惱斷蘊斷亦爾復有說者苦受斷故名斷界樂受斷故名離界不苦不樂受斷故名滅界如三受斷順三受法斷亦爾復有說者若苦苦斷名斷界若壞苦斷名離界若行苦斷名滅界復有說者若欲界斷名斷界若色界斷名離界若無色界斷名滅界如是等說皆依世俗隨就一門辯三界別皆非勝義諸斷界是離界耶答如是設離界是斷界耶答如是諸斷界是滅界耶答如是設滅界是斷界耶答如是諸離界是滅界耶答如是設滅界是離界耶答如是問何故復作此論答前約阿毗達磨依世俗理就近對治辯三界別今隨契經顯此三界體無差別謂有漏法一一斷時皆得一斷此一一斷約差別義說爲三界故此三界義雖有別而體無異如世尊說有三想謂斷想離想滅想乃至廣說問何故作此論答爲廣分別契經義故謂契經說有三種想謂斷離滅契經雖作是說而不廣分別彼是此論根本彼所不說者今欲說之故作此論云何斷想答除愛結餘結斷諸想解名斷想云何離想答愛結斷諸想解名離想云何滅想答諸餘順結法斷諸想解名滅想此中廣釋如界應知問何故此中不說三想如前三界展轉相即答應說而不說者當知此義有餘復次此中欲顯異相異文故作是說若作異相異文說者易受持故復

次此中欲現二門二略二階二隥二光二炬二明二照二文相影如界相即想亦應然如想不相即界亦應然而爲相影故作是說問十六行相外有無漏慧不設爾何失若有者識身論及智蘊中何故不說若無者此文所說當云何通如說云何斷想答除愛結餘結斷諸想解名斷想乃至廣說此斷等想與何行相聖慧相應品類足論復云何通如說云何盡智謂如實知我已知苦已斷集已證滅已修道云何無生智謂如實知我已知苦不復知乃至我已修道不復修如是二智何行相攝集異門論復云何通如說如實了知我已盡欲漏有漏無明漏是盡智不復當盡是無生智如是二智何行相攝此論見蘊復云何通如說受樂受時如實知受樂受是何行相契經所說復云何通如說如實了知我生已盡梵行已立所作已辦不受後有是何行相有作是說十六行相外無別無漏慧故識身論此論智蘊俱不說有問此中所說當云何通如說云何斷想廣說乃至此斷等想與何行相聖慧相應答此約所緣建立三想不依行相由此三想皆作緣滅四行相故謂緣斷故名爲斷想不於此斷作斷行相餘二亦爾若作是說則此三想如前三界展轉相即問品類足論復云何通如說云何盡智廣說乃至如是二智何行相攝答如實知我已知苦不復知者緣苦二行相攝謂苦非常我已斷集不復斷者緣集四行相攝我已證滅不復證者緣滅四行相攝我已修道不復修者緣道四行相攝問集異門論復云何通如說

如實了知我已盡欲漏廣說乃至如是二智何行相攝答六行相攝謂苦非常及緣集四問見蘊所說復云何通如說受樂受時如實知受樂受是何行相答彼於聖道說樂受聲即是緣道四行相攝問契經所說復云何通如說如實了知我生已盡廣說乃至是何行相答如實了知我生已盡者是緣集四行相梵行已立者是緣道四行相所作已辦者是緣滅四行相不受後有者是緣苦二行相謂苦非常復次由五緣故經作是說不說行相云何爲五一由意樂故謂加行時起此意樂云何當令我生永盡廣說乃至不受後有二由對治故謂修如是殊勝對治令生永盡廣說乃至不受後有三由所作故謂由如是殊勝所作令生永盡廣說乃至不受後有四相續故謂得如是殊勝相續令生永盡廣說乃至不受後有五由補特伽羅故謂此補特伽羅易現易施設一切生盡廣說乃至不受後有由此五緣故作是說非謂別有如是行相有餘師說十六行相外有別無漏慧問若爾後說諸文善通識身智蘊何故不說答應說而不說者當知此義有餘復次若有行相現在和合能辦所作有作用者識身見蘊明了說之彼未來修畢竟不起是故不說復次若有行相能入見道得果離染盡諸漏者識身見蘊明了顯示彼無此用是故不說謂彼行相無學果後方起現前受現法樂遊戲神通觀本所作受用聖財復次若有行相加行無間解脫勝進四道可得識身見蘊明了顯示彼諸行相唯遠加行遠勝進道乃得現起是

故不說若作是說十六行相外有無漏慧者彼說此中依行相別建立三想謂斷行相相應想名斷想離行相相應想名離想滅行相相應想名滅想如是三想依行相別建立三種不約所緣謂於一一擇滅無為起此三想如於一的三箭所中其相各異依此所說斷等三想互不相應即作是說諸斷想是離想耶答不爾廣說乃至設滅想是離想耶答不爾評曰應作是說十六行相外無別無漏慧於理為善然此中說斷等三想若無漏者展轉相即若是有漏容作斷等三種行相互不相即是故此中不決定說

雜藴第一中愛敬納息第四之一

云何愛云何敬如是等章及解章義旣領會已次應廣釋問何故作此論答為廣分別契經義故謂契經說若有修習慚愧圓滿應知愛敬亦得圓滿契經雖作是說而不分別云何愛云何敬契經是此論所依根本彼所不分別者今應盡分別之復次為欲訶毀非善士法令棄捨故為欲讚歎諸善士法令修習故為欲顯示五濁增時廣大有情甚難得故此中非善士法者謂有一類愛則妨敬敬則妨愛愛妨敬者如有父母於子寵極子於父母有愛無敬師於弟子應知亦然此等名為愛則妨敬敬妨愛者如有父母於子嚴酷子於父母有敬無愛師於弟子應知亦然此等名為敬則妨愛如是倶名非善士法善士法者謂有一類愛則加敬敬則加愛愛敬倶行名善士法若有此法增上圓滿應知即是廣大有情如是有情甚為難得世若無佛此類

難遇設令有者是大菩薩諸大菩薩愛敬必俱爲顯此事及前所説三種因緣故作斯論云何愛答諸愛等愛憘等憘樂等樂是謂愛此本論師於異文義得善巧故以種種文顯示此愛而體無別問愛以何爲自性答愛有二種一染汙謂貪二不染汙謂信問諸貪皆愛耶答應作順前句謂貪皆愛有愛非貪此即是信問諸信皆愛耶有作是説諸信皆愛有愛非信謂染汙愛應作是説信有二種一者於境唯信不求二者於境亦信亦求是故此中應作四句有是信非愛謂信不求有是愛非信謂染汙愛有亦信亦愛謂信亦求有非信非愛謂除前相云何敬答諸有敬有敬性有自在有自在性於自在者有怖畏轉是謂敬此本論師於異文義得善巧故以種種文顯示此敬而體無別問敬以何爲自性答敬以慚爲自性云何愛敬乃至廣説問何故復作此論答前雖別説愛敬自性而未總説於一境轉今欲顯示愛敬二種於一境轉故作斯論云何愛敬答如有一類於佛法僧親教軌範及餘隨一有智尊重同梵行者愛樂心悦恭敬而住若於是處有愛及敬是謂愛敬此中一類者謂異生或聖者異生於佛愛樂心悦恭敬住者彼作是念佛威力故我等解脱災横王役種種苦事及得世間諸資生具聖者於佛愛樂心悦恭敬住者彼作是念佛威力故我等永捨諸惡趣因斷二十種薩迦耶見得正決定見四聖諦於無邊際生死輪迴諸苦事中已作分限復次彼二於佛愛樂心悦恭敬住者俱作是念佛威力故我等

出家受具足戒得苾芻性及餘利益安樂資粮是故尊者鄔陁夷言世尊於我有大恩德謂拔我無量苦與我無量樂滅我無量惡生我無量善復次彼二於佛俱作是念世尊開發我等慧眼故應愛敬是故尊者舍利子言若佛世尊不出于世我等一切盲生盲死復次彼二於佛俱作是念佛爲法王最初開示無上正法令諸有情無倒了達雜染清淨繫縛解脫流轉還滅生死涅槃餘無此能故應愛敬復次彼二於佛俱作是念世尊最初出無明鷇宣說正法亦令無量無邊有情出無明鷇餘無此能故應愛敬復次彼二於佛俱作是念無始時來七依勝定隱蔽不現佛出世間無倒開示令無量衆依之趣入大涅槃宮餘無此能故應愛敬復次彼二於佛俱作是念佛威力故能令無量無邊有情修諸善法謂從不淨觀乃至無生智餘無此力故應愛敬復次彼二於佛俱作是念佛威力故令諸有情種諸善根成熟解脫餘無此力故應愛敬復次彼二於佛俱作是念佛威力故念住正斷神足根力覺支道支三十七種菩提分等功德寶藏出現世間利益安樂無邊有情故應愛敬彼二於法愛樂心悅恭敬住者俱作是念我依此法解脫一切身心苦惱究竟安樂彼二於僧愛樂心悅恭敬住者俱作是念僧威力故我於正法毗柰耶中淨信出家受具足戒得苾芻性能正受持百一羯磨無所毀犯安樂而住由此速證究竟涅槃彼二俱於親教軌範及餘隨一有智尊重同梵行者愛樂心悅恭敬住者謂作是念此諸師

友爲我伴侶令我於法勤修正行速得成辦於前所說三寶師友殊勝境中具起愛敬餘則不定應作四句謂或有境起愛非敬如父母於子師於弟子等或復有境起敬非愛如於有德非已師長或復有境起愛及敬如有一類子於父母弟子於師等或復有境不起愛敬謂除前相問如是愛敬於何處有答三界五趣雖皆容有而此中說殊勝愛敬唯在欲界人趣非餘唯佛法中有此愛敬云何供養乃至廣說問何故作此論答爲廣分別契經義故謂契經說

若於佛法僧　及所受學處　能供養恭敬
乃名爲智者　若於不放逸　及勝三摩地
能供養恭敬　不退近涅槃

契經雖作是說而不廣分別云何供養云何恭敬彼是此論所依根本彼不說者今應說之復次爲欲訶毀非善士法令棄捨故爲欲讃歎諸善士法令修習故爲欲顯示五濁增時廣大有情甚難得故此中非善士法者謂有一類若供養則妨恭敬若恭敬則妨供養云何供養則妨恭敬如在家者或有男女雖具勢力能以種種資生珍饌供養父母而恃此力心生輕慢如出家者或有弟子福德多聞雖於其師能設種種財法供養而恃此事遂於師所不生恭敬此等供養則妨恭敬云何恭敬則妨供養如有一類懼他威力雖恭敬之而不供養如是俱名非善士法善士法者謂有一類若供養彼則加恭敬若恭敬彼則加供養二事俱行名善士法若有此法增上圓滿應知即是廣大有情如是有情甚爲

難得世若無佛此類難遇設令有者是大菩薩諸大菩薩此二必俱爲顯此事及前所說三種因緣故作斯論云何供養答此有二種一財供養二法供養財供養者問財供養以何爲自性有作是說爲饒益故捨諸財物即所捨財是此自性有餘師說能供養者身語二業是此自性或有說者即能發彼心心所法是此自性復有說者受者受已諸根大種及餘造色皆得增長是此自性評曰應作是說若所捨財若能捨者身語二業若能發彼心心所法若受者受已諸根大種造色增長皆此自性如是財供養總用五蘊以爲自性已說自性所以今當說問何故名財供養財供養是何義答能爲緣義是供養義此以財爲初故名財供養若爲饒益故捨諸財物受者受已身心增益如是名施亦名供養若爲饒益故捨諸財物受者受已身心損減如是名施不名供養若爲損害故捨匪宜物受者受已或由神通或由呪藥或由福力身心增盛此雖非施而名供養若爲損害故捨匪宜物受者受已身心損減此不名施亦非供養問此財供養在何處有答唯在欲界非色無色唯在四趣非捺落迦問此財供養誰設誰受有作是說傍生趣設唯傍生趣受乃至天趣設唯天趣受有餘師說傍生趣設唯傍生受鬼趣設二趣受人趣設三趣受天趣設四趣受下不及上上及下故評曰應作是說四趣皆能展轉供養問施設論說天欲食時取空寶器以衣覆上而置座前經須臾頃隨其福力麤妙飲食自然盈滿既爾如何受他供

養答雖不受他飲食供養而有受餘香華資具法供養者問法供養以何爲自性有作是說以說法者語爲自性有餘師說以語所起名爲自性或有說者以能發語心心所法爲其自性復有說者受者聞已生未曾有善巧覺慧以爲自性評曰應作是說若說法者語若能發語心心所法若受者聞已生未曾有善巧覺慧皆此自性如是法供養總用五蘊以爲自性已說自性所以今當說問何故名法供養法供養是何義答能爲緣義是供養義此以法爲初故名法供養若爲饒益故爲他說法他聞法已生未曾有善巧覺慧如是名施亦名供養若爲饒益故爲他說法他聞法已不生未曾有善巧覺慧如是名施不名供養若爲損害故說譏刺他法他聞是已住正憶念歡喜忍受不數其過生未曾有善巧覺慧此雖非施而名供養若爲損害故說譏刺他法他聞是已發恚恨心不生未曾有善巧覺慧此不名施亦非供養問此法供養在何處有答此法供養在欲色界非無色界五趣皆有地獄有者如慈授子生地獄中謂是浴室見諸苦具便說頌言

嘗聞世間受苦樂　非我非他之所作
受諸苦樂皆緣身　身若滅無誰復受

時彼地獄無量有情聞此頌已脫地獄苦從彼命終生天受樂傍生有者如迦賓折羅鳥自修梵行爲他說法鬼趣有者如發受鬼母爲諸鬼子說是頌言

默然汝上勝　默然汝井宿　我得見諦時
亦當令汝見

人趣有者如今現見天趣有者欲界天中如補處慈尊爲諸天說法色界天中如手天子來白佛言如此世尊四衆圍繞爲說正法聞已奉行我聞法已還無熱天爲彼諸天說法亦爾問此法供養誰設誰受有作是說地獄趣設唯地獄趣受乃至唯天趣設唯天趣受有餘師說地獄趣設唯地獄趣受傍生趣設二趣受鬼趣設三趣受人趣設四趣受天趣設五趣受評曰應作是說五趣皆能展轉供養云何恭敬答諸有恭敬有恭敬性有自在有自在性於自在者有怖畏轉是謂恭敬此本論師於異文義得善巧故以種種文顯示恭敬而體無別恭敬亦以慚爲自性

阿毗達磨大毗婆沙論卷第二十九 說一切有部發智

音釋

阿練若（梵語也此云閑靜處若爾者切）素怛纜（梵語也此云契經怛當割切纜盧瞰切）嗤（赤脂切）憘（許里切與喜同樂也）捺落迦（梵語也此云不可樂地獄名捺乃曷切）

阿毗達磨大毗婆沙論卷第三十

五百大阿羅漢等造

唐三藏法師玄奘奉　詔譯

雜蘊第一中愛敬納息第四之二

云何供養恭敬乃至廣說問何故復作此論答前雖别說供養恭敬自性而未總說於一境轉今欲顯示此二於一境轉故作斯論云何供養恭敬答如有一類於佛法僧親教軌範及餘隨一有智尊重同梵行者施設供養恭敬而住若於是處有供養及恭敬是謂供養恭敬此中一類義如前說謂異生或聖者於佛施設供養恭敬而住者唯施設財供養恭敬而住非法供養所以者何佛於諸法已得究竟不復從他受學法故無有能爲世尊說法令生未曾有善巧覺慧故於法施設供養恭敬而住者有本不說敬養法言以於涅槃無緣義故前說供養謂能爲緣涅槃無緣是故不說而有本說者雖於涅槃無生長義而有於彼令顯了義謂以財法供養涅槃令諸有情恭敬求證由斯展轉斷障證得復次法有二種一世俗謂名身等法二勝義謂究竟涅槃雖於勝義法無生長義而於世俗法有生長義是故於法亦有敬養問諸施法物誰應受之答施世俗法物說法師應受或應以此書寫正法施勝義法物應勤加守護猶如守護窣堵波物於僧施設供養恭敬而住者通財法二供養財供養者謂以香華衣食等物供養僧衆或設五年大會等事名財供養僧法供養者謂以三契聲等爲衆宣說正法或在衆中論議決擇或復處衆讚美功德

申述所願令衆歡悦諸如是等名法供養僧於親教軌範及餘隨一有智尊重同梵行者施設供養恭敬而住者亦通財法二種供養財供養者謂以衣鉢飲食湯藥及餘隨一沙門資具而供養之法供養者謂以三藏勸令受持或爲解釋令無疑滯或復勸請令修正行諸如是等名法供養於上所説三寶師友殊勝境中隨應供養恭敬而住於餘境中不決定有准前應説問供養恭敬何處具有答欲界具有非色無色界於欲界中四趣具有非捺落迦以地獄中無財供養唯有法故問此財法供養誰設誰受答佛於一切有情能設財法二供養彼隨所應能受一切有情於佛隨應能設財供養非法供養無能爲佛説法者故及不能生佛未曾有善巧覺慧故獨覺除佛於一切有情能設財法二供養彼隨所應能受一切有情於獨覺隨應能設財供養非法供養舍利子除佛獨覺於一切有情能設財法二供養彼隨所應能受一切有情於舍利子隨應能設財供養非法供養大目乾連除佛獨覺及舍利子於一切有情能設財法二供養彼隨所應能受一切有情於大目乾連隨應能設財供養非法供養乃至利根者於鈍根者隨應能設財法二供養彼隨所應能受鈍根者於利根者隨應能設財供養非法供養彼隨所應能受問若無以法供養佛者契經所説當云何通如説苾芻善哉善哉汝乃能以和雅清妙明了易解美亮音聲諷誦正法令我歡喜答世尊欲令聞俱胝耳得無畏故作如是説非佛於彼受法供養

謂彼親教迦多衍那遣詣佛所爲居邊國寒地苾芻求請五事一常澡浴二以皮作襯身敷具三請恒著周足革屣四請持律爲第五人得受具戒五請若有苾芻遣使持衣與餘苾芻彼苾芻若不受我等當如何處分此衣聞俱胝耳承親教勑來詣佛所世尊威重釋梵護世尚不能側近正覲況彼輙敢申請佛知是事告阿難曰汝可將彼至我寢室敷設卧具而安置之阿難如教佛與同止至夜後分知彼倦息便告之言汝應爲我誦所解法聞俱胝耳以三契聲誦所解法世尊歡喜爲欲令彼得無所畏能申所請是故讚言善哉善哉乃至廣說有作是說世尊讚彼過去所修業道清淨感得如是美妙音聲令人樂聞故作是說非爲於彼受法供養有餘師說世尊讚彼能善誦持波羅衍拏見諦經等故作是說非爲於彼受法供養或有說者以彼苾芻在豐馬國作諸佛事世尊讚彼更令彼國無量有情敬重受法故作是說非爲於彼受法供養復有說者佛讚弟子有多因緣非爲受法或爲彼得無畏心故如今讚歎聞俱胝耳或爲遮彼誹謗事故如告無滅吾今背痛汝可爲諸苾芻宣說近堅固法唯汝能說如是勝事或欲令彼言威肅故如告目連唯汝能爲劫比羅城諸釋種等說微妙法或欲顯彼功德大故如佛讚歎舍利子言汝能說法如師子吼汝所說者是決定說問餘契經說復云何通如說佛告阿難陀言善哉善哉如汝所說精進速證無上菩提我聞汝言深生歡喜答佛以慶喜所說應時故說此言非爲

受法謂薄伽梵爲化有情曾涉遠路勞倦背痛詣一樹下四疊七條以爲卧具五條覆體枕僧伽胝如師子王右脇而卧告阿難曰汝可爲諸苾芻說法不應虚度爾時阿難承佛聖旨爲苾芻衆說七覺支言諸仁者念等覺支是我世尊自覺自說依猒離滅迴向於捨如是乃至捨等覺支廣說亦爾世尊聞彼說精進時便起前際憶念智見我於過去三無數劫由精進力所修加行速得圓滿疾證無上正等菩提念已發生殊勝歡喜由斯喜力背痛便愈尋起整衣結加趺坐告阿難曰汝爲大衆說精進耶阿難白佛唯然世尊佛讃彼曰善哉善哉我由精進速證菩提汝今說之故我歡喜讃應時說非受供養問毗柰耶說復云何通如說阿難我今增益出離善法極生歡喜若不受他法供養者如何增長出離善法答佛以他事爲已事故他善法增便作是說謂有情類多依佛法淨信出家受具足戒誦持三藏居阿練若寂靜思惟入正決定得果離欲乃至漏盡或種生天解脫種子佛知是事甚大歡喜作如是念無量有情以我威力世出世間善法增長彼之所作即是我事深可慶喜故作是說然佛世尊定不於他受法供養法身功德極圓滿故生身必待衣食等資故有施他受財供養云何身力乃至廣說問何故作此論答爲止他宗顯正義故謂或有執身力身劣無别自體如分别論彼作是說心有力時說爲身力心無力時說爲身劣故身力劣無别自體故遮彼執顯身力劣有别自體觸處所攝或復有執身力自

體即是精進身劣自體即是懈怠如法密部爲止彼執顯示別有身力身劣非精進等有執身力及與身劣無定自體如譬喻者彼作是說象力勝馬馬力勝牛故知力劣無定自體爲遮彼執顯身力劣有定自體觸處所攝以一切法自性定故諸有爲法皆有勝劣自體決定如眼於色見明了者說名爲勝見不明了說名爲劣廣說乃至意知諸法亦復如是於中各有勝劣定性身力身劣應知亦爾問若身力劣各有定性譬喻者難當云何通答雖象馬等相待勝劣名不決定而有定體謂馬對象劣大種多力大種少馬若對牛劣大種少力大種多如馬餘類當知亦爾以力與劣大種各異故相待時名雖不定而體恒別爲止如是他宗異執及爲顯示身力身劣實有別體故作斯論云何身力答諸身勇猛強健輕捷能有所辦是謂身力此本論師於異文義得善巧故以種種文顯示身力而體無異云何身劣答諸身不勇不猛不強不健不輕不捷無所能辦是謂身劣此本論師於異文義得善巧故以種種文顯示身劣而體無異身力身劣幾處攝幾識識答一處攝謂觸處二識識謂身識及意識此中身識唯了彼自相意識了彼自相及共相此言即遮分別論者執身力劣無別自體顯示此二有別自體若無自體應非觸處攝及二識所識心力有無非觸處攝二識識故如二力士相扠撲時手腕纏交互知強弱此中論主引現事喻欲令愚智俱得解了由此即遮法密部執身力是精進身劣是懈怠顯身力劣非精進

等若不爾者手腕纔交寧知強弱精進懈怠非以手觸即能知故又如強者執弱者時力之勝劣相知亦爾此中論主引第二喻重顯斯義令易了知由此即遮譬喻者執身力身劣無定自體顯示此二有定自體若不爾者不應纔執即知勝劣相待假法定非身識所能了故問身力身劣以何爲自性有作是說以大種爲自性問何大種增名爲身力何大種增名爲身劣有說大種無偏增者然四大種有強勝者說名身力有羸弱者說名身劣有說地界增故名爲身力水界增故名爲身劣外物亦爾擔山木等地界增故其體堅強抑瓜瓠等水大增故其體虛弱有餘師說身力身劣非四大種是所造觸問七所造觸中誰增故名身力誰增故名身劣有說重增故名身力輕增故名身劣外物亦爾重者體強輕者體弱有說此二是所造觸非七所攝謂七種外別有所造觸名身力身劣評曰應作是說即四大種及所造觸俱是身力身劣自性謂若調和俱名身力若不調和俱名身劣如契經說菩薩身具那羅延力此力其量云何有作是說十凡牛力等一豪牛力十豪牛力等一青牛力十青牛力等一凡象力十凡象力等一香象力十香象力等一大諸健那力十大諸健那力等一鉢羅塞建提力十鉢羅塞建提力等半那羅延力二半那羅延力等一那羅延力菩薩身力與此力等有餘師說此量極少應說十凡牛力等一豪牛力十豪牛力等一青牛力十青牛力等一凡象力十凡象力等一野象力十野象力等一羯拏

魯訶象力十羯拏魯訶象力等一阿羅擇迦象力十阿羅擇迦象力等一殑著洛迦象力十殑著洛迦象力等一雪山象力十雪山象力等一香山象力十香山象力等一青山象力十青山象力等一黃山象力十黃山象力等一赤山象力十赤山象力等一白山象力十白山象力等一嗢鉢羅象力十嗢鉢羅象力等一拘牟陀象力十拘牟陀象力等一鉢特摩象力十鉢特摩象力等一奔荼利迦象力十奔荼利迦象力等一鉢特莫迦象力十鉢特莫迦象力等一大鉢特莫迦象力十大鉢特莫迦象力等一大香象力十大香象力等一大諾健那力十大諾健那力等一鉢羅塞建提力十鉢羅塞建提力等一娑浪伽力十娑浪伽力等一伐浪伽力十伐浪伽力等一遮怒羅力十遮怒羅力等一伐羅遮怒羅力十伐羅遮怒羅力等半那羅延力二半那羅延力等一那羅延力菩薩身力與此力等或有說者此量猶少應說菩薩身中有十八大節一一大節皆有一那羅延力復有說者此量猶少應說菩薩身中有十八大節一一大節有十八那羅延力或復有說此量猶少應說菩薩身中大小總有三百二十節其最小節有一那羅延力其次大節有二那羅延力漸次大者力倍倍增有餘復說此量猶少應說菩薩身力等千謁羅伐拏龍象王力此象王力其量云何謂此象王舉身鮮白如拘牟陀白蓮華色七支善住具有六牙其頭紅赤如因達羅瞿博迦色左右邊脇各二踰繕那半身前後分各一踰繕那周圍身量七踰

繕那高下准一踰繕那半此是常身變化不定此有八千龍象眷屬身皆鮮白如拘牟陀具有六牙七支善住其頭紅赤如上煙脂若轉輪王出現於世此諸象中隨一來應三十三天將遊戲苑天福力故纔舉心時令大象王互現異色便作是念天帝釋等今須乘我入苑遊戲即便從此贍部洲沒至天帝釋宫前而現身上化出三十二頭皆具六牙如本頭色此頭并本有三十三一一牙上化作七池一一池中作七蓮華一一華上作七寶院一一院內作七寶臺一一臺中作七寶帳一一帳內作七天女一一天女作七侍者一一侍者作七妓女奏諸妓樂作是化已時天帝釋及諸眷屬升彼本頭三十二天及諸眷屬升所化作三十二頭餘十千城諸天家族升彼背上其身輕舉猶如旋風吹蓮華葉或飄樺皮乘空往詣所遊戲苑爾時諸天都不自見有前後者到已俱下各詣戲林歡娛受樂時彼龍象亦自化身如天子形遊戲受樂藹羅伐拏其力如是有作是言此力猶少應說菩薩身中有十八大節一一大節皆有如千藹羅伐拏龍象王力有餘復言此力猶少應說菩薩身中大小總有三百二十節其最小節有如千倍藹羅伐拏龍象王力漸次大者力倍倍增大德說曰此力猶少應說菩薩意力無邊身力亦爾云何知然謂昔菩薩吉祥人邊受吉祥草詣菩提樹自敷為座結加趺坐作是堅固願言若未諸漏永盡及證無上菩提我終不起此座無上菩提從未來世將入現在爾時三千大千世界六種震動菩薩

毛髮亦不動搖由此故知菩薩身力猶如意力量無邊際問若爾何故契經中說菩薩身有那羅延力答此力世間共所欽重故以爲喻而實不然問菩薩何緣集此身力答欲現所有皆殊勝故謂諸色力族姓自在眷屬財位功德名聞智見威猛皆殊勝故憍慠有情歸伏受法復次欲爲無上正等菩提作所依故集此身力謂佛無上正等菩提要依此身方得安住假使無上正等菩提置在妙高大山王頂彼便碎壞猶若微塵力無畏等甚尊重故由此三千大千世界中贍部洲有金剛座上窮地際下據金輪菩薩坐之成正等覺除此無有堅固依處是故菩薩初成佛時方欲經行徐足按地即令大地六種震動便起勝解乃得經行復次爲欲引攝所化有情猶如遣使故集此力謂無上覺遣此力使摧彼慢已然後度之故在家時與諸釋種種種捔力無不得勝將般涅槃亦以身力伏諸力士而度脫之謂佛世尊化緣將盡欲入寂滅往拘尸城波波邑中五百力士聞已爲佛修治道路當彼路上有一大石長六十肘廣三十肘彼諸力士欲轉去之盡其身力不能令動世尊旣至見已問言汝諸童子欲何所作彼聞惘然竊作是念我等勢力贍部推先如何世尊呼爲童子作是念已俱白佛言我爲世尊修治道路共轉此石不能令動頗能哀愍除此石耶佛言我能汝等遠避便以足指挑置掌中上擲虛空下還接取以口吹散令如微塵還使如本棄之路側力士驚歎得未曾有敬禮合掌復白佛言此是如來何等神力

世尊告曰舉石置掌復擲虛空後還接取棄之路側皆我父母生身之力以口吹散令如微塵是神通力還合如本是勝解力力士聞已歡喜踊躍復白佛言頗有餘力能勝世尊如是力不佛答言有謂無常力佛告力士謂我父母生身之力若神通力及勝解力今日中夜皆爲無常力之滅壞時諸力士聞佛所說皆於世間深生猒離佛便爲說如應法要令諸力士及餘無量在彼天人得法眼淨永離惡趣第八有等故爲引攝所化有情猶如遣使集此身力問菩薩何時身力圓滿答年二十五此後乃至年滿五十其力無減過是已後世尊身力漸漸衰退有說世尊身力無減猶如意力無衰退故評曰如來法身雖無衰退而生身力必有退減諸異熟果有衰退故是故尊者鄔陀夷言今見世尊色力衰減諸根變異謂五色根問諸餘有情有斯力不答此力不共一切有情唯最後身菩薩得有如最初說菩薩力量極爲減少尚爲難得況第二說第三說等餘有情類而得有耶然此賢劫世界初成時有諸有情具那羅延力或有半那羅延力或有鉢羅塞建提力或有摩訶諾健那力此諸力士充滿世間過是已後漸漸減少乃至今時全無彼力佛在世時有三釋種具有鉢羅塞建提力謂阿難陀設摩釋子瞿波釋女爾時亦有具足摩訶諾健那力象力馬力牛力等人不可稱數若麟角喻獨覺亦有那羅延力若部行喻獨覺其力不可定說以彼多是聲聞種性後遇別緣得無學果雖樂寂靜而有衆居如五百仙一處得

果麟角喻者根極勝故樂獨出故當知如佛必無有二並出世間如舍利子尚無並出況麟角喻勝彼多倍諸聲聞人其力不定如部行喻獨覺人說諸轉輪王力亦不定王四洲者有那羅延力王三洲者有伐浪伽力王二洲者有鉢羅塞建提力王一洲者有摩訶諾健那力此四輪寶亦有差別王四洲者有金輪寶其量正等四俱盧舍王三洲者有銀輪寶其量正等三俱盧舍王二洲者有銅輪寶其量正等二俱盧舍王一洲者有鐵輪寶其量正等一俱盧舍如四輪寶有此差別應知餘寶亦有勝劣謂王四洲者餘寶最勝乃至王一洲者餘寶最劣問諸有情類身力旣別骨節安立有差別不答亦有差別謂凡常力者骨節相遠有象馬力者骨節相近有大諾健那力者骨節相接如接板等有鉢羅塞建提力者骨節相鈎有那羅延力者骨節連鏁菩薩骨節展轉相交如龍蟠結是故最勝已說佛身力意力今當說謂佛世尊成就十力四無所畏及與大悲三念住等不可思議無邊功德隨用差別立種種名且於十種說名意力云何爲十一處非處智力二業法集智力三靜慮解脫等持等至發起雜染清淨智力四種種界智力五種種勝解智力六根勝劣智力七徧趣行智力八宿住隨念智力九死生智力十漏盡智力問如是十力以何爲自性答以智爲自性謂佛意力是智所成以智爲體智所攝故如契經說於處非處如實了知乃至廣說已說自性所以今當說問何故名力力是何義答不可屈義是力義不可

伏義不可摧義不可害義不可轉義不可覆義能徧覺義能荷擔義堅固義最勝義能制他義是力義界者宿住隨念智力死生智力是色界繫餘力有漏者三界繫無漏者是不繫地者宿住隨念智力死生智力在四根本靜慮是通性故近分無色及不定地非通所依故無此二餘力有漏者在十一地謂欲界四靜慮四無色及未至定靜慮中間無漏者在九地所依者皆依欲界人贍部洲大丈夫身唯依此身得成佛故行相者處非處智力徧趣行智力十六行相或餘行相業法集智力苦集八行相或餘行相第三第四第五第六智力苦集道十二行相或餘行相宿住隨念智力死生智力是餘行相非十六行相漏盡智力諸有欲令緣漏盡境故名漏盡智力者彼說滅四行相或餘行相諸有欲令依漏盡身故名漏盡智力者彼說十六行相或餘行相所緣者處非處智力緣一切法業法集智力唯緣苦集第三第四第五第六智力緣三諦除滅諦徧趣行智力但緣四諦宿住隨念智力緣欲色界前際五蘊死生智力緣色處漏盡智力若緣漏盡境故則緣滅諦若依漏盡身故則緣一切法念住者種種勝解智力宿住隨念智力唯法念住死生智力唯身念住漏盡智力若緣漏盡境故則法念住若依漏盡身故則四念住餘力皆四念住智者處非處智力徧趣行智力通十智業法集智力唯八智除滅道第三第四第五第六智力唯九智除滅智宿住隨念智力死生智力唯世俗智漏盡智力若緣漏盡境故則唯六智

謂法智類智滅智盡智無生智世俗智若依漏盡身故則通十智三摩地俱者處非處智力徧趣行智力三三摩地俱或不俱業法集智力緣苦集空無願俱或不俱第三第四第五第六智力緣苦集道空無願俱或不俱宿住隨念智力死生智力非三摩地俱漏盡智力若緣漏盡境故則無相俱或不俱若依漏盡身故則三三摩地俱或不俱根相應者總說皆與三根相應謂樂喜捨過去未來現在者此十力皆通三世緣過去未來現在者處非處智力徧起行智力緣三世及離世第二第三第四第五第六智力緣三世宿住隨念智力過去現在者緣過去未來者緣三世死生智力過去者緣過去現在者緣現在未來生法緣未來若不生法緣三世漏盡智力若緣漏盡境故則緣離世若依漏盡身故則緣三世及離世善不善無記者此十力皆是善緣善不善無記者漏盡智力若緣漏盡境故則但緣善若依漏盡身故則緣三種餘九力皆緣三種有餘師說第三智力但緣善無記彼不應作是說此力通緣雜染清淨有爲法故雜染法中有不善故繫不繫者宿住隨念智力死生智力唯色界繫餘八力有漏者三界繫無漏者是不繫緣繫不繫者宿住隨念智力死生智力緣欲色界繫業法集智力緣三界繫漏盡智力若緣漏盡境故則緣不繫若依漏盡身故則緣三界繫及不繫餘力皆緣三界繫及不繫學無學非學非無學者宿住隨念智力死生智力唯非學非無學餘八力無漏者是無學有漏者是非學非無學緣

學無學非學非無學者業法集智力宿住隨念智力死生智力唯緣非學非無學漏盡智力若緣漏盡境故唯緣非學非無學若依漏盡身故則緣三種餘力皆緣三種見所斷修所斷不斷者宿住隨念智力死生智力唯修所斷餘八力有漏者修所斷無漏者是不斷緣見所斷修所斷不斷者業法集智力宿住隨念智力緣見修所斷死生智力緣修所斷漏盡智力若緣漏盡境故則緣不斷若依漏盡身故則緣三種餘力皆緣三種緣名緣義者種種勝解智力根勝劣智力死生智力唯緣義漏盡智力若緣漏盡境故則但緣義若依漏盡身故則通緣名義餘力皆通緣名義緣自相續他相續非相續者處非處智力徧趣行智力緣三種漏盡智力若緣漏盡境故則緣非相續若依漏盡身故則緣三種餘力皆緣自他相續加行得離染得者此十力皆可言加行得三無數劫積集殊勝加行得故皆可言離染得離有頂染得盡智時得諸力故問如是十力加行云何答此加行有二種一近加行謂順決擇分等二遠加行謂初不退菩提心等問業法集智力死生智力俱可緣業有何差別答從因入果是業法集智力從果入因是死生智力如因果如是細麤不現見現見遠近亦爾問無表業云何知答從因入果從麤入細從現見入不現見從近入遠如是知問宿住隨念智死生智二乘亦有何故唯佛建立力耶答前說不可屈義等是力義二乘雖有而無此義故不名力如舍利子雖入第四靜慮而不知人當所生處及所

從來等事問二乘亦有漏永盡智何故非力答佛智猛利速斷煩惱及彼餘習非二乘故復次佛智能知自他相續諸漏永盡時分不謬聲聞獨覺無如是能復次不以自知諸漏盡故名漏盡力以能知他無邊世界諸有情類漏盡差別及爲彼說漏盡方便明了不謬名漏盡力聲聞獨覺無如是義

阿毗達磨大毗婆沙論卷第三十 說一切有部發智

音釋

窣堵波 梵語也此云方墳窣蘇沒切堵音覩　儭 初覲切近也　屣 踈士切履也　捷 疾葉切疾也　抆撲 抆初加切手相錯也撲普木切掣也　腕 烏貫切手腕也　瓠 胡誤切匏也　嗢 烏沒切　踰繕那 梵語也亦云由旬此云限量如此方一驛地踰音俞　捔 古嶽切校也　惘 文紡切失志貌　挑 吐凋切撥取也

阿毗達磨大毗婆沙論卷第三十一

五百大阿羅漢等造
唐三藏法師玄奘奉詔譯

雜蘊第一中愛敬納息第四之三

已說佛十力當說四無畏云何爲四一正等覺無畏如契經說我是諸法正等覺者若有世間沙門梵志天魔梵等依法立難或令憶念於如是法非正等覺無有是處設當有者我於是事正見無由故得安隱無怖無畏自稱我處大仙尊位於大衆中正師子吼轉大梵輪一切世間沙門梵志天魔梵等所不能轉二漏永盡無畏如契經說我於諸漏已得永盡若有世間沙門梵志天魔梵等依法立難或令憶念有如是漏未得永盡無有是處設當有者乃至廣說三說障法無畏如契經說我爲弟子說能障法染必爲障若有世間沙門梵志天魔梵等依法立難或令憶念有此障法染不爲障無有是處設當有者乃至廣說四說出道無畏如契經說我爲弟子說能出道修必出苦若有世間沙門梵志天魔梵等依法立難或令憶念修如是道不能出苦無有是處設當有者我於是事正見無由故得安隱無怖無畏自稱我處大仙尊位於大衆中正師子吼轉大梵輪一切世間沙門梵志天魔梵等所不能轉問此四無畏以何爲自性答亦以智爲自性所以者何初無畏即初力第二無畏即第十力第三無畏即第二力第四無畏即第七力故已說自性所以今當說問何故名無畏無畏是何義答不怯弱義是無畏義不傾動義勇猛義安隱義清

淨義鮮白義不驚怖義是無畏義界者此四無畏有漏者三界繫無漏者是不繫地者此四無畏有漏者在十一地無漏者在九地所依者此四無畏皆依欲界人贍部洲大丈夫身唯依四身得成佛故行相者初無畏十六行相或餘行相第二無畏諸有欲令緣漏盡境故名漏盡無畏者彼說滅四行相或餘行相諸有欲令依漏盡身故名漏盡無畏者彼說十六行相或餘行相第三無畏苦集八行相或餘行相第四無畏十六行相或餘行相所緣者初無畏緣一切法第二無畏若緣漏盡境故則緣滅諦若依漏盡身故則緣一切法第三無畏緣苦集諦第四無畏但緣四諦念住者第二無畏若緣漏盡境故則法念住若依漏盡身故則四念住餘三無畏皆四念住智者初及第四無畏皆通十智第二無畏若緣漏盡境故則唯六智謂法智類智滅智盡智無生智世俗智若依漏盡身故則通十智第三無畏唯有八智謂除滅道三摩地俱者初及第四無畏三三摩地俱或不俱第二無畏若緣漏盡境故則無相俱或不俱若依漏盡身故則三三摩地俱或不俱第三無畏緣苦集空無願俱或不俱根相應者總說皆與三根相應謂樂喜捨過去未來現在者此四無畏皆通三世緣過去未來現在者初及第四無畏緣三世及離世第二無畏若緣漏盡境故則緣離世若依漏盡身故則緣三世及離世第三無畏但緣三世善不善無記者此四無畏皆是善緣善不善無記者第二無畏若緣漏盡境故則但緣善若依漏盡身故

則緣三種餘三無畏皆緣三種繫不繫者此四無畏有漏者三界繫無漏者是不繫緣繫不繫者初及第四無畏緣三界繫及不繫第二無畏若緣漏盡境故則緣不繫若依漏盡身故則緣三界繫及不繫第三無畏但緣三界繫學無學非學非無學者此四無畏無漏者是無學有漏者是非學非無學緣學無學非學非無學者初及第四無畏緣三種第二無畏若緣漏盡境故則緣非學非無學若依漏盡身故則緣三種第三無畏但緣非學非無學見所斷修所斷不斷者此四無畏有漏者修所斷無漏者是不斷緣見所斷修所斷不斷者初及第四無畏緣三種第二無畏若緣漏盡境故則緣不斷若依漏盡身故則緣三種第三無畏緣見修所斷緣名緣義者第

二無畏若緣漏盡境故則但緣義若依漏盡身故通緣名義餘三無畏皆緣名義緣自相續他相續非相續者初及第四無畏緣三種第二無畏若緣漏盡境故則緣非相續若依漏盡身故則緣三種第三無畏緣自他相續加行得離染得者此四無畏皆可言加行得三無數劫積集殊勝加行得故皆可言離染得離有頂染得盡智時得無畏故問此四無畏加行云何答此加行有二種一近加行謂順決擇分等二遠加行謂初不退菩提心等如是所說十力四無所畏一一力攝四無畏一一無畏攝十力故則有四十力四十無畏然前說初無畏即初力第二無畏即第十力第三無畏即第二方第四無畏即第七力者依相顯說理實世尊成就四十力四十無畏

依根本說但言成就十力四無所畏問若十力攝四無畏四無畏攝十力者力與無畏有何差別有說此二無有差別互相攝故有說此二亦有差別且名即差別謂名力名無畏復次堅强是力勇決是無畏復次安住是力不可傾動是無畏復次不可屈伏是力不怯弱是無畏復次自利是力利他是無畏復次自攝受是力攝受他是無畏復次非他所勝是力能勝他是無畏復次非他所降伏是力能降伏他是無畏復次自相智是力共相智是無畏復次智是力辯是無畏復次因是力果是無畏復次自通達是力能爲他說是無畏復次通達義是力通達文是無畏復次法義無礙解是力詞辯無礙解是無畏復次於法義無礙解究竟明了是力於詞辯無礙解究竟明了是無畏復次積集是力受用是無畏復次如自豐財寶是力如能分施他是無畏復次如解醫方是力如能療病是無畏復次智慧明了是力不怯他難是無畏力與無畏是謂差別

已說無畏當說大悲問大悲以何爲自性答以智爲自性有說大悲別有自性非智所攝如是說者評曰大悲是智無別有體知藥病等而救療故已說自性所以今當說問何故名大悲大悲是何義答拔濟有情增上苦難故名大悲謂從地獄旁生鬼趣大苦難中拔濟令出安置人天喜樂等處復次拔衆生出增上淤泥故名大悲謂有情類没在煩惱大淤泥中授正法手拔之令出安置聖道及道果中復次授諸有情增上義利故名大悲謂

教衆生斷三惡行修三妙行種植尊貴富樂種子感得尊貴大富樂果形色美妙衆所樂見膚體細軟光明清淨或爲輪王或作帝釋或爲魔王或作梵王展轉乃至或生有頂或復種植三乘種子引得三乘菩提涅槃如是皆由大悲威力復次大價所得故名大悲謂一切時於一切處捨施一切所愛身財及妻子等濟諸衆生匱乏苦難具足受持清淨禁戒寧捨身命終無毀犯打罵陵辱割截身肢乃至斷命曾無瞋忿精進苦行未嘗暫息恒居寂靜專修靜慮爲勝慧故求法無怠如是福德智慧資粮大價圓滿乃得如是救衆苦難清淨大悲非如二乘或施一食持一宿戒乃至思惟一四句頌便得彼果復次大加行得故名大悲謂必經三無數大劫修習百千難行苦行方得如是無限大悲非如聲聞極利根者經六十劫修諸加行便得菩提非如獨覺極利根者唯經百劫修諸加行便得菩提復次依大身起故名大悲謂此大悲決定依止三十二種大丈夫相所莊嚴身八十隨好間飾肢體身眞金色常光一尋無能見頂衆生遇者無不獲益大悲依止如是勝身非如二乘所獲功德依止矬陋肢體不具諸根缺減無威德身亦能現起復次捨大安樂救大苦難故名大悲謂佛世尊棄捨殊勝增上熾盛無量無邊不共佛法大安樂事逾越百千俱胝大海輪圍山等諸險難處遊歷十方救衆生苦作安樂事如是皆由大悲威力復次爲度無量難化有情造作難爲大劬勞事故名大悲謂佛雖居極尊貴位爲衆生故或

作陶師或作商人或作力士或作獵主或作俳優或販華鬘或賃船筏作如是等諸猥雜類拔濟種種所化有情或將阿難遊歷五趣晝夜無間饒益有情或爲指髮得度脫故延促他界時遠時近令其調伏然後化之雖復成就增上慚愧而爲有情現陰藏相令彼見已誹謗止息無量有情聞皆從化雖復久斷輕躁調戲而爲有情現廣長舌乃至髮際遍覆面輪令諸有情因受佛化如是等事無量無邊一切皆由大悲威力復次傾動大捨故名大悲謂佛成就二種大法一者大捨二者大悲若佛安住大捨法時假使十方諸有情類一時吹擊大角大鼓或現雷震掣電霹靂諸山大地傾覆動搖不能令佛舉心視聽若佛現起大悲法時擊大捨山令其震動亦令無量那羅延力所合成身如大猛風吹小草葉處處飄轉作諸有情利樂勝事由斯等義故名大悲如是大悲界者唯是色界地者唯在第四靜慮所依者唯依欲界人贍部洲大丈夫身唯依此身得大悲故行相者非十六行相是餘行相所緣者通緣三界諸法有情念住者唯法念住智者唯世俗智三摩地俱者非三摩地俱根相應者捨根相應過去未來現在者是三世緣過去未來現在者緣三世善不善無記者唯是善緣善不善無記者緣三種繫不繫者唯色界繫緣繫不繫者緣三界繫學無學非學非無學者唯是非學非無學緣學無學非學非無學者但緣非學非無學見所斷修所斷不斷者唯修所斷緣見所斷修所斷不斷者緣見修所斷緣名緣義

者通緣名義緣自相續他相續非相續者雖通緣自他相續而多緣他相續加行得離染得者可言加行得三無數劫積集殊勝加行得故可言離染得離有頂染得盡智時得大悲故問云何名爲大悲加行答此加行有二種一近加行謂順決擇分等二遠加行謂初不退菩提心等問此大悲何力攝答處非處智力攝以佛世尊不共功德多分攝在處非處智力中故問悲與大悲有何差別答應知略有八種差別一自性差別謂悲無瞋善根爲自性大悲無癡善根爲自性二行相差別謂悲作苦苦行相大悲作三苦行相三所緣差別謂悲唯緣欲界大悲通緣三界四依地差別謂悲通依十地即四靜慮四近分靜慮中間及欲界地大悲唯在第四靜慮五所依差別謂悲通依三乘及異生身大悲唯依佛身六證得差別謂悲離欲界乃至第三靜慮染時得大悲唯離有頂染時得七救濟差別謂悲唯希望救濟大悲救濟事成八哀愍差別謂悲哀愍不平等大悲哀愍平等是謂悲與大悲差別

已說佛大悲當說三念住云何爲三一者佛說法時若諸弟子恭敬聽受如教奉行如來於彼不生歡喜心不踊躍但起大捨住念正知隨宜教誨二者佛說法時若諸弟子不恭敬聽受不如教奉行如來於彼不生瞋恨心無悵恨不捨保任但起大捨住念正知隨宜教誨三者佛說法時一分弟子恭敬聽受如教奉行一分弟子不恭敬聽受不如教奉行如來於彼不生歡喜亦不瞋恨但起大捨住

念正知如是三種不共念住應知亦攝在處非處智力廣分別義如理應思問此十八種不共佛法幾於說法能爲勝支答除三念住餘十五種皆於說法能爲勝支所以者何佛由十力能立自論由四無畏能破他論由大悲故起說法欲由此三種說法事成三種念住無如是力但說法時於弟子衆不生憂喜發起大捨住念正知名不共法

如契經說如來成就七種妙法云何爲七一者知法二者知義三者知時四者知量五者自知六者知衆七者知補特伽羅勝劣差別問此七妙法誰幾智性答此七皆是世俗智性有作是說知法知量知衆三種唯世俗智知義一種諸有欲令唯有涅槃是勝義者六智爲性謂法智類智滅智盡智無生智及世俗智諸有欲令一切法皆是勝義者十智爲性知時自知八智爲性除滅智及他心智知補特伽羅勝劣差別九智爲性除滅智有餘師說知時亦以九智爲性謂除滅智評曰如是所說雖亦有理然契經中說此七種一切皆是世俗智性皆知事法有差別故問此七妙法何力所攝答皆處非處智力所攝如契經說如來成就五聖智三摩地云何爲五一者有內證智生知此三摩地是聖離染二者有內證智生知此三摩地非愚者所近是智者所讚三者有內證智生知此三摩地現樂後樂四者有內證智生知此三摩地寂靜微妙是止息道令心一趣有所證得五者有內證智生知此三摩地正念故入正念故出問此五聖智三摩地誰幾智性答此五皆是世

俗智性有作是說皆八智性謂除滅智及他心智尊者妙音作如是說皆六智性謂除苦集滅他心智評曰如是所說雖亦有理然契經中說此五種一切皆是世俗智性皆知定事有差別故問此五聖智三摩地何力所攝答皆處非處智力所攝因釋身力傍論已了云何擇滅乃至廣說問何故作此論答爲止他宗顯正義故謂或有執擇滅非擇滅無常滅非實有體如譬喩者爲遮彼執顯三種滅皆有實體或復有執此三種滅皆是無爲如分別論者爲遮彼執顯二滅是無爲無常滅是有爲故作斯論云何擇滅答諸滅是離繫謂諸法滅亦得離繫得離繫得是名擇滅云何非擇滅答諸滅非離繫謂諸法滅得不離繫不得離繫得名非擇滅云何無常滅答諸行散壞破歿亡退是謂無常滅此中散壞破歿亡退文字雖有差別而同顯無常滅又諸行散等言非如散穀豆等令往異處但顯由無常滅無復作用又散等言不顯諸行自性滅壞但顯諸行由無常滅無復作用謂有爲法自性恒有由生相故有作用起由滅相故無復作用名爲散壞破歿亡退

非擇滅無常滅何差別答非擇滅者不由擇力解脫疾癘災横愁惱種種魔事行世苦法非於貪欲調伏斷越無常滅者諸行散壞破歿亡退是謂二滅差別此中解脫疾癘災横愁惱種種魔事苦法者顯有漏法非擇滅解脫行世法者顯無漏法非擇滅非於貪欲調伏斷越者顯異擇滅問何故此中但說非擇滅無常滅差別不說擇滅耶答是作論者意

欲爾故乃至廣說復次此中應作是說擇滅非擇滅無常滅何差別答擇滅者由擇力故有漏法滅非擇滅者不由擇力解脫疫癘廣說如前無常滅者諸行散壞破歿亡退復次擇滅是解脫是離繫相非擇滅是解脫非離繫相無常滅非解脫非離繫相復次擇滅於三世有漏法得非擇滅於未來不生有為法得無常滅於現在一切法轉復次擇滅是善彼得亦善非擇滅是無記彼得亦無記無常滅通三種彼得亦三種復次擇滅是無漏彼得通有漏無漏非擇滅是無漏彼得唯有漏無常滅通二種彼得亦二種復次擇滅是不繫彼得或色界繫或無色界繫或不繫非擇滅是不繫彼得唯三界繫無常滅三界繫或不繫彼得亦三界繫或不繫復次擇滅是非學非無學彼得或學或無學或非學非無學非擇滅是非學非無學彼得亦唯非學非無學無常滅通三種彼得亦三種復次擇滅是不斷彼得或修所斷或不斷非擇滅是不斷彼得唯修所斷無常滅通三種彼得亦三種復次擇滅非擇滅俱不染汙彼得亦俱不染汙無常滅通染汙不染汙彼得亦二種如染汙不染汙有罪無罪退不退亦爾復次擇滅無異熟彼得或有異熟或無異熟非擇滅無異熟彼得亦無異熟無常滅通二種彼得亦二種復次擇滅是道果彼得或是道是道果或非道非道果非擇滅非道非道果彼得亦非道非道果無常滅或是道非道果或是道亦道果或非道非道果彼得亦爾復次擇滅滅諦攝彼得三諦攝除滅諦非擇滅非諦攝

彼得二諦攝謂苦集無常滅三諦攝除滅諦彼得亦爾應作如是廣辯差別而不爾者前已說故謂擇滅是離繫非擇滅無常滅非離繫俱非離繫須辯差別有說二滅俱不用功得須辯差別擇滅用功得與二有異故不須說問已知擇滅離繫爲體應說何故名擇滅耶答擇者謂慧滅是彼果擇所得滅故名擇滅復次一向劬勞一向加行一向功用揀擇諸法方得此滅故名擇滅復次數數決擇苦等得滅故名擇滅謂苦忍苦智決擇苦諦於見苦所斷法得滅集忍集智決擇集諦於見集所斷法得滅滅忍滅智決擇滅諦於見滅所斷法得滅道忍道智決擇道諦於見道所斷法得滅以苦等智數數決擇苦聖諦等於修所斷法得滅故名擇滅問擇滅自性爲是一物爲多物耶有說一物問若爾證見所斷法擇滅時亦證修所斷法擇滅不若亦證者修後對治應成無用若不證者云何一物少分證少分不證有說二物一見所斷法擇滅二修所斷法擇滅問若爾證見苦所斷法擇滅時亦證見集滅道所斷法擇滅不若亦證者修後對治應成無用若不證者云何一物少分證少分不證有說五物謂見所斷法擇滅有四修所斷擇滅有一問若爾證欲界見修所斷法擇滅時亦證色無色界見修所斷法擇滅不若亦證者修後對治應成無用若不證者云何一物少分證少分不證有說擇滅有十一物謂見所斷法擇滅有八修所斷法擇滅有三問若爾證欲界修所斷上上品法擇滅時亦證欲界修所斷後八品法擇滅

不若亦證者修後對治應成無用若不證者云何一物少分證少分不證色無色界修所斷九品法擇滅徵問亦爾有說擇滅有三十五謂見所斷法擇滅有八修所斷法擇滅三界各九爲二十七足前八爲三十五問若爾證初靜慮修所斷法擇滅時亦證後三靜慮修所斷法擇滅不若亦證者修後對治應成無用若不證者云何一物少分證少分不證四無色地修所斷法徵問亦爾有說擇滅有八十九謂見所斷法擇滅有八修所斷法擇滅九地各九爲八十一足前八爲八十九問若爾見所斷法三界九地各有四部九品差別云何擇滅但有八種又見修所斷法一一地一一部一一品各有多種云何擇滅但有一種評曰應作是說隨有漏法有爾所體擇滅亦爾隨所繫事體有爾所離繫亦有爾所體故問已知擇滅隨所繫事有爾所量諸有情類證擇滅時爲共證一爲各別證設爾何失二俱有過若共證一云何涅槃名不共法又若爾者若一有情得涅槃時一切有情亦應皆得若爾則應不由功用自然解脫若各別證云何涅槃名不同類又契經說當云何通如說如來解脫與餘阿羅漢等解脫無異答應作是說諸有情類證擇滅時皆共證一問若爾云何涅槃名不共法答涅槃體雖實是共而約得說名不共以離繫得一一有情自相續中各別起故問若一有情得涅槃時諸餘有情何故不得答若身中有涅槃得者名得涅槃無則不爾故無一時一切有情得涅槃失有餘師說諸有情類證擇滅時各各

別證問若爾云何涅槃名不同類答遮同類因故作是說謂諸擇滅無同類因名不同類非諸有情無別擇滅展轉相似問苦法智忍無同類因亦應名爲不同類法何故有爲皆名同類但說涅槃名不同類答苦法智忍雖無同類因而能與他作同類因故亦名同類涅槃不爾復次諸有爲法同蘊界處三門所攝同墮三世同有生滅同下中上同有先後同從因生同能生果故名同類涅槃不爾名不同類復次一切法中唯有涅槃是善是常餘不爾故名不同類謂所餘法有善非常有常非善有二俱非涅槃獨具善常二義是故獨名不同類法問契經所說復云何通如說如來解脫與餘阿羅漢等解脫無異答三乘身中解脫雖異而善常同故說無異復次此言顯示一相續中有三乘道同證解脫謂望他身所證解脫雖各有異而一身中有三乘性同證解脫隨依何乘引起聖道皆能證得此涅槃故評曰彼不應作是說應作是說諸有情類普於一一有漏法中皆共證得一擇滅體前說擇滅隨所繫事多少量故由此前說於理爲善

問於外物中爲亦證得擇滅體不設爾何失若亦證得擇滅體者既於外法無成就義云何成就彼擇滅耶又契經說當云何通如說尊者舍利子言我斷諸愛得內解脫若外物中不得擇滅契經所說復云何通如說一切行斷故名斷界一切行離故名離界一切行滅故名滅界答應作是說於外物中亦得擇滅問若爾既於外物無成就義云何於彼得

擇滅耶答雖於外物無成就者而亦於彼有得擇滅如不成就過去未來命等八根而有於彼證得擇滅外物亦爾何所相違問契經所說復云何通如說尊者舍利子言我斷諸愛得內解脫答說於內蘊得解脫故當知於外亦得解脫復次外物解脫依內得故亦名爲內謂內身中修道方得復次外物解脫得是內故亦名爲內謂得彼得是內蘊攝復次斷內煩惱而得彼滅故亦名內謂外物中所有擇滅斷內能繫煩惱方得是故經言得內解脫有餘師說外物中無擇滅可得唯斷能繫諸煩惱縛得擇滅故問若爾契經所說當云何通如說一切行斷故名斷界乃至廣說答彼經應說諸行斷故名爲斷界乃至廣說不應言一切而說一切者當知彼說少分一切謂一切有二種一少分一切二全分一切彼經但說少分一切有作是說諸外物中雖有擇滅而不可得評曰彼不應作是說寧說爲無不應說有而不可得既不可得何須如是無用滅爲應作是說亦有亦得所以者何諸有漏法無始時來煩惱所繫不得解脫若斷煩惱彼離繫故便得解脫如人被縛後解脫時人名解脫非謂繩等既於所繫證得解脫故外物中亦得解脫若不爾者與品類足所說相違如說云何得作證法答一切善法若外物中雖有擇滅而不可得應有善法非得作證便違彼說故外亦有擇滅可得問擇滅自性爲即是蘊爲但蘊無若即是蘊有情本來應得解脫以皆本來成就蘊故若但蘊無如何爲無勤修聖道答應說擇滅非即是

蘊亦非蘊無但於有漏諸蘊中得別有自性

阿毗達磨大毗婆沙論卷第三十一 說一切有部發

音釋

癈 力嶠切治疾也 筏 房越切筏也 猥 烏賄切鄙也 霹靂 霹普擊切靂郎擊切霹靂 癘 力制切瘟疫也畜之疾瘀者

阿毗達磨大毗婆沙論卷第三十二

五百大阿羅漢等造

唐三藏法師玄奘奉　詔譯

雜蘊第一中愛敬納息第四之四

如是擇滅亦名涅槃亦名不同類亦名非聚亦名非顯亦名最勝亦名通達亦名阿羅漢亦名不親近亦名不修習亦名可愛樂亦名近亦名妙亦名出離問何故擇滅亦名涅槃答槃名爲趣涅名爲出永出諸趣故名涅槃復次槃名爲臭涅名爲無永無臭穢諸煩惱業故名涅槃復次槃名稠林涅名永離永離一切三災三相諸蘊稠林故名涅槃復次槃名爲織涅名爲不此中永無煩惱業縷不織生死異熟果絹故名涅槃餘如前說問何故擇滅亦名不同類答無同類因故亦非同類因故餘如前說問何故擇滅亦名非聚答離諸聚故謂說有爲無住相者彼說有爲法必四類共聚謂自體及三相若說有爲有住相者彼說有爲法必五類共聚謂自體及四相復次諸界諸趣諸生諸蘊諸世諸苦皆名爲聚擇滅異彼故名非聚問何故擇滅亦名非顯答顯謂稱讚涅槃功德智者極成不待稱讚故名非顯復次涅槃功德無邊際故不可稱讚如說此人技術無邊不可稱讚故名非顯復次顯名毀呰涅槃功德究竟圓滿如末尼珠周圓光淨不可毀呰故名非顯復次涅槃功德究竟安住如末尼珠體無增減隨所置處即便安住不可毀呰故名非顯復次顯謂顯說涅槃是聖現量所證不可顯說故名非顯復次諸有爲法有因有果可得以因顯

說其果亦得以果顯說其因涅槃無爲無因無果不可顯說故名非顯復次顯謂顯示涅槃寂靜無婆羅門刹帝利等種姓差别可以顯示亦無青黃赤白等相可以顯示故名非顯復次顯謂顯現諸有爲法或體是色其相顯現或雖非色而依色轉亦可顯現涅槃不然故名非顯問何故擇滅亦名最勝答以上妙故如世上妙衣服飲食莊嚴具等名爲最勝涅槃亦爾尊者妙音作如是說擇滅涅槃於諸法中是最勝法於諸義中是最勝義於諸事中是最勝事於諸理中是最勝理於諸果中是最勝果故名最勝問何故擇滅亦名通達答通達謂慧涅槃是慧果故亦名通達如九遍知是智果故亦名遍知亦如六處是業果故說名故業復次擇滅涅槃是通達果故名通達如天眼耳是通果故亦名爲通問何故擇滅亦名阿羅漢答應受供養故謂阿羅漢總目應義無有世間上妙供具擇滅涅槃不應受者復次羅漢名應阿之言不擇滅涅槃於諸界趣不應流轉故名不應復次羅漢名賊亦名爲怨阿之言無涅槃中無煩惱怨賊是故擇滅名阿羅漢問何故擇滅亦名不親近答離親近本故謂有親近有爲法者以貪其果如貪蔭涼華葉果等親近於樹涅槃無果可令彼貪名不親近問何故說涅槃智者應親近答智者謂佛及佛弟子彼應解了及趣得證故名親近非貪其果故亦名不親近問何故擇滅亦名不修習答不在相續故若在相續數數現前漸漸增進名可修習涅槃不爾故亦名不修習問若爾頌說當云

何通
喬答摩樹下　靜慮不放逸　不久獲道跡
涅槃在心中
答以涅槃得依心起故名在心中非謂涅槃有修習義問何故擇滅亦名可愛樂答聖所愛樂故謂諸聖者怖畏衆苦涅槃離苦聖者愛樂復次聖猒生死彼無生死故聖愛樂謂涅槃中永離一切流轉事故復次聖猒破戒彼無破戒故聖愛樂謂涅槃中永離一切破戒事故由涅槃故佛說無漏戒名聖所愛戒此戒能證得離破戒滅故由此亦名時愛解脫待時愛樂得涅槃故問何故擇滅亦名爲近答得聖道者現證得故如契經說精進成就十五法者名履學迹及近涅槃復次不選相續而證得故擇滅名近謂剎帝利婆羅門等能修道者皆證涅槃復次不選處所而證得故擇滅名近謂在城邑或阿練若修習聖道皆得涅槃復次由勝解故擇滅名近謂諸聖者滅忍滅智現在前時由勝解力如對目前明了觀故復次如近事故擇滅名近謂隨在處皆可證得如品類足說云何遠法謂過去未來法云何近法謂現在法及諸無爲復次依近得故擇滅名近謂現在世說名爲近依現在世起離繫得證得擇滅故名爲近復次捨近入故擇滅名近謂現在世說名近法捨此近法而入涅槃是故涅槃亦名爲近脇尊者曰勤修道者直趣涅槃故名爲近復次聖道所依各有差別涅槃無定故名爲近能修道者皆證得故問聖道亦妙如品類足說云何妙法謂學無學法及

擇滅無爲何故涅槃獨名爲妙答以涅槃是妙中妙故復次聖道雖妙而雜無常涅槃不爾故獨名妙復次聖道雖妙有能對治猒患善法謂空空等涅槃不爾故獨名妙問聖道亦是出離之法如品類足說云何出離法謂欲界善戒及色無色界離生善定幷學無學擇滅無爲何故涅槃獨名出離答涅槃是出離非有出離故聖道是出離亦是有出離般涅槃時出離彼故復次涅槃是眞出離法故謂有漏法有二種捨一斷捨二棄捨無漏有爲雖無斷捨而有棄捨唯有擇滅二捨俱無名眞出離復次涅槃是究竟出離功德故如契經說以色出離欲以無色出離色以聖道出離無色以涅槃出離一切有爲法

問已知非擇滅體非離繫應說何故名非擇滅耶答不由擇慧得此滅故名非擇滅非擇果故復次此滅不由一向劬勞一向加行一向功用揀擇諸法得故名非擇滅復次此滅不要由數數決擇苦等得故名非擇滅問若爾此滅由何而得答由緣闕故如對一方餘方所有色聲香味觸等境滅於彼能緣心心所法由緣闕故畢竟不生由此不生得非擇滅問於何世諸法得非擇滅耶有作是說於三世諸法皆得非擇滅是有爲故問若爾於何不得此滅得與不得復有何異有餘師說但於過去未來諸法得非擇滅非於現在以現在法在身行故問若爾此滅應一一念得已還捨捨已復得謂未來法入現在時彼非擇滅得已還捨現在諸法入過去時彼非擇滅捨已復得然非擇滅無如是義或有說者

唯於未來法得非擇滅非過去現在所以者何過去諸法已在身行現在諸法在身行故問若爾此滅得已應捨謂未來法入現在時彼非擇滅得已捨故然非擇滅無如是義評曰此非擇滅唯於未來不生法得所以者何此滅本欲遮有爲法令永不生若法不生此得便起如與欲法繫屬有情現在正行過去已行未來當行皆有生義故於彼法不得此滅問擇滅與非擇滅何者爲多有作是說擇滅多非擇滅少所以者何擇滅通於三世法得非擇滅唯於未來不生法得故有餘師說非擇滅多擇滅少所以者何非擇滅通於有漏無漏法得擇滅唯於有漏法得評曰應作是說非擇滅多擇滅少所以者何非擇滅如有爲法數量擇滅但如有漏法數量故若不爾者諸可生法若得不生應不得非擇滅二滅自性多少雖爾而依得者應作四句有法於彼得擇滅不得非擇滅謂過去現在及未來可生有漏法有法於彼得非擇滅不得擇滅謂未來不生無漏法有法於彼得擇滅亦得非擇滅謂未來不生有漏法有法於彼不得擇滅亦不得非擇滅謂過去現在及未來可生無漏法問諸有情類於非擇滅爲皆共得不共得耶答此不決定於共有法非擇滅則共得於不共法非擇滅則各別得諸異生類若住一趣於餘趣法剎那剎那得非擇滅以色等境念念滅時緣彼眼識等畢竟不生故如住一趣一界一地一處亦爾

問由何善法諸修行者於諸惡趣得非擇滅答或由布施或由持戒或由聞慧或由思慧

或由修慧諸修行者於諸惡趣得非擇滅由布施者有雖十二年開門大施而於惡趣不得非擇滅如吠邏摩屈路羅等由彼不能猒生死故有雖於一施一團食而於惡趣得非擇滅由彼深能猒生死故由持戒者有雖盡壽持別解脫戒而於惡趣不得非擇滅如前說故有雖能持一晝夜戒而於惡趣得非擇滅如前說故由聞慧者有雖具解了三藏文義而於惡趣不得非擇滅如前說故有雖解了一四句頌而於惡趣得非擇滅如前說故由思慧者有雖具思惟外內書論而於惡趣不得非擇滅如前說故有雖思惟少分觀法而於惡趣得非擇滅如前說故即不淨觀持息念等及諸念住由修慧者有雖具得八地世俗定而於惡趣不得非擇滅如前說故即是外道猛喜子等有雖修習少分觀門而於惡趣得非擇滅如前說故即煖頂忍極鈍根者得下品忍時於諸惡趣皆得非擇滅大德說曰要無漏慧覺知緣起方於惡趣得非擇滅離聖道不能越諸惡趣故評曰彼不應作是說菩薩九十一劫不墮惡趣豈由以無漏慧覺知緣起應作是說或施或戒乃至下忍皆於惡趣得非擇滅問三惡趣非擇滅爲一時得爲別得耶有作是說必一時得問若爾天授如何已得二惡趣非擇滅非地獄耶答彼於地獄惟除一生餘一切生與二惡趣皆頓得非擇滅問既除一生豈非別得有餘師說施戒聞等若於惡趣得非擇滅或別或總順決擇分得必總得問天授豈不得順決擇分耶評曰應作是說忍位總得前位不定已

說惡趣得非擇滅當說善趣得非擇滅增上忍時惟除欲界人天七生色無色界一一處各一生於餘一切生皆得非擇滅預流者趣一來果時不起定者加行道時於欲六生得非擇滅若起定者要至第六無間道時於欲六生得非擇滅一來者趣不還果時不起定者加行道時於欲一生得非擇滅若起定者要至第九無間道時於欲一生得非擇滅爾時得欲界一切生擇滅不退法者離初靜慮染時不起定者加行道時於初靜慮二生得非擇滅若起定者要至第九無間道時於初靜慮二生得非擇滅爾時於初靜慮一切生皆得擇滅若退法者離初靜慮染時若起定若不起定俱至第九無間道時得初靜慮一切生擇滅不得非擇滅可退生故乃至離無所有處染應知亦爾不退法者離非想非非想處染時不起定者加行道時於非想非非想處一生得非擇滅若起定者要至第九無間道時於非想非非想處一生得非擇滅爾時於一切生皆得擇滅若退法者離非想非非想處染時不起定者加行道時於八地生得非擇滅若起定者要至第九無間道時於八地生得非擇滅爾時於一切生皆得擇滅已說生處得非擇滅當說煩惱得非擇滅增上忍時於三界見所斷煩惱得非擇滅至見道中隨無間道得彼擇滅聖於修道不退法者離欲染時不起定者加行道時於欲界修所斷煩惱得非擇滅若起定者隨至彼彼無間道時得非擇滅爾時得彼煩惱擇滅若退法者離欲染時若起定若不起定隨至彼彼

無間道時得彼煩惱擇滅不得彼非擇滅乃至離非想非非想處染隨所應當說問諸退法者何時於修所斷煩惱得非擇滅有作是說信勝解練根得見至時時解脫練根得不動時於修所斷已斷煩惱得非擇滅評曰應作是說若得決定不復退起彼煩惱時於彼煩惱得非擇滅問若時於彼得非擇滅亦得彼擇滅耶答應作四句有法先得非擇滅後得擇滅謂三界見所斷煩惱及不退法者不起定離三界修所斷煩惱等有法先得擇滅後得非擇滅謂退法者離三界修所斷煩惱等有法俱時得非擇滅及擇滅謂不退法者若起定離三界修所斷煩惱等若退法者離欲界前八品染隨無間道現在前時彼品染汙眼等五識及相應法等於現所緣得非擇滅及彼擇滅離欲界第九品染無間道時彼品染汙及善無記眼等五識及相應法等於現所緣得非擇滅及彼擇滅離初靜慮前八品染隨無間道現在前時彼品染汙眼等三識及相應法等於現所緣得非擇滅及彼擇滅離初靜慮第九品染無間道時彼品染汙及善無記眼等三識及相應法等於現所緣得非擇滅及彼擇滅有法或時於二滅俱不得謂除前相

已說煩惱得非擇滅當說聖道得非擇滅隨信行者於隨法行道得非擇滅隨法行者於隨信行信勝解時解脫道得非擇滅信勝解者若決定依信勝解道得無學果於見至道得非擇滅見至者於信勝解時解脫道得非擇滅時解脫者若決定依時解脫道得究竟

者於不時解脱道得非擇滅不時解脱者於時解脱道得非擇滅聲聞種性於聲聞道得決定時於佛獨覺道得非擇滅獨覺種性於獨覺道得決定時於佛聲聞道得非擇滅佛種性於佛道得決定時於獨覺聲聞道得非擇滅阿羅漢果有六種性退法種性若依退道至究竟者於上五道得非擇滅思法種性若依思道至究竟者於上四道及下一道得非擇滅乃至堪達種性若依堪達道至究竟者於上一道於下四道得非擇滅不動種性於下五道得非擇滅問若勝進時得非擇滅此滅何故非道果耶答不爲此滅而修道故謂爲涅槃及爲離染勤修於道以修道故於惡趣等得非擇滅若爲此滅而修道者於惡趣等不得此滅非於生死不深猒患可於惡趣得非擇滅故非擇滅不名道果如品類足論説云何果法謂一切有爲法及擇滅云何非果法謂虛空非擇滅問非擇滅得是何心果有作是説此滅得是引衆同分心果有餘師説此滅得是續生心果評曰應作是説隨住何心得非擇滅即説此得是彼心果

問於何法得非擇滅耶答於三界繫不繫法得生欲界者於四法得生色無色應知亦然非擇滅得隨生何地即彼地繫惟是無覆無記性攝惟是等流隨所依力起此得故問非擇滅得於何法中漸漸增長答若生欲界於欲界繫五識身等非擇滅得漸漸增長亦有意識定緣現在於此等法非擇滅得亦漸增長然難知故不别顯示於色界繫三識身等及於無量解脱勝處遍處等法於無色界遍

處法中非擇滅得漸漸增長若生色界於欲界繫五識身等非擇滅得漸漸增長於色界繫三識身等及於無量解脱勝處遍處等法於無色界遍處法中非擇滅得漸漸增長生無色界於欲界繫五識身等於色界繫三識身等及於無量解脱勝處遍處等法於無色界遍諸法中非擇滅得漸漸增長問聖者生色界於欲色界何法得非擇滅耶答若欲界没生初靜慮除欲界依上地起變化心品及所起法於餘欲界法及依欲界起色界法皆得非擇滅若欲界没生第二靜慮除欲界初靜慮依上地起上三靜慮果變化心品及所起法并初靜慮依上地起四識身等於餘欲界初靜慮法及依欲界初靜慮起色界上地法皆得非擇滅若初靜慮没生第二靜慮除初靜慮依上地起上三靜慮果變化心品及所起法并初靜慮依上地起四識身等於餘初靜慮法及依初靜慮起上下地法皆得非擇滅若欲界没生第三靜慮除欲界初二靜慮依上地起上二靜慮果變化心品及所起法并初靜慮依上地起四識身等於餘欲界初二靜慮法及依欲界初二靜慮起色界上地法皆得非擇滅若初靜慮没生第三靜慮除初二靜慮依上地起上二靜慮果變化心品及所起法并初靜慮依上地起四識身等於餘初二靜慮法及依初二靜慮起上下地法皆得非擇滅若第二靜慮没生第三靜慮除第二靜慮依上地起上二靜慮果變化心品及所起法於餘第二靜慮法及依第二靜慮起上下地法皆得非擇滅若欲界没生第

四靜慮餘欲界初三靜慮依第四靜慮起第
四靜慮果變化心品及所起法并初靜慮依
第四靜慮起四識身等於餘欲界初三靜慮
法及依欲界初三靜慮起第四靜慮法皆得
非擇滅若初靜慮沒生第四靜慮除初三靜
慮依第四靜慮起第四靜慮果變化心品及
所起法并初靜慮依第四靜慮起四識身等
於餘初三靜慮法及依初三靜慮起上下地
法皆得非擇滅若第二靜慮沒生第四靜慮
除第二第三靜慮依第四靜慮起第四靜慮
果變化心品及所起法於餘第二第三靜慮
法及依第二第三靜慮起上下地法皆得非
擇滅若第三靜慮沒生第四靜慮除第三靜
慮依第四靜慮起第四靜慮果變化心品及
所起法於餘第三靜慮法及依第三靜慮起

上下地法皆得非擇滅問聖者生無色界於
欲色無色界何法得非擇滅耶答若欲界沒
生空無邊處於欲色界法及依欲色界起無
色界法皆得非擇滅若初靜慮沒生空無邊
處於四靜慮法及依四靜慮起上下界法皆
得非擇滅若第二靜慮沒生空無邊處於後
三靜慮法及依上三靜慮起上下地法皆得
非擇滅若第三靜慮沒生空無邊處於後二
靜慮法及依上二靜慮起上下地法皆得非
擇滅若第四靜慮沒生空無邊處於第四靜
慮法及依第四靜慮起上下地法皆得非擇
滅若欲界沒乃至生非想非非想處於欲色
界下三無色法及依欲色界下三無色起有
頂法皆得非擇滅若初靜慮沒乃至生非想
非非想處於色界下三無色法及依色界下

三無色起上下地法皆得非擇滅乃至若無所有處没生非想非非想處於無所有處法及依無所有處起有頂法皆得非擇滅問聖者生無色界已得欲色界法非擇滅不答不得先已得故問聖者生無色上地已得下地法非擇滅不答不得先已得故問爲先般涅槃者得非擇滅多爲後般涅槃者得非擇滅多耶答前般涅槃者得非擇滅多後般涅槃者得非擇滅少如飲光佛時般涅槃者得非擇滅多能寂佛時般涅槃者得非擇滅少能寂佛時般涅槃者得非擇滅多慈氏佛時般涅槃者得非擇滅少問何等阿羅漢住最後心時成就非擇滅最多欲界耶色界耶無色界耶答無色界阿羅漢住最後心時成就非擇滅最多一切色法不現行故爾時雖無先未得今始得非擇滅者而有無量非擇滅得猶現在前名多成就有餘於此作問答言頗有蘊界處不相續永滅於彼不得非擇滅耶答有謂無色界阿羅漢住最後心時雖有無量蘊界處不相續永滅而於彼畢竟不得非擇滅評曰彼不應作是說所以者何無有蘊界處不相續永滅於彼不得非擇滅者問無色界阿羅漢住最後心時於不相續永滅蘊界處豈非不得非擇滅耶答雖非今得而名成就先已得故謂無色界阿羅漢若決定般涅槃時除未來世正起刹那於餘蘊界處皆得非擇滅

如契經說有二涅槃界謂有餘依涅槃界及無餘依涅槃界乃至廣說問何故作此論答爲廣分別契經義故謂契經說有二涅槃界

一有餘依涅槃界二無餘依涅槃界契經雖作是說而不廣辯云何有餘依涅槃界云何無餘依涅槃界彼是此論所依根本彼所不分別者今皆應分別之復次前說云何擇滅謂諸滅是離繫此離繫是涅槃然涅槃有二種一有餘依二無餘依今欲分別此二差別復次爲止他宗顯正義故謂或有執有餘依涅槃界有自性無餘依涅槃界無自性爲遮彼執顯二種涅槃界皆有自性或復有執有餘依涅槃界是有漏無餘依涅槃界是無漏爲遮彼執顯二種涅槃界皆是無漏或復有執有餘依涅槃界是有爲無餘依涅槃界是無爲爲遮彼執顯二種涅槃界皆是無爲或復有執有餘依涅槃界是善無餘依涅槃界是無記爲遮彼執顯二種涅槃界皆是善性或復有執有餘依涅槃界是道非道果無餘依涅槃界是道果非道爲遮彼執顯二種涅槃界皆是道果或復有執有餘依涅槃界是道果無餘依涅槃界非道果爲遮彼執顯二種涅槃界俱是道果或復有執有餘依涅槃界是諦攝無餘依涅槃界非諦攝爲遮彼執顯二種涅槃界皆是諦攝或復有執有餘依涅槃界是無學無餘依涅槃界非學非無學爲遮彼執顯二種涅槃界皆非學非無學由此所說種種因緣故作斯論云何有餘依涅槃界答若阿羅漢諸漏永盡壽命猶存大種造色相續未斷依五根身心相續轉有餘依故諸結永盡得獲觸證名有餘依涅槃界此中壽命者謂命根問何故不說衆同分耶答是作論者意欲爾故乃至廣說復次應說而

不說者當知此義有餘復次以命根衆同分俱是牵引業果命根一向是異熟故此中偏說依此有餘色心等轉於中大種是所依故最初說之依此大種所造色生依所造色心心所起心是主故此中偏說大種造色者總顯色身依五根身心相續者顯心心所亦有生等不相應行難了知故屬前法故不别顯說如是諸法相續未斷所得諸結永盡名有餘依涅槃界有作是說大種造色是身五根是根心相續是覺此身根覺相續未斷諸結永盡名有餘依涅槃界如契經說身根覺未斷名有餘依涅槃有餘依故者依有二種一煩惱依二生身依此阿羅漢雖無煩惱依而有生身依復次依有二種一染汙依二不染汙依此阿羅漢雖無染汙依而有不染汙依故所得諸結永盡名有餘依涅槃界得獲觸證文字雖别同顯一義云何無餘依涅槃界答即阿羅漢諸漏永盡壽命已滅大種造色相續已斷依五根身心不復轉無餘依故諸結永盡名無餘依涅槃界此中壽命已滅者顯命根及衆同分已滅俱是牵引業果故且舉命根當知亦即說衆同分大種造色相續已斷者總顯色身相續已斷依五根身心不復轉者顯心心所不復相續不說生等義如前說有作是說大種造色者顯身五根身者顯根心相續者顯覺如是色身心心所法或身根覺相續已斷諸結永盡名無餘依涅槃界謂阿羅漢將般涅槃身中風起令不調適不調適故内火羸劣火羸劣故所食不消食不消故不起食欲無食欲故不復飲食不飲

食故大種損減大損減故造色諸根亦隨損減根損減故心心所法無所依止不復相續心心所法不相續故命根等斷命等斷故名入涅槃無餘依故者無二種依一無煩惱依二無生身依復次一無染汙依二無不染汙依無餘依故諸結永盡名無餘依涅槃界問此中何故不說得獲觸證耶答依現在得說得等言現在得斷是故不說復次依補特伽羅故施設得獲觸證此中無有補特伽羅惟有法性是故不說頗有阿羅漢不住有餘依涅槃界及無餘依涅槃界耶答理雖無有而依此中所說亦有謂此中說具有三事者名有餘依涅槃界三事皆無者名無餘依涅槃界生無色界阿羅漢無色身故非住有餘依涅槃界有心轉故非住無餘依涅槃界生有色界阿羅漢入滅盡定已無心轉故非住有餘依涅槃界有色身故非住無餘依涅槃界生欲界不具根阿羅漢不具五根故非住有餘依涅槃界有色身故非住無餘依涅槃界有說此文應作是說云何有餘依涅槃界答若阿羅漢壽命猶存諸結永盡得獲觸證云何無餘依涅槃界答即阿羅漢壽命已滅諸結永盡若作是說則生三界阿羅漢若有色身若無色身若有心轉若無心轉若具五根若不具五根但有壽命皆名住有餘依涅槃界壽命滅已皆名住無餘依涅槃界應作是說而不爾者是本論師爲欲饒益諸弟子衆令易解故作如是說問異生有學所得離繫彼是何等涅槃界攝答彼非二種涅槃界攝謂諸異生所得離繫但應名斷名離名滅

名諦不名遍知不名沙門果不名有餘依涅槃界不名無餘依涅槃界若諸有學所得離繫名斷名離名滅名諦有位名遍知有位不名遍知有位名沙門果有位不名沙門果不名有餘依涅槃界不名無餘依涅槃界若諸無學所得離繫名斷名離名滅名諦名遍知名沙門果有時名有餘依涅槃界有時名無餘依涅槃界

阿毗達磨大毗婆沙論卷第三十二 說一切有部發智

音釋

呰 將几切口毀也 數數 所角切頻也 劬 其俱切勤也 吠邏 吠房廢切邏郎佐切

阿毗達磨大毗婆沙論卷第三十三

五百大阿羅漢等造

唐三藏法師玄奘奉　詔譯

雜蘊第一中愛敬納息第四之五

涅槃當言學耶無學耶非學非無學耶乃至廣說問何故作此論答前雖說有二種涅槃界而未說涅槃爲是學爲無學爲非學非無學今欲說之復次爲止他宗顯正義故謂或有執涅槃有學有無學有非學非無學如犢子部爲遮彼執顯涅槃唯是非學非無學故作斯論涅槃當言學耶無學耶非學非無學耶答涅槃應言非學非無學學無學義不相應故謂爲異果明了進修故名爲學進修滿足更無異果可爲進修是學種類而非即彼故名無學涅槃於此二義俱無故名非學非無學有作是說涅槃有學有無學有非學非無學如犢子部彼作是說涅槃自性有三種相一學二無學三非學非無學云何學謂學得諸結斷得獲觸證云何無學謂無學得諸結斷得獲觸證云何非學非無學謂有漏得諸結斷得獲觸證彼說有過如何涅槃三得故便有三相一法不應有三種體相即體故爲止彼說故作是言於此義中涅槃但應言非學非無學謂於此論無倒義中但應說言涅槃唯是非學非無學性相常住無變易故此中論主齊此應止若作餘說唐捐其功有說此中應作餘說問答決擇理更顯故謂應理論者辯分別論者所說有過顯自無失分別論者所說有二一說涅槃先是非學非無學後轉成學先是學後轉成無學先是無學

復轉成學二説涅槃有三種謂學者常是學無學者常是無學非學非無學者常是非學非無學若對前説釋此文者而汝説涅槃有學有無學有非學非無學耶者是應理論者問重定前宗若不定他宗説他過失則不應理答如是者是分别論者答我説涅槃轉變不定可有三種故言如是汝何所欲諸先以世俗道永斷欲貪瞋恚得非學非無學離繫得彼於四諦未得現觀修習現觀得現觀已證不還果轉成學耶者是應理論者問彼修行者先是異生今轉成學或離繫得轉起學耶答如是者是分别論者答述前所問於理無違故言如是又汝何所欲諸先以世俗道永斷欲貪瞋恚得非學非無學離繫得後不還果時即彼離繫應轉成學者是應理論者詰彼所宗恐彼非理印述尋復以理難言若彼今時轉成學者先應是學體常住故未證不還果未有學得已名為學不應正理汝何所欲阿羅漢向學諸結斷證阿羅漢果彼轉成無學耶者是應理論者問彼修行者先是學今轉成無學或離繫得轉起無學耶答如是者是分别論者答述前所問於理無違故言如是又汝何所欲阿羅漢向學諸結斷證阿羅漢果時即彼結斷應轉成無學者是應理論者詰彼所宗恐彼非理印述尋復以理難言若彼今時成無學者先應是無學體常住故未證阿羅漢果無無學得已名無學不應正理汝何所欲諸阿羅漢無學結斷退阿羅漢果時彼轉成學耶者是應理論者問彼修行者先是無學今轉成學或離繫得轉起

學耶答如是者是分別論者答述前所問於理無違故言如是又汝何所欲諸阿羅漢無學結斷退阿羅漢果時即彼結斷應轉成學者是應理論者詰彼所宗恐彼非理即述尋復以理難言若彼今時轉成學者先應是學體常住故未退阿羅漢果無有學得已名爲學不應正理若對後說釋此文者而汝說涅槃有學有無學有非學非無學耶者是應理論者問重定前宗若不定他宗說他過失則不應理答如是者是分別論者答我說涅槃體類差別定有三種故言如是汝何所欲諸先以世俗道永斷欲貪瞋恚得非學非無學離繫得彼於四諦未得現觀修習現觀得現觀已轉成學耶者是應理論者問彼修行者先是異生今轉成學或離繫得轉起學耶答

如是者是分別論者答述前所問於理無違故言如是又汝何所欲諸先以世俗道永斷欲貪瞋恚得非學非無學離繫得後證不還果時即彼離繫應轉成學者是應理論者難汝說涅槃隨學得成學今既有學得應轉成學若彼今時轉成學者先應是學體常住故者是分別論者反詰通難我說涅槃學者常是學故未證不還果未有學得已名爲學不應正理者是應理論者通彼所詰重成前難謂先未證不還果時未有學得得順五下分結斷彼結斷可不名學今既有學得得彼結斷何故不名學若有學得不名學者不應言涅槃隨學得說學汝何所欲阿羅漢向學諸結斷證阿羅漢果彼轉成無學耶者是應理論者問彼修行者先是學今轉成無學或離

繫得轉起無學耶答如是者是分別論者答述前所問於理無違故言如是又汝何所欲阿羅漢向學諸結斷證阿羅漢果時即彼結斷應轉成無學者是應理論者難汝說涅槃隨無學得成無學今既有無學得應轉成無學若彼今時成無學者先應是無學體常住故者是分別論者反詰通難我說涅槃無學者常是無學故未證阿羅漢果無無學得已名無學不應正理者是應理論者通彼所詰重成前難謂先未證無學果時無無學得一切結斷彼結斷可不名無學今既有無學得得彼結斷何故不名無學若有無學得不名無學者不應言涅槃隨無學得說無學汝何所欲說諸阿羅漢無學結斷退阿羅漢果時彼轉成學耶者是應理論者問彼修行者先是無學今轉成學或離繫得轉起學耶答如是者是分別論者答述前所問於理無違故言如是又汝何所欲諸阿羅漢無學結斷退阿羅漢果時即彼結斷應轉成學者是應理論者難汝說涅槃隨學得成學今既有學得應轉成學若彼今時轉成學者先應是學體常住故者是分別論者反詰通難我說涅槃學者常是學故未退阿羅漢果無有學得已名爲學不應正理者是應理論者通彼所詰重成前難謂先未退無學果時未有學得得見所斷及修所斷一分結斷彼結斷可不名學今既有學得得彼結斷何故不名學若有學得不名學者不應言涅槃隨學得說學復次有別誦言汝說涅槃惟是非學非無學耶餘如前誦若依此誦應作是說此中具有

問答難通謂分別論者問應理論者答分別論者難應理論者通汝說涅槃唯是非學非無學耶者是分別論者問重定前宗若不定他宗說他過失則不應理答如是者是應理論者答我說涅槃唯是非學非無學稱理順經故曰如是汝何所欲諸先以世俗道永斷欲貪瞋恚得非學非無學離繫得彼於四諦未得現觀修習現觀得現觀已證不還果轉成學耶者是分別論者問義如前釋答如是者是應理論者答義如前釋又汝何所欲諸先以世俗道永斷欲貪瞋恚得非學非無學離繫得後證不還果時即彼離繫應轉成學者是分別論者難如有為法與得相似既有學得得彼離繫即彼離繫應轉成學若彼今時轉成學者先應是學體常住故者是應理論者通諸有為法轉變不定及有作用可隨得說涅槃常住無有作用不隨得變若今時是學先亦應是學恐彼非理印述尋復以理難言未證不還果未有學得已名為學不應正理此中二文前遮涅槃轉變者說後遮涅槃決定者說俱顯涅槃體常住故惟是非學非無學性不應名學汝何所欲阿羅漢向學諸結斷證阿羅漢果彼轉成無學耶者是分別論者問義如前釋答如是者是應理論者答義如前釋又汝何所欲阿羅漢向學諸結斷證阿羅漢果時即彼結斷應轉成無學者是分別論者難如有為法與得相似既有無學得得彼結斷即彼結斷應轉成無學若彼今時成無學者先應是無學體常住故者是應理論者通諸有為法轉變不定及有作用

可隨得說涅槃常住無有作用不隨得變若今時是無學先亦應是無學恐彼非理印述尋復以理難言未證阿羅漢果無無學得已名無學不應正理此中二文前遮涅槃轉變者說後遮涅槃決定者說俱顯涅槃體常住故唯是非學非無學性不應名無學汝何所欲諸阿羅漢無學結斷退阿羅漢果時彼轉成學耶者是分別論者問義如前釋答如是者是應理論者答義如前釋又汝何所欲諸阿羅漢無學結斷退阿羅漢果時即彼結斷應轉成學者是分別論者難如有爲法與得相似既有學得得彼結斷即彼結斷應轉成學若彼今時轉成學者先應是學體常住故者是應理論者通諸有爲法轉變不定及有作用可隨得說涅槃常住無有作用不隨得

變若今時是學先亦應是學恐彼非理印述尋復以理難言未退阿羅漢果無有學得已名爲學不應正理此中二文前遮涅槃轉變者說後遮涅槃決定者說俱顯涅槃體常住故唯是非學非無學性不應名學復次涅槃不應先是非學非無學乃至廣說問何故復作此論答欲令前所說義得明了故謂前來雖廣分別而義意未甚明了今欲略說他宗有過自宗無失故作斯論復次涅槃不應先是非學非無學後轉成學先是學後轉成無學先是無學復轉成學者遮說涅槃轉變不定有三種者意若爾涅槃隨得變易應無常故不應正理又涅槃不應有學有無學有非學非無學者遮說涅槃體類差別有三種者意若爾涅槃隨位差別有雜亂故不應正理

謂異生位具三得一至有學位具三得二至無學位亦具三種若具得三應有學得若唯得二應非具足得涅槃者若無學位以無學得總得三種有學等位應亦如是則不應言學得諸結斷名學無學得諸結斷名無學有漏得諸結斷名非學非無學若言諸位雖各具三而隨得故各但名一是則涅槃隨得轉變應如前說有無常過是故此說亦不應理若如是者應成二分諸法不決定故應有雜亂是則不應施設諸法性相決定者總以正理破前二說謂分別論者一說涅槃隨位不定一說涅槃三種性定是則涅槃體有常有無常故成二分復次彼後所說亦隨能得有轉變義轉變非一故名為二若不隨得而轉變者如何可說涅槃有三若二涅槃隨得轉變則一切法皆應不定若不決定應有雜亂若有雜亂不應施設常無常等性相決定佛亦不說涅槃有學有無學性者總引聖教破前二說謂契經中曾不說涅槃有學有無學故彼所說決定非理雖無處說涅槃唯非學非無學而與學無學義不相應故定是非學非無學性以涅槃恒是非學非無學諸法決定無有雜亂恒住自性不捨自性涅槃常住無有變易是故涅槃但應言非學非無學者既說他宗有過失已顯自所宗無諸過失以涅槃唯一種故諸法性相決定無有雜亂涅槃常住無有變易其理善成此中得義如後定蘊得納息中當廣分別

如契經說彼成就無學戒蘊定蘊慧蘊解脫蘊解脫智見蘊乃至廣說問何故作此論答

爲廣分別契經義故如契經說彼成就無學戒蘊乃至廣說契經雖作是說而不廣分別云何無學戒蘊乃至解脫智見蘊彼是此論所依根本彼所不分別者今悉應分別之復次前說道果而未說道今欲說之復次前說無爲阿羅漢果未說有爲阿羅漢果今欲說之復次前說涅槃未說菩提今欲說之故作斯論問亦有成就學蘊或非學非無學蘊契經何故不說答應說而不說者當知此義有餘復次是佛世尊爲諸弟子簡略之說復次是佛世尊就勝而說謂諸法中無學法勝諸有情中無學有情勝是故偏說復次是佛世尊稱譽長子故作是說謂佛或時稱譽長子或時稱譽中子或時稱譽幼子或時稱譽長子者如伽他說

阿羅漢最樂　以永斷渴愛　亦永斷諸慢
壞裂無明網

或時稱譽中子者如佛稱譽七善士趣或時稱譽幼子者如池喻經讚預流果今稱譽長子故唯說無學復次若有戒蘊非惡戒所壞定蘊非散亂所擾慧蘊非惡慧所覆解脫蘊非煩惱所亂解脫智見蘊非無明所蔽者此中說之學及非學非無學蘊無如是義是故不說云何無學戒蘊答無學身律儀語律儀故命清淨謂契經說無學支中正業即此中身律儀正語即此中語律儀正命即此中命清淨經說此三總名戒蘊問離身語業無別正命云何此中建立三種答以黑白二法相對建立故謂前七不善業道中瞋癡所起身業名邪業瞋癡所起語業名邪語貪所起身

語業名邪命邪活命故遠離此三名正業正語正命有說若爲活命故作戲樂事起不善身語業名邪命若爲餘事故起不善身語業名邪業邪語遠離此三名正命等有說若爲活命故作醫呪事起不善身語業名邪命若爲餘事起不善身語業名邪業邪語遠離此三名正命等有說若由四種愛故起不善身語業名邪命若由餘事起不善身語業名邪業邪語遠離此三名正命等

有說若由諂詐等五起不善身語業名邪命若由餘事起不善身語業名邪業邪語遠離此三名正命等有說遮罪身語業名邪命性罪身語業名邪業邪語遠離此三名正命等有說加行後起不善身語業名邪命根本業道不善身語業名邪業邪語遠離此三名正命等問云何此蘊名曰尸羅答尸羅者是清涼義遠離破戒熱惱事故復次尸羅者是習學義於三學中此在初故如說持戒故無悔乃至廣說無學相續中無漏身語業名無學戒蘊云何無學定蘊答無學三三摩地謂空無願無相問定體惟一謂心所法中三摩地云何建立三種差別答以近對治三種障故謂空三摩地近對治有身見無願三摩地近對治戒禁取無相三摩地近對治疑復次行相別故謂空三摩地二行相俱即空非我無願三摩地十行相俱即苦非常集道各四無相三摩地四行相俱即緣滅四復次以三事故一以對治故二以意樂故三以所緣故以對治故建立空三摩地謂非我行相對治我見空行相對治我所見如我見我所見已見

已所見五我見十五我所見亦爾復次非我行相對治我愛空行相對治我所愛如我愛我所愛我慢我所慢亦爾以意樂故建立無願三摩地謂諸賢聖由意樂故不願有及聖道所以者何以諸賢聖由意樂故不願流轉及蘊世苦聖道依流轉及蘊世苦故亦不願縁道行相雖非不願而意樂故立無願名問聖者何故修聖道耶答爲涅槃故謂除聖道更無異法能得涅槃故修習之非本意樂以所縁故建立無相三摩地謂滅諦中無有十相故名無相五塵男女三有爲相説名十相復次以滅諦中無上中下及蘊世相故名無相滅四行相此爲所縁故名無相云何無學慧蘊答無學正見智此誦爲善有異誦言無學八智謂四法類彼誦太總盡無生智亦此攝故有别誦言無學作意相應極揀擇法最極揀擇廣説乃至毗鉢舍那復有誦言無學智見明覺現觀彼亦太總盡無生智亦此攝故云何無學解脱蘊答無學作意相應心已勝解今勝解當勝解謂盡無生無學正見相應勝解此蘊所攝故非無爲解脱謂一切法中二法名解脱一者擇滅即無爲解脱二者勝解即有爲解脱於境自在立解脱名非謂離繫云何無學解脱智見蘊答盡智無生智問何故此二智名解脱智見蘊答解脱身中獨有此故最能審決解脱事故無學慧蘊與解脱智見蘊有何差别答無學苦集智是無學慧蘊縁繫縛法故無學滅道智是無學解脱智見蘊縁解脱法故復次無學苦集滅智是無學慧蘊此縁有漏無爲解脱不縁縁解

脱無漏智故無學道智是無學解脱智見緼此緣無漏有爲解脱亦緣緣解脱無漏智故復次無學苦集道智是無學慧蘊不緣離繫法故無學滅智是無學解脱智見蘊緣離繫法故是謂差別者是謂世俗麤相差別若説勝義眞實差別應如前説謂無學正見智是無學慧蘊盡智無生智是無學解脱智見蘊復次對治邪慧是無學慧蘊對治無知是無學解脱智見蘊復次若慧猛利推求尋覔加行不息是無學慧蘊若慧不猛不利不推不求不尋不覔加行止息是無學解脱智見蘊如是五蘊界者非三界繫地者戒蘊在六地謂四靜慮未至中間餘四蘊在九地謂前六地下三無色問如是五蘊有上中下品差別不答一相續中無此差別異相續有謂佛上品獨覺中品聲聞下品復次利根者上品中根者中品鈍根者下品有爲功德雖有無量此五最勝故立爲蘊如世尊説苾芻當知唯一究竟無別究竟乃至廣説問何故作此論答爲欲分別契經義故如契經説唯一究竟無別究竟雖作是説而不分別爲是勤勇究竟爲是事成究竟經是此論所依根本彼不説者今欲説之故作此論問究竟有二如何言一脇尊者言此二究竟一一唯一故説一言謂唯有一勤勇究竟無別有餘勤勇究竟及唯有一事成究竟無別有餘事成究竟如世尊説唯有一諦無別第二彼亦一一唯有一種故説一言謂唯有一苦諦無別第二苦諦乃至唯有一道諦無別第二道諦此亦如是故説一言有作是説爲遮外道邪道邪解

脫故說一言謂諸外道妄執種種露形自餓卧灰服氣隨日而轉或惟服水噉果食糞著糞掃衣卧木礫石投巖赴火行牛等行以爲眞道佛爲遮彼作如是言彼是邪道愚人所習眞道惟一無別第二眞道即是勤勇究竟又諸外道妄執種種無身無邊意淨聚世窣堵波等爲眞解脫佛爲遮彼作如是言彼是生處非眞解脫眞解脫惟一謂事成究竟有餘師說惟有一勤勇究竟能斷生死因惟有一事成究竟能捨生死苦故說一言非無二種或有說者究竟惟一謂事成究竟爲證此故修勤勇究竟故說究竟惟一無二復有說者外道各於自所宗處起究竟想佛爲遮彼作如是言惡說法中無眞究竟愚人所習不能永離貪瞋癡故善說法中有眞究竟智人所習能永出離貪瞋癡故或復有說非佛欲顯眞究竟故說惟一言但爲顯示外道過失謂諸外道互興諍論起斷見者執斷爲究竟撥常見爲非起常見者執常爲究竟撥斷見爲非爲顯彼失佛作是言若斷究竟常見應非若常究竟斷見應非究竟惟一無第二故所執斷常俱非究竟此中何法名究竟耶答世尊或時於道說究竟聲或時於斷說究竟聲出世因果俱究竟故於道說究竟聲者如世尊說

一類聰慢者　不能知究竟　彼不證道故
不調伏而死

一類者謂外道彼實愚癡自謂聰慧而生憍慢名聰慧者究竟者謂勤勇究竟彼於此究竟不如實知見名不能知八支聖道說名爲

道彼於此道不能證故不調伏而死謂有煩惱生有煩惱而死不得真實調伏道故於斷說究竟聲者如世尊說

已到究竟者　無怖無疑悔　永拔有箭故
彼住後邊身　此是最究竟　無上寂靜迹
清淨不死迹　諸相皆盡故

究竟者謂事成究竟已能至彼名已到者無怖者謂善通達緣起法故善修習空解脫門故不畏惡趣及生死苦無疑者謂非如外道住惡律儀及邪智見發起種種猶豫言說疑自所證無悔者謂已斷徧知戒禁取故及已生起究竟智故無有變悔有箭者謂二種有箭一者愛箭二者見箭善修聖道得斷徧知棄捨變吐永不復轉故名永拔最後自體名後邊身永斷因緣不復更受當來生死是故說彼住後邊身此是最究竟者謂事成究竟對勤勇究竟超過彼故名最無上寂靜迹者三火息故說名寂靜智立處故說名爲迹迹中勝故說名無上清淨不死迹者迹如前說離諸煩惱隨煩惱故說名清淨常住無變故名不死諸相皆盡故者謂涅槃中煩惱業苦衆相寂滅又契經說有一梵志名數目連來詣佛所請問佛曰喬答摩尊教授教誡諸苾芻等彼受教已皆能證得最極究竟涅槃界不世尊告曰此事不定一類能證一類不能此亦於斷說究竟聲涅槃即是斷究竟故復次有勤勇有勤勇究竟有事成有事成究竟云何勤勇云何勤勇究竟云何事成云何事成究竟答異生道是勤勇非勤勇究竟彼所得斷是事成非事成究竟聖者道是勤勇是

勤勇究竟彼所得斷是事成是事成究竟復次有漏道是勤勇非勤勇究竟彼所得斷是事成非事成究竟無漏道是勤勇是勤勇究竟彼所得斷是事成是事成究竟復次向道是勤勇非勤勇究竟彼所得斷是事成非事成究竟果道是勤勇是勤勇究竟彼所得斷是事成是事成究竟復次學道是勤勇非勤勇究竟彼所得斷是事成非事成究竟無學道是勤勇是勤勇究竟彼所得斷是事成是事成究竟

如契經說佛告苾芻有諸外道雖同施設斷知諸取而彼不能具足施設謂彼但施設斷知欲取見取戒取非我語取此有何義問何故作此論答爲廣分別契經義故如契經說佛告苾芻有諸外道乃至廣說契經雖作是說而不廣辯其義彼是此論所依根本彼所不說者今悉應說之故作斯論

此中問意有三種別一問外道實不了知斷諸取義世尊何故說同施設斷知諸取二問外道實不能說斷知諸取世尊何故說彼施設斷知三取三問外道亦能少分斷我語取寧不施設但說斷三於此三中先荅中問謂諸外道實不能說斷知諸取世尊何故說彼施設斷知三取有作是說此是世尊率爾說法彼不應作是說所以者何世尊說法非全無因或少因故謂彼所說是謗世尊故應遮止訶諫違逆所以者何世尊永離無義言故所說稱量必饒益故依田依器雨法雨故有大因緣乃說法故由此世尊所有言說皆使有情獲大利樂故彼所說是謗世尊復有說

者此言顯彼少分斷者彼不應作是說所以者何異生亦有能斷少分我語取故謂彼所說不順正理故應遮止訶諫違逆所以者何如有異生離欲染位全斷欲取從離欲界乃至無所有處染位能少分斷見取戒取如是離初靜慮乃至無所有處染位亦能少分斷我語取若少分斷便施設者亦應施設斷我語取故彼所說不順正理然佛世尊爲人天等無量大衆廣說法要無倒開示令隨類解有諸外道竊聞佛說蘊界處蓋念住乃至覺支等名或有具足或不具足是諸外道若有得聞欲取名者便作是言我亦施設斷知欲取若有得聞見取名者便作是言我亦施設斷知見取若有得聞戒取名者便作是言我亦施設斷知戒取此是論主依勝義答於理無違不謗佛故謂薄伽梵未出世時諸外道等多獲名利佛既出世蔽諸外道如日出已螢光隱沒名利徒衆漸漸減少便集一處而共議言喬答摩氏未出世時世間名利皆屬我等既出世已頓歸彼人然喬答摩無有實德勝於我等但善經論形貌端嚴我等不及雖彼形貌難可奪之而其經論易可竊取我等若得還招名利復共議言蘇尸摩等聰慧强記若遣往詣喬答摩所求作門人彼必爲其廣說經論聞已還來爲我等說議已共詣蘇尸摩所慰喻勸之彼便受教往詣佛所方便竊法佛以十力四無所畏於大衆中廣說法要時彼外道隣側經行爲竊法故其心虛怯於具足說不能具受或能具受而不解義然佛世尊所說法要或有具足或不具足於

所爲事無不具足如契經説若諸有情能於內身住循身觀如爪上土若諸有情不於內身住循身觀如大地土此經所説於所爲事雖名具足而於所説名不具足如契經説四種念住此經所説二皆具足如契經説六界五蓋七覺支等於所爲事雖名具足而於所説名不具足如契經説十八界十蓋十四覺支等此經所説二皆具足如是佛説或有具足或不具足而彼外道不能具受或雖具受而不解義隨所受持便妄施設爲證此義復引契經如多苾芻集在一處有諸外道來作是言如喬答摩爲諸弟子宣説法要謂作是説汝等苾芻應斷五蓋如是五蓋能染汙心令慧力劣損害覺分障礙涅槃於四念住應善住心於七覺支應勤修習我等亦能爲諸弟子説此法要則喬答摩所説法要與我何别而今汝等獨歸彼耶然彼外道尚不能識五蓋名相況能了達住四念住修七覺支然竊佛語故作是説施設斷取應知亦然謂彼外道與蓋俱生與蓋俱死尚不識蓋況知能治念住覺支爲顯斯理復引别證又如外道摩健地迦不了自身衆病所集剎那不住苦空非我來詣佛所鼓腹而言吾今此身既無諸病應知即是究竟涅槃彼尚不知無病名相況能了達究竟涅槃然竊佛語故作是説施設斷取應知亦然謂彼外道身無楚痛執爲無病得好飲食執爲涅槃彼尚不知四大調適名爲無病況能了達心調適故名爲涅槃復次彼尚不知無漏聖道名爲無病況能了達究竟道果名爲涅槃但竊佛語妄作是

說施設斷取應知亦然答中問已次答後問何緣外道但有施設斷知三取非我語取此問外道亦能少分斷我語取寧不施設答彼於長夜執有真實我及有情命者生者能養育者補特伽羅彼既執有真實我等寧肯施設斷我語取謂諸外道執我爲宗若彼施設斷我語取便捨自宗歸依他見故不施設斷我語取復次彼諸外道執有我故怖畏無我如臨深坑故不施設斷我語取復次彼諸外道作如是念有我故活若無我者無命者故便爲不活故不施設斷我語取復次彼諸外道作如是念我若施設斷我語取同梵行者尚輕賤我捨我而去何況餘人怖畏輕賤故不施設斷我語取答後問已次答初問說同施設斷知諸取斯有何義此問意言彼諸外道實不了知斷諸取義世尊何故說同施設斷知諸取答是佛世尊隨彼言說謂彼外道自言了知世尊述彼非自意說爲證此義故復引經如世尊說彼諸外道施設實有有情斷壞然依勝義無實有情但隨彼言而作是說此亦如是故無有過非述他言便同彼故

阿毗達磨大毗婆沙論卷第三十三 說一切有部發智

音釋

詰 苦吉切問也　諂誑 諂丑琰切諛也誑古況切詐也　噉 徒感切食也　礫 郎擊切小石也　芻 窻隅切

阿毗達磨大毗婆沙論卷第三十四

五百大阿羅漢等造

唐三藏法師玄奘奉　詔譯

雜蘊第一中愛敬納息第四之六

如契經說有二遍知謂智遍知及斷遍知乃至廣說問何故作此論答爲廣分別契經義故謂契經說有二遍知謂智遍知及斷遍知契經雖作是說而不廣辯其義彼是此論所依根本彼所不說者此皆應說之復次前說斷知諸取而未分別斷知取義今欲分別故作斯論云何智遍知答諸智見明覺現觀是謂智遍知此中諸名同顯一義以本論主於諸字義得善巧故作種種說謂對治無知故名智對治惡見故名見對治無明故名明對治邪覺故名覺對治邪現觀故名現觀問此中爲說何等智等名智遍知有作是說惟說無漏說現觀故所以者何非世俗智可名現觀復有說者通說有漏無漏智等名智遍知所以者何遍知諸法契經多說世俗智故問豈世俗智亦名現觀答明了觀察是現觀義世俗智中有能明了觀察法者亦名現觀非惟無漏得現觀名故城喻經作如是說我未證得三菩提時如實現觀生緣老死非未證得三菩提時已有觀緣起眞實無漏智可名現觀由此故知有世俗智亦名現觀問何等世俗智亦名智遍知答除勝解作意相應世俗智餘聞思修觀自共相諸世俗智極明了者亦得名現觀亦名智遍知聞所成慧者如觀十八界自共相等思所成慧者如持息念四念住等修所成慧者如煖頂忍世第一法

等此及無漏慧俱名智遍知云何斷遍知答諸貪永斷瞋癡永斷一切煩惱永斷是謂斷遍知問於所緣境能遍知故立遍知名斷無所緣及遍知用何故名遍知答斷是智果故亦名遍知如阿羅漢是解果故亦說名解天眼天耳是通果故亦說名通內六處等是業果故說名故業此中亦爾斷是智果亦名遍知問修所斷斷是智果故可說為遍知見所斷斷旣是忍果云何名遍知尊者僧伽筏蘇說曰此是慧果故名遍知謂遍知有二種一慧為性二智為性彼不應作是說契經但說有二遍知一智遍知二斷遍知智遍知者智為自性斷遍知者斷為自性斷是智果故名遍知未曾有處說慧遍知遍知是智作用名故脇尊者曰應說此斷名捨遍知棄捨生死得此斷故尊者妙音作如是說應說此斷名理遍知見最勝法最勝義理得此究竟最勝斷故此二所說皆不了義俱不釋斷名遍知故尊者佛護作如是說斷雖於境無遍知用而約相說亦名遍知如過去未來眼雖不見色而約相說亦得名眼耳乃至意諸心所等應知亦然此亦如是斷是智相故名遍知彼說非理所以者何此斷恒無遍知用故有餘師說忍所斷斷是世俗智果故亦名遍知彼說非理欲界乃至無所有處是事可爾有頂地中見所斷斷如何可說世俗智果世俗智於彼無永斷用故又異生位用世俗道斷下八地見所斷時未名遍知至見道位立遍知時無世俗智如何說為世俗智果復有說者見所斷斷是無漏智士用果故亦名遍知謂

無漏智爲斷欲界第六無間道證一來果時通得三界見所斷斷欲界六品修所斷斷爲一來果用無漏智爲斷欲界第九無間道證不還果時通得三界見所斷斷及得欲界修所斷斷爲不還果金剛喻定現在前時通得三界見修所斷斷爲阿羅漢果是故彼斷亦名遍知彼亦不應作如是說見道六遍知應非遍知故應作是說忍是智眷屬是智種族故亦名爲智斷是彼果故名遍知如喬答摩種中生者名喬答摩此亦應爾問一身見斷亦名遍知何緣乃說諸貪求斷乃至一切煩惱永斷名斷遍知答雖一結斷亦名遍知然此中說圓滿遍知一切結盡方名圓滿斷遍知故

復次世尊或時於智說遍知聲或時於斷說遍知聲於智說遍知聲者如伽他說

儒童賢寂靜　能益諸世間　有智能遍知
貪愛生衆苦　有智言應作　不作不應言
智者應遍知　有言無作者

多求王因緣是此頌根本謂昔有王名曰多求稟性兇暴貪求無猒劫奪國人所有財寶於是臣佐議共退之以其次弟紹繼王位時多求王至國邊邑編草作屣以自存活如是多時弟王忽憶問諸臣曰大兄何在諸臣答言聞在邊邑作屩自活王聞憂惱作是思惟兄既如是我今何用居王位耶即時召來封以一邑人多附彼食便不供如是更封二邑三邑乃至半國猶故無猒遂復與兵殺弟自立時天帝釋知已念言今此惡王不識恩義我今應往誑而惱之遂自化作婆羅門像戴

帽披苫執瓶持杖至彼王所作吉祥言讚歎呪願在一面立王言梵志從何所來婆羅門言從大海外王言海外有何事耶答言我見有一國土安隱豐樂多諸人衆奇珍異寶充滿其國王言我力可得彼不婆羅門言往必可得王復問言誰相導引答言我能王言幾日當可進塗婆羅門言却後七日言已便去時多求王招集兵衆辦諸資具至第七日嚴駕將行覓婆羅門竟不能得王遂憂惱作是念言彼若來者當得大利坐失彼故所期不獲遂入憂室煩冤而坐舉國無人解其愁毒時釋迦菩薩生彼國中大婆羅門村少因緣故來至王都聞如是事心生悲愍謂諸臣曰吾能解王心中愁結諸臣歡喜引至王前以吉祥言讚歎呪願在一面立爲王宣說義品伽他

趣求諸欲人　常起於希望　所欲若稱遂
心便大歡喜　趣求諸欲人　常起於希望
所欲若不遂　惱壞如箭中

如是次第爲王盡說彼義品中訶欲頌已即時菩薩自離欲染王聞遂解心中憂毒即爲菩薩而說初頌儒童賢寂靜乃至廣說此頌義顯無勞分別菩薩爲王說第二頌有智言應作乃至廣說此頌前半訶責帝釋謂有智者說許他言必定應作若不欲作便不應言後半責王謂有智者應當遍知若有發言而不作者欲相擾惱然無實事王何專直信彼虛言誰當有能海外來者誰復能往海彼岸耶願王勿求分外之事於斷說遍知聲者如契經說佛告苾芻當爲汝說所遍知法遍知

自性能遍知者所遍知法謂五取蘊遍知自性謂貪永斷瞋癡永斷一切煩惱永斷能遍知者謂阿羅漢諸漏永盡不執如來死後有等不應記法此中所遍知法謂五取蘊者問依何遍知而作是説爲智遍知爲斷遍知設爾何失若依智遍知説則應説一切法爲所遍知何故但説五取蘊是若依斷遍知説亦不應理以五取蘊通二遍知所遍知故不應但説依斷遍知有作是説此中但依智遍知説問若爾則應説一切法爲所遍知何故但説五取蘊是答如四諦中但説苦諦爲應遍知彼釋所以即是此因有餘師説此中但依斷遍知説問此五取蘊通二遍知所遍知故不應但説依斷遍知而作是説答如四諦中但説滅諦是應作證釋彼所以即是此因此中復有一不共因謂斷遍知惟於取蘊可得非餘遍知自性謂貪永斷瞋癡永斷一切煩惱永斷者問餘契經説一切行斷離滅名斷離滅界一切行者即是一切有漏之法何故此中但説一切煩惱永斷名斷遍知答彼經了義是無餘説此不了義是有餘説謂世尊説煩惱爲先諸有漏法皆永斷故復次以諸煩惱難斷難破難可超越故偏説之復次以諸煩惱多諸過患迷失正理障礙涅槃及諸聖道是故偏説復次以諸煩惱是自性斷斷已不成就餘有漏法非自性斷斷已猶成就是故偏説煩惱永斷復次以諸煩惱正與聖道展轉相違餘有漏善無覆無記即不如是是故偏説如燈與闇展轉相違非器油炷然燈生時正能破闇亦令器熱油盡炷焦如是

聖道與諸煩惱互相違故聖道現前正斷煩惱亦令所餘有漏法斷彼與煩惱同對治故能遍知者謂阿羅漢乃至廣說問有學亦是能遍知者何故但說阿羅漢耶答就勝說故謂無學法於諸法中最爲殊勝無學補特伽羅於諸補特伽羅中最爲殊勝是故偏說復次學雖遍知未能遍斷無學遍知亦能遍斷是故偏說復次此中但說斷遍知者無學於此圓滿究竟有學不爾是故偏說復次以遍斷故名斷遍知有學不爾是故不說復次前說一切煩惱永斷名斷遍知今說成就此遍知者惟阿羅漢

諸歸依佛者何所歸依乃至廣說問何故作此論答爲於非所歸依處起歸依想者顯示眞實歸依處令捨彼歸此如契經說

衆人怖所逼　多歸依諸山　園苑及叢林
孤樹制多等　此歸依非勝　此歸依非尊
不因此歸依　能解脫衆苦　諸有歸依佛
及歸依法僧　於四聖諦中　恒以慧觀察
知苦知苦集　知永超衆苦　知八支聖道
趣安隱涅槃　此歸依最勝　此歸依最尊
必因此歸依　能解脫衆苦

復次爲於歸依有愚惑者令得正解無猶豫故或有謂歸依佛者歸依如來頭項腹背及手足等所合成身今顯此身父母生長是有漏法非所歸依所歸依者謂佛無學成菩提法即是法身或復有謂歸依法者歸依三諦或善不善無記等法或爲苾芻所制學處謂此應作不應作等今顯此法有爲有漏非所歸依所歸依者謂惟滅諦愛盡涅槃或復

有謂歸依僧者歸依四姓出家之僧今顯此僧威儀形相皆是有漏非所歸依所歸依者謂成僧伽學無學法由此因緣故作斯論諸歸依佛者何所歸依答若法實有現有想等想施設言說名爲佛陀歸依彼所有無學成菩提法名歸依佛此中若法實有者顯實有佛體以法爲自性此言爲遮或有謂佛但名但想但假施設無有實體現有者顯佛體如現實有非曾有等想者顯緣佛想等想者顯此想一切共起施設者謂依想施設名言說者謂依名言說轉問若彼無學成菩提法是眞佛者契經所說當云何通如說長者何名爲佛謂有釋子剃除鬚髮披服袈裟正信出家具一切智是名爲佛答以所依身顯能依法故作是說於理無違問若爾惡心出佛身血何故彼得無間罪耶答壞所依身令能依法亦隨壞故得無間罪復次彼緣無學成菩提法起惡心故得無間罪謂彼憎惡無學法故損害佛身得無間罪非但起心欲出佛身血諸歸依法者何所歸依答若法實有現有想等想施設言說名爲達磨歸依如是愛盡離滅涅槃名歸依法此中若法實有者顯實有涅槃此言爲遮有作是說唯衆苦滅說名涅槃非實有體欲顯涅槃實有自體故作是說現有者顯涅槃如現實有非假說有餘如前釋有本但言歸依愛盡離滅涅槃名歸依法不說實有現有等言斯有何義謂涅槃體寂滅離相想名言說所不及故無有於中執爲非有比不應理邪見撥無寂滅涅槃現可得故此但應說誦者遺忘諸歸依僧者何所

歸依答若法實有現有想等想施設言說名爲僧伽歸依彼所有學無學成僧伽法名歸依僧此中若法實有者顯實有僧體以法爲自性此言爲遮或有謂僧但名但想但假施設無有實體現有者顯僧體如現實有非曾有等餘如前釋問何者所歸依何者能歸依歸依是何義答所歸依者謂滅諦全道諦少分謂除菩薩二無漏道及除獨覺三無漏道所餘道諦是所歸依能歸依者有說是名等有說是語業有說亦身業有說是信應作是說是身語業及能起彼心心所法并諸隨行如是善五蘊是能歸依體歸依義者謂救護義是歸依義問若救護義是歸依義天授亦曾歸依三寶云何復墮無間地獄答諸有歸依佛法僧寶不破學處不犯律儀不越法則便能救護彼破學處毀犯律儀違越法則雖歸依三寶而不爲救護譬如有人怖畏怨敵依投國王請爲救護王謂之曰汝若常能不違我法不越我界我能爲汝常作救護若違我法越我界者我則不能衆生亦爾怖畏惡趣及生死苦歸佛法僧若不毀戒勤修道者便爲救護餘則不爾復次隨歸依心上中下品還蒙三寶爾所救護是故天授惟除地獄人趣一生於餘惡趣善趣生死得非擇滅豈非三寶救護彼耶故救護義是歸依義問歸依佛者爲歸依一佛爲一切佛耶設爾何失若歸依一佛者如何不是少分歸依若歸依一切佛者如何但言我歸依佛不言一切契經所說復云何通如說我是勝觀如來弟子我是頂髻如來弟子乃至我是能寂如來弟

子答應作是說歸依佛者歸依一切過殑伽沙數量諸佛問若爾何故但言我歸依佛不言一切答佛言總攝一切如來種類同故以一言說問契經所說復云何通如說我是勝觀弟子乃至廣說答隨依彼佛出家見諦即說我爲彼佛弟子此說依止不說歸依問歸依法者爲歸依自相續諸蘊滅爲歸依他相續諸蘊滅爲歸依無情數諸蘊滅耶設爾何失若但歸依自相續諸蘊滅者如何不是少分歸依若亦歸依他相續等諸蘊滅者如何但言我歸依法不言一切又如何說救護義是歸依義他相續等諸蘊滅於我無救護義故答應作是說歸依自他相續及無情數一切蘊滅問若爾何故但言我歸依法不言一切答法言總攝一切法滅種類同故以一言說問他相續等諸蘊滅於我無救護義何爲歸依答彼雖於我無救護義而彼於他有救護義救護相等故亦歸依此依得說若依自性隨有漏法有爾所故自他所得滅無有異我於一切有漏蘊中得離繫故一切滅於我皆有救護義問歸依僧者爲歸依一佛弟子爲歸依一切佛弟子耶設爾何失若但歸依一佛弟子者如何不是少分歸依若歸依一切佛弟子者如何但言我歸依僧不言一切又契經說當云何通佛告賈客當來世有僧汝亦當歸依答應說歸依一切佛弟子問若爾何故但言我歸依僧不言一切答僧言總攝諸佛弟子種類同故以一言說問契經所說復云何通佛告賈客乃至廣說答過去現在雖亦有餘如來弟子而非現見當來僧現

見是故偏說解憍陣那等世現見故復次為顯僧寶極難得故謂佛雖出世間而僧猶未有故復次未來世僧非現見故佛偏說有令賈客等生渴仰故復次現在過去雖有餘僧而佛欲顯未來世中自有弟子故作是說復次經說亦言即顯亦有餘佛弟子今彼歸依恐彼謂無未來僧寶故佛為說令亦歸依問何趣何處有此歸依答歸依有二種一與律儀俱二不與律儀俱與律儀俱者惟在人趣三洲非餘不與律儀俱者通餘趣處問若不受歸依而受律儀彼得律儀不有說不得以受律儀者必依三歸以三歸為門得律儀故有說亦得謂若不知三歸律儀受之先後或復忘悞不受三歸者受得律儀而授者得罪若有憍慢不受三歸但受律儀彼必不得問為要自起語表受歸依者乃得歸依為他語表受歸依者亦得歸依有作是說要自語表受歸依者乃得歸依問若爾契經所說當云何通謂薄伽梵臨涅槃時阿難白佛拘尸城中有諸力士及其眷屬皆共歸依佛法僧寶有作是說佛神力故臨涅槃時寄他語表受三歸者亦得歸依餘時不得要須自受有餘師說尊者阿難先入拘尸城為諸力士等受三歸已後方白佛欲顯世尊臨般涅槃猶有無量受化弟子故作是說非由今時阿難白佛方得歸依復有說者由他語表受三歸者亦得歸依如迦尸迦女及餘啞者等寄他語表得歸依故

問有在毋胎或嬰孩位毋等為受三歸律儀彼為得不答彼無心故雖俱不得然應為受

令彼後時順修善故謂彼長大若毀三寶或造惡業他便責言汝在胎中或嬰孩位先既已受三歸律儀如何今時輕毀三寶造諸惡業彼聞慚愧敬重三寶離諸惡業復更受持有此益故先應爲受復次爲令天神擁護彼故母等爲受三歸律儀謂爲受已信敬三寶諸天善神必擁護彼不令橫死不遭病難問彼前生中修何善業今在母腹或嬰孩位他便爲受三歸律儀答彼前生中恒樂讃歎三歸淨戒亦勸無量百千有情歸依三寶及受淨戒或復施他受持三歸律儀資具今身獲得如是善利如契經說歸依佛者不墮惡趣生天人中受諸快樂問現見世間歸依佛者亦墮惡趣或受衆苦何故世尊作如是說答若增上心不顧身命歸依佛者得此善利不說一切故不相違有餘師說此依已得證淨者說不說一切問佛依法生法勝於佛何故先說歸依佛耶答佛爲教主若佛不說法不顯現故先歸佛復次如有病者先訪良醫次求妙藥後覔看者佛如良醫法如妙藥僧如善巧看服藥人故三歸依如是次第

雜蘊第一中無慚納息第五之一

云何無慚云何無愧如是等章及解章義既領會已次應廣釋問何故作此論答爲廣分別契經義故謂契經說無慚無愧雖作是說而不廣辯云何無慚云何無愧經是此論所依根本彼所不分別者今應廣分別之復次爲令疑者得決定故謂此二法展轉相似世間有情見無慚者言是無愧見無慚者言是無慚勿謂此二其體是一今欲顯示性相差

別令彼疑者得決定解復次如是二法惟是不善亦是施設不善勝因如說何纏相應心品一向是不善謂無慚無愧令顯其相令速猒斷復次如是二法破壞世間如世尊說有二黑法能破壞世間謂無慚無愧令顯其相令速猒斷復次如是二法能令衆生種種差別如契經說世間若無無慚無愧無猪犬等種種差別今顯其相令速猒斷故作斯論

云何無慚答諸無慚無所慚無異慚無羞無所羞無異羞無敬無敬性無自在無自在性於自在者無怖畏轉是謂無慚此本論主於異名義得善巧故作種種說文雖差別而體無異問此中所說差別名言爲顯自性爲顯行相爲顯所緣有作是說此顯無慚自性問若爾無慚行相云何答如諸不善心心所法行相此行相亦爾所以者何彼相應故問無慚所緣云何答四聖諦有餘師說此顯無慚行相此行相對餘應作四句有無慚非無慚行相轉謂無慚作餘行相轉有無慚行相轉非無慚謂無慚相應法作無慚行相轉有無慚亦無慚行相轉謂無慚作無慚行相轉有非無慚亦非無慚行相轉謂若取此種類應說無慚相應法作餘行相轉若不爾者應說除前相如說轉有四句已轉當轉應知亦爾如無慚行相有三四句諸餘行相應知亦爾問若爾無慚自性云何答自體自相即彼自性如說諸法自性即是諸法自相同類性是共相問無慚所緣云何答四聖諦復有說者此顯無慚所緣謂諸無慚無所慚無異慚無羞無所羞無異羞者說緣苦集諦無敬無敬

性無自在無自在性於自在者無怖畏轉者說緣滅道諦自性行相皆如前說

云何無愧答諸無愧無所愧無異愧無恥無所恥無異恥於諸罪中不怖不畏不見怖畏是謂無愧此本論主於異名義得善巧故作種種說文雖差別而體無異問此中所說差別名言爲顯自性爲顯行相爲顯所緣有作是說此顯無愧自性問若爾無愧行相云何答如諸不善心心所法行相此行相亦爾所以者何彼相應故問無愧所緣云何答四聖諦有餘師說此顯無愧行相此行相對餘應作四句有無愧非無愧行相轉謂無愧作餘行相轉有無愧行相轉非無愧謂無愧相應法作無愧行相轉有無愧亦無愧行相轉謂無愧作無愧行相轉有非無愧亦非無愧行相轉謂若取此種類應說無愧相應法作餘行相轉若不爾者應說除前相如說轉有四句已轉當轉應知亦爾如無愧行相有三四句諸餘行相應知亦爾問若爾無愧自性云何答自體自相即彼自性如說諸法自性即是諸法自相同類性是共相問無愧所緣云何答四聖諦復有說者此顯無愧所緣謂諸無愧無所愧無異愧無恥無所恥無異恥者說緣滅道諦於諸罪中不怖不畏不見怖畏者說緣苦集諦自性行相皆如前說

無慚無愧有何差別答於自在者無怖畏轉是無慚於諸罪中不見怖畏是無愧如是差別問何故復作此論答阿毗達磨說此二法展轉相應其相相似今欲分別無慚無愧性相差別故作此論謂於自在者無怖畏轉是

無慚於諸罪中不見怖畏是無愧復次不恭敬是無慚不怖畏是無愧復次不猒賤煩惱是無慚不猒賤惡行是無愧復次作惡不自顧是無慚作惡不顧他是無愧復次作惡不自羞是無慚作惡不恥他是無愧復次作惡不羞恥是無慚作惡而傲逸是無愧復次獨一造罪而不羞恥是無慚對他造罪而不羞恥是無愧復次若對少人造罪而不羞恥是無慚若對衆人造罪而不羞恥是無愧復次若對惡趣有情造罪而不羞恥是無慚若對善趣有情造罪而不羞恥是無愧復次若對愚者造罪而不羞恥是無慚若對智者造罪而不羞恥是無愧復次若對卑者造罪而不羞恥是無慚若對尊者造罪而不羞恥是無愧復次若對在家者造罪而不羞恥是無慚若對出家者造罪而不羞恥是無愧復次若對非親教軌範造罪而不羞恥是無慚若對親教軌範造罪而不羞恥是無愧復次若作惡時不羞天者是無慚若作惡時不恥人者是無愧復次於諸惡因不能訶毀是無慚於諸惡果不能猒怖是無愧復次貪等流是無慚癡等流是無愧是謂無慚無愧差別如是二法惟欲界慚惟是不善一切不善心心所法皆遍相應惟除自性問無慚無愧既惟不善過患深重何故不立隨眠性中答此二無有隨眠相故謂微細煩惱是隨眠相此二麤重故非隨眠復次猛利煩惱是隨眠相此非猛利故非隨眠復次若不數起起已長時相續煩惱是隨眠相此二數起起已不長時相續故非隨眠復次厚重煩惱是隨眠相此二

輕薄故非隨眠復次習氣堅固難滅煩惱是隨眠相如剛炭火所在之處熱勢難息此亦如是此二習氣羸虛易滅故非隨眠如草葉火所在之處熱勢易息此亦如是復次根本煩惱是隨眠相此二既是隨煩惱攝故非隨眠是貪無明等流果故

阿毗達磨大毗婆沙論卷第三十四說一切有部發智

音釋

屣踈士切履屬 屢良遇切 苫舒瞻切覆也 髻古詣切 啞烏不切 慠魚到切慢也 囂許驕切

阿毗達磨大毗婆沙論卷第三十五

五百大阿羅漢等造

唐三藏法師玄奘奉　詔譯

雜蘊第一中無慚納息第五之二

云何慚云何愧乃至廣說問何故作此論答為廣分別契經義故謂契經說有慚有愧雖作是說而不廣辯云何為慚云何為愧經是此論所依根本彼所不分別者今應廣分別之復次欲令疑者得決定故謂此二法展轉相似世間有情見有慚者言是有愧見有愧者言是有慚勿謂此二其體是一今欲顯示性相差別令彼疑者得決定解復次前雖已說無慚無愧而未說彼近對治法今欲說彼近對治法所謂慚愧復次如是二法惟是善性亦是施設善法勝因如說何法相應心品一向是善謂慚與愧欲顯其相令勤修習復次如是二法守護世間如是世尊有二白法能護世間謂慚與愧若無此二是則應無善趣解脫欲顯其相令勤修習復次如是二法能令有情種種差別所謂父母兄弟姊妹男女眷屬尊卑長幼若無此二如牛羊等便無尊卑長幼差別欲顯其相令勤修習故作斯論云何慚答諸有慚有所慚有異慚有羞有所羞有異羞有敬有敬性有自在有自在性於自在者有怖畏轉是謂慚此本論主有異名義得善巧故作種種說文雖差別而體無異問此中所說差別名言為顯自性為顯行相為顯所緣有作是說此顯慚自性問若爾慚行相云何答如一切善心心所法行相此行相亦爾所以者何彼相應故問慚所緣云

何答一切法有餘師說此顯慚行相此行相對餘應作四句有慚非慚行相轉謂慚作餘行相轉有慚行相轉非慚謂慚相應法作慚行相轉有慚亦慚行相轉謂慚作慚行相轉有非慚亦非慚行相轉謂若取此種類應說慚相應法作餘行相轉若不爾者應說除前相如說轉有四句已轉當轉應知亦爾如慚行相有三四句諸餘行相應知亦爾問若爾慚自性云何答自體自相即彼自性如說諸法自性即是諸法自相同類性是共相問慚所緣云何答一切法復有說者此顯慚所緣謂諸有慚有所慚有異慚有羞有所羞有異羞者說緣苦集諦有敬有敬性有自在有自在性於自在者有怖畏轉者說緣滅道諦自性行相皆如前說云何愧答諸有愧有所愧有異愧有恥有所恥有異恥於諸罪中有怖有畏深見怖畏是謂愧此本論主於異名義得善巧故作種種說文雖差別而體無異問此中所說差別名言爲顯自性爲顯行相爲顯所緣有作是說此顯愧自性問若爾愧行相云何答如一切善心心所法行相此行相亦爾所以者何彼相應故問愧所緣云何答一切法有餘師說此顯愧行相此行相對餘應作四句有愧非愧行相轉謂愧作餘行相轉有愧行相轉非愧謂愧相應法作愧行相轉有愧亦愧行相轉謂愧作愧行相轉有非愧亦非愧行相轉謂若取此種類應說愧相應法作餘行相轉若不爾者應說除前相如說轉有四句已轉當轉應知亦爾如愧行相有三四句諸餘行相應知亦爾問若爾愧自

性云何答自體自相即彼自性如說諸法自性即是諸法自相同類性是共相問愧所緣云何答一切法復有說者此顯愧所緣謂諸有愧有所愧有異愧有恥有所恥有異恥者說緣滅道諦於諸罪中有怖有畏深見怖畏者說緣苦集諦自性行相皆如前說慚愧何差別答於自在者有怖畏轉是慚於諸罪中深見怖畏是愧如是差別問何故復作此論答阿毗達磨說此二法展轉相應其相相似今欲分別慚愧二種性相差別故作此論謂於自在者有怖畏轉是慚於諸罪中深見怖畏是愧復次有所恭敬是慚有所怖畏是愧如是次第與前所說無慚無怖差別相違應隨廣說如是二法俱三界繫及不繫惟是善徧與一切善心相應問若爾施設論說當云何通如說七力幾有漏幾無漏答二惟有漏謂慚愧五通有漏無漏謂信等答彼論應說七力皆通有漏無漏而不爾者有別意趣謂彼說力加行根本加行位中慚愧增故說惟有漏根本位中信等增故說通二種若不爾者聖道應不與慚愧相應則聖者不應慚愧增上是故慚愧定通無漏或有無慚似慚而轉謂作惡時有羞如嫁娶等或復有慚似無慚轉謂作善時無羞如行施等或有無慚似無慚轉謂作惡時無羞如屠獵等或復有慚似慚而轉謂作善時有羞如悔過等或有無愧似愧而轉謂作惡時有恥如嫁娶等或復有愧似無愧轉謂作善時無恥如行施等或有無愧似無愧轉謂作惡時無恥如屠獵等或復有愧似愧而轉謂作善時有恥如悔過

等

云何增上不善根云何微俱行不善根乃至廣說問何故作此論答爲廣分別契經義故如契經說彼猶有微俱行不善根未斷從此有餘不善法生由是當退契經雖作是說而不廣辯其義亦不說云何增上不善根云何微俱行不善根經是此論所依根本彼所不分別者今應廣分別之故作斯論問何故此中不說中品不善根耶答是作論者意欲爾故乃至廣說復次應說而不說者當知此義有餘復次已說初後即已顯中如初後上下趣入已出加行究竟應知亦爾復次若麤現易了易可施設易顯易說者此中說之中品不爾是故不說謂利根者如指鬘等鈍根者如蛇奴等麤現易了易可施設易顯易說中根不爾復次中品攝在上下品中故不別說謂說上品時中在下品劣於上故說下品時中在上品勝於下故復次上下品少世所希奇是以故說中品極多非希奇故略而不說云何增上不善根答諸不善根能斷善根及離欲染時最初所捨問諸不善根能斷善根者爲即是離欲染時最初所捨爲有異耶設爾何失若即是者如何言及若有異者能斷善根諸不善根何時當斷有說即是問若爾者如何言及答義有異故謂增上不善根極猛利故能斷善根極麤重故離欲染時最初而捨復次此不善根由二義故說名增上一能斷滅諸善根故二離欲染時最初所捨故有說有異問若爾者能斷善根諸不善根何時當斷答離欲染時最初當斷問如何有異

答多少有異謂能斷善根者少最初所捨者多非離欲時最初所斷一切皆能斷善根故問惟有邪見能斷善根何緣乃說不善根耶答雖根本時由邪見斷而加行位由不善根顯加行時勢用勝故說不善根能斷善根謂染淨法皆加行時勢用增上非究竟時如說菩薩見老病死逼惱世間深心猒離最初發起阿耨多羅三藐三菩提心由此心故經三大劫阿僧企耶修習種種難行苦行而無退轉此甚爲難非盡智時修未來世三界所繫增上善根故加行時勢用爲勝有作是說邪見所以能斷善根當知皆是不善根力謂不善根摧伏善根令漸羸劣無勢力已然後邪見乃能斷之故作是說復有說者此說邪見相應癡不善根能斷善根不說前位貪等雖實邪見能斷善根爾時癡增故作是說如念住等有餘師說此中但說癡不善根轉隨轉時俱增上故謂貪瞋轉時增上非隨轉時邪見隨轉時增上非於轉時惟癡一切時增上是故偏說即由如是所說因緣不立邪見爲不善根云何微俱行不善根答諸不善根離欲染時最後所捨由捨彼故名離欲染謂欲界下下品貪瞋癡名微俱行不善根故捨彼時名離欲染微細難斷故最後離

問邪見斷善根時爲作一品斷爲作九品斷耶設爾何失若作一品斷者何故前說諸不善根能斷善根諸言所表非惟一故次後所說復云何通如說云何微俱行善根答斷善根時最後所捨若作九品斷者云何前說諸不善根能斷善根離欲染時最初所捨名增

上不善根耶如何一品所斷邪見能作九品斷善根耶如何一品邪見所斷而名九品所斷善耶有作是說作一品斷問若爾何故前說諸不善根能斷善根答前文但應說不善根能斷善根不應說諸而說諸者欲顯斷善邪見相應癡不善根未來種類有多刹那故作是說復次正斷善時雖無多品而加行位品類有多所說諸言通顯加行伏斷正斷俱名斷故問次後所說復云何通如說云何微俱行善根答斷善根時最後所捨答依現行斷故作是說謂下下品邪見現前令上上品善根不行如是乃至若上中品邪見現前令下中品善根不行若上上品邪見現前令下下品善根不行及令九品皆不成就故前八品善根先得不現行後得不成就第九品善根得不現行時即得不成就以漸次得不現行故後作是說斷善根時最後所捨名微俱行善根以一時得不成就故前作是說離欲染時最初所捨名能斷善增上不善根是故前後二說善通應作是說作九品斷問若爾云何前說諸不善根能斷善根離欲染時最初所捨名增上不善根乃至廣說答有多種九品謂有現行九品有異熟九品有對治九品有斷善根九品現行九品者謂有時下下品現行乃至有時上上品現行有即說此爲因九品謂加行得者下下品爲九品因乃至上中品爲二品因上上品但爲上上品因劣爲勝因非勝劣因非所尚故非加行得者九品皆得展轉爲因異熟九品者謂上上品業受上上品異熟乃至下下品業受下下品異

熟如施設論說若作殺生罪上上者生無間地獄上中者生大熱地獄乃至下下者生旁生鬼趣乃至廣說對治九品者謂下下品明斷上上品無明乃至上上品明斷下下品無明斷善根九品者謂下下品邪見斷上上品善根乃至上上品邪見斷下下品善根若依斷善九品說者彼邪見則有九品若依對治九品說者彼邪見則惟一品以對治九品故前說離欲染時最初所捨以斷善九品故後說斷善根時最後所捨是故前後二說善通復次斷法有二種一如見所斷是故能斷九品邪見離欲染時一品頓斷二如修所斷是故所斷九品善根斷善根時九品漸斷問斷善根者是何義耶答非如世間斧等斷木邪見與善不相觸故然相續中邪見現在前時令諸善根成就得滅不成就得生說名爲斷若相續中無善根得爾時名爲善根已斷問此善根斷自性是何有作是說以不信爲自性謂信故善根續不信故善根斷有餘師說以邪見爲自性謂由邪見善根斷故或有說者以斷善時諸煩惱纏爲自性謂由彼力善根斷故復有說者以一切法爲自性謂斷善根時一切法皆隨順故譬喻者言無實自性謂彼相續先有善根今時斷滅有何自性所引現喻如頂中說評曰應作是說諸善根斷以不成就爲自性是無覆無記心不相應行蘊所攝此即說在復有所餘如是類法不相應中問何界趣處能斷善根答在欲界非色無色界人趣非餘趣三洲除北洲尊者瞿沙伐摩說曰惟贍部洲能斷善根以此洲人於

善惡業所作猛利非餘洲故問若爾根蘊所說當云何通如說贍部洲人極多成就十九根極少成就八根如贍部洲東勝身洲西牛貨洲亦爾答彼文應說東西洲人極多成就十九根極少成就十三根而不作是說者應知是誦者錯謬評曰彼不應作是說一切所誦皆無異故三洲所作皆猛利故應知前說於理爲善問何等補特伽羅能斷善根答惟見行者能斷善根非愛行者以見行者意樂堅固於善惡業所作猛利愛行輕動於染淨品俱不猛故於見行中男子女人俱能斷善尊者瞿沙伐摩說曰惟男子能斷善根以志性强故如施設論說男子造業勝非女人男子練根勝非女人男者意樂勝非女人故知女人不能斷善問若爾根蘊所說復云何通如說若成就女根定成就八根男根亦爾答彼文應說若成就女根定成就十三根若成就男根定成就八根而不作是說者應知是誦者錯謬評曰彼不應作是說一切所誦皆無異故男女所作皆猛利故如旃酉迦婆羅門女惡心謗佛過諸丈夫然施設論說男勝者依多分說非謂一切由此應知前說爲善問扇搋半擇迦無形二形能斷善不答不能所以者何前說意樂堅固所作猛利者能斷善根彼扇搋等意樂輕動所作劣故復次見行者能斷善根彼是愛行故復次多瞋者能斷善根彼多貪故問斷何等善根惟欲界耶通三界耶設爾何失若惟斷欲界者識身論說當云何通如說若害蟻卵無少悔心應說是人斷三界善若通斷三界者彼上界善先

不成就今云何斷答應說惟斷欲界善根問若爾識身論說當云何通答彼文應說若害蟻卵無少悔心應說彼斷三界中善而不作是說者欲令三數滿故謂先成就欲界善根上界善根已不成就今時復斷欲界善根則三界善根皆不成就由斷善位三數乃滿故說彼人斷三界善有說通斷三界善根問彼上界善根先不成就今云何斷答於不成就中更不成就以轉遠故說名爲斷復次上界善根依欲界善生長滋茂若欲界善斷彼則乾枯故說斷彼復次欲界善根與上界善爲門爲加行爲足依處若欲界善斷彼無門等亦說爲斷復次若當欲界善根不斷彼上界善容有生長積集之義今欲界善斷故彼善無容生長積集故說爲斷由此尊者妙音說曰若不斷欲界善根則色無色善根可得生長由此斷故彼更不生亦說爲斷問何故但說殺害蟻卵心無有悔不說餘耶答彼全無過無所用故謂諸蟻卵於人無過亦無所用而故殺害尚無悔心況復有過有所用者故知彼類已斷善根是以偏說問爲斷加行善根爲斷生得善根答應說惟斷生得善根所以者何加行善根先已捨故有作是說亦斷加行善根問彼先已不成就如何名今斷答於不成就中更不成就以轉遠故說名爲斷如是等有多義如三界中廣說此中復有一不共義謂加行善根以生得善爲因緣爲根本爲等起故此斷時亦說斷彼問爲但有漏緣邪見能斷善根爲亦無漏緣耶有作是說惟有漏緣邪見能斷善根所以者何具二種

縛勢力强故評曰應作是說無漏緣邪見亦能斷善根彼雖無所緣縛而因力長養亦增盛故問爲但有爲緣邪見能斷善根爲亦無爲緣耶有作是說惟有爲緣邪見能斷善根義如前說評曰應作是說無爲緣邪見亦能斷善根義如前說問爲但同分界地緣邪見能斷善根爲亦不同分界地緣耶有作是說惟同分界地緣邪見能斷善根義如前說評曰應作是說不同分界地緣邪見亦能斷善根義如前說問同分界地緣中爲謗因邪見能斷善根爲謗果耶有作是說惟謗因邪見能斷善根如說若害蟻卵無少悔心應說是人斷三界善有餘師說惟謗果邪見能斷善根如說若決定執無善無惡業果異熟應説是人斷三界善評曰應説謗因謗果邪見俱能斷善謗因邪見如無間道謗果邪見如解脫道謗因者與善根成就得俱滅謗果者與善根不成就得俱生是故此二俱能斷善問斷九品善根時爲不起斷爲數起耶有作是說不起斷如見道有餘師說數起斷如修道評曰應說不定或有不起而能相續斷九品盡或有惟斷一品便起或二或三乃至或八然後方起復斷後品問住律儀者斷善根時爲先捨律儀然後斷善爲斷時捨耶有作是說先捨律儀然後斷善謂彼身中先起一類邪見捨律儀後起一類邪見斷諸善根如猛風吹樹先摧枝葉然後拔根彼亦如是評曰如是說者應說不定所以者何隨彼彼類心起彼彼律儀彼心捨時彼律儀隨捨

問續善根時爲九品頓續爲一一品漸續耶

有作是説一一品漸續有餘師説若應從地獄中死當生地獄者能續三品若應從地獄中死當生旁生鬼趣者能續六品若應從地獄中死當生人天趣者能續九品評曰應作是説九品頓續漸次現前如病差者一時病除後漸生力然彼應從地獄中死當生地獄者三品善根得亦在身成就亦現前六品善根得而不在身成就不現前當生旁生鬼趣者六品善根得亦在身成就亦現前三品善根得而不在身成就不現前當生人天趣者九品善根得亦在身成就亦現前問善根爲斷者多爲續者多耶答隨爾所斷還爾所續謂斷欲界欲界續斷生得生得續斷九品九品續問斷善根已於現法中還能續不答且依施設論説彼於現法中不能續善決定於地獄中生時或死時方能續善如彼論説若害蟻卵無少悔心應説是人斷三界善彼於現法不能續善根定於地獄中生時或死時方能續善問誰於地獄生時能續善根誰於地獄死時能續善根耶答若於地獄中有中未受斷善根邪見異熟果者彼於地獄生時能續若於地獄中有中即受彼邪見異熟果者乃至地獄死時彼果盡故能續善根所以者何如邪見與善根相妨彼果亦爾復次若由因力斷善根者地獄死時方續若由緣力斷善根者地獄生時能續復次若由自力斷善根者死時方續若由他力斷善根者生時能續復次若由自性力斷者死時方續若由資粮力斷者生時能續復次若見戒俱壞而斷者死時方續若見壞戒不壞而斷者生時

能續復次若意樂加行俱壞而斷者死時方續若意樂壞加行不壞而斷者生時能續復次若常見爲加行而斷者死時方續若斷見爲加行而斷者生時能續尊者妙音說曰彼斷善者或有地獄生時見不善業異熟果相現在前便作是念我先自作如是惡業今當受此不如意果起此信時名爲續善或有生地獄已即受苦異熟果作如是念我先自作如是惡業今還自受如是苦果起此信時名爲續善復次若依理說斷善根者於現法中亦有能續謂彼若遇多聞善友具戒辯才言詞威肅能爲說法引發其心告言汝於因果正理應生信解勿起邪謗如於我所以淳淨心恭敬供養於餘尊重同梵行邊亦應如是由此令汝長夜獲安彼聞其言歡喜領受當

知即是已續善根是故善根有現法續有轉身續問誰現法續誰轉身續耶答若斷善根不造無間業者現法能續若斷善根亦造無間業者轉身乃續復次若由緣力斷善根者現法能續若由因力斷善根者轉身乃續復次若由他力斷者現法能續若由自力斷者轉身乃續復次若由資粮力斷者現法能續若由自性力斷者轉身乃續復次若見壞戒不壞而斷者現法能續若見戒俱壞而斷者轉身乃續復次若意樂壞加行不壞而斷者現法能續若意樂加行俱壞而斷者轉身乃續問若現法中亦能續者前施設論當云何通答彼說現法不能續者即是所說有斷善根亦造無間或由因力斷善根等問若現法中續善根者彼命終已生地獄耶答彼不決

定生於地獄惟有轉身續善根者定生地獄問住何等心能續善根答或住疑心或住正見謂於因果有時生疑此或應有或生正見此決定有爾時善根得還續起善得起故名續善根問誰住疑心續誰住正見續耶有作是說轉身續者住疑心續現法續者住正見續評曰應作是說此不決定問善根若續便能起耶有作是說現法續者能起現前轉身續者但是成就評曰應作是說此不決定問若現法中續善根者彼現身能入正性離生不有說不能以彼邪見壞相續故善根羸劣尚不能生順決擇分何況能入正性離生有說彼雖現不能入正性離生而能引起順決擇分評曰應作是說彼能引起順決擇分亦復能入正性離生乃至能得阿羅漢果如嗢羯吒婆羅門等斷善根已尊者舍利子爲其說法令續善根漸得見諦乃至究竟如毗柰耶中廣說問殺斷善人與害蟻卵何者罪重答且依施設論說若住等纏其罪正等所受異熟無差別故若纏不等罪隨有異有作是說害蟻卵重非斷善人所以者何蟻卵成就諸善根故復有說者殺斷善人得罪爲重所以者何人是善趣害之重故評曰應作是說若依罰罪殺斷善人得罪爲重得邊罪故若依業道害蟻卵重以彼成就諸善法故問諸斷善根者彼皆是邪性定聚耶有作是說諸斷善根者彼皆是邪性定聚或有是邪性定聚而非斷善根如未生怨王等彼造無間業不斷善根故評曰應作是說此有四句有斷善根非邪性定聚如布剌拏等六師是也彼

斷善根不造無間業故有是邪性定聚非斷善根如未生怨王等有斷善根亦邪性定聚如提婆達多等彼斷善根亦造無間業故有不斷善根亦非邪性定聚謂除前相問於何處受斷善邪見異熟果耶答於無間地獄受彼異熟果如阿羅漢所趣最上到於涅槃斷善根者所趣最下到無間獄復次如有頂定思有漏善中勝故受有頂異熟果如是斷善邪見惡中勝故於無間獄受異熟果問於何處受無間業果答若斷善者諸無間業及餘破僧定於無間地獄中受若不斷善者餘四無間業或於無間地獄或餘地獄中受異熟果問斷善邪見於衆同分爲但能滿亦能引耶答亦能牽引亦能圓滿有作是說但能圓滿不能牽引所以者何業能牽引衆同分果彼非業故評曰前說者好邪見相應有思業故邪見與彼同一果故

阿毗達磨大毗婆沙論卷第三十五說一切有部發智

音釋

企詰利切　摣丑皆切　嗢烏骨切　刺七利切

阿毗達磨大毗婆沙論卷第三十六

五百大阿羅漢等造

唐三藏法師玄奘奉詔譯

雜蘊第一中無慙納息第五之三

云何欲界增上善根云何微俱行善根乃至廣說問何故作此論答為廣分別契經義故謂契經說彼猶有微俱行善根未斷從此有餘善法當起由是清淨契經雖作是說而不廣分別其義亦不說云何欲界增上善根云何微俱行善根經是此論所依根本彼所不分別者今應廣分別之故作斯論問何故此中不說中品善根耶答是作論者意欲爾故乃至廣說復次應說而不說者當知此義有餘復次已說初後即已顯中如初後上下趣入已出加行究竟應知亦爾復次若麤現易了易可施設易顯易說者此中說之中品不爾是故不說復次中品攝在上下品中故不別說復次上下品少世所希奇是以故說中品極多非希奇故略而不說問何故此中但說欲界善根不說色無色界耶答是作論者意欲爾故乃至廣說復次應說而不說者當知此義有餘復次色無色界善根以欲界善根為門為加行為趣入路若說此應知亦已說彼故不別說復次此中但說近對治故謂次前說二不善根彼近對治即是欲界二種善根是故偏說復次欲界增微善根易現易了易施設故此中說之色無色界增上善根雖易現易了易可施設而微者不爾是故不說上二界無斷善義故微善根相難可施設云何欲界增上善根答菩薩入正性離生時

所得欲界現觀邊世俗智及如來得盡智時所得欲界無貪無瞋無癡善根如是善根於欲界繫諸善根中最爲勝故說名增上云何微俱行善根答斷善根時最後所捨由捨彼故名斷善根如是善根是欲界繫生得善中下下品攝名微俱行問此中何故以盡智時所得善根對現觀邊世俗智辯差別耶有作是說此中不以盡智時所得善根對現觀邊世俗智而辯差別然以現觀邊世俗智對現觀邊世俗智而辯差別謂現觀邊世俗智聲聞者劣獨覺者中菩薩者勝故又以盡智時所得善根對盡智時所得善根而辯差別謂盡智時所得善根聲聞者劣獨覺者中如來者勝故有餘師說此中亦以盡智時所得善根對現觀邊世俗智而辯差別謂菩薩現觀邊世俗智是劣盡智時所得善根是勝聲聞獨覺亦爾復次菩薩現觀邊世俗智勝於獨覺盡智時所得善根獨覺現觀邊世俗智勝於聲聞盡智時所得善根故或有說者此中不欲辯二差別但明此二平等無異謂此皆由越有頂得現觀邊世俗智越見所斷有頂得故盡智時所得善根越修所斷有頂得故問二乘亦爾何故不說答彼不能越見修所斷有頂習氣非增上故復有說者此中不欲說二差別及二平等但說菩薩欲界現觀邊世俗智及如來盡智時所得欲界善根是欲界增上善根勝二乘所得故問若爾聲聞獨覺豈無增上善根答彼復展轉望餘下類說名增上非望上乘問現觀邊世俗智入正性離生已方得何故言入時得耶答理應言入

已方得而說入時得者此已入名入時於近說遠聲如說大王今者從何所來此亦已來而說今來如說受樂受時如實知受樂受等此亦已受名受時如說斷苦斷樂入第四靜慮此亦於苦已斷名斷如說思惟何法入慈等至此亦已入名入如說阿羅漢心解脫欲漏有漏無明漏此於欲漏亦已解脫名解脫此中亦爾已入名入時復有說者正應說菩薩入正性離生時得現觀邊世俗智以諸諦初智皆名正性離生諸忍名入故謂苦集滅類忍入苦集滅類智時名得現觀邊世俗智如金剛喻定現在前時名得盡智時此亦如是問何故此智名現觀邊答現觀苦邊集邊滅邊得此智故名現觀邊有說此是諸瑜伽師觀聖諦時傍修得故名現觀邊尊者妙音說曰此智近現觀故名現觀邊如近村物名曰村邊問此現觀邊所修世俗善法四蘊五蘊爲自性何故但說世俗智耶答以智增故說名爲智猶如見道五蘊爲自性見增故名見金剛喻定四蘊五蘊爲自性定增故名定四種通行四蘊五蘊爲自性通增故名通此亦如是問苦現觀邊欲界世俗智與色界世俗智何者爲勝答色界者勝以界勝故集滅現觀邊亦爾問集現觀邊欲界世俗智苦現觀邊色界世俗智何者爲勝答欲界者所依勝故勝色界者界勝故勝以滅問苦集亦爾問苦現觀邊欲界世俗智集現觀邊色界世俗智何者爲勝答色界者二事勝故勝一界勝二所依勝以苦問滅以集問滅亦爾問苦現觀邊欲界世俗智集現觀邊欲界世俗智

何者爲勝答集現觀邊勝以所依勝故以若問滅以集問滅亦爾如欲界色界亦爾問何故現觀邊世俗智法智時不修答法智於彼非田非器乃至廣說復次此智現觀邊修故名現觀邊世俗智若法智時亦修者應名現觀中世俗智非現觀邊復次先說此智越有頂見所斷故得非法智時能越有頂見所斷故不修此智復次於一一諦所作已辦加行息時能修此智住法智時多有所作加行未息謂法智時雖知欲界苦而未知色無色界苦雖斷欲界集而未斷色無色界集雖證欲界滅而未證色無色滅故法智時不修此智復次於一一諦現觀究竟及斷見此所斷盡時能修此智住法智時無如是事是故不修問何故道類智時不修此智答道類智於此

非田非器乃至廣說復次此智是見道眷屬繫屬見道道類智是修道故不修此智復次此智是向道眷屬繫屬向道道類智是果道故不修此智復次此智是隨信行隨法行相續中修道類智時名信勝解見至相續是故不修此智復次此智名現觀邊於三諦有邊聲轉故修此智如說薩迦耶苦邊薩迦耶集邊薩迦耶滅邊而不說薩迦耶道邊故道類智時不修此智問因論生論何故於三諦有邊聲轉非於道諦答以其有能知一切苦斷一切集證一切滅而無有能修一切道佛亦於道得修習修俱不盡故無邊聲轉復次苦諦有漏無漏道俱能有所作者有邊聲轉道諦惟無漏道能有所作故無邊聲轉如有漏無漏道世間出世間道有味無味道躭嗜依

出離依道當知亦爾復次苦諦是有是有果於彼有邊聲轉謂苦集諦是有是有果滅諦雖非有而是有果道諦非有非有果故無邊聲轉以於道諦不說邊故道類智時不修此智復次從不可知本際以來世俗道於三諦曾有所作謂我是道今道類智現在前時見眞道故彼便慙恥是故不修如村邑中若未立主有自貴者自稱爲主後立主時彼自貴者慙羞捨去此亦如是復次現觀邊世俗智是有是有果苦集諦是有是有果滅諦雖非是有而是有果故見彼時修世俗智道諦非有非有果故見彼時不修此智復次苦集諦有無邊過患滅諦有無邊勝利故見彼時修世俗智道諦無無邊過患亦無無邊勝利故見彼時不修此智復次無始時來世俗智於三諦已有功能謂知斷滅而不究竟以於有頂無功能故今於三諦得現觀時以究竟故彼便歡喜如與欲法起得現前是以故修無始時來於道聖諦未有功能謂未修習故見道時不修此智復次於苦集滅得現觀時未見眞道故世俗智猶自謂道是以故修於道聖諦得現觀時見眞道故此世俗智自知非道故不復修此中應說烏孔雀喻復次見三諦時猶未永斷謗道邪見及未永斷非道謂道戒禁取故諸世俗智猶自稱道是以故修見道諦已彼皆永斷故不復修此世俗智問得道類智時如捨見道此現觀邊世俗智爲亦捨不答不捨所以者何有漏無漏道捨法異故謂無漏道三緣故捨一退故二得果故三練根故有漏道四緣故捨一退故二越界

地故三斷善根故四捨衆同分故道類智時於捨有漏四緣皆無故於爾時不捨此智復次道類智與見道現行成就俱相違故爾時便捨與現觀邊世俗智雖現行相違而成就不相違故爾時不捨問何故修道中此智不現前耶答此現觀邊世俗智是見道眷屬繫屬見道故於修道必不現前復次此智是向道眷屬繫屬向道修道帶果故不現前復次此智依隨信隨法行相續修道中無此相續故不現前復次此智與修道雖成就不相違而現行相違是故不起復次此智與見道所緣行相等極相似故於修道位必不現前此現觀邊世俗智界者惟欲色界問何故此智非無色界耶答以無色界於此智非田非器乃至廣說復次若界有見道彼界則有此智無色界中無見道故此智亦無問因論生論何故無色界中無見道耶答無色界於見道非田非器乃至廣說復次若界有緣一切法非我行相彼界則有見道無色界中無緣一切法非我行相故無見道復次若界有行諦善根彼界則有見道無色界中無行諦善根故無見道復次若界有順決擇分彼界則有見道無色界中無順決擇分故無見道復次若界有忍有智彼界則有見道無色界中有智無忍故無見道復次若界有法智類智彼界則有見道無色界中雖有類智而無法智故無見道復次若界止觀平等或觀偏增彼界則有見道無色界中止增非觀故無見道復次若界有偏緣智彼界則有見道無色界中無偏緣智故無見道無見道故彼所修世

俗智亦無復次此智設在無色界有不可修故便爲無用是故彼無謂修此智必依見道見道惟能修自下地不能修上故彼設有亦不可修又無色界無見道因中隨其所應即是無此智因地者此智七地中有謂欲界未至靜慮中間及四靜慮若依未至定入正性離生彼修一地見道二地現觀邊世俗智若依初靜慮入正性離生彼修二地見道三地現觀邊世俗智若依靜慮中間入正性離生彼修三地見道四地現觀邊世俗智若依第二靜慮入正性離生彼修四地見道五地現觀邊世俗智若依第三靜慮入正性離生彼修五地見道六地現觀邊世俗智若依第四靜慮入正性離生彼修六地見道七地現觀邊世俗智所依者此智依欲界身非色無色界問此智爲依異生身爲依聖者身耶設爾何失若依異生身者何故不名異生法耶若依聖者身者何故聖者不現前耶有說此智不依異生身亦不依聖者身都無所依評曰彼不應作是說云何名善根而無所依耶應作是說依聖者身以依隨信隨法行身而修得故問若爾何故不現在前答此智與見道現行相違故過見道位無容起故設見道位中見道須臾不現前者此智便起以見道無剎那斷義是故此智無容現前問若不現前云何可說此依隨信隨法行身答彼身有二種一是見道所依二是現觀邊世俗智所依見道於見道所依身得亦在身成就亦現前現觀邊世俗得於彼身得而不在身成就不現前現觀邊世俗智於現觀邊世俗智所依

身得亦在身成就亦現前見道於彼身得而不在身成就不現前設見道位此世俗智所依身現在前者則此智成就亦現在前見道惟於未來成就然見道位必起見道所依身故見道成就亦現在前此智惟於未來成就若見道位不起見道所依身者則無見道見聖諦義便非聖者是故必起見道所依由此彼身得非擇滅是故此智畢竟不起行相者此智總有十二行相謂苦現觀邊所修者作苦四行相集現觀邊所修者作集四行相滅現觀邊所修者作滅四行相所緣者此智緣三界三諦苦現觀邊所修者緣三界苦諦集現觀邊所修者緣三界集諦滅現觀邊所修者緣三界滅諦問此爲總緣爲別緣耶答別緣謂欲界者隨所應緣欲界三諦色界者隨所應緣色無色界三諦有說總緣謂欲界者隨所應緣三界三諦色界者亦爾評曰前說者好如無漏智法分類分各別緣故念住者此智苦集現觀邊所修者通四念住滅現觀邊所修者惟法念住智者此智惟世俗智定者此智不與定俱根相應者此智總與三根相應謂樂喜捨根過去未來現在者此智惟未來苦集現觀邊所修者緣三世滅現觀邊所修者緣離世善不善無記者此智惟善苦集現觀邊所修欲界者緣三種色界者緣善無記滅現觀邊所修者惟緣善三界繫不繫者此智欲色界繫苦集現觀邊所修欲界者緣欲界繫色界者緣色無色界繫滅現觀邊所修緣不繫學無學非學非無學者此智是非學非無學緣非學非無學見所斷修所斷

不斷者此智惟修所斷苦集現觀邊所修者緣見修所斷滅現觀邊所修者緣不斷緣名緣義者此智苦集現觀邊所修者通緣名義滅現觀邊所修者惟緣義緣自相續他相續非相續者此智苦集現觀邊所修者緣自他相續滅現觀邊所修者緣非相續加行得離染得生得者此智惟加行得聞思修所成者此智欲界者是思所成非聞所成此勝故非修所成不定故色界者是修所成非聞所成此勝故非思所成彼無思慧故彼若思時便入定故在意地在五識者此智在意地非五識以五識中無加行善故問此智爲有異熟爲無異熟答有異熟善有漏故問此智於何處受異熟果答欲界者於欲界色界者於色界初靜慮者於初靜慮乃至第四靜慮者於第四靜慮問聲聞者可爾彼容有色界相續故佛及獨覺者云何可爾非佛獨覺可有色界相續受此異熟故答彼種姓補特伽羅亦曾有色界蘊界處相續於彼展轉受此異熟問若爾云何聖者相續中所成就因得異生相續中果耶答以如是義許爲因果亦無有過如業蘊說若具見修所斷結二種縛者可往惡趣諸預流者惟有修所斷結縛闕見所斷結縛故不往惡趣由此惡趣有二種因一見所斷結二修所斷結諸預流者所成就修所斷結旣是惡趣因豈非聖者相續中所成就因得異生相續中果耶故此所說亦無有過此說不生因果可有是事若可生者無如是事復有說者佛及獨覺亦有如聲聞色界蘊界處相續於彼展轉受此智異熟果評曰

彼俱不應作如是説應作是説現觀邊世俗智是有漏有記故説有異熟而無曾受及當受義故不應責受異熟身問頗有二聖者同生一地於現觀邊世俗智一成就一不成就耶答有謂一依初靜慮入正性離生一依第二靜慮入正性離生彼命終俱生第二靜慮依初靜慮者不成就此智以越地捨故依第二靜慮者成就此智生自地不捨故頗有二阿羅漢同在一地於現觀邊世俗智一成就一不成就耶答有謂彼先時一依初靜慮入正性離生一依第二靜慮入正性離生彼命終俱生第二靜慮住中有中得阿羅漢果依初靜慮者不成就此智以越地捨故依第二靜慮者成就此智生自地不捨故

問聲聞獨覺及與如來得盡智時皆修三界九地善根此中何故但説如來所得欲界善根非餘答雖實皆得然於此中欲説欲界增上善根故不説二乘及餘地所得問諸阿羅漢得盡智時皆修三界九地善根不答此不決定若生欲界得盡智時能修未來三界九地生初靜慮得盡智時能修未來二界八地生上不修下有漏故乃至若生非想非非想處得盡智時能修未來一界一地此中善根勝故偏説而實具修四蘊五蘊問如是所修爲加行得爲離染得爲生得耶答是離染得亦加行得離有頂染時得故聲聞獨覺亦以加行現在前故但非生得彼非勝故問此所修者爲聞所成爲思所成爲修所成答三種皆有謂欲界者聞思所成色界者聞修所成無色界者惟修所成問何故現觀邊世俗智

非聞所成盡智時所修善根有聞所成耶答彼是見道眷屬一向猛利是速疾道之所修故非聞所成此是盡智眷屬盡智息求是容豫道故能通修諸加行善問如是善根爲在意地爲在五識答惟在意地以五識中無加行善雖有生得善而非此所修故惟意地問若此善根惟意地者施設論說當云何通如說阿羅漢得盡智已六恒住法爲有爲無若有者云何有若無者云何無設有者幾過去成就幾未來成就幾現在成就答有謂阿羅漢眼見色已不喜不憂心恒住捨具念正知廣說乃至意知法已不喜不憂心恒住捨具念正知彼阿羅漢得盡智已若最初起善眼識現在前彼成就過去一未來六現在一此滅已不捨若起善耳識現在前彼成就過去二未來六現在一此滅已不捨乃至若起善意識現在前彼成就過去未來六現在一復有誦言若最初起善眼識現在前彼過去無但成就未來六現在一此滅已不捨若起善耳識現在前彼成就過去一未來六現在一此滅已不捨乃至若起善意識現在前彼成就過去五未來六現在一此滅已不捨若復起善意識或餘識現在前彼成就過去未來六現在一如是所說云何通耶答此說漏盡清淨身中所起滅者不說無始生死以來所起滅者然此所說非盡智時所修善根無相違過復有說者六恒住法亦惟意地以說眼見色已乃至意知法已不喜不憂心恒住捨具念正知故問若爾何故復說善眼識等現在前時成就現在一耶答當知此是恒住加

行非恒住體故不相違問六恒住法以何爲自性答以念慧爲自性云何知然如契經説諸阿羅漢心善解脱具六恒住云何爲六謂眼見色已乃至意知法已不喜不憂心恒住捨具念正知若兼取相應俱有則四藴五藴爲自性已説自性所以今當説問何故名恒住恒住是何義答諸阿羅漢恒於此住未嘗捨離故名恒住問一切阿羅漢皆有此六恒住法耶有作是説非一切阿羅漢皆有此六謂不時解脱已得邊際第四靜慮及願智者乃有此六評曰應作是説一切阿羅漢皆有此六云何知然此六恒住皆以漏盡清淨身中念慧爲體諸阿羅漢無不成就此念慧故問此六恒住在何界地有説此六在欲色界惟二地有謂欲界初靜慮以意地者亦與善眼識等相入出故不在上地復有説者在五地有謂欲界四靜慮五地意識皆與眼等識相入出故評曰應作是説通在三界十一地有謂欲界未至靜慮中間四靜慮四無色意識念慧遍諸地故問此六恒住爲有上中下差别不答有謂如來者上獨覺者中聲聞者下復次不動法種性者上退法種性者下餘四種性者中問若聲聞獨覺亦成就六恒住法何故説三種念住是佛不共法耶答佛恒爲衆宣説法要是御衆生故偏説之聲聞獨覺無此事故不言其有復次聲聞獨覺雖有少分非究竟故而不建立復次聲聞獨覺雖斷貪恚而有餘習故若徒衆有違順時生相似貪恚憂喜故不建立有三念住復次六恒住法與三念住建立有異謂三念住依衆建

立六恒住法依境建立於境不起憂喜則易於衆則難故聲聞等有六恒住無三念住問何故得盡智時頓修未來三界善根非餘時耶答爾時三界煩惱永盡更無所作惟須世俗入出定心受用諸定故此時修三界善根復次是時永捨昔所未捨諸煩惱聚及最初得昔所未得諸功德聚故能頓修三界善根復次是時心得自在王位首繫解脱吉祥白練三界善根皆來朝貢如登王位首繫練時一切國土皆來朝貢復次是時能破昔所未破煩惱怨敵三界善根皆來迎賀如人能破敵國怨已歸國之時一切國人皆來迎賀復次是時能伏昔所未伏煩惱力士三界善根皆共慶讚如大衆中有能降伏所未曾伏大力士者衆咸慶讚復次是時解脱究竟滿故能傍修習三界善根謂從見道漸次乃至金剛喻定解脱未滿但能少分隨所應修得盡智時解脱滿故能傍修習三界善根如人引水溉灌田時一畦滿已復入一畦乃至諸畦悉皆滿已其水滂溢徧流餘處復次是時能縛煩惱盡故三界善根皆得解脱勢用增盛是故頓修謂無始來三界善法恒爲煩惱之所繫縛不得自在無有勢用是故不能具足修習若修行者離欲染時少得解脱餘縛猶多乃至若離有頂八品煩惱縛時雖多解脱尚有少縛若離有頂第九品時三界善根諸縛皆斷得自在故一切頓修猶如羂等九等縛時若斷一二乃至斷八其束不散斷第九時其束乃散此亦如是復次無始時來三界善法皆共猒患有頂煩惱雖多方便而未能

斷今得斷盡是以頓修復次金剛喻定勢力增猛一切煩惱皆能永滅所引盡智亦能總得一切解脫是故此位能總修習三界善根時解脫阿羅漢得盡智時能修二智三十行相謂盡智十四行相除空非我無學正見智十六行相若四靜慮未至中間一一具修法智類智各三十行相若三無色惟修類智三十行相不時解脫阿羅漢得盡智時能修三智四十四行相謂盡智無生智各十四行相無學正見智十六行相若四靜慮未至中間一一具修法智類智各四十四行相若三無色惟修類智四十四行相是謂修習無漏善根

阿毗達磨大毗婆沙論卷第三十六　說一切有部發智

音釋

劣　力輟切弱也　溉　古代切澆也　畦　戶圭切　滂溢　滂普郎切盛也溢夷質切滿也

阿毗達磨大毗婆沙論卷第三十七

五百大阿羅漢等造

唐三藏法師玄奘奉　詔譯

雜蘊第一中無慚納息第五之四

諸心過去彼心變壞耶乃至廣說問何故作此論答爲止他宗顯正義故謂或有執過去未來非實有體現在是無爲彼於三世愚惑不了起如是執爲遮彼執欲顯實有過去未來現在是有爲法復次有諸外道執有爲法行於世時物性相隱有諸外道執有爲法行於世時物性相變有諸外道執有爲法行於世時物性相往爲遮彼執顯有爲法前滅後生故作斯論諸法變壞略有二種一世變壞二理變壞世變壞者謂過去世現在變壞名過去故理變壞者謂染污法諸染污法皆違理故過去染污心具二變壞不染污心惟世變壞未來現在染污心惟理變壞不染污心不名變壞是謂此處略毗婆沙諸心過去彼心變壞耶答諸心過去彼心皆變壞諸染污心具二變壞故名變壞心不染污心惟世變壞故名變壞心有心變壞彼心非過去謂未來現在貪恚相應心彼心但由理變壞故名變壞心爲證此義復引契經如世尊說汝等苾芻設被怨賊鋸解汝身或諸支節汝等於彼心勿變壞亦當護口勿出惡言若心變壞及出惡言於自所求深爲障礙此證瞋心名爲變壞怨謂怨對賊謂劫盜問何故但說鋸解身支答欲顯能爲多苦因故謂刀矟等傷害身時有入時苦出時不苦有出時苦入時不苦若以鋸解入出皆苦於此極苦尚不應

瞋況於輕苦而當瞋恨自所求者善趣涅槃又世尊說汝等苾芻於妙欲境不應發起變壞之心此證貪心名爲變壞妙欲境者謂五妙欲變壞心者謂婬欲心問若現在至過去說過去法名世變壞者未來至現在何故現在法不名世變壞耶答若變壞已不復變壞名世變壞現在變壞復當變壞是故不說爲世變壞復次若世具有世變及作用壞者名世變壞現在雖有世變而無作用壞以現在法有作用故不名世變壞復次世間共許已謝滅法名世變壞不說現在是故現在非世變壞問一切煩惱無不違理皆應名理變壞何故但說貪瞋二心名變壞耶答是作論者意欲爾故乃至廣說有說此中亦應說餘煩惱相應心名爲變壞而不說者當知此義有餘有說不應責問作論者意以作論者依經造論經中但說貪瞋相應名爲變壞非餘煩惱是故不說問置作論者世尊何故但說貪瞋相應之心名爲變壞不說餘耶答佛觀所化應聞貪瞋相應之心名爲變壞而得悟解辦所作事故說此二非餘煩惱復次佛觀此二變壞所依及所緣境是故偏說貪變壞所依者若貪現前身便柔軟輕舉怡悅變壞所緣者若所愛境現在前時心心所法於彼躭染時所依空如無情物於麤穢境見爲淨妙瞋變壞所依者若瞋現前身便麤强沉重慘顇變壞所緣者若所憎境現在前時心心所法於彼憎惡不欲面對況能視之於美妙中謂爲鄙陋復次佛觀此二變壞色形是故偏說貪變壞色者若貪現前令所依身變成黃

色變壞形者若增上貪數數現起男形隱没女形出現瞋變壞色者若瞋現前令所依身變成異色變壞形者若增上瞋數數現起人形相滅蛇形相生曾聞有一離繫外道雖依佛出家而不捨本見聞佛弟子說彼法中種種過失生重瞋恚由瞋恚故變作毒蛇復次佛觀此二變壞分位及衆同分是故偏說貪變壞分位者由貪力故說諸男女幼少中年老年差別變壞衆同分者如世尊說有欲界天名爲戲忘彼躭戲樂身極疲勞心便忘念由忘念故而便殞殁瞋變壞分位者由瞋力故亦說男女幼少中年老年差別變壞衆同分者如世尊說有欲界天名爲意憤彼憤恚故角眼相視由此相視憤恚更增如是多時而便殞殁復次佛觀此二變壞自他身及衆具過餘煩惱是故偏說復次佛觀此二能生種種違順過失過餘煩惱是故偏說復次佛觀此二是鬬諍本過餘煩惱是故偏說復次世間種種深重過失多由愛憎是故偏說復次此二隨眠偏在六識皆自力起是故偏說復次此二隨眠是諸歡慼煩惱根本又能生長依諸身心種種過患及衆苦惱是故偏說

諸心染著彼心變壞耶乃至廣說問何故復作此論答前說於妙欲境不應起貪於解身支不應起瞋勿謂惟欲界修所斷貪瞋名爲變壞欲顯三界貪及五部貪瞋皆名變壞故作斯論諸心染著彼心變壞耶答諸心染著彼心皆變壞謂過去者由世及理二變壞故名變壞心未來現在者但由理變壞故名變壞心有心變壞彼心非染著謂過去貪不相

應心若染汙者由二變壞故名變壞心不染汚者但由世變壞故名變壞心及未來現在瞋相應心此心但由理變壞故名變壞心爲證此義復引契經如世尊說汝等苾芻設被怨賊廣說乃至於自所求深爲障礙此中略故但說染著理亦應說有憎惡心諸心憎惡彼心變壞耶答諸心憎惡彼心皆變壞謂過去者由二變壞故名變壞心未來現在者但由理變壞故名變壞心有心變壞彼心非憎惡謂過去瞋不相應心若染汚者由二變壞故名變壞心不染汚者但由世變壞故名變壞心及未來現在貪相應心此心但由理變壞故名變壞心爲證此義亦應引經如世尊說汝等苾芻於妙欲境不應發起變壞之心雖諸染汚心皆名變壞而由如前說故但說二種

云何掉舉乃至廣說問何故作此論答欲令疑者得決定故謂世尊說掉舉惡作合立一蓋或有生疑離掉舉無惡作離惡作無掉舉欲令此疑得決定故顯離掉舉有惡作離惡作有掉舉故作斯論云何掉舉答諸心不寂靜不止息輕躁掉舉心躁動性是謂掉舉此中論主於異名義得善巧故作種種說文雖差別而體無異云何惡作答諸心焦灼懊變惡作心追悔性是謂惡作如是諸名義如前說諸心有掉舉彼心惡作相應耶答應作四句此二互有寬狹義故有心有掉舉非惡作相應謂無惡作心有躁動性即色無色界五部染汚心欲界見所斷四部心及修所斷染汚五識惡作不相應染汚意識有心有惡作

非掉舉相應謂無染污心有追悔性即苾芻等護學處者多有此心如應收舉牀几等物而不收舉及應閉門而不閉等依福非福亦有此心此中惡作總有四句一有惡作是善於不善處起二有惡作是不善於善處起三有惡作是善於善處起四有惡作是不善於不善處起第一句者謂如有一作惡事已心生追悔我所作者非爲好作何因作此不善事耶如護學處諸苾芻等有所違越便生悔恨第二句者謂如有一作善事已心生追悔我所作者非爲好作何因作此無用事耶如勝家長者施獨覺食已心生追悔我寧以此食與奴婢作使何乃施彼髡頭沙門第三句者謂如有一作少善已心生追悔我所作者非爲善作何不多作此善事耶如尊者無滅言我若知彼有此威德應更多施何太少耶第四句者謂如有一作少惡已心生追悔我所作者非爲好作何不多作如是事耶如屠膾等作少惡已悔不多作此四句中第一第三名有惡作非掉舉相應心有心有掉舉亦惡作相應謂染污心有追悔性即前四句中第二第四句是此所說問此中何故不說有躁動心有追悔性而但言染污心有追悔性耶答但是染污心必有躁動不說自成若說有躁動心者則疑染污心中有無躁動者故但說染污心即由此故前第二句說無染污心有追悔性無躁動義亦不說自成若說無躁動心有追悔性者則疑無染污心或有躁動故前但說無染污心有心無掉舉亦非惡作相應謂除前相此中所名以相聲說若法

已立名已稱說者作前三句未立名未稱說者作第四句故言除前相此復云何謂識蘊中作此四句初句取無惡作有掉舉心第二句取無掉舉有惡作心第三句取有掉舉有惡作心除此所餘無掉舉無惡作心作第四句云何惛沉乃至廣說問何故作此論答爲令疑者得決定故如世尊說惛沉睡眠合立一蓋或有生疑離惛沉無睡眠離睡眠無惛沉欲令此疑得決定故顯離惛沉有睡眠離睡眠有惛沉故作斯論云何惛沉答諸身重性心重性身不調柔心不調柔身瞢瞢心瞢瞢身憒悶心憒悶心惛重性是謂惛沉此中論主於異名義得善巧故作種種說文雖差別而體無異身重性者顯五識相應惛沉心重性者顯意識相應惛沉由此餘句應知亦爾心惛重性者顯此皆是心所法性云何睡眠答諸心睡眠惛微而轉心昧略性是謂睡眠心睡眠者顯此但與意識相應惛微轉者顯異覺時及無心定心昧略性者顯此自性是心所法謂略即簡五識相應昧簡諸定及分別意諸心有惛沉彼心睡眠相應耶答應作四句此二互有寬狹義故有心有惛沉非睡眠相應謂無睡眠心有惛沉性即色無色界一切染污心及欲界覺時諸染污心有心有睡眠非惛沉相應謂無染污心有睡眠性即欲界善無覆無記睡眠相應意識有心有惛沉亦睡眠相應謂染污心有睡眠性即欲界染污睡眠相應意識此中問答如前掉舉惡作中說有心無惛沉亦非睡眠相應謂除前相此中所名以相聲說若法已立名已稱

說者作前三句未立名未稱說者作第四句故言除前相此復云何謂識蘊中作此四句初取有惛沉無睡眠心第二句取有睡眠無惛沉心第三句取有惛沉有睡眠心除此所餘無惛沉無睡眠心作第四句睡眠當言善耶乃至廣說問何故作此論答前說睡眠心昧略為性未說為是善為不善為無記今欲說之故作斯論睡眠當言善耶不善耶無記耶答睡眠應言或善或不善或無記謂睡眠時心心所法有三種故云何善謂善心睡眠惛微而轉心昧略性由彼覺時於諸善事好行慣習故睡夢中亦復隨轉如在本有於諸善事好行慣習彼於死有或中有中亦復隨轉此亦如是問此睡夢中所起善法為加行善為生得耶答惟生得善以惛微故有餘師說亦加行善以於文義亦揀擇故云何不善謂不善心睡眠惛微而轉心昧略性由彼覺時於不善事好行慣習故睡夢中亦復隨轉如在本有於不善事好行慣習彼於死有或中有中亦復隨轉此亦如是問此睡夢中所起不善為見所斷修所斷耶答通二所斷云何無記謂無記心睡眠惛微而轉心昧略性由彼覺時於無記事好行慣習故睡夢中亦復隨轉如在本有於無記事好行慣習彼於死有或中有中亦復隨轉此亦如是問此睡夢中所起無記為是有覆為無覆耶答二種俱有有覆無記者謂欲界身邊二見相應睡眠無覆無記者謂威儀路工巧處異熟生非通果威儀路者如睡夢中自謂行等工巧處者如睡夢中自謂畫等異熟生者如睡夢中

除前所說餘無記轉有餘師說惟異熟生是睡眠中無覆無記以心惛昧不發身語故無威儀及工巧性夢中當言福增長耶乃至廣說問何故作此論答前說睡眠通善不善無記未說夢中有福增長等今欲說之故作斯論夢中當言福增長耶非福增長耶非福非非福增長耶答夢中應言或福增長或非福增長或非福非非福增長有處說得名爲增長有處說生名爲增長何處說得名爲增長如定蘊說何故異生退時見修所斷結增長世尊弟子退時惟修所斷結增長彼處說得名爲增長何處說生名爲增長如施設論說異生欲貪隨眠起時必起五法一欲貪隨眠二欲貪隨眠增長生三無明隨眠四無明隨眠增長生五掉舉彼處說生名爲增長此中

說能取愛非愛果等思名爲增長以此能取如應果故福增長者如有夢中布施作福受持齋戒或餘隨一福相續轉其事云何彼隨覺時善勝解力夢中還似彼善事轉故如覺時能取愛果說爲增長謂若覺時好行布施或以飲食或以衣服卧具醫藥房舍等事給施於他由斯慣習勝解力故夢中還似此所作轉若於覺時好作福業或勤修理佛法僧事道路橋梁園林華果池沼福舍或樂瞻病供侍有德或營五年大會等福由斯慣習勝解力故夢中還似此所作轉若於覺時受持八齋及諸禁戒謂苾芻等七衆律儀由斯慣習勝解力故夢中還似此所作轉若於覺時好樂誦讀聽聞說授思惟揀擇三藏文義由斯慣習勝解力故夢中還似此所作轉若於

覺時修不淨觀或持息念四念住等諸觀行門由斯慣習勝解力故夢中還似此所修轉由如是等勝解力故夢中福業亦得增長非福增長者如有夢中害生命不與取欲邪行故妄語飲諸酒或餘隨一非福相續轉其事云何彼隨覺時惡勝解力夢中還似彼惡事轉故如覺時取非愛果説爲增長謂若覺時好害他命如屠羊等或不與取如劫賊等或欲邪行如奸非者或故妄語如僞證等或飲諸酒如躭酒人或作其餘撾打罵詈讒構彼非俳優歌詠飲噉血肉貪著五欲憎惡三寶憍慢邪見嫉妬等事由斯慣習勝解力故夢中還似彼所作轉故於夢中諸非福業亦得增長非福非非福增長者如有夢中非福非非福相續轉其事云何彼隨覺時非善非惡勝解力故夢中還似彼事而轉故如覺時能取非愛非非愛果説爲增長謂若覺時作威儀路或工巧處或作田種擔負等事由斯慣習勝解力故夢中還似彼所作轉故於夢中非福非非福業亦得增長問若於夢中福增長者何故佛説愚人眠時無果異熟答如人覺時能作種種田種等事眠則不能如是覺時能修種種殊勝善業謂能讀誦聽問説授揀擇文義修不淨觀持息念等別總念住順決擇分入正決定得預流果乃至能得阿羅漢果或復能修人天勝業眠時於此皆不能成故説眠時無果異熟是故尊者世友説曰眠時所作福業果少故説無果非謂全無問若於夢中作福增長何故佛説寧當睡眠勿起惡覺答如人覺時數起種種增上惡覺眠

時則無故作是說非謂夢中一切非福皆不增長問夢中善不善業能引衆同分不答不能以明了業能引衆同分彼昧劣故有說亦能謂彼能引蠐螬蚳蚓等暗劣衆同分非餘勝者評曰不應作是說如前說者好眠時但能造圓滿業非牽引業隨他力轉性昧劣故然得欲界五蘊異熟

夢名何法乃至廣說問何故作此論答前雖說夢作用而未說夢自性今欲說之復次為止他宗顯正義故謂或有執夢非實有如譬喻者彼作是說夢中自見飲食飽滿諸根充悅覺已饑渴身力虛羸夢中自見眷屬圍繞奏五音樂歡娛受樂覺已皆無獨處愁顇夢中自見四兵圍繞東西馳走覺已安然由此應知夢非實有為遮彼執顯實有夢若夢非實便違契經如契經說我為菩薩時於一夜中作五大夢又契經說勝軍大王於一夜中作十大夢毗柰耶說訖栗雞王於一夜中作十四夢又契經說難地迦母來白佛言我夫犯戒既命終已於夜夢中現昔時身來謂我曰汝是我婦可為昔事世尊我時都無異想曾無一念隨順彼心世尊告曰善哉善哉汝是不還果人豈復染斯欲事又契經說汝等當斷如夢之法此法是何謂五取蘊又伽他說

如夢所會人　覺已便不見　死已於所愛
不見亦復然

若夢非實便與此等所說相違由是因緣故作斯論夢名何法答諸睡眠時心心所法於所緣轉彼覺已隨憶能為他說我已夢見如

是如是事是謂夢問若夢所見覺巳不憶設憶不能爲他說者爲是夢不答彼亦是夢但不圓滿若圓滿者是此所說問夢以何爲自性答即以夢時心心所法而爲自性有作是說意爲自性由意勢力諸心所轉取夢境故有餘師說念爲自性由念勢力覺巳隨憶爲他說故或有說者五取蘊爲自性夢時諸蘊展轉相資成夢事故復有說者以一切法爲夢自性皆是夢心所緣事故評曰如是諸說雖各有義而最初說於理爲善以此中說諸睡眠時心心所法於所緣轉此顯睡時若心心所於所緣境明了轉者說名爲夢不說餘故問夢在意地非五識身如何夢中能見色等有作是說是諸鬼神先示其人吉不吉相雖在意地而緣色等尊者妙音作如是說夢中法爾能見當來吉不吉相通達夢事制造夢書諸仙人等作如是說大德說曰夢中雖無眼等五識能見色等而由意地眠勢衰微夢見色等如難地迦母所見夢事尊者世友作如是說由五因緣見所夢事如彼頌言

由疑慮慣習　分別曾更念　亦非人所引
五緣夢應知

壽吠陀書作如是說七因緣故夢見色等如彼頌言

由曾見聞受　希求亦分別　當有及諸病
七緣夢應知

應說五緣見所夢事一由他引謂若諸天諸仙神鬼呪術藥草親勝所念及諸聖賢所引故夢二由曾更謂先見聞覺知是事或曾慣習種種事業今便夢見三由當有謂若將有

吉不吉事法爾夢中先見其相四由分別謂若思惟希求疑慮即便夢見五由諸病謂若諸大不調適時便隨所增夢見彼類問何界趣處有此夢耶答欲界有夢非色無色彼無睡故於欲界中有作是說四趣有夢惟除地獄彼由苦逼無睡眠故應說地獄亦容有夢如施設論說等活地獄中雖熱所逼骨肉焦爛有時冷風所吹或因獄卒唱活彼即還活骨肉復生苦受暫停便生少樂由此故知亦容有睡因斯有夢問何等補特伽羅有夢答異生聖者皆得有夢聖者中從預流果乃至阿羅漢獨覺亦皆有夢惟除世尊所以者何夢似顛倒佛於一切顛倒習氣皆已斷盡故無有夢如於覺時心心所法無顛倒轉睡時亦爾問佛亦有睡眠耶答有云何知然契經說故如契經說諸離繫子來至佛所作是問言喬答摩尊有睡眠不世尊告曰祠火當知我極熱時爲解食悶亦暫睡眠彼復白佛世有一類沙門梵志作如是言有睡眠者即是愚癡喬答摩尊將無是事世尊告曰若有諸漏雜染後有生老病死苦果未斷未徧知而睡眠者可名愚癡佛於諸漏雜染後有生老病死苦果已斷已徧知故雖有睡眠不名愚癡然諸睡眠略有二種一染汙二不染汙諸染汙者佛及獨覺阿羅漢等已斷徧知不染汙者爲調身故乃至諸佛亦現在前況餘不起故知諸佛亦有睡眠是故睡眠通五趣有中有亦有在胎卵中諸根身分已滿足者亦有睡眠問夢所見事爲是曾更爲非曾更設爾何失若曾更者云何夢見有角人耶豈曾

有時見人有角契經所說復云何通如說菩薩於一夜中作五大夢一者夢見身卧大地頭枕妙高山王右手攬西大海左手攬東大海兩足攬南大海二者夢見有吉祥草名曰堅固從齊中出漸高漸大徧覆虛空三者夢見有諸蟲鳥身白頭黑緣菩薩足極至膝輪還復退落四者夢見有四色鳥從四方來至菩薩邊皆成一色五者夢見糞穢山上經行往來而不被汙菩薩何處曾更此事而夢見耶若所夢事非曾更者云何菩薩非顛倒耶有作是說夢所見事皆是曾更問若爾云何夢見有角人耶豈曾有時見人有角答彼於覺時異處見人異處見角夢中惛亂見在一處故無有失復次於大海中有獸似人頭上有角彼曾見之今還夢見以大海中徧有一切有情形類故名大海問菩薩五夢復云何通菩薩豈曾更如是事答曾更有二一者曾見二者曾聞菩薩昔時雖未曾見而曾聞故今夢見之問菩薩何時聞如是事答曾於過去諸佛法中修習梵行彼佛亦曾夢見斯事爲其宣說從彼得聞故今夢見有作是說劫初時人亦有夢見如是事者從彼傳說菩薩得聞由此今時復還夢見復有說者夢所見事非必曾更問若爾云何菩薩非顛倒耶答此是無上正等菩提之先兆故非顛倒攝問諸占夢書誰之所造答仙人所造彼由宿住隨念智力憶念本事而造此書問彼智不能觀未來境觀未來境乃是願智彼無願智云何能造占未來事諸夢書耶答彼由比知未來夢事謂見過去如是夢者有如是果現在

亦然由此比知未來如是夢者亦當有如是果故彼能造諸占夢書有説諸仙亦有獲得妙願智者能造此書爲諸有情避危難故問夢境宿住隨念智境何者爲多答夢境多非第四靜慮宿住隨念智境所以者何第四靜慮宿住隨念智惟能憶念三無數劫夢則能知無數無數大劫之事故有問言頗有不入靜慮不起通慧而能得知無數無數大劫事不答有謂夢問如世尊説汝等當斷如夢之法此法是何謂五取蘊何故取蘊説如夢耶答刹那性故不久住故誑有情故滅壞法故虚僞性故難猒足故説之如夢

阿毗達磨大毗婆沙論卷第三十七 説一切有部發智

音釋

稍 色角切矛屬也　慘顇 慘七感切感也顇秦醉切憔悴也　殞 于敏切殁也　髡 苦昆切鬄髮也　𧄼瞢 𧄼丁鄧切瞢武亘切𧄼瞢不明也　慣 古患切習也　俳優 俳步皆切優於求切俳優倡也　蠐螬 蠐祖奚切螬昨勞切蠐螬蟲名　攪 古巧切手動也

阿毗達磨大毗婆沙論卷第三十八

五百大阿羅漢等造

唐三藏法師玄奘奉　詔譯

雜蘊第一中無慚納息第五之五

如契經說有五蓋爲五蓋攝諸蓋爲諸蓋攝五蓋乃至廣說問何故作此論答欲令疑者得決定故如契經說有五蓋一貪欲蓋二瞋恚蓋三惛沉睡眠蓋四掉舉惡作蓋五疑蓋或有生疑蓋惟有五無明非蓋欲令此疑得決定故顯五蓋外別有第六謂無明蓋由此因縁故作此論爲五蓋攝諸蓋爲諸蓋攝五蓋答諸蓋攝五蓋非五蓋攝諸蓋不攝何等謂無明蓋諸蓋多故能攝五蓋五蓋少故不攝諸蓋如大器能覆小器小器不能覆大器無明隨眠雖亦是蓋重故不說在五蓋中世尊別立爲第六蓋謂前五蓋勢力皆等無明偏重是故別說爲證此義復引契經如世尊說

無明蓋所覆　愛結所繫縛　愚智俱感得
如是有識身

問無明是蓋亦是結愛是結亦是蓋何故此中說無明惟是蓋說愛惟是結耶答無明亦應說是結愛亦應說是蓋而不說者應知此是有餘之說復次欲現種種文種種說故若以種種文種種說者義則易解易可受持餘便煩亂復次欲現二門乃至廣說如無明說蓋愛亦應爾如愛說結無明亦應爾爲現二門乃至廣說是故無明但說爲蓋愛但名結復次無明蓋義多結義少故但說爲蓋愛結義多蓋義少故但說爲結復次無明蓋義重

結義輕故但說爲蓋愛結義重蓋義輕故但說爲結復次覆義是蓋義諸煩惱中更無第二煩惱能覆有情慧眼如無明者故說爲蓋繫義是結義諸煩惱中更無第二煩惱繫縛有情久處生死如貪愛者故說爲結諸有情類爲無明蓋所盲愛結所縛故不能棄捨生死趣向涅槃譬如有人遭二怨賊一縛其手足二以土坌眼是人被縛眼無所見不能逃避至安隱處有情亦爾無明所覆貪愛所結不能捨離生死趣向涅槃此中應說二怨賊喻昔有二賊一名伊利二名捨耆恒共遊止若遇財主一縛手足一坌其目取財而去其人被縛目無所見即於是處困苦至死有情亦然無明貪愛所覆繫故沉淪生死是故尊者妙音說曰諸有情類無明所盲貪愛所縛久處生死增長惡法是故無明偏說爲蓋愛偏名結其義善立然無明蓋勢用偏重一勝前五故佛不說在五蓋中五蓋勢力皆齊等故諸蓋彼覆耶乃至廣說問何故復作此論答先依契經理趣但於五蓋外別立第六無明爲蓋今欲依對法理趣說一切煩惱無非是蓋以覆障義是蓋義故一切煩惱皆能覆障聖道及聖道加行善根是故皆名爲蓋由此因緣復作斯論諸蓋彼覆耶答應作四句此中蓋者依性相說貪欲等五若過去若未來若現在無不皆是所立五中蓋性相故皆名爲蓋此中覆者依作用說一切煩惱在現在時有覆作用故名爲覆過去未來無覆作用故不名覆由此二種互有寬狹故作四句有蓋非覆謂過去未來五蓋此有蓋性相故

名爲蓋而無覆作用故不名覆以過去者作用已息未來者未有作用故問過去蓋覆過去相續未來蓋覆未來相續現在蓋覆現在相續何故今說過去未來是蓋非覆答若依諸法自性說者覆通三世以諸法自性通三世故若依補特伽羅說者覆惟現在以補特伽羅惟現在故謂惟於現在蘊界處法立補特伽羅非於過未彼墮法數非有情故今惟依彼補特伽羅建立覆義故惟現在又先已說覆依作用立故不應爲難有覆非蓋謂除五蓋諸餘煩惱現在前此復云何謂色無色界一切煩惱欲界見慢無明及五蓋所不攝諸纏現在前是謂覆非蓋問何故惟說現在煩惱是覆非餘答若說現在當知亦說過去未來性相同故然現在世有覆作用顯故偏說復次現在煩惱於自相續覆障聖道及聖道加行善根過未不爾故說現在復次現在煩惱於自相續發起諸業過未不爾故說現在復次現在煩惱於自相續取果與果過未不爾故說現在復次現在煩惱於自相續能爲同類因徧行因異熟因取等流果異熟果過未不爾故說現在復次現在煩惱於自相續能爲染汙現可訶責令没淤泥墮非理處過未不爾故說現在復次現在煩惱於自相續作熱惱事作損害事過未不爾故說現在復次現在煩惱於自相續作自性愚及所緣愚過未不爾故說現在復次現在煩惱於自相續愚於三世及離世法過未不爾故說現在復次現在煩惱障礙所依所緣行相令不解脫過未不爾故說現在由如是等種種因

緣惟說現在煩惱名覆有蓋亦覆謂五蓋隨一現在前謂貪欲蓋現在前時覺位有三蓋現在前謂貪欲惛沉掉舉睡位有四蓋現在前謂前三并睡眠如貪欲蓋瞋恚惡作疑蓋亦爾若惛沉蓋現在前時覺位定有二蓋現在前謂惛沉掉舉睡位定有三蓋現在前謂前二并睡眠如惛沉蓋掉舉蓋亦爾若睡眠蓋現在前時定有三蓋現在前謂睡眠惛沉掉舉如是五蓋現在前時亦名爲蓋有蓋性相故亦名爲覆有覆作用故有非蓋非覆謂除前相此中所名以相聲說若法已立名已稱說者作前三句未立名未稱說者作第四句故言除前相此復云何謂行蘊中作四句過去未來五蓋爲初句除五蓋謂餘現在煩惱爲第二句現在五蓋爲第三句餘相應不相應行蘊及四蘊全并三無爲爲第四句

諸欲界繫無明隨眠彼一切不善耶乃至廣說問何故作此論答前顯無明亦是蓋性未顯不善今欲顯之復次爲止他宗顯正義故謂或有執一切煩惱皆是不善如譬喻者彼作是說一切煩惱不巧便慧所攝持故皆是不善爲遮彼執顯諸煩惱有是不善有是無記問一切煩惱不巧便慧所攝持故應皆不善如何亦說有無記耶答感不愛果故名不善非不巧便所攝持故若不爾者無覆無記應有不善彼性中亦有不巧便者故或復有執欲界煩惱皆是不善色無色界一切煩惱皆是無記爲遮彼執顯欲界身見邊見及彼相應無明亦是無記由是因緣故作斯論諸欲界繫無明隨眠彼一切不善耶答諸不善

無明隨眠皆欲界繫有欲界繫無明隨眠非不善謂欲界繫有身見邊執見相應無明問何故欲界身見邊見及彼相應俱有等法非不善耶答若法體是無慚無愧或彼相應或彼俱有或彼所生者是不善身見等法與彼相違故非不善所餘廣釋如後結蘊不善納息諸色無色界繫無明隨眠彼一切無記耶乃至廣說問何故復作此論答前顯無明有是不善性未顯亦無記今欲顯之復作斯論諸色無色界繫無明隨眠彼一切無記耶答諸色無色界繫無明隨眠皆是無記有無記無明隨眠非色無色界繫謂欲界繫有身見邊執見相應無明問何故色無色界繫煩惱及彼相應俱有等法非不善耶答若法體是無慚無愧或彼相應或彼俱有或彼所生者是不善上二界繫煩惱等法與彼相違故非不善所餘廣釋如後結蘊不善納息諸見苦集所斷無明隨眠彼皆是徧行耶乃至廣說問何故作此論答前說無明是不善或無記而未說彼是徧行非徧行今欲說之故作斯論諸見苦集所斷無明隨眠彼皆是徧行耶答諸是徧行無明隨眠皆見苦集所斷有見苦集所斷無明隨眠非徧行謂見苦集所斷非徧行隨眠相應無明即見苦集所斷貪瞋慢隨眠相應無明諸見滅道所斷無明隨眠彼皆非徧行耶答諸見滅道所斷無明隨眠皆非徧行有非徧行無明隨眠非見滅道所斷謂見苦集所斷非徧行隨眠相應無明即見苦集所斷貪瞋慢隨眠相應無明此中徧行非徧行義餘處廣說故不顯示

云何不共無明隨眠乃至廣說問何故作此論答前說無明亦是蓋性是不善或無記是徧行非徧行未說無明是不共非不共今欲說之復次前說煩惱相應無明未說煩惱不相應無明今欲說之故作斯論云何不共無明隨眠答諸無明於苦不了於集滅道不了此中不了者顯不欲忍義謂由無明迷覆心故於四聖諦不欲不忍故名不了非但不明如貧賤人惡食在腹雖遇好食不欲食之異生亦爾無明覆心聞四聖諦不欲不忍問若爾云何不明邪見答無行相轉說名邪見此惟不欲非無行相故非邪見復次謗毀實物名爲邪見此惟不忍故非邪見問此中所說不了名言爲顯自性爲顯行相爲顯所緣有作是說此顯無明自性問如是無明行相云何答無知黒闇愚癡是此無明行相問如是無明所緣云何答即四聖諦有餘師說此顯無明行相謂此無明惟於四聖諦不了行相轉問若爾品類足論所說當云何通如說云何不共無明隨眠隨增謂無知黒暗愚癡答應知彼論是有餘說彼說無明行相不盡謂此更有不了行相有說不了即是無知黒闇愚癡無相違過問如是無明自性云何答自體自相即此自性如說諸法自性即是諸法自相同類性是共相問如是無明所緣云何答即四聖諦復有說者此顯無明所緣謂於苦不了者說緣苦諦於集滅道不了者說緣集滅道諦自性行相皆如前說評曰應作是說如是無明於四聖諦一向愚鈍一向闇昧一向不明了一向不決擇以爲自性已說自

性所以今當説問如是無明何故名不共不共是何義答如是無明自力而起非餘隨眠相應起故名爲不共非如貪等相應無明他力而起有作是説如是無明非餘隨眠相雜而起故名不共有餘師説如是無明與餘隨眠不同意樂故名不共或有説者如是無明與餘隨眠所作各别故名不共復有説者如是無明迷四聖諦不與隨眠相應而起故名不共或復有説如是無明不與隨眠相應惟是異生所起故名不共有餘復説如是無明於起煩惱最爲上首故名不共問不共無明爲但見所斷爲通五部耶設爾何失若惟見所斷識身論説當云何通如説彼是修所斷不共無明相應心若通五部此本論文何故不説而但言於苦不了於集滅道不了耶答應作是説如是無明惟見所斷問若爾識身論説當云何通答彼文應作是説彼是修所斷隨眠不相應無明相應心不應説言彼是修所斷不共無明相應心問説不共無明相應心説隨眠不相應無明相應心義有何異答修所斷無明答有隨眠不相應者而不名不共所以者何他力起故謂若無明自力而起非餘隨眠相應起者名爲不共修所斷無明雖有不與隨眠相應起者而非自力所起是忿恨等力所起故不名不共有作是説不共無明共部皆有問若爾此本論文何故不説答此中但説見道所斷不共無明以此無明迷四聖諦不與隨眠相應起故修所斷者雖非隨眠相應而起而不迷諦是故不説復次此中但説惟異生起不共無明修所斷者

聖者亦起是故不說復次此中但說通緣有漏無漏有爲無爲不共無明修所斷者但緣有漏有爲是故不說復次此中但說自力而起不共無明修所斷者他力所起是故不說問此修所斷不共無明何心中有答若欲界者十小煩惱地法等俱心中可得初靜慮者諂誑憍俱心中可得第二靜慮以上地者惟憍相應心中可得問此中所說不共無明何位現起答若諸異生由勝解力發起正見或起邪見心勞倦時數數間起迷四聖諦不共無明謂緣四諦不欲不忍不了行相問一切心中皆有般若何緣今說不共無明於諦不了答慧爲無明所覆蔽故不明不淨於四聖諦亦不能了復次此中但說不共無明於諦不了不說般若故不應責問頗有隨眠不與隨眠相應耶答有即前所說不共無明及修所斷忿等俱起無明隨眠問頗有隨眠不名有隨眠耶答有即前所說不共無明及修所斷忿等俱起無明隨眠緣彼隨眠已斷盡者問頗有隨眠於諸隨眠不隨增耶答有即前所說不共無明緣無漏者問頗有隨眠非諸隨眠所隨增耶答有謂諸隨眠已離繫者問如有隨眠不與隨眠相應而起頗有隨眠不與諸纏相應起耶答無一切隨眠皆與惛沉掉舉俱故問如有隨眠不與隨眠相應而起頗亦有纏而不與纏相應起耶答無諸染汙心皆與惛沉掉舉俱故問如有隨眠不與隨眠相應而起頗亦有纏不與隨眠相應起耶答無諸纏必與無明隨眠相應起故

云何不共掉舉纏答無不共掉舉纏問何故

作此論答爲令疑者得決定故謂無明與掉舉俱通三界五部六識不善無記徧與一切染汙心俱或有生疑如無明有不共掉舉亦爾欲令此疑得決定故顯掉舉纒無不共者故作斯論謂掉舉纒必與無明隨眠俱故亦與惛沉纒相應故不名不共問惛沉掉舉皆與一切染汙心俱何故此中但説掉舉非惛沉耶答是作論者意欲爾故乃至廣説復次亦應説惛沉而不説者應知是有餘説復次惛沉掉舉恒相應故此中説一則已説餘復次以掉舉纒隨順放逸多諸過失堅固猛利惛沉不爾是故偏説由此契經於順上分五結門中惟立掉舉品類足論惟説掉舉在十煩惱大地法中施設論中惟説掉舉在五法内如説異生欲貪隨眠起時必起五法一欲貪隨眠二欲貪隨眠增長生三無明隨眠四無明隨眠增長生五掉舉如是等處皆由掉舉多過失故偏説非餘此中亦爾復次以掉舉纒數行猛利繞亂四支五支靜慮是故偏説惛沉愚鈍隨順等持似定而轉惛沉現前便速入定過失輕故此中不説復次以掉舉纒敗壞善品令於定境不能專注惛沉不爾是故偏説復次以掉舉纒繞亂心品於諸善法不欲勤修設欲勤修速還懈廢惛沉不爾是故偏説復次以彼惛沉似無明轉前已廣説無明隨眠則已説彼是故不説復次以掉舉纒猛利堅固多諸過失或有謂彼同於隨眠亦有不共是故偏説無不共者

雜蘊第一中相納息第六之一

色法生住老無常當言色耶非色耶如是等

章及解章義既領會已次應廣釋問何故作此論答爲廣分別契經義故如契經說佛告苾芻法有二種一者有爲二者無爲有爲之起亦可了知盡及住異亦可了知無爲無起而可了知無盡住異而可了知諸師於此契經義趣不如實知起種種執謂或有執諸有爲相非實有體如譬喻者彼作是說諸有爲相是不相應行蘊所攝不相應行蘊無有實體故諸有爲相非實有體爲遮彼執顯有爲相實有自體或復有執諸有爲相皆是無爲如分別論者彼作是說若有爲相體是有爲性羸劣故則應不能生法住法異法滅法以有爲相體是無爲性强盛故便能生法乃至滅法或復有執生相是有爲滅相是無爲如法密部彼作是說若無常相體是有爲性羸劣故不能滅法以是無爲性强盛故便能滅法爲遮彼執顯有爲相皆是有爲或復有執相與所相一切相似如相似相續沙門彼作是說色法生住老無常體還是色乃至識法生老住無常體還是識爲遮彼執顯有爲相惟不相應行蘊所攝或復有執色等五蘊出胎時名生相續時名住衰變時名異命終時名滅如經部師爲遮彼執顯彼惟是衆同分相非有爲相有爲相者諸有爲法一一刹那皆具四相復次爲令疑者得決定故如定蘊說過去法得或過去或未來或現在未來現在法得亦爾或有生疑如得與法有同世者有異世者相與所相亦應如是爲令彼疑得決定故顯相與法無異世者所以者何得與所得不同一果不定俱行非俱有因故或異

世相與所相是同一果決定俱行爲俱有因故必同世爲遮前說種種異宗及爲除疑故作斯論色法生住老無常當言色耶非色耶答應言非色此中色法謂十色處及法處少分彼有爲相但是非色惟法處攝此即所相能相異類非色法生住老無常當言非色耶色耶答應言非色此中非色法謂意處及法處少分彼有爲相如前說此即所相能相同類有見法生住老無常當言有見耶無見耶答應言無見此中有見法謂色處彼有爲相但是無見惟法處攝此即所相能相異類無見法生住老無常當言無見耶有見耶答應言無見此中無見法謂十一處除色處彼有爲相如前說此即所相能相同類有對法生住老無常當言有對耶無對耶答應言無對此中有對法謂十色處彼有爲相但是無對惟法處攝此即所相能相異類無對法生住老無常當言無對耶有對耶答應言無對此中無對法謂意處法處彼有爲相如前說此即所相能相同類有漏法生住老無常當言有漏耶無漏耶答應言有漏此中有漏法謂十色處及二處少分彼有爲相但是有漏惟法處攝此後諸門所相能相皆是同類無漏法生住老無常當言無漏耶有漏耶答應言無漏此中無漏法謂意處法處少分彼有爲相但是無漏惟法處攝有爲法生住老無常當言有爲耶無爲耶答應言有爲此中有爲法謂十一處及法處少分彼有爲相但是有爲惟法處攝無爲法生住老無常當言無爲耶有爲耶答應言無爲法無生住老無常此

中無爲法謂法處少分是無爲故無有爲相此前所説五種二門所相能相有同有異此後所説五種三門所相能相一切皆同如應當知攝處多少及隨所應遮前異執謂説所相能相世同即遮經部異時四相説色等相非色等攝即遮相似相續沙門説色等相還色等攝説生等相皆是有爲即遮法密分別論者説生等相是無爲法十門分別生等諸相一切皆遮譬喻者説生等諸相體非實有非實有法如瓶衣等不應如是廣分別故云何老乃至廣説問何故作此論答前已依賢聖道理顯有爲相今欲依世俗道理顯有爲相前已依賢聖言説顯有爲相今欲依世俗言説顯有爲相前已依勝義諦顯有爲相今欲依世俗諦顯有爲相復次前已顯細有爲相今欲顯麤有爲相前已顯覺慧現見有爲相今欲顯色根現見有爲相前已顯刹那有爲相今欲顯相續有爲相前已顯連縛有爲相今欲顯分位有爲相故作斯論問此中何故不問生耶答是作論者意欲爾故乃至廣説復次亦應問而不問者應知此中是有餘説復次若令諸法損減散壞此中説之生令諸法增長熾盛是故不説復次若令諸法衰退離散此中説之生令諸法增盛和合是故不説云何老答諸行向背熟變相是謂老契經中説髮希髮白皮緩皮皺色衰力損身曲背僂喘息短急氣勢痿羸行步遲微扶杖進止體多黶黑猶如彩畫諸根昧熟支分變壞舉身戰掉動轉呻吟諸行朽敗是名爲老阿毗達磨或説蘊熟或如此中所説老相諸行

向者趣向死門諸行皆者棄皆少壯諸行熟諸根昧熟諸行變者身力衰變尊者世友作如是說諸行損敗故名爲老如故衣等諸行朽壞故名爲老如破車等諸行羸弱故名爲老如朽舍等諸行衰瘁故名爲老如萎華等諸行慢緩故名爲老如樂器等大德說曰已生諸行損盛引衰故名爲老云何死答彼彼有情從彼彼有情衆同分移轉壞沒捨壽煖命根滅棄諸蘊身殞喪是謂死契經說死與此相同文句雖多而義無別同顯死故云何無常答諸行散壞破沒亡退是謂無常此中文句雖有多種義亦無別皆共顯了無常義故問云何無常散壞諸行答非如散壞穀豆等物但令諸行無復作用故名散壞謂一剎那作所作已第二剎那不復能作死無常何差別答諸死是無常有無常非死謂除死餘行滅問何故復作此論答世說無常與死無異欲顯差別故作斯論謂死惟內惟有情數惟有根心無常通內外有情無情數有根無根有心無心是謂差別問云何死亦無常云何無常非死耶答最後命根滅名死亦無常餘時命根滅名無常非死復次最後諸蘊滅名死亦無常餘時諸蘊滅名無常非死復次內諸蘊滅名死亦無常外諸蘊滅名無常非死如內外有情數無情數有根無根有心無心應知亦爾

業力強耶無常力強耶答業力強非無常方此中聖道以業聲說無常者謂滅相佛於聖道或說爲受或說爲想或說爲思或說爲意或說爲燈或說爲信精進念定慧或說爲船

栿山石水華或説爲慈悲喜捨如是一一別釋如經此中聖道説名爲業故業力强非無常力有作是説無常力强非業力所以者何此業亦無常故如人能殺千人敵者是人名爲勝千人敵此亦如是故無常力强非業力於此義中業力强非無常力所以者何業能滅三世行無常惟滅現在行故謂聖道力滅三世行斷彼諸行得擇滅故無常惟能滅現在行令彼不復有作用故復次聖道業力能滅可生不可生行令得擇滅亦令諸行在未來世畢竟不生得非擇滅無常惟能滅可生行非不生者故業力强有作是説此中業者能引五趣衆同分業無常者謂滅相故業力强非無常力有説無常力强非業力所以者何此業亦無常故於此義中業力强非無常力所以者何業力能引五趣衆同分無常惟能滅現在行故有餘師説此中業者謂能和合無常力者謂能別離故業力强非無常力有説無常力强非業力所以者何此業亦無常故於此義中業力强非無常力所以者何和合事難別離易故如作器難壞器則易此亦如是故業力强復有説者此中業力謂一切種身語意業無常力者謂無常相故業力强非無常力有説無常力强非業力所以者何此業亦無常故於此義中業力强非無常力所以者何業力能感一切果法無常惟能滅起法故

阿毗達磨大毗婆沙論卷第三十八 說一切有部發智

音釋

惛呼昆切 僂兩舉切傴也 喘昌兗切疾息也 痿於爲切弱也 黶於琰切中黑也 瘁秦醉切憔悴也

阿毗達磨大毗婆沙論卷第三十九

五百大阿羅漢等造

唐三藏法師玄奘奉　詔譯

雜蘊第一中相納息第六之二

如世尊說有三有爲之有爲相有爲之起亦可了知盡及住異亦可了知一刹那中云何起答生云何盡答無常云何住異答老問何故作此論答爲欲分別契經義故謂契經說有三有爲之有爲相乃至廣說雖作是說而不顯示云何起盡云何住異經是此論所依根本彼不說者今應說之復次爲止他宗顯正義故謂或有執三有爲相非一刹那如譬喻者彼作是說若一刹那有三相者則應一法一時亦生亦老亦滅然無此理互相違故應說諸法初起名生後盡名滅中熟名老爲遮彼執顯一刹那具有三相問若如是者則應一法一時亦生亦老亦滅答作用時異故不相違謂法生時生有作用滅時老滅方有作用體雖同時用有先後一法生滅作用究竟名一刹那故無有失或生滅位非一刹那然一刹那具有三體故說三相同一刹那由此因緣故作斯論

問諸行自性有轉變不設爾何失若有轉變云何諸法不捨自相若無轉變云何此中說有住異答應說諸行自性無有轉變問若爾何故此中說有住異答此中住異是老別名非謂轉變如生名起無常名盡老名住異應知亦然復次有因緣故說無轉變有因緣故說有轉變有因緣故無轉變者謂一切法各住自體自我自物自性自相無有轉變有因

緣故有轉變者謂有爲法得勢時生失勢時滅得力時生失力時滅得士用時生失士用時滅得增上時生失增上時滅得功能時生失功能時滅熾然時生萎歇時滅增進時生衰退時滅興舉時生墮落時滅猛利時生遲鈍時滅滋茂時生枯萃時滅和合時生離散時滅故有轉變復次轉變有二種一者自體轉變二者作用轉變若依自體轉變說者應言諸行無有轉變以彼自體無改易故若依作用轉變說者應言諸行亦有轉變謂法未來未有作用若至現在便有作用若入過去作用已息故有轉變復次轉變有二種一者自體轉變二者功能轉變若依自體轉變說者應言諸行無有轉變以彼自體無改易故若依功能轉變說者應言諸行亦有轉變謂未來世有生等功能現在世有滅等功能過去世有與果功能故有轉變復次轉變有二種一者物轉變二者世轉變若依物轉變說者應言諸行無有轉變以物恒時無改易故若依世轉變說者應言諸行亦有轉變謂有未來現在過去世改易故既有轉變說有異相無違理失

問諸有爲相於有爲法爲是自相爲共相耶設爾何失若是自相云何一法而有四相若是共相云何一切有爲法各各別有四相耶有作是說此是自相問若爾云何一法有四相耶答一法四相亦無有失如一色法有多種相所謂如病如癰如箭乃至廣說百四十相然此自相非如四大種堅濕煖動相但一一法各各別有生住異滅故名自相復次自

相有二種一者主自相二者客自相此有爲相是有爲法客自相非主自相故一法有四相亦無有失復次自相有二種一者本性自相二者他合自相此有爲相是有爲法他合自相非本性自相故一法有四相亦無有失有餘師說此是共相問若爾云何一切有爲法各各别有四相耶答以相似故名爲共相如一法上有生等四餘法亦然非如一縷貫在衆華故名共相復有說者此非自相亦非共相諸有爲法生住異滅名義同故體各別故然此生等是法摽印若有此者知是有爲如大士相於彼大士不名自相亦非共相但是摽印若有此者知是大士生等亦然評曰應作是說此是共相然共相有二種一者自體共相謂一一有爲法自體各有生等四義二者和合共相謂一一有爲法各與生等四相和合此四但是和合共相

問生相復有餘生相不設爾何失若有者此復有餘此復有餘如是展轉應成無窮若無者誰生此生而生他耶答應作是說生復有生問若爾生相應成無窮有作是說許此無窮亦無有失三世寬博豈無住處由是因緣生死難斷難破難越衆苦生長連環無窮又同一刹那故無無窮失有餘師說諸行生時三法俱起一者法二者生三者生生此中生能生二法謂法及生生生惟生一法謂生由此道理無無窮失問何故生能生二法生生惟生生耶答法性爾故不應爲難如諸女人有生二子有生一子豈應爲難評曰應作是說諸行生時九法俱起一者法二者生三

者生生四者住五者住住六者異七者異異八者滅九者滅滅此中生能生八法謂法及三相四隨相生生惟生一法謂生由此道理無無窮失問何故生能生八法生生惟生生耶答法性爾故不應爲難如鷄犬等有生八子有生一子豈應爲難如生與生生住與住住異與異異滅與滅滅應知亦爾問諸行起時除其自性餘有爲法皆有作用能生此法何故惟說生能生此法耶答諸行起時生正能生餘但佐助故但說生能生此法如女産時雖有諸女而爲佐助母正生故獨名産者尊者世友作如是說要有生故此法得生故但說生能生此法此義有餘亦待餘緣此法生故復作是說若無生者此法不生故但說生能生此法此亦有餘若無餘緣法不生故大德說曰生相勝故說生能生謂法起時雖有餘緣而生最勝如技書畫染衣等時雖有餘緣而說勝者如但說生能生此法故名生相住異滅相應知亦然

問諸有爲法有住相不設爾何失若有者有爲相中何故不說如世尊說有三有爲之有爲相不說有四又契經說復云何通如說苾芻諸行不住若無者此前所說當云何通如說色法生住老無常當言色耶非色耶乃至廣說品類足說復云何通如說云何生謂諸行起云何住謂諸行生巳不壞云何老謂諸行熟云何無常謂諸行生巳壞答應作是說有爲法有住相問若爾有爲相中何故不說答契經應說有四有爲之有爲相而不說者應知彼是有餘之說復次諸有爲法實有住

相似無爲故佛不說在有爲相中復次若法能令諸行損減世尊說在有爲相中住相能令諸行增益故不說在有爲相中問生亦能令諸行增益何故說在有爲相中答生最能令諸行損減非老無常所以者何若生不引令入現在老何所衰無常寧滅由生引行令入現在故老能衰無常能滅故生最能損減諸行譬如有人隱在稠林有三怨敵欲爲損害一從稠林牵之令出一損其力一斷彼命若一不從稠林牵出二何損害三相於行應知亦然復次若法能令諸行和合及令散壞世尊說在有爲相中生相能令諸行和合異滅能令諸行散壞住相不爾故不說在有爲相中復次若法能令諸行歷世世尊說在有爲相中生相令行從未來世入現在世異滅令行從現在世入過去世住相不爾故不說在有爲相中復次摽别有爲名有爲相住相墮在無爲部中故佛不說名有爲相有說彼經亦說住相如彼經說盡及住異亦可了知住即住相問何故但說有三有爲之有爲相答住異合立故但說三世尊欲令猒有爲法欣求寂滅故於彼經住異合說如示室利與黒耳俱令諸有情住異俱捨問契經所說復云何通如說苾芻諸行不住答不久住故說不住言非謂全無剎那住相尊者世友作是釋言契經但遮剎那後住說不住言非謂諸行無剎那住若全無住世尊不應建立施設世及剎那復作是釋剎那住相微細難知難可施設故說不住謂剎那量是佛所知非諸聲聞獨覺等境如乗神通屈伸臂頃從此處

没至色究竟於其中間非不相續可有從此往至彼義亦非一法移轉至彼又無從此越至彼義是故決定刹那刹那生滅相續從此至彼於其中間諸刹那量最極微細惟佛能知由此故言諸行不住大德釋曰諸行生已雖少時住而老無常速即損滅故言不住有作是說有爲法無住相問此前所說當云何通如說色法生住老無常乃至廣說答此前應說色法生老無常乃至廣說不應言住而言住者應知此住是老别名如生名起無常名盡老名爲住應知亦爾故三相中老名住異問品類足說復云何通如說云何住謂諸行生已不壞答彼論所說我不能通評曰既不能通應信有住由住相力諸行生已能取自果能取所緣由異滅力一刹那後無復作用若無住相諸行應無因果相續心心所法應無所緣故必有住

問言異相者爲滅壞故名爲異相爲轉變故名異相耶設爾何失若滅壞故名異相者應有爲相但有三種異即滅故若轉變故名異相者應同轉變外道所宗答應作是說非滅壞故及轉變故名爲異相然令諸行作用損敗作用朽故作用羸弱作用衰痺作用慢緩故名異相有作是説令轉變故名爲異相問若爾應同轉變外道所立宗義答彼執諸行相續轉時前位不滅轉變爲後如新成灰乳爲酪等今説諸行相續轉時前滅後生而有轉變謂有爲法生時勢盛滅時勢衰生時力强滅時力劣生時名新滅時名故生時滋茂滅時枯萃生時和合滅時離散生時與舉滅

時墮落生時猛利滅時遲鈍生時得作用滅時失作用生時得增上滅時失增上生時得功能滅時失功能生時熾盛滅時萎歇生時增進滅時退減生時得士用滅時失士用生時未熟滅時已熟故名轉變非同外道問諸有爲相與所相法爲同爲異設爾何失若同者云何四不爲一一一不爲四又取一時應作四解若異者云何不以餘相爲相有作是說相所相同問若爾云何四不爲一一一不爲四又取一時應作四解答相雖有四而體是一於一自體有多相故於一所緣作四種解理亦無違如於一物起無常等多行相故有餘師說相所相異問若爾云何不以餘相爲相答無如是失能相所相從無始來互相屬故復次能相所相從無始來恒和合故不相離故常相隨故相雜住故尊者世友作如是說相所相異然諸能相依所相起如煙依火是故不以餘相爲相復次能相既是所相過患雖不相離而相不同如病既是人之過患雖不相離而相各別若病與人相不異者其病若愈人亦應無大德說曰佛說生等是有爲之相故知相屬而相不同如舍等屬人而相有異

問若一切刹那皆有老相何不一切時首生白髮答此難非理老相白髮不相即故白髮是色有見有對老相非色無見無對二體既異如何難言有老相時即有白髮復次老與少壯或有相違或不相違若相違者首生白髮不相違者不生白髮復次若增益大種多損減大種少者不生白髮若損減大種多增

蓋大種少者首生白髮復次氣勢强者不生白髮氣勢弱者首生白髮復次白髮不由老相故起但衆同分將欲盡時有此異熟可猒相起如酒油等將欲盡時法爾於中有滓穢起問何界趣處有白髮耶答在欲界有非色無色地獄趣無旁生鬼有人三洲有除北俱盧彼無如是可猒相故乘純淨業而生彼故由雜穢業白髮生故問如是白髮何等人有答異生聖者皆有白髮諸聖者中從預流果乃至獨覺皆有白髮惟除世尊佛無此等可猒相故以白髮等是滓穢故諸佛皆無髮希髮白皮緩皮皺音聲破壞解支節苦亦無心亂漸捨諸根般涅槃時諸根頓滅問佛由何業得此果耶答先菩薩時三無數劫修集種種難行苦行所起善業後後刹那轉增轉盛信慧堅猛諸所施爲無萎歇故由此善業爲相似因令受如斯相似勝果故無髮白面皺等事問若一切刹那皆有無常相者何不一切時皆有屍骸相現答若有根身滅有根身生者無屍骸相現若有根身滅無根身生者有屍骸相現復次若有心身滅有心身生者無屍骸相現若有心身滅無心身生者有屍骸相現復次若有情數身滅有情數身生者無屍骸相現若有情數身滅無情數身生者有屍骸相現復次若有執受身滅有執受身生者無屍骸相現若有執受身滅無執受身生者有屍骸相現復次由諸有情業增上力命終後有屍骸相現謂諸有情須受用彼皮肉筋骨髮毛爪齒蹄角等故由諸有情業增上力活時未有屍骸相現謂一晝夜總有六

十四億九萬九千九百八十刹那五蘊生滅若一刹那皆有屍骸相現者則一有情屍骸大地無容受處既不埋殯深爲可惡諸有情類逃避無方故由有情業增上力活時未有屍骸相現問化生有情於命終後何故無有屍骸相現答以彼受生及命終時諸根身分頓得捨故如人水中暫出暫没不可知彼没何所至出何所從故化生死後無屍骸相現復次化生有情其身輕妙猶如火燄雲霧電光滅則無餘故無屍現復次大種多者死有屍骸彼造色多故無屍骸復次非根多者死有屍骸彼根法多故無屍骸復次毛髮爪等可捨法多者死有屍骸化生有情可捨法少故無屍骸復次覽精血等以成身者死有屍骸化生不爾故無屍骸

問諸有爲法生時爲體是生法故生爲與生相合故生耶設爾何失若體是生法故生者生相則應無用若與生相合故生者則無爲法生相合故亦應可生答應作是説體是生法故生問若爾生相則應無用答雖體是生法若無生相合者則不可生故彼生時由生相合生相是彼生勝因故如可破法破因能破及可斷法斷因能斷故可生法生相能生有作是説與生相合故生問若爾無爲與生相合亦應可生答無爲無有生相合義故不可生如虚空等無破因合故不可破無斷因合故不可斷無生相合故不可生應知亦爾生相與彼未甞合故有爲住異二種問答應知亦爾問諸有爲法滅時爲體是無常法故滅爲與無常相合故滅耶設爾何失若體是

無常法故滅者則無常相應成無用若與無常相合故滅者則無爲法無常合故亦應可滅答應作是說體是無常法故滅問若爾無常相則應無用答雖體是無常法若無無常相合者則不可滅故彼滅時由無常合無常是彼滅勝因故如可生法生因能生此亦如是有作是說與無常相合故滅問若爾無爲與無常合應亦可滅答無爲無有無常合義故不可滅如虛空等無生相合故不可生此亦如是無常與彼未甞合故有餘師說有爲體是生住異滅若無四相則不可知猶如闇中有瓶衣等若無燈照則不可知此亦如是故有爲相是彼了因評曰應知此中初說爲善問如有爲法有有爲相無爲亦有無爲相耶設爾何失若有者云何無爲名非聚法若無者品類足說當云何通如說云何不生不住不滅法謂一切無爲法答應作是說諸無爲法無無爲相問若爾品類足說當云何通答翻對有爲故作是說謂有爲法有生住滅無爲異彼說不生等非謂別有不生等相

如契經說佛告苾芻汝等有生有老有死有沒有出所以者何汝等諸行猶如幻事陽燄等故問此中所說生出死沒有何差別有作是說無有差別生即是出死即是沒一切皆是刹那性故尊者世友作如是說入母胎時名生出母胎時名出諸蘊熟時名沒捨諸蘊時名死脇尊者曰中有諸蘊得時名出捨時名沒生分諸蘊得時名生捨時名死尊者妙音作如是說胎卵濕生諸蘊起時名生諸根漸生故壞時名死有餘屍骸故化生諸蘊起

時名出諸根頓出故壞時名沒無餘屍骸故大德說曰於諸趣中初受生時名生命根盡時名死中間諸蘊刹那生時名出刹那滅時名沒尊者覺天作如是說有色有情生時名生死時名死無色有情生時名出死時名沒是謂生出死沒差別

雜蘊第一中無義納息第七之一

如世尊說

修諸餘苦行　當知無義俱　彼不獲利安

如陸揮船棹

如是等章及解章義既領會已次應廣釋問何故作此論答爲欲分別契經義故雖一切論皆爲釋經然此納息釋多經義謂契經說世尊住在鄔盧頻螺池邊泥爛繕那河側菩提樹下成佛未久爲諸聲聞略說法要告諸苾芻我已解脫無義苦行得解脫彼甚爲善哉自正願力速證無上佛菩提故時諸苾芻聞佛所說歡喜踊躍恭敬尊重攝心屬耳聽受法要爾時惡魔作如是念今彼沙門喬答摩種菩提樹下爲衆說法其諸聲聞恭敬聽受我今應往爲作留難便自化作摩納婆身來至佛前說伽他曰

仁今捨苦行　古仙眞淨道　更修餘穢道

必不獲清淨

此中義者謂彼惡魔於諸天身作眞淨想於昔外道所修苦行起能證得眞淨道想故白佛言仁今何故捨舊諸仙能得眞淨苦行妙道修餘鄙穢逸樂道耶此必不能獲得清淨宜時速捨故佛爲彼說此頌言修諸餘苦行乃至廣說此頌意言非我於彼外道苦行不

能修故而棄捨之但審觀察如是苦行畢竟不能斷諸煩惱得眞義利故我捨之更修眞實處中妙行由斯已證無上菩提能拔衆生生死劇苦此頌義者外道所修種種苦行在正法外故説諸餘有説應言下賤苦行謂諸苦行略有二種一者上勝謂八聖道及彼眷屬二者下賤謂諸外道所修苦行離我執故立下賤名復次彼諸外道所修苦行爲求世間生死苦果以果劣故立下賤名有説應言不死苦行言不死者是天別名即呼天魔名爲不死魔祟如是外道苦行故此名爲不死苦行復次諸外道等希求天中諸妙欲樂修此苦行故説名爲不死苦行次言當知無義俱者修彼苦行當知能引此世他世諸衰損事名無義俱復言彼不獲利安者重釋前義利謂利益安謂安樂彼諸苦行不能永斷諸煩惱故不能引生殊勝善故不獲究竟利益安樂如在陸地揮船棹者唐設劬勞終無所遂外道苦行當知亦爾雖勤修習不獲利安時彼天魔復請佛曰若此苦行不獲利安佛修何道得眞清淨世尊告曰

我修戒定慧　處中眞淨道　得究竟淨果
及無上菩提

契經雖作是説而不分別其義經是此論所依根本彼所不分別者今應盡分別之故作斯論何故世尊作如是説修餘苦行無義俱耶答彼行趣死近死至死非如是苦行能超越死故謂諸有情爲欲超越老死海故修彼苦行然彼苦行從見趣起倍令沉沒老死海故佛説修彼與無義俱生老死三徧在諸有

老死正是有情所猒死起猒强故此偏說尊者妙音作如是說一切流轉皆名無義一切還滅皆名有義如是苦行從見趣起違背還滅隨順流轉故說修彼與無義俱大德說曰三惡趣苦皆名無義善趣解脫皆名有義如是苦行邪方便起違善趣等順惡趣苦故說修彼與無義俱尊者世友作如是說如是苦行能令衆生墮在生死恒受諸界諸趣諸生諸處衆苦故說修彼與無義俱

又世尊說結跏趺坐端身正願住對面念乃至廣說問何故作此論答爲欲分別契經義故如契經說有諸苾芻居阿練若或在樹下或在靜室結跏趺坐端身正願住對面念乃至廣說契經雖作是說而不分別其義經是此論所依根本彼不說者今欲說之故作斯論問諸威儀中皆得修善何故但說結跏趺坐答此是賢聖常威儀故謂過去未來過殑伽沙數量諸佛及佛弟子皆住此威儀而入定故復次如是威儀順善品故謂若行住身速疲勞若倚卧時便增惛睡惟結跏趺坐無斯過失故能修習殊勝善品復次如是威儀違惡法故謂餘威儀順婬欲等諸不善法惟結跏坐能違彼故復次如是威儀引人天等入正法故謂餘威儀不能引導人天龍鬼阿素洛等令入佛法如結跏坐威儀者故復次如是威儀生人天等敬信心故謂餘威儀不能發起人天龍鬼阿素洛等敬信之心如結跏坐威儀者故設此威儀生惡尋伺爲生他善尚應住之況自順生殊勝善品復次惟依此威儀證得無上佛菩提故謂依餘威儀亦

能證得二乘菩提不能證得佛菩提故復次住此威儀怖魔軍故謂佛昔於菩提樹下結跏趺坐破二魔軍謂自在天及諸煩惱故今魔衆見此威儀即便驚恐多分退散復次此是不共外道法故謂餘威儀外道亦有惟結跏坐外道無故復次結跏趺坐順修定故謂諸散善住餘威儀皆能修習若修定善惟結跏坐最爲隨順由如是等種種因緣是故但說結跏趺坐問結跏趺坐義何謂耶答是相周圓而安坐義聲論者曰以兩足趺跏致兩脞如龍盤結端坐思惟是故名爲結跏趺坐脇尊者言重疊兩足左右交盤正觀境界名結跏坐惟此威儀順修定故大德說曰此是賢聖吉祥坐故名結跏坐問端身者是何義答是身正直而安坐義問正願者是何義答是順善品而注心義問住對面念是何義耶答面謂定境對謂現矚此念令心現矚定境無倒明了名對面念復次面謂煩惱對謂對治此念對治能爲生死上首煩惱名對面念復次面謂自面對謂對矚此念令心對矚自面念觀餘境名對面念問何故繫念在自面耶答無始時來男爲女色女爲男色多分依面故觀自面伏諸煩惱復次有情貪心多依面上眉眼脣齒耳鼻等生非餘身支故觀自面伏除貪欲復次面有七孔不淨常流生猒離心過餘身分故觀自面而修猒捨復次自面見希不多起愛故彼繫念在面非餘若不照時自不見故復次修觀行者多樂觀察十二處相面上恒有九處差別是故觀之有亦說爲住背面念對背二義俱理無違所以者

何由此念力棄背雜染對向清淨故棄背生死對向涅槃故棄背流轉對向還滅故棄背五欲對向定境故棄背薩迦耶見對向空解脫門故棄背我執對向無我故棄背邪法對向正法故由是對背俱理無違安住此念者名住對面念

阿毗達磨大毗婆沙論卷第三十九 說一切有部發智

音釋

萎於爲切蔫也 萃秦醉切 癰於容切癤也 摽甫遙切 璅蘇果切 滓側氏切濁也 祟雖遂切

阿毗達磨大毗婆沙論卷第四十

五百大阿羅漢等造

唐三藏法師玄奘奉　詔譯

雜蘊第一中無義納息第七之二

云何名住對面念耶答修觀行者繫念眉間或觀青瘀或觀膖脹或觀膿爛或觀破壞或觀異赤或觀被食或觀分離或觀白骨或觀骨鎖此等名爲住對面念問何縁繫念在眉間耶答修觀行者先依此處生賢聖樂後漸徧身是故彼於眉間繫念如受欲者男女根處先生欲樂後漸徧身此亦如是亦有本說繫念眼間明者謂眼即說繫念在鼻按中復有本說繫念髮際或有本說繫念鼻端有本說住無貪俱念此即說住奢摩他俱念或有說住與明俱念此即說住毗鉢舍那俱念修觀行者如是繫念在眉間等觀察死屍青瘀等相即不淨觀此中名爲住對面念問何故此中但說不淨觀名對面念非持息念界差別觀耶答此中亦應說持息念界差別觀名對面念而不說者是有餘說復次應知此中且說初觀謂不淨觀是衆觀初應知說初即顯中後復次應知此中就多分說謂修觀者多分依止不淨觀門趣入聖道非持息念界差別觀是故偏說尊者妙音作如是說一切如理作意所引念皆名對面念非惟不淨觀然尊者迦多衍尼子隨順契經且說不淨觀名對面念謂契經說有諸苾芻居阿練若或在樹下或在靜室結跏趺坐端身正願住對面念爲斷貪欲離貪欲故心多安住如爲斷貪欲如是爲斷瞋恚惛沉睡眠掉舉惡作疑

應知亦爾於五蓋中貪欲最重又最在初是故偏說彼近對治謂不淨觀貪欲若斷餘隨斷故不別說彼近對治法名對面念

問修觀行者繫念眉間爾時當言住在何位

答超作意位然瑜伽師修不淨觀總有三位一初習業位二已熟修位三超作意位修此觀者復有三種一者樂略二者樂廣三樂廣略此中惟樂略者謂彼行者先往塚間觀察死屍青瘀等相善取相已退坐一處重觀彼相若心散亂不明了者復往塚間如前觀察善取其相如是乃至若得明了心不散亂速還住處洗足就座結跏趺坐調適身心令離諸蓋憶念觀察先所取相以勝解力移屬自身始從青瘀乃至骨鎖於骨鎖中先觀足骨次觀踝骨次觀脛骨次觀膝骨次觀髀骨次觀髖骨次觀腰骨次觀脊骨次觀脇骨次觀髆骨次觀臂骨次觀肘骨次觀腕骨次觀手骨次觀肩骨次觀項骨次觀頷骨次觀齒骨後觀髑髏彼勝解力觀察如是不淨相已繫念眉間湛然而住復轉此念入身念住展轉乃至入法念住是名樂略修觀行者不淨觀成惟樂廣者謂彼行者先往塚間觀察死屍青瘀等相如前廣說展轉乃至繫念眉間少止息已復轉此念先觀髑髏次觀齒骨展轉乃至後觀足骨彼勝解力觀白骨已復觀外骨在白骨邊漸徧一牀一房一寺一園一邑一田一川一國展轉乃至大海邊際周徧大地心眼及處骨鎖充滿復漸略之乃至惟觀自身骨鎖於中漸復略去足骨展轉乃至後觀髑髏彼勝解力觀察如是不淨相已繫念

眉間湛然而住復轉此念入身念住展轉乃至入法念住是名樂廣修觀行者不淨觀成樂廣略者謂彼行者先往冢間觀察死屍青瘀等相如前廣說展轉乃至大海邊際周徧大地心眼及處骨鏁充滿復漸略之展轉乃至後觀髑髏繫念眉間少止息已數復廣略如前觀察至純熟已繫念眉間湛然而住復轉此念入身念住展轉乃至入法念住是名樂廣略修觀行者不淨觀成問何緣修此不淨觀時數數廣略緣不淨境答欲顯觀心得自在故謂於境界得自在者乃能數數廣略觀之若不自在便無斯力復次彼瑜伽師作如是念我從無始生死已來煩惱亂心不淨謂淨今於不淨如實觀察欲令純熟數廣略觀復次欲顯善根勢力大故義言我取少不淨相便能漸廣充滿大地復漸略之惟觀少分豈不於境勢力大耶復次彼瑜伽師自顯力大故數於境廣略觀察謂無始來爲欲貪力所執持故於不淨境不能自在廣略觀之今伏欲貪得自在故能數廣略觀不淨境是故此中應作四句有不淨觀所緣少非自在少謂彼但於自身數觀不淨有不淨觀自在少非所緣少謂彼暫於周徧大地起不淨想不能數觀有不淨觀所緣少亦自在少謂彼暫於自身起不淨想不能數觀有不淨觀非所緣少亦非自在少謂彼能於周徧大地數觀不淨復有四句有不淨觀所緣無量非自在無量謂即前第二句有不淨觀自在無量非所緣無量謂即前第一句有不淨觀所緣無量亦自在無量謂即前第四句有不淨觀

非所緣無量亦非自在無量謂即前第三句問修此三種不淨觀時齊何名爲初習業位齊何名爲已熟修位齊何名爲超作意位答惟樂略者從往冢間觀察死屍青瘀等相廣說乃至以勝解力移屬自身始從青瘀乃至骨鎖一切皆名初習業位從於骨鎖先觀足骨廣說乃至後觀髑髏復於此中除半觀半復除一分惟觀一分一切皆名已熟修位以勝解力觀察如是不淨相已繫念眉間湛然而住復轉此念入身念住展轉乃至入法念住一切皆名超作意位惟樂廣者從往冢間觀察死屍青瘀等相廣說乃至復漸略之乃至惟觀自身骨鎖一切皆名初習業位從復於中略去足骨展轉乃至後觀髑髏復於此中除半觀半復除一分惟觀一分一切皆名已熟修位以勝解力觀察如是不淨相已繫念眉間湛然而住乃至廣說一切皆名超作意位樂廣略者從往冢間觀察死屍青瘀等相廣說乃至數復廣略如前觀察於中最初復漸略之乃至惟觀自身骨鎖一切皆名初習業位從復於中略去足骨展轉乃至後觀髑髏復於此中除半觀半復除一分惟觀一分一切皆名已熟修位至純熟已繫念眉間湛然而住乃至廣說一切皆名超作意位有作是說惟樂略者從往冢間觀察死屍青瘀等相廣說乃至以勝解力移屬自身始從青瘀乃至骨鎖如是皆名初習業位從於骨鎖先觀足骨廣說乃至後觀髑髏如是皆名已熟修位以勝解力觀察如是不淨相已繫念眉間湛然而住乃至廣說如是皆名超作意

位惟樂廣者從往冢間觀察死屍青瘀等相廣說乃至繫念眉間少時止息如是皆名初習業位少止息已復轉此念先觀髑髏廣說乃至後觀髑髏如是皆名已熟修位以勝解力觀察如是不淨相已繫念眉間湛然而生乃至廣說如是皆名超作意位樂廣略者從往冢間觀察死屍青瘀等相廣說乃至繫念眉間少時止息如是皆名初習業位少止息已數復廣略如前觀察乃至純熟如是皆名已熟修位至熟修已繫念眉間湛然而住乃至廣說如是皆名超作意位有餘師說前說三種修此觀者從往冢間廣說乃至繫念眉間湛然而住皆通初習業及已熟修位有差別者初習業位於其中間心有散亂已熟修位於其中間心無散亂若轉此念復觀髑髏或左或右或後或前起不淨想入身念住展轉乃至入法念住齊此名爲超作意位復有說者樂略等三從往冢間廣說乃至繫念眉間湛然而住皆通三位有差別者初習業位心有散亂亦不明了已熟修位雖不散亂而未明了超作意位心不散亂亦得明了復次初習業位是下品故觀行遲鈍多有留難已熟修位是中品故觀行少利猶有留難超作意位是上品故觀行迅速全無留難是謂差別問不淨觀以何爲自性答以無貪善根爲自性修定者說以慧爲自性所以者何經爲量故如契經說眼見色已隨觀不淨如理思惟乃至廣說觀是慧故有餘師說以猒爲自性所以者何猒所緣故評曰此不淨觀無貪善根以爲自性非慧非猒所以者何對治貪

故問前契經說當云何通答與慧相應故說爲觀而此體是無貪善根是緣色貪近對治故若并眷屬四蘊五蘊爲其自性此不淨觀界者惟欲色界以無色界無緣色法不淨觀故地者十地謂在欲界靜慮中間及四靜慮四近分故所依者惟依欲界身以色無色界身不起此觀故行相者非十六行相所緣者惟緣欲界色處爲境問此不淨觀爲緣欲界一切色處爲少分耶答此緣欲界一切色處問若爾經說當云何通如契經說尊者無滅在一林中宴坐樹下過初夜分有四天女皆名悅意端嚴殊妙來至尊者無滅座前合掌恭敬頂禮雙足退住一面白尊者言我四天女能於四處變化自在一者隨欲化作種種上妙色身諸相愛者我等皆能歡娛承事二者隨欲化作種種上妙衣服三者隨欲化作種種妙莊嚴具四者隨欲化作種種上妙華香飲食珍翫諸欲樂具尊者頗能相納受不時彼尊者作是思惟此四故來見相嬈惱我當於彼起不淨觀既思惟已入初靜慮不能起之展轉遂入第四靜慮亦不能起便作是念此四天女有種種色故我不能觀爲不淨彼若純作一種色者我必能觀遂告彼曰諸姊頗能皆爲我現青色身不時諸天女現青色身尊者不能觀爲不淨令現黃赤猶故不能復起念言若作白色順骸骨想彼若更能爲現白色我定於彼能觀不淨即告之言姊更爲我變身爲白即爲變之亦復不能觀爲不淨以諸天女形色鮮潔如妙光明難起猒故問尊者無滅何故今天轉作青黃赤白四

色答欲觀諸色變壞相故復次色相移轉易起猒故復次青色隨順青瘀想故黄色隨順膿爛想故赤色隨順異赤想故白色隨順骸骨想故復次青黄赤白是衆色本又無諍論故令轉變歷試自心能起猒不尊者無滅知彼色妙不能觀之起不淨想遂便閉目黙然而坐彼知尊者都不染心慚愧禮足忽爾不現知二力士相扠撲時知力既齊解手而退天女無滅應知亦然既爾云何說不淨觀能緣欲界一切色耶答無滅不能普於欲界一切色處起不淨想餘有能者故不相違如佛獨覺舍利子等利根聲聞皆能觀故問有緣佛色身起不淨觀不有作是說無有能者佛色微妙最極鮮潔如淨光明不可猒故有餘師說佛能自緣起不淨觀餘無能者或有說者不淨觀有二種一色緣起二色過患色緣起者能緣佛身色過患者不能緣佛復有說者不淨觀有二種一共相境二自相境共相境者能緣佛身自相境者不能緣佛此不淨觀念住者身念住俱有說此非根本念住但可是身念住加行智者世俗智俱三摩地者非三摩地俱根相應者總說但與三根相應謂樂喜捨過去未來現在者是三世過去緣過去現在緣現在未來生法緣未來若不生法緣三世善不善無記者是善緣三種繫不繫者是欲色界繫緣欲界繫學無學非學非無學者是非學非無學緣非學非無學見所斷修所斷不斷者是修所斷緣修所斷緣名緣義者惟緣義緣自相續他相續非相續者緣自他相續加行得離染得生得者有加行

得有離染得非生得離染得者謂離染時而修得故加行得者謂作加行現在前故佛無加行獨覺下加行聲聞或中加行或上加行異生上加行現在前曾得未曾得者通曾得未曾得聖者菩薩後有異生通曾得未曾得餘異生惟曾得聞思修所成者通三種在意地五識身者惟在意地問若爾經說當云何通如契經說眼見色已隨觀不淨如理思惟乃至廣說答五識爲門引生意識起不淨觀故作是說然不淨觀惟在意識如意近行惟在意地亦由五識所引發故契經亦說眼見色已廣說乃至意知法已起喜憂捨六意近行此亦如是問此不淨觀亦緣聲香味觸法不答此惟緣色不緣餘五問若爾經說當云何通如契經說眼見色已廣說乃至意知法已隨觀不淨如理思惟答由六識門引不淨觀故作是說然不淨觀緣色非餘復次依通對治故作是說謂不淨觀雖但緣色而能對治緣六境貪如爲色貪所覆蔽者修不淨觀而伏除彼爲聲等貪所覆蔽者亦修此觀而伏除之故作是說復次先於色處起不淨觀猒患諸色後於依色聲等五境亦能猒患猒患聲等雖是餘觀非不淨觀而不淨觀所引生故名不淨觀復次先緣色處修不淨觀得純熟已後於餘境亦欲猒患若能者善若不能者還緣色處起不淨觀如欲戰時先安營壘然後出戰若勝者善若不勝者還投營壘此亦如是故作是說然不淨觀緣色非餘復次先於色處起不淨觀後於聲等起餘猒觀彼與此觀猒行相同故亦說彼名不淨觀復

次不淨觀有二種一者根本二者等流若根本者惟緣色處若等流者通緣聲等乃至有漏心心所法阿毗達磨惟說根本不淨觀故說緣色處契經通說根本等流不淨觀故說見色已廣說乃至意知法已隨觀不淨如理思惟問誰能起此不淨觀耶答聖者異生俱能現起聖通一切學無學位

問何處起此不淨觀耶答惟人三洲能初現起天中無有青瘀等相故六欲天惟能後起有說初後皆惟人趣六欲天中無青瘀等不淨相故都不現起問觀房等中骨等充滿此不淨觀爲何所緣有作是說彼緣自身骨等爲境有餘師說緣曾塚間所見骨等或有說者緣房等中諸空界色評曰應作是說此是假想勝解作意相應無貪隨所樂緣皆無有失問此觀一切非骨鏁等爲骨鏁等寧非顛倒答此是善故如理作意所引生故無貪善根爲自性故引生聖道勝加行故外煩惱故感愛果故雖不如實而非顛倒有作是說此不淨觀亦名顛倒於非不淨觀不淨故問若爾何故非不善耶答由二緣故名爲不善一所緣倒二自性倒此不淨觀雖所緣倒非自性倒故非不善復次由二緣故名爲不善一所緣倒二意樂倒此不淨觀雖所緣倒非意樂倒故非不善

復次契經中說有五現見等至云何爲五謂有苾芻如實觀察自身從足至頂種種不淨充滿謂髮毛爪齒塵垢皮肉骨髓筋脉肝肺脾腎大小腸胃膽生熟藏痰熱心肚屎尿涕唾汗淚膿血脂膏腦膜譬如有人觀見倉內

麻米豆等種種雜物充滿其中此亦如是是名第一現見等至復有苾芻如實觀察自身從足至頂種種不淨充滿謂髮毛等如前廣說復觀除去皮肉血等惟觀骸骨識於中行是名第二現見等至復有苾芻如實觀察自身從足至頂種種不淨充滿謂髮毛等如前廣說復觀除去皮肉血等惟觀骸骨識於中行亦住今世亦住後世是名第三現見等至復有苾芻如實觀察自身從足至頂種種不淨充滿謂髮毛等如前廣說復觀除去皮肉血等惟觀骸骨識於中行不住今世但住後世是名第四現見等至復有苾芻如實觀察自身從足至頂種種不淨充滿謂髮毛等如前廣說復觀除去皮肉血等惟觀骸骨識於中行不住今世不住後世是名第五現見等至問如是五種現見等至以何爲自性有作是說以慧爲自性說如實觀察故有餘師說以三摩地爲自性說等至故評曰應作是說以無貪爲自性觀察不淨對治貪故而說觀察及等至者此從彼生及生彼故又與定慧共相應故已說自性所以今當說問何故名爲現見等至答現見謂眼由眼見色引生此故立現見名依等至生能生等至或復此與等至相應故名等至問五中後四亦觀於識如何可說現見謂眼答由眼現見諸不淨物展轉引生如是五種現見等至五中後四亦能緣識於理無違問誰有此五現見等至答第一第二異生聖者皆得有第三是預流者及一來者所有第四是不還者所有第五是阿羅漢所有如契經說舍利子言世尊所起

現見等至無餘通達所知境故說爲無上諸餘沙門婆羅門等不能及故問何故世尊所得如是五不淨觀名無上耶答能伏一切所緣境故說爲無上有作是說如實觀故說爲無上謂觀髮是髮觀毛是毛乃至廣說評曰彼不應作是說若作是說便顯世尊觀多境不淨觀惟觀少境實髮毛等但攝欲界少分色故應作是說前說爲善能伏一切故名無上聲聞獨覺不能總伏一切色處皆爲不淨無滅不能觀天女色爲不淨故除佛無能觀佛身色爲不淨故

又世尊說大目乾連底沙梵天不說第六無相住者耶乃至廣說問何故作此論答爲廣分別契經義故謂契經說世尊一時在室羅筏住逝多林給孤獨園過初夜分有三梵天光明照曜來詣佛所到已頂禮世尊雙足却住一面時一梵天前白佛曰大仙當知娑計多國多苾芻尼今夜命過作是語已退住一面第二梵天復前白佛大仙當知彼多尼衆有有餘依而滅度者作是語已退住一面第三梵天又前白佛大仙當知彼多尼衆有無餘依般涅槃者作是語已退住一面時三梵天合掌恭敬繞佛三帀禮雙足已忽然不現至明清旦世尊來詣苾芻衆中敷座而坐告苾芻衆曰昨過初夜分有三梵天光明照曜來詣我所廣說乃至忽然不現爾時具壽大目乾連在彼衆中作如是念何等梵天有此智見知住有餘無餘依者作是念已入三摩地如壯士夫屈伸臂頃逝多林没至於梵世去底沙梵不遠而出從三摩地起整理衣服

詣底沙梵所作是問言何等梵天有此智見知住有餘無餘依者問大目乾連有勝智見過底沙梵多倶胝倍何故往問底沙梵耶答大目乾連知而故問如佛有時知而故問問有餘梵天勝底沙者何故但問底沙梵耶答此梵本是大目乾連共住弟子相委故問復次彼底沙梵住不還果餘梵衆天有未知者欲顯彼德令餘梵天恭敬尊重是故偏問時底沙梵答尊者言即梵衆天有此智見知住有餘無餘依者大目乾連復問彼曰諸梵衆天皆有如是勝智見不底沙答曰非彼皆有此勝智見若梵衆天於天長壽妙色名譽不生喜足不如實知勝出離者無此智見若梵衆天於天長壽妙色名譽能生喜足亦如實知勝出離者有此智見尊者復問彼天如何知住有餘無餘依者底沙答曰若有苾芻得阿羅漢是倶解脫彼梵衆天作如是念今此大德是倶解脫乃至有身人天皆見身壞命終都無見者若有苾芻得阿羅漢非倶解脫是慧解脫彼梵衆天作如是念今此大德是慧解脫乃至有身人天皆見身壞命終都無見者若有苾芻非阿羅漢非倶解脫非慧解脫然是身證彼梵衆天作如是念今此大德是身證者當修勝根親近善友若得隨順房舍資具必當漏盡證得無漏心慧解脫於現法中能自通達證具足住又自了知我生已盡梵行已立所作已辦不受後有若有苾芻雖非身證而是見至彼梵衆天作如是念今此大德是見至者當修勝根親近善友廣說乃至不受後有若有苾芻雖非見至是信勝

解彼梵衆天作如是念今此大德是信勝解當修勝根廣說乃至不受後有底沙梵天說是語已默然而住問底沙何故不說隨信隨法行耶答若補特伽羅是彼境界者彼便說之隨信隨法行非底沙境界是故不說所以者何若他心智知見道者決定先起無漏法智生上界者無漏法智必不現前故隨信法行非底沙境界復次若補特伽羅在梵天處有種類者彼便說之隨信隨法行在梵天處無其種類故彼不說爾時尊者大目乾連聞底沙梵說法語已歡喜踊躍示現教導讚勵慶喜慇懃取别入三摩地如壯士夫屈伸臂頃從梵天没至逝多林苾芻衆中欻然出現從三摩地起前詣佛所頂禮雙足退坐一面具以上事而白世尊佛便問曰大目乾連底沙梵天不說第六無相住者耶目連答曰如是世尊作是語已即從座起頂禮佛足合掌恭敬而白佛言今正是時惟願爲衆宣說第六無相住者令苾芻衆聞已受持佛告目連諦聽諦聽極善作意當爲汝說若有苾芻於一切相不復思惟證無相心三摩地具足住是名第六無相住者契經雖作是說而不分别其義彼是此論所依根本彼不說者今欲說之復次有於彼經不了其義便執緣滅諦入正性離生見道名爲無相住故惟滅諦中無諸相故爲遮彼執欲顯見道非但緣滅故作斯論云何名第六無相住者耶答隨信行隨法行名爲第六無相住者問云何得知隨信法行名爲第六無相住者答一切聖者總有七種底沙梵天已說五種未說隨信隨法

行者故知此二合爲第六無相住者所以者何此二無相不可安立不可施設在此在彼若苦法智忍若苦法智廣說乃至若道類智忍以此無相不可安立不可施設在此在彼故名第六無相住者問何故此二合立一耶答即此文說此二俱無相不可安立不可施設故復次此二俱不起不相似心故此二俱有十五心故此二心品現行等故此二俱是速疾道故此二意樂俱不起故此二俱是微細道故此二俱是不可安立施設法故此二俱是難覺道故此二俱是不現見故問此二於一切皆不現見耶答不爾於聲聞獨覺雖不現見於佛世尊是現見故復次此二地等道等品等離染等故合立爲一問前五既非無相住攝何故說此名爲第六無相住耶答

無相住者是聖者中第六聖者故名第六無相住者非無相住總有六種此名第六如餘處說害第五虎非前四亦名虎然所害法總有五種第五名虎此中亦然又如餘處說第六增上王非前五亦名王然增上法總有六種增上王是第六此亦如是無相住者是第六非六皆名無相住然無相聲說多種義謂或說空或說無相或說不動心解脫或說非想非非想處廣釋所以如智蘊說此中無相正說見道義如前釋又極迅速難了知故謂聲聞他心智極設加行但知二心謂苦法智忍及苦法智相應心若欲知第三乃知第十六若獨覺他心智極設加行但知四心謂初二心及滅類智忍滅類智相應心有說獨覺但知三心謂初二心及集類智相應心惟佛

他心智能次第徧知是故見道名爲無相

阿毗達磨大毗婆沙論卷第四十 說一切有部發智

音釋

瘀於倨切 膖脹膖匹江切脹知亮切 膿奴冬切 鏁桑果切 踝胡瓦切腿兩旁也 脛胡定切脚脛也 髀旁禮切股也 髖苦官切尻也 膊補各切肩胛也 腕烏貫切手腕也 脾房脂切土藏也 腎時忍切水藏也 膜慕各切肉間膜也

阿毗達磨大毗婆沙論卷第四十一

五百大阿羅漢等造

唐三藏法師玄奘奉　詔譯

雜蘊第一中無義納息第七之三

如契經說佛轉法輪憍陳那等苾芻見法地神藥叉舉聲徧告世尊今在婆羅痆斯仙人鹿苑三轉法輪具十二相乃至廣說問何故作此論答爲欲分別契經義故謂契經說佛轉法輪地神藥叉舉聲徧告契經雖作是說而不分別其義不說地神爲自有智見爲因他故知舉聲徧告經是此論所依根本彼不說者今應說之復次欲令疑者得決定故經說地神舉聲徧告佛在鹿苑三轉法輪或有生疑地神自有現量智見知如是事欲令此疑得決定故顯彼但有比量智見生處得智於轉法輪非現境故由是因緣故作斯論爲彼地神有正智見知佛轉法輪苾芻見法不答無此事甚深非彼境故彼云何知答由五緣故一者信世尊故謂佛起世俗心我轉法輪苾芻見法由是彼知謂佛若起無漏心或未曾得世俗心一切有情無能知者若起曾得世俗心時諸有情類有能知者謂佛起此世俗心時若欲令鈍根者亦知則蚍奴等亦能了知若欲令利根者亦不知則舍利子等入邊際第四靜慮起妙願智亦不能知若欲令惡趣亦知則獼猴等亦能了知若欲令善趣亦不知則諸天人無能知者今佛欲令地神知故起曾得世俗心我轉法輪苾芻見法地神知已舉聲徧告問佛何故起此世俗心答三無數劫修集種種難行苦行爲益有情

令轉法輪苾芻見法即昔加行令初得果深生歡喜故起此心復次昔發弘誓爲饒益他令始得果故起此心復次昔發大願爲救濟他令始得果故起此心復次所期勝義利樂有情今創果遂故起此心二者或佛告他我轉法輪苾芻見法故彼得聞謂若於心得善巧者佛起心已即能了知若但於言得善巧者佛告他已方能了知問世尊何故告他令知答世尊欲顯善說法中所言誠諦一見一樂衆皆同許故告他知復次三無數劫修多苦行爲益有情今初得果深生歡喜故告他知復次世尊自顯於九十六諸道法中最尊最勝無能及者故告他知復次欲顯佛法實能出離有大神變故告他知復次佛欲顯示憍陳那等眞實功德亦示世間良福田故告他令知復次欲令天人於佛聖教深敬信故告他令知復次世尊自顯遠離法慳於希有法無師傳故告他令知復次佛欲顯已有大士法非餘道故告他令知復次世尊自顯有聰明相非餘道故告他令知如契經說諸聰明者有三種相一善思所思二善作所作三善說所說三者或從大德天仙所聞謂佛轉法輪五苾芻見法問何等名曰大德天仙有作是說是淨居天有餘師說是欲界天已見諦者復有說者有長壽天曾見過去諸佛世尊轉法輪相今見世尊有如是相歡喜踴躍告他令知地神既聞舉聲徧告四者或彼尊者憍陳那等起世俗心佛轉法輪我等見法由是彼知問何故尊者起世俗心答已害二十種薩迦耶見故已斷一切惡趣因故無邊

生死今有邊故無際苦海今有際故已見聖諦故入正定聚故深生歡喜故起此心復次昔所發起弘誓大願及諸苦行今果遂故深生歡喜故起此心　五者或彼告他地神得聞問何故尊者告他令知答尊者欲顯善說法中所言誠諦一見一樂衆皆同許故告他知復次欲顯世尊三無數劫修多苦行今初得果故告他知復次欲顯佛法於九十六諸道法中最尊最勝故告他知復次欲顯佛法實能出離有大神變故告他知復次欲令天人於佛聖教深敬信故告他令知復次爲欲引發無量有情樂法心故告他令知復次欲令無量懈怠有情勤精進故告他令知復次欲顯如來捨極苦行有大果故告他令知復次欲顯自身歸依佛法不唐捐故告他令知轉法輪義如後定蘊不還納息當廣顯示又契經說有諸苾芻得阿羅漢諸漏已盡三十三天數數雲集善法堂中稱說其處有某尊者或彼弟子剃除鬚髮被服袈裟正信出家勤修聖道諸漏已盡證得無漏心慧解脫於現法中能自通達證具足住又自了知我生已盡梵行已立所作已辦不受後有乃至廣說問何故作此論答爲欲分別契經義故謂圓生樹契經中說有諸苾芻得阿羅漢諸漏已盡三十三天乃至廣說契經雖作是說而不分別其義不說三十三天爲自有智見爲因他故知集善法堂稱說其事經是此論所依根本彼不說者今應說之復次欲令疑者得決定故謂有生疑彼天自有現量智見知如是事欲令此疑得決定故顯彼但有比量智

見生處得智於漏盡得非現境故由是因緣故作斯論爲彼諸天有正智見知諸苾芻得阿羅漢諸漏盡不答無此事甚深非彼境故彼云何知答由五緣故一者信世尊故謂佛起世俗心是諸苾芻得阿羅漢諸漏已盡由是彼知謂佛若起無漏心或未曾得世俗心一切有情無能知者若起曾得世俗心時諸有情類有能知者謂佛起此世俗心時如前廣說乃至令佛欲令彼天知故起曾得世俗心是諸苾芻得阿羅漢諸漏已盡彼天知已集善法堂稱說其事問佛何故起此世俗心答以彼眞實適佛意故謂若苾芻永斷後有乃爲眞實適可佛意是諸苾芻諸漏已盡永斷後有皆能眞實適佛意故起世俗心令諸天知雲集稱說二者或佛告他是諸苾芻得阿羅漢諸漏已盡故彼得聞謂若於心得善巧故佛起心已即能了知若但於言得善巧者佛告他已方能了知問世尊何故告他令知答世尊欲顯善說法中所言誠諦一見一樂衆皆同許故告他知復次世尊自顯於九十六諸道法中最尊最勝無能及者故告他知復次欲顯佛法實能出離有大神變故告他知復次佛欲顯示彼諸苾芻眞實功德亦示世間良福田故告他令知復次欲令天人於佛聖教深敬信故告他令知復次佛欲勉勵餘修行者勇進心故告他令知三者或從大德天仙所聞謂彼苾芻諸漏已盡問何等名曰大德天仙答天中證得阿羅漢者問彼一切阿羅漢者知是事而告他耶答不爾根等勝者能知非餘四者或彼尊者起世俗心

我已漏盡得阿羅漢由是彼知問何故尊者起世俗心答以彼尊者無始時來煩惱熾盛身心熱惱今得清涼無始已來生死相續今得永斷既捨鬱蒸而得清涼捨有愛味得無愛味捨耽嗜得出離捨染汙得清淨深生歡喜故起此心五者或彼告他諸天得聞問何故尊者告他令知答尊者欲顯善說法中所言誠諦一見一樂衆皆同許故告他知餘隨所應如佛告他及憍陳那告他中說復次欲令先來供給尊者衣服飲食敷具醫藥諸施主等聞生歡喜功德更增故告他知復次欲令先來不敬信者生敬信故告他令知復次欲顯出家勤修苦行有勝果故告他令知問諸餘天神亦有稱說漏盡者不答應說亦有問何故惟說三十三天答以彼諸天數數雲

集論善惡事故偏說之謂彼諸天於白黑月每常八日若十四日若十五日集善法堂稱量世間善惡多少復次三十三天常共伺察造善惡者見造善者便擁護之見造惡者即共嫌毀是故偏說復次三十三天見人造善歡喜讚歎故偏說之復次三十三天有圓生樹喻阿羅漢故偏說之問三十三天亦共稱說有學者不答亦共稱說諸有學者若諸有情孝養父母彼尚稱說況有學者問若爾何故契經說彼但共稱說阿羅漢耶答依勝說故謂無學法補特伽羅俱勝有學是故偏說復次以圓生樹與漏盡者多分相似可以爲喻是故偏說復次以漏盡者極可樂故離衆過故極清淨故無罪咎故極難得故無可嫌故應供養故偏稱說之復次以阿羅漢解脫

圓滿功德具足永盡一切生老病死故偏稱說復次若阿羅漢出現世間天人充滿惡趣減少如有德王出現於世是故偏說復次若阿羅漢出現世間諸天衆增非天衆減如月滿時大海盈滿是故偏說復次若阿羅漢出現世間則諸天軍勝阿素洛如戰時見善勇天子是故偏說復次若阿羅漢出現世間後生天子壽色名譽勝前生者如貧賤人以飯汁施勝餘施主是故偏說復次若阿羅漢出現世間以少物施便獲大果如迦葉波尊者無減施一麤食人天多返受勝妙果是故偏說復次若阿羅漢出現世間能令見者生少淨心生天受樂如狗蝦蟇氣噓執惡是故偏說復次若阿羅漢出現世間生死牢獄多得解脫如王生子大赦天下是故偏說復次若阿羅漢出現世間善惡趣道明了顯現如日出時照燭安險是故偏說復次若阿羅漢出現世間能令諸天不失天位如天帝釋衰相蠲除是故偏說復次若阿羅漢出現世間令天宮中天仙充滿如爲善友之所攝持功德充滿是故偏說復次若阿羅漢出現世間能令諸天猒五欲樂如天帝釋琰摩輪王妙欲現前能生猒捨是故偏說復次若阿羅漢出現世間能令世間聽聞正法菩提分寶悉皆豐饒如海寶船隨所至處是故偏說復次若阿羅漢出現世間一切有情悉皆受樂如降甘雨稼穡豐稔是故偏說由如是等種種因緣是故諸天惟說無學問三十三天爲稱說一切阿羅漢爲少分耶有作是說稱說一切以彼諸天好讃他德諸阿羅漢所作已辦甚

爲希有故皆稱說復有說者不稱說一切所以者何有阿羅漢若百若千依山谷中而入寂滅諸共住者尚不了知況餘天人遠共稱說問稱說何等阿羅漢耶答如此經中所稱說者謂阿羅漢造作增長名譽業者彼稱說之若不造作名譽業者設復造作而不增長彼不稱說復次若有豪貴而出家者彼稱說之如釋王等復次若有巨富大功德者彼稱說之如無滅等復次若有大智利他無惓者彼稱說之如舍利子等復次若能護持佛法衆所共歸依者彼稱說之如飲光等復次若有生時震動大地現光明者彼稱說之復次若有出家精勤苦行能作難作護持佛法利天人者彼稱說之餘阿羅漢彼不稱說問增上慢者諸天知不有作是說有知不知謂依殊勝功德起增上慢者諸天不知若依下劣功德起增上慢者諸天則知復次若依微妙功德起增上慢者諸天不知若依麤淺功德起增上慢者諸天則知復次若依上界功德起增上慢者諸天不知若依欲界功德起增上慢者諸天則知有餘師說增上慢者諸天不知如天帝釋世無佛時若見外道獨處閑居便往其所觀察禮敬謂是如來帝釋尚然況餘天衆問諸犯戒者諸天知不答有知不知謂犯麤重戒諸天則知若犯微細戒諸天不知如契經說摩揭陀國諸輔佐臣或是化法調伏或是法隨法行乃至廣說問何故作此論答爲欲分別契經義故謂勝威經作如是說一時佛在那地迦邑郡氏迦林時摩揭陀國有八萬四千諸輔佐臣一時命過有說

疾疫故彼命終有說彼爲未生怨殺謂未生怨殺父王已亦殺輔佐八萬四千彼諸眷屬詣阿難所作如是言彼彼國邑有信佛者身壞命終如來皆記生彼彼處摩揭陀國先王侍臣八萬四千亦皆信佛今已命過未蒙世尊記所生處惟願爲請阿難許之於日初分往如來所頂禮雙足却住一面恭敬合掌現親愛相方便請言彼彼國邑有信佛者身壞命終佛記生處摩揭陀國影堅王臣八萬四千亦皆信佛今已命終如來不記彼諸眷屬心生愁惱若佛不記彼生處者恐彼眷屬起嫌恨心惟願世尊哀愍爲記又佛在此摩揭陀國成等正覺其地有恩又影堅王深信三寶供養恭敬未嘗蹔闕是故世尊必應爲記佛愍彼故黙然許之即持衣鉢入那地迦如法乞食食訖還至郡氏迦林收衣鉢洗足已入所止房敷座而坐安身定意繫念思惟觀摩揭陀諸臣生處問佛於諸法纔舉心時無礙智見自然而轉何故入房專精思察答欲顯業果極深邃故最微細故難覺知故難顯了故難現見故由是一切三藏敎中毗奈耶藏最爲甚深多明業果差別相故諸契經中說業果處最爲甚深十二支中行有二種最爲甚深佛十力中自業智力最爲甚深此八蘊中第四業蘊最爲甚深四難思中有情業果最爲甚深故佛入房專精思察復次佛欲顯示摩揭陀臣身心因果障礙對治命終受生一一皆有種種差別是故入房專精思察復次應受化者猶未集故謂佛說法非爲一人如大龍王雨必普潤爲待無量應化有情

故且入房思惟繫念復次勝威天子猶未至故謂影堅王被子殺已生多聞室名曰勝威彼聞如來說其輔佐生處差別必來聽受爲待彼故且復入房復次欲令阿難敬重法故謂若爲彼輕爾說法即彼於法不深敬重欲令渴仰聞必受持如理思惟廣爲他說故且入室繫念思惟復次爲斷愚人憍慢心故謂無智者實無所知懷聰明慢若他請問不觀淺深率爾便答佛欲斷彼憍慢心故自顯智見於一切法任運而轉若得他問尚審思惟安詳而答況無智者問便酬對復次佛欲自顯善士法故謂諸善士有三種相即善思所思等故不問已輕易而答復次佛欲自顯智者相故謂諸智者審思方說故佛得問繫念思惟有作是說佛欲入房遊戲靜慮阿難請問故未酬答爾時世尊於日後分從定而起出詣衆中敷如常座安詳而坐尊者阿難前至佛所頂禮雙足合掌恭敬而白佛言如來今者面目清淨進止從容諸根寂靜必遊靜慮受現法樂先所請者惟願說之佛告阿難如是如是如汝所說諦聽諦聽善思念之當爲汝說摩揭陀國八萬四千諸輔佐臣已命終者或是化法調伏或是法隨法行皆斷三結得預流果不復退墮定趣菩提極七返有七返人天往來流轉作苦邊際一類生在四大王衆天如是乃至一類生在他化自在天衆同分中乃至廣說問輔佐臣者義何謂耶答彼恒護持佛法僧寶令無損減故名輔佐復次以彼皆是頻毗婆羅內供奉者故名輔佐復次彼皆翼助頻毗婆羅攝養國人故名

輔佐復次彼是先世曾所立名謂昔有王七寶具足王四洲渚將領輔佐八萬四千乘空遊戲時輪寶等忽止不行王遂驚怖謂諸臣曰將非失位或命盡耶菩提樹神仰白正曰此下不遠有菩提樹諸佛依之成等正覺不應在上乘空而行王聞疾下頂禮誨謝與諸輔佐恭敬右繞設供養已從餘道去時轉輪王者今影堅王是八萬四千輔佐臣者今未生怨所誅者是故知輔佐是先世名契經雖作是說而不分别其義經是此論所依根本彼不說者今應說之故作斯論

云何彼名化法調伏云何彼名法隨法行答若在天中而見法者名化法調伏若在人中而見法者名法隨法行復次若不受持戒而見法者名化法調伏若受持戒而見法者名法隨法行復次若在人中種諸善根亦令成熟後生天中得解脫者名化法調伏若在人中種諸善根亦令成熟即於人中得解脫者名法隨法行復次若在人中修順決擇分善根後生天中得通達者名化法調伏若在人中修順決擇分善根即於人中得通達者名法隨法行復次若在人中修加行道後生天中入正性離生者名化法調伏若在人中修加行道即於人中入正性離生者名法隨法行復次若在人中修行諦善根後生天中得諦現觀者名化法調伏若在人中修行諦善根即於人中得諦現觀者名法隨法行復次若在人中修治善根後生天中見清淨者名化法調伏若在人中修治善根即於人中見清淨者名法隨法行復次若在人中受假名

戒後生天中得聖所愛戒者名化法調伏若在人中受假名戒即於人中得聖所愛戒者名法隨法行復次若在人中得別解脫靜慮律儀後生天中得無漏律儀者名化法調伏若在人中得別解脫靜慮律儀即於人中得無漏律儀者名法隨法行復次若在人中受作意戒後生天中得法爾戒者名化法調伏若在人中受作意戒即於人中得法爾戒者名法隨法行復次若在人中得增上戒增上心學後生天中得增上慧學者名化法調伏若在人中得增上戒增上心學即於人中得增上慧學者名法隨法行復次若在人中修預流支後生天中得預流果者名化法調伏若在人中修預流支即於人中得預流果者名法隨法行復次若在人中得世俗信後生天中得證淨者名化法調伏若在人中得世俗信即於人中得證淨者名法隨法行復次若在人中修三十七菩提分法後生天中得具足者名化法調伏若在人中修三十七菩提分法即於人中得具足者名法隨法行問何故天中得見法者名化法調伏即於人中得見法者名法隨法行耶答若於天中得見法者修加行少若於人中得見法者修加行多故謂在人中得見法者先勤恭敬供養師友誦素怛覽學毗奈耶聽受決擇阿毗達磨於一切法自相共相思惟觀察得純熟已往詣山林居閑靜處初夜後夜除去睡眠漸復受持小大七法始從日沒至日出時結加趺坐頂安靜鎮行趣法杖精進熾然繫念思惟方入聖道彼由如是多加行法是故名為法

隨法行若於天中得見法者由昔人中聞思修故今時任運聖道現前彼受化生見法調伏故立化法調伏別名

云何多欲乃至廣說問何故作此論答爲欲分別契經義故謂契經說有多欲有不喜足契經雖作是說而不分別其義經是此論所依根本彼不說者今應說之故作斯論云何多欲答諸欲已欲當欲是謂多欲此本論師於異名義得善巧故以種種名顯示多欲文雖有異而體無別云何不喜足答諸不喜不等喜不徧喜不已喜不當喜是謂不喜足此本論師於異名義得善巧故以種種名顯示不喜足文雖有異而體無別多欲不喜足何差別乃至廣說問何故復作此論答欲令疑者得決定故謂此二法展轉相似見多欲者世人共言是不喜足見不喜足者世人共言是多欲或有生疑此二是一爲令彼疑得決定故顯此二種其義各別故作斯論多欲不喜足何差別答於未得可愛色聲香味觸衣服飲食牀座醫藥及餘資具諸希求尋索思慕方便是謂多欲此中於未得可愛色聲香味觸者依在家者說彼於未得可愛色等四方追求謂務農者追求田國牛羊等畜衣宅穀等諸資生具若富貴者追求勝位國土城邑象馬珍玩諸欲樂具於未得衣服飲食牀座醫藥及餘資具者依出家者說彼於未得衣鉢房舍資具及弟子等種種追求及諸希求等名雖有異而體無別皆爲顯示多欲義故於已得可愛色聲香味觸衣服飲食牀座醫藥及餘資具諸復希復欲復樂復求是謂

不喜足此中於已得可愛色聲香味觸者依在家者說彼於已得可愛色等不生喜足復更希求謂務農者於田園等得一希二乃至廣說若富貴者於勝位等得一希二乃至廣說於已得衣服飲食牀座醫藥及餘資具者依出家者說彼於已得衣等不生喜足復更希求謂於衣鉢房舍資具及弟子等得一希二乃至廣說諸復希等名雖有異而體無別皆爲顯示不喜足故如是差別者顯多欲故希求尋索思慕方便即多欲是希求等因若心無愛者無希求等故及顯不喜足故復希復欲復樂復求即不喜足是復希等因若心無貪者無復希等故此即顯示多欲不喜足雖俱以貪不善根爲自性而依未得已得境起故有差別有作是說不喜足是因多欲是果此中因果互相顯示或有說者希欲是多欲追求是不喜足復有說者難滿是多欲多希求故難養是不喜足喜選擇故有餘師說多欲惟在意地緣未來故不喜足通六識身緣現在故評曰應作是說此二俱是欲界一切貪不善根俱通六識謂彼一切令於已得色等境界不喜足義名不喜足令於未得色等境界多希求義名爲多欲是故此二皆通欲界六識俱起貪不善根

云何少欲乃至廣說問何故作此論答爲欲分別契經義故謂契經說有少欲有知足契經雖作是說而不分別其義經是此論所依根本彼不說者今應說之復次前說多欲及不喜足今欲說彼近對治法故作斯論云何少欲答諸不欲不已欲不當欲是謂少欲此

本論師於異名義得善巧故以種種名顯示少欲文雖有異而體無別云何喜足答諸喜等喜徧喜已喜當喜是謂喜足此本論師於異名義得善巧故以種種名顯示喜足文雖有異而體無別少欲喜足何差別乃至廣說問何故復作此論答欲令疑者得決定故謂此二法展轉相似見少欲者世人共言是喜足見喜足者世人共言是少欲或有生疑此二是一爲令彼疑得決定故顯此二種其義各別故作斯論少欲喜足何差別答於未得可愛色聲香味觸衣服飲食牀座醫藥及餘資具諸不希不求不尋不索不思慕不方便是謂少欲此中於未得可愛色聲香味觸者依在家者說彼於未得可愛色等不生希求謂務農者於田園等不生希求若富貴者於勝位等不生希求於未得衣服飲食牀座醫藥及餘資具者依出家者說彼於未得衣鉢房舍資具及弟子等不生希求諸不希等名雖有異而體無別皆爲顯示少欲義故問何故此中問少欲而答不欲耶答未得可愛色等資具總有二種謂如法不如法於如法者有欲於不如法者不生欲故復次於應受者有欲於不應受者不生欲故復次於能止苦者有欲於增煩惱者不生欲故復次於梵行求有欲於欲求有求邪梵行求不生欲故復次於饒益他事有欲於損害他事不生欲故應知此中不生欲者謂不善欲有欲者謂善欲於已得可愛色聲香味觸衣服飲食牀座醫藥及餘資具諸不復希不復欲不復樂不復求是謂喜足此中於已得可愛色聲香味

觸者依在家者說彼於已得可愛色等生喜足故不復希求謂務農者於田園等隨得充濟便生喜足不復希求若富貴者於勝位等隨所已得便生喜足不復希求於已得衣服飲食牀座醫藥及餘資具者依出家者說彼於已得衣等生喜足故不復希求謂於衣鉢房舍資具及弟子等隨所已得便生喜足不復希求不復希等名雖有異而體無別皆爲顯示喜足義故如是差別者顯少欲故不希不求乃至廣說即少欲是不希不求等因若心有愛者有希求等故及顯喜足故不復希等即喜足是不復希等因若心有貪者有復希等故此即顯示少欲喜足雖俱以無貪善根爲自性而依未得已得境起故有差別有作是說喜足是因少欲是果此中因果互相顯示或有說者不希欲是少欲不追求是喜足復有說者易滿是少欲少希求故易養是喜足不選擇故有餘師說少欲惟在意地緣未來故喜足通六識身緣現在故評曰應作是說此二俱是三界繫及不繫無貪善根俱通六識謂彼一切令於已得色等境界生喜足義名爲喜足令於未得色等境界少希求義名爲少欲是故此二皆通三界繫及不繫六識俱起無貪善根應知此中有少欲者而名多欲如但須一兩藥即得充濟而希二兩等有多欲者而名少欲如須百千資生衆具方得充濟但欲爾所不復多希有少求者而名不喜足如得少物已得充濟而復少求有多求者而名喜足如得少物全未充濟更須百千供身方足但求爾所不復多求

阿毗達磨大毗婆沙論卷第四十一

說一切有部發智

音釋

疕 女黠切　唐捐 捐與專　唐捐徒棄也　數數 所角切頻也　勉勵 勉亡辨切勗也勵力制切勸也　鬱蒸 鬱於物切蒸諸仍切鬱蒸熱氣也　嗜 常利切欲也　擁 於隴切衛也　蝦蟇 胡加切蟇莫加切蝦蟇蛙屬　噓 朽居切吹也　稼穡 稼古訝切種之曰稼穡所力切斂之曰穡　稔 忍甚切穀熟也　惓 達眷切與倦同　慢 莫患切倨也　麤 倉胡切疏也　輔佐 輔扶雨切扶也佐則箇切助也　蹔 昨濫切不久也　纔 昨哉切僅也　邃 雖遂切深遠也

阿毗達磨大毗婆沙論卷第四十二

五百大阿羅漢等造

唐三藏法師玄奘奉詔譯

雜藴第一中無義納息第七之四

云何難滿乃至廣說問何故作此論答爲欲分別契經義故謂契經說有難滿有難養契經雖作此說而不分別其義經是此論所依根本彼不說者今應說之故作斯論云何難滿答諸重食重噉多食多噉大食大噉非少能濟是謂難滿諸重食等名雖有異而體無別皆爲顯示難滿義故云何難養答諸饕極饕餮極餮躭極躭嗜極嗜好咀嚼好嘗啜選擇而食選擇而噉非趣能濟是謂難養饕餮極饕等名雖有異而體無別皆爲顯示難養義故難滿難養有何差別答即前所說是謂差別問何故復作此論答欲令疑者得決定故謂此二法展轉相似見難滿者世人共言此是難養見難養者世人共言此是難滿或有生疑此二是一爲令彼疑得決定故顯此二種其義各別故作斯論謂即前說重食噉等非少能濟是難滿饕餮極饕等非趣能濟是難養復次多欲是難滿希多食故不喜足是難養選擇而食故此中文略但依食說應知衣等亦有二義有本無此差別問答問何故此中不問差別答應問而不問者當知此義有餘復次答不異前故不復問非如多欲不喜足答異前故云何易滿乃至廣說問何故作此論答爲欲分別契經義故謂契經說有易滿有易養契經雖作是說而不分別其義經是此論所依根本彼不說者今應說之復次

前說難滿難養今欲說彼近對治法故作斯論云何易滿答諸不重食不重噉不多食不多噉不大食不大噉少便能濟是謂易滿不重食等名雖有異而體無別皆爲顯示易滿義故云何易養答諸不饕不極饕不飻不極飻不躭不極躭不嗜不極嗜不好咀嚼不好嘗啜不選擇而食不選擇而噉趣得便濟是謂易養諸不饕等名雖有異而體無別皆爲顯示易養義故易滿易養有何差別答即前所說是謂差別問何故復作此論答欲令疑者得決定故謂此二法展轉相似見易滿者世人共言此是易養見易養者世人共言此是易滿或有生疑此二是一爲令彼疑得決定故顯此二種其義各別故作斯論謂即前說不重食等少便能濟是易滿諸不饕等趣得便濟是易養復次少欲是易滿不希食故喜足是易養不選擇而食故此中文略但依食說應知衣等亦有二義有本無此差別問答問何故此中不問差別答應問而不問者應知此義有餘復次答不異前故不復問非如少欲喜足答異前故應知此中有少食者而名難滿如食一團即得充濟而食二團等有多食者而名易滿如食一斛方得充濟但食爾所更不多食昔有牝象名曰磨恭從外方載佛馱都來入迦濕彌羅國乘斯福力命終生此得丈夫身出家修道成阿羅漢宿習力故日食一斛乃得充濟將般涅槃集曾供覲苾芻尼曰當爲汝等說我勝法尼衆請言尊既易滿誠有勝法阿羅漢曰汝勿相輕吾實易滿苾芻尼言日食一斛如何易滿阿羅

漢曰汝等不知我此生前曾爲牝象載佛馱都來入此國由斯善業今得爲人出家修道成阿羅漢餘習力故日應食飯一斛五斗恒自節量但食一斛如斯易滿非我而誰時苾芻尼頂禮悔謝又勝軍王福德力故日能食飯飲甘蔗漿各兩大斛此漿及飯因一莖蔗一枝稻生然自節量各食一斛此等多食而名易滿有選擇食名爲難養如食麤食足得充滿而饕餮故選擇食之有選擇食而名易養如食麤食不得支身選擇食之方可充濟而於美食心不躭嗜或有貪多而食少如烏鵄等或有食多而貪少如象馬等或有貪食俱多如猫犬等或有貪食俱少如龜蠏等難滿難養俱是欲界通於六識貪不善根易滿易養俱是三界繫及不繫通於六識無貪善根如契經說有四聖種皆以喜足爲其自性此四廣如定蘊不還納息中說

雜蘊第一中思納息第八之一

云何思云何慮如是等章及解章義既領會已次應廣釋問何故作此論答爲止他宗顯正義故謂或有執思慮是心如譬喻者彼說思慮是心差別無別有體爲遮彼執顯思與慮是心所法別有自體或復有執思之與慮聲雖有異而體無別如聲論者彼說思慮音韻雖別而無異體爲遮彼執顯此二種自體亦別故作斯論云何思答諸思等思增思思性思類心行意業是謂思此本論師於異名義得善巧故以種種名顯示思體文雖有異而體無別問此中思者說何等思有作是說此說牽引衆同分思有餘師說此說圓滿衆

同分思評曰應作是說此中總說一切意業若能牽引衆同分者若能圓滿衆同分者若有漏者若無漏者若在意地若在五識皆說名思一切皆有造作相故云何慮答諸慮等慮增慮稱量籌度觀察是謂慮此本論師於異名義得善巧故以種種名顯示慮體文雖有異而體無別問此中慮者說何等慮有作是說此說通達四聖諦慮謂見道等如實觀察四聖諦故有餘師說此中正說修所成慮謂煖頂忍世第一法或有說者此中正說思所成慮謂不淨觀持息念等乃至念住復有說者此中正說聞所成慮謂分別諸法自相共相安立諸法自相共相除物體愚及所緣愚於諸法中不增不減或復有說此中正說生所得慮謂於三藏十二分教受持轉讀究竟流布評曰應作是說此中總說一切般若若生所得若聞所成若思所成若修所成若通達諦若有漏者若無漏者若在意地若在五識皆說名慮一切皆有觀察相故思慮何差別問何故復作此論答欲令疑者得決定故謂此二法展轉相似見多思者世人共言此人多慮見多慮者世人共言此人多思或有生疑此二是一爲令彼疑得決定故顯此二種其體各別故作斯論思慮何差別答思者業慮者慧是謂差別復次思是造作相慮是觀察相復次能分別愛非愛果令無雜亂是思相能分別諸法自相共相令無疑惑是慮相問一切不善善有漏法皆能感愛非愛異熟果何故但說思能分別愛非愛果非餘法耶答思最勝故作如是說謂思能感愛非

愛果勢力最勝是故偏說如倡書染雖有餘縁以人勝故人得其名此亦如是問分別諸法自相共相餘心心所亦有此能何故說此是慧非餘答慧最勝故作如是說謂慧分別諸法自相共相最勝是故偏說引喻如前問何等慧能分別諸法自相何等慧能分別諸法共相耶答分別一物相者是分別自相分別多物相者是分別共相復次分別一一蘊等者是分別自相分別二蘊三蘊等者是分別共相復次聞思所成慧多分別自相修所成慧多分別共相復次十六行相所不攝慧多分別自相十六行相所攝慧惟分別共相復次行諦時慧多分別自相現觀時慧惟分別共相復次別觀諸諦慧名分別自相總觀諸諦慧名分別共相問此二種慧如何應知

答如種種物近帝青寶自相不現皆同彼色分別共相慧應知亦爾如種種物遠帝青寶青黃等色各別顯現分別自相慧應知亦爾復次如日出時光明偏照衆闇頓遣分別共相慧應知亦爾如日出已漸照衆物墻壁窻隙山巖幽藪皆悉顯現分別自相慧應知亦爾復次如人持燭初入闇室頓破諸闇分別共相慧應知亦爾如燈入已漸照瓶衣器篋諸物分別自相慧應知亦爾復次如鏡遠照別相不顯分別共相慧應知亦爾如鏡近照別相明了分別自相慧應知亦爾復次如人遠觀山林等物分別共相慧應知亦爾如人近觀山林等物分別自相慧應知亦爾問此中所說聞思修所成慧其相云何有作是說若於三藏十二分教受持轉讀究竟流布名

聞所成慧依此發生思所成慧依此發生修所成慧此斷煩惱證得涅槃如依金鑛生金依金生金剛此能摧壞山石等物評曰應作是說若於三藏十二分敎受持轉讀究竟流布是生得慧依此發生聞所成慧依此發生思所成慧依此發生修所成慧此斷煩惱證得涅槃如依種生芽依芽生莖依莖轉生枝葉華果復次依聞生者名聞所成慧依思生者名思所成慧依修生者名修所成慧復次聞所引者名聞所成慧思所引者名思所成慧修所引者名修所成慧復次緣力起者名聞所成慧因力起者名思所成慧俱力起者名修所成慧復次他力起者名聞所成慧自力起者名思所成慧俱力起者名修所成慧復次資糧力起者名聞所成慧自性力起者名思所成慧俱力起者名修所成慧復次外力起者名聞所成慧內力起者名思所成慧俱力起者名修所成慧復次敎力起者名聞所成慧義力起者名思所成慧定力起者名修所成慧問如是三慧有何差別答聞所成慧於一切時依名了義彼作是念素怛纜毗奈耶阿毗達磨所說有何義耶親敎軌範同梵行者所說有何義耶諸餘論等所說有何義耶隨其所念皆能解了思所成慧有時依名了義有時不依名而了義修所成慧於一切時不依名而了義如有三人入池洗浴一未學浮二學未善三學已善未學浮者於一切時攀岸草等然後洗浴聞所成慧應知亦爾學未善者或攀不攀而能洗浴思所成慧應知亦爾學已善者於一切時無所攀附自

在洗浴修所成慧應知亦爾復次聞所成慧爲三慧因思所成慧惟思慧因非聞慧因彼是劣故非修慧因彼異界故修所成慧惟修慧因非聞慧因彼是劣故非思慧因彼亦劣故及異界故復次聞所成慧惟聞慧果非餘二果彼是勝故思所成慧是二慧果非修慧果彼是勝故及異界故修所成慧是二慧果非思慧果彼異界故復次聞所成慧現在前時惟修聞慧思所成慧現在前時惟修思慧修所成慧現在前時能修三慧問何故二慧現前時惟修自類修所成慧能修三種答聞思二慧不依定生勢力下劣現在前時惟修自類即習修故說名爲修不修未來自類他類修所成慧依定而生勢力增勝現在前時能修自類及修他類修自類者現在習修未來得修修他類者惟未來修復次聞思所成慧初刹那現在前時惟成就現在第二刹那以後現在前時成就過去現在後不起時惟成就過去修所成慧未曾得者初刹那現在前時成就未來現在第二刹那以後成就三世後不起時惟成就過去未來有餘師說聞思二慧串習勝者現在前時亦修未來自類善法彼說成就非如前說如是三慧界者欲界有二謂聞所成慧思所成慧色界有二謂聞所成慧修所成慧無色界惟在修所成慧問何故欲界無修所成慧耶答欲界是不定界非修地非離染地若欲修時墮思中故問何故色無色界無思所成慧耶答色無色界是定界是修地是離染地若欲思時墮修中故問何故無色界無聞所成慧耶答彼無耳

根聽聞法故聞所成慧要因耳根聽聞法已展轉能引現在前故有作是說欲界具有三慧色無色界如前說欲界修所成慧者如現觀邊世俗智空空無願無願無相無相三摩地俱及盡智時所修欲界善根相應然極少故諸處不說有餘師說欲色二界皆具三慧無色界惟有修所成慧或有說者欲色二界皆具三慧無色界有二種謂思修所成慧復有說者三界皆具有三慧評曰應知此中初說爲善地者聞所成慧在五地謂欲界四靜慮有說在六地謂前五及靜慮中間有說在七地謂前六及未至地思所成慧惟在一地謂欲界修所成慧有漏者在十七地謂四靜慮四近分靜慮中間四無色四近分無漏者在九地謂四靜慮未至中間下三無色所依者聞所成慧依欲色界身思所成慧依欲界身修所成慧依三界身行相者有作是說聞思所成慧非十六行相有漏故修所成慧十六行相或餘行相評曰應作是說三慧皆通十六行相及餘行相以十六行相通有漏無漏故問若三慧皆通十六行相及餘行相者如是三慧有何差別答如前已說種種差別然聞思所成慧自力故無未來修他力故有未來修修所成慧自力故有未來修是謂差別所緣者三慧皆緣一切法念住者三慧皆通四念住智者聞思所成慧惟世俗智修所成慧通十智根相應者聞修所成慧三根相應謂樂喜捨思所成慧二根相應謂喜及捨三摩地俱者聞思所成慧非三摩地俱有漏故修所成慧三三摩地俱及不俱過去未來

現在者此三慧皆墮三世緣三世及離世善不善無記者此三慧皆是善緣三種繫不繫者聞所成慧欲色界繫思所成慧惟欲界繫修所成慧色無色界繫及不繫三慧皆緣三界繫及不繫學無學非學非無學者聞思所成慧惟非學非無學修所成慧通三種三慧皆緣三種見所斷修所斷不斷者聞思所成慧惟修所斷修所成慧通修所斷及不斷三慧皆緣三種緣名緣義者此三慧皆緣名義緣自相續他相續非相續者此三慧皆緣三種在意地在五識身者惟在意地以五識中無加行善故加行得離染得生得者此三慧皆通加行得離染得非生得聞思所成慧離染得者離有頂染時得故有說三慧雖加行得而亦可言生得從上地沒生下地時亦有得故有餘師說聞所成慧在欲界者惟加行得在色界者可言是加行得可言是生得可言是加行得者謂在欲界加行修習聞所成慧觀察諸法自相共相極純熟者從欲界沒生色界時乃可得故可言是生得者雖在欲界加行修習聞所成慧觀察諸法自相共相若未生彼猶未能得要生色界方得彼故思所成慧惟加行得修所成慧通三得加行離染生時得故問如是三慧聲聞獨覺如來具幾答如來雖具三慧然是修所成慧所顯所以者何自然覺悟具力無畏及大悲等修功德故獨覺雖具三慧而是思所成慧所顯所以者何彼雖自然覺悟而無力無畏等諸修功德由多思慮而入道故聲聞雖具三慧而是聞所成慧所顯所以者何彼聞法音而入

道故復次如是三慧皆可名爲聞所成慧如說多聞能知法等皆可名爲思所成慧如此中說慮即是慧慮似思故亦名爲思皆可名修所成慧如說云何應修法謂善有爲法又契經說有三種慧一言說究竟慧即是此中聞所成慧二思慮究竟慧即是此中思所成慧三出離究竟慧即是此中修所成慧一切加行善心心所皆入如是三慧品攝

云何尋乃至廣說問何故作此論答爲止他宗顯正義故謂或有執尋伺即心如譬喻者爲遮彼執顯尋與伺是心所法或復有執尋伺是假爲遮彼執顯此二種是實有法故作斯論云何尋答諸心尋求辯了顯示推度搆畫分別性分別類是謂尋諸心尋求等名雖有異而體無差別皆爲顯了尋自性故云何伺答諸心伺察隨行隨轉隨流隨屬是謂伺諸心伺察等名雖有異而體無差別皆爲顯了伺自性故尋伺何差別答心麤性名尋心細性名伺是謂差別問何故復作此論答欲令疑者得決定故謂此二法展轉相似見多尋者世人共言此是多伺見多伺者世人共言此是多尋或有生疑此二體一欲令彼疑得決定故顯此二種自體各別故作斯論問此中所說心麤細性顯何義耶有作是說此則顯心麤性細性若作是說尋伺應以心爲自性亦不相應一物麤細不俱有故有餘師說此顯心麤時有尋性心細時有伺性若作是說應顯尋伺非一心俱心麤細時剎那別故評曰應作是說此中顯示即一心中麤性名尋細性名伺若作是說顯一心中有尋有

伺尋令心麤伺令心細問云何一心麤細二法互不相違答所作異故尋性猛利伺性遲鈍共助一心故雖麤細而不相違問尋伺麤細其相如何答如針鳥翮和束擲身生受利鈍尋伺亦爾又如酢水等分相和置於口中生識利鈍尋伺亦爾又如鹽麨等分相和置於口中生識利鈍尋伺亦爾施設論說如叩鐘鈴銅鐵器等其聲發韻前麤後細尋伺亦爾法蘊論說如天震雷人吹貝等初大後微尋伺亦爾又作是說如鳥飛空鼓翼翔翥前麤後細尋伺亦爾彼說皆顯尋伺不俱作用增時有前後故有作是說如以熟酥置冷水上日光照觸由水日故非釋非凝如是一心有尋有伺二力任持非麤非細是故尋伺互得相應尋令心麤伺令心細此中略有三種

分別一自性分別謂尋伺二隨念分別謂意識相應念三推度分別謂意地不定慧欲界五識身惟有一種自性分別雖亦有念而非隨念分別不能憶念故雖亦有慧而非推度分別不能推度故欲界意地具三分別初靜慮三識身惟有一種自性分別雖有念慧非二分別義如前說初靜慮意地若不定者具三分別若在定者有二分別謂自性及隨念雖亦有慧而非推度分別若推度時便出定故第二第三第四靜慮心若不定者有二分別謂隨念及推度除自性彼無尋伺故若在定者惟有一種隨念分別無色界心若不定者有二分別隨念自性若在定者惟有一種隨念分別諸無漏心隨地不定有但有二分別者謂除推度有惟有一分別者謂隨念無

具三者無不定故
云何掉舉乃至廣說問何故作此論答爲止
他宗顯正義故謂或有執掉舉心亂無有別
體爲遮彼執欲顯此二其體各別故作斯論
云何掉舉答諸心不寂靜不止息躁動掉舉
心躁動性是謂掉舉不寂靜等名雖有異而
體無差別皆爲顯了掉舉自性故云何心亂
答諸心散亂流蕩不住非一境性是謂心亂
心散亂等名雖有異而體無差別皆爲顯了
心亂自性故掉舉心亂有何差別答不寂靜
相名掉舉非一境相名心亂是謂差別問何
故復作此論答爲令疑者得決定故謂此二
法展轉相似見掉舉者世人共言此是心亂
見心亂者世人共言此是掉舉或有生疑此
二是一欲令此疑得決定故顯此二種其體
各別故作斯論不寂靜相者謂令心躁動障
礙五支四支定故非一境相者謂令心流蕩
於外色聲香味觸故問掉舉心亂其相如何
答如人坐牀一挽令起掉舉亦爾發動心故
一策令行心亂亦爾令心於境數移轉故又
如冷水從泉眼出掉舉亦爾令心躁動故令
水出已流滿諸池心亂亦爾令心流散故問
心亂以何爲自性答以染汙三摩地爲自性
有作是說有別心所名爲心亂非三摩地評
曰應作是說前說爲善即三摩地煩惱相應
令心於境數數移轉名心亂故掉舉心亂雖
恒相應然約用增應作四句有心名有掉舉
非有心亂謂於一境三摩地極躁動時有心
名有心亂非有掉舉謂於多境三摩地不極
躁動時有心名有掉舉亦有心亂謂於多境

三摩地極躁動時有心不名有掉舉亦非有心亂謂於一境三摩地不極躁動時大德說曰若心名有心亂亦名有掉舉有心名有掉舉非有心亂謂於一境三摩地極躁動時如行一路馳走不息

復次此中因說心所應說大地等法謂大地法有十種一受二想三思四觸五欲六作意七勝解八念九三摩地十慧大煩惱地法亦有十種一不信二懈怠三放逸四掉舉五無明六忘念七不正知八心亂九非理作意十邪勝解此二種大地法名雖二十體惟十五謂大地法中受想思觸欲名五體亦五大煩惱地法中不信懈怠放逸掉舉無明亦名五體亦五所餘十法名雖有十體唯有五謂大煩惱地法中忘念即大地法中念不正知即彼慧心亂即彼三摩地非理作意即彼作意邪勝解即彼勝解然大地法通染汙不染汙大煩惱地法唯染汙念等五法順善品勝多建立在諸善品中或有生疑唯不染汙故復說在煩惱地中有說此五順染亦勝是故重說惛沉順定餘不徧染故不立在此地法中然於此中應作四句有是大地法非大煩惱地法謂受想思觸欲有是大煩惱地法非大地法謂不信懈怠放逸掉舉無明有是大地法亦大煩惱地法謂忘念不正知心亂非理作意邪勝解有非大地法亦非大煩惱地法謂除前相諸有欲令心亂非三摩地者彼說此二種大地法名有二十體有十六所作四句與前有異謂第一句有六法即前五種及三摩地第二句亦有六法謂前五及心亂第

三句有四法謂前五中除心亂第四句如前說評曰此中前說爲善小煩惱地法有十種一忿二恨三覆四惱五諂六誑七憍八慳九嫉十害大善地法有十種一信二精進三慙四愧五無貪六無瞋七輕安八捨九不放逸十不害大不善地法有五種一無明二惛沉三掉舉四無慙五無愧大有覆無記地法有三種一無明二惛沉三掉舉大無覆無記地法有十種即前大地受等十法問大地法等有何義耶答若法一切心中可得名大地法謂若染汙不染汙若有漏無漏若善不善無記若三界繫不繫若學無學非學非無學若見所斷修所斷不斷若在意地若五識身一切心中皆可得故名大地法若法一切染汙心中可得名大煩惱地法謂若不善若無記若欲界繫若色界繫若無色界繫若見所斷若修所斷若在意地若五識身煩惱起時皆可得故名大煩惱地法應知此中不信等五惟與一切染汙心俱故立大煩惱地法忘念等五如前已說若法少分染汙心中可得名小煩惱地法謂忿等七唯不善諂誑憍或不善或無記又忿等七唯欲界繫諂誑欲界初靜慮繫憍三界繫又此十種唯修所斷唯在意地若一起時必無第二互相違故名小煩惱地法若法唯在一切善心中可得名大善地法謂若有漏若無漏若生得善若加行善若三界繫若不繫若學若無學若非學非無學若在意地若五識身一切善心皆可得故名大善地法若法一切不善心中可得名大不善地法謂若見若所斷若見集所斷若見

滅所斷若見道所斷若修所斷若在意地若五識身一切不善心中皆可得故名大不善地法應知此中無慚無愧唯在一切不善心中可得故名大不善地法惛沉掉舉煩惱纏攝通與一切不善心相應又障止觀勢用强故復建立在不善地中無明一種隨眠所攝徧與一切不善心相應故復立在不善地中所餘隨眠及隨煩惱無如是義若法一切有覆無記心中可得名大有覆無記地法謂若欲界薩迦耶見邊執見相應心若色無色界一切煩惱相應心若在意地若五識身一切有覆無記心中皆可得故名大有覆無記地法應知此中無別心所唯是有覆無記性攝惟有無明惛沉掉舉是煩惱纏障止觀勝或是隨眠徧在一切有覆無記心中可得故立有覆無記地中若法一切無覆無記心中可得名大無覆無記地法謂若欲界繫若色界繫若無色界繫若在意地若五識身若異熟生若威儀路若工巧處若通果心皆可得故名大無覆無記地法應知此中無別心所惟是無覆無記性攝即受等十徧在一切無覆無記心中可得故立無覆無記地中

阿毗達磨大毗婆沙論卷第四十二 說一切有部發智

音釋

饕飻 饕吐刀切貪財曰饕飻他結切貪食曰飻 咀嚼 咀慈語切咬咀也嚼在爵切噬也 啜 昌悅切飲也 牝 毗忍切毋畜也 鵄 尺脂切鳶屬 燸 乃管切温也 竅隙 竅苦弔切穴也隙綺戟切孔隙也 籢 苦協切箱屬 鑛 古猛切金朴也 素怛纜 梵語也此云契經怛當割切纜盧瞰切 串

古患切與慣同習也翮下革切鳥之勁羽也㩆千木切促也酢倉故切酸味也麨尺沼切乾糧也翥章恕切飛舉也掉舉掉徒弔切搖也舉居許切動也躁則到切不安靜也挽武遠切引也惛呼昆切心不明也諂誑諂丑琰切佞言也誑居況切欺也

阿毗達磨大毗婆沙論卷第四十三

五百大阿羅漢等造

唐三藏法師玄奘奉　詔譯

雜蘊第一中思納息第八之二

應知此中有二種三摩地一染汙二不染汙染汙者名三摩地亦名散亂不染汙者名三摩地不名散亂故三摩地有十二句一有三摩地一所緣是散亂二有三摩地一所緣非散亂三有三摩地一行相是散亂四有三摩地一行相非散亂五有三摩地一所緣一行相是散亂六有三摩地一所緣一行相非散亂七有三摩地多所緣是散亂八有三摩地多所緣非散亂九有三摩地多行相是散亂十有三摩地多行相非散亂十一有三摩地多所緣多行相是散亂十二有三摩地多所緣多行相非散亂有三摩地一所緣是散亂者如有一類隨於一物思惟不淨修未純熟復即於此或觀青瘀或觀膖脹或觀膿爛或觀破壞或觀異赤或觀被食或觀分離或觀白骨或觀骨瑣其心散亂流蕩不住不專一境由此因緣前定退失後定不進有三摩地一所緣非散亂者如有一類隨於一物思惟不淨修巳純熟復即於此或觀青瘀廣說乃至或觀骨瑣心不散亂不流不蕩安住守一由此因緣前定不失能進後定有三摩地一行相是散亂者如有一類思惟非常修未純熟復即由此或觀增減或觀蹔時或觀轉變或觀磨滅其心散亂流蕩不住不專一境由此因緣前定退失後定不進有三摩地一行相非散亂者如有一類思惟非常修巳純熟

復即由此或觀增減廣說乃至或觀磨滅心不散亂不流不蕩安住守一由此因緣前定不失能進後定有三摩地一所緣一行相是散亂者如有一類思惟色非常修未純熟復即於此由此或觀增減廣說乃至或觀磨滅其心散亂流蕩不住不專一境由此因緣前定退失後定不進有三摩地一所緣一行相非散亂者如有一類思惟色非常修已純熟復即於此由此或觀增減廣說乃至或觀磨滅心不散亂不流不蕩安住守一由此因緣前定不失能進後定有三摩地多所緣是散亂者如有一類於身住循身觀修未純熟復於受住循受觀於心住循心觀於法住循法觀其心散亂流蕩不住不專一境由此因緣前定退失後定不進有三摩地多所緣非散亂者如有一類於身住循身觀修已純熟復於受住循受觀乃至於法住循法觀心不散亂不流不蕩安住守一由此因緣前定不失能進後定有三摩地多行相是散亂者如有一類思惟非常修未純熟復或觀苦或觀空或觀非我其心散亂流蕩不住不專一境由此因緣前定退失後定不進有三摩地多行相非散亂者如有一類思惟非常修已純熟復或觀苦或觀空或觀非我心不散亂不流不蕩安住守一由此因緣前定不失能進後定有三摩地多所緣多行相是散亂者如有一類思惟身是非常修未純熟復觀受是苦心是空法是非我其心散亂流蕩不住不專一境由此因緣前定退失後定不進有三摩地多所緣多行相非散亂者如有一類思惟

身是非常修已純熟復觀受是苦心是空法是非我心不散亂不流不蕩安住守一由此因緣前定不失能進後定

云何無明乃至廣說問何故作此論答爲令疑者得決定故謂契經說不達不解不了知故名爲無明不正知亦以不了知爲相或有生疑無明即是不正知性是則二種體無差別欲令彼疑得決定故顯此二種其體各別故作斯論云何無明答三界無智此說應理謂三界繫無智具攝諸無明故若作是說不知三界名無明者則應不攝緣滅道諦二種無明彼不緣三界故云何不正知答非理所引慧問此中何故問少答多謂不正知惟染汙慧非理所引慧通染及不染云何知然如業蘊說諸意惡行皆是非理所引意業有是非理所引意業非意惡行謂一切有覆無記意業及一分無覆無記意業故知非理所引慧名通染不染答此中非理所引慧者應知惟攝諸染汙慧所以者何非理所引略有二種一者世俗二者勝義今說勝義非理所引故知惟攝諸染汙慧惟染汙法名勝義非理所引無覆無記但由世俗得彼名故此後應理論者與分別論者相對問答難通顯不正知雖是非理所引慧攝然有正知而妄語義汝說不正知是非理所引慧耶者是分別論者問重定前宗若不定他宗說他過失則不應理答如是者是應理論者答謂前所立理無顛倒故言如是汝何所欲諸有正知而妄語者彼皆失念不正知故而妄語耶者亦是分別論者問舉有妄語復審所宗答如是者

亦是應理論者答謂彼所說稱可所宗故言如是又何所欲無有正知而妄語耶者是分別論者將欲設難反定所宗顯違正理答不爾者是應理論者遮彼所問顯理無違論雖不正知是非理所引慧然有正知而妄語義非無此義故言不爾應聽我說若言不正知是非理所引慧諸有正知而妄語彼皆失念不正知故而妄語者則應說無有正知而妄語若不說無有正知而妄語者則不應言不正知是非理所引慧諸有正知而妄語彼皆失念不正知故而妄語 作如是說俱不應理者是分別論者前後兩關 翻覆設難前關顯順宗違理後關顯順理違宗二俱不可故總結言作如是說俱不應理 彼難意言若不正知即是非理所引慧者諸 虛誑語皆是非理所引慧發此語即從不正知起應說無有正知妄語若說非無正知妄語則不應說此語皆從不正知起故前違理後復違宗進退推徵二俱有難應理論者後通意言諸虛誑語雖許皆從不正知起而可說爲正知妄語所以者何虛誑語者正知彼事而妄說故謂彼正知所見等事而顛倒說是故說爲正知妄語復次虛誑語者正知自想而妄說故謂彼正知見等自想而顛倒說是故說爲正知妄語復次虛誑語者正知自見而妄說故謂彼正知見等自見而顛倒說是故說爲正知妄語復次虛誑語者應正知說而妄說故謂彼對他王臣等衆應正知說而顛倒說是故說爲正知妄語故虛誑語雖許皆從不正知起而可說爲正知妄語若此語從不正知起則

但名不正知妄語非正知妄語者此語亦從十大地法等起亦應名受等妄語非正知妄語應理論者此後反破分別論者以通前難三種破中是等彼破三種破義如前已說然於受等大地等法略去初後但舉中間無明詰彼以通前難應詰彼言諸無明皆不正知相應耶者是應理論者問審定他宗若不定他宗說他過失則不應理答如是者是分別論者答所問理定故言如是汝何所欲諸有正知而妄語者皆無明趣無明所纏失念不正知故而妄語耶者亦是應理論者問舉有妄語重審彼宗答如是者亦是分別論者答謂此所說稱可彼宗故言如是又何所欲無有正知而妄語耶者是應理論者將欲設難反定彼宗顯違正理答不爾者是分別論者遮此所問顯理無違謂諸無明雖皆不正知相應然有正知而妄語義非無此義故言不爾應聽我說若言一切無明皆不正知相應諸有正知而妄語皆無明趣無明所纏失念不正知故而妄語者則應說無有正知而妄語若不說無有正知而妄語者則不應言一切無明皆不正知相應諸有正知而妄語皆無明趣無明所纏失念不正知故而妄語作如是說亦俱不應理者是相應論者前後兩關翻覆設難前關顯順宗違理後關顯順理違宗二俱不可故總結言作如是說亦俱不應理此難意言若諸無明皆不正知相應者諸虛誑語皆是失念不正知發此語即從無明而起應說無有正知妄語若說非無正知妄語則不應說此語皆從無明而起故前違

理後復違宗進退推徵二俱有難分別論者理應通言諸虛誑語雖許皆從無明而起然可說爲正知妄語不說彼爲無明妄語應理論者應告彼言我宗亦爾諸虛誑語雖許皆從不正知起而可說爲正知妄語非不正知故彼非難

云何憍乃至廣說問何故作此論答爲欲分別契經義故謂契經說心憍心慢契經雖作是說而不分別其義經是此論所依根本彼不說者今應說之故作斯論云何憍答諸憍醉極醉悶極悶心傲逸心自取是謂憍此中憍等名雖有異而體無別皆爲顯了憍自性故云何慢答諸慢已慢當慢心舉恃心自取是謂慢此中慢等名雖有異而體無別皆爲顯了慢自性故憍慢何差別問何故復作此論答欲令疑者得決定故謂此二法展轉相似見多憍者世人共言此是多慢見多慢者世人共言此是多憍爲令彼疑得決定故顯憍與慢自性各別故作斯論憍慢何差別答若不方他染著自法心傲逸本名憍若方於他自舉恃相名慢是謂差別此中憍者謂不方他但自染著種姓色力財位智等心傲逸相此中慢者謂方於他種姓色力財位智等自舉恃相問憍以何爲自性有作是說意爲自性末陀末那聲相近故有餘師說愛爲自性此中說染著自法故復有說者慢爲自性末陀磨那聲相近故然依他轉但名爲慢不依他轉說名爲慢亦名爲憍評曰應作是說有別心所愛所引起說名爲憍惟在意地惟修所斷此憍與慢多種差別謂慢是煩惱憍

非煩惱慢是結縛隨眠隨煩惱纏憍非結縛隨眠及纏但隨煩惱慢通見修所斷憍惟修所斷慢非大地等法攝憍是小煩惱地法攝然慢與憍俱三界繫問慢方他起欲色二界修所斷慢可方他起外門轉故無色界慢見所斷慢不方他起內門轉故云何名慢答且無色界修所斷慢雖不方他而住慢相故亦名慢復次先在下界方他起慢由數習力後生無色彼慢現行有作是說雖生無色慢不現行而在下界亦起彼慢謂二證得無色定者展轉問答所得定相因斯起慢謂我所得勝於彼定我能速入彼則不能我能久住彼則不爾見所斷慢雖不方他而住慢相故亦名慢復次修所斷慢方他而起由數習力引見所斷慢亦現行有作是說見所斷慢亦方他起如我見者集在一處展轉問答我我見相因斯起慢謂已我見勝他我見評曰應作是說非一切慢要方他起無始時來數習力故依自相續慢亦現行如契經言尊者無滅往詣尊者舍利子所作如是言我有天眼清淨過人觀千世界不多用力舍利子言此是汝慢此慢但依自相續起然說諸慢方他起者從多分說多分方他而起慢故

若起增上慢我見苦是苦乃至廣說問何故作斯論答為止他宗顯正義故謂或有執慢無所緣或復有執慢緣他地或復有執慢緣無漏或復有執慢緣無為或復有執慢緣他部為遮如是種種僻執顯一切慢皆有所緣不緣他地不緣無漏不緣無為不緣他部故作斯論若起增上慢我見苦是苦或見集是

集此何所緣答如有一類親近善士聽聞正法如理作意由此因緣得諦順忍苦現觀邊者於苦忍樂顯了是苦集現觀邊者於集忍樂顯了是集彼由此忍作意持故或由中間不作意故見疑不行設行不覺便作是念我於苦見是苦或於集見是集由此起慢已慢當慢心舉恃心自取名增上慢此則緣苦或即緣集此中如有一類者謂修順決擇分者親近善士者謂親近善友善友謂佛及佛弟子令修善法得利樂故聽聞正法者毀呰流轉讚歎還滅引勝行教名爲正法彼能屬耳無倒聽聞如理作意者謂猒惡流轉欣樂還滅正思所聞趣修勝行由此因緣者謂由前三爲加行故得諦順忍者謂順決擇分善根中忍此忍隨順四聖諦理或順聖道故名諦順苦現觀邊者於苦忍樂顯了是苦者謂緣苦諦順忍集現觀邊者於集忍樂顯了是集者謂緣集諦順忍忍樂顯了是忍異名皆爲顯示觀察法忍現觀者謂見道此忍近彼故名爲邊此則總顯法隨法行此中具顯四預流支謂親近善士乃至法隨法行預流向果此爲先故彼由此忍作意持故者彼瑜伽師由忍觀諦於境作意善根持故能令見疑蹔不現行或由中間不作意故者已出前定未入後定說爲中間非理作意名不作意或此顯無如理作意此則顯後設行不覺見疑不行者由忍作意善根持故此中見者謂有身見及戒禁取疑者謂疑有說見者謂有身邊見戒禁取惟除邪見得忍不撥四聖諦故西方師言惟戒禁取此中名見以得忍者不執

我故評曰應作是說彼亦執我是故此中初說爲善雖蹔執我不執斷常故雖蹔計淨不執爲勝故然諸煩惱由五因緣雖未永斷而不現行一由奢摩他力二由毗鉢舍那力三由善師友力四由好居處力五由性薄煩惱力此中略故但舉前二忍謂毗鉢舍那作意謂奢摩他由二善根所住持故見疑不行設行不覺者煩惱細故覺慧劣故便作是念乃至廣說者彼有漏忍觀苦集諦便謂已得無漏眞見未得謂得名增上慢因見苦起者緣所緣苦因見集起者緣所緣集彼有漏忍雖能總別觀苦集諦而增上慢但能別緣謂見苦所斷者但緣自地見苦所斷法乃至修所斷者但緣自地修所斷法問此增上慢亦應能緣苦集忍品心心所法何故但說緣苦集耶答亦應說彼而不說者應知此中是有餘說復次緣忍品者惟修所斷緣苦集者通五部慢此中但說能徧緣者故不說緣忍增上慢復次有漏忍品亦苦集攝是故此中說緣苦集緣苦集言遮計此慢無所緣執亦遮此慢能緣他地及他部執有餘師說緣苦集者緣苦集忍非緣苦集彼說非理後依滅道增上慢中不說即緣滅或道故即緣苦集不違理故若起增上慢我見滅是滅或見道是道此何所緣答如有一類親近善士聽聞正法如理作意由此因緣得諦順忍滅現觀邊者於滅忍樂顯了是滅道現觀邊者於道忍樂顯了是道彼由此忍作意持故或由中間不作意故見疑不行設行不覺便作是念我於滅見是滅或於道見是道由此起慢已慢當

慢心舉恃心自取名增上慢此即緣彼心心所法此中諸句義如前說此即緣彼心心所法者彼有漏忍觀滅道諦便謂已得無漏眞見未得謂得名增上慢因見滅起者緣能緣滅有漏忍品心心所法因見道起者緣能緣道有漏忍品心心所法彼有漏忍雖緣滅道而增上慢但緣忍品心心所法滅道寂靜非慢境故緣心等言遮計此慢無所緣執亦遮此慢能緣無爲及無漏執問此增上慢爲欲界繫色界繫耶設爾何失若欲界繫欲界無順決擇分忍此何所緣若色界繫未離欲染補特伽羅應無此慢有作是說此慢是色界繫問若爾未離欲染補特伽羅應無此慢答此中略說離欲染者有說未離欲染者亦起未至地增上慢彼不應作是說未離下地染者必不起上地煩惱故復有說者此慢亦是欲界繫問若爾欲界無順決擇分忍此何所緣答欲界雖無順決擇分而亦有彼相似善根此增上慢緣彼而起欲界具有一切功德相似法故若起增上慢我生已盡乃至廣說問何故復作此論答前文惟說異生所起增上慢今欲通說異生聖者所起增上慢如異生聖者應知未見諦已見諦未現觀已現觀不定聚正定聚無聖道有聖道亦爾復次前文惟說未得果者增上慢今欲通說未得果已得果者增上慢復次前文惟說依見道生增上慢今欲通說依見修無學道生增上慢復次前文惟說依學道生增上慢今欲通說依學無學道生增上慢復次前文惟說欲色界增上慢今欲通說三界增上慢故作斯論

若起增上慢我生已盡此何所緣答如有一類作是念言此是道此是行我依此道此行已徧知苦已永斷集已證滅已修道我生已盡由此起慢已慢當慢心舉恃心自取名增上慢此即緣生此中此是道此是行者隨於何處作道行想已徧知苦乃至已修道者隨於何事作苦集滅道想我生已盡者隨於何蘊作生想此即緣生者緣所盡生即有漏蘊門此增上慢亦應能緣慢者所執有漏道行何故但說緣所盡生答亦應說彼而不說者應知此中是有餘說復次緣道行者惟修所斷緣所盡生通五部慢此中但說能徧緣者復次有漏道行亦是生攝故說緣生有餘師說所執道行說名爲生能生慢故此慢但緣能盡生道彼說非理後依梵行已立等慢不說緣生故此慢緣所盡生不違理故若起增上慢我梵行已立此何所緣答如有一類作是念言此是道此是行我依此道此行已徧知苦已永斷集已證滅已修道我梵行已立由此起慢已慢當慢心舉恃心自取名增上慢此即緣彼心心所法此中諸句義如前說我梵行已立者隨於何處作梵行想諸阿羅漢於學道名已立於無學道名今立此即緣彼心心所法者此增上慢緣彼所執有漏道行無漏梵行非彼境故若起增上慢我所作已辦此何所緣答如有一類作是念言此是道此是行我依此道此行已徧知苦已永斷集已證滅已修道我已斷隨眠已害煩惱已吐結已盡漏所作已辦由此起慢已慢當慢心舉恃心自取名增上慢此即緣彼心心所

法此中諸句義如前說已斷隨眠廣說乃至已盡漏者此本論師於異名義得善巧故作種種說文雖有異而體無別皆爲顯示煩惱滅故斷害吐盡於隨眠等交互建立義並無違即煩惱滅名爲所作證之滿足故名已辦此即緣彼心心所法者此增上慢緣彼所執有漏道行諸煩惱滅非彼境故若起增上慢我不受後有乃至廣說問何故復作此論答前說依時解脫所起增上慢今欲說依不時解脫所起增上慢復次前說依盡智所起增上慢今欲說依無生智所起增上慢故作斯論若起增上慢我不受後有此何所緣答如有一類作是念言此是道此是行我依此道此行已徧知苦已永斷集已證滅已修道我生已盡梵行已立所作已辦不受後有由此起慢已慢當慢心舉恃心自取名增上慢此即緣有此中諸句義如前說復說我生已盡等者顯無生智依盡智起如前盡智依道行起故說道行不受後有者得無生智不復退墮受後有故此即緣有者此增上慢即緣所不受有此中問答如前應知以有與生義相似故有本說緣心心所法顯不受後有即是滅道故問我生已盡何故不然答彼亦應爾但綺互說問誰起幾種增上慢耶有說異生起五種增上慢謂於勝品有漏善根及預流等四沙門果預流起四除第一一來起三除前二不還起二除前三諸阿羅漢無增上慢問預流等云何於自果起慢答於勝根性起增上慢有說異生起九種增上慢謂於勝品有漏善根及於無漏四向四果預流果起七

除前二一來向起六除前三一來果起五除前四不還向起四除前五不還果起三除前六阿羅漢向起二除前七阿羅漢果無增上慢預流向無起增上慢義評曰聖者亦於勝有漏善起增上慢故六聖者如前所起各復增一問異生云何於阿羅漢起增上慢答異生有二種一愛行者二見行者若愛行者修不淨觀伏愛品煩惱令不現行彼性不起見品煩惱便自謂得阿羅漢果若見行者修持息念伏見品煩惱令不現行彼性不起愛品煩惱便自謂得阿羅漢果問此增上慢爲但依有處起爲亦依無處耶答通依二處起謂異生於有漏善起增上慢依有處起於無漏善起增上慢依無處起預流果於預流果及有漏善起增上慢依有處起於預流向乃至阿羅漢果起增上慢依無處起廣說乃至阿羅漢向於阿羅漢向及有漏善起增上慢依有處起於阿羅漢果起增上慢依無處起問未得色無色界根本定者亦能起彼增上慢耶有說不起以彼煩惱繫屬彼地根本定故應說不定全未得者必不能起未離下染上地煩惱不現前故若已證得而未起者容起彼慢彼近分地亦有慢等諸煩惱故云何自謂卑而起慢乃至廣說問何故作此論答欲令疑者得決定故謂有生疑自高凌物可名爲慢自卑尊他應不名慢爲令彼疑得決定故顯有卑慢自卑尊他故作斯論云何自謂卑而起慢耶答如有一類見他勝已種姓族類財位技藝及田宅等作是念言彼少勝我我少劣彼然劣於他多百千倍由此起慢已

慢當慢心舉恃心自取是名自謂卑而起慢此中種謂刹帝利婆羅門等姓謂迦葉波喬答摩等族謂父族母族類謂白黑等財謂金銀等位謂王侯等技謂巧術等藝謂書數等田謂稼穡生處宅謂人等居處等謂等餘聰辯等事於如是事見他勝已多而謂少故成卑慢若稱量者則不名慢復次慢有七種一慢二過慢三慢過慢四我慢五增上慢六卑慢七邪慢慢者於劣謂已勝或於等謂已等由此起慢已慢當慢心舉恃心自取過慢者於等謂已勝或於勝謂已等由此起慢廣說如前慢過慢者於勝謂已勝由此起慢廣說如前我慢者於五取蘊謂我我所由此起慢廣說如前增上慢者於勝功德未得謂得未獲謂獲未觸謂觸未證謂證由此起慢廣說如前卑慢者於他多勝謂已少劣由此起慢廣說如前邪慢者實自無德謂已有德由此起慢廣說如前問增上慢邪慢俱依未得處起云何差別答增上慢通於有無處起邪慢惟於無處起復次增上慢通於已得未得處起邪慢惟於未得處起復次增上慢於等功德或勝功德處起邪慢都無功德處起復次增上慢於似功德或實功德處起邪慢都無功德處起復次增上慢内外道俱起邪慢惟外道起復次增上慢異生聖者俱起邪慢惟異生起是謂差別問如是七慢幾見所斷幾修所斷有作是說一惟見所斷謂我慢一惟修所斷謂卑慢餘五通見修所斷有餘師說二惟見所斷謂我慢邪慢一惟修所斷謂卑慢餘四通見修所斷評曰應作是說七慢皆

通見修所斷問我慢邪慢云何通修所斷答有身見及邪見於五部法執我我所及撥爲無此後或緣見苦所斷法起我慢及邪慢或乃至緣修所斷法起我慢及邪慢故此二慢通修所斷問云何卑慢見所斷耶答如我見者互相問答我見相已有便知他我見勝已而於多勝謂已少劣遂起卑慢此等卑慢是見所斷問如是七慢幾何界繫有作是說欲界具七上二界惟有六除卑慢彼無校量種姓等故評曰色無色界亦具七慢問彼無校量種姓等義寧有卑慢答彼雖無有校量種姓等而有比度定等功德復次先在欲界方他而起由數習力後生上界引起彼慢有作是說雖生上界卑慢不起而在欲界起彼卑慢如二證得上界定者展轉問答所得定相因斯校量有起卑慢評曰應作是說非卑慢等要比度他勝劣而起無始時來數習力故雖生上界亦有現行是故三界皆具七慢

阿毗達磨大毗婆沙論卷第四十三 說一切有部發智

音釋

瘀 於倨切氣血壅也 膖脹 膖匹絳切膖臭也脹知亮切脹滿也 璅 蘇果切連璅也 詰 去吉切問也 纏 直連切纏繞也 推徵 推昌垂切尋繹也徵陟陵切明驗也 傲 五到切慢也 呰 將此切口毀也 奢摩他 梵語此云止奢詩遮切 綺互 綺去倚切文繒也互胡故切差互也 技藝 技奇寄切巧也藝倪祭切才能也

阿毗達磨大毗婆沙論卷第四十四

五百大阿羅漢等造

唐三藏法師玄奘奉詔譯

雜蘊第一中思納息第八之三

如契經說若起欲尋恚尋害尋或自害或害他或俱害乃至廣說問何故作此論答爲廣分別契經義故謂契經說佛告苾芻我未證得三菩提時或起欲尋恚尋害尋或起出離尋無恚尋無害尋雖起欲尋恚尋害尋而不放逸便作是念若起欲尋恚尋害尋或自害或害他或俱害契經雖作是說而不分別其義經是此論所依根本彼不說者今應說之故作斯論云何欲尋自害答如有一類起貪纏故身勞心勞身燒心燒身熱心熱身燋心燋復由此緣當受長夜非愛非樂非喜非悅諸異熟果如是自害此中身勞等顯欲尋等流果貪瞋癡等能驅役故令身心勞如熾火故能燒身心令熱令燋當受長夜等顯欲尋異熟果當受惡趣非愛果故云何欲尋害他答如有一類起貪纏故觀視他妻彼夫見已心生瞋忿結恨愁惱如是害他問觀他妻者亦招苦果應名俱害何故說此惟是害他答觀視過輕其夫未能現加辱害是故不說云何欲尋俱害答如有一類起貪纏故汙奪他妻彼夫覺已遂於其人妻及於其人打縛斷命或奪財寶如是俱害問彼夫害他亦招苦果應名三害何以稱俱答彼人現世不遭罪罰反被稱譽是故不說復次夫亦是他故名俱害云何恚尋自害答如有一類起瞋纏故身勞心勞身燒心燒身熱心熱身燋心燋復

由此緣當受長夜非愛非樂非喜非悅諸異熟果如是自害此中二果如前應知云何恚尋害他答如有一類起瞋纏故斷害他命如是害他問斷他命者亦招苦果應名俱害何故説此惟是害他答斷賊命等現無責罰更被稱譽是故不説云何恚尋俱害答如有一類起瞋纏故斷害他命亦復被他斷害其命如是俱害問殺能害者亦招苦果應名三害何以稱俱答誅害他者世共稱譽現無罪苦是故不説復次彼亦是他故名俱害云何害尋自害答如有一類起害纏故身勞心勞身燒心燒身熱心熱身燋心燋復由此緣當受長夜非愛非樂非喜非悅諸異熟果如是自害此中二果如前應知云何害尋害他答如有一類起害纏故打縛於他如是害他問打縛他者亦招苦果應名俱害何故説此惟是害他答打縛惡人世同稱讚現不招苦是故不説云何害尋俱害答如有一類起害纏故打縛於他亦復被他之所打縛如是俱害此中問答如前應知問此三惡尋以何爲自性答欲尋以欲界五部六識身俱貪相應尋爲自性恚尋亦以五部六識身俱瞋相應尋爲自性害尋有説即瞋一分相應尋爲自性害即瞋故問若爾恚尋害尋有何差別答瞋有二種一欲斷衆生命二欲打縛衆生前名爲恚後名爲害復次瞋有二種一於應瞋處起二於不應瞋處起前名爲恚後名爲害彼二相應尋名恚尋害尋故有差別有説害尋無明一分相應尋爲自性害即無明故如施設論説何緣故癡增謂於害界害想害尋若習

若修若多所作被相應尋名爲害尋評曰應作是說有别心所說名爲害非瞋非無明非隨眠自性是瞋所引是瞋等流隨瞋後起名煩惱垢惟修所斷意識相應此相應尋是害尋自性此三不善故名惡尋復次有三善尋一出離尋二無瞋尋三無害尋問此三善尋以何爲自性答皆以一切善心相應尋爲自性謂三惡尋一一别起自性各異非與一切不善心俱此三善尋無别自性皆與一切善心相應問若爾此三有何差别答自性無别而義有異是三惡尋近對治故謂諸善尋違欲尋故名出離尋違恚尋故名無恚尋違害尋故名無害尋如契經說我未證得三菩提時雖起欲尋恚尋害尋而不放逸問菩薩爾時若不放逸如何猶起此三惡尋尊者世友作如是說菩薩雖起此三惡尋而勤修善名不放逸復次雖起惡尋而速能覺知是不善名不放逸復次雖起即能猒棄吐捨名不放逸復次覺起便能修彼對治名不放逸復次起已即能斷因缺依了知境過名不放逸復次三因緣故煩惱現前一由因力二境界力三加行力菩薩起此三不善尋但由因力能伏餘二名不放逸大德說曰菩薩雖起速能伏除如一滴水墮熱鐵上名不放逸脇尊者曰起已速捨如救頭然名不放逸問菩薩何處起三惡尋脇尊者曰由因力故隨處而起不勞定責如盲顛蹷愚者昏迷隨至皆然何定處所有作是說菩薩棄捨轉輪王位踰城出家求無上覺尋訪師友至王舍城於日初分入城乞食百千衆生圍繞瞻仰禮拜讃歎

心無猒足菩薩於彼初起欲尋衆圍繞故妨廢乞食饑火所惱復起恚尋瞋心漸歇害尋復起須臾覺察生重慙愧有餘師說菩薩棄捨劫毗羅城依空閑林求無上覺父王遂遣釋種五人隨逐侍衛於中有執樂行得淨初見菩薩修苦行時即便捨去中復有執苦行得淨後見菩薩捨苦行時亦復辭去時有難陀難陀跋羅二梵志女因獻乳糜見無侍者遂住供給女手柔軟摩觸菩薩菩薩於彼便起欲尋即生念言先五左右不棄我者豈有女人得近於我遂於左右復起恚尋瞋心稍歇害尋復起便自覺悟生大慙愧或有說者菩薩未出家時父王淨飯爲娉五百玉女以爲妃嬪娛樂菩薩不令出家菩薩捨之而出家已諸王遣使索女還國淨飯王曰我子出家心甚憂惱見其妃嬪時用慰懷今者未能放其還國諸王聞已各生忿恚共發兵戈來相征罰父王憂怖遣告菩薩吾今坐汝致此怨讐有說天神來告菩薩菩薩聞已於父王所先發欲尋於五百王恚尋次起於其軍衆復起害尋少時覺察深生慙愧復有說者菩薩出家修苦行時憶昔所受五欲樂事起於欲尋後聞天授亂已宮室復起恚尋於彼媒嬻復起害尋須臾覺悟生大慙愧或復有說菩薩六年修苦行時惡魔隨逐欲作留難或時示現可愛色像菩薩於彼發起欲尋或時示現可畏色像菩薩於彼發起恚尋或時示現侮弄色像菩薩於彼發起害尋少時追悔深起慙愧尊者妙音作如是說菩薩先以欲界聞思所生二慧伏諸煩惱愛此慧故發起

欲尋須臾覺悟此是煩惱增惡此故發起恚尋漸復歇薄發起害尋於復覺知深生慙愧大德說曰菩薩昔居菩提樹下初夜魔女來相媚亂爾時菩薩蹔起欲尋中夜魔軍總來逼惱菩薩於彼蹔起恚尋漸後歇薄復起害尋須臾覺察即入慈定令魔兵衆摧敗墮落如契經說菩薩起此三惡尋已便自了知此能自害害他俱害問云何菩薩所起欲尋恚尋害尋能爲三害答雖無害用而依相說惡尋必有三害相故復次惡尋起時自利事遠故名自害利他事遠故名害他俱利事遠故名俱害復次惡尋起時自利事壞故名自害利他事壞故名害他俱利事壞故名俱害復次惡尋起時自利心息故名自害利他心息故名害他俱利心息故名俱害復次惡尋起時於自相續取果與果故名自害令諸施主雖施四事而無大果故名害他即總此二名爲俱害復次惡尋起時於自相續生自性愚及所緣愚故名自害令他施主施無大果故名害他即總此二名爲俱害復次惡尋起時染自相續故名自害染他相續故名害他即總此二名爲俱害復次惡尋起時令自相續離賢聖樂故名自害亦令他離故名害他即總此二名爲俱害尊者世友說曰惡尋起時令自相續離繫果遠故名自害令所化者離繫果遠故名害他即總此二名爲俱害尊者妙音說曰惡尋起時令自相續勝功德遠故名自害令所化者勝功德遠故名害他即總此二名爲俱害大德說曰惡尋起時令一切智一切種智不能速證故名自害令所化者

不疾得益故名害他即總此二名爲俱害脇尊者曰惡尋起時身心熱惱故名自害失所化益故名害他即總此二名爲俱害尊者覺天說曰惡尋起時身心不適故名自害天神訶責故名害他即總此二名爲俱害如契經說佛告苾芻我初成佛多起二尋謂安隱尋及遠離尋問此二尋以何爲自性答安隱尋以出離尋爲自性遠離尋以無恚害尋爲自性有說翻此復次安隱尋對治欲尋遠離尋對治恚害尋有說翻此復次安隱尋無貪善根相應遠離尋無瞋癡善根相應有說翻此復次安隱尋對治貪相應尋遠離尋對治瞋癡相應尋有說翻此復次安隱尋慈悲相應遠離尋喜捨相應有說翻此復次安隱尋苦集智相應遠離尋滅道智相應有說翻此復次安隱尋空及苦集無願三摩地俱遠離尋無相及道無願三摩地俱有說翻此尊者妙音說曰見流轉過失相應尋名安隱尋見還滅功德相應尋名遠離尋尊者覺天說曰見還滅功德相應尋名安隱尋見流轉過失相應尋名遠離尋大德說曰無邊利益意相應尋名安隱尋無邊安樂意相應尋名遠離尋脇尊者曰無邊安樂意相應尋名安隱尋無邊利益意相應尋名遠離尋尊者世友說曰無邊憐愍意樂所起名安隱尋無邊調善意樂所起名遠離尋問何故初成佛已多分起此二尋答由此二尋是阿耨多羅三藐三菩提前行者及淨道故復次爲對治昔在家時受欲樂故初成佛已多起遠離尋爲對治修苦行時無利苦故初成佛已起安隱尋復次

初成佛已慶自德故多起安隱尋欲度他故多起遠離尋

智多耶境多耶乃至廣說問何故作此論答爲止他宗顯正義故謂或有執有緣無智如譬喻者彼作是說若緣幻事健達縛城及旋火輪鹿愛等智皆緣無境爲遮彼執顯一切智皆緣有境或復有執有智不緣境有境非智緣爲遮彼執顯一切智皆能緣境顯一切境皆智所緣復次爲顯外道有顛倒故境智相違及顯内道無顛倒故境智相順復次有說智多非境以一境上有多智故今欲顯示境多非智由此因緣故作斯論智多耶境多耶答境多非智所以者何智亦境故謂智惟攝一界一處一蘊少分境攝十八界十二處五蘊有作是說智多非境所以者何如非想非非想處下下品一刹那受爲欲界十智知謂九不同分界徧行隨眠相應品智及善世俗智知爲欲界十智知乃至無所有處亦爾爲非想非非想處十六智知謂十一徧行隨眠相應品智及修所斷貪慢無明相應智無覆無記善世俗智如是總有九十六智并無漏智九十七智知彼一受餘受餘法如理應知是故當知智多非境彼說非理所以者何彼智相應俱有等法及智自性皆是境故設智非境其境尚多況智亦境而境非多問若智亦境智境何別答能知是智所知是境復次智惟非色無見無對有爲相應有所依有所緣有行相境通色非色有見無見有對無對有爲無爲相應不相應有所依無所依有所緣無所緣有行相無行相復次智惟三世

三諦所攝境通三世非世四諦所攝此等名爲境與智別智多耶識多耶乃至廣說問何故作此論答爲止他宗顯正義故謂或有執識智二法展轉相應忍即智故爲遮彼執顯一切智與識相應非一切識與智相應諸無漏忍非智性故或復有執智惟無漏識惟有漏互不相應爲遮彼執顯識與智俱通二種有相應義有餘師執智即是識分位差別故智與識無相應義爲遮彼執顯識與智體用各別有相應義由此因緣故作斯論智多耶識多耶答識多非智所以者何諸智皆識相應非諸識皆智相應忍相應識非智相應故問諸無漏忍何故非智答於所見境未重觀故謂無始來於四聖諦未以無漏眞實慧見今雖創見而未重觀故不名智要同類慧於境重觀方成智故無一有情於一切法無始時來非有漏慧數數觀之故有漏慧皆智所攝復次忍於聖諦推度忍可未究竟故非智所攝復次忍與所斷疑得俱故非智所攝設不與俱而是彼類有漏無間道非眞對治故雖疑得俱而亦是智由無漏忍非智所攝故說識多復次識攝七界一處一蘊智惟一界一處一蘊少分所攝是故智少有漏行多耶無漏行多耶乃至廣說問何故作此論答爲止他宗顯正理故謂或有執佛生身是無漏如大衆部彼作是說經言如來生在世間長在世間若行若住不爲世法之所染汙由此故知如來生身亦是無漏爲遮彼執顯佛生身定是有漏若佛生身是無漏者則於佛身無比女人不應起愛指鬘不應起瞋憍士不

應起慢隝盧頻螺不應起癡既緣起愛及瞋慢癡故佛生身定非無漏問若爾彼部所引契經當云何釋答彼依法身故作是說經言如來生在世間長在世間者依生身說若行若住不爲世法之所染汙者依法身說故不相違復次依不隨順故說不染謂世八法隨順世間諸有情類亦隨順彼故說染汙世間八法隨順如來佛不順之故說不染復次如來生身雖是有漏而超八法故說不染問利等八法如來亦有何故言超利謂哀愍勇長者故一日受彼三億具衣衰謂入彼大婆羅村乞食不得空鉢而返毀謂戰遮婆羅門女及孫陀利謗佛聲徧十六大國譽謂如來生時聲徹他化自在成佛聲至色究竟天轉法輪時聲至梵世稱謂跋羅墮闍梵志以五百頌現前讚佛論力外道隝波離等諸大論師以百千頌瞻仰讚佛具壽阿難合掌讚佛諸希有法尊者舍利子恭敬讚佛諸無上法如是一切譏謂跋羅墮闍梵志先五百頌現前罵佛苦謂如來有時背痛礫石毒刺傷足指等樂謂如來有輕安樂及生死中最勝受樂如何世尊超世八法答如來雖遇利等四法而不生於高歡喜愛如來雖遇衰等四法而不生於下慼憂恚由此名超故稱不染非謂無漏立不染名如妙高山住金輪上八方猛風不能傾動諸佛亦爾住淨尸羅世間八法不能傾動是故爲遮他宗異執顯示正理故作斯論有漏行多耶無漏行多耶答有漏行多非無漏行所以者何有漏行攝十處一處少分無漏行惟攝二處少分故有作是說無

漏行多非有漏行所以者何如欲界繫下下品攝一剎那色定爲四種無漏慧緣一苦法智忍二苦法智三集法智忍四集法智餘色餘法如理應知復有此餘諸無漏法故無漏行決定爲多有餘師說有漏行多所以者何如一無漏行爲四有漏緣一邪見二疑三無明四善世俗智餘無漏行如理應知復有此餘諸有漏法故有漏行決定爲多評曰應作是說有漏無漏行雖俱無邊而此本論師且約處攝說有漏多非無漏行復次此本論師雖不問答有爲無爲諸法多少而義應有問有爲法多耶無爲法多耶答有爲法多非無爲法所以者何有爲法攝十一處一處少分無爲法惟攝一處少分故評曰應作是說無爲法多非有爲法所以者何隨有漏法有爾所體擇滅無爲數量亦爾隨無漏道有爾所體非擇滅無爲數量亦爾復有此餘隨有漏法體量多少諸非擇滅及虛空無爲故無爲法多非有爲法然准前門且依處說故說無爲其數是少

云何行圓滿乃至廣說問何故作此論答爲欲分別契經義故謂契經說佛弟子衆尸羅圓滿等持圓滿般若圓滿行圓滿護圓滿契經雖作是說而不分別其義不說云何行護圓滿經是此論所依根本彼不說者今欲說之故作斯論云何行圓滿答無學身律儀語律儀命清淨問學及非學非無學亦有律儀何故此中惟說無學答彼依勝說故謂若法若補特伽羅俱無學勝是故偏說復次若有律儀非不律儀所損壞者此中說之學等不

爾無學身業名身律儀無學語業名語律儀無學身語業總名命清淨即是正業正語正命契經說戒或名尸羅或名爲行或名爲足或名爲篋言尸羅者是清涼義謂惡能令身心熱惱戒能安適故曰清涼又惡能招惡趣熱惱戒招善趣故曰清涼又尸羅者是安眠義謂持戒者得安隱眠常得善夢故曰尸羅又尸羅者是數習義常習善法故曰尸羅又尸羅者是得定義謂持戒者心易得定故曰尸羅又尸羅者是璲隥義如伽他說

佛法池清潔　尸羅爲璲隥　聖浴不濡身
逮彼岸功德

又尸羅者是嚴具義有莊嚴具於幼爲好非壯老年有莊嚴具於壯爲好非幼老年有莊嚴具於老爲好非幼壯年尸羅嚴身三時常好如伽他說

尸羅嚴身具　幼壯老咸宜　住信慧爲珍
福無能盜者

又尸羅者是明鏡義如鏡明淨像現其中住淨尸羅無我像現又尸羅者是階陛義如尊者無滅言我蹈尸羅階升無上慧殿又尸羅者是增上義佛於三千大千世界有威勢者皆尸羅力昔此迦濕彌羅國中有一毒龍名無怯懼稟性暴惡多爲損害去彼不遠有毗訶羅數爲彼龍之所嬈惱寺有五百大阿羅漢共議入定欲逐彼龍盡其神力而不能遣有阿羅漢從外而來諸舊住僧爲說上事時外來者至龍住處彈指語言賢面遠去龍聞其聲即便遠去諸阿羅漢怪而問言汝遣此龍是何定力彼答衆曰我不入定亦不起通

但護尸羅故有此力我護輕罪如防重禁故使惡龍驚怖而去由此尸羅是增上義又尸羅者是頭首義如有頭首即能見色聞聲嗅香嘗味覺觸知法有尸羅者即能見四聖諦色聞未曾有名身等聲嗅三十七覺分華香嘗出家遠離三菩提寂靜味覺靜慮解脫等持等至觸知蘊處界自相共相法是故尸羅是頭首義契經說戒名爲行者以諸世間說戒名行故諸世間見持戒者言彼有行見破戒者言彼無行又持淨戒是衆行本能至涅槃故名爲行契經說戒名爲足者能往善趣至涅槃故如有足者能避險惡至安隱處有淨戒者能越惡趣生天人中或超生死到涅槃岸故名爲足契經說戒名爲篋者任持一切功德法故謂持戒者任持功德不令退散如篋持寶尊者妙音作如是說戒名不壞所以者何如足不壞則能自在往安隱處具淨戒者亦復如是能至涅槃此中無學身語淨戒名行圓滿行中極故云何護圓滿答無學根律儀應知此中根是所護由念慧力護眼等根不令於境起諸過患如鉤制象不令奔逸是故無學正念正知名護圓滿如伽他說

世間諸暴流　正念能防護　若令畢竟斷
其功惟正知

問根律儀根不律儀各以何爲自性答根律儀以正念正知爲自性根不律儀以失念不正知爲自性云何知然經爲量故如契經說天告苾芻汝今不應自開瘡漏苾芻答曰我當覆之天復語言瘡漏非小以何能覆苾芻答曰我當覆以正念正知天曰善哉此爲眞

覆故知此二是根律儀覆護律儀義相似故
根不律儀翻前而立故是失念及不正知問
若正念正知是根律儀者契經所說當云何
通如說念慧圓滿故根律儀圓滿豈說自性
圓滿故自性圓滿耶答念慧有二種一因性
二果性因性者名念慧果性者名根律儀復
次念慧有二種一生得善二加行善生得善
者名念慧加行善者名根律儀復次念慧有
二種一不定善二定善不定善者名念慧定
善者名根律儀復次念慧有二種一世間善
二出世間善世間善者名念慧出世間善者
名根律儀復次念慧有二種一學二無學學
者名念慧無學者名根律儀復次念慧有二
種一鈍根種性二利根種性鈍根種性名念
慧利根種性名根律儀故與契經不相違害
有作是說根律儀以不放逸爲自性根不律
儀以放逸爲自性有餘師說根律儀以六恒
住法爲自性根不律儀以此所對治諸煩惱
業爲自性或有說者根律儀以於六根已斷
已徧知法不成就性及彼對治道成就性爲
自性根不律儀以於六根未斷未徧知法成
就性及彼對治道不成就性爲自性復有說
者根律儀以於六根已斷已徧知時所有妙
行善根生長廣大爲自性根不律儀以於六
根未斷未徧知時所有惡行不善根生長廣
大爲自性有作是言根律儀以一切善法爲
自性根不律儀以一切染汙法爲自性復有
說言根律儀以一切善法及順善無覆無記
法爲自性根不律儀以一切染汙法及順染
無覆無記法爲自性昔此迦濕彌羅國中有

毗訶羅名吉祥胤二阿羅漢曾住其中俱證三明具八解脫得無礙解是說法師是親兄弟父名難提婆羅門種俱作是說根律儀根不律儀皆以無覆無記不相應行蘊中律儀不律儀爲自性問若此俱是無覆無記心不相應行蘊攝者此二自性有何差別答隨順染汙者名不律儀隨順清淨者名律儀是謂差別評曰此諸說中初說爲善經說念慧能護根故復次即此念慧有位亦得斷律儀名隨位差別建立多種且說有漏斷律儀者謂欲界見修所斷法以未至地能離欲界有漏九無間道中念慧二法爲斷律儀若初靜慮見修所斷法以第二靜慮近分地能離初靜慮九無間道中念慧二法爲斷律儀乃至無所有處見修所斷法以非想非非想處近分地能離無所有處九無間道中念慧二法爲斷律儀若說無漏斷律儀者謂欲界見修所斷法以未至地能離欲界無漏諸無間道中念慧二法爲斷律儀若初靜慮見修所斷法以依未至靜慮中間及初靜慮能離初靜慮二地無漏諸無間道中念慧二法爲斷律儀第二靜慮見修所斷法以前三地及第二靜慮能離第二靜慮四地無漏諸無間道中念慧二法爲斷律儀第三靜慮見修所斷法以前四地及第三靜慮能離第三靜慮五地無漏諸無間道中念慧二法爲斷律儀第四靜慮見修所斷法及無色界見所斷法以前五地及第四靜慮能離第四靜慮等六地無漏諸無間道中念慧二法爲斷律儀空無邊處修所斷法以前六地及空無邊處能離空無

邊處七地無漏九無間道中念慧二法爲斷律儀識無邊處修所斷法以前七地及識無邊處能離識無邊處八地無漏九無間道中念慧二法爲斷律儀無所有處及非想非非想處修所斷法以前八地及無所有處能離二地九地無漏九無間道中念慧二法爲斷律儀

阿毗達磨大毗婆沙論卷第四十四 說一切有部發智

音釋

脇虛業切 顚躄顚都年切仆也躄居月切僵也 糜忙皮切粥也 娉匹正切娶問也 娣徒禮切娣姒也 媒媾媒莫杯切謀合二姓也媾居候切合也 侮罔甫切戲弄也 媚靡寄切惑也 隖安古切 礫郎擊切小石也 隧隥隧徐醉切徑路也隥都鄧切登陟之道也 濡人諸切沾濡也 陛部禮切升堂之階也 蹈徒到切踐也 怯懼怯去劫切懦也懼其遇切怖也 嬈而沼切亂也

阿毗達磨大毗婆沙論卷第四十五

五百大阿羅漢等造

唐三藏法師玄奘奉詔譯

雜蘊第一中思納息第八之四

云何異生性乃至廣説問何故作此論答爲止他宗顯正義故謂或有執欲界見苦所斷十隨眠是異生性如犢子部彼説異生性是欲界繫是染汙性是見所斷是相應行蘊攝爲遮彼執顯異生性是三界繫是修所斷是不染汙是不相應行蘊所攝或復有執異生性無實體如譬喻者爲遮彼執顯異生性自體實有爲遮此等諸部異執顯示正理故作斯論此本論中説異生性品類足論説異生法如説云何異生法謂地獄旁生鬼界北俱盧洲無想天彼業彼生是謂異生法問何故此本論中説異生性非異生法品類足論説異生法非異生性耶答是作論者意欲爾故復次此彼皆是有餘説故復次此彼二論各説一種互相顯故復次異生性勝非異生法此本論中且就勝説此論已説異生性故品類足論不重説之此論未説異生法故品類足論説異生法此顯彼論在此後造有作是説彼論已説異生法故此不重説彼論未説異生性故此論説之此顯彼論在此先造問何故名異生性尊者世友作如是説能令有情起異類見異類煩惱造異類業受異類果異類生故名異生性復次能令有情墮異界故往異趣故受異生故名異生性復次能令有情信異師故作異相故受異法故行異行故求異果故名異生性大德説曰能令有情

依止異類界趣生有發起種種顛倒煩惱造作增長感後有業輪轉生死無分限故名異生性阿毗達磨諸論師言異生分故異生體故名異生性尊者妙音作如是說異生類故名異生性脇尊者言異生依故障聖性故名異生性問何故名異生法答諸異生者有此法故名異生法譬如世間王法臣法問諸異生法聖者亦有何故但立異生法名答諸異生法聖者多無設有少者不名聖法以聖者於彼得而不在身成就不現前故惟異生於彼得而亦在身成就亦現前故名異生法復次異生成就彼法能令彼法取果與果故名異生法聖者雖成就彼法而不爾故不名聖法復次異生成就彼法能令彼法往異趣異界異處異生受異果故名異生法聖者雖成就彼法而不爾故不名聖法復次異生性是有漏彼法亦有漏故名異生法聖性是無漏彼法非無漏故不名聖法復次異生爲彼所覆蔽故所纏縛故所誑惑故名異生法聖不爾故不名聖法復次諸異生類隨順彼法生長彼法故名異生法聖不爾故不名聖法問異生性異生法何差別答異生性惟非色異生法通色非色異生性惟無見異生法通有見無見異生性惟無對異生法通有對無對異生性惟不相應異生法通相應不相應異生性惟無所依無所緣無行相異生法皆通二種異生性惟不染汙無罪無異熟異生法皆通二種復次異生性惟無記異生法通善不善無記異生性通三界繫異生法惟欲色界繫異生性惟修所斷異生法通見修所斷

復次異生性是因異生法是果如因果能作所作亦爾復次異生性法界法處行蘊所攝異生法十八界十二處五蘊所攝復次異生性苦法智忍時捨異生法餘時捨如是等門是謂差别如世尊說隨信隨法行超異生地未得預流果定不命終問何故名異生地答一切聖者皆名同生此異於彼故名異生容受異生名異生地問若爾聖者異異生故應名異生答一切聖者同會眞理同見同欲故名同生異生不爾可猒賤故立異生名不應爲難尊者世友作如是說容起異見異類煩惱容造異業容墮異界往異趣等而受生故名異生地復次容信異師廣說乃至求異果故名異生地大德說曰異於正法及毗奈耶而受生故名爲異生是諸異生生長依處名異生地云何異生性答若於聖法聖暖聖見聖忍聖欲聖慧諸非得已非得當非得是謂異生性問爲不得苦法智忍是異生性爲不得一切聖法是異生性耶設爾何失若不得苦法智忍是異生性者道類智已生捨苦法智忍爾時苦法智忍非得應是異生性是則住修道無學道者亦應名異生若不得一切聖法是異生性者則應一切有情皆名異生無聖者成就一切聖法故謂乃至佛亦不成就二乘聖法及自乘學法亦應名異生有作是說不得苦法智忍是異生性問若爾道類智已生捨苦法智忍爾時苦法智忍非得應是異生性是則住修道無學道者亦應名異生答苦法智忍生時害彼非得令於自相續永不復生故住修道無學道者於苦法智忍

雖不成就而不名不得亦不名得如眼根生時害彼非得令於自相續永不復生眼根滅已雖不成就而不名不得亦不名得此亦如是故無前過復次道類智已生苦法智忍雖不成就而成就彼等流果故不名異生復有說者不得一切聖法是異生性問若爾則應一切有情皆名異生無聖者成就一切聖法故答雖無聖者具足成就一切聖法而非異生以彼中聖法非得不離得非得離聖得故謂若身中聖法非得不離得者是異生性聖者身中聖法非得離聖得故非異生性彼得非得恒俱生故復次彼非得有二種一共二不共不共者是異生性共者非異生性聖者身中聖法非得一向是共故無前失復次彼非得有二種一未被害二已被害未被害者是異生性已被害者非異生性聖者身中聖法非得皆已被害故無前失復次一切聖法非得有二一依異生相續現起二依聖者相續現起前是異生性後非異生性故無聖者名異生共問聖法聖暖聖見聖忍聖欲聖慧有何差別有作是說此中六句皆共顯示苦法智忍初一是總後五是別初一是略後五是廣初一是不分別後五是分別謂苦法智忍令蘊種子皆悉萎悴故名聖暖推求諦理故名聖見忍可諦理故名聖忍愛樂諦理故名聖欲決擇諦理故名聖慧復次苦法智忍令有種子皆悉萎悴故名聖暖推求行轉故名聖見忍可行轉故名聖忍愛樂解脫故名聖欲覺了諦理故名聖慧有說六地苦法智忍即是此中六句所顯有說六性苦法智忍

即是此中六句所顯復有說者此中六句皆共顯示一切聖法謂諸聖法義有總別初一是總後五是别五中二釋如前應知有說六性一切聖法即是此中六句所顯有說三乘學無學法即是此中六句所顯有餘師說此中顯示眞實相似二種聖法相似聖法即暖等四順決擇分聖法者謂眞實聖法即無漏道聖暖者謂暖法聖見者謂頂法聖忍者謂下中忍法聖欲者謂增上忍法聖慧者謂世第一法若未修得暖法等四當知彼是全分異生若得暖等亦名聖者如世尊說若有成就暖等善根我說彼名相似聖者然異生性惟是眞實聖法非得非不得餘故彼不應言暖等謂暖等此異生性當言善耶不善耶無記耶答應言無記謂無覆無記非得性故一

切非得皆是無覆無記性攝問異熟生等四無記中此何所攝答非四所攝但是等流無覆無記問此何故非有覆無記答非離染時捨此性故何故異生性非善耶答善法或由加行故得或由餘緣故得無設加行求作異生又斷善時善法皆捨得諸善法不成就性若異生性是善性者斷善根者應非異生非直語言其義便立故復問答顯非善等此中有說善法或由加行故得者顯由加行所起諸善或由餘緣故得者顯彼所修未來諸善復次善法或由加行故得者顯加行得善或由餘緣故得者顯離染得善復次善法或由加行故得者顯加行得善中順勝進分順決擇分或由餘緣故得者顯加行得善中順退分順住分問若爾此中何故不說生得善耶

答應說而不說者當知此義有餘復次此中但說難得勝善諸生得善易得下劣故不說之復次諸異生性皆是生得若此中說生得者便不異彼故不說之復有說者善法或由加行故得者顯加行得善或由餘緣故得者顯生得善復次善法或由加行故得者顯勝進時所得諸善或由餘緣故得者顯退等時所得諸善此中應作四句分別或有善法由加行故得非由餘緣如暖頂忍世第一法見道現觀邊世俗智道類智不動心解脫無諍願智邊際定等或有善法由餘緣故得非由加行如生得善或有善法由加行故得亦由餘緣如四沙門果靜慮無色無量解脫勝處徧處等或有善法非由加行故得亦非由餘緣者無也無設加行求作異生者顯異生性非加行得善謂必無有先非異生後求證得彼下賤故無始時來是異生故又斷善時善法皆捨等者顯異生性非生得善謂斷善時正斷生得非加行故若斷善根非異生者甚違正理彼極惡故勿有如斯所說過失故異生性決定非善何故異生性非不善耶答離欲染時不善皆捨得不善法不成就性若異生性是不善者諸異生離欲染應非異生若非異生彼後不應還生欲界聖離欲染必不更受欲界生故又若爾者色無色界應無異生便有大失故異生性定非不善故彼惟是無覆無記此異生性當言欲界繫耶色界繫耶無色界繫耶答應言或欲界繫或色界繫或無色界繫非直語言其義便立故應問答重顯斯義何故異生性非惟欲界繫耶答欲

界没生無色界時欲界法皆捨得欲界法不成就性若異生性惟欲界繫者諸異生欲界没生無色界應非異生若非異生則應生彼無退墮者聖者生上必無退受下地生故雖欲界没生色界者亦捨欲界法而非全捨彼猶成欲界變化心等故由此但說生無色界何故異生性非惟色界繫耶答色界没生無色界時色界法皆捨得色界法不成就性若異生性惟色界繫者諸異生色界没生無色界應非異生若非異生猛喜子等不應生下聖不爾故雖色界没生欲界者亦捨色界法而非全捨彼猶成色界煩惱等法故由此但說生無色界何故異生性非惟無色界繫耶答入正性離生先現觀欲界苦後合現觀色無色界苦聖道起先辦欲界事後合辦色無色界事是故異生性非惟無色界繫法應如是若成就此地異生性必先現觀此地苦諦又聖道起先爲對治異生性故作如是說問若爾異生性應惟欲界繫答惟欲界繫有前過失故此應言通三界繫此異生性當言見所斷耶修所斷耶答應言修所斷非直語言其義便立故應問答重顯斯義何故異生性非見所斷耶答見所斷法皆染汙異生性不染汙故諸染汙法隨部隨品漸漸斷之得不成就諸異生性苦法智忍一時頓捨隨地第九無間道力一時頓斷故非染汙又世第一法正滅苦法智忍正生爾時捨三界異生性得彼不成就性非於爾時見所斷法而有捨故若異生性是見所斷應此位中未捨彼性則具縛者住苦法智忍時應成就異生性見所

斷法具成就故住此位者應名爲聖亦名異生便成雜亂故異生性非見所斷問爾時惟應捨欲界異生性上二界異生性先不成就故如何乃說捨三界耶答應說爾時捨三界中隨一異生性得彼不成就性而言捨三界異生性者爲滿三數故作是說謂上二界異生性先不成就今復捨欲界異生性三數便滿故作是說有說上二界異生性雖先不成就今復不成就故亦說捨云何先不成就今復不成就耶謂轉遠故有說欲界異生性能資能引上二界異生性與彼爲門爲加行故若捨欲界異生性時亦說捨彼有說成就欲界異生性時色無色界諸異生性容當現起與彼爲依安足處故若捨欲界異生性時斷彼生路故亦說捨有說爾時三界諸異生性得非擇滅故作是說爾時頓得三界九地諸異生性非擇滅故依如是義故有問言頗有法一時捨九時斷耶答有謂異生性一時捨者謂苦法智忍生時九時斷者謂離欲界乃至非想非非想處染各於第九無間道時頗有於異生性已得擇滅未得非擇滅耶答應作四句或有於異生性已得擇滅未得非擇滅謂諸異生已離欲界乃至無所有處染或有於異生性已得非擇滅未得擇滅謂諸聖者未離欲界染或有於異生性已得擇滅及非擇滅謂諸聖者已離欲界乃至非想非非想處染或有於異生性未得擇滅及非擇滅謂諸異生未離欲界染頗有異生性未斷而不成就耶答應作四句或有異生性未斷而不成就謂諸異生生欲界未離初靜慮染彼

上八地異生性未斷而不成就已離初靜慮染未離第二靜慮染彼上七地異生性未斷而不成就乃至已離無所有處染彼上一地異生性未斷而不成就若生初靜慮未離第二靜慮染彼上七地異生性未斷而不成就已離第二靜慮染未離第三靜慮染彼上六地異生性未斷而不成就乃至已離無所有處染彼上一地異生性未斷而不成就乃至若生無所有處彼上一地異生性未斷而不成就若諸聖者未離欲界染彼九地異生性未斷而不成就已離欲界染未離初靜慮染彼上八地異生性未斷而不成就乃至已離無所有處染未離非想非非想處染彼上一地異生性未斷而不成就或有異生性成就而非未斷謂諸異生生欲界已離欲界染彼欲界異生性成就而非未斷乃至生無所有處已離無所有處染彼無所有處異生性成就而非未斷或有異生性未斷亦成就謂諸異生未離欲界染彼欲界異生性未斷亦成就乃至生無所有處未離無所有處染彼無所有處異生性未斷亦成就若生非想非非想處彼非想非非想處異生性未斷亦成就或有異生性非未斷亦非成就謂諸異生生欲界已離初靜慮染未離第二靜慮染彼初靜慮異生性非未斷亦非成就乃至已離無所有處染彼初靜慮乃至無所有處異生性非未斷亦非成就若生初靜慮未離第二靜慮染彼欲界異生性非未斷亦非成就已離第二靜慮染未離第三靜慮染彼欲界第二靜慮異生性非未斷亦非成就乃至已離無

所有處染彼欲界第二靜慮乃至無所有處異生性非未斷亦非成就乃至若生非想非非想處彼欲界乃至無所有處異生性非未斷亦非成就若諸聖者已離欲界染未離初靜慮染彼欲界異生性非未斷亦非成就已離初靜慮染未離第二靜慮染彼欲界初靜慮異生性非未斷亦非成就乃至已離非想非非想處染彼三界九地異生性非未斷亦非成就頗有異生性已斷而成就耶答應作四句謂前第二句作此初句前初句作此第二句前第四句作此第三句前第三句作此第四句准前所說應知其相異生性名何法答三界不染汙心不相應行問何故復作此論答欲令疑者得決定故謂前說不得聖法名異生性或有生疑不得聖法非實有體如未得財欲令此疑得決定故顯異生性是實有法行蘊所攝故作斯論有作是說前雖已顯異生性相而未辯體今欲說之故作斯論有餘師說前雖已顯異生性體未辯其相今欲說之故作斯論或有說者前顯異生性對治今欲說異生性體故作斯論言三界者遮異生性惟欲界繫不染汙者遮異生性是染汙法及見所斷心不相應者遮異生性是心所法行者遮異生性非實有法假法理非行蘊攝故此即遮異執顯異生性體尊者妙音說異生性即衆同分如牛羊等諸衆同分即說名爲牛羊等性如是異生衆同分體名異生性有餘師言別有一法是不染汙心不相應行蘊所攝如命根等名異生性爲遮彼執前說異生性名不得聖法不得即是不成就

性問何緣不許即異生衆同分及有別法名異生性而許聖法不成就性名異生性耶答異生衆同分非親違聖法故別有一法不可知故非如聖法不成就性親違聖法有相可知名異生性理善成立諸法邪見相應彼法邪思惟相應耶乃至廣說問何故異生性後說邪支耶答此二展轉相扶持故謂異生性扶持邪支此邪支復能扶持異生性復次行者猒異生性及八邪支而修聖道故異生性後復分別邪支諸法邪見相應彼法邪思惟相應耶答應作四句此中邪見一切地有非一切染汙心有身見等聚中無故邪思惟一切染汙心有非一切地靜慮中間以上無故由此相望作大四句有法邪見相應非邪思惟謂邪見相應邪思惟及餘邪思惟不相應

邪見相應法此中邪見相應邪思惟者謂欲界未至定初靜慮邪見俱尋彼惟與邪見相應非邪思惟自性與自性由三因緣不相應故一無二思惟俱時起故二前後思惟不和合故三諸法自性不自觀故謂待他生不待自性及餘邪思惟不相應邪見相應法者謂靜慮中間乃至有頂邪見相應法即九大地法九大煩惱地法惛沉伺心有法邪思惟相應非邪見謂邪思惟相應邪見及餘邪見不相應邪思惟相應法此中邪思惟相應邪見者謂欲界未至定初靜慮邪見彼惟與邪思惟相應非邪見自性與自性由前所說三種因緣不相應故及餘邪見不相應邪思惟相應法者謂欲界未至定初靜慮除邪見聚取除染汙聚中邪思惟相應法即有身見邊執

見戒禁取見取疑貪瞋慢不共無明相應聚中邪思惟相應法謂十大地法等如理應知有法邪見相應亦邪思惟謂除邪見相應邪思惟及除邪思惟相應邪見諸餘邪見邪思惟相應法謂欲界未至定初靜慮邪見聚中邪見邪思惟相應法即九大地法九大煩惱地法無慚無愧惛沉睡眠伺心有法非邪見相應亦非邪思惟謂邪見不相應邪思惟邪思惟不相應邪見及諸餘心心所法色無為心不相應行此中邪見不相應邪思惟者謂欲界未至定初靜慮除邪見聚取餘染汙聚中邪思惟彼俱不相應彼聚無邪見故自性與自性不相應故邪思惟不相應邪見者謂靜慮中間乃至有頂邪見彼俱不相應自性與自性不相應故彼地無思惟故及諸餘心心所法者謂靜慮中間乃至有頂除邪見聚取餘染汙心心所法并一切善無覆無記色無為心不相應行者謂一切色無為心不相應行如是諸法俱不相應彼聚無邪見故彼地無思惟故不染汙故非相應法故諸法邪見相應彼法邪精進相應耶答應作四句此中邪見一切地有非一切染汙心邪精進一切地及一切染汙心俱有由此相望作中四句有法邪見相應非邪精進謂邪見相應邪精進此中邪見相應邪精進者謂邪見聚中懈怠與邪見相應非邪精進自性與自性不相應故有法邪精進相應非邪見謂邪見及餘邪見不相應邪精進相應法此中邪見者謂諸邪見皆與邪精進相應非邪見彼聚定有邪精進故自性與自性不相應故及餘邪

見不相應邪精進相應法者謂一切地除邪見聚取餘染汙聚中邪精進相應法有法邪見相應亦邪精進謂除邪見相應邪精進諸餘邪見相應法此中除邪見相應邪精進者以邪精進體數極多此中但除與邪見相應者餘無濫故非此所除諸餘邪見相應法者謂邪見聚中除邪精進及邪見體取餘心心所法彼俱相應即九大地法八大煩惱地法無慚無愧惛沉睡眠尋伺及心有法非邪見相應亦非邪精進謂邪見不相應邪精進及諸餘心心所法色無為心不相應行此中邪見不相應邪精進者謂有身見等相應邪精進彼俱不相應以彼聚中無邪見故自性與自性不相應故及諸餘心心所法者謂一切善無覆無記心心所法非有染汙色無為心不相應行者謂一切色無為心不相應行如是諸法俱不相應不染汙故非相應法故如以邪見對邪精進以邪見對邪念邪定亦爾此中應作二中四句邪念邪定如邪精進徧一切地一切染汙心皆得有故如以邪見對邪精進邪念邪定以邪思惟對邪精進邪念邪定亦爾此中應作三中四句以邪思惟不徧一切地如邪見不徧一切染汙心故諸法邪精進相應彼法邪念相應耶答應作四句此中二法俱徧一切地一切染汙心有由此相望作小四句有法邪精進相應非邪念謂邪念此中邪念必與邪精進相應非邪念恒俱有故自性與自性不相應故有法邪念相應非邪精進謂邪精進此中邪精進必與邪念相應非邪精進恒俱有故自性與自性不

相應故有法邪精進相應亦邪念謂邪精進邪念相應法此中除邪精進及邪念體取餘染汙心心所法即九大地法八大煩惱地法十小煩惱地法無慚無愧貪瞋慢疑惛沉睡眠惡作怖尋伺及心如是諸法是染汙者二俱相應恒俱有故有法非邪精進相應亦非邪念謂諸餘心心所法色無爲心不相應行此中諸餘心心所法者謂一切善無覆無記心心所法非有染汙餘如前説如以邪精進對邪念以邪精進對邪定亦爾如以邪精進對邪念邪定以邪念對邪定亦爾此中應作二小四句皆徧一切地一切染汙心有故此中不説邪語等三非相應法故問此八邪支幾欲界繫幾色界繫幾無色界繫耶答邪見邪精進邪念邪定通三界繫邪思惟邪語邪業邪命惟欲色界繫色界中惟初靜慮上地無故有説色界亦無邪命彼不爲活命起身語業故評曰此中前説爲善彼貪所起身語二業名邪命故問此八邪支幾見所斷幾修所斷耶答一見所斷謂邪見三修所斷謂邪語邪業邪命餘四通見修所斷問此雜蘊中何故先説清淨法後説雜染法耶答爲欲顯示世第一法士用果故謂世第一法能引見道永斷邪見是彼士用果清淨即是世第一法等雜染即是邪見等八支

阿毗達磨大毗婆沙論卷第四十五 說一切有部發智

音釋

萎悴 萎邕危切枯也蔫也 悴秦醉切憔悴也

懈怠 懈古隘切懶也 怠徒耐切惰也

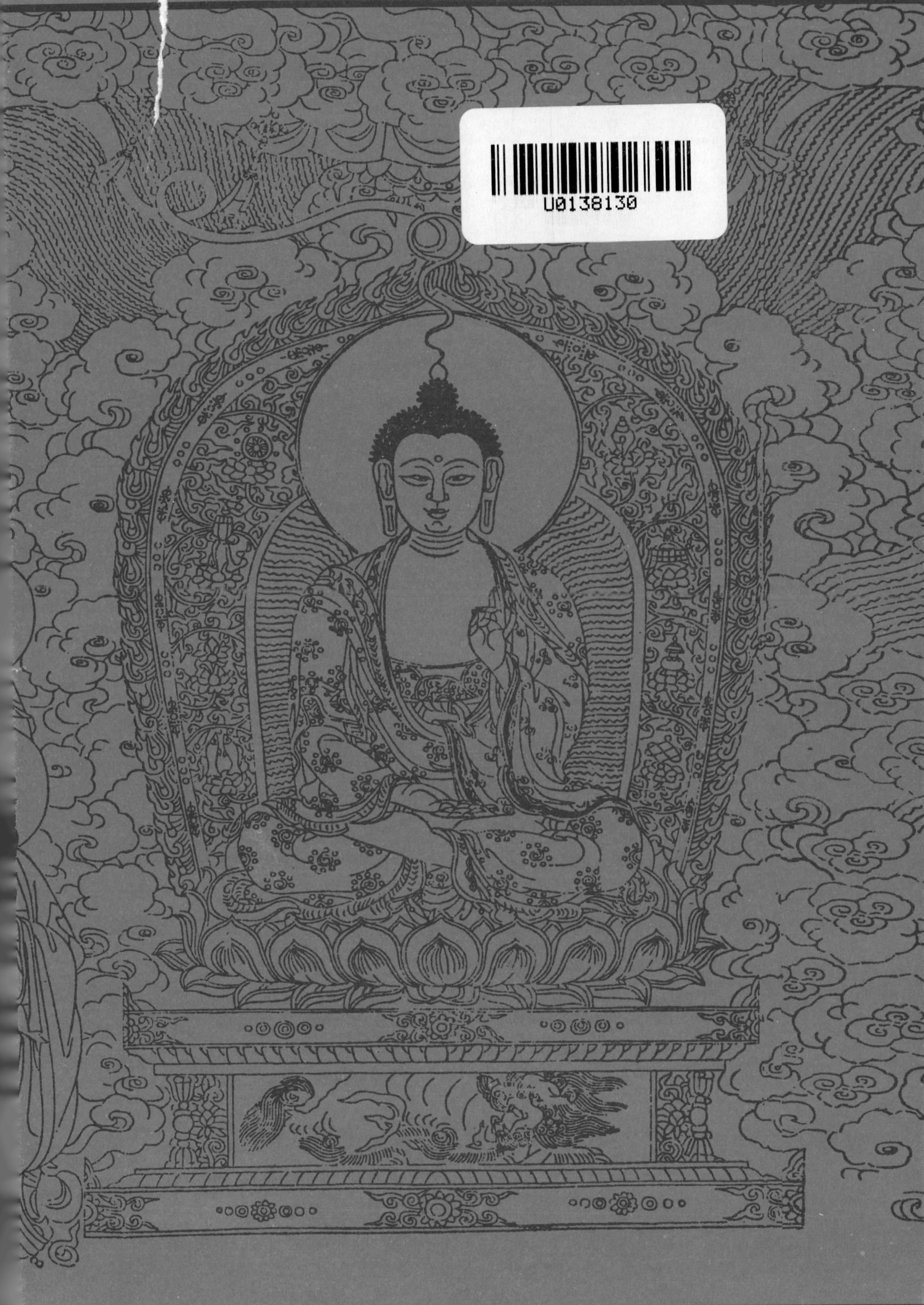